「十二五」国家重点图书出版规划项目

清代卷

陈惠琴 莎日娜 李小龙 著

郭预衡 郭英德 总主编

# 中國散文通史

时代出版传媒股份有限公司
安徽教育出版社

## 图书在版编目（CIP）数据

中国散文通史. 清代卷 / 陈惠琴,莎日娜,李小龙著. —合肥：安徽教育出版社,2012.12
ISBN 978-7-5336-7192-1

Ⅰ.①中… Ⅱ.①陈…②莎…③李… Ⅲ.①古典散文－文学史－中国－清代 Ⅳ.①I207.6

中国版本图书馆CIP数据核字（2012）第283890号

---

书名：中国散文通史·清代卷　　　　　　作者：陈惠琴　莎日娜　李小龙

出 版 人：朱智润　　策划统筹：张丹飞　张　利　　责任编辑：王　平
版式设计：朱　锦　　装帧设计：张鑫坤　　　　　　技术编辑：王　琳

出版发行：时代出版传媒股份有限公司　　http://www.press-mart.com
　　　　　安徽教育出版社　　http://www.ahep.com.cn
　　　　　（合肥市繁华大道西路398号,邮编:230601）
　　　　　营销部电话：(0551)63683010,63683011,63683015
排　　版：安徽创艺彩色制版有限责任公司
印　　刷：安徽新华印刷股份有限公司　　电话：(0551)65859480
（如发现印装质量问题,影响阅读,请与印刷厂商联系调换）

开本：720×1010　1/16　　印张：23.75　　字数：342千字
版次：2013年1月第1版　　　2013年1月第1次印刷

ISBN 978-7-5336-7192-1　　本卷定价：128.00元（全套定价：1490.00元）

版权所有,侵权必究

# 目 录

绪 论 ……………………………………………………… 001

## 第一章　清代论辨文 ……………………………………… 004
第一节　明清之际论辨文(一) ……………………… 005
第二节　明清之际论辨文(二) ……………………… 016
第三节　清前期论辨文 ……………………………… 029
第四节　清中后期论辨文 …………………………… 042

## 第二章　清代书信文 ……………………………………… 067
第一节　明清之际书信文 …………………………… 068
第二节　清前期书信文 ……………………………… 076
第三节　清中后期书信文 …………………………… 082

## 第三章　清代序跋文 ……………………………………… 096
第一节　明清之际序跋文 …………………………… 098
第二节　清前期序跋文 ……………………………… 105
第三节　清中后期序跋文 …………………………… 116

## 第四章　清代杂论文 ……………………………………… 140
第一节　明清之际杂论文 …………………………… 142
第二节　清前期杂论文 ……………………………… 146
第三节　清中后期杂论文 …………………………… 154

## 第五章　清代传状文 …… 160
### 第一节　明清之际遗民作家传状文 …… 161
### 第二节　清前期"虞初体"作家传状文 …… 175
### 第三节　清中后期传状文 …… 188

## 第六章　清代碑志文 …… 198
### 第一节　明清之际碑志文 …… 200
### 第二节　清前期碑志文 …… 208
### 第三节　清中后期碑志文 …… 214

## 第七章　清代杂记文 …… 224
### 第一节　亭台楼阁记 …… 226
### 第二节　山水游记 …… 230
### 第三节　书画记 …… 237
### 第四节　人事杂记 …… 243

## 第八章　清代札记文 …… 249
### 第一节　野史旧闻笔记与记史日记 …… 251
### 第二节　丛考杂辨笔记与学术日记 …… 259
### 第三节　杂录丛谈笔记与纪行日记 …… 267

## 第九章　清代辞赋文 …… 279
### 第一节　明清之际之辞赋文 …… 281
### 第二节　清前期之辞赋文 …… 287
### 第三节　清中后期之辞赋文 …… 295

## 第十章　清代哀祭文 …… 310
### 第一节　明清之际哀祭文 …… 311

第二节　清前期哀祭文 …………………………………… 318
　　第三节　清中后期哀祭文 ………………………………… 327

# 第十一章　清代赠序文 …………………………………………… 338
　　第一节　清前期赠序文 …………………………………… 340
　　第二节　清中后期赠序文 ………………………………… 359

# 主要参考文献 ……………………………………………………… 367

# 后　记 ……………………………………………………………… 375

# 绪　论

清代是中国历史上最后一个封建王朝,文学创作众体皆备,且多能集前代之大成。就散文创作而言,作家人数和作品数量皆远超前代。沈粹芬等辑《清文汇》,"编成于清末宣统年间,其所采集已大致包括了全清历代之文。有清初明遗民一百零七家,顺治至嘉庆五朝九百五十一家,道光至光绪四朝二百九十八家,共一千三百五十六家,文章一万余篇"(《清文汇·出版说明》)。南开大学古籍与文化研究所编选的《清文海》,"总计收入整个清代的作者一千五百七十六人,文章约有一万八千三百八十三篇,共分一百零五册"(《清文海·出版前言》),规模宏大,但仍然不能涵盖清文的全貌。

清代散文的发展与统治者的文化政策相应,呈现出一定的阶段性。对于清代散文的分期,前人已有较多论述,如王文濡为《国朝文汇》作序时道:

> 顺、康之世,遗老闻人,伟略豹隐,著述文身。辞之至者,自成一子。次则能以纵横胜,修洁胜。乾、嘉之际,汉宋各帜,义理之文,峻于守法,桐城派是也;考据之文,密于征实,毗陵派是也。道、咸之交,明道劝古,外杂以政治思潮异军突起,权舆于龚魏扬厉于汤冯,其气跌宕,其辞崟崎。延及同、光,或神圣方姚,规行矩步,束修自好,或参覃羽琛,云谲波诡,惊世骇俗,异铲同治,均有可观,犹歆盛矣。(《国朝文汇》序三)

对有清一代的散文创作,王文濡进行了比较客观的评价。他将清代的散文创作分为四个时期,并简要评价了各个时期的散文创作特点:顺康之世的遗老闻人之文,乾嘉之际的义理考据之文,道咸之交的明道劬古之文,和同光时期神圣方姚或寻求变革的散文创作。

郭预衡先生对清代散文的分期和特点评述更为详尽。他将清文的创作分为六个阶段:一是顺治初年到康熙中期的学人之文和文人之文,其特点是文章不成一统;二是康熙中期至乾隆中期的所谓"治世之文",皇权恩威并济,倡导"清真雅正"之文,但文人学者为文立论,在桐城主流之外,亦能别树一帜;三是乾隆、嘉庆之际的文章衰落,这一时期是清代朴学最盛之时,"亦文章之衰世";四是嘉庆、道光年间的文章嬗变,文坛无"巨子",桐城门户已难支持;五是道光、咸丰之际的文风新变,龚、魏诸人,讲究经世致用之学,文章具有新的时代气息;六是同治、光绪时期的桐城末流和古文文体的解放①。郭先生的分期比较细致,评述亦颇为精准。

本书论述时,在吸取前人研究成果的基础上,大体上将清文分为三个时期:一是明清易代之际,散文创作受时代变革和晚明文风的影响,具有强烈的现实感;二是清代前期,康雍之时,社会日益稳定,所谓的治世之文渐成风气;三是清代中后期,乾嘉之时,桐城派兴起,义理考据之文成为主流。由于文学创作是具有个性化的创造,故此,在具体论述中,个别文体的分期与此有所出入,作品时代的划分亦因事而定。

黄人(1866—1913)曰:"有一代之政教风尚,则有一代之学术思想,蜕故孳新,瞬息不可复省,而有为之摄影者曰史,而有为之留声者曰文。俾后人若听睹其际,得以识世运消长、人才纯驳之故,非仅恣汎览,供粉饰焉。"(《清文汇》序二)清人的散文创作,虽然不似先秦、唐宋时期大家辈出,佳作纷呈,但亦有自己独特的风格和时代特点。对于清代散文的艺术评判,历来观点不一,沈粹芬称"文至国朝而极盛,作者辈出,类能遗貌取神,去疵存粹,有周、秦之神智而不诡僻,有东西京之博雅而不穿凿,有魏晋六朝之新隽而不纤薄,有唐之闳肆而不繁缛,有两宋之纯正而不尘腐",

---

① 郭预衡:《中国散文史》下册,上海古籍出版社,2000年版,第335~346页。

评价甚高。这其中既有《清文汇》编选者对清代散文的偏爱,亦有同代人身在此山、难观真面的历史局限。

清代的散文创作,众体皆备,是古典散文创作集大成的时期,可资借鉴的东西很多。但在"继往"的同时,也造成"开来"的难点。魏禧在《杂说》中写道:

> 古之文章足以观人,今之文章不足以观人者,何也?曰:"古人文章无一定格例,各就其造诣所至、意所欲言者发抒而出,故其文纯杂瑕瑜犁然并见。至于后世,则古人能事已备,有格可肖,有法可学,忠孝仁义有其文,智能勇功有其文,孰者雄古,孰者卑弱,父兄所教,师友所传,莫不取其尤工而最笃者,日夕揣摩,以取名于时。是以大奸能为大忠之文,至拙能袭至巧之论。呜呼!虽有孟子之知言,亦孰从而辨之哉!"(《魏叔子日录》卷二)

这是对清初散文创作的评论,但同时,也是有清一代散文创作难以回避的现实问题。清人的散文创作,可资之师太多,"古人能事已备,有格可肖,有法可学",形式日臻完美,但开启时代风气的散文大家和散文精品却数量有限。

相对于其他时代的散文研究而言,清代散文的研究,目前仍比较薄弱。清代散文的断代研究,多集中于散文通史之中,已有的研究亦多集中于桐城派、阳湖派等。本书的论述从文体的角度分论说文、记叙文、抒情文三大部分,计十一章,希望能梳理清代各体散文的发展脉络。清文浩漫,难窥全豹,对其进行客观公允的评价,是每一个清代散文研究者的良好愿望。但目前为止,我们还只能是尽自己最大的努力,在最大限度阅读文本的基础上,对清代各体散文的发展作一个简单的勾勒。

# 第一章　清代论辨文

　　清人姚鼐编纂《古文辞类纂》时,在论辨类中收入了"论"、"原"、"辨"、"解"、"说"等用于说理论道的文章,认为"论辨类者,盖源于古之诸子,各以所学著书诏后世。孔孟之道与文,至矣。自老庄以降,道有是非,文有工拙。今悉以子家不录,录自贾生始。盖退之著论,取于六经、《孟子》,子厚取于韩非、贾生,明允杂以苏、张之流,子瞻兼及于《庄子》。学之至善者,神合焉;善而不至者,貌存焉。惜乎!子厚之才,可以为其至,而不及至者,年为之也。"(《古文辞类纂序目》)其分类标准,比较符合古代论辨类散文的创作实际,历来为人所称道。清代论辨之文,秉承前代,"论"、"辨"、"考"、"原"等众体皆备。刘勰(466—539)说,"理形于言,叙理成论"(《文心雕龙·论说》),论辨之文的核心在于言理,而考原之文则需明经辨理,推究源流,具有较强的学术性。

　　清代的论辨之文既有陈政辨史之文,亦有释经诠文之著。而就其创作内容而言,表现出鲜明的时代特色:易代之际,经世致用之风兴起,史论文和政论文均表现出较强的现实针对性,一些作品思想深邃,对历史和传统政治反思达到前所未有的高度。而经过鼎革之变,一些文人的心理受到巨大冲击,文风也发生了较大的变化。清代初期至中期,在文化高压政策下,考据学兴起,论辨之文形式上更加规整,内容上亦比较单一,训诂、辨伪等考据文章大量涌现,有较强的学术性而缺少深刻警醒的现实意义。至清季,伴随着清王朝的没落,经世致用的思想日渐成为社会主导,这一时期的论说文创作,成为古典散文最后的高潮。

## 第一节　明清之际论辨文(一)

明清鼎革之变,给学者文人带来了较大的心理冲击。江山易代、舆图换稿的时代变革,促使他们对前代历史进行反思,经世致用的思想得到了进一步的发展。学人们试图找出封建王朝没落的根本原因。他们抨击脱离实际的清谈学风,并以历代兴亡为借鉴,对封建国家的政治制度、文教设施、赋役财政等各个方面进行批判探讨。顾炎武、黄宗羲、王夫之、唐甄、朱舜水等人是这一思潮的代表。这些思想,虽然不能从根本上解决封建末世的危机,但却带着较强的经世色彩,对中国近代的社会变革产生了较大影响。

从文章的角度看,顾炎武、黄宗羲和王夫之的论辨之文,是清初论辨类散文创作的代表。他们的论辨之文见解深刻,鞭辟入里,既是充满智慧的哲学著作,也是语言精辟的优秀散文。郭预衡先生对他们的散文创作作出了精到的评述:"就学问而言,三人穷经治史,都讲经世致用,但其理学渊源,亦各有所宗。顾氏崇尚朱熹,王氏希踪横渠,黄氏则独重阳明。三人各有宗主,却不立门户。一代学风,甚为淳朴。"①

顾炎武(1613—1682),原名绛,字忠清,明亡后改名炎武,字宁人,号亭林,别号蒋山佣,江苏昆山人,明末清初著名的启蒙思想家。顾炎武明末曾参加复社,受晚明实学思潮的影响,有经世之志。清兵南下,他从昆山令起兵抵抗。清兵入关后,其母绝食而亡,临终遗言,望其勿事二姓。这些经历对顾炎武的为人治学皆有深刻影响,也坚定了他入清之后不事二朝的坚定信念。《清史稿·儒林传》评价顾炎武一生治学"大抵主于敛华就实。凡国家典制、郡县掌故、天文仪象、河漕兵农之属,莫不穷原究委,考正得失"(《清史稿》卷四百八十一)。在为文方面,他不作应酬文字,

---
① 郭预衡:《中国散文史》下册,上海古籍出版社,2000年版,第347页。

自称"凡文之不关于六经之指,当世之务者,一切不为"(《顾亭林诗文集·亭林文集》卷四《与人书三》)。梁启超称其为清学之祖,实不为过①。

顾炎武的《郡县论》和《生员论》是这一时期比较有影响的政论文。这两篇文章针对晚明积弊,从国家管理和取士制度两个方面对中国古代政治制度的弊端进行了深入剖析。

《郡县论》共九篇,论述涉及政权的组织结构、地方机构的设置等多个方面。在其一中他写道:"封建之失,其专在下;郡县之失,其专在上。古之圣人,以公心待天下之人,胙之土而分之国;今之君人者,尽四海之内为我郡县犹不足也,人人而疑之,事事而制之,科条文簿日多于一日,而又设之监司,设之督抚,以为如此,守令不得以残害其民矣。不知有司之官,凛凛焉救过之不给,以得代为幸,而无肯为其民兴一日之利者,民乌得而不穷,国乌得而不弱?率此不变,虽千百年,而吾知其与乱同事,日甚一日者矣。"(《顾亭林诗文集·亭林文集》卷一)对分封制度和郡县制度的弊端皆有所指。就国家政权的组织结构来看,中央权力过大和地方权力过大皆有不足。郡县制是造成当今"民生之所以日贫,中国之所以日弱,而益趋于乱也"的原因,故急需变革。顾炎武以为,理想的政治模式是"寓封建之意于郡县之中"。应该说,这是一篇极具辩证思想和现实意义的好文章。顾炎武所构建的对国家政权组织的改革方案,反映了一代学人强国救世的理性追求。

较之《郡县论》,《生员论》则具有更多的感性色彩。生员之称,始自唐代。唐国学及州、县学都规定学生的员额,故称生员。明、清时,凡经过本省各级考试取入府、州、县学的,亦称为"生员"。自隋唐开始的科举取士制度,对于读书人参与国家管理起到非常积极的作用。但至明代,这种取

---

① 梁启超:《论中国学术思想变迁之大势》,上海古籍出版社,2001年版,第106~107页。文中云:"亭林之《日知录》,为有清一代学术所从出,尚矣。其《天下郡国利病书》及《肇域志》,虽未成之本,然后世言人文地理者祖焉,至今日其供学者参考之用者益广也。亭林深知生计与政治为切密之关系者也,故言之尤断断也。其生计学皆应用的也,彼小试之于垦辟而大效,惜不能尽其用也;不然,亭林一越之范蠡也。声音训诂,为百余年间汉学之中坚,其星宿海则自《音学五书》也;金石学自乾嘉以来,蔚为大国,则亦《金石文字记》为其先河也。故言清学之祖,必推亭林。"

士方式的弊端日渐显露。考试内容的局限,使得读书人皓首穷经,缺乏治生和治世的实际能力。而生员所拥有的特权,使得一部分生员附着在政权周围,逐渐成为社会的毒瘤,顾炎武对此深有所感。《生员论》分上中下三篇,上篇写生员制度的弊端,指出生员本应"成德达材,明先王之道,通当世之务,出为公卿大夫,与天子分猷共治",而实际情况却与之相反。当今生员数量巨大,却鲜有栋梁之才。作者用今昔对比的方法,分析当今生员制度的弊端,指出"以今日之法,虽尧舜复生,能去在朝之四凶,而不能息天下之关节也"。中篇语句激越:"废天下之生员而官府之政清,废天下之生员而百姓之困苏,废天下之生员而门户之习除,废天下之生员而用世之材出。"视生员为政事不清、百姓困穷、门户分立、治世无才的祸端。虽然语句偏颇,但也切中肯綮。下篇提出了自己的改革构想。三篇论证严密,有着较强的逻辑联系。其中以中篇最著名,文中写道:

> 今天下之出入公门以挠官府之政者,生员也;倚势以武断于乡里者,生员也;与胥史为缘,甚有身自为胥史者,生员也;官府一拂其意,则群起而哄者,生员也;把持官府之阴事,而与之为市者,生员也。前者噪,后者和;前者奔,后者随;上之人欲治之而不可治也,欲锄之而不可锄也,小有所加,则曰是杀士也,坑儒也。百年以来,以此为大患,而一二识体能言之士,又皆身出于生员,而不敢显言其弊,故不能旷然一举而除之也。故曰废天下之生员而官府之政清也。(《顾亭林诗文集·亭林文集》卷一)

作为一篇论辨文,文章逻辑严密、论证有序,而且语句生动,颇具文学色彩。自宋以来,科举入仕皆被认为是为官正途,生员作为一个特殊的群体,在官府政事中拥有一定的话语权。其中一部分人,与官府结交,武断乡里,为害一方。顾炎武在文中,将"生员"与"乡宦"、"吏胥"并立,指出三者是"天下之病民者",非但无益于民,反而加重百姓的负担。其描摹生员"挠官府之政"时近乎白描的手法,极其形象。"前者噪,后者和;前者奔,后者随",作者对生员的嫌憎,跃然纸上。其实,生员的存在,有其一定的历史原因,顾炎武对其的憎恶,也有深刻的现实依据。去除"生员",只是文人感性的愤激之语,并没有实际的操作可能。文章反映了顾炎武对知识阶层的反思,也是他对积重难返的明末弊政的批判。文章有其一定的理性价值,但打动人心之处却在于其感性的文学色彩。

顾炎武对晚明官风士风的衰微极为关切,其《日知录》"上篇经术,中篇治道,下篇博闻共三十余卷。有王者起,将以见诸行事,以跻斯世于治古之隆,而未敢为今人道也"(《顾亭林诗文集·亭林文集》卷四《与人书二十五》)。其中《廉耻》一文,对此亦有所批评。作者提出:"士大夫无耻,是为国耻。""士"的"行己有耻"关乎国运。此文也是为世传诵的名篇。他所忧心的士大夫阶层的堕落,最终加速了明王朝的灭亡,这是一代学人理性之思,亦是他们的感性之痛。

在史论方面,顾炎武的《革除辨》是一篇能给人带来启示的佳作。文中云:

革除之说何自而起乎?

成祖以建文四年六月己巳即皇帝位,夫前代之君若此者,皆即其年改元矣。不急于改元者,本朝之家法也;不容仍称建文四年者,历代易君之常例也。故七月壬午朔、诏文一款"一今年仍以洪武三十五年为纪,其改明年为永乐元年",并未尝有革除字样,即云革除,亦革除七月以后之建文,未尝并六月以前及元二三年之建文而革除之也。故建文有四年而不终,洪武有三十五年,而无三十二、三十三、三十四年,夫实录之载此明矣。自六月己巳以前书四年,庚午以后特书洪武三十五年,此当时据实而书者也。

第儒臣浅陋,不能上窥圣心,而嫌于载建文之号于成祖之录,于是创一无号之元年以书之史,使后之读者彷徨焉,不得其解,而革除之说自此起矣。夫建文无实录,因成祖之事不容阙此四年,故有元年以下之纪。使成祖果革建文为洪武,则于建文之元,当书洪武三十二年矣。又使不纪洪武,而但革建文,亦当如太祖实录之例书己卯矣,今则元年、二年、三年、四年书于成祖之录者,犂然也。是以知其不革也,既不革矣,乃不冠建文之号于元年之上,而但一见于洪武三十一年之中,若有所辟而不敢正书,此史臣之失。(《顾亭林诗文集·亭林文集》卷一)

文章所探讨的是有明一代影响深远的建文事件。这一事件,被许多学人认为是明代国运转换、世道升降的转折。顾炎武从历史记载入手,以为"建文不革于成祖,而革于传闻,不革于诏书,而革于臣下奉行者之文",在对历史的辨析中,融入了个人对历史的解读。顾炎武没有站在道德的制高点上,纠缠于"篡"改之名,而是以文献为依据,分析历史事实,文风质朴,而又不乏新见。

彭绍升(1740—1796)《亭林先生余集序》称:"亭林顾先生间代通儒,有扶世立教之志,而生逢革命,无所发抒,孤忠磊磊,至老不渝。其所为文,至于家国存亡之际,慷慨伤怀,天性激发,以视屈原、贾生,未知其孰先而孰后也。"(《亭林余集》)点明了顾炎武散文创作"慷慨伤怀"的一面。作为明清之际的启蒙学者,顾炎武的论辨之文,多立足于明末衰变的社会现实,有的放矢,不为空谈,不尚门户。他所关注的社会问题,既有政权的组织结构,也有世道民风。其出发点是救民图强,这一点是与晚明实学思潮相一致的。而从为文的角度看,这些文章大多结构严谨,论证有力,有些地方也带有文人式的愤激与不平,可读性较强,是易代之际论辨散文中的精品。

黄宗羲(1610—1695),字太冲,号梨洲,浙江余姚人。其父是明御史黄尊素(1584—1626),东林党人,因弹劾魏忠贤下狱而死。明亡后,黄宗羲参与抗清斗争,失败后返回故里,专心著述。梁启超说:"清初之儒,皆讲'致用',所谓'经世之务'是也。宗羲以史学为根柢,故言之尤辩。其最有影响于近代思想者,则《明夷待访录》也。"并称他的言论在当时"真极大胆之创论也。故顾炎武见之而叹,谓'三代之治可复'。而后此梁启超、谭嗣同辈倡民权共和之说,则将其书节钞印数万本,秘密散布,于晚清思想之骤变,极有力焉"①。而从文学创作的角度,黄宗羲的一些论辨之文,在具有深刻的现实意义的同时,也具有较强的艺术性感染力。

明末清初,社会矛盾尖锐。明王朝的灭亡和满洲贵族统治的建立,促使一些思想家对封建君主专制的弊端进行深刻反思和激烈抨击,这其中以黄宗羲、唐甄最为著名。黄宗羲亲身经历了国破家亡的惨痛,为了总结明代政权溃败的历史教训,写了著名的政治学术论著《明夷待访录》,论题涉及政治、经济、文化等诸多方面。书成于康熙二年(1663),其中《原君》、《原臣》、《原法》诸文,是比较典型的论辨性散文。

《原君》一文探讨了处于封建社会权力顶层的君主问题,对君主的权力和指责提出质疑。文中写道:"古者天下之人爱戴其君,比之如父,拟之如天,诚不为过也。今也天下之人怨恶其君,视之如寇仇,名之为独夫,固其所也。而小儒规规焉以君臣之义无所逃于天地之间,至桀、纣之暴,犹谓汤、武不当诛之,而妄传伯夷、叔齐无稽之事,使兆人万姓崩溃之血肉,曾不异夫腐鼠。岂天地之大,于兆人万姓之中,独私其一人一姓乎?"(《明夷待访录》)分析了古今天下之人对君主的不同态度,既是对历代文人学者批判君主特权的一个继承,也熔铸了作者深刻的理性思考。文章一气呵成,文脉贯通。他根据古代"天下为公"的思想和尧舜禹等禅让君位的历史传说,推论古代君位的设立和君主的职分,本是为天下兴利除害,但后世君主却把天下当作私人"莫大之产业",传给子孙万代,于是给天下造成无穷祸害。因此他公开宣称"为天下之大害者,君而已矣"。这些带有近代启蒙主义的思想,对封建专制主义极具挑战。故前引梁启超之语称赞本文为"极大胆之创论",对"晚清思想之骤变"起了促进作用。当然,作者极力赞扬古之人君,把社会动乱和王朝兴替的原因归结为人的自私本性,也反映了他认识上的局限。

在质疑君主制度的最高权威在"君"的同时,黄宗羲也在推究为臣之道,在《原臣》一文中他写道:

---

① 梁启超:《清代学术概论》,上海古籍出版社,1998年版,第17~18页。

有人焉,视于无形,听于无声,以事其君,可谓之臣乎?曰:否!杀其身以事其君,可谓之臣乎?曰:否!夫视于无形,听于无声,资于事父也;杀其身者,无私之极则也。而犹不足以当之,则臣道如何而后可?曰:缘夫天下之大,非一人之所能治,而分治之以群工。故我之出而仕也,为天下,非为君也;为万民,非为一姓也。吾以天下万民起见,非其道,即君以形声强我,未之敢从也,况于无形无声乎!非其道,即立身于其朝,未之敢许也,况于杀其身乎!不然,而以君之一身一姓起见,君有无形无声之嗜欲,吾从而视之听之,此宦官宫妾之心也;君为己死而为己亡,吾从而死之亡之,此其私昵者之事也。是乃臣不臣之辨也。(《明夷待访录》)

文章开篇即用两个设问句,否定了臣对君的绝对忠诚。其后指出"天下之大,非一人所能治,而分治之以群工",才是"臣"的价值。为臣之道,"为天下,非为君也;为万民,非为一姓也"。"以君之一身一姓起见,君有无形无声之嗜欲,吾从而视之听之,此宦官宫妾之心也;君为己死而为己亡,吾从而死之亡之,此其私昵者之事也。"这不仅是对明末政治的反思,同时也是对中国古代封建专制制度的大胆批判。梁启超曾经这样评价黄宗羲,说他的思想是"对于三千年专制政治思想为极大胆的反抗",并称自己的政治运动受其《明夷待访录》很大的影响①。

《原法》也是一篇重要的文章。黄宗羲认为,法律的制定,应该立足于百姓的利益,而君权统治之下的一家之法,是无益于天下的"非法之法"。作者对比了三代以上之法和三代以下之法的不同,以为"三代以上有法,三代以下无法"。"三代之法,藏天下于天下者也。山泽之利不必其尽取,刑赏之权不疑其旁落,贵不在朝廷也,贱不在草莽也。在后世方议其法之疏,而天下之人不见上之可欲,不见下之可恶,法愈疏而乱愈不作,所谓无法之法也。后世之法,藏天下于筐箧者也。利不欲其遗于下,福必欲其敛于上;用一人焉则疑其自私,而又用一人以制其私;行一事焉则虑其可欺,

---

① 梁启超:《中国近三百年学术史》,东方出版社,1996年版,第56页。

而又设一事以防其欺。天下之人共知其筐箧之所在,吾亦鳃鳃然日唯筐箧之是虞,故其法不得不密。法愈密而天下之乱即生于法之中,所谓非法之法也。"(《明夷待访录》)

"原者,本也,谓其推论其本原也。"黄宗羲《明夷待访录》中的这三篇辨原性散文,皆以辨原的方式反思明末政治,带有深刻的理性思辨精神。他从封建社会上层建筑的君臣职责及法律制度切入,通过古今对比,以学术研究的方法,分析现实政治制度的弊端,具有深刻的现实意义。毋庸置疑,黄宗羲的思想有其一定的历史局限性,对三代政治模式的追模,限制了他对新的政治秩序的构建,这是唐宋以降知识阶层的普遍特点。而从文章的角度,怀旧的情绪却构成了这类论说文特殊的美学范式。

《怪说》是黄宗羲入清后的明志之文。文中描述了自己半隐居的生活状态,"坐雪交亭中,不知日之早晚,倦则出门行塍亩间,已复就坐。如是而日、而月、而岁,其所凭之几,双肘隐然。庆吊吉凶之礼尽废。一女嫁城中,终年不与往来。一女三年在越,涕泣求归宁,闻之不答"。故而"莫不怪老人之不情也"。

> 老人曰:"自北兵南下,悬书购余者二,名捕者一,守围城者一,以谋反告讦者二、三,绝气沙墠者一昼夜,其它连染逻哨之所及,无岁无之,可谓濒于十死者矣。李斯将腰斩,顾谓其中子曰:'吾欲与若复牵黄犬,俱出上蔡东门逐狡兔,岂可得乎?'陆机临死,叹曰:'华亭鹤唳,岂可复闻乎?'吾死而不死,则今日者,是复得牵黄犬出上蔡东门、闻华亭鹤唳之日也。以李斯、陆机所不能得之日,吾得之,亦已幸矣!不自爱惜,而费之于庆吊吉凶之间,九原可作,李斯、陆机其不以吾为怪乎?然则公之默默而坐,施施而行,吾方傲李斯、陆机以所不如,而又何怪哉!又何怪哉!"(《南雷余集》)

文章设问自答,表明心迹,围绕"怪"字,层层展开。既是自己多次濒临死境的现实处境的展示,也是自己不与世俗同流,坚守自我的高洁人格的剖白。文章看似散漫、轻松,实则悲沉、愤怒。情感自然流露,动人心魄。

王夫之(1619—1692),字而农,号薑斋,湖南衡阳人,世称船山先生。王夫之在明亡后避迹深山,著述颇丰,后人辑有《船山遗书》、《船山诗文集》等。王夫之的政论文与史论文颇为世人称道,其《读通鉴论》、《宋论》等,以史论今,见解独到,发人深省。

《读通鉴论》是作者对《资治通鉴》所列帝王的评述,在对历史事件、历史人物的评述中,表达自己的历史见解和政治主张。借史论今,总结明朝亡国的教训。《读通鉴论》以史识著称,在对历史兴衰的探究中,成一家之言。其中的一些篇目,论述精辟,见解深刻。如论及梁元帝读书,王夫之写道:

> 江陵陷,元帝焚古今图书十四万卷。或问之,答曰:"读书万卷,犹有今日,故焚之。"未有不恶其不悔不仁而归咎于读书者,曰:"书何负于帝哉?"此非知读书者之言也。帝之自取灭亡,非读书之故,而抑未尝非读书之故也。取帝之所撰著而观之,搜索骈丽、攒集影迹以夸博记者,非破万卷而不能。于其时也,君父悬命于逆贼,宗社垂丝于割裂;而晨览夕披,疲役于此,义不能振,机不能乘,则与六博投琼、耽酒渔色也,又何以异哉?夫人心一有所倚,则圣贤之训典,足以锢志气于寻行数墨之中,得纤曲而忘大义,迷影迹而失微言,且为大惑之资也,况百家小道,取青妃白之区区者乎!(《读通鉴论》卷十七)

从梁元帝好读书却最终焚书亡国之事,引发议论。江陵陷,梁元帝焚古今图书,自叹"读书万卷,犹有今日"。一个读书万卷的帝王,却不能治理一个国家,以致国破身亡,教训令人深思。王夫之认为:"帝之自取灭亡,非读书之故,而抑未尝非读书之故也。"文中从元帝读书谈起,论及隋炀帝、陈后主、宋徽宗等文采风流的帝王。他们"锢志气于寻行数墨之中,得纤曲而忘大义,迷影迹而失微言",终致亡国。这既是对读书治学方法的一种批评,也是对历史经验教训的深刻总结。文章也对一些儒者提出了批评:

> 呜呼!岂徒元帝之不仁,而读书止以导淫哉?宋末胡元之世,名为儒者,与闻格物之正训,而不念格之也将以何为。数《五经》、《语》、

> 《孟》文字之多少而总记之,辨章句合离呼应之形声而比拟之,饱食终日,以役役于无益之较订,而发为文章,侈筋脉排偶以为工,于身心何与邪?于伦物何与邪?于政教何与邪?自以为密而傲人之疏,自以为专而傲人之散,自以为勤而傲人之惰,若此者,非色取不疑之不仁。好行小慧之不知哉?其穷也,以教而锢人之子弟;其达也,以执而误人之国家;则亦与元帝之兵临城下而讲《老子》,黄潜善之房骑渡江而参圆悟者,奚别哉?抑与萧宝卷、陈叔宝之酣歌恒舞,白刃垂头而不觉者,又奚别哉?故程子斥谢上蔡之玩物丧志,有所玩者,未有不丧者也。梁元、隋炀、陈后主、宋徽宗皆读书者也,宋末胡元之小儒亦读书者也,其迷均也。
>
> 或曰:"读先圣先儒之书,非雕虫之比,固不失为君子也。"夫先圣先儒之书,岂浮屠氏之言书写读诵而有功德者乎?读其书,察其迹,析其字句,遂自命为君子,无怪乎为良知之说者起而斥之也。乃为良知之说,迷于其所谓良知,以刻画而仿佛者,其害尤烈也。(《读通鉴论》卷十七)

作者批评了宋元易代之际,那些只知辨章考订、发为文章的儒生。王夫之认为读书应"辨其大义,以立修己治人之体也;察其微言,以善精义入神之用也",故要审时而研精。文章旁征博引,以小见大,在对历史事件的评述中,融入个人的政治见解和治学主张,显示了作者作为史学家的深厚学养。同时,情感鲜明,文法严密,使得这篇史论颇具文学色彩。

王夫之的《宋论》也是一部著名的历史论著。宋与明皆为异族所灭,其中的历史教训令人深思。而宋代的士大夫文化对后世的影响极大,研究历史,以古鉴今,是明末知识界的共识。王夫之的这部史著,也负载着这样的使命,一些论断深刻警人,发人深省。如在卷一中,王夫之论养士曰:

> 财可以养士,而士非待余财以养也。谢玄用北府兵以收淮北,刘宋资之以兴;郭子仪用朔方兵以挫禄山,肃宗资之以振。岂有素积以

贸死士哉？非但拔起之英，徒手号召，百战而得天下也。盖兵者，用其一旦之气也，用其相习而不骇为非常之情也，用其进而利、坐而不足以享之势也。恃财积而求士以养之，在上者，奋怒之情已奄久而不相为继；在下者，农安于亩，工安于肆，商安于旅；强智之士，亦既清心趋于儒素之为；在伍者，既久以虚名食薄粮，而苦于役；应募者，又皆市井慵惰之夫，无所归而寄命以糊口。国家畜积丰盈，人思猎得，片言之合，一技之长，饰智勇以前，而坐邀温饱，目睨朝廷，如委弃之余食，唯所舐龁，而谁忧其匮？一日之功未奏，则一日之坐食有名，稍不给而溃败相寻以起，夫安所得士而养之哉？锱铢敛之，日崩月坼以尽之，以是图功，贻败而已矣。（《宋论》卷一）

以财养士，虽能用士，却不能得士。"锱铢敛之，日崩月坼以尽之，以是图功，贻败而已矣。"深刻的历史教训，令人深思。文章论证有据，成一家之言，虽云史事，却具有深刻警人的现实意义，体现了王夫之以史为鉴的治史思想。

《读通鉴论》和《宋论》既是王夫之对历史的评判，也熔铸了他对现实的思考。作者以史鉴今，以"求安于心，求顺于理，求适于用"的理性精神（《读通鉴论》序三），重新审视历史，在对历史的解读和评判中，总结教训，垂诫来世。其中不乏个人好恶，个别论断亦比较偏激。正因如此，在学术气外，增添了几分文人气。

王夫之还著有《知性论》、《老庄申韩论》和《君相可以造命论》等。这些文章，皆有较强的学术性。王夫之是明清之际杰出的思想家，哲理性与思辨性是王夫之论说文的重要特色。而从审美的角度看，王夫之的一些史论文字观点鲜明，有着强烈的个人好恶。有些作品情感外露，颇具文采。王夫之在《自题墓志铭》中曰："抱刘越石之孤愤，而命无从致；希张横渠之正学，而力不能企。"（《薑斋文集》补遗）这当是他对自己一生为学和为文的总结。身经明清易代、国破家亡的悲剧促成他对历史和现实的反思，行之于文，则既有深刻的理性思考，又有孤愤难平的情感寄托，这使得王夫之的论说文具有一种独特的美学风格。

## 第二节　明清之际论辨文(二)

易代之际的文人之论,虽然不似学者之论思想深邃,论证严密,但也多是有感而发,具有鲜明的时代感和现实意义。在具体论述中,文人之论,少哲理思辨,多感性发抒,寄意遥深,更具有文学散文之美。

侯方域(1618—1654),字朝宗,号学苑,河南商丘人,明末与方以智(1611—1671)、陈贞慧(1604—1656)、冒襄(1611—1693)齐名,称"四公子"。明亡后,应顺治八年(1651)河南乡试,中副榜,为世人所讥。侯方域是明末清初著名的文人才子,以散文著称,被称为"国初三家"之一。他的散文才气奔放,别具一格,著有《壮悔堂文集》。侯方域的父亲是东林党人,自己也曾参加复社。他在明末是东南名士,早期文章大抵偏向整丽,流于辞藻;后期创作向"古文"靠拢,学八大家之文。

侯方域论辨之文的代表作品是《王猛论》。王猛(325—375)在晋朝隐居不仕,世人以名士目之,但他后来做了前秦的谋臣,官至宰相。本文作于清初,身事二朝之臣在道德上正受世人非议,侯方域却为王猛大作翻案文章,而且将其与三国时蜀国名相诸葛亮并论,可谓翻新出奇。文章开篇写道:

> 唐荆川曰:"王猛者,符坚之谋臣也。"此可谓得猛之著者矣。猛处天下分崩之时,其志未尝不在中原,及其不得已而见用于异国,犹惓惓不能忘,猛盖识大义者也。呜呼!三代而下,乱世之臣识大义者,诸葛亮、王猛而已。亮始终心乎汉者也,猛始终心乎晋者也。然亮仕于汉而为汉,人之所知也;猛仕于秦而为晋,人之所不知也,吾故舍亮而论猛。(《壮悔堂文集》卷七)

文中提出"猛仕于秦而为晋"的观点,并在后文中从当时的形势、王猛个人的处境以及为人个性等方面深入论证。通过后世史学家与小说家渲染,在明清之际，诸葛亮"一代贤相"的形象已经确立，尤其是在精神层面上，成为文人们追慕效法的对象。侯方域说"三代而下，乱世之臣识大义者，诸葛亮、王猛而已"，这与当时人们的认识并不相符。王猛是历史名臣，对前秦的强盛作出过巨大的贡献，诸葛亮的形象也有被人为地拔高的倾向，侯方域选择这两个历史人物进行比较，也是有一些见识的。但他提出"猛存，则以秦存晋；猛亡，犹欲以秦存晋"，显然比较牵强，故而文章不以见解取胜，而以文笔出奇。

侯方域推崇唐宋古文，主张作文骋才先于就法、"才与法合"，因而比较讲究写作技巧。他的论说文，或在论点上求新求异，或在文法上仔细揣摩，大多章法严谨、文气贯通。如《颜真卿论》云：

> 徇国以死之谓忠，抗道不回之谓直。若此者，鲁公颜真卿能之。然而当天下变故之际，乱成于前而祸伏于后，强藩不顺，人心不服，中外观其设施，赖其弹压，所谓大人宰相之事也。以忠臣当之，可乎？曰：不可，忠臣能不负国而已。以直臣当之，可乎？曰：不可，直臣能不贬道而已。然则真卿何如？曰：真卿者，所谓唐之大人宰相也。唐用之不尽其长，公仅以忠直见焉而已。
>
> 推公之心，盖尝慷慨以经济自许，而思所以用之。（《壮悔堂文集》卷七）

在侯方域看来，以"忠直"评价颜真卿，是不够的。"忠臣能不负国而已"，"直臣能不贬道而已"，而颜真卿处天下变故之际，具有大人宰相之能。后文中，侯方域引述史实加以论证。安禄山叛乱，"河北二十四郡无复忠臣，独有一鲁公奋袂而起，椎牛歃血，号召连结，以横塞贼冲"，颜真卿是"正其全身，以全国者也"。较之房玄龄、杜如晦、宋璟等人更具"深识老谋"。文中道：

> 呜呼！唐之三百年，治日少而乱日多，其君臣父子之间传授不明而将顺不正。六月四日之变，神尧遂退为太上皇，而太宗即位，房玄龄、杜如晦不知其非也。太平公主诛，睿宗遂退为太上皇，而玄宗即

位,宋璟不知其非也。浸假而至于灵武之事,天下益以为固然矣。独公于事后犹能辨其几微,而谨严之于大义,使得尽出其底蕴,如房、杜诸人之遭际,必有举措适宜,使天下相观而喻,而有以逆销其僭乱之萌,又岂必待其著,而力争于甲兵权数之间哉?然则鲁公之学术独见其大,固唐三百年之一人也。虽为宰相可也。(《壮悔堂文集》卷七)

颜真卿以气节著称,李希烈叛逆,其因前往劝谏而被杀。死后德宗称其"才优匡国,忠至灭身"(《旧唐书·列传七十八》)。侯方域的这篇文章,从明大义的角度谈其匡国之才,论述的角度比较新颖,但也并非见识卓绝。文章胜在笔力,故徐作肃评此文道"通篇抑扬感慨","风神顿挫,具大开辟,笔踞庐陵之巅,史论之最胜家"(《壮悔堂文集》卷七)。

侯方域的论说文大多具有这种抑扬感慨的文风,写作时先破后立,论述得法。如其《于谦论》,先叙"天下惜之曰于谦社稷臣也",然后提出自己的观点"于谦非社稷臣也,可谓功臣矣",再引述史事加以论证,最后再以转语收束全文:"虽然,谓谦非社稷臣可也,谓之非社稷功而杀之则不可。功成矣,无以宠利居焉之谓道,惜乎谦未闻也。"全文感慨叹息,"全在矣字也字,数十处用得回旋有态,东坡晚年绝调也"(徐作肃语,见《壮悔堂文集》卷八)。再如《西施亡吴辩》:

> 西施非能亡吴也,而后世以亡国之罪归之西施,过矣。使吴王不信宰嚭,杀伍胥,内修国政,外备敌人,西施一嫔嫱耳,何能为?当时以勾践之坚忍,种蠡之阴计,卧薪尝胆,日伺其后。而乃远出数千里,争长黄池之间,构衅艾陵之上,穷师黩武,殆无宁岁。越人乘其空虚而倾其巢穴,此即无西施,岂有不亡者哉!吾观吴之亡也,与秦之苻坚相类。二君荒淫,精明固不可同年而语。而秦之亡,以伐晋致溃,吴之亡以越境而内救不及,其辙一也。然后知佳兵者自焚而攻远者遗近,元龟格言必不可易也。夫吾之为西施辩者,非果谓女戎可与于末减也。盖欲推其致亡之由,而断之于穷师黩武,以为后世鉴戒也。呜乎,吴之亡也,有西施亡,无西施亦亡,强大真不可恃哉。(《壮悔堂

文集》卷十)

文章批评西施亡吴的观点,并反对统治者穷兵黩武,这是值得肯定的。但当易代之际,将亡国归因于对外用兵,却是书生之论。本文也是以笔法著称,所谓"层层推论,精劲无前"(徐作肃语,见《壮悔堂文集》卷十),文章虽短,却层次分明,笔力精劲,才气毕现。

魏禧(1624—1681),字冰叔,一字叔子,号裕斋,江西宁都人。明末诸生,明亡后,举家隐居江西金精山之翠微峰。魏禧在清初文坛上地位较高。清初之际,其与兄祥、弟礼俱以文章著,并称"宁都三魏";又与彭士望等另八人为易堂之学,时称"易堂九子";在清初古文家中,也与侯方域、汪琬并称"清初古文三大家"。《四库全书总目提要》评云:"国初风气还淳,一时学者始复讲唐宋以来之矩矱。而琬与宁都魏禧、商丘侯方域称为最工。"(《四库全书总目提要》卷一百七十三)他的散文长于议论,有《魏叔子文集》。魏禧比较著名的论辨之文有《正统论》、《伊尹论》、《留侯论》、《地狱论》等。

魏禧在《答蔡生书》一文中,谈到自己的为文主张:"文章之变,于今已尽,无能离古人而自创一格者。独识力卓越,庶足与古人相增益。是故言不关乎世道,识不越于庸众,则虽有奇文,可以无作。"(《魏叔子文集外篇》卷六)这一观点在魏禧的论辨文中体现得尤为明显,以《留侯论》为例,张良是汉初名臣,这样一个历史人物前人已有很多评议,也有一些脍炙人口的名篇,魏禧的《留侯论》胜在见识和议论。张良是韩国人,却做了汉的谋臣。文章的论点在是否"忠韩"的问题上,故开篇即有意地设问自答:

> 客问魏子曰:或曰子房弟死不葬,以求报韩,既击始皇搏浪沙中,终辅汉灭秦,似矣。韩王成既杀,郦生说汉立六国后,而子房沮之,何也?故以为子房忠韩者非也。(《魏叔子文集外篇》卷一)

提出"子房非忠韩"的论点。接下来,作者笔锋一转,以"魏子"之语对这个问题进行了评述:

魏子曰：噫！是乌足知子房哉？人有力能为人报父仇者，其子父事之，而助之以灭其仇，岂得为非孝子哉！子房知韩不能以必兴也，则报韩之仇而已矣。天下之能报韩仇者莫如汉，汉既灭秦，而羽杀韩王，是子房之仇，昔在秦而今又在楚也。六国立则汉不兴，汉不兴则楚不灭，楚不灭则六国终灭于楚。夫立六国，损于汉，无益于韩；不立六国，则汉可兴，楚可灭，而韩之仇以报。故子房之志决矣。子房之说项梁立横阳君也，意固亦欲得韩之主而事之，然韩卒以夷灭。韩之为国，与汉之为天下，子房辨之明矣。范增以沛公有天子气，劝羽急击之，非不忠于所事，而人或笑以为愚。且夫天下公器，非一人一姓之私也。天为民而立君，故能救生民于水火，则天以为子，而天下戴之以为父。子房欲遂其报韩之志，而得能定天下祸乱之君，故汉必不可以不辅。

　　夫孟子学孔子者也，孔子尊周而孟子游说列国，惓惓于齐、梁之君，教之以王。夫孟子岂不欲周之子孙王天下而朝诸侯，周卒不能，而天下之生民不可以不救。天生子房以为天下也，顾欲责子房以匹夫之谅，为范增之所为乎，亦已过矣。（《魏叔子文集外篇》卷一）

文章层层推进，立论明确，指出张良仕汉一是为报韩仇，二是为救生民于水火。作者提出"天下公器非一人一姓之私也。天为民而立君，故能救生民于水火，则天以为子，而天下戴之以为父"、"天生子房以为天下也"的观点，实际上否定了所谓忠韩问题的意义。魏禧曾自述本文的写作缘由道："忠臣以兴复为急，虽杀身殃民而无悔。仁人以救民为重，故通权达节以择主。"本文与侯方域从个人出发对历史人物委婉评述有所不同，作者站在天下万民的立场，评述历史人物的功绩，见识出众，既有才子之笔又有著书者之识。

魏禧以布衣终身，但却有经世之志，所作文章，往往好评议古人，也很有见解，绝非迂腐儒生可比。他在评议古人时，多融入自己对现实政治的看法。其《陈胜论》中云："吾尝以为豪杰犯难特起，与人臣当国家之变，转败而为功，其人才不足用者盖数辈：文章名誉之人，浮言无实；肉食之家，科名之士,多鄙夫;遗老旧臣守常理,拘常格,而不知变;高节笃行者,坚僻迂疏,遗忽世务,不切于用。"(《魏叔子文集外篇》卷一)表明了自己对文章名誉之士、科名之士和遗老旧臣的鄙夷。魏禧的论说文,在评议历史事件与历史人物时,往往能够联系现实发表个人的独立见解。如《宋论》中对有宋政治的批评:

> 盖尝论三代以后,人才莫盛于宋,其致治远不及汉、唐,何也?汉、唐之立国在强固,宋之立国在忠厚。汉、唐以强固立国,而其法多荡轶简易,故一时臣工,类能敢作果为,以自奋其才智,是以能成功。宋以忠厚立国,其法多繁委周密,而一时臣工,又皆循礼守分,不敢踰越尺寸,斤斤然规矩准绳之中以自救过不给,是以不肖者不能为大乱,而虽有大贤不能遂志毕力,犯非常之举以至于大治。呜呼!排众论,冒不韪,危天子以成大功者,终宋之世,吾以为寇莱公一人而已矣。(《魏叔子文集外篇》卷一)

文章对比了有宋政治与汉唐的不同,指出宋代"法多繁委周密",大臣"循礼守分",以至于大贤之才不能够遂志毕力。从立国理念的角度,评述宋代政治的不足,总结失败的教训。谢曲斋评其"惊心骇目,皆义理具足二十分,故能有此识见,发此议论"(《魏叔子集文外篇》卷一),指出魏禧论史的卓越之处。魏禧论史,非空泛之言,往往有较强的现实针对性。以其《续续朋党论》为例,魏禧自云:

> 欧阳文忠作《朋党论》,辨君子小人之分,所以告其君;苏文忠作《续朋党》,教君子去小人之术,所以告其臣。传曰:"惟无瑕者可以戮人。"君子自护党,而欲除小人之党,欲其君不以党人目之得乎?世愈变,君子趋愈下,学术不明,毒坏天下之人心,而其祸归于君父也。余评次二篇,已为太息流涕,作《续续朋党论》。(《魏叔子文集外篇》卷一)

魏禧太息流涕而作此文,不止论史,意在述今。明末党争与北宋有相似之处,时人多有评论。魏禧在文中云:

> 近世则不然,所号为君子者,其始类能廉洁劲直,蕲蕲然取大名于天下,言人所不敢言,为人所不敢为,及其名日盛而权日归,则异己者去之唯恐不亟。欲去异己,必先植同己,门生故吏,荐引称誉之方不遗余力,使布列于朝廷。于是同己者众,而其去异己也愈力矣。……又其甚者,阳为名高,而即以名高收厚利,近谋身家,远虑子孙。盖尝较其争名趋利、专权怙党之私心,与彼所谓小人而急欲去之者,求其毫发之异不可得,犹诩诩然号于人曰,吾君子之党也,则日取小人而掊击之。(《魏叔子文集外篇》卷一)

明朝的灭亡,党争是一个重要的因素。阉党固然罪责难逃,但东林党人也并非无过。大敌当前为了各自的利益内斗不已,加速了王朝的毁灭。这其中有着深刻的历史教训,当时已有很多人探讨这个问题,如夏允彝(1596—1645)之《幸存录》等。魏禧的文章则通过论史对君子之党提出批评:"吾以为去小人之党易,使君子自去其党难。夫君子者,必使其身毋近于党人之所为则几矣。"对于此文,门人赖韦评曰:"描画丑态,正是提醒良心,为万世下此针砭,亦可云功不在禹下矣。"文中所传达的深刻的警世思想,令人深思。

魏禧学识渊博,论说文长于见识,而在写作上也不愿蹈前人窠臼。在《宗子发文集序》中,魏禧曾谈到自己的创作主张:

> 今天下治古文众矣,好古者株守古人之法,而中一无所有,其弊为优孟之衣冠。天资卓荦者,师心自用,其弊为野战无纪之师,动而取败。蹈是二者,而主以自满假之心,辅以流俗诐言,天资学力所至,适足助其背驰,乃欲卓然并立于古人,呜呼,难哉!(《魏叔子文集外篇》卷八)

他以为固守古人之法和师心自用，皆不能使文章并立于古人。在他看来，"养气之功在于积义；文章之能事在于积理"，"文章格调有尽，天下事理日出而不穷，识不高于庸众，事理不足关系天下国家之故，则虽有奇文于《左》、《史》、韩、欧阳并立无二，亦可无作。古人具在，而吾徒似之，不过古人之再见，顾必多其篇牍，以劳苦后世耳目，何为也"？这些见解，体现在魏禧的为文之中。他的论说文，受《左传》和苏洵文的影响很大，但学古而不拟古，能够融会贯通，自成一家。

汪琬(1624—1691)，字苕文，号钝庵，又号玉遮山人，晓号尧峰，长洲(今属江苏吴县)人，顺治十二年(1655)进士，康熙十八年(1679)，举博学鸿词科，官户部主事、刑部郎中。顺治十七年(1660)因江南奏销案降职兵马司指挥。任满，再迁户部主事。康熙九年(1670)，因病辞归，隐居太湖尧峰山，专心著述，人称尧峰先生。汪琬曾参加《明史》的修订，他的散文与魏禧、侯方域齐名，著有《尧峰文钞》等。

汪琬"性狷介。深叹古今文家好名寡实，鲜自重特立，故务为经世有用之学。其于当世人物，褒讥不少宽假"(《清史稿》卷四百八十四)。他的文章也为后世文人所推重，《四库全书总目提要》卷一百七十三称其文"气体浩瀚，疏通畅达，颇近南宋诸家"。郭预衡先生以为"南宋诸家"指的是"程朱以后诸儒"①。可知汪琬在文学上的追求与侯魏二人并不尽同，其论说文的创作也有这样的特色。

汪琬学问深厚，专心著述，在治学方面很有心得。其《治生说》一文，借谈"治生"来探讨"治学"道理。文中写道：

> 治生之家，未有急于治田亩者也。劳劳然春而播之，夏而耕之，秋而获之。惟其家有积谷，然后可以贸易百物，于是金玉锦绣之货，饮食器用之需，旁及于图书、彝鼎，希有难得之玩，皆可不劳而坐致之，故擅富名于天下。不幸而有不肖者出，厌其耕获之勤以费也，遂尽斥其田亩以委之于人，虽有所蓄，已不足以给朝夕而谋衣食矣，况

---

① 郭预衡：《中国散文史》下册，上海古籍出版社，2000年版，第439～440页。

望其致富哉?

为学亦然。举凡诗书、六艺、诸子百家,吾所资以为文者,亦如富家之有田亩也,故必愈精竭神以耕且穫于其中,惟其取之也多,养之也熟,则有渐摩之益,而无剽贼之疵;有心手相应之能,而无首尾舛互之病;浩乎若御风而行,沛乎若决百川四渎而东注。其见于文者如此,则亦庶几乎其可也。彼不能力求乎古人而思欲苟营而捷得之,于是取之者少,则剽贼之疵见;而养之者疏,则舛互之病生。以此夸耀于人,与不肖子之弃田亩何以异哉?使不遇旱涝兵燹之灾则已,设一旦有之,几何不立见其穷也?

《记》曰:"无剿说,无雷同。"必则古昔,称先王。今之学者,可谓剿说矣,雷同矣;骤而告之以古昔、先王,不将骇然而疑,哗然而笑,群以为愚且迂者乎!嗟乎!使吾之说而不愚不迂,又何以自异于今之学者也?故书此以自勉。(《尧峰文钞》卷九)

治生之家,家有积谷,然后可以贸易百物,治学也是如此。"吾所资以为文者,亦如富家之有田亩也,故必愈精竭神以耕且穫于其中。"治学之人攻读诗书、六艺、诸子百家,然后才能心手相应,达到"浩乎若御风而行,沛乎若决百川四渎而东注"的境界,所谓"取之也多,养之也熟"。作者也批评了那些治学寻找捷径的学人,指出他们的为学方法与不肖子弟弃田亩无异。文章比喻贴切,立意深远,读后给人启示良多。

汪琬进士出身,也曾在清朝为官,故喜用文章评史论政,有较强的参政意识,有些评述很有见解。其《名论》一文,谈到"名"对于士大夫的重要性,其中也涉及到统治者的统治艺术。文章开篇云:"人主之治天下者,诚也。而有术行乎其间。诚者,所以示人可信。术者,所以示人不可测。惟其可信,故能必人之乐从。惟其不可测,故能驱天下之士大夫,奔走于中而莫之觉。"文中谈到了统治者的用人之术:一为爵禄金帛的利诱,一为士大夫的好名之心。而士大夫对名的态度又分为三种:"为善而不求名者,上也;顾名而不得不为善者,次也;不知名之可好而肆然行不义者,小人而已。"对于人主来说,"尽得不求名之士而任使之,则何所虑焉"。然而如果人主无诚心之心,无治人之术,结果很可能是"其势既有所不能,而又无以惊动其心而振作其志气。将见其贤者,必飘然远去,而不为吾用。其中材者,亦将废然自合于流俗,而蒙垢忍辱,以希旦夕之利。则国家所得,尽小人耳"。作者感叹道:

> 名者,实之所从出也。士大夫好廉洁之名,则必不敢贪污矣。好退让之名,则必不敢忿争矣。好犯颜死节之名,则必不敢腼面以偷生矣。人主苟惟名之是徇,固不能无矫激诈伪之散。使姑劝之以名,而徐课其实,以神吾术于不可测,则又何患焉。吾尝谓好名之士大夫,不惟可与图治,亦可以救败。汉末之乱,使孔融、荀彧尚在,则曹操决不能亡。唐末之乱,使裴枢、独孤损之徒尚在,则朱全忠决不能篡唐。惟其有小人者,阴阳猜忌其间,悉罗织而贬且杀之,故汉唐遂从而亡。嗟夫!士大夫之气犹锋刃也,砺之而易以锐,而挫之则易以折。如其无术焉为之驾驭,而又以沽名挫之,此国家所以败乱相属也。(《尧峰文钞》卷八)

文章提到士大夫对"名"的态度关系到国运,而统治者是否善于驭"名",也是与国家"败乱"紧密相连的。文章层次分明,论叙有序,言之有理,又具有一定的现实意义,绝非迂腐的儒生之论。

《降将论》则探讨了君主如何对待降将的问题:"古之谋国者不难于受敌人之降而难于善其后,无以善之,则降而复叛,叛而溃败天下者,多矣。是以帝王之制降将也,必先解散其党与经画其土地,明去其为乱之资而阴蘜其为恶之志。初不敢用高爵重赏以示姑息,于彼故虽受数百万众之降,而未尝有后患,诚其虑之者周防之者,密而驾驭之术得也。"(《尧峰文钞》卷八)为使降将不复反叛,不但要攻心,还要用术。

汪琬有史评 14 则,对汉高祖、枚皋、元帝、光武、何晏、唐太宗等人进行评述,篇幅短小,时有卓见。如其《诸侯名士》篇道:

> 秦王用李斯阴谋遣辨士游说诸侯,诸侯名士可下以财者厚遗结

之,不肖者利剑刺之,离其君臣之计,然后使良将随其后。汪子曰:名士之无足重轻也,盖自古然矣。人主亦何赖此虚名者为哉。昔孔子用鲁而强齐归田,卜子夏、段干木见礼于魏文侯而邻敌寝谋,鲁仲连在赵义不帝秦而秦师为之却三十里。君子之于人国也,唯其不回于利,不怵于威,挺然而弗挠,故能有济。若所谓诸侯名士者,彼哉,彼哉!直小人之尤耳。(《尧峰文钞》卷八)

文章批评了诸侯名士向利而怵威,虽有名在外,实则"无足重轻"。这些短文,大多文小意深,也有一定的现实针对性。

汪琬有经世之志,好评议古人,以史明志,故文章常以小见大。如《北城募棺说》赞本朝设"义冢","可谓仁至而义尽矣",但写来却不拘于叙事,而是阐发事理,借事论政。文章开篇云:"周礼墓大夫令国民族葬而掌其禁令,吾意为周之民者,其死也宜无有不棺,棺亦无有不葬者矣。顾犹有蜡氏掌除骴,有死于道路者埋而置楬书日月,县衣服任器以待月令孟春,又命掩骼埋胔,是皆不棺不葬者也。……后世既无专官,又非有孟春之令。则踦魂栖于草露,遗骸尽于鸢蟻,小者为磷,大者为疠,足以干天地之和而伤国家之仁者多矣。"有人为遗骸募棺,并希望能推而广之。然而"以先王之仁圣加之以周官之法制犹不能尽其国中死者,顾使无骼者胔者道路死者。顾欲以区区司城之力又非有墓大夫与蜡氏之专职而乃惘惘焉,务为此财所不任责,所不急之事,此固世俗之所诽笑而亦仁人长者所为隐心动色者也。愿相与勉之而已"(《尧峰文钞》卷九)。

《四库总目·尧峰文钞提要》云:"国初风气还淳,一时学者始复讲唐宋以来之矩矱……惟琬学术既深,轨辙复正,其言大抵原本六经,与二家有别。其气体浩瀚,流通畅达,颇近南宋诸家,蹊径亦略不同,庐陵南丰,固未易言。要之,接迹唐、归无愧色也。"在清初三家中,汪琬的散文学识最厚且笔力最深。他身经易代,并以积极入世兼济天下之心参与了新朝的政事。他的论说文,往往能从大处命意,少牢骚语,多治世心,流露出浓厚的经世思想。而从论辨艺术的角度看,汪琬的论说文,本乎六经,又取法唐宋,既重义理,又重辞章,在清初的散文创作中堪称大家。

顾景星(1621—1687),字赤方,号黄公,蕲州(今属湖北蕲春县)人,明末贡生。入清后屡征不仕,托病隐居,名其草堂曰"白茅"。一生著述甚富,有《白茅堂全集》等书。

《白茅堂全集》收录的顾景星论辨体散文有经论、经辨、史论等,其中史论文部分最具文学色彩。顾景星极重气节,入清之后,拒绝应试博学鸿词科,专心著述。顾景星的史论文好评述古人,也有自己的见解。如其《蔡邕论》一文,即站在封建道统的立场上,对蔡邕投靠董卓的行为提出批评。蔡邕是东汉文学家,董卓专权时,迫于权势,为其出谋划策,董卓伏罪后因有"怀卓"之意被杀。据载,蔡邕曾"乞黥首刖足,继成汉史",士大夫亦多救之而不成。后人惜其才华,多有叹息。顾景星的这篇《蔡邕论》与一些文人同情其不幸有所不同,认为蔡邕"怀其私义,以忘大节",罪行不可赦:

> 王允既诛董卓,蔡邕动色悲叹,允勃然叱之曰:"董卓国之大贼,几倾汉室。邕为王臣,所宜同愤,而怀其私义,以忘大节。天诛有罪,反相痛伤,岂不共为逆哉!"收付廷尉,人皆冤邕而罪允。以今观之,王允斯言,未为过也。(《白茅堂诗文全集》卷二十九)

顾景星指出蔡邕在董卓一朝,无功受禄,"封侯食五百户、禄五十万。夫无故之利,圣人恶之"。蔡邕因贪恋荣华为董卓所用,不但有损于德,更是助纣为虐。故作者云:"桓帝召邕鼓琴,行次偃师,称疾而返。卓每宴集,邕辄赞事鼓琴。后遂为表荐卓,时卓已为太尉,封郿侯、进相国,废少帝、放太后,倾逼人主。邕谓宜益隆委任。厚其爵赏,岂欲卓加九锡、封安汉而已哉!然则邕死,不亦宜乎!"蔡邕之死并不值得同情。这些论点并不新鲜,但从顾景星个人的遭际看,文章当有明志之意。

顾景星亦有《王猛论》,文中云:"顾子曰:王猛人言霸王之佐也,惜其志小而急富贵。借晋而佐秦,虽然,猛之志岂如是哉。始猛隐萃山,桓温伐秦入关,猛被褐谒劝,急渡灞水,其意欲用晋也。既知与温不两立乃佐坚,猛之心苦矣。及其死也,曰晋虽僻陋,正朔相承,臣没后愿勿图晋。鲜卑我之仇,终为人患,宜除之,盖始终未忘晋也。"(《白茅堂诗文全集》卷二十九)文章与侯方域《王猛论》的论点近似,侯文认为"猛仕于秦而为晋",顾景星的文章的论点在于"猛之心诚苦矣"。当易代之际,二人从道德上为王猛辩解,有些书生气,但也是个人情志的发抒。

顾景星论史,喜在见解上另辟蹊径。如《伍员论》指出:"甚矣,子胥之冤也。""子胥故身立吴廷以伺楚,不幸死吴犹死楚也。死楚者,死建与胜也,死建与胜者,死父志也。于是而君臣父子之义尽。"(《白茅堂诗文全集》卷二十九)《田横论》中云:"田横未得士也。夫小信破义,小忠破谋,惟霸王之主惟能不用。故陈平之诈、韩信之凶、黥布之反、尉陀之骄而汉祖用之,汉祖能用不信不忠以定大谋成大义,故诸将尝叛汉而卒王;田横。用小忠小信而不知大谋大义,故五百人无一叛横,而横卒亡也。此志量之别也,真霸王之主孰能与于是哉?"(《白茅堂诗文全集》卷二十九)论述简洁有力,论证角度新颖。文中所提出的小忠小信与大谋大智的区别,还是能给人一定启示的。

与明清两代的诸多文人一样,顾景星亦好针对苏文的论点发表不同的见解。如苏轼认为:"周之失计,未有如东迁之缪者也。自平王至于亡,非有大无道者也。须王之神圣,诸侯服享,然终以不振,则东迁之过也。昔武王克商,迁九鼎于洛邑,成王、周公复增营之,周公既没,盖君陈、毕公更居焉,以重王室而已,非有意于迁也。周公欲葬成周,而成王葬之毕,此岂有意于迁哉?"(《东坡志林·周东迁失计》)正是畏敌东迁的行为造成了周室的衰亡,这一论点本是针对宋室对外政策而言,有很强的现实针对性。顾景星的《周平王论》提出"周之营洛周公之志也","葬公于毕,从文王也;从文王者,所以尊亲周公也;太公封于营丘,死于周而葬焉,故五世葬于周,从太公也。苏子曰'周之失计未有如东迁之谬者。使平王有一王导定不迁之计,收丰镐之遗,以形势临东诸侯,晋齐虽强,未敢贰也。'"

顾景星才高运蹇,仕途不达,故张士佖称其一生"才之大而遇之奇"(《顾赤方征君文集序》)。就其论说文的创作而言,顾景星好为奇语,独抒己见,但有时也会因求新而使思想缺少连贯性。这是易代之际学人之论的通病。

## 第三节 清前期论辨文

桐城文派是清代影响最大的散文流派,其作家之多、影响之大,都是其他流派难以比拟的。清代前期,桐城人方以智、钱澄之、戴名世等人的古文理论和创作实践,对桐城派的创作产生了较大的影响。

方以智,字密之,号曼公,又号鹿起,安徽桐城人,明崇祯十三年(1640)进士。方以智是"明季四公子"之一,明末过着贵公子的生活。同时,也受晚明结社风气的影响,曾参加复社。明亡后出家为僧,法名弘智,在著书立说的同时,积极参加反清复明斗争。他一生"博涉多通,自天文、舆地、礼乐、律数、声音、文字、书画、医药、技勇之属,皆能考其源流,析其旨趣。著书数十万言,惟通雅、物理小识二书盛行于世"(《清史稿》卷五百)。方以智著有《通雅》、《切韵源流》、《浮山文集前后编》、《五言古诗》、《学易纲宗》、《诸子燔有》、《物理小识》、《药地炮庄》等。罗炽评其"经历之坎坷,为学之扎实,学问之厚博,思想之深邃,著作之杂多",在明季思想家中"卓然独立",实不为过①。

明末社会危机加重,方以智的论说文也有对晚明社会的不良风气的批评。如其《货殖论》开篇云:"论货殖者,悲斯世之不可以不货殖也。"而文章的论点却是批评官风与世风:"仆固知世之所为货殖也,窃尝耻之,是以勉而为商贾之行,释豆羹之辱。今闻绪论于先生,益感斯世之不可与与矣。悲夫!俗以相凌,贪风日滋,仆虽喜施予,又不能结交权势,安能免于今之人乎?遂弃其家,与淡泊先生俱隐焉。"(《浮山文集前编》卷三)文章以商贾子与淡泊先生对话的形式阐述道理,表现了作者对晚明社会官场如商场的社会现实极度不满。《士习论》中云:"士处公卿大夫与庶人之间,操文法,明习世术。进则为公卿大夫,贱侔庶人。所习不善,则天下因

---

① 罗炽:《方以智评传》,南京大学出版社,2001年版,第1页。

之,俗流以失。"但"今国家育人才为急,而士不多读书,素不通达国体,观古今,究得失"(《浮山文集前编》卷三)。学子在当前的选拔制度下,只知制义,而不知经世济民。这种状况,不仅影响士风,也贻害社会。

方以智是著名的思想家,故其著述学养深厚,推源溯流,具有很强的学术性。《浮山文集前编》中收入的论说文,多带有考证的色彩。如其《史论》二、《史论》三、《史断》诸文,论及自己的治史思想,强调博闻、考究,以为这是治史的基本要求。在《史断》中,方以智云:

> 尚论古今,贵有古今之识。考究家或失则拘,多不能持论。论尽其变,然不考究,何以审其时势,以要其生平。虽谷由操律而断之,乌能不冤,乌能不漏呼?读史废书而叹,叹莫大于此。《资治》书皮日休仕黄巢,《纲目》书莽大夫卒。说者曰:正人心也。皮犹与郑元寿存疑于考异,子云不幸名高,谈道者恶其坛坫,而宋之文章,又恶其艰深,故受责备独苦。而漏者如宋弘、王祥,反得褒辞。嵇绍与诸葛靓同科,而觍面君父之仇,塞责荡阴,犹不足掩赵王伦之宰相。故乃至今称之。温公载山涛用嵇绍之语,微词已见,士既不读全史,又不读全鉴,专好循袭论断,断断是非,遂使漏者漏而冤者冤,漏则已矣,冤何能忍?《两山墨谈》据《渭南集》,辨袭美之不仕巢,《笔乘》载胡正甫简绍芳,辨子云之不仕莽,雪其沉冤,岂非阴骘。吾于是叹考究之不可以已也。(《浮山文集前编》卷五)

文中提出了治史"贵有古今之识",而若要"论尽其变",就必须对史料考究、辨析,"审其时势",否则会出现"漏者"、"冤者"。方以智举例说明,《资治通鉴》书皮日休仕于黄巢,《通鉴纲目》载杨雄任职于王莽政权,这两条记载使二人有失节之嫌。故新旧《唐书》皆不为皮日休立传,杨雄亦多受人责难。后《两山墨谈》据陆游《渭南集》,为皮日休辩解,称其死于吴越之地,实未参加黄巢政权。焦竑《焦氏笔乘·扬子云始末辨》据胡正甫等的说法,为杨雄辩解,称其未曾仕莽,皮、杨二人实为"冤者"。而嵇绍在赵王伦篡位后为官,却被认定为晋室忠臣。虽然司马光对其亦有微辞,却不为人察,此为漏者。"漏"尚可原谅,"冤"则让人无法忍受。历史记载中出现这样的情况,究其原因,是"不读全史,又不读全鉴,专好循袭论断,断断是非,遂使漏者漏而冤者冤"。作者虽然是站在封建正统立场上评述人物,但议论之间,持论有据,文法严密,表现出其强于考据的文章特色。

方以智的文章大多具有较强的学术性,故今人对其"文学"的一面研究较少。其实,作为易代之际的文人,方以智的论说文也表现出鲜明的时代特色,也极具个性色彩。以其《任论》为例,文中写道:

> 子长序《游侠》,中篇而叹曰:"缓急,人之所时有也。"其语未卒,特自痛其情耳。已诺必诚,不爱其躯,赴士之厄困,既已存亡死生矣,而不伐其德,此其于正义,何不执之有？孟坚责之,故意掩前人以自郑重,不惟不知此情,又何尝明此义乎?(《浮山文集前编》卷五)

方以智肯定了"侠"不爱其躯,已诺必诚的品质,认同司马迁对"侠"的评价;同时,认为班固对"侠"的指责,源自其"不知此情","不明此义"。文章的重点在于对"任"的阐释:

> 若所任非其义,是岂得为侠哉？任而义也,见义不为,孔子耻之,非直为常人之缓急论也。古风日远,人不好义,里曲之氓,惟计自便,无怪已。士君子高则谈道德,次亦立名称,一有不平之事,干涉禁令,则唯恐枝梢之及己,闻声股栗,见影而伏。……不过畏祸偷身而已。(《浮山文集前编》卷五)

文章讽刺了那些见义不为,只知高谈道德的士君子,称他们"闻声股栗,见影而伏""患难仓卒,则闭门摇手,但不出首,即其德矣"。描写极为生动。文末,作者感叹:"诩诩自任道德名称者且然,而况从不以一事自任者乎?"作者将"任侠"置于大的社会背景中进行探讨,司马迁时代的"侠""赴士之厄困",是一种个人的品德。而今日"古风日远",百姓只知自便,无须责怪。那些求名尚德的士君子,避祸偷身,则是社会大害。"彼但知有身矣,究安能长有其身?"文章勾画了士君子避祸之丑态,简洁而传神。

《浮山文集前编》的论说文中,亦有对历史人物的品评,如《淮阴侯论》、《孔北海论》、《幼安论》、《子陵论》等,选题是当时文人谈论较多的,但作者多能独抒己见,体现了方以智重德行而又知变通的处世思想。以《幼安论》为例,文章论述的是三国时管宁乱世全身之事,方以智慨叹:"时方大乱,出而应世,鲜有能自全者。直己则害身,枉己则丧德,虑乱而能全,非幼安谁与哉?"(《浮山文集前编》卷五)管宁在历史上以德行著称,《世说新语》曾载其"割席分坐"之事。生逢乱世,管宁全名节而善其身,实属不易。而在方以智看来,管宁"少即遭乱,渡海居塞北,三十七年。又封公孙之馈,汎海而归,归老田庐,终不应命,八十四而没,其于世亦良苦矣。……要似自隐忍以求全,而吾谓不在能全者,全不全,命也。士能安之而已"。对于管宁曾"表谢魏朝,称臣惶恐"之事,方以智以为:"幼安内省顽病,日薄西山之书,乃其措词之故事耳。而责备之,尤且如是,士诚难为士乎!既已轻世肆志矣,彼又安问人之责备以不邪?所悲者,不为世用。"对于管宁的作为,古人多有评价,方以智此论由苏轼兄弟引发。苏轼于《管幼安贤于荀孔》中称"管幼安怀宝遁世,就闲海表,其视曹操父子,真穿窬斗筲而已。既不可得而用,其可得而杀乎!予以谓贤于文若、文举远矣。"(《苏轼文集》卷六十五)苏辙曾作《管幼安画赞(并引)》,称管宁"幼安之贤,无以过人。予独何以谓贤?贤其明于知时,审于处己以能自全"(《栾城三集》卷五)。方以智此文,非拾人牙慧,而是同处乱世、渴望自全的一种慨叹。故其文末曰:"士不幸生乱世,既以幸全于当时,而犹不得全于后世之论,吾是以读眉山兄弟之所叹而重叹之。"可以说,是作者心境的一种写照。

方以智的此类论说文,往往有较强的文人气质,好发新论,而又能抒发心志。从风格上看,受宋代散文的影响较大。方以智主张出于经史而学于汉宋。《四库全书总目》称:"明之中叶,以博洽著称者杨慎,而陈耀文起而与争。然慎好伪说以售欺,耀文好蔓引以求胜。次则焦,亦喜考证,而习与李贽游,动辄牵缀佛书,伤于芜杂。惟以智崛起崇祯中,考据精核,迥出其上。风气既开,国初顾炎武、阎若璩、朱彝尊等沿波而起,始一扫悬揣之空谈。虽其中千虑一失,或所不免,而穷源溯委,词必有征,在明代考证家中,可谓卓然独立矣。"(《四库全书总目》卷一百八十九《通雅》条)其理论主张,对后来桐城派散文理论的形成有较大的影响。

钱澄之(1612—1693),初名秉镫,字饮光,一字幼光,晚号田间老人,西顽道人,安徽桐城人。钱澄之在明末曾与陈子龙(1608—1647)、夏允彝、钱木秉诸名士结交,明亡后积极参与抗清斗争,并在南明为官。入清后,钱澄之隐居著述,著有《庄屈合诂》《田间易学》《田间诗学》《藏山阁文存》《藏山阁诗存》《藏山阁尺牍》等。他的文章精洁、典雅,对后来桐城派的形成产生了一定影响。

钱澄之的论说文,关乎现实政治,或总结历史教训,或对时势作出分析判断,深刻警人,与一般的书生之论大有不同。其《闽论》《粤论》两文,总结了南明政权失败的经验教训。如《闽论》中指出,在闽立国一年的隆武政权失败虽说是"气数为之",但其中"亦人事使然焉"。钱澄之从国君、地利、物产等角度分析了政权的优势及失败的原因:

> 夫闽所建,非屑主也。所有之地,尽两粤与黔中、楚之湖南、江右之半壁,截长补短,地连六省,非甚狭小也。山川地势,皆极东南之险厄,可以扼守也。米谷不取给于他,物产富饶,开採鼓铸,可以济军国之用也。其兵虽不能决战于平原广野,而乘高伏莽,超距跳踯于丛棘渐石之间,援崖蹈险,虽孟贲、庆忌不能与之争追逐也。又有火器毒弩,与北方弓矢足以相当也。北方所恃者弓马,其地马不得驰,弓不得施,不战而守,闽固未易破也。然而一年辄败者,则三山非驻跸之地,郑芝龙兄弟非可倚之人。倚非其人,据非其地,如坐井而求出,媚虎而思骑,当其驻闽时,固已失天下之大势,阻兴复之雄图矣。(《藏山阁文存》卷四)

在钱澄之看来,闽地虽然易守难攻,物产丰富,但却非驻跸之地,而郑芝龙兄弟亦非可倚之人。"倚非其人,据非其地,如坐井而求出,媚虎而思骑,当其驻闽时,固已失天下之大势,阻兴复之雄图矣。"解决之道在于"驻跸赣州,调湖南,收江右,用海师,固江东",这样,"虽不足以中兴,亦偏安割据之胜算也"。虽然文章写作是在"君亡国覆"之后,但作者在文中所提出的问题和建议,与那些明亡后空发感慨的书生相比,却是难能可贵的。《粤论》则从举事者和谋士者的角度探讨了南明政权的最后溃灭:"当江西反正、粤东继起、天下争讴吟而思汉,是时湖南已失之城,一时顿复,人争荷戈而求敌,破竹无前,天意人心,骎骎乎有可以中兴之势;而卒不能有为者,由其举事者皆介胄一勇之夫,与谋者迂儒小生无所识见,惟能始事而不足以成事也。"(《藏山阁文存》卷五)这些人,既不能因势利导,亦不能团结抗敌,失败是不可避免的。作者慨叹:

> 至于行朝之上,本无一事可为,当事者亦惟藩镇之意是从,固无智谋之士,亦无所用其智谋也。虽分立门户,所争者口语耳,无关于国家之大计也。一二徇私植党之徒,思结援藩镇,以固其权,其谋适足以败国。究竟国事之败,亦不由其谋也。大势已去,谓之何哉!
> (《藏山阁文存》卷五)

南明王朝覆灭,南明士子中兴的理想也彻底破灭。这些濡染时代风云的论文,与借题发挥、空谈史事的文人之论有所不同,对于后人研究历史、总结经验,实有裨益。

《南渡论》也是钱澄之比较重要的一篇论辨文。文章开篇就苏轼所提出的"周计之失"的论题展开论述,以为"此妄论也"。然而,《南渡论》的论点,并不在于"平王东迁"的对错或宋王朝南渡的得失,论述的重点是南明王朝的政治得失。钱澄之认为:

> 今者封疆虽蹙,未甚减于建炎时也;诸镇战兵不下数十万,宿将犹有存者,不仅黄得功辈骁勇可恃也;东南财赋之地未尝少亏,转输固便也。但得一中才之主,有乃心王室者数人以为之佐,上下一体,封疆为念,收四方之能士,因思汉之人心,练军实,广召募,慎名器,惜赏罚,根本粗立,守险固围,毋论报仇雪耻,恢复旧疆,即使画淮而守,

截江以战，宁不足以支持岁月？岂有铁马长驱，挥戈竟渡，君臣奔窜，空国迎降，不发一矢，不阖一城，而半壁之江山拱手以献，一年之天子囚首就俘，极南朝之辱，贻万世之羞如今日之事者乎！（《藏山阁文存》卷四）

"极南朝之辱，贻万世之羞"的惨痛结局，深刻警人的历史教训，令人深思。大好的形势毁之殆尽，推之缘由，"夫亡国者，主也；亡主者，马士英也；而令马士英至此极者，阮大铖也。推而论之，东林诸君子攻击大铖之已甚者，亦与有过焉"。所谓文争于内，武争于外，各为一己私利，纷争不已，以致酿成大祸。马阮之流为小人固然可恨，但所谓清流君子，"未闻有荐一奇士、画一奇策为国家御侮定难者，惟日夕争此一案"，更加令人痛心。

钱澄之的论说文，密切联系明清之际的社会历史变迁，具有深刻警人的现实意义。这些文字，多作于明亡之后，是作者对明王朝灭亡的历史反思，其中不乏真知灼见。大体上说作者对历史的关注集中在以下三个方面：

其一，人力无法控制的天下"大势"。如《粤论》中所谈到的永历政权，初起时"骎骎乎有可以中兴之势"，最终"大势已去"，无可奈何。《闽论》中写隆武政权"当其驻闽时，固已失天下之大势"。大致因作者亲身经历了明王朝和南明王朝的覆灭，感受到人力所无法左右的时局变迁，故以"势"论史，来反映个人对历史巨变的无奈。

其二，秉政者战略战术方面的错误。如《闽论》中所谈到的"当日形势惟江楚据东南之胜，惟赣州扼江楚之要，诚使早跻赣州而用何腾蛟之师，以收江右，用郑氏之海艘，以扰江南，使北师不得尽锐于江东，而江东可保，江右可复，天下事尚可为也"。而南明政权"久驻于闽，备百官，设朝仪，用太平天子之文法，讲光武功成以后之张施"，导致了最终的灭亡。再如《粤论》中所论："南昌当烟销灰冷之时，无端一炬，海内鼎沸，其功不为不奇矣。不能乘时东出而尽锐以攻赣州，赣州未下，而北师已进湖口，舍而去之；又不能分驻湖东西以为犄角，共守一城，坐待围合，其计之失有不待言者矣。"正是因为秉政者缺乏远见，出谋者战术无方，导致了一败再败,最终无法收拾。

其三,内部的权力斗争。如《南渡论》中所谈到的阉党、东林党人争立国本,门户之见,最终铸成大祸。《闽论》中分析了郑氏子弟与南明政权之间的矛盾,《粤论》中批评了粤东之师"欲自广其土地",而"未尝念江西亡则粤与俱亡,而救江西为自救之计也",最终失却外援,不能独完。执政者用人无方,大臣内争不已,导致最后的失败。

应该说,钱澄之的时政论文对时局的分析是很有见地的。这些文章立足于现实斗争,也渗透着作者对江山易帜、舆图换稿的悲叹。而从写作艺术的角度来看,这些文章论点明确,陈述简洁清晰,论证往往以事实为依据,具有较强的现实感。在篇末,作者往往能用简洁的语言收束全文,如:

> 车覆而辙不改,春秋责备,何以辞焉?(《南渡论》,《藏山阁文存》卷四)
>
> 至于君亡国覆,岂不悲哉!(《闽论》,《藏山阁文存》卷四)
>
> 大势已去,谓之何哉!(《粤论》,《藏山阁文存》卷五)

叹息痛恨而又无可奈何,既是对全文的总结,也是作者个人的情感宣泄。文章戛然而止,作者内心的悲叹,溢于言表。

戴名世(1653—1713),字田有,一字褐夫,晚年居安徽桐城南山,后世遂称"南山先生"。他不好时文,擅长古文,年轻时文章即名噪于世。戴名世五十岁后始应科举,中举后,授翰林院编修,参与明史馆的编纂工作。然而却生不逢时,成为清初文字狱的牺牲品。康熙五十年(1711),戴名世因所作《南山集》中录有南明史事,并以南明年号纪年,被御史赵申乔(1644—1720)参劾下狱,两年后被处死,死年六十岁。《南山集》案株连甚广,对清代士风与学风产生了深远的影响,正如郭预衡先生所说:"《南山集》一案,对于一代文章甚有影响。这不仅因为名世之死,可为鉴戒;更因为方苞被赦,可为楷模。"①

戴名世是桐城派的奠基人,其论说文以史论为主。他有志修史,在《初集原序》中自谓"余生二十余年,迂疏落寞,无他艺能,而窃尝有志,欲上下古今,贯穿驰骋,以成一家之言,顾不知天之所以与我者何如,妄欲追踪古人"(《戴名世集》卷三)。可知他在治史方面,有成一家之言的理想追求。同时,对于治史,戴名世也有自己的理论和主张。他认为:

> 夫史之所藉以作者有二,曰国史也,曰野史也。国史者,出于载笔之臣,或铺张之太过,或隐讳而不详,其于群臣之功罪贤否、始终本末,颇多有所不尽,势不得不博征之于野史。而野史者,或多徇其好恶,逞其私见,即或其中无他,而往往有伤于辞之不达,听之不聪,传之不审,一事而纪载不同,一人而褒贬各别。呜呼!所见异辞,所闻异辞,所传闻异辞,吾将安所取正哉?《书》曰:"三人占,则从二人之言。"吾以为二人而正也,则吾从二人之言,二人而不正也,则吾仍从一人之言,即其人皆正也,而其言亦未可尽从,夫亦惟论其世而已矣。一事也必有一事之始终,一人也必有一人之本末,综其终始,核其本末,旁参互证,而固可以得其十八九矣。子曰:"众好之,必察焉;众恶之,必察焉。"察之而有可好,亦未必遂无可恶者;察之而有可恶,亦未必遂无可好者。众不可矫也,亦不可徇也,设其身以处其地,揣其情以度其变,此论世之说也。(《戴名世集》卷十四)

戴名世以为"史之难作",正史、野史互为补充,各有优劣。正史"出于载笔之臣,或铺张之太过,或隐讳而不详,其于群臣之功罪贤否、始终本末,颇多有所不尽,势不得不博征之于野史"。而野史"多徇其好恶,逞其私见,即或其中无他,而往往有伤于辞之不达,听之不聪,传之不审,一事而纪载不同,一人而褒贬各别"。而作一部良史,最重要的是要对史材有"察",即"设其身以处其地,揣其情以度其变"。这里有个人对"政治典章因革损

---

① 郭预衡:《中国散文史》下册,上海古籍出版社,2000年版,第483页。

益"的辨析,也有对历史的体悟。戴名世认为官修的正史,"分编共纂,人人而可以为之",而"为巨室者,群工杂进,而识其体要,惟度材是任者,大匠一人而已"(《戴名世集》卷十四《史论》)。在《与余生书》中,戴名世对这一问题亦有所论述:"前日浮屠犁支自言永历中宦者,为足下道滇黔间事。余闻之,载笔往问焉,余至而犁支已去,因教足下为我书其语来,去年冬乃得读之,稍稍识其大略。而吾乡方学士有《滇黔纪闻》一编,余六七年前尝见之,及是而余购得此书,取犁支所言考之,以证其同异。盖两人之言各有详有略,而亦不无大相悬殊者,传闻之间,必有讹焉。然而学士考据颇为确核,而犁支又得于耳目之所睹记,二者将何所取信哉?"(《戴名世集》卷一)但戴名世的修史思想中,有着明显的感性色彩,他说:

> 且夫作史者必取一代之政治典章因革损益之故,与夫事之成败得失,人之邪正,一一了然洞然于胸中,而后执笔操简,发凡起例,定为一书,乃能使后之读之者如生于其时,如即乎其人,而可以为法戒。譬如大匠之为巨室也,必先定其规模,向背之已得其宜,左右之已审其势,堂庑之已正其基。(《戴名世集》卷十四《史论》)

这与苏轼画竹先得成竹于胸中的艺术感知非常相似。可知,戴名世对史的理解,既有理性的内容,也有感性成分。正因如此,其史论文的文学色彩和个性色彩均比较浓重。

由于《南山集》案的影响,戴名世的文章多遭毁禁散佚,今存的论说文不是很多,比较重要的作品如《范增论》、《魏其论》、《史论》、《老子论》、《八月庚申及齐师战于乾时我师败绩》、《左氏辨》等。《范增论》借范增的遭遇,说明"定天下者,必明于天下之大势"。但戴名世所谓的"势",并非人力不能改变的必然规律,而历史人物的成功与否,在于是否能够识势与借势。对于范增的失败,戴名世评曰:

> 彼范增者,项氏骨鲠之臣也。其劝羽杀沛公,羽不听,则羽之过也。其立义帝,则可谓不明于天下之大势者也。汉王与郦食其谋挠

楚权,食其请复立六国后世,张子房以为不可。由此观之,夫有所立以自辅且不可,乃欲有所立以自制,夫岂明于势而熟于计者哉。(《戴名世集》卷十四)

《史记·项羽本纪》称范增"素居家,好奇计",他七十岁出山辅佐项羽,被项羽尊为"亚父"。在楚汉之争中,项羽不从其策而导致最终的失败。范增因看到项羽对他的猜疑,离开项羽,归乡途中,发病而亡。苏轼作有《论项羽范增》,重在评述范增是否应离开项羽。在苏轼看来,"义帝之立,增为谋主矣,义帝之存亡,岂独为楚之盛衰,亦增之所与同祸福也"。"增之去善矣,不去,羽必杀增。独恨其不早耳"。并认为:"增之去,当于羽杀卿子冠军时也。"(《苏轼文集》卷五)戴名世评范增,立论点不在于对范增个人行为及个人命运的价值评价,而在于对范增的行为在整个历史发展中的价值判断。在戴名世看来,范增的悲剧在于不明天下大势而"立义帝",正因如此,其幽愤而死的悲剧也就不可避免了。戴名世感喟:"势有可行有不可行,视乎所遭之变,所遇之时,而势出乎其间。吾独惜夫后之举事者,有可以用增之计而不能用,而自取灭亡,为天下笑。而增用之楚,而项王又以失其天下。呜呼!苟非明者,乌能视势之所在而图之,以定天下之大计也哉。"(《戴名世集》卷十四)应该说,戴名世之论,较之苏论,更有史家风范。

变通与审时的思想在戴名世的论说文中多有体现。如《抚盗论》,讲对背叛朝廷的"盗贼"之流不能姑息,开篇即云:"事有行之于昔为有功,而行之于今为失策,偶一行之而幸而成,而转相效之一败而不可救者。惟君子为能通古今之变,审时势之宜,而不至于拘牵往辙,以偾天下之事,此非庸夫小人之所知也。"(《戴名世集》卷十四)这种"通古今之变,审时势之宜"的思想,是著史者的"史识",也正是戴名世著史的追求。

戴名世追念亡明,他的"审时"思想中,包含着对明末历史的反思。如其在《抚盗论》中言:

国家有邻敌之变而言和,与有盗贼之变而言抚,未有不亡者也。

夫古今各有其变,时势各有其宜,不此之察,徒借口于往古久远侥幸偶胜之事,以致颠覆相寻而不悟,此国家之大盗也。呜呼!后有良天子贤宰相,不幸而遇此变,则先行国家大盗之诛,而后兴师讨群盗之罪,何盗之不可平,而安致有颠覆之患哉!(《戴名世集》卷十四)

历史的教训令戴名世叹息痛恨。再如《八月庚申及齐师战于乾时我师败绩》一文,指出:

孟子曰:"春秋无义战。"嗟乎!春秋之战多矣,鲜有出于义者。其或出于义而又不纯焉,卒同于不义而已矣。然圣人不忍遽绝焉,且幸之,且惜之,凡以著君臣之分,明父子之亲,而严内外之防,则亦不必计其功之成与否而义之,得失所在,圣人不忍遽绝焉耳。……今夫春秋之义,莫大于复仇,仇莫大于国之夺于人而君父之死于人也。故吾力能报焉,而有以洗死者之耻,上也;其次力不能报,而报之不克而死;最下则忘之;又最下则事之矣。吾尝读《春秋》,未尝不叹息痛恨于鲁庄公也。(《戴名世集》卷十五)

在戴名世看来,"桓公死于齐,庄公立",应该向齐复仇,而鲁庄公"不惟忘其仇,而又报之德",令人不由得"叹息痛恨"。他以为"春秋之义,莫大于复仇",在文中亦不断宣扬复仇思想,赞美翟义、李敬业二人"自以国家旧臣,义不忍靦颜俯首而立于怨家之朝"的行为,而对"后之臣子有遭其国亡其君死,而忘其仇而事其仇"的行为深有怨愤,这些思想,皆与浓重的遗民意识有关。

戴名世曾以毕生心血编订《四书朱子大全》,是程朱理学的忠实信徒。他的论说文,以治世为中心,表现出对理学的虔诚信奉。如《老子论》,即站在儒家道统的立场上,批评了佛老思想:"自孔子没而出而惑世诬民者有两家,曰老,曰佛。"但对佛老两家,戴名世又有所甄别。他以为"今夫佛氏之为教也,戕贼其身,枯槁其性,归于空虚无有,夫空虚无有诚不足以治天下。"(《戴名世集》卷十四《老子论下》)"老子一隐君子耳,不幸姓名言语落在人间,尊之者曰圣人,斥之者曰异端,滥觞于庄、列,决裂于申、韩,诬于巫觋,而晦于神仙,而遂以为圣道之害。噫!此后世之老子,非孔子时之老子也。"(《戴名世集》卷十四《老子论上》)从学术源流的角度,将老子学说与后世的道家做了区分。但戴名世并不认同那些只读经典、不知变通的迂儒,也有全身避害的生存之道。他在《魏其论》中,谈到魏其死因时道:"夫君子处乱世,不幸而遇小人,远之亦死,近之亦死,而吾谓远之犹可以得生。彼小人见君子一切与己乖异,固已欲杀君子,吾远其踪迹,而嫌隙不开,謦欬不露,彼渐且轻忽我也。但得彼之一轻忽我,而我乃得脱矣。""夫小人之不可近如豺虎然,而加之以得势,即附之者亦不能免其祸,而况魏其之沾沾自喜,灌将军之好气,怀不平之心。"悲叹魏其、武安二人不能远小人而自保。然而,戴名世最终因文得祸,读其文更让人感到悲哀。

  戴名世的论说文还有一些自明心志的短文,如《褐夫字说》、《药身说》、《种树说》等,这些文字,短小精致而又真情流露,写法不拘一格,颇有传记的色彩。戴名世好古文,不好时文,其论说文的写作,与当时的文人有所不同,很少引经据典,他的尊儒,更体现在修史治世的理想中,故其文章从文学性的角度,较之当时的文人更有可读性。

## 第四节　清中后期论辨文

清代中期,是所谓的封建盛世。文人学者埋头举业,论说文的创作缺少了直抒心声的社会环境。所论之"理",与清初深刻的社会批判与反思大有不同。清代中期,桐城派的代表作家是方苞、刘大櫆、姚鼐。"三人籍皆桐城,世传以为桐城派。"(《清史稿》卷四百八十五)至清末,桐城弟子管同、梅曾亮在文坛仍有巨大影响。

方苞(1668—1749),字凤九,号灵皋,晚年号望溪,安徽桐城人,官至礼部右侍郎。他是桐城派散文的创始人,与姚鼐、刘大櫆合称"桐城三祖"。方苞因为戴名世《南山集》作序下狱,后被赦免,在"桐城三祖"中,仕宦时间最长,经历也最为坎坷。方苞关心民瘼,具有兼济天下的入世精神。同时,作为桐城散文的创始人,在文章写作上,有着较为系统的理论主张。他的散文创作以叙事见长,但论说文中也有一些精品。

方苞的论说文,以史论文字居多,这与清代特殊的政治环境不无关系。与当时的众多文人一样,方苞尊奉程朱理学,向往二帝三王之治,这种思想在论说文中多有表述。如其《汉高帝论》中开篇即云:"二帝、三王之治,荡灭而无遗,虽秦首恶,亦汉高帝之过也。方是时,古法虽废而易兴也,俗变犹近而易返也,文献虽微而未尽亡也,天下若熬若焦,同心以苦秦法,则教易行、政易革也,而高帝乃一仍秦故,汉氏之子孙,循而习之,垂四百年,不独君狃其政,民亦安其俗矣,而后此复何望哉!古圣人之有天下也,若承重负行畏途,而惧于不胜,至于秦则用天下以恣睢,而专务自慊于上。秦皇帝纵观,高帝曰:'大丈夫当如此矣。'及叔孙通定朝仪,乃曰:'吾今而知皇帝之贵。'则其所见去秦皇帝盖一间耳。"(《方苞集》卷三)对刘邦延续秦法,深有不满。而在评述古代帝王时,重视"君德",并常常以三王为基准。《汉文帝论》写道:

三王以降，论君德者，必首汉文，非其治功有不可及也；自魏、晋及五季，虽乱臣盗贼，暗奸天位，皆泰然自任而不疑，故用天下以恣睢而无所畏忌；文帝则幽隐之中，常若不足以当此，而惧于不终，此即大禹"一夫胜予"、成汤"栗栗危惧"之心也。世徒见其奉身之俭，接下之恭，临民之简，以为黄、老之学则然，不知正自视缺然之心之所发耳。

然文帝用此治术，亦安于浅近，苟可以为而止。其闻张季之论，犹曰"卑之毋高"，盖谓兴先王之道以明民，非己所能任也。孔子曰："子产犹众人之母也，能食之而不能教也。"《书》曰："周公师保万民。"若文帝者，能保之而不能师也。夫是，乃杂于黄、老之病矣夫！（《方苞集》卷三）

汉文帝"奉身之俭，接下之恭，临民之简"，堪称三王之后君德首位。世人皆以为是黄老之学使然，方苞则认为其本源在于效三王"自视缺然之心之所发"。这些史论文字的见解并不新鲜，但在方苞反复阐释下，显得执着而坚定。除史论外，方苞在其他的论说文中也常流露出对上古社会的向往，如《谥法》、《原人》等。在《原人下》中，方苞道："自黄帝、尧、舜至周之中叶，仅二千年，其民繁祉老寿，恒数百年不见兵革，难更姓易代，而祸不延于民。降及春秋，脊脊大乱，尚赖先王之遗泽以相维持，会盟讨伐，征辞执礼；且其时战必以车，而长兵不过弓矢，所谓败绩，师徒奔溃而已，其俘获至千百人，则《传》必特书以为大酷焉。自战国至元、明，亦二千年，无数十年而无小变、百年二百年而不驯至于大乱者；兵祸之连，动数十百年，杀人之多，每数十百万。历稽前史所载民数，或十而遗其四三焉，或十而遗其一二焉。何天之甚爱前古之民，而大不念后世之民也！"（《方苞集》卷三）竭力美化上古社会。虽然全文探讨的是人道问题，但其立足点仍然是对秦汉以后政治"少修明"、人风"少淳实"的批评。这些论调，虽然在文人中比较常见，但在古今对比中，仍然可以看出方苞对现实人性和政治的不满：

三代以前，教化行而民生厚。舍刑戮放流之民，皆不远于人道者也,是天地之心之所寄,五行之秀之所钟,而可多杀哉!人道之失,自战国始。当其时,篡弑之人列为侯王,暴诈之徒比肩将相,而民之耳目心志移焉,所尚者机变,所急者嗜欲,薄人纪,悖理义,安之若固然;人之道既无以自别于禽兽,而为天所绝,故不复以人道待之,草薙禽狝而莫之悯痛也。秦、汉以还,中更衰乱,或有数十百年之安,则其时政事必少修明焉,人风必少淳实焉;而大乱之兴,必在政法与礼俗尽失之后,盖人之道几无以自立,非芟夷荡涤不可以更新;至于祸乱之成,则无罪而死者,亦不知其几矣!然其间得自脱于疮痍之余,剥尽而复生者,必于人道未尽失者也。

呜呼!古之人日夜劳来其民,大惧其失所,受于天耳;失所受而不自知,任其失而不为之所,其积也,遂足以干天祸而几尽其类,此三王之德所以侔于天地也与!(《方苞集》卷三)

方苞将"人道之失",归罪于侯王将相,认为他们的"篡弑"、"暴诈"是造成政事人风毁坏的根源,是有一定进步意义的。但他所赞美的"教化行而民生厚"的三代社会,却只是文人所构想的理想社会。

方苞为人刚正,虽逢所谓的康乾盛世,却曾遇牢狱之灾,故对社会黑暗有所接触,亦深感不满。"苞为学宗程、朱,尤究心春秋、三礼,笃于伦纪。既家居,建宗祠,定祭礼,设义田。其为文,自唐、宋诸大家上通太史公书,务以扶道教、裨风化为任。"(《清史稿》卷二百九十)其论说文,虽然批判性不强,但也并非泛泛而谈。他关注民风、政事,文章具有一定的现实意义。论证时,方苞好作古今对比,尤其是上古与后世的对比,模拟前人的痕迹较浓,所举例证亦不过经传。这使得他的论说文缺乏气势和识见,这也是清代步入盛世后,论说文创作的一种倾向。

作为桐城古文的代表人物,方苞论文主张"义法",以为"《春秋》之制义法,自太史公发之,而后之深于文者亦具焉。义即《易》之所谓'言有物'也,法即《易》之所谓'言有序'也。义以为经而法纬之,然后为成体之文"(《方苞集》卷二《又书货殖传后》)。他的散文创作不以论说文见长,但在论说文的写作中,亦比较重视言之有物、为文有序。其论说文,大多篇幅

不长,观点鲜明,在结构章法上比较讲究。如《蜀汉后主论》云:

> 昔成汤之世,伐夏救民,皆伊尹主之,而汤若无所事也。周武王之世,戡乱致治,皆周公主之,而武王若无所事也。盖大有为之君,苟得其人,常以国事推之,而己不与,故无牵制之患,而功可成。大有为之臣,必度其君之能是,而后以身任焉,故无拂志之行,而言可复。亡国之君若刘后主者,其为世诟厉也久矣,而有合于圣人之道一焉,则"任贤勿贰"是也。其奉先主之遗命也,一以国事推之孔明,而己不与。世犹曰:以师保受寄托,威望信于国人,故不敢贰也。然孔明既殁,而奉其遗言以任蒋琬、董允者,一如受命于先主。及琬与允殁,然后以军事属姜维,而维亦孔明所识任也。夫孔明之殁,其年乃五十有四耳。使天假之年,而得乘司马氏君臣之瑕衅,虽北定中原可也。即琬与允不相继以殁,亦长保蜀汉可也。然则蜀之亡,会汉祚之当终耳,岂后主有必亡之道哉!
> 
> 抑观先主之败于吴也,孔明曰:"法孝直若在,必能制主上东行。"是孔明之志,有不能行于先主也;而于后主,则无不可行。呜呼!使置后主之他行,而独举其任孔明者以衡君德,则太甲、成王当之有愧色矣。(《方苞集》卷三)

文章的论点在于君主之"任贤勿贰"。对于为世人所诟病的蜀汉后主刘禅,方苞提出了不同的见解,以为后主信任孔明,较之先主刘备更甚。"孔明之志,有不能行于先主也;而于后主,则无不可行",肯定了刘禅对孔明的信任。文章从历史上的伊尹、周公谈起,指出"大有为之君,苟得其人,常以国事推之,而己不与,故无牵制之患,而功可成。大有为之臣,必度其君之能是,而后以身任焉,故无拂志之行,而言可复"。引出刘禅对孔明的信任,和孔明对蜀汉的忠诚,最终导出对刘禅的评价。文笔简洁、不枝不蔓,而又论述有证。结合方苞个人的经历和抱负,文中对"君德"论述,当有所寄寓。

刘大櫆(1698—1779),字才甫,一字耕南,号海峰,安徽桐城人。他曾多次参加乡试,并两中副榜,但一直未能考取举人。乾隆间应博学鸿词科,为大学士张廷玉黜落,此后以授徒为业。晚年任安徽黟县教谕,后归里。刘大櫆一生境遇坎坷,以文才著称。他的文章长于气势,富有文采,有《刘海峰诗文集》。

  刘大櫆的论说文,量并不是很大。《天道》、《辨异》、《观化》诸篇,主要阐释了他自然无为的"天道观",偏向于哲学命题的探讨。《难言》、《辨焚书》诸篇,则通过对历史人物和事件的品评,阐发个人的见解。《骡说》则似短篇寓言,寄寓哲理,以小见大。

  刘大櫆一生仕途不显,思想上具有平民学者的质朴与中立,与当时的桐城古文家略有不同。刘师培评曰:"凡桐城古文之家,无不治宋儒之学以欺世盗名,惟海峰稍有思想。"(《论文杂记》附注)这一点,在其《息争》一文中可以看出:

  昔者,孔子之弟子,有德行,有政事,有言语、文学,其鄙有樊迟,其狂有曾点。孔子之师有老聃,有郯子,有苌弘、师襄;其故人有原壤,而相知有子桑伯子。仲弓问子桑伯子,而孔子许其为简;及仲弓疑其太简,然后以雍言为然。是故南郭惠子问于子贡曰:"夫子之门,何其杂也?"呜呼,此其所以为孔子欤!

  至于孟子乃为之言曰:"今天下不之杨则之墨。""杨、墨之言不息,孔子之道不著。""能言距杨、墨者,圣人之徒。"当时因以孟子为好辩,虽非其实,而好辩之端,由是启矣。唐之韩愈攘斥佛老,学者称之。下逮有宋,有洛、蜀之党,有朱、陆之同异,为洛之徒者,以排击苏氏为事;为朱之学者,以诋諆陆子为能。

  吾以为天地之气化,万变不穷,则天下之理亦不可以一端尽。昔者,曾子之"一以贯之",自力行而入;子贡之"一以贯之",自多学而得。以后世观之,子贡是则曾子非矣。然而孔子未尝区别于其间,其道固有以包容之也。夫所恶于杨、墨者,为其无父无君也;斥老、佛者,亦曰弃君臣,绝父子,不为昆弟、夫妇,以求其清净寂灭。如其不至于是,而吾独何为訾謷之?

大盗至，胠箧探囊，则荷戈戟以随之；服吾之服而诵吾之言，吾将畏敬亲爱之不暇。今也操室中之戈，而为门内之斗，是亦不可以已乎！

　　夫未尝深究其言之是非，见有稍异于己者，则众起而排之，此不足以论人也。人貌之不齐，稍有巨细长短之异，遂斥之以为非人，岂不过哉！北宫黝、孟施舍，其去圣人之勇盖远甚；而孟子以为似曾子、似子夏。然则诸子之迹虽不同，以为似子贡、似曾子，可也。

　　居高以临下，不至于争，为其不足与我角也。至于才力之均敌，而惟恐其不能相胜，于是纷纭之辩以生。是故知道者视天下之歧趋异说，皆未尝出于吾道之外，故其心恢然有余。夫恢然有余，而于物无所不包，此孔子之所以大而无外也。（《刘大櫆集》卷一）

所谓"息争"，即停止论争。刘大櫆主张对各种思想均要"包容"，"吾以为天地之气化，万变不穷，则天下之理亦不可以一端尽"。这一论点，有一定的现实意义。当时，思想文化领域中的汉宋之争日益激烈，汉学尚考据训诂，宋学家笃信程朱，讲求性理。刘大櫆推崇宋学，但也反对偏执一词，文中所举之例，又尽是孔孟之门，一方面与作者的学术视野有关，但从另一个角度看，也可以说是他个人思想的流露。这一思想，与方苞、姚鼐敌视汉学的态度明显不同。

而长期不遇，也使得刘大櫆的论说文中有一股郁塞之气。如《天道》三篇，由天道论及人道，批评"贤明者窜伏于下，而不肖者恣睢于上"的现实，这与作者不遇的现实处境是分不开的。《难言三》中针对裴行俭对初唐四杰的评价"士之致远，先器识而后文艺。勃等虽有文才，然浮躁浅露，岂享爵禄之器邪？"指出："人之有穷通得丧，天也。幸俭幸值其富贵，王勃诸人不幸而值其贫贱，乃遂以己之富贵，骄诸人之贫贱，则过矣。"并批评"彼行俭特以享爵禄为器识焉耳"。文末作者慨叹："夫浮躁浅露，后世之小人文致君子之词，而行俭固以倡之矣。文艺之于立德、立功则末矣，岂其不如享酒食之荣华者乎？"（《刘大櫆集》卷一）刘大櫆个人坎坷困窘的生活状态，使得他对以富贵骄人者格外厌恶。这篇文章，当有其自己的身世之感。

刘大櫆虽然不遇于时,然而为人却颇讲气节。《续难言》谈到了儒生的治生问题。元之许衡"以讲学得为显官矣。至其将死,乃以不能辞官为虚名所累,而戒其子以勿立墓碑。夫生则为官,死虽去其墓碑何补?此其言盖矫拂以求名,非君子立诚之道也。而其言之尤悖者,则曰:'儒者以治生为急。'"明清两代,随着生员数量的增加,落考士子的治生问题成为一个惹人关注的现象。刘大櫆仕途不达,本身也存在着"治生"问题,但他的文章却没有从世俗之情的角度认可许衡的观点。文中写道:

> 且夫衡之学,固自以为学孔子也。然孔子之称君子也,曰"谋道不谋食","忧道不忧贫"。衡则以为贫甚可忧也,食不可不谋也,是衡之言与孔子背也。衡之学固自以为学孟子也。然孟子之告滕公也,曰:"无恒产而有恒心者,惟士为能。若民则无恒产因无恒心。"衡固士人也,而欲下同于编户之民,是衡之言又与孟子背也。(《刘大櫆集》卷一)

以为许衡的"治生"之说背离了孔孟之教。许衡名利兼收,"以学道博天下之虚名,而又以治生收天下之厚利",更加令人愤慨。文末,作者指出"虽然,吾观世俗之情,能治生则生,不能治生则死;能治生则富贵,不能治生则贫贱;能治生则尊荣,不能治生则卑辱。而世之迂儒生长山泽之中,少所闻见,或犹守其不忘沟壑之心,宜其饿死于蒿莱,而世终莫之知也。然则,衡固儒之识时变者也,其言亦后世迂儒之药石哉"!对向往富贵尊荣的世俗之情有所讥讽。

刘大櫆论史,也很有特色。如《焚书辨》论及秦始皇焚书之事云:"六经之亡,非秦亡之,汉亡之也。""经之亡,盖在楚、汉之兴、沛公与项羽相继入关之时也。夫小人之为不善,未必其一出而祸天下,惟坐视其坏,而莫为之所,其终乃一坏而不可救。是故书之焚不在于李斯,而在于项籍;及其亡也,不由于始皇帝,而由于萧何。"对于前者,刘大櫆解释道:"迨项羽入关,杀秦降王子婴,收其货宝妇女,烧秦宫室,火三月不灭。而后唐、虞、三代之法制，古先圣人之微言，乃始荡为灰烬，澌灭无余。当项籍之未至于秦，咸阳之未屠，李斯虽烧之而未尽也。"对于毁于萧何之说，刘大櫆论道：

> 吾以为萧何，汉之功臣，而《六经》之罪人也。何则？沛公至咸阳，诸将皆争取金帛财物，而萧何独先入收秦丞相御使律令图书，汉以故具知天下之阨塞及户口之多少、强弱所在。然萧何于秦博士所藏之书，所以传先王之道不绝如线者，独不闻其爱而惜之，收而宝之。彼固以圣人之经，无关于得失、存亡所以取天下之筹策也，故熟视之若无睹耳。……萧何之所以相汉者，惟知有秦之律令，而圣人之经则弃而烧之已久矣。（《刘大櫆集》卷一）

表面上是对焚书之事进行辨析，实际上则是作者对历史的一种解读。同古代的大多数文人一样，刘大櫆在文章中表露出对唐虞三代之治的向往和对秦法治世的不满。在作者眼中，"秦之律令图书"和"举九鼎之重"的圣人之经，是难以比拟的，故其称萧何"真所谓刀笔之吏矣"。文章写得层次分明，中规中矩，是清中期论辨文中比较有代表性的一篇。

非士亦非民的身份，使刘大櫆的论说文在平整中亦具有一定的个性色彩。虽然在论证中"引证不出五经、三史"（《刘大櫆集·前言》），但也能从独特的视角对问题进行解析，也不乏独到的见解。那种不遇于时的郁塞，也使他的论说文言之有物，并带有一定的批判色彩。

姚鼐(1731—1815)，字姬传，一字梦谷，安徽桐城人，乾隆二十八年(1763)进士。四库开馆，任纂修官，书成归里。在江南、紫阳、钟山书院讲学，前后四十年，弟子众多。因其书斋名惜抱轩，世称惜抱先生、姚惜抱，有《惜抱轩诗文集》40卷，《惜抱轩尺牍》8卷，并辑《古文辞类纂》。

姚鼐曾从刘大櫆学习古文，并自谓师法方苞，而上溯宋欧阳修、曾巩。姚鼐论文主张"义理"、"考据"、"辞章"三者不可偏废。他以宋儒之学为治学之本，但也不废弃汉儒治经之长。《清史稿·文苑·姚鼐传》评价他"为文高简深古，尤近欧阳修、曾巩，其论文根极于道德，而探源于经训，至其浅深之际,有古人所未尝言,鼐独抉其微,发其蕴,论者以为词近于方,理深于刘"(《清史稿》卷四百八十五)。

姚鼐的论说文,好评议人物,如《范蠡论》、《伍子胥论》、《李斯论》等。这些文章,大多文理并重,角度新颖,显示了姚鼐深厚的古文功底。

《李斯论》是一篇为李斯辩解的文章,写得"有物"且"有序",历来为人所称道。《史记·李斯列传》带有文学性的描绘,使秦相李斯的形象根深蒂固。司马迁评曰:"李斯以闾阎历诸侯,入事秦,因以瑕衅,以辅始皇,卒成帝业,斯为三公,可谓尊用矣。斯知六艺之归,不务明政以补主上之缺,持爵禄之重,阿顺苟合,严威酷刑,听高邪说,废适立庶。诸侯已畔,斯乃欲谏争,不亦末乎!人皆以斯极忠而被五刑死,察其本,乃与俗议之异。不然,斯之功且与周、召列矣。"(《史记》卷八十七)既肯定了李斯的历史功绩,也对其"持爵禄之重,阿顺苟合"的做法有所批评。后人对李斯亦多有所论。姚鼐的《李斯论》是针对苏轼之论而言。苏轼在《荀卿论》中指出"昔者常怪李斯事荀卿,既而焚灭其书,大变古先圣王之法,于其师之道,不啻若寇仇。及今观荀卿之书,然后知李斯之所以事秦者皆出于荀卿,而不足怪也"。"彼李斯者,独能奋而不顾,焚烧夫子之六经,烹灭三代之诸侯,破坏周公之井田,此亦必有所恃者矣。彼见其师历诋天下之贤人,以自是其愚,以为古先圣王皆无足法者。不知荀卿特以快一时之论,而荀卿亦不知其祸之至于此也。……荀卿明王道,述礼乐,而李斯以其学乱天下,其高谈异论有以激之也"(《苏轼文集》卷四)。

姚鼐的《李斯论》开篇即云:"苏子瞻谓'李斯以荀卿之学乱天下',是不然。秦之乱天下之法,无待于李斯,斯亦未尝以其学事秦。"否定了苏轼从学术承袭的角度解读历史的方法。姚鼐认为:"始皇之时,一用商鞅成法而已,虽李斯助之,言其便利,益成秦乱。然使李斯不言其便,始皇固自为之而不厌,何也?秦之甘于刻薄而便于严法久矣!其后世所习以为善者也。斯逆探始皇、二世之心,非是不足以中侈君而张吾之宠。是以尽舍其师荀卿之学,而为商鞅之学,扫去三代先王仁政,而一切取自恣肆以为治;焚《诗》、《书》,禁学士,灭三代法而尚督责。斯非行其学也,趋时而已。设所遭值非始皇、二世,斯之术将不出于此,非为仁也,亦以趋时而已。"姚

鼐对李斯的评论,从"趋时"的角度切入,应该说是比较有新意的。文中云:

> 君子之仕也,进不隐贤。小人之仕也,无论所学识非也,即有学识甚当,见其君国行事,悖谬无义,疾首嚬蹙于私家之居,而秝夸导誉于朝廷之上。知其不义而劝为之者,谓天下将谅我之无可奈何于吾君,而不吾罪也。知其将丧国家而为之者,谓当吾身容可以免也。且夫小人虽明知世之将乱,而终不以易目前之富贵,而以富贵之谋,贻天下之乱,固有终身安享荣乐,祸遗后人,而彼宴然无与者矣。嗟乎!秦未亡而斯先被五刑、夷三族也,其天之诛恶人,亦有时而信也邪?《易》曰:"眇能视,跛能履,履虎尾,咥人,凶。"其能视且履者,幸也,而卒于凶者,盖其自取邪?
>
> 且夫人有为善而受教于人者矣,未闻为恶而必受教于人者也。荀卿述先王而颂言儒效,虽间有得失,而大体得治世之要,而苏氏以李斯之害天下,罪及于卿,不亦远乎!行其学而害秦者商鞅也;舍其学而害秦者李斯也。商君禁游宦,而李斯谏逐客,其始之不同术也,而卒出于同者,岂其本志哉?宋之世,王介甫以平生所学,建熙宁新法。其后章惇、曾布、张商英、蔡京之伦,曷尝学介甫之学邪?而以介甫之政促亡宋,与李斯事颇相类。
>
> 夫世言法术之学,足亡人国,固也。吾谓人臣善探其君之隐,一以委曲变化从世好者,其为人尤可畏哉!尤可畏哉!(《惜抱轩诗文集》卷一)

李斯为了富贵权势而媚行其君,他的悲剧不在于效荀卿之学,而在于国君行事之"悖谬无义"。作者将国家动乱的主因归之于帝王,颇有见识。而从论辨艺术的角度看,文章开篇明志,直入主题,抛出论点,然后逐层深入,论述"有物",论证"有序",有大家之气。

《范蠡论》是一篇著名的史论。文章借范蠡长子救弟不成之事,谈君子修身择交的重要性。文章不长,行文简洁而说理透辟。全文以叙事开

篇,引出论题:

> 范蠡之子杀人,系于楚。蠡令其少子行千金于所善楚庄生救之。其长子请行,不许。其后卒强以行。于是庄生因为入朝楚王而说之赦。蠡长子闻楚将赦,谓弟固可活矣,入庄生家,复取金去。庄生怒,竟说楚王论杀其弟。人以此称蠡始不欲遣其长子为知也。自君子观之,蠡固未尝知也。(《惜抱轩诗文集》卷一)

即范蠡是否"知"人。文章指出"庄生非贤者",范蠡之丧命是因范蠡交友不贤,否定了其少子可以救人之说。又从其"长子生而贫,则啬而贵财;少子长而富,则亦骄而轻士",进一步深化了前文的论证。文末点题:

> 尝考范蠡之行:当其相越,所图皆倾险之谋。及越破吴,吴危急而求成,勾践欲许,独蠡不可,而必亟毙之,其意盖亦忍矣。夫溪频之水,鳣鲔不游,离靡之草,虎豹不居,旦暮之交,君子弗与。故必内行备而后可友天下之士,友天下之士而后为之谋,则忠信而不私,当其事,则利害而不渝。故君子重修身而贵择交,而蠡之所为,残忍刻薄,其事独与庄生者相近,宜其心贤之,而欲倚以为重也,而岂知身受其祸也哉!(《惜抱轩诗文集》卷一)

文章叙议结合,论点鲜明,而又章法严谨。虽为议论,却文字淡雅,人称其是史论的范文,并不为过。文章由范蠡救子之事,引申到为人的修身择交,既是对事件的一种解读角度,也是在借史明志。姚鼐早期奔竞于科举之途,后又长期致力于著书讲学,为人淡泊名利,故其论史而谈修身择友,当是有感而发。

姚鼐的论说文,不以气势见长。选题不大,但角度新颖,别具机杼。有些问题也能联系现实,如《翰林论》,谈翰林之职责。文中云:"明之翰林,皆知其职也,谏争之人接踵,谏争之辞连策而时书。今之人不以为其职也,或取其忠而议其言为出位。夫以尽职为出位,世孰肯为尽职者?余窃有惑焉,作《翰林论》。"(《惜抱轩诗文集》卷一)翰林是天子的侍从之臣,"拾遗补阙,其常任也",当有"制造文章之事而兼谏争"。而今之翰林,"居近臣之班",却"不知近臣之职"。文章针对翰林不能效古时尽职而言,并非空论。在文化高压政策下的清代官场,缺乏明代的谏争风气,官员但求自保,大多平庸,姚鼐的这篇文章有着比较强的现实意义,但作者的论证平淡雅正,并无愤世之情。在论述时,也非一味古今对比,借古讽今,而是陈述事实,追溯源流,有理有据,可以说是姚鼐比较有代表性的一篇散文。

桐城弟子中,比较著名的是管同和梅曾亮。管同(1780—1831),字异之,上元(今属南京)人。管同有经世之志,尚实学,其论说文有较强的现实针对性。如《禁用洋货议》谈到"奇巧而无用"的洋货影响到公私财力,并主张"令有司严加厉禁,洋与吾商贾皆不可复通,其货之在吾中国者,一切皆焚毁不用,违者罪之,如是数年,而中国之财力纾矣"(《因寄轩文初集》卷二)。观点虽然偏颇,却也可见作者关心时政的一片热忱。《拟筹积贮书》和《上方制军论平贼事宜书》诸文,则针对京师的粮食储备问题和官吏殃民等社会现象提出建议。这些文章,往往能结合社会现实,不作浮泛的空论。管同的史论文也很有见地。《蒯通论》评述了秦末汉初的辩士蒯通,他曾经游说韩信背叛刘邦,称"当今两主之命,悬于足下。足下为汉则汉胜,与楚则楚胜","诚能听臣之计,莫若两利而俱存之,三分天下,鼎足而居"(《史记·淮阴侯列传》)。韩信未听蒯通之见,汉朝建立后,以谋反的罪名为吕后所杀。《史记》中的韩信则是一个悲剧人物。由于司马迁对刘邦、吕后杀戮功臣的行为非常厌恶,使得蒯通在人们心中成为"智者"。管同对蒯通游说韩信的目的进行了深入剖析,他认为蒯通"利天下之分,而不利其合",为一己之私,不惜牺牲天下万民的利益,是极其阴险的。文章在写法上极得桐城文法。引史为证,言而有据,层层深入,论而有序。对于韩信,管同在《韩信论》中也有独特的论述。众人皆以为韩信"连百万之众,战必胜,攻必取",管同却以为"信之将兵抑,犹有所未善也"。并以之同周亚夫、诸葛亮诸人对比,指出韩信将兵屡次濒临险境,取胜只是出于侥幸。文末慨叹"世以成败论英雄,固已久矣"(《因寄轩文初集》卷二)。论史而能不拘于常谈,且能言之成理,令人信服,显示了管同论说文长于议论、见识出众的特点。

　　清代后期,桐城派古文,已不能适应新的时代需要,一些桐城后裔代表人物试图修正其原来理论,意图使之"中兴",主要代表人物有梅曾亮。梅曾亮(1786—1856),字伯言,上元(今属江苏南京)人。道光二年(1822)进士,官户部郎中。居京师二十余年,后乞归,主讲扬州书院,著有《柏枧山房文集》30卷。梅曾亮是姚鼐的著名弟子之一,姚鼐死后,他成为桐城派的中心人物。梅曾亮论文与桐城派传统的文论有所不同,他主张文章"随时而变","因时立言",提倡文章要反映"一时朝野之风俗好尚"(《柏枧山房文集》卷二《答朱丹木书》),对于桐城派后期作家因袭成"法"的创作倾向有所纠正。

　　梅曾亮关注时弊,他的政论文对一些社会问题往往有比较深刻的见解。如其《臣事论》批评了当时的吏治问题,指出"天下之患,非事势盘根错节之为患也,非法令不素具之为患也,非财不足之为患也。居官者有不事事之心,而以其位为寄,汲汲然去之,是之为大患"(《柏枧山房文集》卷一)。文章推究了吏治败坏的原因,以为"今之为仕者""无愚智贤不肖也,而皆有必为公卿大夫之心。夫吏之迁除,或以年计,或以十数年计,非可朝拜官而夕超擢也。然其身靡于此,而其心去此职而上者,不可以层累计。人有仕宦十年而官常调者,则乡里笑之,而亲友为之减色。忘分苟得,相师成风"。官员一心升迁"有不事事之心,而以其位为寄,汲汲然去之,是之谓大患"。梅曾亮认为"是患也,不成于贱而成于贵;不成于贵贱之悬殊,而成于治贵贱之不公",而解决问题的关键在于"法之加必自贵者始"。应该说,封建吏治问题是每一个封建王朝所面临的难题,尤其在王朝末世,往往与其他社会危机共同作用,成为王朝灭亡的重要因素。梅曾亮对这个问题的关注,有深刻的现实意义。虽然他所提出解决问题的手段,并没有触及这一问题的社会根源,但文章中对官场升迁的考察,对官风吏治的批评,还是具有一定的现实意义。

　　梅曾亮的论说文还有《士说》、《民论》、《刑论》等篇,这些文章,大多立足于社会现实,有感而发,对一些社会问题的阐发也能独抒己见。在鸦片战争前后,社会危急加重之时,是难能可贵的。方东树(1772—1851)称其

"读书深,胸襟高,故识解超而观理微,论事核,至其笔力,高简醇古,独得古人行文笔势妙处。此数者,北宋而后,元明以来,诸家所不见。为之不已,虽未敢许其必能挑宋,然能必其与宋大家并立不朽",虽有谀美,但就其论说文的创作而言,的确有"观理微,论事核"的特点。他还著有一些带有寄寓性的散文,如《观渔》,由"观渔"而观人事,借网中之鱼来比喻现实人生。《惜字纸说》,通过"惜字纸"的习俗,引出人不如虫的感慨,为学者的遭遇而鸣不平,皆有感而发。

梅曾亮是桐城派散文的承继者,他主张文章写作一气呵成,首尾贯通。"夫古文与他体异者,以首尾气不可断耳。有二首尾焉,则断矣。退之谓六朝文杂乱无章,人以为过论。夫上衣下裳,相成而不复也,故成章。若衣上加衣,裳下有裳,此所谓无章矣。其能成章者,一气者也。"(《柏枧山房文集》卷二《与孙芝房书》)在具体的创作中,亦能身体力行,以《韩非论》为例,文中写道:

> 太史公谓韩非引绳墨、切事情,悲其为《说难》,而不能自脱。嗟夫!非之为《说难》,非之所以死也。
>
> 今人君无贤智愚不肖,莫不欲制人而不制于人,测物而不为物所测。然卒为揣摩智士之所中,而不能脱其要令者,彼士也阴用其术,而主不知,故因势而抵其巇。使知有人焉玩吾于股掌之上,而吾莫之遁,虽无信臣左右之谗,其不能一日容之也决矣。
>
> 且古今著书立说之士,多出于功成之后者。不然,则无意于世以潜其身。今非方皇皇焉入世之网罗,独举世主所忌讳者,纵言之而使吾畏,亦可谓不善藏其用者矣。不然,非之术,固士阴挟以结主取济者,非独以发其覆而为祸首,岂不悲哉!
>
> 吾观老子之书,以柔为刚,以予为取,处万物所不胜,而视天下不婴儿处女若,宜有难免于雄猜之世者。然则老子之不知所终,其已智及此哉?(《柏枧山房文集》卷一)

文章没有评价韩非的功过是非,而是从多个侧面论述了韩非之必死无疑。

君主"欲制人而不制于人,测物而不为物所测",故不能容之。而韩非著书立说后"皇皇焉入世之网罗","不善藏其用",故而"发其覆而为祸首"。最后,作者以老子"以柔为刚,以予为取"的处世哲学反衬韩非之不智。全文论点明确而气脉贯通,论述曲而有制,体现了桐城派散文的创作特色。

这一时期也有一些学者文人不主桐城,"常州一郡,多志杰卓荦之士,而古文巨手亦出其间。恽敬、张惠言,天下推为阳湖派,与桐城相抗"(《清史稿·文苑传》)。

恽敬(1757—1817),字子居,号简堂,阳湖(今属江苏武进县)人,为文为学不主一家。其治古文"得力于韩非李斯,与苏明允相上下,近法家言。叙事似班孟坚、陈承祚,而先生自称其文自司马子长而下无北面"。"于阴阳、名法、儒墨、道德之书既无所不读,又兼通禅理。以为心之故,惟圣贤能知之而言之,佛与学佛者亦能知之而言之。"(吴德旋《恽子居行状》)恽敬好为长篇大论,如《三代因革论》共八篇,此外,还有《康诰考》、《顾命辨》等文。这些文章,"能发前人所未发"《恽子居行状》,说经论史,学养深厚。

张惠言(1761—1802),清代词人、散文家,原名一鸣,字皋文,武进(今属江苏常州)人。嘉庆四年(1799)进士,任实录馆纂修,后官至翰林编修。张惠言早年工骈文辞赋,后受文法于桐城派刘大櫆、钱伯垧,与同里恽敬共治唐宋古文。

龚自珍(1792—1841),字尔玉,又字璱人,曾更名易简,字伯定,又更名巩祚,号定庵,浙江仁和(今属杭州)人,清代杰出的思想家和文学家。嘉庆二十三年(1818),龚自珍乡试中举,其后却屡试不第,直至道光九年(1829)始中进士,后官至礼部主事。道光十九年(1839),厌倦了官场生活的龚自珍辞官归里。道光二十一年(1841),逝于江苏丹阳云阳书院。龚自珍在近代文学史上是承前启后的人物。梁启超说:"晚清思想之解放,自珍确与有功焉。光绪间所谓新学家者,大率人人皆经过崇拜龚氏之一时期。"[①]他对社会弊端的批判和力图变革的思想,打破了清代思想界的沉闷局面,对近代社会转型产生了深远影响。

---

① 梁启超:《清代学术概论》,上海古籍出版社,1998年版,第75页。

龚自珍生活的时代,清王朝的统治已入衰世。西方列强的入侵,王朝统治的腐败,使社会矛盾空前激化。岌岌可危的末世政治、坎坷的仕途生涯加深了龚自珍对社会人生的认识,同时也助长了他叛逆思想的形成。作为天思敏锐的思想家和诗人,他开始了对社会政治和传统文化的剖析批判。

龚自珍的散文成就比较高。其文多政论之作,有些是直接议论当时政治和社会矛盾的,如《明良论》、《平均篇》、《西域置行省议二》、《对策》等。有些则征古喻今,"以经术作政论","往往引《公羊》义讥切时政,诋排专制"(《清代学术概论》二十二),如《乙丙之际箸议》、《尊隐》等。一些有关记序杂文,亦多借题发挥,涉及现实问题,如《送钦差大臣侯官林公序》、《己亥六月重过扬州记》、《病梅馆记》、《捕蜮第一》等。这些散文形式多样,不守故蹊。政论之文,多长篇大论,详尽明晰、深切通达;小品杂文,则短小精悍、构思别致、寓意深刻。龚文的表现方法,有的率直,有的奇诡,散行中有骈偶,简括中有铺陈;但有时流于古奥晦涩,难以索解。与桐城派古文比较,龚文上法诸子,奥博纵横,是先秦诸子散文一个新的发展。李慈铭说他"文笔横霸,然学足副其才,其独至者,往往警绝似子"(《越缦堂读书记·定庵文集》)。

龚自珍早期的论政之文有《明良论》四篇,《乙丙之际箸议》等。这些作品直刺时弊,抨击现实。在《明良论三》中,龚自珍用形象的语言评析清朝的用人之弊:

> 今之士进身之日,或年二十至四十不等,依中计之,以三十为断。翰林至荣之选也,然自庶吉士至尚书,大抵须三十年或三十五年;至大学士又十年而弱。非翰林出身,例不得至大学士。而凡满洲、汉人之仕宦者,大抵由其始宦之日,凡三十五年而至一品,极速亦三十年。贤智者终不得越,而愚不肖者亦得以驯而到。此今日用人论资格之大略也。夫自三十进身,以至于为宰辅、为一品大臣,其齿发固已老矣,精神固已惫矣,虽有耆寿之德,老成之典型,亦足以示新进;然而因阅历而审顾,因审顾而退葸,因退葸而尸玩,仕久而恋其籍,年高而

顾其子孙,倮然终日,不肯自请去。或有故而去矣,而英奇未尽之士,亦卒不得起而相代。此办事者所以日不足之根原也。城东谚曰:"新官忙碌石呆子,旧官快活石师子。"盖言夫资格未深之人,虽勤苦甚至,岂能冀甄拔?而具形相向坐者数百年,莫如柱外石师子,论资当最高也。如是而欲勇往者知劝,玩恋者知惩,中材绝侥幸之心,智勇苏束缚之怨,岂不难矣!至于建大猷,白大事,则宜乎更绝无人也。其资浅者曰:我积俸以俟时,安静以守格,虽有迟疾,苟过中寿,亦冀终得尚书、侍郎。奈何资格未至,哓哓然以自丧其官为?其资深者曰:我既积俸以俟之,安静以守之,久久而危致乎是。奈何忘其积累之苦,而哓哓然以自负其岁月为?其始也,犹稍稍感慨激昂,思自表见;一限以资格,此士大夫所以尽奄然而无有生气者也。当今之弊,亦或出于此,此不可不为变通者也。(《龚自珍全集》第1辑)

文章谈到"今日用人论资格之大略",对于用人循资格而导致的弊端深有所感,以为"此不可不为变通者也",要求改变现状,使有才干的人得到重用。对用人的"循资格之弊"进行反思,不自龚自珍始,龚自珍也只是提出问题,并没有找到行之有效的解决办法,但文章的论证与龚自珍所一贯坚持的"不拘一格降人才"的观念是一致的,是作者对当时吏治反思的一个有机组成部分。

龚自珍个性傲岸,又好在诗文中伤时骂世,在官场中树敌颇多,一直沉郁下僚,难以在政治上有所作为,因此对于官风和士风的堕落感同身受,论说文中亦多有评述。如《明良论二》批评了知识阶层的堕落,指出:"士皆知有耻,则国家永无耻矣;士不知耻,为国之大耻。历览近代之士,自其敷奏之日,始进之年,而耻已存者寡矣!官益久,则气愈媮;望愈崇,则谄愈固;地益近,则媚亦益工。至身为三公,为六卿,非不崇高也,而其于古者大臣巍然岸然师傅自处之风,匪但目未睹,耳未闻,梦寐亦未之及。臣节之盛,扫地尽矣。非由他,由于无以作朝廷之气故也。"士不知耻,为官后更甚。对于晚清官风的污浊,龚自珍深恶痛绝,因而评述中情感激越,笔带锋芒,愤恨之情,溢于言表:

农工之人、肩荷背负之子则无耻,则辱其身而已;富而无耻者,辱其家而已;士无耻,则名之曰辱国;卿大夫无耻,名之曰辱社稷。由庶人贵而为士,由士贵而为小官,为大官,则由始辱其身家,以延及于辱社稷也,厥灾下达上,象似火!大臣无耻,凡百士大夫法则之,以及士庶人法则之,则是有三数辱社稷者,而令合天下之人,举辱国以辱其家,辱其身,混混沄沄,而无所底,厥咎上达下,象似水!上若下胥水火之中也,则何以国?(《龚自珍全集》第1辑)

除了直接抨击外,龚自珍也用寓言的形式曲折地表达自己对现实政治的不满,如《尊隐》一文:

日之亭午,乃炎炎其光,五色文明,吸饮和气,宜君宜王,丁此也以有国,而君子适生之,入境而问之,天下法宗礼族修心,鬼修祀,大川修道,百宝万货,奔命涌塞,喘车牛如京师,山林冥冥,但有窒士,天命不犹,与草木死。日之将夕,悲风骤至,人思灯烛,惨惨目光,吸饮莫气,与梦为邻,未即于床,丁此也以有国,而君子适生之;不生王家,不生其元妃、嫔嫱之家,不生所世世。蓁之家,从山川来,止于郊。而问之曰:何哉?古先册书,圣智心肝,人功精英,百工魁杰所成,如京师,京师弗受也,非但不受,又裂而磔之。丑类窳㐷,诈伪不材,是辇是任,是以为生资,则百宝咸怨,怨则反其野矣。贵人故家蒸尝之宗,不乐守先人之所予重器,不乐守先人之所予重器,则窶人子篡之,则京师之气泄,京师之气泄,则府于野矣。如是则京师贫;京师贫,则四山实矣。古先册书,圣智心肝,不留京师,蒸尝之宗之(子)孙,见闻媕婀,则京师贱;贱,则山中之民,有自公侯者矣。(《龚自珍全集》第1辑)

文中"日之将夕,悲风骤至",正是步入"衰世"的清王朝的写照。而京师和山野的对比,则寄寓着作者对变革力量的期待。龚自珍已经意识到一股"天地为之钟鼓,神人为之波涛"力量的形成,朦胧地感到一场大的社会变革即将来临。文章的最后一段点明"尊隐"的主题：

> 是故民之丑生，一纵一横。旦暮为纵，居处为横，百世为纵，一世为横，横收其实，纵收其名。之民也，墼者欤？邱者欤？垤者欤？避其实者欤？能大其生以察三时，以宠灵史氏，将不谓之横天地之隐欤？闻之史氏矣，曰：百媚夫，不如一猖夫也；百酣民，不如一瘁民也；百瘁民，不如一之民也。则又问曰：之民也，有待者耶？无待者耶？应之曰：有待。孰待？待后史氏。孰为无待？应之曰：其声无声，其行无名，大忧无蹊辙，大患无畔涯，大傲若折，大瘁若息，居之无形，光景煜燖，捕之杳冥，后史氏欲求之，七反而无所睹也。悲夫悲夫！夫是以又谓之纵之隐。（《龚自珍全集》第1辑）

作者写了两种隐者，逃避现实、仅收其名的隐者是龚自珍不赞成的，他所尊的是积极变革的隐者。这篇文章对后来的资产阶级改良派有深刻的影响。龚自珍深感封建末世积弊之深，因此在文章中一方面揭露弊端，另一方面也呼唤变革。在《乙丙之际箸议第七》中他写道："无八百年不夷之天下"，"与其赠来者以劲改革，孰若自改革"（《龚自珍全集》第1辑）。

除政治批判外，龚自珍对当时迷信考据的学术风气也有所批评。如《尊史》一文中，谈到了尊史和治史的问题。他认为"史之尊，非其职语言、司谤誉之谓，尊其心也"。一个优秀的史官要"善入"，即"天下山川形势，人心风气，土所宜，姓所贵，皆知之；国之祖宗之令，下逮吏胥之所守，皆知之。其于言礼、言兵、言政、言狱、言掌故、言文体、言人贤否，如其言家事，可谓入矣"。同时要"善出"："天下山川形势，人心风气，土所宜，姓所贵，国之祖宗之令，下逮吏胥之所守，皆有联事焉，皆非所专官。其于言礼、言兵、言政、言狱、言掌故、言文体、言人贤否，如优人在堂下，号咷舞歌，哀乐万千，堂上观者，肃然踞坐，眲睊而指点焉，可谓出矣。"最后，龚自珍总结道："是故欲为史，若为史之别子也者，毋吃毋喘，自尊其心。心尊，则其官尊矣；心尊，则其言尊矣。官尊言尊，则其人亦尊矣。尊之之所归宿如何？曰：乃又有所大出入焉。何者大出入？曰：出乎史，入乎道，欲知大道，必先为史。此非我所闻,乃刘向、班固之所闻。向、固有征乎? 我征之曰:古有柱下史老聃,卒为道家大宗,我无征也欤哉?"(《龚自珍全集》第1辑)文章针对清王朝的文化专制政策,阐明了"尊史"的主张,同时也对治史提出"善出"、"善入"的要求,即既要充分掌握历史资料,也要感悟历史,"出乎史,入乎道"。

龚自珍的思想带有浓厚的离经叛道色彩,他认为"六经"是"周史之宗子也"(《龚自珍全集》第1辑《古史钩沉论二》),从而否定了"经"在儒家的崇高地位。他抨击封建君主专制制度,认为皇权是社会腐败、世风沦落的根源。他感受到清王朝将灭亡的历史命运,呼唤社会变革。在《乙丙之际箸议第七》中说:"一祖之法,无不敝,千夫之议无不靡,与其赠来者以劲改革,孰若自改革?"(《龚自珍全集》第1辑)表达了改革现实的强烈愿望。这些带有近代资产阶级启蒙色彩的思想,振聋发聩,在当时乃至后世皆产生了深远的影响。他的论说文,成为抒写情怀、宣扬变革的有力武器。

龚自珍是时代的先知先觉者。在他开启民智、呼唤变革的文字中,论辨之文是最有力的工具。这些文章打破了乾隆以来文人学者埋头故纸,不问世事的沉闷局面,使论辨之文成为批评现实的有力武器。从这一点看,他继承了明清易代之际学人之论的精神。

情感激越是龚自珍论说文的一个重要特色。时当衰世,他在论述时弊时,常常融入强烈的主观情感,这一方面影响了其文章的思想深度,但另一方面也增强了其散文的艺术美。梁启超称:"综自珍所学,病在不深入,所有思想,仅引其绪而止,又为瑰丽之辞所掩,意不豁达。"(《清代学术概论》二十二)应该说,评价是比较中肯的。

龚自珍的论辨文,在引经述史、重视论据的同时,还喜用形象生动的语言铺陈画面、讽刺世态。如《明良论二》中刻画了官员的丑态:

> 窃窥今政要之官,知车马、服饰、言词捷给而已,外此非所知也。清暇之官,知作书法、赓诗而已,外此非所问也。堂陛之言,探喜怒以为之节,蒙色笑,获燕闲之赏,则扬扬然以喜,出夸其门生、妻子。小不霁,则头抢地而出,别求夫可以受眷之法,彼其心岂真敬畏哉? 问

以大臣应如是乎？则其可耻之言曰：我辈只能如是而已。至其居心又可得而言，务车马、捷给者，不甚读书，曰：我早晚值公所，已贤矣，已劳矣。作书、赋诗者，稍读书，莫知大义，以为苟安其位一日，则一日荣；疾病归田里，又以科名长其子孙，志愿毕矣。且愿其子孙世世以退缩为老成，国事我家何知焉？嗟乎哉！如是而封疆万万之一有缓急，则纷纷鸠燕逝而已，伏栋下求俱压焉者鲜矣。（《龚自珍全集》第1辑）

这种近似白描的艺术手法，使得批判对象的丑态跃然纸上。可以说，龚自珍的论说文是对中国古典散文艺术的精彩总结，同时又率先揭起中国散文近代化的旗帜。

魏源(1794—1857)，字默深，又字墨生、汉士，号良图，湖南邵阳人。道光二年(1822)举人，后屡试不第，久困场屋。鸦片战争之后，发愤著书，批评时政。道光二十五年(1845)，始中进士，曾先后任东台、兴化知县，官至高邮知州。晚年辞官，皈依佛教，不问政事，死于杭州。著作有《圣武记》14卷、《海国图志》100卷、《古微堂内外集》10卷、《古微堂诗集》10卷。

魏源与龚自珍同属今文学派，倾向改革。鸦片战争前，魏源深感社会积弊重重，改革势在必行。在抨击社会弊端、积极倡导革新的同时，他还亲身参与了漕运、盐政等改革行动。鸦片战争之后，他开始主张学习外国，提倡"师夷之长技以制夷"（《海国图志序》）。他是近代史上较早提出向西方学习的先驱人物，其思想对中国近代的社会变革具有一定的启蒙意义。

魏源是著名的散文家。其论文强调实用，以为"文之用，源于道德而委于政事"（《默觚上·学篇二》）。这一思想在他的散文创作中得到了充分的体现。他的散文充满强烈的现实感，内容多与时务相关，其中以政论文最为突出。魏源有从政经验，对社会现实也有深刻的认识，因而所写之文，见解独到，说理透辟，多能切中时弊。

《默觚》是魏源学术思想的代表作，分上下两部分。上部论学，共14篇；下部论治，共16篇。《默觚》反映了魏源在修身、治世方面的理论和经

验总结,既有理性的思辨,也有感性的发抒。文字简洁,譬喻生动,论述警人,富有哲理,如:

敏者与鲁者共学,敏不获而鲁反获之;敏者曰鲁,鲁者曰敏。岂天人之相易耶?曰:是天人之参也。溺心于邪,久必有鬼凭之;潜心于道,久必有神相之。管子曰:"思之思之,又重思之;思之不通,鬼神将告之。"非鬼神之力也,精诚之极也。道家之言曰:"千周灿彬彬兮,万遍将可睹。神明或告人兮,灵魂忽自悟。"技可进乎道,艺可通乎神;中人可易为上智,凡夫可以祈天永命;造化自我立焉。"用志不分,乃凝于神",己之灵爽,天地之灵爽也。"俯焉日有孜孜,毙而后已",何微之不入?何坚而不劂?何心光之不可发乎?是故人能与造化相通,则可自造自化。《诗》云:"天之牖民,如埙如篪,如璋如珪,如取如携。"(《默觚上·学篇二》)

为治者不专注其大而但事节目,则安危否泰之大端失之目睫矣;用人者不务取其大而专取小知,则卓荦俊伟之材失之交臂矣。故为国家厘细务百,不若定大计一;为国家得能吏百,不若得硕辅一。君子以细行律身,不以细行取人,不以剸剧理繁塞艰巨。国于天地,有与立焉,斯见小欲速之弊祛而百年苞桑之业固也。《诗》曰:"出话不然,为犹不远"。(《默觚下·治篇一》)

强人之所不能,法必不立;禁人之所必犯,法必不行。虽然,立能行之法,禁能革之事,而求治太速,疾恶太严,革弊太尽,亦有激而反之者矣;用人太骤,听言太轻,处己太峻,亦有能发不能收者矣。兼黄、老、申、韩之所长而去其所短,斯治国之庖丁乎!《诗》曰:"伐木掎矣,析薪杝矣。"(《默觚下·治篇三》)

庄生喜言上古,上古之风必不可复,徒使晋人糠秕礼法而祸世教;宋儒专言三代,三代井田、封建、选举必不可复,徒使功利之徒以迂疏病儒术。君子之为治也,无三代以上之心则必俗,不知三代以下之情势则必迂。读父书者不可与言兵,守陈案者不可与言律,好剿袭者不可与言文;善琴弈者不视谱,善相马者不按图,善治民者不泥法;

无他,亲历诸身而已。读黄、农之书,用以杀人,谓之庸医;读周、孔之书,用以误天下,得不谓之庸儒乎?靡独无益一时也,又使天下之人不信圣人之道。《诗》曰:"爰有树檀,其下维萚。"君子学古之道,犹食笋而去其萚也。(《默觚下·治篇五》)

人材之高下,下知上易,上知下难;政治之得失,上达下易,下达上难。君之知相也不如大夫。相之知大夫也不如士,大夫之知士也不如民,诚使上之知下同于下之知上,则天下无不当之人材矣;政治之疾苦,民间不能尽达之守令,达之守令者不能尽达之诸侯,达之诸侯者不能尽达之天子,诚能使壅情之人皆为达情之人,则天下无不起之疾苦矣。虽然,更有怀才抱道之士,君相不知,臣下亦不知者,更有国家之大利大害,上下非有心壅之,而实亦无人深悉之者,更何如哉?《诗》曰:"知我者谓我心忧,不知我者谓我何求。"(《默觚下·治篇十一》)

魏源论说文中的经世思想非常浓重,生当清代,面对日益衰败的王朝,魏源关注王朝治理的实际不足,论说文的创作具有较强的实用功能,如《筹河篇》(上中下)、《筹漕篇》(上下)、《筹鹾篇》、《城守篇》、《军储篇》、《坊苗篇》、《吴农备荒议》(上下)等,均有一定的现实针对性。这些文章,往往在提出问题的同时,力图找到解决问题的方法。与一些文人骂世怨世的牢骚语不同,表现出时务家的经世文风。这些文章在论述时,往往立足于现实,论证时,既能结合问题的历史沿革,追本溯源,也能针对现实存在的问题,深入剖析。以《筹河篇》为例,上篇旨在揭示清代治河费用不断增加,河道状况却日益恶化的原因,开篇即直入主题:

我生以来,河十数决。岂河难治?抑治河之拙?抑食河之饕?作《筹河篇》。

但言防河,不言治河,故河成今日之患;但筹河用,不筹国用,故财成今日之匮。以今日之财额,应今日之河患,虽管、桑不能为计;由今之河,无变今之道,虽神禹不能为功。故今日筹河,而但问决口塞不塞与塞口之开不开,此其人均不足与言治河者也。无论塞于南难保不溃于北,塞于下难保不溃于上,塞于今岁难保不溃于来岁;即使一塞之后,十岁、数十岁不溃决,而岁费五六百万,竭天下之财赋以事河,古今有此漏卮填壑之政乎?吾今将言改河,请先言今日病河病财之由,而后效其说。

  人知国朝以来,无一岁不治河,抑知乾隆四十七年以后之河费,既数倍于国初;而嘉庆十一年之河费,又大倍于乾隆;至今日而底高淤厚,日险一日,其费又浮于嘉庆,远在宗禄、名粮、民欠之上。其事有由于上者,有由于下者。(《筹河篇》中)

接下来,魏源以成功治河的靳文襄为参照,具体分析了治河"费浮自上"和"费增自下"的原因。全文分析透辟,逻辑严密,文风质朴,有较强的说服力。中篇追溯了历代治河的利弊得失,指出治河在师古的同时,也要从实际出发。"但慕师古,无裨实用,斯则书生之通弊已。"下篇以主客问答的形式,论证了自己的治河思路。提出黄河必须改道北上,经大清河入海。通篇无浮言赘语,在谈治河的同时,兼谈治吏,作者对清季政治的担忧溢于言表:"国家大利大害,当改者岂惟一河! 当改而不改者,亦岂惟一河!"

魏源生当急剧变化的历史转折时期,在批评社会弊端的同时,积极主张社会变革。他曾参与筹划海运、盐务、漕运诸事务,有比较丰富的实践经验。《清史稿》卷四百八十六评其道:"源兀傲有大略,熟于朝章国故。论古今成败利病,学术流别,驰骋往复,四座皆屈。尝谓河宜改复北行故道,至咸丰五年,铜瓦厢决口,河果北流。又作《筹鹾篇》,上总督陶澍,谓:'自古有缉场私之法,无缉邻私之法。邻私惟有减价敌之而已。非裁费曷以轻本减价? 非变法曷以裁费?'顾承平久,挠之者众。迨汉口火灾后,陆建瀛始力主行之。"故其文章,往往能够有的放矢,与同期的其他文人相比,也更具有切实的心态。如其《军储篇》从"有以除弊为兴利者,有以节用为兴利者,有以塞患为兴利者,有以开源为兴利者"探讨晚清的军储问题,其中"塞患"即针对晚清的鸦片问题而言:"鸦片耗中国之精华,岁千亿计,此漏不塞,虽万物为金,阴阳为炭,不能供尾闾之壑。今不能禁外夷,何难禁内地？不能行重典，何不先行最轻之典？天下有重典而不为酷者，惩一儆百，辟以止辟是也；有最轻之典而人莫敢犯者，有耻且格是也。"主张用重典治鸦片。在除弊的同时，魏源亦主张开源："何谓开源之利？食源莫如屯垦，货源莫如采金与更币。语金生粟死之训，重本抑末之谊，则食先于货；语今日缓本急标之法，则货又先于食。"认识到商品经济的重要性。这些思想，在闭关自守的晚清，均有积极的社会意义。其后，在《海国图治》中，魏源更提出"师夷长技以制夷"，主张向西方学习。可以说，魏源的"经世致用"思想，与传统的"六经之旨与当务之急"已有所不同，这些带有近代启蒙色彩的思想，对晚清社会转型和文化转型产生了积极的作用。

　　魏源的论说文，长于分析、辩驳，气势充沛，有较强的感染力和说服力，在当时文坛上即有"龚魏并称之语"。陆心源称其文"古劲遒俊，奇气勃勃"(《魏刺史文集序》)，李慈铭谓其文笔"隽悍"(《越缦堂读书记》)，可以说，魏源的论说文继承了中国古典散文的精华，也开启了近代散文的先声。

## 第二章　清代书信文

　　书信序跋等文体是文人学者阐述思想、辨析义理的重要载体。吴讷《文章辨体序说》曰："昔臣僚敷奏，朋旧往复，皆总曰书"①。这里，"书"包括臣下向皇帝的陈言，也包括亲友之间往来的私人信件。褚斌杰《中国古代文体概论》也认同这一说法②。姚鼐的《古文辞类纂》将奏议与书说分列，从实用功能的角度分类，似更科学。本章所论的"书信"，以议论性质的书信为主。这些文字，既有书信的实用功能，也是作者表情达志的工具。从形式上讲，往往不拘一格、形式自由，是清代论说文的一个重要组成部分。

---

① 吴讷撰、于北山点校：《文章辩体序说》，人民文学出版社，1998年，第41页。
② 褚斌杰：《中国古代文体概论》，北京大学出版社，1990年版，第387页。"古代臣下向皇帝陈言进词所写的公文与亲朋间往来的私人信件，均称为'书'。"

## 第一节　明清之际书信文

书信体散文在唐宋时期已成为文人议政言道的重要媒介,一些著名的散文家,如韩愈、柳宗元、苏轼等均有谈论文学的书信名篇。清代散文的发展,延续了唐宋时期书体文的论说之风,不乏名篇佳作。这些文字,以书信的形式表明态度、阐释道理。由于书信体的特殊性,因而比论辨之文多主观情感,也有较强的个性色彩。

易代之际的书信之文,从内容上看主要有论学之书、论艺之书、论文之书和自辨之书。论学之书以顾炎武的《与友人论学书》为代表,论艺之书有王猷定的《与友论文书》等。

论学之书,是清代书说文的一个重要组成部分。通过书信,交流学术问题和治学的方法,是这类文章的主要特征。这些书信,论证明理的功能要远大于书信交流的功能。清代的论学之书,以清初成就最高。易代之际,学人们以经世致用为目的,反对空谈心性,力图纠正晚明空疏的学风,论学之书文质并重,影响深远。

顾炎武的书说文,在易代之际比较有代表性。其中,既有关于学术问题的,如《与友人论易书》、《与施愚山书》、《答李子德书》等,也有关乎学风与治学问题的,如《与友人论学书》、《与友人论门人书》等。顾炎武倡经世之学,以为"文须有益于天下",他在《与人书三》中,他谈到自己的治学主张:

> 孔子之删述六经,即伊尹、太公救民于水火之心,而今之注虫鱼、命草木者,皆不足以语此也。故曰:"载之空言,不如见诸行事。"夫《春秋》之作,言焉而已,而谓之行事者,天下后世用以治人之书,将欲谓之空言而不可也。愚不揣,有见于此,故凡文之不关于六经之指、当世之务者,一切不为。而既以明道救人,则于当今之所通患,而未尝专指其

人者,亦遂不敢以辟也。(《顾亭林诗文集·亭林文集》卷四)

顾炎武认为,孔子治学与伊尹、太公一样,讲究"救民于水火之心",具有经世的思想。而当今之学,"注虫鱼、命草木",不见诸行事,可称"空言"。故其主张文章要"明道救人",在求道的同时,能够经世。"凡文之不关于六经之指、当世之务者,一切不为。"这与明清之际的实学思潮是一致的。在《与友人论学书》中,顾炎武对明中叶以来学者们空谈心性,忽视实学的风气进行了抨击。在这篇给友人的信中,作者开篇即点明主旨:"窃叹夫百余年以来之为学者,往往言心言性,而茫乎不得其解也。"接下来,作者列举了为学的两种态度:

> 命与仁,夫子之所罕言也;性与天道,子贡之所未得闻也。性命之理,著之《易传》,未尝数以语人。其答问士也,则曰:"行己有耻";其为学,则曰:"好古敏求";其与门弟子言,举尧、舜相传所谓危微精一之说一切不道,而但曰:"允执其中,四海困穷,天禄永终。"呜呼!圣人之所以为学者,何其平易而可循也,故曰:"下学而上达。"颜子之几乎圣也,犹曰:"博我以文。"其告哀公也,明善之功,先之以博学。自曾子而下,笃实无若子夏,而其言仁也,则曰:"博学而笃志,切问而近思。"今之君子则不然,聚宾客门人之学者数十百人,"譬诸草木,区以别矣",而一皆与之言心言性,舍多学而识,以求一贯之方,置四海之困穷不言,而终日讲危微精一之说,是必其道之高于夫子,而其门弟子之贤于子贡,祧东鲁而直接二帝之心传者也。我弗敢知也。(《顾亭林诗文集·亭林文集》卷三)

圣人之为学重实学而不尚空谈,今之君子"终日讲危微精一之说",脱离实际,两种治学的方法形成鲜明的对比,文章的论点非常显豁地呈现出来。作者以古圣贤之言为证,说明古人为学,重视实际。并提出了自己的观点:"博学于文,行己有耻。"即:"自一身以至于天下国家,皆学之事也;自子臣弟友以至出入、往来、辞受、取与之间,皆有耻之事也。耻之于人大矣！不耻恶衣恶食，而耻匹夫匹妇之不被其泽，故曰：'万物皆备于我矣，反身而诚。'"信的末尾，呼应篇首："士而不先言耻，则为无本之人；非好古而多闻，则为空虚之学。以无本之人，而讲空虚之学，吾见其日从事于圣人而去之弥远也。"正因如此，才会"茫乎不得其解"。这是一封书信，故开篇结尾都是书信的格式。同时，也是一篇论证严谨的学术论文。明末学者言心言性，既有思想解放的积极一面，同时也形成了"游谈无根"的空疏学风。面对明王朝灭亡的惨痛教训，顾炎武等学者倡导经世致用之学，同时主张在治学上继承汉儒的朴实学风。这封书信中，作者明确提出了自己的观点，通过古今对比，充实自己的论证，达到良好的说服效果。

顾炎武的《与人书十》，也谈到治学的问题，探讨的重点是治学的具体方法：

> 尝谓今人纂辑之书，正如今人之铸钱。古人采铜于山，今人则买旧钱，名之曰废铜，以充铸而已。所铸之钱既已粗恶，而又将古人传世之宝，舂剉碎散，不存于后，岂不两失之乎？承问《日知录》又成几卷，盖期之以废铜；而某自别来一载，早夜诵读，反复寻究，仅得十余条，然庶几采山之铜也。（《顾亭林诗文集·亭林文集》卷四）

信写得很短，却很精彩。作者采用譬喻的方法进行论证，将著书立说比作"铸钱"。古人"采铜于山"，独立思考创作，今人采买旧钱，抄袭古人。作者尖锐地指出，当今人们"纂辑之书"实质上是充铸的废铜。不但本身学术低劣，而且毁坏了古人的传世之宝。作者的这番言论是针对当时晚明的空疏学风而发，当时，文人学者急功近利，不愿下工夫深入研究问题，只想走捷径，抄袭古人，或用"纂辑"的方式拼凑，不仅害己，而且还使古人之作不能完整地存于后世，危害极大。信的结尾处，作者对自己的《日知录》进行了自评："承问《日知录》又成几卷，盖期之以废铜；而某自别来一载，早夜诵读，反复寻究，仅得十余条，然庶几采山之铜也。"看似自嘲，其实也是作者同友人书信往来时玩笑语。在严肃的论述中，夹杂着轻松的笑语，正是书说文的一个重要特点。

黄宗羲在《与李杲堂陈介眉书》中谈到了作铭的方法和原则。作者为高旦中写的铭文中对旦中的医术评价并不很高，并有"身名就剥"之句，万充宗希望他能"稍就通融"。黄宗羲在信中对此做了回答：

> 夫铭者，史之类也。史有褒贬，铭则应其子孙之请，不主褒贬。而其人行应铭法则铭之，其人行不应铭法则不铭，是亦褒贬寓于其间。后世不能概拒所请，铭法既亡，犹幸一二大人先生一掌以埋江河之下，言有裁量，毁誉不淆。如昌黎铭王适，言其谩妇翁；铭李虚中、卫之玄、李于，言其烧丹致死；虽至善如柳子厚，亦言其少年勇于为人，不自贵重。岂不欲为之讳哉？以为不若是，则其人之生平不见也；其人之生平不见，则吾之所铭者，亦不知谁何氏也，将焉用之？大凡古文传世，主于载道，而不在区区之工拙。故贤子孙之欲不死其亲者，一则曰：宜得直而不华者，铭传于后。再则曰：某言可信，以铭属之。苟欲诬其亲而已，又何取直与信哉！亦以诬则不可传，传亦非其亲矣。是皆不可为道。（《黄宗羲全集》第十册）

黄宗羲认为，铭是同史一类的文字，本身即寓有褒贬。因后世之人，不能坚持原则，概拒所请，致使"铭法既亡"。他以韩愈之铭为例，说明"不隐恶"，正是韩愈铭文的一个重要特点，后人追求虚美之词，则使亲者之铭文"诬则不可传，传亦非其亲"。在追溯古之铭文铭法之后，黄宗羲针对高旦中的铭文畅谈了自己的想法：

> 今夫旦中之医，弟与晦木标榜而起，贵邑中不乏肩背相望，第旦中多一番议论缘饰耳。若曰其术足以盖世而跻之和、扁，不应贵邑中扰扰多和、扁也。曩者，旦中亦曾以高下见质，弟应之曰："以秀才等第之，君差可三等。"旦中欲稍轩之，弟未之许也。生前之论如此，死后而忽更之，不特欺世人，且欺旦中矣。说者必欲高抬其术，非为旦中也。学旦中之医，旦中死，起而代之，下旦中之品，则代者之品亦与之俱下，故不得不争其鬻术之媒，是利旦中之死也。弟焉得膏唇贩

舌,媚死及生,周旋其刻薄之心乎?且铭中之意,不欲置旦中于医人之列,其待之贵重,亦已至矣!如说者之言,乃所以薄待旦中也。

至于身名就剥之言,更之尤不可解。古人立德、立功、立言三者,旦中有一于是乎?自有宇宙,不少贤达圣士,当时为人宗物望所归者,高岸深谷,忽然湮灭,是身后之名,生前著闻者尚不可必,况欲以一艺见长而未得者乎?弟即全无心肝,谓旦中德如曾、史,功如禹、稷,言如迁、固,有肯信之者乎?是于旦中无秋毫之益也。惟是旦中生平之志,不安于九品之下中,故铭言日短心长,身名就剥。所以哀之者至矣!不观欧公之铭张尧夫乎?其有莫施,其为不伐,充而不光,遂以昧灭,后孰知也。尧夫为欧公好友,哀之至故言之切也。

(《黄宗羲全集》第十册)

黄宗羲指出,高旦中的医术"贵邑中不乏肩背相望",其生前自己如是说,死后更不应虚美。最后,黄宗羲说:"今日古文一道,几于坠地。所幸浙河以东二三君子,得其正路而由之,岂宜复狥流俗,依违其说。弟欲杲堂、介眉,是是非非,一以古人为法,宁不喜于今人,毋贻议于后人耳。若鄙文不满高氏子弟之意,则如范家神刻,其子擅自增损;尹氏铭文,其家别为墓表:在欧公且不免,而况于弟乎?此不足道也。"(《黄宗羲全集》第十册)对于所志之人不能虚美,也不能隐恶,需秉笔直书,留给后人真实的信息。这种求实的精神,与黄宗羲的治学思想是一致的。

书信也是清初论艺的重要工具。唐宋之时已经出现了一些谈论文学的很有价值的书信,如韩愈的《答李翊书》、柳宗元的《答韦中立论师道书》等,将书说体的创作推向高峰。清人继承了唐宋书说文的传统,以书信的形式阐述自己对文学的看法。虽然从整体上说,成就无法与唐宋比肩,但也有一些具有文论价值与文学价值的好作品。

王猷定(1598—1662),字于一,号轸石,江西南昌人,拔贡生,少有奇节,不屑于为章句之学,入清后不仕。他的《与友论文书》是一篇很典型的论文之书。书的开篇云:

> 顷辱足下书,示仆以今之为文者如汉淮南云:"刍狗土龙之始成,文以青黄,冒以绮绣,尸祝均袨,大夫端冕以迎送之。及其已成之后,则壤土剗草而已矣。始信文以气为主,古人岂欺我哉!"呜呼,子可谓知文者矣!然知其一,未知其二也。(《四照堂文集》卷一)

以回信的形式展开论题,作者对友人的观点有认同也有反对。他指出"文以气为主"只是对文理解的一个层面。"辞固有体,而气乃行于体之中者也。古人之为是言也,有所兼而言之",只是后人"泥其言而不察",才对这一问题有误解。作者阐述了自己对文的理解:"体何自出,理而已矣。张文潜曰:'理胜者文不期工而工,理愧者巧为涂泽而隙间百出。'""而体之所急,急于明理。仁义中正之旨,理乱得失之林,灼然见其本末。而后静虚以澄之,精明以致之,优柔以畜之,广博以贯之,范古以弘之,峻洁以行之,宛转以畅之。有承蜩之专,有贯虱之巧,有解牛之神,故天下见其言望而可畏,究而不可测,隐然长江大河一泻千里。"(《四照堂文集》卷一)作者表明了自己的态度,他是不同意"文以气为主"的,在他看来,文章是有体有气的,而以体为主,"体何自出,理而已矣"。"文以理为主",这一观点并不新鲜,但王猷定的这封信,说明了自己的论文主张,论证有理有序,坚持自己的学术观点,可以说是一篇较好的书说之文。

侯方域的《与任王谷论文书》也是一篇典型的论文之书。文中谈到"秦以前之文主骨,汉以后之文主气。秦以前之文、若六经,非可以文论也,其他如老韩诸子,《左传》、《战国策》、《国语》,皆敛气于骨者也。汉以后之文,若《史》、若《汉》、若八家,最擅其胜,皆运骨于气者也"(《壮悔堂文集》卷三)是有一定见地的。这篇文章和王猷定的《与友论文书》对读,可以清晰地看到清初学者与文人在创作上的不同取向。

侯方域是清初著名的散文家,论文之作很多,在《答孙生书》中他也谈到了文的问题。文中云:

> 仆尝闻马有振鬣长鸣而万马皆喑者,其骏迈之气空之也。虽然,有天机焉。若灭若没,放之不知其千里,息焉则止于闲;非是,则踶之

啮之,且泛驾矣。吾宁知泛驾焉之果愈于凡群耶?此昔人之善言马,有不止于马者。仆以为文亦宜然。文之所贵者,气也。然必以神朴而思洁者御之,斯无浮漫卤莽之失。此非多读书,未易见也。即读书,而矜且负,亦不能见。倘识者所谓道力者耶?惟道为有力,足下勉矣。(《壮悔堂文集》卷三)

作者认为"文之所贵者,气也",但"气"的培养,在于多读书,不矜不负。文章有自己观点的表述,也有对孙生的勉励,将论的内容与书的形式结合起来。

金圣叹的《与熊素波如澜》写得比较别致,文中云:

弟自幼闻海上采珊瑚者,其先必深信此海当有珊瑚,则预沉铁网其下,凡若干年,以俟珊珊新枝渐长过网,而后乃令集众尽力,举网出海,而珊瑚遂毕举也。唐律诗一二,正犹是矣。凡遇一题,不论大小,其犹海也,先熟睹之,如何当有起句,其犹深信海之有珊瑚处也。因而以博大精深之思为网,直入题中尽意踌躇,其犹沉海若干年也。既得其理,然后奋笔书之,其犹集众尽力举网出海也。书之而掷于四筵之人读之,无不卓然以惊,其犹珊瑚之出海粲然也。(《贯华堂选批唐才子诗·鱼庭闻贯》)

作者以在海上采珊瑚为喻,说明文学创作要付出艰苦的努力才会有收获。比喻形象贴切,当是作者切身的创作体会。金圣叹(1608—1661),本名采,入清后改名人瑞,号圣叹,明末清初著名的文学批评家。他曾评点《离骚》、《庄子》、《史记》、《杜诗》、《水浒传》和《西厢记》,称其为"六才子书",他对《水浒传》的评点在小说评论史上有极高的地位。金圣叹文学批评的成就主要在对通俗小说的评点,由此出发,其对诗歌创作也往往能独抒己见。如其《与家伯长文昌》中说:

诗非异物,只是人人心头舌尖所万不获已,必欲说出之一句说话耳。儒者则又特以生平烂读之万卷,因而与之裁之成章,润之成文者也。夫诗之有章有文也,此固儒者之所矜为独能也,若其原本,不过只是人人心头舌尖万不获已,而必欲说出之一句说话,则固非儒者之所得矜为独能也。(《贯华堂选批唐才子诗》)

也是以简短的语言评论艺术创作。金圣叹认为诗歌非儒者所能独吟,而是"人人心头舌尖"之语,这样的观点当是受到晚明"性灵说"的影响,具有一定的进步意义。这两篇论文之书,并未遵循一般书说体的论述模式,写得不拘一格,与金圣叹的才子性格颇为吻合。

书信是一种比较自由的文章形式,由于具有一定的私密性,故而谈论之间也比较自由。清初立国未稳,文字之狱尚未大兴。这一时期还有一些书说之文,评时议政,明辨己志。

黄宗羲的《与陈介眉庶常书》是一篇明志之书。清朝定鼎之后,征在野遗才,黄宗羲也被叶方蔼(字讱庵,1629—1682)所推荐。作为对故明怀有深刻感情的文人,黄宗羲不愿入清为官。因此,在得知叶讱庵被友人陈锡嘏(字介眉,1634—1687)劝止之后,深感陈介眉对自己的了解,写了这封信,一则表示感谢,二则再次阐明自己的立场并申述了自己不愿为官的理由。作者写这封信时,已经将近七旬。信从自己的生平谈起,看似自述,实为自辨。既是说明自己不能为官的理由,也是剖白心迹,表明自己的志向。陈介眉是黄宗羲的晚辈,两人是忘年交,但由于清朝的统治已经日渐巩固,作者的这封信写得还是比较委婉,很多话不能直说,故申明理由之时,或自谦无才,或语言避讳,但却让人不得不认同他的观点。作者辨而不论,文中流露出江山易色之悲,显得深沉而悲凉。

这一类的书信文,在明清易代之际为数不少。如杜濬的《与孙豹人书》,侯方域的《癸未去金陵日与阮光禄书》等,皆关乎时事,明志辩白,具有一定的抒情色彩。对此,本书将在"清代尺牍文"中作进一步的论证。

## 第二节 清前期书信文

清代前期,社会稳定,文人学者书信往来,或以酬酢往来,或以传道明志。郑日奎的《与邓卫玉书》,对当今巨公名流居位自傲,不能奖掖后学的做法深有不满。郑日奎(1631—1673),字次公,号静庵,江西贵溪人,曾与王士禛同典四川乡试。顺治十六年(1659)进士,著有《静庵集》12卷。友人邓卫玉来信①,谈到了文章的师承关系,作者回信借题发挥,信中写道:

> 夫今之负海内文章望者,大半皆居尊显,据要路者也。一旦以闲署郎官骤通其门,而曰余以文章求教者也,谁则信者?且既无以厌闻者欲,初至必姑辞之;再则且箕踞以对;三往,鲜不笑且骂之矣。此虽主人之意必不然,然谒者之难,昔人已叹之,况我辈尚未得入其门,登其堂,奉其色笑,又安测主人意指所在哉!仆性既拙且介,不工为佞,一旦作此举动,足未进,口未言,面已发赤;即使请益有获,所得几何,所丧已大,是以离群索居,不能坐进于此道,明矣。(《郑静庵先生文集》卷九)

这既是对位尊权贵的为学者的不满,也是自明己志,对自己不屑于贪缘钻刺的行为的一种表白。对于邓卫玉所提出的问题,作者也作出明确的回答,即对当今名公的手笔,"读而私淑之,足已","求之古,亦当有得"。这是对师承关系的回答,也是本文的主干。这样的观点,并非作者独创。文中的一些描写,颇得宗臣《报刘一丈书》的神韵。这既可以看出作者对古人文章的学习与研磨,也是其对当今名公贵而不文的一种嘲讽。郑日奎多在书信中谈论文章写作,其《示弟侄》,可称是时文写作的教科书。信中所用譬喻,形象而又生动。

---

① 邓卫玉,名瑗,字卫玉,广信(今属江西上饶)人。

> 工织锦者必多蓄丝,以备择用;若无丝矣,虽绝世良工亦无所施其巧。夫作文,织锦也。读书则多蓄丝以备择用之谓之。
>
> 为蚕养桑,非为桑也;以桑饭蚕,非为谓也。逮蚕吐茧而丝成,不特无桑,蚕亦亡也。取其精,弃弃粗;取其神去其形,所谓罗万卷于胸中而不留一字者乎。(《郑静庵先生文集》卷九)

作者循循善诱,所传授的为文写作经验,给人启示良多。

蒲松龄的《与王司寇》是一篇为民请命之书。王司寇,即王士祯。当时淄川漕粮经承康利贞鱼肉百姓,引起民愤。蒲松龄曾作《肯减米价呈》予官府,又作《呈吴俞县公呈》予淄川县事俞文翰,皆未果。康利贞自称得到王士祯的举荐。蒲松龄闻此写信给王士祯,对此事进行声讨。文中云:

> 尺书久梗,但逢北来人,一讯兴居,闻康强犹昔,惟重听渐与某等。窃以刺刺者不入于耳,则琐琐者不萦于怀,造物之废吾耳,正所以宁吾神,此非恶况也,不知以为然否?蒙惠新著,如获拱璧,连日披读,遂忘昼曛,间有疑句,俟复读后再请业耳。适有所闻,不得不妄为咨禀:敝邑有积蠹康利贞,旧年为漕粮经承,欺官害民,以肥私橐,遂使下邑贫民,皮骨皆空。当时啧有烦言,渠乃腰缠万贯,赴德不归。昨忽扬扬而返,自鸣得意,云已得老先生荐书,明年复任经承矣。于是阖县皆惊,市中往往偶语,学中数人,直欲登龙赴诉。某恐搅挠清况,故尼其行,而不揣卑陋,潜致此情。康役果系门人纪纲,请谕吴公别加青目,勿使复司漕政,则浮言息矣。此亦好事,故敢妄及。呵冻草草。(《聊斋文集》卷五)

此信既是私信,又关公事。信的开始是应酬往来之笔,后面则直言康利贞之事,并对王士祯予以劝诫。蒲松龄称康利贞"欺官害民,以肥私橐,遂使下邑贫民,皮骨皆空",且"自鸣得意,云已得老先生荐书,明年复任经承矣"。故此,蒲松龄对王士祯提出直谏,"勿使复司漕政,则浮言息矣"。信中可以看出蒲松龄不阿权贵的刚直个性和心系民瘼的慈悲情怀。

戴名世的书信,有抒怀写志之作,也有论文论学之作。前者如《与刘大山书》《与诸生说》《与弟说》等,抒发自己怀才不遇的人生蹭蹬之悲。后者如《答伍张两生书》《与刘言洁书》《与余生书》等,写的是自己的治史思想和文学主张。他的书说之文,对其后的桐城派文论产生了一定影响。

在《与刘大山书》中,戴名世曾总结自己的文章道:"仆古文多愤时嫉俗之作,不敢示世人,恐以言语获罪。""当今文章一事贱如粪壤,而仆无他嗜好,独好此不厌。生平尤留意先朝文献,二十年来,蒐求遗编,讨论掌故,胸中觉有百卷书,怪怪奇奇,滔滔汨汨,欲触喉而出。而仆以为此古今大事,不敢聊且为之,欲将入名山中,洗涤心神,餐吸沆瀣,息虑屏气,久之乃敢发凡起例,次第命笔。而不幸死丧相继,家累日增,奔走四方以求衣食,其为困踬颠倒,良可悼叹。同县方苞以为:'文章者穷人之具,而文章之奇者其穷亦奇,如戴子是也。'仆文章不敢当方君之所谓奇,而欲著书而不得,此其所以为穷之奇也。"谈到自己贫困的生活处境和以著书为生命的人生追求。这封书信有着强烈的自我抒怀的色彩,文章的末尾,他将自己比作秦淮善为琵琶的余叟:

> 秦淮有余叟者,好琵琶,闻人有工为此技者,不远千里迎致之,学其术。客为琵琶来者,终日坐为满,久之果大工,号南中第一手。然以是倾其产千金,至不能给衣食,乃操琵琶弹于市,乞钱自活,卒无知者,不能救冻馁,遂抱琵琶而饿死于秦淮之涯。今仆之文章乃余叟之琵琶也。然而琵琶者,夷部之乐耳,其工拙得丧可以无论,至若吾辈之所为者,乃先王之遗,将以明圣人之道,穷造化之微,而极人情之变态,乃与夷部之乐同其困踬颠倒,将遂碎其琵琶以求免于穷饿,此余叟之所不为也。呜呼!琵琶成而适以速之死,文章成而适以甚其穷。足下方扬眉瞬目,奋袂抵掌而效仆之所为,是又一余叟也。然为余叟者始能知余叟之音,此仆之所以欲足下之序吾文也。(《戴名世集》卷一)

刘大山是戴名世的友人,从文中看,当与戴名世同好古文。与能求取功名的时文相比,古文不能带给人们现实利益,故当时之人以之为贱。戴名世在文中抒发了自己对文章写作的执着,以为其是"先王之遗",并能"明圣人之道,穷造化之微,而极人情之变态",虽然不能使自己免于穷饿,但文章的价值,以及写作过程中精神上的享受却是其他任何东西都难以比拟的。这里,有戴名世作为一个文人的骄傲,是其把著书立说作为终身事业的极好注解。这样的思想在戴名世的书信中多有流露,再如《与弟书》中,作者云:"余生抱难成之志,负不羁之才,处穷极之遭,当败坏之世,而无数顷之田,一亩之宫,以托其身……丈夫雄心,穷而弥固,岂因一跌仆而忧伤憔悴,遂不复振耶!五经二十一史,今之视为土梗,而天下几无读书者矣。宇宙间物,人尽取之,独读书一事留遗我辈,此固人之所不能夺,而忌且怒焉固无伤者也,可自弃耶?"(《戴名世集》卷一)《与刘言洁书》谓:"仆自行年二十即有志于文章之事,而是时积忧多愁,神智荒惑,又治生不给,无以托一日之命。自以年齿尚少,可以待之异日,蹉跎荏苒,已逾三十,其为愧悔惭惧,何可胜言。数年以来,客游四方,所见士多矣,而亦未见有以此事为志者,独足下好学甚勤,深有得于古人之旨,且不以仆为不才,而谓可与于斯文也者,仆何敢当焉。"(《戴名世集》卷一)在这些书信中,戴名世流露出对理想的追求,对知音的渴慕,情感自然,是我们了解戴名世为人与为文的重要媒介。

戴名世的论文之书有《答伍张两生书》、《再与王静斋先生书》等。在这些书信中,戴名世论及自己的为文主张。如《答伍张两生书》中云:

> 余昔尝读道家之书矣,凡养生之徒从事神仙之术,灭虑绝欲,吐纳以为生,咀嚼以为养,盖其说有三,曰精,曰气,曰神。此三者炼之,凝之,而浑于一,于是外形骸,凌云气,入水不濡,入火不爇,飘飘乎御风而行,遗事而远举,其言云尔。余尝欲学其术而不知所从,乃窃以其术而用之于文章。呜呼,其无以加于此矣!(《戴名世集》卷一)

他以道家的养生之术来比喻写文章。认为做文章要重视"精"、"气"、"神",将此三者"炼之,凝之,而浑于一"。对于"精"、"气"、"神"到底是什么,戴名世进一步解释道:

> 古之作者未有不得是术者也。太史公纂《五帝本纪》,"择其言尤雅者",此精之说也。蔡邕曰:"鍊余心兮浸太清。"夫惟雅且清则精,精则糟粕、煨烬、尘垢、渣滓,与凡邪伪剽贼,皆刊削而靡存,夫如是之谓精也。而有物焉,阴驱而潜率之,出入于浩渺之区,跌宕于杳霭之际,动如风雨,静如山岳,无穷如天地,不竭如江河,是物也,杰然有以充塞乎两间,而盖冒乎万有。呜呼,此为气之大过人者,岂非然哉!今夫语言文字,文也,而非所以文也。行墨蹊径,文也,而非所以文也。文之为文,必有出乎语言文字之外而居乎行墨蹊径之先。盖昔有千里马牝而黄,伯乐使九方皋视之,九方皋曰:"牝而骊。"伯乐曰:"此真知马者矣。"夫非有声色臭味足以娱悦人之耳目口鼻,而其致悠然以深,油然以感,寻之无端而出之无迹者,吾不得而言之也。夫惟不可得而言,此其所以为神也。(《戴名世集》卷一)

戴名世的精气神合一之说,是桐城派文论的雏形。他所谈到的"精",指的是文章语言雅洁,内容纯正,所谓"糟粕、煨烬、尘垢、渣滓,与凡邪伪剽贼,皆刊削而靡存"。他所谈到的"气",源自于平时培植的学术修养,是"动如风雨,静如山岳,无穷如天地,不竭如山河"的为文之气。而"神"则"出乎语言文字之外而居乎行墨蹊径之先",是需要揣摩体会的文章的内在精神。这些文论主张,对方苞、刘大櫆等人产生了较大的影响。

作为学者的戴名世,其论学之文亦带给人很多启发。在《与余生书》一文中,他陈述了自己的治史思想和对现实的不满,延续了易代之际文人的激愤之情与学术追求。文中写道:

> 昔者宋之亡也,区区海岛一隅如弹丸黑子,不逾时而又已灭亡,而史犹得以备书其事。今以弘光之帝南京,隆武之帝闽越,永历之帝西粤,帝滇黔,地方数千里,首尾十七八年,揆以《春秋》之义,岂遽不如昭烈之在蜀,帝昺之在崖州,而其事渐以灭没。近日方宽文字之禁,而天下所以避忌讳者万端,其或菰芦泽之间,有厪厪志其梗概,所谓存什一于千百,而其书未出,又无好事者为之掇拾,流传不久,而已

荡为清风,化为冷灰。至于老将退卒,故家旧臣,遗民父老,相继澌尽,而文献无征,凋残零落,使一时成败得失,与夫孤忠效死,乱贼误国,流离播迁之情状,无以示于后世,岂不可叹也哉。

终明之世,三百年无史,金匮石室之藏,恐终沦散放失,而世所流布诸书,缺略不详,毁誉失实。嗟乎!世无子长、孟坚,不可聊且命笔。鄙人无状,窃有志焉,而书籍无从广购,又困于饥寒,衣食日不暇给,惧此事终已废弃,是则有明全盛之书且不得见其成,而又何况于夜郎、筇、笮、昆明、洱海奔窜流亡,区区之轶事乎。前日翰林院购遗书于各州郡,书稍稍集,但自神宗晚节,事涉边疆者,民间汰去不以上,而史官所指名以购者,其外颇更有潜德幽光,稗官碑志,纪载出于史馆之所不及知者,皆不得上,则亦无以成一代之全史,甚矣其难也!

余凤昔之志,于明史有深痛焉,辄好问当世事,而身所与士大夫接甚少,士大夫亦无有以此为念者,又足迹未尝至四方,以故见闻颇寡,然而此志未尝不时时存也。足下知犁支所在,能召之来,与余面论其事,则不胜幸甚!(《戴名世集》卷一)

余生,即戴名世的学生余湛,字石民,安徽舒城人,后因《南山集》案下狱致死。这是一封老师写给学生的信,因而论及学术,毫无保留,论及时事,也没有任何避讳。文中谈到了对史料的取舍问题、修史问题,涉及南明史实,可以看到老师对学生的期盼。戴名世立志修纂"一代之全史",并对南明"夜郎、筇、笮、昆明、洱海奔走流亡区区之轶事"亦有志记载,希望将"一时成败得失,与夫孤忠效死,乱贼误国,流离播迁之情状"示于后世,其志可敬,其情可悯。文中充溢着一种对学术的献身精神,讲述道理时,或引证史事,或联系现实,故而传达给余生和后世的既有治史的原则、方法,也有对学术的献身精神,言传身教,让人受益良多。本文写作于戴名世授徒舒城期间,文中将南明政权与蜀汉、南宋政权并立,言语有碍,据说《南山集》案发,亦与此文有关。而《南山集》后百余年,清代学者不敢妄议国事。戴名世的书说之文,当是清代书说体文的转折点。

## 第三节　清中后期书信文

清代中期,受"明史案"的影响,文人学者迷信考据,不敢在书信之中评时论政,书说文的创作缺少清初之文的切实近思。尤其是桐城派的兴起,使得论文之作成为主流。这一时期也有异流,如袁枚,其作诗主性情,故而论诗之书甚多,文章也写得比较有灵气。《南山集》案后,清代学者慎言时政,更不敢私自修史,学术的思辨性大大降低了。这一时期的书说之文,以论学之文为主。

方苞的论文之书多论义法。如在《与程若韩书》中,作者云:

>　　来示欲于志有所增,此未达于文之义法也。昔王介甫志钱公辅母,以公辅登甲科为不足道,况琐琐者乎?此文乃用欧公法,若参以退之、介甫法,尚可损三之一,假而周、秦人为之,则存者十二三耳。此中出入离合,足下当能辨之。足下喜诵欧公文,试思所熟者,王武恭、杜祁公诸志乎?抑黄梦升、张子野诸志乎?然则在文言文,虽功德之崇,不若情辞之动人心目也,而况职事族姻之纤悉乎?
>　　夫文未有繁而能工者,如煎金锡,粗矿去,然后黑浊之气竭而光润生。《史纪》、《汉书》长篇,乃事之体本大,非按节而分寸之不遗也。前文曾更削减,所谓参用介甫法者,以通体近北宋人,不能更进于古。今并附览,幸以解其蔽。必欲增之,则置此而别求能者可也。(《方苞集》卷六)

这是一篇著名的文论。文章具体回答了传记文写作中材料的取舍问题,但同时阐发了桐城派的文论主张"义法"。方苞指出,"文未有繁而能工者,如煎金锡,粗矿去,然后黑浊之气竭而光润生",即文章写作要"精练"。这一点,前人已多有论述,方苞集古人而成一家,其"义法",既有"法"对文

章形式的约束,又有"义"对文章内容的要求。在《与孙以宁书》中,方苞同样谈到传记文的写作问题:

> 所示群贤论述,皆未得体要。盖其大致,不越三端:或详讲学宗指及师友渊源,或条举平生义侠之迹,或盛称门墙广大,海内向仰者多,此三者皆征君之末迹也;三者详而征君之志事隐也。
>
> 古之晰于文律者,所载之事,必与其人之规模相称。太史公传陆贾,其分奴婢装资,琐琐者皆载焉。若萧曹《世家》而条举其治绩,则文字虽增十倍,不可得而备矣。故尝见义于《留侯世家》曰:"留侯所从容与上言天下事甚众,非天下所以存亡,故不著。"此明示后世缀文之士以虚实详略之权度也。宋、元诸史若市肆簿籍,使览者不能终篇,坐此义不讲耳。(《方苞集》卷六)

文中谈到传记之文"所载之事,必与其人之规模相称",要讲究虚实详略,这其实也是"法"的问题。

在对古人的取法上,方苞主张向先秦之文学习,退而《左传》、《史记》,再退而为唐宋之文。在《答申谦居书》中,方苞有更明确的阐释:

> 仆闻诸父兄:艺术莫难于古文。自周以来,各自名家者,仅十数人,则其艰可知矣。苟无其材,虽务学不可强而能也;苟无其学,虽有材不能骤而达也;有其材,有其学,而非其人,犹不能以有立焉。盖古文之传,与诗赋异道。魏、晋以后,奸佥污邪之人而诗赋为众所称者有矣,以彼瞑瞒于声色之中,而曲得其情状,亦所谓诚而形者也。故言之工而为流俗所不弃。若古文则本经术而依于事物之理,非中有所得不可以为伪。故自刘歆承父之学,议礼稽经而外,未闻奸佥污邪之人而古文为世所传述者。韩子有言:"行之乎仁义之途,游之乎《诗》《书》之源。"兹乃所以能约六经之旨以成文,而非前后文士所可比并也。(《方苞集》卷六)

方苞认为,"古文之传,与诗赋异道","本经术而依于事物之理,非中有所得不可以为伪"。古文的学习和写作,应注重事物之理,"约六经之旨以成文"。

刘大櫆的书信之文,有干谒自荐之言,如《与盐政高公书》、《与吴阁学书》等,也有抒写怀抱之作,如《答吴殿麟书》、《答周君书》等。其文论主要见于《论文偶记》,但也有一些观点散见于书信之中。

姚鼐也通过书信形式来传达其文论主张。如在《复汪进士辉祖书》中,他提出"夫古人之文,岂第文焉而已,明道义、维风俗以昭世者,君子之志;而辞足以尽其志者,君子之文也"(《惜抱轩文集》卷六),从义理的角度评述文章创作。《复鲁絜非书》一文,更加系统地阐述了其文论主张,文中云:

> 鼐闻天地之道,阴阳刚柔而已。文者,天地之精英,而阴阳刚柔之发也。惟圣人之言,统二气之会而弗偏,然而《易》、《诗》、《书》、《论语》所载,亦间有可以刚柔分矣,值其时其人,告语之体,各有宜也。自诸子而降,其为文无弗有偏者。其得于阳与刚之美者,则其文如霆,如电,如长风之出谷,如崇山峻崖,如决大川,如奔骐骥。其光也如杲日,如火,如金镠铁。其于人也,如冯高视远,如君而朝万众,如鼓万勇士而战之。其得于阴与柔之美者,则其文如升初日,如清风,如云,如霞,如烟,如幽林曲涧,如沦,如漾,如珠玉之辉,如鸿鹄之鸣而入寥廓。其于人也,漻乎其如叹,邈乎其如有思,暖乎其如喜,愀乎其如悲。观其文,讽其音,则为文者之性情形状举以殊焉。
>
> 且夫阴阳刚柔,其本二端,造物者糅而气有多寡进绌,则品次亿万,以至于不可穷,万物生焉。故曰:"一阴一阳之为道。"夫文之多变,亦若是已,糅而偏胜可也,偏胜之极,一有一绝无,与夫刚不足为刚、柔不足为柔者,皆不可以言文。
>
> 今夫野人孺子闻乐,以为声歌弦管之会尔;苟善乐者闻之,则五音十二律,必有一当,接于耳而分矣。夫论文者,岂异于是乎?宋朝欧阳、曾公之文,其才皆偏于柔之美者也。欧公能取异己者之长而时

济之,曾公能避所短而不犯,观先生之文,殆近于二公焉。抑人之学文,其功力所能至者,陈理义必明当,布置取舍、繁简廉肉不失法,吐辞雅训不芜而已。古今至此者,盖不数数得。然尚非文之至,文之至者通乎神明,人力不及施也。先生以为然乎?(《惜抱轩文集》卷六)

在这篇书信中,作者比较系统地谈论了其对文章风格的认识。姚鼐以阴阳刚柔之气的交集,来形容文章的风格,指出因"为文者之性情形状举以殊焉",才形成了不同的文风,而文章的风格也是个人的才情个性的体现。这篇文论与一般抽象的论述不同,本身也是一篇优美的散文。作者将抽象的理论化为优美的艺术形象,语言美而不俗,气韵流畅,是书体文论中比较精彩的篇章。

《答翁学士书》是姚鼐另一篇论文之书,文中指出:

> 夫道有是非,而技有美恶。诗文皆技也,技之精者必近道,故诗文美者命意必善。文字者,犹人之言语也,有气以充之,则观其文也,虽百世而后,如立其人而与言于此;无气,则积字焉而已。意与气相御而为辞,然后有声音节奏高下抗坠之度,反复进退之态,采色之华。故声色之美,因乎意与气而时变者也,是安得有定法哉!自汉、魏、晋、宋、齐、梁、陈、隋、唐、赵宋、元、明及今日,能为诗者殆数千人,而最工者数十人。此数十人,其体制固不同,所同者,意与气足主乎辞而已。人情执其学所从入者为是,而以人之学皆非也;及易人而观之,则亦然。譬之知击楫者欲废车,知操辔者欲废舟,不知其不可也。(《惜抱轩文集》卷六)

姚鼐所提倡的"意"与方苞的义法之说,有所不同。他强调"意"、"气"、"法"的统一,所谓"诗文美者命意必善"。姚鼐反对"定法",不主张拘于一人之法。"声色之美,因乎意与气而时变者也,是安得有定法哉",这些主张在这篇书论中都有说明。本文亦体现了姚鼐散文创作的风格:文辞简洁,说理有法。

作为清代中期影响甚大的一个散文流派,桐城派古文家不遗余力地传播自己的文论主张,书信是他们传播主张的一个重要工具。这些书信,往往观点明确,论证有力,既是他们文论主张的一个说明,也是他们文论主张的具体实践,在清代文论史上极具价值。

与桐城派同时的阳湖文人恽敬,也写有书论之文。如其《上曹俪笙侍郎书》中,畅谈了自己宋六家散文的认识:

> 古文,文中之一体耳,而其体至正,不可余,余则支;不可尽,尽则散;不可为容,为容则体下。方望溪先生曰:"古文虽小道,失其传者七百年。"望溪之言若是,是明之遵岩、震川,本朝之雪苑、勺庭、尧峰诸君子,世俗推为作者,一不得与乎望溪之所许矣。望溪谨厚,兼学有源本,岂妄为此论?盖遵岩、震川常有意为古文者也,有意为古文,而平生之才与学,不能沛然于所为之文之外,则将依附其体而为之;依附其体而为之,则为支、为散、为体下,不招而至矣。是故遵岩之文赡,赡则用力必过,其失也,少支而多散;震川之文谨,谨则置辞必近,其失也,少散而多支;而为容之失,二家缓急不同,同出于体下,集中之得者十有六七,失者十而三四焉。此望溪之所以不满也。
>
> 李安溪先生曰:"古文,韩公之后,惟介甫得其法。"是说也,视望溪之言,有加甚焉。敬当即安溪之意推之,盖雪苑、勺庭之失,毗于遵岩,而锐过之,其疾徵于三苏氏;尧峰之失,毗于震川,而弱过之,其疾徵于欧阳文忠公。欧与苏二家所畜有余,故其疾难形;雪苑、勺庭、尧峰所畜不足,故其疾易见。噫,可谓难矣!然望溪之于古文,则又有未至者,是故旨近端而有时而歧,辞近醇而有时而窳。近日朱梅崖等于望溪有不足之辞,而梅崖所得,视望溪益庳隘。文人之见,日胜一日,其力则日逊焉。是亦可虞者也。(《大云山房文稿》初集卷三)

这是一篇书信,但却是一篇在文论史上颇有影响的大作。文章对明以来人们学习宋六家文而产生的流弊进行了深入剖析。作者认为苏轼和欧阳修的文章本身有一些毛病,但因"所畜有余""而其疾难形"。后之模拟者追模三苏以致"锐过之",追模欧阳修,以致"弱过之",实是自身才力不足,而又过于迷信宋文所致。而真正的好文是"其体至正,不可余,余则支;不可尽,尽则敝;不可为容,为容则体下"的古文,这才是后世文人应该效法的对象。

在这篇文章中,恽敬还谈到了这一时期文学创作的师承及现状:

> 敬生于下里,以禄养趋走下吏,不获与世之大人君子相处,而得其源流之所以然。同州诸前达,多习校录,严考证,成专家,为赋咏者,或率意自恣。而大江南北,以文名天下者,几于昌狂无理,排溺一世之人,其势力至今未已,敬为之动者数矣。所幸少乐疏旷,未尝捉笔,求若辈所谓文之工者而浸渍之,其道不亲,其事不习,故心不为所陷,而渐有以知其非。后与同州张皋文、吴仲伦、桐城王悔生游,始知姚姬传之学出于刘海峰,海峰之学出于方望溪;及求三人之文观之,未又足以餍其心所欲云者。由是由本朝推之于明,推之于宋、唐,推之于汉与秦,断断焉析其正变,区其长短,然后知望溪之所以不满者,盖自厚趋薄,自坚趋瑕,自大趋小;而其体之正,不特遵岩、震川以下未之有变,即海峰、姬传亦非破坏典型、沉酣淫被者,不可谓传之尽失也。若是,则所谓为支、为敝、为体下,皆其薄、其瑕、其小为之;如能尽其才与学以从事焉,则支者如山之立,敝者如水之去腐,体下者如负青天之高,于是积之而为厚焉,敛之而为坚焉,充之而为大焉,且不患其传之尽失也。然所谓才与学者何哉?曾子固曰:"明必足以周万事之理,道必足以适天下之用,智必足以通难知之意,文必足以发难显之情。"如是而已。皋文最渊雅,中道而逝,仲伦才弱,悔生气败。敬蹉跎岁时,年及五十,无所成就必矣。天下之大,当必有具绝人之能,荒江老屋,求有以自信者,先生能留意焉,则斯事之幸也。附呈近作数首,聊以塞盛意,愧悚愧悚。(《大云山房文稿》初集卷三)

作者以书信的形式畅谈自己的文学观点,论证严密,有理有据。作者旁征博引,联系古今,使得通篇文章有较强的说服力,读之却不觉枯燥。

恽敬多次用书信的形式传达自己的为文主张，除以上《上曹俪笙侍郎书》外，还有《上举主陈笠帆先生书》、《与舒白香》等书。在《上举主陈笠帆先生书》中，恽敬也讲述对南宋以降文章的看法。作者认为："自南宋以来，束缚修饰，有死文无生文，有卑文无高文，有碎文无整文，有小文无大文。"观点虽然有些偏颇，但也是有一些见地的。

袁枚和郑燮的书信，是这一时期在创作上比较有特色的作品。郑燮（1693—1765），字克柔，号板桥，江苏兴化人，康熙秀才，雍正举人，乾隆元年（1736）进士。他出身寒微，四十四岁中进士，先后任山东范县、潍县知县，深得民心。后因申请赈济灾民的事得罪了上司，托病辞官，回到扬州，致力于书画创作。郑燮主张文章须经世致用，反对空疏无物之文。他自己的创作对此身体力行："板桥诗文，自出己意，理必归于圣贤，文必切于日用。"郑燮之书信文，多为家书，写得语言直白，感情真挚，作者的赤子之心跃然纸上，尤其是他写给弟弟墨的十几封家书，更是书信精品。在这些书信中，郑燮或谈家庭琐事，或教之以处世之道，或向其传授文章心得，文章质朴，为人所称道。

《范县署中寄舍弟墨第五书》是一篇论文之书，书中谈到："作诗非难，命题为难。题高则诗高，题矮则诗矮，不可不慎也。"并举杜甫和陆游的诗歌创作为例来说明问题：

> 少陵诗高约千古，自不必言，即其命题，已早据百尺楼上矣。通体不能悉举，且就一二言之：《哀江头》、《哀王孙》，伤亡国也；《新婚别》、《无家别》、《垂老别》、前、后《出塞》诸篇，悲戍役也；《兵车行》、《丽人行》，乱之始也；《达行在所》三首，庆中兴也；《北征》、《洗兵马》，喜复国望太平也。只一开卷，阅其题次，一种忧国忧民忽悲忽喜之情，以及宗庙丘墟、关山劳戍苦，宛然在目。其题如此，其诗有不痛心入骨者乎！至于往来赠答，杯酒淋漓，皆一时豪杰，有本有用之人，故其诗信当时，传后世，而必不可废。放翁诗则又不然，诗最多，题最少，不过《山居》、《村居》、《春日》、《秋日》、《即事》、《遣兴》而已。岂放翁为诗与少陵有二道哉？盖安史之变，天下土崩，郭子仪、李光弼、陈

玄礼、王思礼之流，精忠勇略，冠绝一时，卒复唐之社稷。在《八哀》诗中，既略叙其人，而《洗兵马》一篇，又复总其全数而赞叹之，少陵非苟作也。南宋时，君父幽囚，栖身杭、越，其辱与危亦至矣。讲理学者，推极于毫厘分寸，而卒无救时济变之才。在朝诸大臣，皆流连诗酒，沉溺湖山，不顾国之大计。是尚得为有人乎！是尚可辱吾诗歌而劳吾赠答乎！直以《山居》、《村居》、《夏日》、《秋日》，了却诗债而已。且国将亡，必多忌，躬行桀、纣，必曰驾尧、舜而轶汤、武。宋自绍兴以来，主和议、增岁币、送尊号、处卑朝、括民膏、戮大将，无恶不作，无陋不为。百姓莫敢言喘，放翁恶得形诸篇翰以自取戾乎！故杜诗之有人，诚有人也；陆诗之无人，诚无人也。杜之历陈时事，寓谏诤也；陆之绝口不言，免罗织也。虽以放翁诗题与少陵并列，奚不可也！（《郑板桥文集·书札》）

作者所论之题，并不新鲜，但却是自己文学思想的自然流露。郑燮心怀民瘼，无论为官还是做小民，始终有一种对底层民众的关心。这一点，与杜甫诗歌中的爱民之情是相通的。郑燮在给弟弟的书信中，畅谈了自己对诗歌创作的体会，并结合当时诗坛的流俗之风，对弟弟提出希望："近世诗家题目，非赏花即宴集，非喜晤即赠行，满纸人名，某轩某园，某亭某斋，某楼某岩，某村某墅，皆市井流俗不堪之子，今日才立别号，明日便上诗笺。其题如此，其诗可知，其诗如此，其人品又可知。吾弟欲从事于此，可以终岁不作，不可以一字苟吟。慎题目，所以端人品，厉风教也。若一时无好题目，则论往古，告来今，乐府旧题，尽有做不尽处，盍为之。"因为是兄弟之间的家书，因此作者写作时没有故作深奥，也没有艰深的义理，娓娓而谈，关切之情溢于言表，确实是这一时期书信文创作的精品。

袁枚（1716—1797），字子才，号简斋，晚年自号苍山居士，钱塘（今属浙江杭州）人，乾隆、嘉庆时期代表诗人之一，与赵翼、蒋士铨合称为"乾隆三大家"，乾隆四年（1739）进士，乾隆七年（1742）外调做官，曾任江宁、上元等地知县，政声好，颇得当时总督尹继善的赏识。后辞官养母，在江宁（今属南京）购置隋氏废园，改名"随园"，筑室定居，世称随园先生。袁枚喜好议论,他的一些书说文,观点新颖,不拘格套,有文学价值,又能带给人一定的启发,《与程蕺园书》一文很具有代表性。① 袁枚没有盲从当时的写文治学风潮,对当时的学风和文风均有所质疑。他认为当文学创作"一误于南宋之理学,再误于前明之时文,再误于本朝之考据。三者之中,吾以考据为长,然以之溷古文,则大不可。何也? 古文之道,形而上,纯以神行;虽一多读书,不得妄有撦拾。韩、柳所言功苦,尽之矣。考据之学,形而下,专引载籍,非博不详,非杂不备,辞达而已,无所为文,更无所为古也。"表达了作者对考据之风的不满。他以形象的比喻将古文家和考据家做了对比:

> 尝谓古文家似水,非翻空不能见长。果其有本矣,则源泉混混,放为波澜,自与江海争奇。考据家似火,非附丽于物,不能有所表见。极其所至,燎于原矣,焚大槐矣,卒其所自得者皆灰烬也。以考据为古文,犹之以火为水,两物之不相中也久矣。《记》曰:"作者之谓圣,述者之谓明。"六经、三传,古文之祖也,皆作者也。郑笺、孔疏,考据之祖也,皆述者也。苟无经传,则郑、孔亦何所考据耶?《论语》曰:"古之学者为己,今之学者为人。"著作家自抒所得,近乎为己;考据家代人辨析,近乎为人。此其先后优劣不待辨而明也。(《小仓山房文集》卷三十)

形象生动地揭示出文章写作中的考据之弊,同时也对时下之文风有所批评,指出:"海内所推博雅大儒,作为文章,非序事噂沓,即用笔平衍;于剪裁、提挈、烹炼、顿挫诸法,大都懵然。是何故哉? 盖其平素神气沾滞于丛杂琐碎中,翻撷多而思功小。譬如人足不良,终日循墙扶杖以行,一日失所依傍,便伥伥然卧地而蛇趋,亦势之不得不然者也。且胸多卷轴者,往往腹实而心不虚;貌视词章以为下过尔尔,无能深深而细味之。"这些批

---

① 程蕺园(1718—1784),名晋芳,字鱼门,号蕺园,安徽歙县人,后徙扬州,乾隆十七年(1752)进士。

评,有一定的现实针对性,读之令人深思。作者运用了多种手法说明问题,点明观点,具既有形象的比喻,也有确信的资料,借古评今,文风恣肆,这和袁枚讲究文采、重视谋篇的文学创作主张是一致的。

袁枚的《与稚存论诗书》是一篇形象生动的论诗之文,文中云:

> 文学韩,诗学杜,犹之游山者必登岱,观水者必观海也。然使游山观水之人,终身抱一岱一海以自足,而不复知有匡庐、武夷之奇,潇湘、镜湖之妙,则亦不过泰山上一樵夫,海船中一舵工而已矣。古之学杜者,无虑数千百家,其传者皆其不似杜者也。唐之昌黎、义山、牧之、微之、宋之半山、山谷、后村、放翁,谁非学杜者?今观其诗,皆不类杜。稚存学杜,其类杜处,乃远出唐、宋诸公之上。此沿仆之所深忧也。

> 昔人笑王朗好学华子鱼,惟其即之过近,是以离之愈远。董文敏跋张即之贴,称其佳处,不在能与古人合,而在能与古人离。诗文之道,何独不然!足下前年学杜,今年又复学韩;鄙意以洪子之心思学力,何不为洪子之诗,而必为韩子、杜子之诗哉?无论仪神袭貌,终嫌似是而非。就令是韩是杜矣,恐千百世后人,仍读韩、杜之诗,必不读类韩类杜之诗;使韩、杜生于今日,亦必别有一番境界,而断不肯为从前韩、杜之诗。得人之得而不自得其得,落笔时亦不甚愉快。萧子显曰:"若无新变,不能代雄。"庄子曰:"迹,履之所出,而迹非履也。"此数语,愿足下诵之而有所进焉。(《小仓山房文集》卷三十一)

这封信是写给洪亮吉的,谈的是诗歌创作中学习古人与自我创新的关系。袁枚认为"即之过近,是以离之愈远",好诗"不在能与古人合,而在能与古人离"。对古人的诗歌创作当然要有继承,但更重要的是要有新变,具有自己的创作个性。在学唐学宋之风盛行,学者文人迷信考据的时代,袁枚的这些观点是比较有见地的。在陈述自己观点的过程中,作者由古而今,层次分明。虽然论述的是抽象的学术问题,但能深入浅出,论证得体。文中采用了比喻等艺术手法,显得比较生动而活泼,颇合袁枚自己的个性。

除论文之书外,袁枚也在书信中论述其他的一些问题,如《答汪大绅书》谈论的是佛教问题。因为汪大绅来信中"强仆亦从事于斯",引起袁枚的不满,因此言辞比较激烈。作者开篇即云"常谓佞佛者愚,辟佛者迂。仆非迂儒也,平时不佞佛,亦不辟佛。以为佛者九流之一家,《周官》闲民之一种",表明对问题的看法是比较中立的。"圣人复起,不废九流,亦不废佛。至于人之好尚,各有所癖。好佛者亦犹好弈好锻好结氂之类,所谓小是不必是,小非不必非,友朋不争以全交也。乃书来强仆亦从事于斯,则不得不辨。"话说得在情在理,为下文对汪大绅的驳斥做了铺垫。接下来,袁枚从三个方面对汪大绅的观点提出质疑:

> 据云"收放心,非念佛不可"。试问足下生时,先有心乎,先有佛乎?孩提之童,但知有母,不知有佛,并不知有心也。君年四十,然后念佛收心。试问未念佛以前,心放何所;既念佛以后,心归何方?若云借口收心,则呼圣呼贤此口也,呼鸡呼狗亦此口也;口何物不可呼,而何必呼佛?足下云"收放心"三字,起于孟子,然则孟子之言非欤?不知孟子云"学问之道无他,求其收放心而已",是教人收放心以勤学问,非教人废学问以求放心。夫人止一心,放心之心,心也;收放心之心,亦心也。以心收心,心在我不在佛。舍心求佛,是犹淫奔之女舍其在家之夫,而外求野田草露之夫;谓之"丧心"则可,谓之"收放心"则不可。
>
> 足下又谓:"慈悲戒杀,即圣人仁民爱物之心。"不知天地之性人为贵。樊迟问仁,子曰"爱人",不云爱物。厩焚则曰"伤人乎",不问马。鲁昭公之马死,公将椟葬之,子家子请杀以食从者。圣贤贵人贱畜,大义昭然。朝廷立法,水旱断屠;可见屠杀者,是天地之心,百姓日用饮食之常,而禁屠及凶荒减膳撤乐之变礼也。孔子钓而不纲,弋不射宿。孔子可钓之弋之而放生乎?抑亦食之而不厌精,脍之而不厌细乎?且子但知动物之有生,而不知植物之亦有生乎?子但知禽兽身上之赤者为血,而不知草木身上之白者之亦为血乎!今夫禾,一穗之谷,累累然,种之可生无万数谷;而一旦付诸朵颐,则一禾之生机

尽矣。今夫菜青青然数茎之摇,虽叶干根斩,而中心犹翘然而起;一朝烹为羹汤,则一菜之生机又尽矣。安知一禾一菜,不隐隐呼号乞命乎?子以仁慈自居,将必不食粟,不食菜,而后于心安也。而吾有以料子之必不能也。

仆常问彭尺木曰:"佛戒嫁娶欤?"曰:"然。""佛戒杀欤?"曰:"然。""人人可以成佛欤?"曰:"然"。然则万国九州,不四五十年,人类灭绝,盈天地间不过鸟兽草木;而佛之塔庙,何人建造?佛之金像,何人供奉?佛之经典,何人传诵?岂非其说愈行,而其法愈坏!又何必周武帝之毁沙门、销佛像,韩昌黎之火其书、庐其居哉?即以佛之道还治佛之身,而佛穷矣。此数条,尺木至今不答。吾子能代答之,吾将姑舍所学而从汝。(《小仓山房文集》卷三十五)

作者设问自答,有时又反问对方,显得气势充沛,论辨有力,显示了袁枚书信的另一种风格。袁枚另有《答彭尺木进士书》,亦有此文的风格。作者针对当时社会上的信佛之风,对彭尺木信中所谈到的参禅信佛之说进行了反驳。袁枚指出:"夫有生有死,天之道也;养生送死,人之道也。今舍其人道之可知;而求诸天道之不可知;以为生本无生,死本无死,又以为生有所来,死有所往。此皆由于贪生畏死之一念,萦结于胸而不释,夫然后画饼指梅,故反其词以自解。此洪炉跃冶,庄子所谓不祥之金也。其于生死之道,了乎?否乎?"(《小仓山房文集》卷十九)对彭尺木来信中所提出的"学禅"、"生死"等问题进行了反驳。这些书信具有袁枚散文的鲜明个性,文辞畅达,深入浅出而又说理透辟,观点鲜明,不作掩饰。在这一时期的书说文中,实是上品。

桐城弟子管同和梅曾亮的书说文也有一些佳作,如管同的《与友人论文书》、梅曾亮的《答朱丹木书》等,这些书信评述文学,在写作上继承了桐城派讲究"义法"的传统,观点见解虽然有所师承,但在写作上文笔简洁,颇得师学。

管同早期的文章偏重阳刚之美。在《与友人论文书》中,他说:"圣贤论人,重刚而不重柔,取宏毅而不取巽顺,夫为文之道,岂异于此乎?""曰蓄吾浩然之气,绝其卑靡,遏其鄙吝,使夫为体也常宏,而其为用也常毅,则一旦随其所发,而至大至刚之概,可以塞乎天地之间矣。"(《因寄轩文初集》卷六)这些说法源自姚鼐的文章刚柔之说,但亦有所发展。但在其后的文章中,他对这一说法亦有所修正。在《又答念勤书》中,管同写道:"仆幼为文章,私特谓文贵宏毅,具所答友人论文书。近乃知文人之心控引天地,囊括万物,神机辟阖,不知其故,乃为能尽文章之极致,而宏毅特其一端耳。"(《因寄轩文初集》卷六)与早年的观点有所不同。这些书信,虽是友人之间的交流,但却是作者阐释文论主张的重要方式。在论述观点之时,作者多引圣贤之言,与清代后期的文风比较一致。

梅曾亮亦是姚鼐弟子,他也留有多篇论文之书。这些文论,与桐城派的主张不尽相同,特别是伴随着清王朝政事的衰微,方苞所倡言的"义理"之说渐渐失去规范文心的效应。梅曾亮在这个时期提出"因时通变"之说,是桐城古文顺应时代发展的新变。《答朱丹木书》一信,是其文论主张的具体阐释:

> 曾亮之文,直以无所事事,聊自娱悦销暇日耳,以古人期之,非所望也。惟窃以为文章之事,莫大乎因时。立吾言于此,虽其事之微,物之甚小,而一时朝野之风俗好尚,皆可因吾言而见之。使为文于唐贞元、元和时,读者不知为贞元、元和人,不可也;为文于宋嘉祐、元祐时,读者不知为嘉祐,元祐人,不可也。韩子曰:"惟陈言之务去",岂独其词之不可袭哉!
>
> 夫古今之理势,固有大同者矣,其为运会所移,人事所推,演而变异日新者不可穷极也。执古今之同而概其异,虽于词无所假者,其言亦已陈矣!
>
> 阁下前任剧邑,治悍民,不尚黄老,今官督粮道,乃尚黄老,此持权合变者也。文之随时而变者,亦如是耳。(《柏枧山房诗文集·文集》卷二)

文中的见解虽不甚新颖,但作为桐城弟子,能够因时而变,在当时还是有一定意义的。类似的观点,作者在书信中曾多次提起,如在《复上汪尚书书》中提出:"夫君子在上位,受言为难;在下位,则立言为难。立者非他,通时合变,不随俗为陈言者是已。"(《柏枧山房诗文集·文集》卷二)这些观点,在桐城派文论中均是值得关注的。

龚自珍的书信文,多公事往来之作,但其中也有一些篇目论政或论艺,写得短小而富有深意。如其在《与人笺五》中谈到"人才"问题,文中云:

> 手教言者是也。人才如其面,岂不然?岂不然?此正人才所以绝胜。彼其时,何时欤?主上优闲,海宇平康,山川清淑,家世久长,人心皆定,士大夫以暇日养子弟之性情,既养之于家,国人又养之于国,天胎地息,以深以安,于是各因其性情之近,而人才成。(《龚自珍全集》第5辑)

人才问题是龚自珍一贯关注的问题。龚自珍认为,人才培养,需要良好的社会环境,"各因其性情之近,而人才成"。而同时,人才选取和培养要不拘一格,"人才如其面",各不相同,天下无不可用之才。"高者成峰陵,礁者成川流,娴者成阡陌,幽者成蹊径,骏者成泷湍,险者成峒谷,平者成原陆,纯者成人民,驳者成鳞角,怪者成精魅,和者成参苓,华者成梅芝,戾者成棘刺,朴者成稻桑,毒者成砒附,重者成钟彝,英者成珠玉,润者成云霞,闲者成丘垤,拙者成崴嶵,皆天地国家之所养也,日月之所煦也,山川之所咻也。"文章想象瑰丽,取喻设譬,描写了各种人才的不同品格。最后,作者用隐讳的笔墨,批评了"缚草为形,实之腐肉,教之拜起,以充满于朝市"的朝中小人。

龚自珍的《与人笺一》则探讨了文风和学风问题。龚自珍认为:"古人文学,同驱并进,于一物一名之中,能言其大本大原,而究其所终极;综百氏之所谈,而知其义例,遍入其门径,我从而管钥之,百物为我隶用。苟树一义,若浑浑圆矣,则文儒之总也。"他主张治学要综合百家,反对沉迷考订或工于文词的文风。这些书信简短而意深,是清末书信文中的精品。

# 第三章 清代序跋文

序,也作"叙"、"绪"或"引",置于书前,对作品进行说明评述。"跋",也称题跋,一般置于书后。相对"序"来说,"跋"的文字自由一些,可长可短,发表己见,不受约束。序和跋虽有不同,但由于均为对作品的说明、评述,故本章一并论述。本章论述的序跋之文偏重于论说,是作者本人或他人对作品进行评论或对问题进行阐发的文字。论述中,将从文体的角度,分诗文序跋、小说序跋和戏剧序跋。

清代的诗词、散文创作全面繁荣,作家众多,流派纷呈。就诗文而言,据柯愈春《清人诗文集总目提要》统计,传世之作有一万九千七百余人,诗文别集更是达到四万余种①,数量惊人。清词继宋之后实现"中兴"。据严迪昌先生统计,"仅就编纂《全清词》时汇辑情况而言,清初顺治、康熙之卷即得词5万余首,词人数逾2100。可以完全有把握地说,一代清词总量将超出20万首以上,词人也多至1万之数。"②清人的诗文序跋数量极大,受学术风气的影响,这些文字大多论证有序,具有一定的学术价值和理论价值。

丁锡根《中国历代小说序跋集》中收录了清代小说序跋文近800篇。③ 其中,笔记类有260余篇,话本类有近30篇,章回类有500余篇,数量上远远超出明代。除去近代的小说序跋,数量也相当可观。可以说,清代也是小说序跋散文创作比较繁荣的时期。由于在正统文人眼中,小说

---

① 柯愈春:《清人诗文集总目提要》,北京古籍出版社,2001年版。
② 严迪昌:《清词史》,江苏古籍出版社,1999年版,第1页。
③ 丁锡根:《中国历代小说序跋集》,人民文学出版社,1996年版。

的文体地位始终不高,因此,除一些笔记小说外,小说序跋的作者多为沉郁下僚的普通文人,这些序跋文字的影响,也多受作品影响力的制约。据丁锡根《中国历代小说序跋集》,清人所作的笔记小说序跋中,以《聊斋志异》、《阅微草堂笔记》、《坚瓠集》和《谐铎》为多。章回体小说的序跋文字,集中于《三国演义》、《水浒传》、《金瓶梅》、《红楼梦》等名著,这是与小说序跋文字的文体功能和特点分不开的。

有清一代,戏曲创作全面繁荣,作品数量众多。"就杂剧而言,据傅惜华《清代杂剧全目》著录,存目达1300种之多,其中有作品传世者有1150种。""就传奇论,其存目也有1500种以上,今存作品约有500种。"① 由于清人戏曲有案头化的倾向,作家亦有著书立说的目的,故清代戏曲序跋的数量亦比较可观。蔡毅《中国古典戏曲序跋汇编》共收戏曲序跋二千多条②,大半皆为清人之作。这些序跋是研究清代戏曲的重要资料,同时,也是具有一定美学价值的文学散文。

---

① 段启明、王龙麟:《清代文学研究》,北京出版社,2001年版,第276页。
② 蔡毅:《中国古典戏曲序跋汇编》,齐鲁出版社,1989年版。

## 第一节　明清之际序跋文

明清易代之际,文人学者或借文字抒发心志,借题发挥;或潜心学术,著书立说,序跋文字表现出鲜明的时代特色。

一些经历鼎革之变的文人士大夫,面对舆图换稿的社会悲剧,通过文学创作抒写悲情。这其中,有深刻的历史反思,也有个人不幸的抒发,赞扬忠义,宣扬道统,因有感而发,成为清代序跋文中的精品。

顾炎武的《广宋遗民录序》借评述宋遗民,而对明清易代作出评述。《广宋遗民录》是朱明德在明程敏政(1445—1499)的《宋遗民录》的基础上扩充而成。写这篇序文时,顾炎武已年近七旬,多年的坚持和希望的渺茫,让他的内心既富有激情又充满痛苦。这篇序文是一个载体,其中,既有对《广宋遗民录》的评述,对程敏政、朱明德的认同,也有自己内心情感的宣泄。序文写作之时,清朝正逐步确立对整个中国的统治。顾炎武却称其为"沧海横流,风雨如晦之日",可知作者内心深处对旧朝的怀悼。顾炎武将朱明德视为同志之人,但"志"的具体含义又无法明说。当年"同志"的许多人已经"改行于中道,而失身于暮年",更何况那些"随世以就功名"之人,自己的良苦之心与朱明德是相通的。故朱明德"问序于余,殆所谓一方不得其人,而求之数千里之外者也"。书中"于宋之遗民,有一言一行或其姓氏之留于一二名人之集者,尽举而笔之书",其创作目的是"今人不可得,而慨想于千载以上之人者也"。究竟"慨想"什么,作者没有明言,而读者却可尽知。文末,顾炎武感叹道:

> 余既钞闻,且耄矣,不能为之订正,然而窃有疑焉:自生民以来,所尊莫如孔子,而《论语》、《礼记》皆出于孔氏之传,然而互乡之童子,不保其往也;伯高之赴,所知而已;孟懿子、叶公之徒,问答而已;食于少施氏而饱,取其一节而已。今诸系姓氏于一二名人之集者,岂无一

日之交而不终其节者乎！或邂逅相遇而道不同者乎？固未必其人之皆可述也。然而朱君犹且眷眷于诸人，而并号之为遗民，夫亦以求友之难而托思于此欤？庄生有言："子不闻越之流人乎？去国数日，见其所知而喜；去国旬月，见所尝见于国中者喜；及期年也，见似人者而喜矣。"余尝游览于山之东西，河之南北二十余年，而其人益以不似。及问之大江以南，昔时所称魁梧丈夫者，亦且改形换骨，学为不似之人，而朱君乃为此书，以存人类于天下，若朱君者，将不得为遗民矣乎？因书以答之。吾老矣，将以训后之人，冀人道之犹未绝也。（《顾亭林诗文集·亭林文集》卷二）

这是对遗民中不能固守初衷之人的讥讽，作者引"越之流人"为例，其因去国日久，见似人者即喜。此文写作之时，复明基本无望，作者二十年间游览"山之东西，河之南北"，"其人益以不似"，能够坚持复国理想的人愈来愈少。那些"称魁梧丈夫者，亦且改形换骨，学为不似之人"，朱德明却能坚守初衷，并通过扩充《宋遗民录》而宣扬忠义，让顾炎武由衷钦佩。文章引古述今，写得含蓄委婉，却又寄慨遥深。

吴伟业(1609—1672)，字骏公，号梅村，别署鹿樵生、灌隐主人、大云道人，江南太仓（今属江苏）人，崇祯进士，是明末清初著名的诗人。他的《黄陶庵文集序》也带有鲜明的时代特色。① 吴伟业的序文，交代了作序的缘由，并高度评价了黄陶庵的为文和为人。文中云：

> 陶庵深沉好书，于学无所不窥，居常独坐一室，不交当世。迁、固以下诸史，朱黄钩贯，略皆上口；其于考据得失，训诂异同，在诸儒不能通其条要，陶庵顿五指而数之，首尾通涉，铢两历然，虽起古人面与之譬问，莫能难也。其为人清刚简贵，言规行矩，早有得于濂、洛之传，尝谓人曰："吾比来为文，初无所长，然皆折衷大道，称心而立言，质之于古，验之于今，其不合于理者亦已少矣。"此其一生读书之大略

---

① 黄陶庵(1605—1645)，字蕴生，号陶庵，上海嘉定人，清兵破嘉定，自缢而亡。

也。(《吴梅村全集》卷二十七)

这是对陶庵治学和为人的肯定。陶庵"于学无所不窥",为人"清刚简贵,言规行矩",值得后人效法。对于黄陶庵"当其城陷引决,投笔绝命"的死忠之事,吴伟业并未作过多介绍,只是称其"忠孝大节,皆出于醇正博洽之儒"。联想吴伟业的心境,让人感慨尤深。作为诗人,吴伟业也在序跋文中探讨诗歌理论,如《观始诗集序》、《宋牧仲诗序》等文,皆时有卓论,行文法度严密,有大家之气。

易代之际的小说序跋也不乏精品。陈忱的《水浒后传》借写"水浒"英雄海外创业的故事,抒发了作者对故明的怀念。序文中写道:

> 嗟乎!我知古宋遗民之心矣。穷愁潦倒,满眼牢骚,胸中块磊,无酒可浇,故借此残局而著成之也。然肝肠如雪,意气如云,秉志忠贞,不甘阿附,傲嫚寓谦和,隐讽兼规正;名言成串,触处为奇,又非漫然如许伯哭世,刘四骂人而已。
>
> 昔人云:《南华》是一部怒书,《西厢》是一部想书,《楞严》是一部悟书,《离骚》是一部哀书。今观《后传》之群雄激变而起,是得《南华》之怒;妇女之含愁敛怨,是得《西厢》之想;中原陆沉,海外流放,是得《离骚》之哀;牡蛎滩、丹露宫之警喻,是得《楞严》之悟。不谓是传而兼四大奇书之长也!(《中国历代小说序跋集》页1510)

序文以发愤著书之说,来阐释《水浒后传》的创作动机。作者在易代之际,穷愁潦倒,满腹牢骚,借作《水浒传》续书,来浇自己的胸中块垒。所谓"中原陆沉,海外流放,是得《离骚》之哀"。序文具有较强的抒情色彩,反映了易代之际,作为"小道"的小说,已成为文人"传情达志"的载体。《水浒后传》有着浓重的抒情色彩,序文亦写得悲郁哀叹。

樵子的《樵史自序》亦具有较强的抒情色彩。《樵史通俗演义》叙光宗、熹宗、思宗三朝旧事,作者序中自云:

> 樵子日存山中,量晴较雨,或亦负薪行歌。每每晴则故人相过,携酒相慰劳。雨则闭门却扫,昂首看天。一切世情之厚薄,人事之得丧,仕路之升沉,非樵子之所敢知,况敢问时代之兴废哉!然樵子颇识字,闲则取《顺天胪笔》、《酌中志略》、《寇营纪略》、《甲申纪事》等书,销其岁月。或悄焉以悲,或戚焉以哀,或勃焉以怒,或怃焉以惜,竟失其喜乐之两情。久而樵之,以成野史。(《中国历代小说序跋集》页1040)

正如孙楷第先生所说,"玩其词抑塞沉痛"①,樵子想忘掉诸如时代兴废、世情厚薄的人世烦恼,悠游林下。然而,最终却无法逃避现实,"失其喜乐之两情",创作了《樵史》一书,而小说中也自然渗透了作者这种"抑塞沉痛"之情。樵子这样的人生选择,在当时比较有代表性,陈忱也曾经选择过隐居田园的生活。但是,在那个"天崩地解"的时代,他们无法回避舆图换稿的社会剧变,于是便怀着亡国的隐痛,用手中之笔来抒发自己心中的苦闷。这些序跋文字,往往具有较强的文人色彩,是清代文人小说创作的先声。

还有一些小说序跋文字,表达个人的理想情志,文字本身有较高的审美价值。这些文字,多为失意文人所为,可称是才子之笔。如烟水散人的《女才子自叙》,通篇多是自我写怀:

> 忆予弱冠时,尝乘白云而至一山。嵯峨亘天,厥名圆峤。蹑而窥之,则有琼楼桂殿,而玉函金筒之文在焉。字皆绿色,迹成蝌蚪。予乃袖之而归,至今珍袭之处,霞气冉冉,犹萦绕于几席间也。世无广成,莫能绀绎,而青鸟一来,予将凌空而羽化矣。或闻而讶曰:"子谬矣!吾闻圆峤仙岛也,赤文绿字仙籍也。子亦尘寰中一士耳,顾安能乘彼白云而游于仙阙哉?"呜呼!匪独尔莫之信,予亦自知其言之妄且诞也。顾以五夜藜窗,十年芸帙,而谓笔尖花足与长安花争丽,紫

---

① 孙楷第:《戏曲小说书录解题》,人民文学出版社,1990年版,第98页。

紫骝蹀躞,可以一朝看遍矣。岂今二毛种种,犹局促作辕下驹,不犹之乎遐想仙境,而十洲三岛,有必不能几者。回念当时,激昂青云,一种迈往之志,恍在春风一梦中耳。虽然,缨冕之荣,固有命焉,而天之窘我,坎壈何极!

夫以长卿之贫,犹有四壁。而予云庑烟嶂,曾无鹪鹩之一枝。以伯鸾之困,犹有举案如光,而予一自外入,室人交遍谪我。以子云之《太玄》,覆瓿遗诮,然有侯巴,独为赏重;而予弦冷高山,子期未遇,弊裘踽踽,抗尘容于阛阓之中,遂为吴侬面目。其有知我者,唯松顶之清飔,山间之明月耳。嗟乎!笔墨无灵,孰买《长门》之赋;鬓丝难染,徒生明镜之怜。若仍晤对圣贤,朝呻夕讽,则壮心灰冷,谋食方艰。于是唾壶击碎,收粉黛于香闺;彤管飞辉,拾珠玑于绣闼。贞姿艳魄,彼美宜彰。赠药采兰,我怀匪属。当夫绘写幽芳,如游姑射而观神女;敷扬姝丽,似登金屋而觏阿娇。或假绮情而结想,或因怨态以传神。燕子楼头,不失惊鸿之致;苕萝村畔,仍存倾国之容。而使凄其蓬巷之间,烂成金谷;萧然楮墨之上,掩映蛾眉。予乃得为风月主人、烟花总管,检点金钗,品题罗袖。虽无异乎游仙之虚梦,跻显之浮思而已。泼墨成涛,挥毫落锦,飘飘然若置身于凌云台榭,亦可以变啼为笑,破恨成欢矣。(《中国历代小说序跋集》页830)

序文很长,兹列举一段。作者在文中自抒怀抱,宣泄自己现实中的不遇之悲。文章开篇,作者"乘白云而至一山",似神游于仙境,年少时期,"激昂青云"的豪迈之志跃然纸上。"顾以五夜藜窗,十年芸帙,而谓笔尖花足与长安花争丽,紫骝蹀躞,可以一朝看遍矣。"然而,现实却是"弦冷高山,子期未遇","壮心灰冷,谋食方艰",只有通过小说创作一抒心志。"泼墨成涛,挥毫落锦,飘飘然若置身于凌云台榭,亦可以变啼为笑,破恨成欢矣。"从总体上看,与天花藏主人《合刻七才子书序》的思想倾向是一致的。文章很有文采,多用典故,抒情色彩很浓。从序文中可以看出,作者当年很有志向,故云:"回念当时,激昂青云,一种迈往之志,恍在春风一梦中耳。"然而,人生多舛,仕途无望,他们只能在小说创作中展示自己的才学。序文中发出"天之窘我,坎壈何极"的喟叹,正是他们直面现实后的无奈。

清初才子佳人小说的序言,多为才子之笔,如天花藏主人的《合刻七才子书序》、素政堂主人的《定情人序》等。小说作家将他们金榜题名、良缘佳偶的梦想反映在虚拟的世界中,"不得已借乌有先生以发泄其黄粱事业"(《合刻七才子书序》)。通过这些序跋,我们可以感受到那些沉郁下僚的底层文人的梦想与无奈。通俗小说的创作,使这些无法进入正史的文人,有展示自己才华并得到世人认可的机会。这些文字在抒发心声的同时,也具有一定的文学价值。

对戏剧作品进行评论,是清代戏曲序跋的一个重要功能。从创作主体看,有自序和他序两种。这类序跋文受被评作品的影响较大,有些是我们解读作品的重要依据,时至今日仍然有一定的影响力。清初,戏剧研究延续明末余波,仍有较大的发展。戏曲序跋中,侧重于理论研究的有李玉的《南音三籁序》、吴亮中的《南曲九宫正始序》、尤侗(1618—1704)的《倚声词话序》等。这些文字,有较强的学术性。如李玉的《南音三籁序》论证了元代北曲南戏的演变①,"把戏曲的历史表述与风格分析结合起来"②,对后人很有启发。

李玉的《清忠谱》是清初一部著名的时事剧。作品描写了明天启年间阉党魏忠贤等人对东林党人的迫害,有史可依。吴伟业所作的《清忠谱序》从史实和艺术创作两个方面对作品进行了评述,序文云:"先朝有国二百八十余年,其间被寺人祸者凡三;王振、刘瑾专恣于前,魏忠贤擅窃于后;驯致流毒天下,而国家遂亡。然振、瑾之专,势皆岌岌,所以危而复安者,以众贤聚于朝廷,其一二大臣及内外大吏,尚未敢显为阉寺私人也。至魏忠贤之擅则不然,上自宰辅禁近,下暨省会重臣,非阉私人莫参要选。时倾险之士思逞志于正直者,亦愿为之爪牙,供其走噬,甚至自负阿父、养子而不惜,而东林之难作矣。故自辛酉至丁卯七年之中,在朝诸贤无不遭其坑戮,而国家之气以不振。"追溯了明朝的太监专权,并重点评述了魏忠

---

① 李玉(约1602—1671),字玄玉,号苏门啸侣,又号一笠庵主人,江苏吴县人,明末清初著名的戏曲作家。
② 叶长海:《中国戏剧学史稿》,中国戏剧出版社,2005年版,第369页。

贤专权之时朝中的舐痔结驷之风。《清忠谱》歌颂了与魏忠贤斗争的东林党人,吴伟业认为其"事俱按实,其言亦雅驯;虽云填词,目之信史可也"。高度肯定了作品的实录精神。从思想上看,作者站在道德判断的立场上评述历史,并无独特的见解。但序文与传奇所歌颂的道德,却是极具审美价值的,从这个角度看,序文抓住了作品的精华。吴伟业身经明末的战乱,有所感,亦有所思,因而序文的情感色彩较浓。文中云:

> 余所惜者,先朝列圣相承,思陵躬亲菲恶、焦劳勤政者,十有七年,而逆寇射天,神京沦陷。追维始祸,起于延、西二抚之贪婪;皆逆贤党也。当是时,逆布其党宇内,秦中要地二抚,实阉腹心,肆虐纵贪,莫之敢指,胎祸全秦者数岁;终于贼焰燎原,灾弥穹壤,一败而不可救,真可痛也!尤扼腕者,思陵图治,相文文肃仅两月,忌之者即以事中之去位,国政愈不可为。甲申之变,留都立君,国是未定,顾乃先朋党、后朝廷,而东南之祸亦至。噫!彼为阉党漏网之孽,固无足怪,谁为老成,丧心毪及,更可痛也!假令忠介公当日得久立于熹庙之朝,拾遗补过,退倾险而进正直,国家之祸,宁复至此?又使文肃之相不遽罢,扶衰救弊,卜年或可再延。而一误再误,等于汉、唐末造之覆辙。始信两公于阉党之事,决然以死生去就争之,其有关宗社非细也。(《吴梅村全集》卷六十)

对甲申之变的痛惜,对故明的怀悼溢于笔端。他希望《清忠谱》的纪实精神能传之后世,"此后填词者亦能按实谱义,使百千岁后观者泣、闻者叹,如读李子之词"。吴伟业曾在清朝为官,并深有愧悔,他对亡明的怀念是真诚的。推究历史兴衰,激扬忠烈,贬斥奸小是这一时期文人士大夫中的潮流,吴伟业的这篇序文无出其右。他曾经以诗歌的形式记载历史,抒发黍离麦秀之悲,这篇序文颇有借他人酒杯浇自己块垒之意。

## 第二节　清前期序跋文

清代前期,仍然有一些作品怀悼亡明,借写序跋来发抒亡国之痛。姜宸英(1628—1699)的《奇零草·序》写于康熙初年,与顾炎武的《广宋遗民录·序》有异曲同工之处。姜宸英,字西溟,号湛园,浙江慈溪人,曾参与修撰《明史》。康熙三十六年(1697)始中进士,授翰林院编修,著有《湛园未定稿》、《苇间诗集》、《西溟文钞》等,后人编其著作九种为《姜先生全集》行世。

《奇零草》是明末抗清将领张煌言的诗集。张煌言(1620—1664),字玄著,号苍水,浙江鄞县(今属宁波)人,崇祯年间举人。清兵南下,任职于南明政权,坚持抗清斗争,后被俘牺牲。在为诗集所作的自序中,张煌言写道:

> 余于丙戌始浮海,经今十有七年矣。其间忧国思家,悲穷悯乱,无时无事不足以响动心脾。或提槊北伐,慷慨长歌,或避虏南征,寂寥低唱。即当风雨飘摇,波涛震荡,愈能令孤臣恋主,游子怀亲,岂曰亡国之音,庶几哀世之意。(《张苍水集》卷一)

可知诗歌是张煌言战斗生活的写照,是他忧国思家、悲穷悯乱的心声。作品在清初成为禁书,姜宸英为其作序,是冒了一定风险的。文中称:"天地晦冥,风霾昼塞,山河失序,而沉星殒气于穷荒绝岛之间,犹能时出其光焰,以为有目者之悲喜而幸睹。虽其捽抑于一时,然要以俟之百世,虽欲使之终晦焉不可得也。"对张煌言的为人和为文均作了较高的评价。他指出"君臣父子之性,根于人心,而征于事业,发于文章。虽历变患,逾不可磨灭",肯定了张煌言诗歌的价值。全文叙议结合,情感激昂,感人尤深。姜宸英并非明之遗民,为张煌言大唱赞歌,一方面是对故明深切情感的表露,另一方面则是一种自我剖白,使自己与那些降清之人划清了界限。

归庄(1613—1673)的《看牡丹诗自序》借写欣赏牡丹的闲适之情,发抒亡国之痛。文中云:

> 客曰:"周濂溪谓:'牡丹,花之富贵者也。'以子之贫贱,毋乃不宜!"余曰:"吾贫则无儋石矣,而性慷慨,喜豪放,无贫之气;贱为韦布矣,而轻世肆志,不事王侯,无贱之骨。安在与花不宜?"客又曰:"欧阳公,儒者也,以牡丹为花妖。子何好之甚?"余曰:"凡物之美者,皆能为妖,何独花也。溺其美而动其中,皆足以丧身。吾不得于世,借以娱目肆志而已,何妖之为!"惟诸诗皆信口率笔,以适一时之兴,无意求工,贻笑作者,吾无辞焉。(《归庄集》卷三)

文章一方面强调了作者"轻世肆志,不事王侯,无贱之骨"的高洁品格,另一方面也表露了他欣赏牡丹是因"不得于世,借以娱目肆志"的悲凉情怀。

这一时期,社会日渐稳定,也有一些作家,延续序跋创作传统,在序跋文中探讨诗文理论。如施闰章(1618—1683),字尚白,一字屺云,号愚山,又号矩斋、槐萝居士,安徽宣城人,以诗名,为文亦工,与宋琬并称"南施北宋"。顺治元年(1644)进士,为官有政声。康熙六年(1677)罢官乡居,十八年(1687)举博学鸿词科,参修《明史》。施闰章主要以诗名享誉清初文坛,被尊为"国初六家"之一。他的《王山长集序》,批评了那些规摹古人者,指出"诗古文辞,固莫盛于今日,才性所限,各以区分,规摹古人者,貌附响臻,千百人若出一手,或憔悴苦吟,迟巧速拙,片言有余,连牍不足"。"士贵各言所志耳"(《学余堂文集》卷四)。朱彝尊在《王文成公文钞序》中评价了王守仁的为文创作,认为其"文章卓然成一家之言"(《曝书亭集》卷三十六)。

《聊斋志异》是清前期文言小说的代表作,问世之后评注者甚多,序跋文字也随作品而产生了较大的影响。《聊斋志异》的序跋文以蒲松龄的《〈聊斋志异〉自序》最为著名:

被萝带荔,三闾氏感而为《骚》;牛鬼蛇神,长爪郎吟而成癖。自鸣天籁,不择好音,有由然矣。松,落落秋萤之火,魑魅争光;逐逐野马之尘,罔两见笑。才非干宝,雅爱搜神;情类黄州,喜人谈鬼。闻则命笔,遂以成编。久之,四方同人,又以邮筒相寄,因而物以好聚,所积益夥。甚者,人非化外,事或奇于断发之乡;睫在目前,怪有过于飞头之国。遄飞逸兴,狂固难辞;永托旷怀,痴且不讳。展如之人,得毋向我胡卢耶?然五父衢头,或涉滥听;而三生石上,颇悟前因。放纵之言,有未可概以人废者。松悬弧时,先大人梦一病瘠瞿昙,偏袒入室,药膏如钱,圆粘乳际,寤而松生,果符墨志。且也,少羸多病,长命不犹。门庭之凄寂,则冷淡如僧;笔墨之耕耘,则萧条似钵。每搔头自念,勿亦面壁人果是吾前生耶?盖有漏根因,未结人天之果;而随风荡堕,竟成藩溷之花,茫茫六道,得可谓其无理哉!独是子夜荧荧,灯昏欲蕊;萧斋瑟瑟,案冷疑冰。集腋为裘,妄续幽冥之录;浮白载笔,仅成孤愤之书:寄托如此,亦足悲矣!嗟乎!惊霜寒雀,抱树无温;吊月秋虫,偎阑自热;知我者,其在青林黑塞间乎!(《聊斋文集》卷三)

蒲松龄(1640—1715),字留仙,一字剑臣,号柳泉居士,淄川(今属山东淄博)人,除《聊斋志异》外,还有文集4卷,诗集6卷,戏曲3种,通俗俚曲14种,今人搜集编定为《蒲松龄集》。蒲松龄十九岁时曾经以县、符、道三第一的佳绩考取秀才,其后却屡试不第、科场蹭蹬。做过幕僚、塾师,生活困窘,到晚年才安顿下来。《聊斋志异》是蒲松龄的传世名作,作者在创作中倾注了大量的心血。但在当时,由于人们对小说的偏见,作品并没有得到社会的完全认可。在这篇序言中,蒲松龄以激愤的笔调抒写了自己不为人所理解的悲哀和怀才不遇的孤愤,是我们解读蒲松龄创作心理的主要资料。这篇自序,与一般的说明性文字不同,写得情感激越,很有文采。文中引用典故,借"三闾氏感而为《骚》""长爪郎吟而成癖",说明自己创作《聊斋志异》是有感而发,起笔很有气势。文中作者围绕自己坎坷蹭蹬的人生经历,和"门庭凄寂"的生活处境,畅谈了创作《聊斋志异》的原因,自认《聊斋志异》是一部"孤愤之书",结尾处慨叹"知我者,其在青林黑塞间乎"!全文有论有叙,写得声情并茂,感人尤深。

蒲松龄的好友高珩(1612—1697)曾为《聊斋志异》作序,序文论证严密,是一篇颇有价值的序文:

> 志而曰异,明其不同于常也。然而圣人曰:"君子以同而异。"何耶?其义广矣、大矣。夫圣人之言,虽多主于人事;而吾谓三才之理,六经之文,诸圣之义,可一以贯之。则谓异之为义,即易之冒道,无不可也。夫人但知居仁由义,克己复礼,为善人君子矣;而陟降而在帝左右,祷祝而感召风雷,乃近于巫祝之说者,何耶?神禹创铸九鼎,而《山海》一经,复垂万世,岂上古圣人而喜语怪乎?抑争"子虚""乌有"之赋心,而预为分道扬镳者地乎?后世拘墟之士,双瞳如豆,一叶迷山,目所不见,率以仲尼"不语"为辞,不知鹢飞石陨,是何人载笔尔尔也?倘概以左氏之诬蔽之,无异掩耳者高语无雷矣。引而伸之,即"阊阖九天,衣冠万国"之句,深山穷谷中人,亦以为欺我无疑也。余谓:"欲读天下之奇书,须明天下之大道。"盖以人伦大道,淑世者圣人之所以为木铎也。然而天下有解人,则虽孔子之所不语者,皆足辅功令教化之所不及。(《中国历代小说序跋集》页135)

高珩,字葱佩,号念东,晚号紫霞道人,山东淄川人。明崇祯十六年(1643)进士,选翰林院庶吉士,顺治朝授秘书院检讨,升国子监祭酒,后晋吏部左侍郎、刑部左侍郎,著有《劝善》诸书及《栖云阁集》。文章肯定了《聊斋志异》"不同于常"的创作特色,并从教化的角度指出,这些内容虽是圣人所不语,却能"辅功令教化之所不及",肯定并提高了《聊斋志异》的文体价值。同时,高珩的序文对《聊斋志异》批判"江河日下,人鬼颇同"的社会黑暗给予肯定,认为作品具有对现实深刻的认识价值。最后,作者发出感喟:"吾愿读书之士,揽此奇文,须深慧业,眼光如电,墙壁皆通,能知作者之意。"作为蒲松龄的乡人兼友人,高珩在序言中对《聊斋志异》给予了高度的评价,对《聊斋志异》的传播起到了积极的推动作用,而序文本身也写得很有特色。文章用设问自答的形式,逐层阐述了对作品的理解。邓云乡先生认为文章受八股制艺的影响很大,开头"是八股破题、承题、起讲的写法"(《清代八股文》第十五章)。也正因如此,全文论点明确,逻辑严密,旁征博引,令人信服。

《坚瓠集》为褚人获所撰,书分15集,"记人物事迹和社会琐闻,间杂诙谐戏谑小故事,尤以载明清人物轶事为多"。褚人获(1625—1682),字稼轩,又字学稼,号石农,长洲(今属江苏苏州)人,一生著作颇丰,有《坚瓠集》、《读史随笔》、《退佳琐录》、《续蟹集》、《宋贤群辅录》等。褚人获交游广泛,与尤侗、洪昇、顾贞观、毛宗岗等清初著名的文学家有交。作品在当时的文人圈有一定的影响力,为其作序的也多为一些著名文人,如孙致弥、顾贞观、毛宗岗、张潮等。其中,毛宗岗的《坚瓠三集序》,将自己的身世之感与对作品的评论结合起来,很有特色:

> 稼轩先生多闻博学,能绍美乎其前人,故知稼轩者,以后进好事儒者称之,予闻而然之。及观所编《坚瓠集》,凡其睹记所及,古今人轶事与语言文字之可资谈柄者,悉载焉,而劝戒之意即寓于中,使读者或时解颐抚掌,或时骇目惊心,乃益信此真儒者,好事之所为也。夫人而非儒者,惟恐其好事;而儒者,则惟恐其不好事,盖为仕为学,皆儒者事,不得仕,则终于学而已;苟非好事,安能于学无遗事乎?乃先生则曰:"吾非好事也,吾幸值太平无一事之时,聊借闲笔墨以销此闲日,故书成而取义于物之无用如坚瓠者,以名其篇。"噫!儒者之书,岂无用之书?儒者岂无用之人?虽学优不仕,疑于鲍系,然儒者自命,即不见用于当世,要当立言以垂不朽。稼轩著述甚富,有《续圣贤群辅录》及《鼎甲考》若干卷,秘未授梓,此区区小篇犹末耳。且如瓠之为物,至老而坚,始适于用。今稼轩穷且益坚,必且老当益壮,是正世所宝为硕果者也,瓠云乎哉!请以斯言质诸知稼轩者。(《中国历代小说序跋集》页457)

毛宗岗(1632—1709),字序始,号子庵,清初文学批评家,长洲(今属江苏苏州)人,曾与其父毛纶评点《三国志演义》。毛宗岗与褚人获都生活于清初的江南地区,都是未入仕途的布衣文人。共同的人生经历使他们产生很多思想上的共鸣,从这篇序言中可见一斑。作为一篇序言,毛宗岗对《坚瓠集》作了简要的评述,认为作品将"古今人轶事与语言文字之可资谈柄者,悉载焉,而劝戒之意即寓于中"。序言的精彩之处在于毛宗岗对褚人获"立言以垂不朽"的赞赏,以及"学优不仕"的感喟。这一方面肯定了小说的文体价值,另一方面也大有知音之叹,是个人"不见用于当世"的情感发抒。

张潮所作的《坚瓠馀集序》则重在对作家和作品的评述,序文如下:

> 稼轩褚先生抱巢许之高风,居唐虞之盛世,耕云钓月,睥睨天地之间;漱石枕流,放浪形骸之外。网罗轶事,既耳换而目移;欣赏奇文,亦日新而月盛。向传《坚瓠》大选,又成馀集新编,癸甲辛壬而后,另有炉椎,续、补、广、秘之余,别成世界。巾箱可置,无烦插架堆仓;行笈堪携,那虑汗牛充栋。坐花醉月,下酒物不数《汉书》;益智娱心,换骨丹无烦仙药。斯诚琅环之异宝,实乃委宛之奇文矣。潮也性嗜简编,身希脉望,顾唾馀懒拾,矧为尘饭涂囊;牙后堪羞,况属牛溲马勃。袭秘笈于眉公,即语语都佳,亦觉千篇之一例;盗《谭概》于龙子,纵言言尽善,终嫌数见而不鲜。先生则尽扫旧闻,专收新著。辑近代之公卿将相,允为斯世楷模;载熙朝之政治文章,堪作国人矜式。稽其姓氏,半属吾侪群纪之交;考厥里居,无非此日舟车可至。虽在鄙人之小草,亦荷高士之不遗。蝇附骥以能驰,药处囊而易售,此生多幸,其乐只且。嗟乎,屋梁徒仰,穷愁尚有其人;空谷自香,纫佩无需异日。采遗珠于沧海,知馀外尚有其馀;琢剩玉于昆山,冀序后或仍作序。(《中国历代小说序跋集》页467)

张潮(1650—?),字山来,号心斋,仲子,安徽歙县人,清初著名的文学家、小说家、刻书家,官至翰林院孔目,著有《幽梦影》、《虞初新志》等。张潮本人便是著名的文学家,也从事小说的创作,因而序文写得比较有文采。

"向传《坚瓠》大选,又成馀集新编,癸甲辛壬而后,另有炉椎,续、补、广、秘之余,别成世界。"寥寥数语,便交代了《坚瓠馀集》的成书过程。张潮对作家和作品皆有较高的评价,认为作者褚人获"抱巢许之高风,居唐虞之盛世,耕云钓月,睥睨天地之间;漱石枕流,放浪形骸之外"。其所创作的《坚瓠馀集》"尽扫旧闻,专收新著。辑近代之公卿将相,允为斯世楷模;载熙朝之政治文章,堪作国人矜式"。虽然不乏夸张,但也可见对其作品的欣赏。序文多用对偶,间或用典,读起来朗朗上口,韵味流长,不失为才子之笔。

清前期小说的序跋中也有一些才子之笔,如天空啸鹤《豆棚闲话叙》:

> 有艾衲先生者,当今之韵人,在古曰狂士。七步八叉,真擅万身之才;一短二长,妙通三耳之智。一时咸呼为惊座,处众洵可为脱囊。乃者侨鸰弥矜,懒龙好戏。卖不去一肚诗云子曰,无妨别显神通;算将来许多社弟盟兄,何苦随人鬼诨。况这猁猁队子,断难寻别弄之蛇;兼之狼狈生涯,岂还待守株之兔。收燕苓鸡癰于药里,化嘻笑怒骂为文章。莽将廿一史掀翻,另数芝麻账目;学说十八尊因果,寻思橄榄甜头。那趟旧闻,便李代桃僵,不声冤屈;倒颠成案,虽董帽薛戴,好像生成。止因苏学士满腹不平,惹得东方生长嘴发讪。看他解铃妙手,真会虎背上勉斗一番;比之穿缕精心,可通蚁鬓边连环九曲。忽啼忽笑,发深省处,胜海上人医病仙方;曰是曰非,当下凛然,似竹林里说法说偈。假使鼾呼宰我,正当谑浪,那思饭后伸腰;便是不笑阎罗,偶凑机缘,也向人前抚掌。迟迟昼永,真可下泉酝三升;习习风生,真得消雨茶一盏。谓余不信,请展斯编。(《中国历代小说序跋集》页848)

序文写得灵动活泼,看似散漫,却一线相牵,以作家之奇和作品之奇穿起全文。文中称艾衲居士是"当今之韵人,在古曰狂士",《豆棚闲话》"化嘻笑怒骂为文章","倒颠成案","忽啼忽笑,发深省处,胜海上人医病仙方"。评论很有趣,与一般的小说序文攀附经史,抬高作品文体价值的做法有所不同,这一序文与作品相映成趣,读之令人拍案。

这类才子之笔,往往不拘囿于序跋文字介绍作家及作品创作情况,对作品进行评论的一般格套,写作中信马由缰,思路开阔,往往将个人悲叹蹭蹬的情感熔铸到序文创作中,使得序跋除叙述说明和评论的功能之外,另有一种抒写怀抱的基调,富有美感和个性。

清人为明代小说所作的序跋文字,以《三国志演义》和《金瓶梅》最为著名。由于毛宗岗和张竹坡对作品有大量的修改,毛序和张序成为这些文字中最有研究价值的部分。二人抓住了作品之"奇",总结了小说创作的艺术经验,历来为世人所推重。

天花藏主人的《金云翘传序》是一篇在思想上颇能给人启迪的序文,文中曰:

> 闻之天命谓性,则儿女之贞淫,一性尽之矣。何感者亦一,而应者亦万端。又若夫其性之所能尽者,始知性其大端也。而性中之喜怒哀乐,又妙有其情也。惟妙有其情,故有所爱慕而钟焉,有所偏僻而溺焉,有所拂逆而伤焉,有所铭佩而感焉。虽随触随生,忽深忽浅,要皆此身此心,实消受之,而成其为贞为淫也。未有不原其情,不察其隐,而妄加其名者。大都身免矣,而心辱焉,贞而淫矣;身辱矣,而心免焉,淫而贞矣。此中名教,惟可告天,只堪尽性,实有难为涂名饰行者道也。故磨不磷,涅不缁,而污泥生不染之莲,盖持情以合性也。
>
> (《中国历代小说序跋集》页1252)

天花藏主人,清初小说家,生平不详。这是一篇精彩的人物评论。《金云翘传》中的女主人公王翠翘本与金重定情,但为救父而为人拐骗,后又沦为娼妓。她虽居恶俗之地,却不改侠骨柔情,与海盗徐海相交,并说服徐海归顺朝廷。朝廷背信弃义擒杀徐海,翠翘投水自尽,幸为人所救,最终与金重团聚。在世俗的眼光中,翠翘先失身于人,又沦落青楼,并非贞洁之女。天花藏主人的这篇序摒弃了这种世俗之见,提出"身免矣,而心辱焉,贞而淫矣;身辱矣,而心免焉,淫而贞矣",并称翠翘为"污泥生不染之莲"。这与拘泥于名教的贞淫之论大为不同,观点大胆,催人警醒。除此之外,作者对于翠翘的"行孝"与重义大加赞美,将女主人公人性中的至善之美挖掘出来,指出翠翘是"古今之贤女子"。翠翘的一生带有传奇色彩,也带有悲剧色彩。天花藏主人没有像一般的文人那样,悲叹其遭际,哀悯其不幸,而是从其传奇经历中发掘人物个性中的至善至美进行歌颂,赋予了翠翘形象新的生命。

实现高台教化,是古代戏曲创作的一个重要的创作宗旨,与之相应,序曲序跋中也存在着这样的创作倾向。而就创作主体而言,这种倾向表现在两个层面上,一是作家有意识提倡,希望对民众进行教化;一是作家顺应统治者文化政策,鼓吹封建道德,维护社会秩序。前者以清初为著,后者则以乾隆年间尤甚。

清代初期,经历了明清易代的戏曲作家,延续明末戏曲创作高台教化的传统,试图以戏剧舞台,进行道德教化。如杜浚的《凰求凤序》云:"生人之大患有三:一曰淫,一曰妒,一曰诈。淫者,不顾身而遑顾名;妒者,不容己而遑容人;诈者,不恤死而遑恤生。吾友笠道人深忧之。以为此非庄语所能入,法拂所能争也。必也以竹版为针砭,以俳优为直谅,则机圆而用捷矣,其惟传奇乎?于是《凰求凤》之书又出焉。问:何以止淫?曰:请观吕哉生。……问:何以已妒?曰:请观乔氏。……问:何以息诈?曰:请观何妪。"(《中国古典戏曲序跋汇编》)《凰求凤》本是才子佳人式的故事,所传达的是李渔"风流道学"的思想,但其亦有"以竹板为针砭"的创作倾向。

宋琬在《化人游词》总评中亦云:

《化人游》非词曲也,吾友某渡世之寓言,而托之乎词者也。世不可以庄言之而托之于咏歌,又不可以庄言之而托之于传奇。以为今之传奇,无非士女风流,悲歌常态,不足以发我幽思幻想,故一托之于汗漫离奇,狂游异变,而实非汗漫离奇,狂游异变也。知者以为漆园也,《离骚》也,禅宗《道藏》语录也,太史公自叙也,斯可与化人游矣。(《中国古典戏曲序跋汇编》页1519)

以戏曲渡世的命意更为显豁。这一时期高台教化的思想,大多是文人自觉承担的社会使命,其与明末通俗文学创作中的教化论是一脉相承的。

《桃花扇》和《长生殿》,是清初两部著名的传奇作品,问世后产生了较大的轰动。金埴题诗说:"两家乐府盛康熙,进御均叼天子知。纵使元人多院本,勾栏争唱孔洪词。"世有"南洪北孔"之称。围绕两部作品的序跋文字,成为我们解读作品的重要文献。

《长生殿》之前,描写李杨爱情的作品已有很多,元代白朴的《梧桐雨》,明代有屠龙的《彩毫记》,均涉及过这个题材。洪昇的《长生殿自序》比较明确地阐释了自己的创作宗旨:

> 余览白乐天《长恨歌》及元人《秋雨梧桐》剧,辄作数日恶。南曲《惊鸿》一记,未免涉秽。从来传奇家,非言情之文,不能擅场;而近乃子虚乌有,动写情词赠答,数见不鲜,兼乖典则。因断章取义,借天宝遗事,缀成此剧。凡史家秽语,概削不书,非曰匿瑕,亦要诸诗人忠厚之旨云尔。然而乐极哀来,垂戒来世,意即寓焉。且古今来逞侈心而穷人欲,祸败随之,未有不悔者也。(《中国古典戏曲序跋汇编》页1578)

洪昇(1645—1704),字昉思,号稗畦,又号稗村、南屏樵者,浙江钱塘(今属杭州)人,清初著名的戏剧作家、诗人,著有传奇《长生殿》等。这篇序文从戏曲取材和作品主旨两个角度,批评了传奇家言情之文多"子虚乌有","兼乖典则"的创作不足。可知在《长生殿》的创作中他是有意识地回避这两个缺点。在选材上,作者以"借天宝遗事,缀成此剧"。在创作主旨方面,则寄寓了"乐极哀来,垂戒来世"的命意。这使作品在"言情"之外,被赋予了深厚的历史批判精神。正因如此,《长生殿》问世后,获得了极大的成功。

孔尚任的《桃花扇传奇小引》也有点明主旨之意:

> 传奇虽小道,凡诗赋、词曲、四六、小说家,无体不备。至于摹写

须眉,点染景物,乃兼画苑矣。其旨趣实本于《三百篇》,而义则《春秋》,用笔行文,又《左》、《国》、太史公也。于以警世易俗,赞圣道而辅王化,最近且切。"今之乐,犹古之乐",岂不信哉?《桃花扇》一剧,皆南朝新事,父老犹有存者。场上歌舞,局外指点,知三百年之基业,隳于何人,败于何事,消于何年,歇于何地,不独令观者感慨涕零,亦可惩创人心,为末世之一救矣。盖予未仕时,山居多暇,博采遗闻,入之声律,一句一字,抉心呕成。今携游长安,借读者虽多,竟无一句一字着眼看毕之人,每抚胸浩叹,几欲付之一火。转思天下大矣,后世远矣,特识焦桐者,岂无中郎乎?予姑俟之。(《中国古典戏曲序跋汇编》页1601)

孔尚任(1648—1718),字聘之,又字季重,号东塘,别号岸堂,自称云亭山人,山东曲阜人,著有传奇《桃花扇》,并与人合著《小忽雷》传奇及诗文集《湖海集》、《岸堂文集》、《长留集》等。这篇小引,首先肯定了传奇的文体价值。在正统文人眼中,传奇是小道,但它具有"凡诗赋、词曲、四六、小说家,无体不备"的文体特点,"警世易俗,赞圣道而辅王化"的文体价值。前者是从艺术上对传奇的认可,后者则是从思想价值和社会意义方面对传奇的肯定。在这个前提下,孔尚任谈到《桃花扇》的创作主旨,是即探讨历史兴衰,"惩创人心,为末世之一救"。在《桃花扇传奇本末》中,孔尚任曾谈到《桃花扇》演出后的现场效果。"长安之演《桃花扇》者,岁无虚日","名公巨卿,墨客骚人,骈集者座不容膝"。"然笙歌靡丽之中,或有掩袂独坐者,则故臣遗老也;灯炮酒阑,唏嘘而散。"这与《桃花扇》所传达出的思想主旨是分不开的。

## 第三节　清中后期序跋文

清代散文创作首推桐城,序跋文是桐城派阐释文论主张的重要文体。方苞在《古文约选序例》中阐发了选文的原则和散文创作的理论主张。《古文约选》是为国子监学生所编的古文读本,名为和硕亲王所选,实际的编选者是方苞。选本未选先秦散文和《史记》,而是以"汉人散文及唐宋八家专集"为主,作者云:"周末诸子精深闳博,汉、唐、宋文家皆取精焉。但其著书,主于指事类情,汪洋自恣,不可绳以篇法。其篇法完具者,间亦有之,而体制亦别,故概弗采录,览者当自得之。"这种编选原则是方苞古文理论的重要体现。文中写道:

> 古文气体,所贵清澄无滓。澄清之极,自然而发其光精,则《左传》、《史记》之瑰丽浓郁是也。始学而求古求典,必流为明七子之伪体。故于《客难》、《解嘲》、《答宾戏》、《典引》之类皆不录,虽相如《封禅书》亦姑置焉。盖相如天骨超俊,不从人间来。恐学者无从窥寻,而妄摹其字句,则徒敝精神于塞浅耳。(《方苞集集外文》卷四)

对散文创作提出了较高的要求,将"清澄无滓"视为散文创作的最高境界,以为"澄清之极,自然而发其光精"。而《古文约选》文章的选取原则,正是方苞所倡导的"义法"之说。方苞认为"《易》、《诗》、《书》、《春秋》及四书,一字不可增减,文之极则也。降而《左传》、《史记》、韩文,虽长篇,句字可薙芟者甚少。其余诸家,虽举世传诵之文,义枝辞冗者,或不免矣。未便削去,姑钩划于旁,俾观者别择焉"(《方苞集集外文》卷四)。

对于"义法"之说,方苞的《又书货殖传后》有更加明确的解释。"《春秋》之制义法,自太史公发之,而后之深于文者亦具焉。义,即《易》之所谓'言有物'也。法,即《易》之所谓'言有序'也。义以为经而法纬之,然后为成体之文。"(《方苞集》卷二)从思想内容和形式方面对散文创作提出了具体的要求。在《书萧相国世家后》《书汉书霍光传后》等文中,方苞提出了散文创作的材料取舍问题,即"常事不书"。方苞认为"春秋之义,常事不书,而后之良史取法焉。昌黎韩氏目《春秋》为谨严,故撰《顺宗实录》削去常事,独著其有关于治乱者。《班史》义法,视子长少漫矣,然尚能识其体要。其传霍光也,事武帝二十余年,蔽以'出入禁闼,小心谨慎';相昭帝十三年,蔽以'百姓充实,四夷宾服',而其事无传焉。盖不可胜书,故一裁以常事不书之义,而非略也。其详焉者,则光之本末,霍氏祸败之所由也"(《方苞集》卷二)。可以说,序跋是方苞阐释文论主张的重要文体,序跋文的文体特点和实用功能,适合于理论的表达,成为桐城文论的重要载体。

清代还有一部分序跋文字,借作序而批评时弊,如方苞的《何景桓遗文序》,文中写道:

> 余尝谓害教化败人材者无过于科举,而制艺则又甚焉。盖自科举兴,而出入于其间者,非汲汲于利则汲汲于名者也。八股之作,较论、策、诗、赋为尤难。就其善者,其持之有故,其言之成理,故溺人尤深,有好之老死而不倦者焉。余寓居金陵,燕、晋、楚、越、中州之士,往往徒步千里以从余游,余每深矉太息,以先王之教、古人之学切于身心者开之。始听者多惘惘然;再三言,其精神若为之震动。惜其人皆散处四乡,不获久与之居,而观其诚有所变化也。

> 岁辛卯,以事返桐,光甥正华持一编示余,曰:"此何生景桓文也。吾女弟归于生,生不幸早夭,垂死属某曰:'方子与吾生间乡,而未得一见其人,子能使序吾文,死不恨矣。'"发而视之,其持之有故,其言之成理,盖其心力尝竭于是而有得焉,无怪其至死而不能释然也。夫死生亦大矣,生中道夭,不以为大戚,而独惓惓于制艺之文;盖科举结习入人之深如此,而况先王之教化所以渐人于性命者哉!使移生所以好制艺者而大用之,则守死善道,不足为生难,此古之人材所以强立而不返者众欤?

> 生与余生同乡,又向余之笃如此,惜乎吾不及其生之时而相与往

复其议论也。序其文,所以恨余之不遇生也。(《方苞集集外文》卷四)

科举之弊,前人已有很多批评,方苞的这篇文章在思想上并无多少独创,但作者能择时而言,在当时确实能给人一些警醒。序文在写作上比较有特色,与一般的序跋文字好为美言不同,本文是以一种同情痛惜之情为人作序。方苞认为,何景桓的不幸是科举制艺造成的。文章具有较强的论辩性,开篇即痛陈科举之弊,指出"害教化败人材者无过于科举",接着批评科举使士子"汲汲于利"、"汲汲于名","溺人尤深,有好之老死而不倦者"。其后作者点明,何生因好制艺而不能大用其才,至死不悔,令人痛惜。文章不长,既有理论的批评,亦有现实的例证,有比较强的说服力。

姚鼐亦常在序跋文中表达其文论主张,在《述庵文钞序》中他提出:"论学问之事,有三端焉:曰义理也,考证也,文章也。是三者苟善用之,则皆足以相济;苟不善用之,则或至于相害。"(《惜抱轩文集》卷四)这些总结,成为桐城派古文创作的理论总结。在《海愚诗钞序》中他重点阐述了文章的美学风格。认为:

> 文章之原,本乎天地;天地之道,阴阳刚柔而已。苟有得乎阴阳刚柔之精,皆可以为文章之美。阴阳刚柔,并行而不容偏废。有其一端而绝亡其一,刚者至于偾强而拂戾,柔者至于颓废而阍幽,则必无与于文者矣。然古君子称为文章之至,虽兼具二者之用,亦不能无所偏优于其间,其故何哉? 天地之道,协合以为体,而时发奇出以为用者,理固然也。其在天地之用也,尚阳而下阴,伸刚而绌柔,故人得之亦然。文之雄伟而劲直者,必贵于温深而徐婉;温深徐婉之才,不易得也。然其尤难得者,必在乎天下之雄才也。(《惜抱轩文集》卷四)

以阴阳之说论文,并非始于姚鼐,但姚鼐力主"阴阳刚柔,并行而不容偏废",并更欣赏阳刚之美,在当时还是比较有见地的。

姚鼐的《南园诗存序》对钱沣的创作和事迹作了中肯的评述。文章先介绍作品结集的情况和命名的原因,"昆明钱侍御沣既丧,子幼,诗集散亡;长白法祭酒式善、赵州师令君范为蒐辑,仅得百余首,录之成二卷。侍御尝自号南国,故名之曰《南园诗存》"。其后,用较多的文字介绍了钱沣与权臣斗争的事迹,并着重描述了钱沣高洁的人格和不幸的命运。序文云:

> 当乾隆之末,和珅秉政,自张威福;朝士有耻趋其门下以希进用者,已可贵矣。若夫立论侃然,能讼言其失于奏章者,钱侍御一人而已。今上既收政柄,除慝扫奸,屡进畴昔不为利诱之士,而侍御独不幸前丧,不与褒录,岂不哀哉!
>
> 君始以御史奏山东巡抚国泰秽乱,高宗命和珅偕君往治之。君在道衣敝,和珅持衣请君易,君卒辞。和珅知不可私干,故治狱无敢倾陂,得伸国法。其后君擢至通政副使,督学湖南;时和珅已大贵,媒蘖其短不得,乃以湖北盐政有失,镌君级。君旋遭艰归,服终补部曹。高宗知君直,更擢为御史,使直军机处。君奏和珅及军机大臣常不在直之咎,有诏饬责,谓君言当。和珅益嗛君,而高宗知君贤,不可谮,则凡军机劳苦事,多以委君。君家贫,衣裘薄,尝夜入暮出,积劳感疾以殒。
>
> 方天子仁明,纲纪犹在,大臣虽有所怨恶,不能逐去,第劳辱之而已。而君遭其困,顾不获迁延数寒暑,留其身以待公论大明之日,俾国得尽其才用,士得尽瞻君子之有为也。悲夫!悲夫!
>
> 余于辛卯会试分校得君,四年而余归,遂不见君。余所论诗古文法,君闻之独喜。君诗尤苍郁劲厚,得古人意。士立身如君,诚不待善诗乃贵。然观其诗,亦足以信其人矣。余昔闻君丧,既作诗哭之;今得其集,乃复为序以发余痛云。(《惜抱轩文集后集》卷一)

钱沣(1740—1795),字东注,号南园,云南昆明人,乾隆三十六年(1771)进士。姚鼐指出,和绅秉政之时,"朝士有耻趋其门下不以希进用者,已可贵矣",而钱沣能"讼言其失于奏章",让人尤为钦敬。序文赞美钱沣固贫守道的人格,同时对其早逝、"不与褒录"的不幸感到痛惜。文末,姚鼐谈到了钱沣对自己"所论诗古文法"的赞同,并以"苍郁劲厚,得古人意"之语评价了钱沣的诗歌。并进一步将其人与文并论,"士立身如君,诚不待善诗乃贵。然观其诗,亦足以信其人矣。余昔闻君丧,既作诗哭之;今得其集,乃复为序以发余痛云"。文章不长,但却对钱沣的为人、为文进行了精彩的评价,有叙有议,情感真挚,文法精到。

刘大櫆的《马湘灵诗序》在艺术手法上与姚鼐此文比较接近。文中写道:

> 马君湘灵与余居同里,生同庚,学同业,其喜为诗同,其嗜酒同,饮酒既酣,其狂言震于广座也同。余弃于时,而湘灵亦屡试不举,为同遇。余生三子皆夭,而湘灵亦未有子息,为同病。人之不同如其面,余与湘灵几无不同矣。而亦有不同者,盖湘灵之为人,余固尝兄事焉;若其所为文章,则余方欲师事之而未能。此其不同也。
>
> 忆昔与湘灵同在京师,一日,日已晡,湘灵过余旅舍,余出酒肴共酌。时余兄奉之亦在坐。湘灵被酒,意气勃然,因遍刺当时达官无所避。余惊怖其言。湘灵慷慨曰:"子以我为俗子乎?"余谢不敢。湘灵命酒连举十余觞,大醉欢呼,发上指冠,已复悲歌出涕。余见湘灵言之哀,亦泣涕纵横不自禁。湘灵乃指谓余兄曰:"彼乃同心者!"因出其平生歌诗示余。余读之,风翻云涌,而喉间气郁不得舒。于是相对黯然,罢酒别去。
>
> 忽忽二十年,则闻湘灵已老病,不复能远游。或扁舟自放于九龙、三泖之间,间则归里,与缙绅之去位而里居者,连为吟社,寻山钓水而已。嗟乎!以湘灵之才与其志,使其居于庙朝,正言謇谔,岂与夫世之此倡而彼应者同乎哉?奈何窘蹶涪湛,抱能不一施,遂为山泽之癯以老也!
>
> 癸未之秋,湘灵橐其所为诗遗余数百里之外,使为之序。余诵湘灵之诗,循环往复,益叹湘灵年虽老而少年英锐之气不衰。此其必传于世,世人之所共知,固不藉余言以增重。若其人之磊砢,不犹高出时俗人万万,则非余言莫之显。虽然,后之人苟能读湘灵之诗,亦可

以想见其人矣。(《刘大櫆集》卷三)

序文有叙有论,极富情感色彩。作者称,"余与湘灵几无不同矣",科场上"弃于时"的不幸,生活中丧子无嗣的痛苦,使二人大有知己之感,故而刘大櫆给马湘灵诗集作序,更能理解诗歌文字后面所蕴含的悲辛。序文似一篇传记,选取二人相处时比较有代表性的场景,以白描化的手法,勾画出人物的个性气度,使读者对诗人有更深的了解。"若其人之磊砢,不犹高出时俗人万万,则非余言莫之显。虽然,后之人苟能读湘灵之诗,亦可以想见其人矣。"文章简洁传神,体现了刘大櫆散文创作的一贯特色。

清代学术比较发达,初期的实学思潮,中期的考据之风,对序跋文的写作皆产生了较大的影响。诗文序跋中也有一些篇目具有较强的学术色彩。

张惠言的《词选序》,对词的文体价值、词体的流变进行了梳理分析。张惠言是常州词派的开创者,同时又与恽敬同为阳湖派古文领袖,著有《茗柯诗文集》等。他针对当时词坛创作内容空虚的流弊,编选《词选》,选录唐、五代、宋词44家,116首。《词选序》阐释了此书"塞其下流,导其渊源,无使风雅之士惩于鄙俗之音"的编选目的,追溯了词体的发展,并提出比较系统的词学主张。文中写道:

> 词者,盖出于唐之诗人,采乐府之音,以制新律,因系其词,故曰词。传曰:"意内而言外者谓之词。"其缘情造端,兴于微言,以相感动,极命风谣里巷男女哀乐,以道贤人君子幽约怨悱不能自言之情,低徊要眇以喻其致,盖《诗》之比兴,变风之义,骚人之歌,则近之矣。然以其文小,其声哀,放者为之,或淫荡靡曼,杂以昌狂俳优,然要其至者,莫不恻隐盱愉,感物而发,触类条鬯,各有所归,不徒雕琢曼饰而已。(《茗柯文编》二编卷上)

强调词的创作"缘情造端,兴于微言",故应重视其"意","道贤人君子幽约怨悱不能自言之情";同时,又要"低徊要眇以喻其致",追求"感物而发,触类条鬯"的艺术风格。这些主张,均有积极的现实意义,对清代后期浙派词人题材狭窄的创作弊端有所纠正,对其后词的发展产生了较大的影响。序文也分析了词体的发展流变:

> 自唐之词人,李白为首,其后韦应物、王建、白居易、刘禹锡之徒,各有述造;而温庭筠最高,其言深丽闳美;五代之际,孟氏、李氏,君臣为谑,竞变新调,词之杂流由是作矣。至其工者,往往绝伦,亦如齐梁五言,依托魏晋,近古然也。宋之词家,号为极盛,然张先、苏轼、秦观、周邦彦、辛弃疾、姜夔、王沂孙、张炎,渊渊乎文有其质焉;其荡而不反,傲而不理,枝而不物,柳永、黄庭坚、刘过、吴文英之伦,亦各引一端,以取重于当世;而前数子者,又不免有一时通脱放浪之言出于其间。后进弥以驰逐,不务原其指意,破碎奔析,坏乱而不可纪。故自宋之亡而正声绝,元之末而规矩臖,五百年来,作者十数,谅其所是,互有繁变,皆可谓安蔽乖方,迷不知门户者也。(《茗柯文编》二编卷上)

作者回顾了词体的发展,评价了唐宋诸多词人,也点明了自己的理论主张,言简而义深,见解也不乏精彩独到之处。

对作品进行评述,是诗文序跋的基本功能。清中期的诗文序跋,继承了传统序跋文字知人论世的文学传统,在评述作品时,往往能够结合作者的生平境遇加以评论,因而具有史料和文评的双重价值。对后人了解作者生平和理解作品,提供了很大的帮助。同时,这些序跋本身也是极具审美价值的散文。

受清代中期整体文风的影响,清代笔记小说的序跋文字,有相当数量的出版说明和文献考证之作,功底扎实,实用功能较强。如清代著名的文献学家王谟[①],便曾为《神异经》、《搜神记》、《述异记》、《续齐谐》等书作

---

① 王谟(1731—1817),字仁圃,号汝上,晚称汝上老人,江西金溪(今属南城县)人。乾隆三十三年(1768)中举。一生文献辑轶颇丰,主要有《汉魏遗书钞》、《汉魏丛书》、《汉唐地理书抄》等。其所辑佚之书对地理学、方志学、文学、经学的研究提供了丰富的资料。

序。序文有叙有议,立论严谨,文风老道。下面是他的《神异经十洲记合序》:

> 右东方朔《神异经》一卷、《十洲记》一卷,《隋志》并入史部地理类,《唐志》并入子部神仙类。其入地理类者,以二书所言,皆四海八荒事,为仿《山海经》而作;其入神仙者,以《神异经》第一篇,即言东王公、玉女,而《十洲记》有蓬莱、瀛洲、方丈,又即海中三神山也。谟谓朔之博物,虽能晓毕方,辨驺牙,初不若禹、伯翳之临刊焚烈,遍历九州;又不能与羡门安期生之属,凭虚御风,神游六合,二者所托,皆似是而非也。善乎班史之论曰:"朔之诙谐,逢占射覆,其事浮浅,行于众庶,童儿牧竖,莫不眩耀。而后世好事者,因取奇言怪语附著之朔。"若此二书,明非朔所自撰,在当时固必有乐为之傅会者。史家欲去妄惑,绝异端,故详著其说,且于本传篇末,直断之曰:凡刘向所录朔书,具是世所传也。今考《汉书·艺文志》诸子杂家,有"《东方朔》二十篇",次《吕览》、《淮南鸿烈》后,惜其书不传,而后世独流传此二书即《灵棋经》。甚矣!人之好怪也。《文献通考》以二书入小说家,盖亦有见于此云。(《中国历代小说序跋集》页25)

《神异经》、《隋书》将其归入史部地理类,《四库全书总目》列入子部小说家类,王谟的这篇序文从文献学的角度,对《神异经》、《十洲记》的目录归属问题进行了追溯,有论有据。王谟的笔记小说序跋多见于其辑佚的《增定汉魏丛书》,这些文字给后人的文献文学研究提供了很多便利,在清人对前代笔记所作的序跋中比较有代表性。

余集的《聊斋志异序》也是一篇见解与文采并重的好文。文中云:

> 乙酉三月,山左赵公奉命守睦州,余假馆于郡斋。太守公出淄川蒲柳泉先生《聊斋志异》,请余审定而付之梓。严陵环郡皆崇山,郡斋又多古木奇石。时当秋飙怒号,景物睢霨,狐鼠昼跳,枭獍夜嗥,把卷坐斗室中,青灯晻晻,已不待展读,而阴森之气,逼人毛发。呜呼!同

在光天化日之中,而胡乃沉冥抑塞,托志幽遐,至于此极! 余盖卒读之而悄然有以悲先生之志矣。按县志称先生少负异才,以气节自矜,落落不偶,卒困于经生以终。平生奇气,无所宣渫,悉寄之于书。故所载多涉诙诡荒忽不经之事,至于惊世骇俗,而卒不顾。嗟夫!世固有服声被色,俨然人类;叩其所藏,有鬼蜮之不足比,而豺虎之难与方者。下堂见蛊,出门触蜂,纷纷杳杳,莫可究诘。惜无禹鼎铸其情状,镯镂抉其阴霾,不得已而涉想于杳冥荒怪之域,以为异类有情,或者尚堪晤对;鬼谋虽远,庶其警彼贪淫。呜呼!先生之志荒,而先生之心苦矣!(《中国历代小说序跋集》页138)

余集(1738—1823),字蓉裳,号秋室,浙江仁和(今属杭州)人,乾隆三十一年(1766)进士,三十八年(1773)荐修《四库全书》,授翰林院编修,累迁至侍读学士。余集于乾隆三十年(1765)假馆于睦州郡斋,太守赵起杲出《聊斋志异》,请其审定而付之梓,故为此序。序文交代了作序的原因,并对作家和作品进行了深入批评。应该说,较之为《聊斋》作诗的王渔洋,余集似乎更加了解《聊斋》的价值。他结合蒲松龄的人生经历,指出其"不得已而涉想于杳冥荒怪之域,以为异类有情,或者尚堪晤对;鬼谋虽远,庶其警彼贪淫",是很有见地的。而通篇"悲先生之志"的情感基调,又使得这篇文字有别于一般的他序之文,情感真挚,而又切中实质。

除《聊斋志异》外,清代的笔记小说以纪昀的《阅微草堂笔记》最为著名。纪昀(1724—1805),字晓岚,一字春帆,晚号石云,道号观弈道人,卒后谥号"文达",乡里世称文达公,河间府献县(今属河北沧县)人。

《阅微草堂笔记》分《滦阳消夏录》、《如是我闻》、《槐西杂志》、《姑妄听之》、《滦阳续录》五种,作品"测鬼神之情状,发人间之幽微,托狐鬼以抒己见者,隽思妙语,时足解颐;间杂考辨,亦有灼见。叙述复雍容淡雅,天趣盎然,故后来无人能夺其席,固非仅借位高望重以传者矣"[1]。在自序中,纪昀多谈自己"聊以消闲""弄笔遣日"的创作意图(《滦阳续录自序》),以

---

[1] 鲁迅:《中国小说史略》,上海古籍出版社,1998年版,第151页。

及成书过程等,但也有一些简短的议论。如《滦阳消夏录自序》肯定了"小说稗官,知无关于著述;街谈巷议,或有益于劝惩",《如是我闻自序》写"一有偏嗜,必有浸淫而不自已"的创作热情,文字简淡,很有韵味。其中《姑妄听之自序》篇幅略长:

> 余性耽孤寂,而不能自闲,卷轴笔砚,自束发至今,无数十日相离也。三十以前,讲考证之学,所坐之处,典籍环绕如獭祭。三十以后,以文章与天下相驰骤,抽黄对白,恒彻夜构思。五十以后,领修秘籍,复折而讲考证。今老矣,无复当年之意兴,惟时拈纸墨,追录旧闻,姑以消遣岁月而已。故已成《滦阳消夏录》等三书,复有此集。缅昔作者,如王仲任、应仲远,引经据古,博辨宏通;陶渊明、刘敬叔、刘义庆,简澹数言,自然妙远。诚不敢妄拟前修,然大旨期不乖于风教。若怀挟恩怨,颠倒是非,如魏泰、陈善之所为,则自信无是矣。适盛子松云欲为剞劂,因率书数行弁于首。以多得诸传闻也,遂采庄子之语名曰《姑妄听之》。(《中国历代小说序跋集》页181)

文中,作者追溯了自己治学的五个阶段,以及《阅微草堂笔记》的创作心境。"三十以前,讲考证之学","三十以后,以文章与天下相驰骤,抽黄对白,恒彻夜构思","五十以后,领修秘籍,复折而讲考证","今老矣,无复当年之意兴,惟时拈纸墨,追录旧闻,姑以消遣岁月而已"。《滦阳消夏录》等三书的创作,正为消遣岁月,这实际上也是纪昀对小说创作的一种认识。应该说,作者丰富的人生阅历和学术积累对《阅微草堂笔记》的艺术风格和思想内容产生了深远的影响。序文指出,作品虽然"多得诸传闻",但却不会"乖于风教",而在艺术上追求的是"博辨宏通"简淡自然的风格。这篇序言是我们解读《阅微草堂笔记》的重要文献,同时,也是一篇叙事简洁、思路细密的美文。

从传道的角度评价《阅微草堂笔记》的还有盛时彦。嘉庆五年(1800)盛时彦合刊《阅微草堂笔记五种》,并作序:

> 文以载道,儒者无不能言之。夫道岂深隐莫测,秘密不传,如佛家之心印,道家之口诀哉?万事当然之理,是即道矣。故道在天地,如秉泻地,颗颗皆圆;如月映水,处处皆见。大至于治国平天下,小至于一事一物、一动一言,无乎不在焉。文其中之一端也,文之大者为六经,固道所寄矣。降而为列朝之史,降而为诸子之书,降而为百氏之集,是又文中之一端,其言皆足以明道。再降而稗官小说,似无与于道矣。然《汉书·艺文志》列为一家,历代书目亦皆著录,岂非以荒诞悖妄者?虽不足数,其近于正者,于人心世道亦未尝无所裨欤!
>
> 河间先生以学问文章负天下重望,而天性孤直,不喜以心性空谈,标榜门户;亦不喜才人放诞,诗坛酒社,夸名士风流。是以退食之余,惟耽怀典籍。老而懒于考索,乃采掇异闻,时作笔记,以寄所欲言。(《中国历代小说序跋集》页182)

受小说观念发展的影响,盛时彦对小说的文体价值有较高的评价。文中指出,道"大至于治国平天下,小至于一事一物、一动一言,无乎不在焉。文其中之一端也,文之大者为六经,固道所寄矣。降而为列朝之史,降而为诸子之书,降而为百氏之集,是又文中之一端,其言皆足以明道。再降而稗官小说,似无与于道矣。然《汉书·艺文志》列为一家,历代书目亦皆著录,岂非以荒诞悖妄者?虽不足数,其近于正者,于人心世道亦未尝无所裨欤"!虽然类似的小说观念在明末便有人提出,但盛时彦将其用于对《阅微草堂笔记》的肯定,也是有一定价值的。作者认为《阅微草堂笔记》是纪昀"老而懒于考索""寄所欲言"而作。对于作品的价值,盛时彦评述道:"《滦阳消夏录》等五书,俶诡奇谲,无所不载,洸洋恣肆,无所不言。而大旨要归于醇正,欲使人知所劝惩。故诲淫导欲之书,以佳人才子相矜者,虽纸贵一时,终渐归湮没。而先生之书,则梨枣屡镌,久而不厌,是亦华实不同之明验矣。"将作品与"诲淫导欲"之作做了区别,其实还是肯定了作品有所劝惩的社会意义。由于盛时彦与纪昀有交,思想上亦相通,故而评论很有见地,在当时《阅微草堂笔记》的序文中是较好的一篇。

《聊斋志异》和《阅微草堂笔记》的序文,大多与作品的创作风格相符。

前者多有怨愤之情，有一定的抒情色彩，文采斐然；后者多言理之意，态度冷隽，文字简淡。这与两书作者交游和读者群体有关。围绕两书，有不少精彩的评论，限于篇幅，这里不再追述。

作为明代四大奇书之一的《西游记》在清代有诸多评本。如《西游证道书》、《西游真诠》、《西游原旨》和《新说西游记》等。这些评本的序跋文字多从对作品思想主旨的解读入手，近些年，重新引起人们的关注。张书绅《新说西游记自序》云：

> 此书由来已久，读者茫然不知其旨，虽有数家批评，或以为讲禅，或以为谈道，更又以为金丹采炼，多捕风捉影，究非《西游》之正旨。将古人如许之奇文，无边之妙旨，有根有据之学，更目为荒唐无益之谭，良可叹也！予期以数月之暇，注明指趣，破其迷罔，唤醒将来之学者，此亦往者不可谏，来者犹可追也。（《中国历代小说序跋集》页1361）

张书绅，生卒年及生平均不详，约乾隆初前后在世，著有《新说西游记》一百回。张评在清代的西游记评点中，确实较有新意。这篇序文，语言简洁，概括了作者对《西游记》评点的宗旨，也说明了当时《西游记》诸多批评"捕风捉影"的不足。在《新说西游记总论》中他作了进一步的说明：

> 予幼读《西游记》，见其奇奇怪怪，忽而天宫，忽而地藏，忽说妖魔，忽说仙佛，及所谓心猿意马、八戒沙僧者，茫然不知其旨。尝问人曰："《西游记》，何为而作也？"说者曰："是讲禅也，是谈道也。"心疑其说，而究未明确其旨。及游都中，乃天下人文之汇，高明卓见者时有其人，及聆其议论，仍不外心猿意马之旧套。至心猿意马之所以，究不可得而知也。迄今十馀年来，予亦自安于不知，而不复究论矣。乙丑年，由都归省，值呈安天会，触目有感，恍然自悟曰："是矣，是矣！予今而知《西游记》矣！予今而并知作《西游记》者之心矣！"自古圣贤，悲悯后世，为之著书立言，不一其旨；而其心总欲人归于至善也。

故孔子之赞《诗》曰:"《诗》三百,一言以蔽之,曰思无邪!"予今批《西游记》一百回,亦一言以蔽之,曰:只是教人诚心为学,不要退悔。(《中国历代小说序跋集》页1361)

张书绅回顾了自己对《西游记》主旨的探求过程,并将其归为"教人诚心为学,不要退悔",在清代的诸多评点中是较有新意的。清人对《西游记》的解读多从"证道"入手,文字欣赏的价值不高。张书绅的评点,虽然亦有将小说比附诗文之嫌,但也确有比较合理的部分。

清代还有一些对序跋文,对本朝小说进行评点。这些文字,为我们解读作品提供了不少帮助,本身也具有一些理论价值。

《儒林外史》是清中期著名的白话小说,鲁迅先生称其:"秉持公心,指摘时弊,机锋所向,尤在士林。"①闲斋老人《儒林外史序》在对明代小说四大奇书进行否定的基础上,对《儒林外史》的思想和艺术价值作出了较高的评价:

夫曰"外史",原不自居正史之列也;曰"儒林",迥异元虚荒渺之谈也。其书以功名富贵为一篇之骨:有心艳功名富贵而媚人下人者,有倚仗功名富贵而骄人傲人者,有假托无意功名富贵自以为高被人看破耻笑者,终乃以辞却功名富贵,品地最上一层,为中流砥柱。篇中所载之人,不可枚举,而其人之性情心术,一一活现纸上。读之者,无论是何人品,无不可取以自镜。

传云:"善者,感发人之善心;恶者,惩创人之逸志。"是书有焉。甚矣!有《水浒》、《金瓶梅》之笔之才;而非若《水浒》、《金瓶梅》之致为风俗人心之害也!则与其读《水浒》、《金瓶梅》,无宁读《儒林外史》。世有善读稗官者,当不河汉予言也夫!(《中国历代小说序跋集》页1681)

---

① 鲁迅:《中国小说史略》,上海古籍出版社,1998年版,第220页。

序言对明代小说四大奇书的批评并非真知灼见,但他看到《儒林外史》有不同于前人小说之处,是比较准确的,也抓住了《儒林外史》取材和创作上的一些特色。闲斋老人认识到,"功名富贵"是小说中的一条重要线索,人们对待功名富贵的不同态度,是作者对小说中人物形象肯定与否的界限。作者还认识到《儒林外史》深刻的现实批判价值:"篇中所载之人,不可枚举,而其人之性情心术,一一活现纸上。读之者,无论是何人品,无不可取以自镜。"这些观点,至今仍对人们解读《儒林外史》有所启发。

《红楼梦》是中国古典小说的高峰,围绕作品评本众多,戚蓼生的《石头记》是较早的一篇。序云:

> 夫敷华掞藻,立意遣词,无一落前人窠臼,此固有目共赏,姑不具论。第观其蕴于心而抒于手也,注彼而写此,目送而手挥,似谲而正,似则而淫,如《春秋》之有微词,史家之多曲笔。试一一读而绎之:写闺房则极其雍肃也,而艳冶已满纸矣;状阀阅则极其丰整也,而式微已盈睫矣;写宝玉之淫而痴也,而多情善悟不减历下琅琊;写黛玉之妒而尖也,而笃爱深怜不啻桑娥石女。他如摹绘玉钗金屋,刻画芗泽罗襦,靡靡焉几令读者心荡神怡矣,而欲求其一字一句之粗鄙猥亵,不可得也。盖声止一声,手止一手,而淫佚贞静、悲戚欢愉,不啻双管之齐下也。噫!异矣!其殆稗官野史中之盲左、腐迁乎?
>
> 然吾谓作者有两意,读者当具一心。譬之绘事,石有三面,佳处不过一峰;路看两蹊,幽处不逾一树。必得是意,以读是书,乃能得作者微旨。如捉水月,只把清辉;如雨天花,但闻香气,庶得此书弦外音乎?乃或者以未窥全豹为恨,不知盛衰本是回环,万缘无非幻泡。作者慧眼婆心,正不必再作转语,而万千领悟,便具无数慈航矣。彼沾沾焉刻楮叶以求之者,其与开卷而寤者几希!(《中国历代小说序跋集》页1151)

戚蓼生(1730—1792),字念功,号晓堂、晓塘,浙江德清人,乾隆三十四年(1769)中进士,累官至福建按察使。序言对《红楼梦》的写作艺术评价甚高,称之"敷华掞藻,立意遣词,无一落前人窠臼",为"稗官野史中之盲左、腐迁"。并从读者接受的角度指出,"作者有两意,读者当具一心","乃能得作者微旨",真可谓《红楼梦》作者的知音。序言文字摇曳多姿,是一篇识才并举的佳作。

　　清代的戏曲理论家,在前人研究的基础上,自觉地进行戏剧理论的探索。除专门的戏曲理论著作外,序跋文字也是这些研究的重要载体。这些文字辨正戏曲发展,总结音律知识,对戏曲艺术的发展,起到总结和推进的作用。

　　这种学术性的戏曲序跋在清代中后期有较大的发展,乾隆一朝尤盛。如徐大椿的《〈乐府传声〉自序》,强调了宫调、字音、口法对唱曲者的重要性。徐大椿(1693—1771),字灵胎,晚号洄溪老人,江苏吴江人,善医学,又善度曲,著有《乐府传声》。《乐府传声》是一部具有代表性的声乐理论著作,该书继承了前人对演唱理论的总结,并对演唱技法进行了深入的研究,具有较高的舞台指导价值,至今仍有一定的实践指导意义。在序文中,徐大椿阐述了"乐之大端",指出"律吕歌诗典礼,此学士大夫之事也。其八音之器,各精一技,此乐工之事也。惟宫调、字音、口法,则唱曲者,不可不知"。他强调字音、口法对歌者的重要性,"古人作乐,皆以人声为本",但由于"学士大夫全不究心",致使乐道丧失,在唱曲中虽有所存,但也渐近消亡。《乐府传声》即欲传"人声"。这些论点虽然是为了强调《乐府传声》的价值,但也是对戏曲表演的事实描述。序文文字典雅,论证有序,而又不发空论,颇有"盛世"文风。

　　这一时期类似的戏曲序跋还有允禄的《新定九宫大成南北词宫谱序》、于振的《新定九宫大成南北词宫谱序》等。这些序跋文字,大多受这一时期学术风气的影响,论述有据,有一定的理论价值。

　　随着地方戏曲的兴起,对其进行理论总结也成为时代的需要。清代中后期,一些序跋文字也开始评述花部戏剧,给后人的戏曲史研究,提供了文献资料。如焦循的《花部农谭》自序云:

　　　　梨园共尚吴音。"花部"者,其曲文俚质,共称为"乱弹"者也,乃余独好之。盖吴音繁缛,其曲虽极谐于律,而听者使未覩本文,无不茫然不知所谓。其《琵琶》《杀狗》《邯郸梦》《一捧雪》十数本外,多男女猥亵,如《西楼》、《红梨》之类,殊无足观。花部原本于元剧,其事多忠、孝、节、义,足以动人;其词直质,虽妇孺亦能解;其音慷慨,血气为之动荡。郭外各村,于二、八月间,递相演唱,农叟、渔父,聚以为欢,由来久矣。自西蜀魏三儿倡为淫哇鄙谑之词,市井中如樊八、郝天秀之辈,转相效法,染及乡隅。近年渐反于旧。余特喜之,每携老妇、幼孙,乘驾小舟,沿湖观阅。天既炎暑,田事余闲,群坐柳阴豆棚之下,侈谭故事,多不出花部所演,余因略为解说,莫不鼓掌解颐。有村夫子者笔之于册,用以示余。余曰:"此农谭耳,不足以辱大雅之目。"为芟之,存数则云尔。(《中国古典戏曲序跋汇编》卷二)

焦循(1763—1820),字里堂,一字理堂,江苏甘泉(今属扬州)人,乾隆举人,专长经学,对天文算术、声韵训诂之学也有研究。在戏曲研究领域成果颇丰,今存《剧说》、《花部农谭》等。《花部农谭》是地方戏曲研究的开山之作,作者从理论上对"花部"戏曲给予充分的肯定。这篇小序,简明扼要地表明了自己的观点。序文从题材、表演等诸多方面赞扬了"曲文俚质"的乱弹,对于"极谐于律"的吴音有所批评。文中也反映了乱弹当时在郭外各村的演出盛况。语言朴素,文风自然,虽为学术著述,读来却毫不枯燥。

至清中期,这种道德教化的思想则由戏曲作家的自觉变为统治者的倡导和作家的遵从。以乾隆时期著名的戏曲作家蒋士铨为例,他的戏曲创作大多以宣扬忠烈、鼓吹教化为目的,有着浓厚的道德说教色彩。蒋士铨(1725—1785),字心余,又字苕生,号清容,又号藏园,晚号定甫,江西省铅山县人,清代著名戏曲家、文学家。他的《红雪楼九种曲》(又名《藏园九种曲》),包括杂剧三种,传奇六种,是其代表性作品,在当时影响很大。《红雪楼九种曲》的序跋文有自序亦有他序,总体上说,与作品的创作倾向一致,阐释教化。如《冬青树·自序》云:

> 窃观往代孤忠,当国步已移,尚间关忍死于万无可为之时。志存恢复,耿耿丹衷,卒完大节,以结国家数百年养士之局,如吾乡文谢两公者。呜呼难矣哉!秋夜萧然,不能成寐。剪灯谱《冬青树》院本三十八首,三日而毕。摭拾附会,连缀成文。慷慨歌呼,不能自已。庾信之赋《哀江南》曰:"惟以悲哀为主。"殆或似之。《经》曰:"岁寒然后知松柏。"若两公者,即以为冬青之树,谁曰不宜?(《中国古典戏曲序跋汇编》页1807)

表明作品所宣扬的是孤忠之士的"耿耿丹忠"。在《桂林霜·书后》中,意思更为明确:

> 人臣死厥职,妇死其夫,子死其父,奴死其主。同一食禄忠事之义,敢希褒恤之施,俎豆之祀乎?然国家教忠之典至隆,所以激扬风节,俾事人者洗革二心,益惇恭棐,知难死若生,虽亡若存。其荣显于身后,更能保世而滋大。马氏世笃忠贞,备邀恩礼。惟同殉之子女奴婢等三十五人,未叨矜恤。想国初功令,例未及此,或以慎重勋劳,隄防冒滥,未可知也。伏见我皇上宣威辟土,赏罚严明,虽至微极贱之人,苟能尽力捐躯,则丝纶涣汗之必及,而录其姓名,矜其妻子,使枯骸剩魄,沦浃仁恩于九原者,咸思结草仰报,以效犬马未终之志。呜呼!彼三十五人者,时命事会之遭耳,奚敢稍存遗憾欤?此篇以神道结之,人天感应,都无二致。因申论之,使愚贱者,咸知所励焉。(《中国古典戏曲序跋汇编》页1799)

《桂林霜》写马雄镇一家死节忠烈之事,蒋士铨认为,马雄镇一家"人臣死厥职,妇死其夫,子死其父,奴死其主",满门忠烈。但"同殉之子女奴婢等三十五人,未叨矜恤",故作《桂林霜》以激扬忠烈。张三礼的《空谷香·序》亦称"文字无关风教者,虽炳耀艺林,脍炙人口,皆为苟作。填词,其一体也。史家传志之文,学士大夫或艰涉猎。及播诸管弦,托于优孟,转令天下后世观场者,若古来忠孝贤奸,凛然在目。则填词足资劝惩、感发者亦重"。其中称《空谷香》是"有关风教之文"。

李调元著有戏曲论著《曲话》和《剧话》,在两部论著的自序中,他对戏曲高台教化的作用亦有所阐释。李调元(1734—1803),字羹堂,又字赞庵,号雨村,晚年又号童山老人、童山蠢翁,四川绵州(今属德阳)人,乾隆间进士,有《童山诗集》,戏曲论著《曲话》、《剧话》等。《雨村曲话·序》云:"夫曲之为道也,达乎情而止乎礼义者也。凡人心之坏,必由于无情,而惨刻不衷之祸,因之而作。若夫忠臣、孝子、义夫、节妇,触物兴怀,如怨如慕,而曲生焉,出于绵渺,则入人心脾;出于激切,则发人猛省。"(《中国古典戏曲序跋汇编》页166)在《雨村剧话·序》中,他写道:"孔子曰:'诗可以兴,可以观,可以群,可以怨。'今举贤奸忠佞,理乱兴亡,搬演于笙歌鼓吹之场,男男妇妇,善善恶恶,使人触目而惩戒生焉,岂不亦可兴、可观、可群、可怨乎?"(《中国古典戏曲序跋汇编》页167)将戏剧的文体地位等同于诗,从诗教的角度说明曲的教化功能。

乾隆之后,戏曲创作中的道德说教依然比较浓重。杨潮观侄孙杨懋在《吟风阁杂剧·序》中写道:

> 词曲之名起于宋,盛于元,胜国以后,文人学士,相继而作,其脍炙人口,传之优孟衣冠者,大抵言情居多,或致有伤风化,求其激扬慷慨,使人感动兴起,以羽翼名教,殆不可得。吟风阁者,懋伯祖笠湖公著书之室也。公严气正性,学道爱人,从宦豫属,郡邑俎豆,为学人,为循吏,著作甚富。公余之暇,复取古人忠孝节义足以动天地泣鬼神者,传之金石,播之笙歌,假伶伦之声容,阐圣贤之风教,因事立义,不主故常,误使闻者动心,观者泪下,铿锵鼓舞,凄入心脾,立懦顽廉,而不自觉。刻成,因以吟风阁名之。以是知公之用心良苦,公之劝世良切也。(《吟风阁杂剧》附录)

序文比较明确地提出《吟风阁杂剧》表现的是"古人忠孝节义足以动天地泣鬼神者",并将戏剧创作的意义提升至可以"羽翼名教"。这既是对《吟风阁杂剧》表现内容、创作宗旨的总结,也是对戏曲艺术社会功能的一种阐释。

应该说,这些宣扬道德教化的文字,一方面是作者对戏曲创作社会效果的肯定,是对戏曲文体价值的认可。另一方面,也与作者创作时受传统教化观的影响有关。

伴随着戏曲艺术的发展,也有一些作家注意到戏曲的娱乐功能,程大衡《〈缀白裘〉合集序》云:

> 尤西堂以世界为小梨园,《廿一史》为一部传奇,则大地岂非一戏场乎?夫忠孝节义流芳,阴邪奸险遗臭,其善恶殊途,不啻霄壤,乃派定生旦丑净作势装妖之脚色也。人生富贵贫贱不同,夭寿穷通各异;然电光石火,终归一梦,犹敷演悲欢离合,顷刻戏完之散场也。屈指劳生,应无百岁之期;名牵利绾,枉作千年之计。光阴弹指,玉走金飞;良辰美景无多,月夕花朝有限。莫惜追欢寻乐,何妨浅酌高歌?凭今吊古,感慨多燕、赵;寻宫数羽,世不乏周郎。
>
> 玩花主人向集《缀白裘》,钱子德苍搜采复增辑,一而二,二而三,今则广为十二。其中大排场,褒忠扬孝,实勉人为善去恶,济世之良剂也;小结撰梆子秧腔,乃一味插科打浑,警愚之木铎也。雅艳豪雄,靡不悉备;南弦北板,各擅所长。撷翠寻芳,汇成金璧:既可怡情悦目,兼能善劝恶惩。虽梨园之小剧,若使西堂见之,亦必以此为一部《廿一史》也。是为序。(《中国古典戏曲序跋汇编》页468)

《缀白裘》收录了当时演出的一些戏曲作品,以折子戏为主,保存的剧目既有昆曲也有花部乱弹,刊印后流传甚广,各地书坊不断翻印。围绕《缀白裘》的出版,有不少序跋文字。这些文字代表了当时戏剧创作和演出中的一些教化倾向。应该说,这是序跋作者自觉向统治者的文化政策靠拢。程大衡的这篇序文,一方面说明了戏曲表演的特殊性,即"百岁之期"、"千年之计"的历史,"良辰美景"、"月夕花朝"的生活皆可成为戏曲演义的题材;另一方面,戏曲亦具备"善劝恶惩"的教化功能和"怡情悦目"的审美功能。

清代后期,序跋文的创作延续古典余波。龚自珍和魏源的序跋文字不乏精品。

龚自珍的《长短言自序》是一篇较有价值的文学评论。序中云:

> 情之为物也,亦尝有意乎锄之矣;锄之不能,而反宥之;宥之不已,而反尊之。龚子之为《长短言》何为者耶?其殆尊情者耶?情孰为尊?无住为尊,无寄为尊,无境而有境为尊,无指而有指为尊,无哀乐而有哀乐为尊。情孰为畅?畅于声音。声音如何?消瞀以终之。如之何其消瞀以终之?曰:先小咽之,乃小飞之,又大挫之,乃大飞之,始孤盘之,罔罔以柔之,空阔以纵游之,而极于哀,哀而极于瞀,则散矣毕矣。人之闲居也,泊然以和,顽然以无恩仇;闻是声也,忽然而起,非乐非怨,上九天,下九渊,将使巫求之,而卒不自喻其所以然。畴昔之年,凡予求为声音之妙盖如是。是非欲尊情者耶?且惟其尊之,是以为《宥情》之书一通;且惟其宥之,是以十五年锄之而卒不克。请问之,是声音之所引如何?则曰:悲哉!予岂不自知?凡声音之性,引而上者为道,引而下者非道,引而之于旦阳者为道,引而之于暮夜者非道;道则有出离之乐,非道则有沉沦陷溺之患。虽曰无住,予之住也大矣;虽曰无寄,予之寄也将不出矣。然则昔之年,为此长短言也何为?今之年,序之又何为?曰:爱书而已矣。(《龚自珍全集》第3辑)

这篇序言是龚自珍为其早期词作刊定所作。文中,龚自珍提出了"尊情"的主张。其所尊之情"无住为尊,无寄为尊,无境而有境为尊,无指而有指为尊,无哀乐而有哀乐为尊",自由发泄而无所羁縻。"尊情"之说,并不自龚自珍始,晚明的李贽、汤显祖至清之袁枚,皆有此说。对"情"的认同,是与对"理"的批评相一致的。龚自珍一贯重情,曾著有《宥情》一文,"尊情"的思想几乎贯穿了他的一生。他的"尊情"说,继承了晚明以来的文化传统,同时,也带有一些近代的色彩。他所尊的"情",是对"衰世"的愤激之情,"畅于声音",则"先小咽之,乃小飞之,又大挫之,乃大飞之,始孤盘之,闷闷以柔之,空阔以纵游之,而极于哀,哀而极于瞽,则散矣毕矣",表现为一种哀怨愤怒之情。

魏源的《海国图志叙》是一篇带有近代启蒙色彩的序文。文中云:

> 《海国图志》六十卷,何所据？一据前两广总督林尚书所译西夷之《四洲志》,再据历代史志及明以来岛志及近日夷图、夷语。钩稽贯串,创榛辟莽,前驱先路。大都东南洋、西南洋增于原书者十之八,大、小西洋、北洋、外大西洋增于原书者十之六。又图以经之,表以纬之,博参群议以发挥之。何以异于昔人海图之书？曰:彼皆以中土人译西洋,此则以西洋人谭西洋也。是书何以作？曰:为以夷攻夷而作,为师夷长技以制夷而作。(《魏源集》上)

《海国图志》是鸦片战争失败后魏源所作,它是世界史地的参考书,也寄托着魏源学习西方、富国强兵的理想追求。序文中提出了"师夷长计以制夷"的著名观点,全文语言平实,说理透辟,引人警醒。

清代后期,文言小说的创作,佳作不多,小说多模拟《聊斋志异》和《阅微草堂笔记》的体制,佳作不多,但其中宣鼎的《夜雨秋灯录自序》颇有可观。序文谈到作品的创作时云:

> 病十五日,忽蹶然起,裁笺为阄,取生平目所见,耳所闻,心所记忆且深信者,仿稗官例,先书一百余目,每夕作文一篇,或两篇,不数日而患遂霍然。明年解馆,赁宅任城,售书卖画,甫稍有余。居两年,回秦邮游虎阜,计得文一百一十五篇,皆初稿而未及修饰者。客有索观既竟,莫不啧啧曰:"太早,太早!"鼎曰:"余深凛忌早之诫,然余之文,刀圭也,未敢以著述论。"客问:"'夜雨秋灯'四字作何解?"曰:"当其病滋阳暑时,愁霖滴沥,冷焰动摇,千里家山,时入梦寐,秋魂欲语,病魔乍来,此无可奈何之境也。以无可奈何之身,当无可奈何之境,未能己已,奋笔直书耳!"甲戌之冬,有仙蝶过访,是夕设乩于室,以文呈。须臾,仙至,书曰"子来前!子前身为罗浮冲虚观道士,以弄笔头

获过,今又弄笔耶!幸语类荒唐,实严痹赏,且无淫词,是尚可恕。再四十三年,当于忍辱班中迟子矣!"鼎稽首谢,求仙人序。不可,遂自述颠末如此。噫,樵歌牧唱有时上献刍荛,鬼董狐谐无语不关讽劝。尘之封,蠹之蚀,举而抛同落叶,忍乎哉!(《中国历代小说序跋集》页211)

序文以主客问答的形式,阐释了自己创作《夜雨秋灯录》的过程。虽然有模拟蒲松龄《聊斋自志》的痕迹,但总体上说,还是有感而发。作者自认"樵歌牧唱有时上献刍荛,鬼董狐谐无语不关讽劝"。表明了作品创作讽世的意图,有一定的现实意义。

围绕《阅微草堂笔记》的坎坷,也有一些序文。郑开禧的《阅微草堂笔记序》亦颇得纪昀的文风,序文如下:

> 河间纪文达公,久在馆阁,鸿文巨制,称一代手笔。或言公喜诙谐,嬉笑怒骂,皆成文章。今观公所著笔记,词意忠厚,体例谨严,而大旨悉归劝惩,殆所谓是非不谬于圣人者欤?虽小说,犹正史也。公自云:"不颠倒是非如《碧云瑕》,不怀挟恩怨如《周秦行纪》,不描摹才子佳人如《会真记》,不绘画横陈如《秘辛》,冀不见摈于君子。"盖犹公之谦词耳。
> 
> 公之孙树馥,来宦岭南,从索是书者众,因重锓板。树馥醇谨有学识,能其官,不堕其家风云。(《中国历代小说序跋集》页184)

郑开禧,字迪卿,号云麓,福建龙溪(今属龙海县)人,嘉庆甲戌(1814)进士,历官广东督粮道,著有《知守斋集》。序文指出纪昀"嬉笑怒骂,皆成文章"的写作风格,并评价《阅微草堂笔记》为"词意忠厚,体例谨严","悉归劝惩","虽小说,犹正史也"。言简而意赅,抓住了作品的创作特色。

强望泰的《阅微草堂笔记五种撷钞序》,是从创作主旨和艺术特色两个方面评述作品:

纪文达公笔记五种，义例谨严，文体简净，在小说中另是一种笔墨。至其意存劝戒，吃紧为人，随举一事，初无不达之情，亦无不析之理，则尤《虞初》以来所绝无仅有者。余风嗜此书，以卷帙繁富，涉猎难精，因就各卷中撷其可为炯鉴者，裁为缩本，并加以圈点，意欲使阅者赏心豁目，即以之触目警心。夫冥然罔觉，悍然不顾，人心之锢蔽也甚矣。投以先正格言，非悻即厌；姑与之说神说鬼，说仙说狐，说世上一切人，随以善恶邪正吉凶祸福之几显示之，而隐导之，虽锢蔽已甚，亦不禁其憬然悟，惶然愧，怒然悔，况未至于冥然悍乎！即此一编，反观内镜，可以为孝子悌弟，可以为义夫节妇，可以为仁人端士，可以为忠臣良吏，下之亦不失为谨身寡过，无灾无害之幸民。如曰此小说也，可以小说观之，其可惜也夫！其可慨也夫！（《中国历代小说序跋集》页185）

强望泰(1793—1844)，韩城市芝阳乡东赵庄村人，嘉庆二十二年(1817)与中试贡士一体殿试，赐庶吉士，后赐进士，供职十年。这是一篇简短的文艺评论。作者用简洁的笔墨评述了《阅微草堂笔记》的创作特色，指出作品"义例谨严，文体简净，在小说中另是一种笔墨"，同时也肯定了其"意存劝戒"的创作宗旨，这是比较有见地的。序文对《阅微草堂笔记》评价甚高，并站在正统文人的立场，对其文体的属性不无遗憾，"如曰此小说也，可以小说观之，其可惜也夫！其可慨也夫"！应该说，是强望泰对小说文体的认识存在着不足，这也直接影响到了其批评的思想价值。

幻中了幻居士的《品花宝鉴序》是这一时期小说序跋中比较独特的一篇。文中云"余谓游戏笔墨之妙，必须绘形绘声。传真者，能绘形而不能绘声；传奇者，能绘声而不能绘形，每为憾焉。若夫形声兼绘者，余于诸才子书并《聊斋》《红楼梦》外，则首推石函氏之《品花宝鉴》矣"。肯定了作品能够"绘形绘声"的笔墨之妙，并指出，其居于《聊斋》《红楼梦》之后的小说地位。本着知人论文的原则，序者对小说的作者有所介绍"传闻石函氏本江南名宿，半生潦倒，一第蹉跎，足迹半天下，所历名山大川，聚为胸中丘壑，发为文章，故邪邪正正，悉能如见其人，真说部中之另具一格者"。

> 尝读韩文云："大凡物不得其平则鸣。"又云："择其善鸣者而假之鸣。"余但取其鸣之善,而欲使天下之人皆闻其鸣;借纸上之形声,供目前之啸傲。镜花水月,过眼皆空;海市蜃楼,到头是幻;又何论夫形为谁之形,声为谁之声;更何论夫绘形绘声者之为何如人耶?世多达者,当不河汉余言。(《中国历代小说序跋集》页1209)

序文肯定了作者不平则鸣的创作动机,表现出"镜花水月,过眼皆空;海市蜃楼,到头是幻"的消极情绪。文笔灵动,颇有才子之气。

# 第四章　清代杂论文

　　清代散文,众体皆备。就论说文而言,除论辨、书信、序跋等文体外,还有一些论说类散文,如寓言、文话、诗话、题跋、语录、清言等。由于有些文体文学散文的性质不明显,限于篇幅,本章略而不谈。

　　作为一种文学体裁,寓言以讲故事的形式,寄寓道理。诸子的著作中,保存有相当数量的优秀寓言。其后,不少作家借助这种文学体裁讽刺现实。以寓言的形式创作散文,虽然数量不大,但却能给人一定的启示,也有一定的文体特色。就编创形式而言,清代散文有传统的诙谐讽刺性寓言、寄寓哲理性寓言、现实批判性寓言等。

　　总体上说,清代寓言体散文的成就不如明代,但也有一些自己的特色。清初,寓言体散文有明代余风,通俗化的诙谐寓言涌现出一些比较有影响的作品。用诙谐的语言讥刺现实,在笑的同时,往往引发人们对现实的思考。蒲松龄的《聊斋志异》以及其后的一些笔记小说中也有部分寓言,或讥刺现实,或蕴含哲理,使清代的寓言体散文出现了雅化的倾向。晚清,伴随着国家的衰落和新思想的产生,清代的寓言体散文出现了新的局面,这是古典寓言的中兴,也是绝响。这些寓言往往具有深刻的思想价值和现实意义,是古典寓言中的精品。

　　清代评文论艺的著述很多,或以专著的形式出现,或杂存于作品之中,内容丰富,形式自由,涉及面广,是清代散文的一个重要组成部分。清代的文学批评"沿用了过去历史上几乎所有的文学批评概念、术语、范畴、命题,并没有出现文学观念根本的质变。但是,这并不影响清代文学批评本身的丰富性、深刻性,以及作为我国古代文学批评史上最后一环的大部分(另一部分为近代文学批评)所带有的特殊的重要意义"[①]。这些评论以诗话、词话等形式存在,其中有不少精彩的篇目。

题跋是书写于书画、碑帖上的文字,由于清代文学艺术的繁荣,题跋文字也极为发达。限于篇幅,本书仅略作说明。

---

[①] 邬国平、王镇远:《清代文学批评史》,上海古籍出版社,1995年版,第1页。

## 第一节　明清之际杂论文

明清之际的寓言散文,与明末世俗化的寓言散文风格有异,寄寓哲理,风格含蓄隽永,开启了清代文人寓言的先河。唐甄的《潜书》中便有为数不少的寓言精品。唐甄(1630—1704),字铸万,号圃亭,四川省达州(今属达县)人,顺治十四年(1675)中举人,清初著名的思想家。其代表作是《潜书》,其中有一些篇目运用寓言的形式进行说理,如:

> 昔者蜀之蒋里有善人焉,善善而恶恶,诚信而不欺人,乡人皆服之。有富者不取券而与之千金,贾于陕洛,以其处乡里者处之,人皆不悦。三年,尽亡其赀而反。(《潜书·上篇上·辨儒》)

文章寓理于事,通过蒋里善人在乡为善和出乡为善的不同结局,说明在不同的环境中要有不同的做事方式。《潜书》中的寓言大多关涉政治历史,如:

> 吾尝观于田矣。天久不雨,诸苗将槁。吴中之人,农众而力勤,车汲之声,达于四境。然灌东亩而西亩涸,灌南亩而北亩涸,人力虽多,无如之何。迨夫阳极阴起,蒸为云雾,不崇朝而遍于天下,沛然下雨,濛濛不休。旦起视之,苗皆兴矣;沟塍蔓生之草,皆苗甲青青矣。人力之勤,不如普天之泽也。(《潜书·下篇上·恤孤》)

寓言的命意在于说明"人力之勤,不如普天之泽"。作者又举苏州育婴堂为例,虽然广收弃子,为一乡之善事,但"天下之大,生民之多,饥无食,寒无衣,父母不得养,兄弟妻子离散,婴儿之委于草莽者,不知其数矣"。这些小善,并不能救尽天下弃婴。唐甄"以人譬苗,以雨譬政",指出若使四海之民"家给人足,衣食饱暖",则"人力之勤,不如普天之泽"。寓言将深刻的道理寓于浅显的故事之中,在清初的寓言中独树一帜。

唐甄一生"厄于人事"(《潜书·下篇下·潜存》),晚年生活困窘,以授徒为生,心情郁闷。他的《潜书》,分上下两篇,谈学术兼论政治,对封建社会弊端和专制制度进行了尖锐的批判。文中"比物类情,或空语无事实,或俚谈近事,皆供驱遣,率有得于漆园寓言。其文驰骋反复,如列子御风,翩然骞举;又如淮阴将兵,多多益善。本其自得于心者,畅所欲言,无艰难劳苦之态,而与道大适"(张廷枢《潜书序》)。文中的寓言故事,既能独立成篇,也是其阐明事理的重要工具。这种艺术手法,继承了先秦散文以寓言说理的方法。"远追古人,貌离而神合。"(潘耒《潜书序》)

李渔的《闲情偶寄》是这一时期艺术评论中最著名的一部。《闲情偶寄》包括词曲、演习、声容、居室、器玩、饮馔、种植、颐养等八个部分,内容驳杂,涉及戏曲理论、养生之道、园林建筑等。其中,词曲、演习、声容等论及戏曲的部分,是戏曲研究的重要理论著述。而论及养生、园艺的部分,写得世俗而又精巧,可以说代表了一种生活化的散文创作。在论及饮食之道时,李渔写道:

> 声音之道,丝不如竹,竹不如肉,为其渐近自然。吾谓饮食之道,脍不如肉,肉不如蔬,亦以其渐近自然也。草衣木食,上古之风,人能疏远肥腻,食蔬蕨而甘之,腹中菜园不使羊来踏破,是犹作羲皇之民,鼓唐虞之腹,与崇尚古玩同一致也。所怪于世者,弃美名不居,而故异端其说,谓佛法如是,是则谬矣。吾辑《饮馔》一卷,后肉食而首蔬菜,一以崇俭,一以复古;至重宰割而惜生命,又其念兹在兹,而不忍或忘者矣。(《闲情偶寄》卷五)

多食蔬菜而少食肉,是一种比较健康的生活方式,李渔论述时,写得世俗而又雅致。在后面的《谷食第二》中写道:

> 食之养人,全赖五谷。使天止生五谷而不产他物,则人身之肥而

寿也,较此必有过焉;保无疾病相煎,寿夭不齐之患矣。试观鸟之啄粟,鱼之饮水,皆止靠一物为生,未闻于一物之外,又有为之肴馔酒浆、诸饮杂食者也。乃禽鱼之死,皆死于人,未闻有疾病而死,及天年自尽而死者,是止食一物乃长生久视之道也。人则不幸而为精脾所误,多食一物多受一物之损伤,少静一时少安一时之淡泊。其疾病之生,死亡之速,皆饮食太繁,嗜欲过度之所致也。此非人之自误,天误之耳。天地生物之初,亦不料其如是,原欲利人口腹,孰意利之反以害之哉!然则人欲自爱其生者,即不能止食一物,亦当稍存其意,而以一物为君。使酒肉虽多,不胜食气,即使为害,当亦不甚烈耳。(《闲情偶寄》卷五)

在日常的饮食起居中,总结养生之道。这种生活态度与清初士人或避隐或抗争或入仕的人生轨迹有着很大不同,虽然为人所诟病,但这种闲适的人生以及对这种生活状态的阐述,也具有一定的文化价值。

易代之际,文人评文论艺的创作倾向主要表现在三个方面:一是传统的诗文批评,代表人物有王夫之等;二是将评文论艺作为休闲的生活方式的一部分,代表人物如李渔等;三是通俗文学的评论,代表人物如金圣叹等。这三种评点方式对有清一代文艺批评影响深远。

易代之际的文学评论"少而精",虽然在量上不及清代中后期,但多为精品,对后世也有较大的影响。如王夫之的《薑斋诗话》、毛奇龄的《西河诗话》、吴伟业的《梅村诗话》,艺术评论有周亮工的《读画录》等。

王夫之的《薑斋诗话》是清初一部比较重要的诗学论著,其中,既有作者自己对诗的总体认识,也有一些精彩的片断,阐释诗歌的创作手法。如王夫之对《诗经》的评述:

"昔我往矣,杨柳依依;今我来思,雨雪霏霏。"以乐景写哀,以哀景写乐,一倍增其哀乐。知此,则"影静千官里,心苏七校前",与"唯有终南山色在,晴明依旧满长安",情之深浅宏隘见矣。况孟郊之乍笑而心迷,香啼而魂丧者乎?(《薑斋诗话》卷一)

其中,"以乐景写哀,以哀景写乐,一倍增其哀乐",准确地把握住诗歌创作中"景"与"情"在艺术处理上的强烈反差,成为后世评价《诗经》的常引之语,也成为人们评价古诗的一条重要依据。对于诗歌创作中的"情景关系"王夫之有许多精彩的论述:"兴在有意无意之间,比亦不容雕刻;关情者景,自与情相为珀芥也。情景虽有在心在物之分,而景生情,情生景,哀乐之触,荣悴之迎,互藏其宅。天情物理,可哀而可乐,用之无穷,流而不滞,穷且滞者不知尔。"《薑斋诗话》以诗为证,对古诗既有精彩的点评,又能以点带面,系统地阐释某一具体问题,是清代诗论中的杰出代表。

## 第二节　清前期杂论文

清代的诙谐讽刺性寓言多存于一些笑话集中。这些作品与纯粹娱乐性质的笑话不同,往往有讽世和警世的目的。清代前期的寓言体散文,艺术成就较高的是石成金的《笑得好》。石成金(1659—?),字天基,号惺斋,江苏江都人,著有话本《雨花香》、《通天乐》,辑有《传家宝》、《笑得好》等。对于《笑得好》的创作,作者自云:

> 人性皆善,要知世无不好之人,其人之不好者,总由物欲昏蔽,俗习熏陶,染成痼疾,医药难痊,墨子之悲,深可痛也。即有贤者,虽以嘉言法语,大声疾呼,奈何迷而不悟,岂独不警于心,更且不入于耳,此则言如不言,彼则听如不听,真堪浩叹哉。正言闻之欲睡,笑话听之恐后,今人之恒情。夫既以正言训之而不听,曷若以笑话怵之之为得乎。予乃著笑话书一部,评列警醒,今读者凡有过愆偏私,瞢昧贪痴之种种,闻予之笑,悉皆惭愧悔改,俱得成良善之好人矣。因以《笑得好》三字名其书。或有怪予立意虽佳,但语甚克毒,令闻者难当,未免破笑成怒,大非圣言含蕴之比,岂不以美意而种恨因乎?予谓沉疴痼疾,非用猛药,何能起死回生;若听予之笑,不自悔改而反生怒恨者,是病已垂危,医进良药,尚迟疑不服,转咎药性之猛烈,思欲体健身安,何可得哉?但愿听笑者,入耳警心,则人性之天良顿复,遍地无不好之人。方知克毒语言,有功于世者不小。全要闻笑即愧即悔,是即学好之人也。(《笑得好·自叙》)

由此可知,石成金针对人心与人性的"过愆偏私,瞢昧贪痴"而创作《笑得好》,意图使听者"笑"且"警心",使"人性之天良顿复,遍地无不好之人",以笑话教化世人的命意非常明显。石成金强调作品的劝戒醒世作用,自云:"人以笑话为笑,我以笑话醒人。虽然游戏三昧,可称度世金针。"(《笑得好初集》)而为了让读者更加准确地把握作品命意,他又在笑话的末尾加以批语,醒世警世的寓意更加显豁。作者嬉笑怒骂皆成文章,书中有讽刺士风不良的,如《让蜂鼠》一则云:

> 鼠与蜂结为兄弟,请一秀才主盟。秀才不得已而往,列之行三。人问曰:"公何以屈于鼠辈之下?"秀才答曰:"他两个一个会钻,一个会刺,我只得让他些罢!"
> 不会钻刺的,才是个真秀才。(《笑得好初集》)

最后一句为作者点评,当是作者对钻营之辈混迹于读书人中,致使士风日下的批评与讥刺。再如《黑齿妓白齿妓》:

> 有二娼妓,一妓牙齿生得乌黑,一妓牙齿生得雪白,一欲掩黑,一欲显白。有人问齿黑者姓甚,其妓将口紧闭,鼓一鼓,在喉中答应姓顾。问多少年纪,又鼓起腮答年十五。问能甚的,又在喉中答能敲鼓。又问齿白者何姓,其妓将口一呲,答姓秦。问青春几岁,口又一呲,答十七。问会件什么事,又将口一大呲,白齿尽露,说道会弹琴!(《笑得好初集》)

作者用黑齿妓和白齿妓回答问题时的不同表现,揶揄讽刺了人情之好掩恶而显美。篇末作者评道:"今人略有坏事就多方遮掩,略有好事,就逢人卖弄,如此二娼者,正自不少。最可笑者:才有些银钱,便满脸堆富;才读得几句书,便到处批评人,显得自己大有才学;才做得几件平常事,便夸张许多能干。看起来,总似此齿白之娼妇也。"读到此处,联想二女的黑齿与白齿,真真令人绝倒。《愿换手指》则揶揄了人性的贪婪:

> 有一神仙到人间,点石成金,试验人心,寻个贪财少的,就度他成仙,遍地没有,虽指大石变金,只嫌微小。末后遇一人,仙指石谓曰:

"我将此石,点金与你用罢。"其人摇头不要。仙意以为嫌小,又指一大石曰:"我将此极大的石,点金与你用罢。"其人也摇头不要。仙翁心想此人,贪财之心全无,可为难得,就当度他成仙,因问曰:"你大小金都不要,却要甚么?"其人伸出手指曰:"我别样总不要,只要老神仙方才点石成金的这个指头,换在我的手指上,任随我到处点金,用个不计其数。"(《笑得好初集》)

吕祖点石成金的故事流传甚广,这则笑话并非原创,但刻画得形象生动,更富有故事性。人心的贪得无厌,尽现纸上。文末评曰:"只要这手指,敌过别样万千,此人眼力不错",揶揄调侃之意尽显。

《笑得好》中一部分笑话改编自民间传说或前人笔记,如《夫人属牛》即改编自冯梦龙的《笑府》。但《笑府》中的描写非常简单:

一官府生辰,官曹闻其属鼠,醵黄金铸一鼠为寿。官喜曰:"汝知奶奶生辰亦在日下乎?奶奶是属牛的。"(《笑府上》)

石成金用其意而在文字上加以润色:

一官寿诞,里民闻其属鼠,因而公凑黄金铸一鼠,呈送祝寿。官见而大喜,谓众里民曰:"汝等可知道我夫人生日,只在目下,千万记着夫人是属牛的,更要厚重实惠些;但牛像肚里,切不可铸空的。"(《笑得好二集》)

改编后的文字更加通俗,题头云此篇"笑为官贪敛",寓意也更加明显。从总体上说,较之晚明的一些笑话集,《笑得好》中的笑话多有寄寓,如《麻雀请宴》,讽刺"敬衣不敬人"的世人(《笑得好初集》),《如此》讥讽"监生不知文"等(《笑得好二集》),作者的描写大多形象生动,但过分突显命意,又使这些笑话显得不够含蓄。

一些文人学者也通过寓言体散文的创作阐释哲理。如戴名世的《鸟说》：

> 余读书之室，其旁有桂一株焉，桂之上日有声喧喧然者，即而视之，则二鸟巢于其枝干之间，去地不五六尺，人手能及之。巢大如盏，精密完固，细草盘结而成。鸟雌一雄一，小不能盈掬，色明洁，娟皎可爱，不知其何鸟也。雏且出矣，雌者覆翼之，雄者往取食，每得食，辄息于屋上，不即下。主人戏以手撼其巢，则下瞰而鸣，小撼之小鸣，大撼之即大鸣，手下，鸣乃已。他日，余从外来，见巢坠于地，觅二鸟及雏无有，问之，则某氏僮奴取以去。嗟乎！以此鸟之羽毛洁而音鸣好也，奚不深山之适而茂林之栖，乃托身非所，见辱于人奴以死。彼其以世路为甚宽也哉。（《戴名世集》卷十五）

娟皎可爱的小鸟，"羽毛洁而音鸣好"，只因托身非所，而被僮奴所害。寓言以鸟寓人，寄寓着作者全身避害的人生哲学。联系戴名世的人生悲剧，读之更令人可悲可叹。《盲者说》讽世的味道更加浓重：

> 里中有盲童，操日者术，善鼓琴。邻有某生，召而吊之曰："子年几何矣？"曰："年十五矣。""以何时而眇？"曰："三岁耳。""然则子之盲也且十二年矣，昏昏然而行，冥冥焉而趋，不知天地之大，日月之光，山川之流峙，容貌之妍丑，宫室之宏丽，无乃甚可悲矣乎，吾方以为吊也！"盲者笑曰："若子所言，是第知盲者之为盲，而不知不盲者之尽盲也。夫盲者曷尝盲哉。吾目虽不见，而四肢百体均自若也，以目无妄动焉。其于人也，闻其音而知其姓氏，审其语而知其是非。其行也，度其平陂以为步之疾徐，而亦无颠危之患。入其所精业，而不疲其神于不急之务，不用其力于无益之为，出则售其术以饱其腹。如是者久而习之，吾无病于目之不见也。今夫世之人喜为非礼之貌，好为无用之观。事至而不能见，见而不能远，贤愚之品不能辨，邪正在前不能释，利害之来不能审，治乱之故不能识，诗书之陈于前，事物之接于后，终日睹之而不得其意，倒行逆施，伥伥焉踬且蹶而不之悟，卒蹈于

第四章 清代杂论文

罗网入于陷阱者,往往而是。夫天之爱人甚矣,予之以运动知识之具,而人失其所以予之之意,辄假之以陷溺其身者,岂独目哉。吾将谓昏昏然而行,冥冥然而趋,天下其谁非盲也,盲者独余耶?余方且睥睨顾盼,谓彼等者不足辱吾之一瞬也。乃子不自悲而悲我,不自吊而吊我!吾方转而为子悲,为子吊也。"某生无以答,间诣余言。余闻而异之,曰:"古者瞽史教诲,师箴,瞍赋,矇诵,若晋之师旷,郑之师慧是也。兹之盲者,独非其伦耶。"为记其语,庶使览之者知所愧焉。(《戴名世集》卷十五)

文章以问答的形式,批评了世人心盲甚于目盲。盲者"目虽不见,而四肢百体均自若也",且"久而习之","无病于目之不见也"。世间之人,不能分辨贤愚邪正,不能审视利害得失,不能体察兴衰治乱,最终陷于罗网者,才是真"盲"。盲者"天下其谁非盲也,盲者独余耶"的质疑,正是对世人"心盲"的质问。文章以讲故事的形式发表议论,讽刺世态,警戒世人,艺术构思颇似刘基的《卖柑者言》,而讽刺的力度则不如前者,行文气势也不及刘基之文充沛。文章针砭的对象不只是朝中的文臣武将,而是世上所有"心盲"之人。

清初通俗文学的评论散见于作品评点之中,这些评点,继承明末金圣叹的小说评点方式,在针对具体作品时,也有很多精彩的见解。比较著名的如毛氏父子对《三国志演义》的评点、张竹坡对《金瓶梅》的评点等。

除《三国志演义》的诸多序跋外,《三国志演义》的回批、夹批、眉批也有很多精彩之处。有些回批,见解独到,可以说是短篇的艺术评论。如毛氏父子在论及"刘玄德三顾草庐"时写道:

玄德望孔明之急,闻水镜而以为孔明,见崔州平而以为孔明,见石广元、孟公威而以为孔明,见诸葛均、黄承彦而又以为孔明。正如永夜望曙者,见灯光而以为曙也,见月光而以为曙也,见星光而又以为曙也;又如旱夜望雨者,听风声而以为雨也,听泉声而以为雨也,听漏声而又以为雨也。《西厢》曲云:"风动竹声,只道金珮响;月移花影,疑是玉人来。"玄德求贤如渴之情,有类此者。孔明即欲不出,安得而不出乎?

　　此回极写孔明,而篇中却无孔明。盖善写妙人者,不于有处写,正于无处写。写其人如闲云、野鹤之不可定,而其人始远;写其人如威凤、祥麟之不易睹,而其人始尊。且孔明虽未得一遇,而见孔明之居则极其幽秀;见孔明之童,则极其古淡、见孔明之友,则极其高超;见孔明之弟,则极其旷逸;见孔明之丈人,则极其清韵,见孔明之题咏,则极其俊妙;不待接席言欢,而孔明之为孔明,于此领略过半矣。玄德一访再访,已不觉入其玄中,又安能已于三顾耶!(《三国志演义》第三十七回))

这两段文字,一是探讨作品对刘备求贤若渴的心情的渲染,一是评述作品善写"妙人","不于有处写,正于无处写"。这是从文章写作的角度评述《三国演义》,在对作品细致而独到的解读中,引读者去感受《三国演义》的文字之妙,真可谓才子之笔。毛氏父子的《三国志演义》评点中也有许多人物点评,虽然出发点不外乎"忠孝节义",但往往能够抓住某一类型人物的不同特点,深入挖掘人物形象所蕴含的精神,如他对曹操、司马懿与诸葛亮的评价:

　　曹操、司马懿之为相,与诸葛武侯之为相,其总揽朝政相似也,其独握兵权相似也,其神机妙算,为众推服,又相似也。而或则篡,而或则忠者,一则有私,一则无私;一则为子孙计,一则不为子孙计故也。操之临终,必嘱曹丕;懿之临终,必嘱师、昭。而武侯不然。其行丞相事,则托之蒋琬、费祎矣;其行大将军事,则付之姜维矣。而诸葛瞻、诸葛尚,曾不与焉。自桑八百株、田十五顷而外,更无一事以增家虑。则出将入相之孔明,依然一弹琴抱膝之孔明耳。原其初心,本欲俟功成之后,为泛湖之范蠡,辟谷之张良,而无如事之未终,乃卒于五丈原之役。呜呼!有人如此,尚得于功名富贵中求之哉?(《三国志演义》第一百四十回)

文中沿用的是《水浒传》对人物"同而不同有辨"的分析方法,但立论侧重点由人物个性转而为人物道德。这是英雄传奇与历史演义在人物描写上的不同,这一转化抓住了《三国演义》创作的思想意蕴。应该说,毛氏父子的评述是比较有见地的。诸葛亮之所以成为"古今来贤相中第一奇人"(毛宗岗《读三国志法》),不仅由于其"七擒八阵"出神入化的指挥艺术,更因其"鞠躬尽瘁"不逐私利的伟大人格,这是中国传统文化对政治人物的基本要求。作者在对这三个人物的描写中,尤其是在对诸葛亮与司马懿的斗智斗勇中,突出了诸葛亮的人格魅力,这是小说后半部所描写的精华所在,也是《三国演义》在评点中的特色。

张竹坡(1670—1698)对《金瓶梅》的评点也比较有特色,作者从"炎凉书"的角度评价《金瓶梅》,开拓了小说评点中的"世情"一脉,对后人理解《金瓶梅》的思想艺术价值不无裨益。下面以第一回的回评为例加以说明,回评中云:

> 尝看西门死后,其败落气象,恰如的的确确的事。亦是天道不深不浅,恰恰好好该这样报应的。每疑作者非神非鬼,何以操笔如此?近知作者骗了我也。盖他本是向人情中讨出来的天理,故真是天理。然则不在人情中讨出来的天理,又何以为之天理哉!自家作文,固当平心静气,向人情中讨结煞,则自然成就我的妙文也。(《张竹坡批评金瓶梅》上)

因果报应是中国古代小说中常见的叙事模式,《金瓶梅》小说的卷首和卷尾也都有类似的论调。但张竹坡看到了作品中丰富的内容实质上已经超出了抽象的议论,西门庆家的败落是现实生活中世态人情发展的自然结果,是"人情中讨出来的天理"。这一论断,一方面肯定了小说艺术描写上的巨大成功,另一方面也揭示了小说所反映的内容是符合社会发展的自然规律。回评中还说:

> 一部一百回,乃于第一回中,如一缕头发,千丝万丝,要在头上一

根绳儿扎住;又如一喷壶水,要在一提起来,即一线一线同时喷出来。今看作者,惟西门庆一人是直说,他如应伯爵等九人是带出,月娘三房是直叙,别的如桂姐、玳安、玉箫、子虚、瓶儿、吴道官、天福、应宝、吴银儿、武松、武植、金莲、迎儿、敬济、来兴、来保、王婆诸色人等,一齐皆出,如喷壶倾水。然却是说话做事,一路有意无意,东拉西扯,便皆叙出,并非另起锅灶,重新下米,真正龙门能事。若夫叙一人,而数人于不言中跃跃欲动,则又神工鬼斧,非人力之所能为者矣。何以见之?如教大丫头玉箫拿蒸酥是也。夫丫头,则丫头已耳,何以必言大丫头哉?春梅固原在月娘房中做小丫头也,一言而春梅跃然矣。真正化工文字。(《张竹坡批评金瓶梅》上)

这些评述是针对《金瓶梅》的"世情书"而来,作为一部描写事态人情的小说,前无古人,如何结构文章、如何交代人物是小说创作中的难题。张竹坡以为,作者在人物的出场上,一环紧扣一环,有直叙,有他人代说,"有意无意,东拉西扯,便皆叙出",在叙述中,又旁及其他,人物的个性,人物的立身跃然纸上,真是"神工鬼斧"。张竹坡还谈到《金瓶梅》虽然脱胎于《水浒传》,但在人物描写上具有一定的独立性:

《水浒》本意在武松,故写金莲是宾,写武松是主。《金瓶梅》本写金莲,故写金莲是主,写武松是宾。文章有宾主之法,故立言体自不同,切莫一例看去。所以打虎一节,亦只得在伯爵口中说出。(《张竹坡批评金瓶梅》上)

张竹坡的评点,关涉到《金瓶梅》的主题、结构、情节、人物等多个方面,由于张氏对作品的解读立足于文本,分析又相当细致,成为后人解读《金瓶梅》的主要资料。

## 第三节　清中后期杂论文

清中后期亦有一颇有些趣味的寓言小品,其中比较著名的是吴庄的《吴鳏放言》。吴庄,生卒年不详,妻死后自称吴鳏。《吴鳏放言》是一部寓言体散文集,作品篇幅短小,但给人启示良多。其中《岁寒三友》流传较广:

> 松、竹、梅向称三友。或谮竹于松、梅曰:"此中空空,安能与君友?"松、梅怒曰:"惟空空,故能为我友。所谓'此中空洞常无物,何止容卿数百人'也。"(《吴鳏放言》)

松竹梅历来被人称为岁寒三友,吴庄的这篇寓言,在耐寒坚贞之外,又赋予了它们新的品性。他们不惧流言,坚守友谊,令人钦佩。作者以为朋友之间要彼此坦诚,真正的友谊是不会受到他人影响的。

吴庄的另外一篇寓言《紫燕与黄鹂》通过对比紫燕与黄鹂安居之所的不同,来隐喻贪图安乐之人,既无法享受自由飞翔的乐趣,又容易受到周围环境的牵连,读后也颇能给人启示:

> 紫燕与黄鹂交飞。黄鹂曰:"子安归?"紫燕曰:"吾归堂。"紫燕曰:"子安归?"黄鹂曰:"吾归柳。"紫燕曰:"柳固不若堂之安也。"黄鹂曰:"不然,夫柳者天也,堂者人也。吾昼游乎柔枝,夕荫乎茂叶;吾飞翔自如,而不知夫为人之为拒与为闭也;吾鸣吾天籁,而人乃以吾为笙簧为睍睆也;吾游乎柳,而吾有时而去,柳无日而不存也。若夫堂有户有限,而子且为人之拒之闭之也;子噪而哗焉,而人且憎子也。堂之中有盛有衰,有兴有废,其盛也兴也,子不得而与焉。其衰也废也,吾忧子之共之也。而子顾沾沾焉以处堂自幸宜乎?子之与雀而

同讥也!"紫燕曰:"善。"(《吴鳡放言》)

寓言形象生动而又寓意深刻。紫燕寓于堂,生活舒适安稳,黄鹂居于柳,动荡漂泊。然而,黄鹂"昼游乎柔枝,夕荫乎茂叶","飞翔自如","鸣吾天籁",可以永恒。紫燕却受到种种束缚,不敢鸣噪,并且受到人世盛衰的种种限制。黄鹂与紫燕,代表了两种不同的人生追求。文章寄意遥深,设问自答,形象鲜明,语言锐利,与明末清初比较盛行的通俗寓言对比鲜明。

黄图珌的《看山阁闲笔》中收录一些笑话,作者追求诙谐雅致的风格,称"诙谐亦清婉流丽,绝大文章,极深意味,有闻之可以爽肌肤,刺心骨也。自汉东方朔以滑稽开其源流,迨后、魏之嵇康、阮籍,晋之刘伶、张翰、陆机、刘琨、葛洪、陶潜继起,宋之东坡、安石、元章、子昂诸名贤,皆善诙谐,然未必不从曼倩滑稽中而另出一源流也。相传至今,偶一披读,令人齿颊生香。乃知诙谐中,固有大文章矣"(《看山阁闲笔》卷十五)。书中收录的笑话,多有文人轶事的味道,如《有竹》、《画牛》、《飞来峰》等,皆充满文人雅趣。还有一些篇目,则有所讥刺。如《米珠》:

> 歉岁,米贵若珠。一富翁饱餐而骄贫士曰:"字不疗饥,徒有满胸锦绣。"士答曰:"学不求饱,愧无一袋珠玑。"盖言其酒囊饭袋耳。
> (《看山阁闲笔》卷十五)

讽刺饱食终日的富翁不过酒囊饭袋。《画钱孔》则批评了贪财的官员:

> 一官爱钱,每收呈状,如稍有隙可乘者,即以笔于词脚画一钱孔。久而民皆知之,凡有缘事者,相聚告曰:"吾父母铜钱眼里做工夫也。"
> (《看山阁闲笔》卷十五)

诙谐之中,又有极深的意味,小文中亦能寓大道理,这与作者所追求的"爽肌肤"、"刺饥骨"的"绝大文章"相吻合,也代表了清代寄寓讽刺类笑话的一种发展潮流。

有些寓言夹杂在散文中,成为文章的重要论据。如彭端淑(1699—1779)《为学一首示子侄》中的"蜀之鄙有二僧",通过对一贫一富两个僧人"欲之南海"的不同结果,说明做事情要勇于实践。"学之,则难者亦易矣;不学,则易者亦难矣。"(《白鹤堂文录》)

从原创性看,清代的诙谐讽刺类寓言成就并不突出。但作家在创作改编中,往往能够通过文字润色,增强寓言的艺术效果,使寓言有较强的文人色彩。

清代批判性的寓言散文比较有价值的是清后期。此时,国力衰微,内忧外患,有识之士开始对现实政治深刻反思,寓言成为他们表达思想的一个重要载体。如龚自珍的《凉燠》篇末的一则寓言:

> 群神朝于天。帝曰:觞之。帝之司觞,执简记而薄之,三千秋而簿不成,帝问焉,曰:皆有异之舆者。帝曰:异者亦薄之。七千秋而簿不成,帝又问焉,乃反于帝曰:异之舆者,又皆有其异之者。帝默然而息,不果觞。(《龚自珍全集》第1辑)

文章想象奇特而又手法夸张。群神登记"三千秋而簿不成",而群神又"皆有异之舆者",登记起来"七千秋而簿不成"。作者批评的是人浮于事的封建官僚体制。他的寓言体散文《病梅馆记》则是针对选材而写,文章以梅喻人,批评了"以欹为美"的封建选才方式,具有深刻的现实意义。

清代中期,社会相对稳定,在清政府高压与怀柔双重政策的影响下,评文论艺之作大量出现。这些作品,涉及面广,包括文学评论、书法、陶艺等诸多方面,受到这一时期学术氛围的影响,这些评文论艺之作大多言之有据,有较强的学术色彩。

在文学评论方面,诗论、词论和文论获得了全面的丰收,如沈德潜(1673—1769)的《说诗晬语》、袁枚的《随园诗话》、李调元的《雨村诗话》、洪亮吉的《北江诗话》、赵翼的《瓯北诗话》、翁方刚的《石洲诗话》、刘大櫆的《论文偶记》等。在艺术品评方面,有朱琰的《陶说》、包世臣的《艺舟双楫》、阮元的《北碑南帖论》及《南北书派论》等。在通俗文学的评论方面,清中期诞生了两部伟大的小说,《儒林外史》和《红楼梦》,围绕这两部作品的评论也影响深远。

这一时期的诗论,以沈德潜着力最多。他强调诗歌的政治伦理价值,追摹盛唐,倡言格调,在当时有较大影响。但其强调复古模仿,对清诗的发展也产生了消极的影响,后世对其也多有批评。

袁枚的《随园诗话》体现了他的诗论主张"性灵说",在清中期的诗论中,是比较有特色的一部。诗话看似散漫,却贯穿着作者的理论主张,有些论述非常有趣:

> 人有满腔书卷,无处张皇,当为考据之学,自成一家。其次,则骈体文,尽可铺排,何必借诗为卖弄?自《三百篇》至今日,凡诗之传者,都是性灵,不关堆垛。惟李义山诗,稍多典故;然皆用才情驱使,不专砌填也。余续司空表圣《诗品》,第三首便曰"博习",言诗之必根于学,所谓"不从糟粕,安得精英"是也。近见作诗者,全仗糟粕,琐碎零星,如剃僧发,如拆袜线,句句加注,是将诗当考据作矣。虑吾说之害之也,故续元遗山《论诗》,末一首云:"天涯有客号詅痴,误把抄书当作诗。抄到钟嵘《诗品》日,该他知道性灵时。"(《随园诗话》卷五)

批评诗歌创作中的学究气,实则是与其主张性灵相一致的。袁枚为人不拘小节,一生的大部分时光过着风流名士的生活,对那些"满腔书卷"而缺乏才情的诗人颇为鄙夷,评论之中语带讥刺,个性十足。而在自己论诗之时,袁枚亦能考古索今,不吝学识:

> 人疑东坡诗云:"龙钟三十九,劳生已强半。"三十九不得称"龙钟"。按:苏鹗《演义》:"龙钟,谓不昌炽、不翘举之貌。"《广韵》:"龙钟,竹名。老人如竹摇曳,不能自持。"唐人《谈录》载:"裴晋公未第时,过洛中,有二老人言:'蔡州未平,须待此人为相。'仆闻,以告。公笑曰:'见我龙钟,故相戏耳。'"王忠嗣以女嫁元载,岁久,见轻,游学于秦,为诗曰:"年来谁不厌龙钟?虽在侯门似不容。"二人皆于少年

未第时,自言龙钟。(《随园诗话》卷十五)

《随园诗话》文字通俗,形式散漫而又论点明确,可以说是清中期诗话中的精品。

赵翼的《瓯北诗话》对前代诗人多有评述,可称是诗人研究的专论。有些观点,见解深刻,至今仍常为人引用。如其评述苏轼的诗歌:"以文为诗,自昌黎始;至东坡益大放厥词,别开生面,成一代之大观。今试平心读之,大概才思横溢,触处生春,胸中书卷繁富,又足以供其左旋右抽,无不如志。其尤不可及者,天生健笔一枝,爽如哀梨,快如并剪,有必达之隐,无难显之情:此所以继李、杜后为一大家也。而其不如李、杜处,亦在此。盖李诗如高云之游空,杜诗如乔岳之矗天,苏诗如流水之行地。读诗者于此处著眼,可得三家之真矣。"(《瓯北诗话》卷五)"坡诗不尚雄杰一派;其绝人处,在乎议论英爽,笔锋精锐,举重若轻,读之似不甚用力,而力已透十分。"(《瓯北诗话》卷五)作者以形象性的语言评价李白、杜甫和苏轼之诗,这些论述既具有高度的概括性,又准确地捕捉到三人诗歌风格上的不同,语言精美而又形象生动。再如其对韩诗的评价:

韩昌黎生平,所心摹力追者,惟李、杜二公。顾李、杜之前,未有李、杜;故二公才气横恣,各开生面,遂独有千古。至昌黎时,李、杜已在前,纵极力变化,终不能再辟一径。惟少陵奇险处,尚有可推扩,故一眼觑定,欲从此辟山开道,自成一家。此昌黎注意所在也。然奇险处亦自有得失。盖少陵才思所到,偶然得之;而昌黎则专以此求胜,故时见斧凿痕迹。有心与无心异也。其实昌黎自有本色,仍在文从字顺中,自然雄厚博大,不可捉摸,不专以奇险见长。恐昌黎亦不自知,后人平心读之自见。若徒以奇险求昌黎,转失之矣。(《瓯北诗话》卷三)

清中期的文论以桐城派为代表。他们的文论主张多见于书信、序跋之中,刘大櫆的《论文偶记》是一部专门探讨散文写作的理论著述,影响深远。

作者以为"行文之道,神为主,气辅之"。针对曹丕、苏辙论文中"以气为主"的观点,刘大櫆指出"神为气之主","气随神转,神浑则气灏,神远则气逸,神伟则气高,神变则气奇,神深则气静"。对于"以理为主"的论点,刘大櫆则认为是"未尽其妙"。"盖人不穷理读书,则出词鄙倍空疏。人无经济,则言虽累牍,不适于用。故义理、书卷、经济者,行文之实,若行文自另是一事。譬如大匠操斤,无土木材料,纵有成风尽垩手段,何处设施?然即土木材料,而不善设施者甚多,终不可为大匠。故文人者,大匠也;义理、书卷、经济者,匠人之材料也。"认为"理"只是创作的材料。《论文偶记》中还谈到了作文和赏文中的具体要求,如:

> 文贵简。凡文笔老则简,意真则简,辞切则简,理当则简,味淡则简,气蕴则简,品贵则简,神远而含藏不尽则简,故简为文章尽境。程子云:"立言贵含蓄意思,勿使无德者眩,知德者厌。"此语最为有味。
> 文贵变。《易》曰:"虎变文炳,豹变文蔚。"又曰:"物相杂,故曰文。"故文者,变之谓也。一集之中篇篇变,一篇之中段段变,一段之中句句变,神变、气变、境变、音节变、字句变,惟昌黎能之。(《论文偶记》)

刘大櫆列出的要求很多,从理论上对作文的规律和规则进行了阐释。应该说,这是一部比较系统的理论著述,论点明确,而又论述有序,在桐城派的文论史上占有重要的地位。

在通俗文学的评点中,这一时期以卧闲草堂评本《儒林外史》和脂砚斋评点《石头记》最为著名。但与清初小说评点洋洋洒洒的文人才子之笔相较,这些评点的价值似更倾向于对作品内容的解读,从文本价值和文体价值上看,皆不及明末清初的小说评点。

# 第五章　清代传状文

传状之文其实是史传之正统。正因为这层关系，此类文字在中国古代文人的知识结构与写作能力中便显得非常重要，这自然也提高了它们在文学史中的身价。但这同时也是一把双刃剑——它使得传状之文从"史"到"文"的道路十分泥泞难行。

明人徐师曾(1517—1580)编《文体明辨》，欲"假文以辨体"，其所言亦颇中的，但分类既不当，亦未脱出史传的窠臼——他对"传"的解释是："按字书云：'传者，传也，纪载事迹以传于后世也。'自汉司马迁作《史记》，创为'列传'以纪一人之始终，而后世史家卒莫能易。嗣是山林里巷，或有隐德而弗彰，或有细人而可法，则皆为之作传以传其事，寓其意；而驰骋文墨者，间以滑稽之术杂焉，皆传体也。故今辩而列之，其品有四：一曰史传，二曰家传，三曰托传，四曰假传，使作者有考焉。"而"状"又另分一类，云："盖具死者世系、名字、爵里、行治、寿年之详，或牒考功太常使议谥，或牒史馆请编录，或上作者乞墓志碑表之类皆用之。而其文多出于门生故吏亲旧之手，以谓非此辈不能知也。其逸事状，则但录其逸者，其所已载不必详焉，乃状之变体也。"（《文体明辨序说》）这些都道出了传状之文的文体矩矱，但也都把文学性的生发淹没在历史的积潴之中。

## 第一节　明清之际遗民作家传状文

清初在文学上也是一个风云变幻、沧海横流的时代。就散文而言，自钱谦益(1582—1664)始，这一时代的文人一方面从明中期文必秦汉的泥古中解脱出来，另一方面也扬弃了明末或俗易、或险怪的文风，重新创作出明朗爽利的古文来。就传状之文而言，清初这个时代提供了取之不尽、用之不竭的奇人异士为背景，因此，这一时期的传状文字表现出了云蒸霞蔚的人生与人性，成为传记散文的一个高峰。这其中，遗民作家更值得注意，他们的传状之作尽发其不平之鸣，从而也更有艺术生发感动之力。

顾炎武志大才雄，抱负宏远，对清代集大成的文学与学术都有着发端的意义。然而，他于传状之文则较少用力，故作品不多，仅存五篇。

这类文章之所以少，与顾氏史学观、文学观与学术思想均有关系。其《日知录》中有一则名为《古人不为人立传》，"列传之名始于太史公，盖史体也。不当作史之职，无为人立传者，故有碑、有志、有状而无传。梁任昉《文章缘起》言传始于东方朔作《非有先生传》，是以寓言而谓之传。韩文公集中传三篇：《大学生何蕃》、《圬者王承福》、《毛颖》，又有《下邳侯革华传》，是伪作。柳子厚集中传六篇：《宋清》、《郭橐驼》、《童区寄》、《梓人》、《李赤》、《蝜蝂》、《何蕃》，仅采其一事而谓之传。王承福之辈皆微者，而谓之传，《毛颖》、《李赤》、《蝜蝂》则戏耳而谓之传，盖比于稗官之属耳。若《段太尉》则不曰传，曰《逸事状》，子厚之不敢传段太尉，以不当史任也。自宋以后，乃有为人立传者，侵史官之职矣"（《日知录集释》卷十九）。从顾氏所言可以看出，他是站在史家的立场上来看待"传"文的，所以对前代韩、柳集中的传文也颇不以为然。我们通检顾氏文集，也发现无一篇以"传"命名者。

同时，顾炎武对待"状"文亦同样谨慎。在上引《古人不为人立传》之下，又有《志状不可妄作》一条，概云"志状在文章家为史之流，上之史官，传之后人,为史之本",因此,"不读其人一生所著之文,不可以作。其人生而在公卿大臣之位者,不悉一朝之大事,不可以作。其人生而在曹署之位者,不悉一司之掌故,不可以作。其人生而在监司守令之位者,不悉一方之地形土俗,因革利病,不可以作"。之所以如此,实与其学者身份与文人身份的冲突造成的。他向来鄙薄文人,北宋刘挚(1030—1098)曾说:"士当以器识为先,一号为文人,无足观矣。"(《宋史》卷三百四十)顾炎武亟称此语,云:"仆自一读此言,便绝应酬文字。"甚至"悬牌在室,以拒来请"者,连他的友人一代名儒李颙(1627—1705)"为其妣求传再三,终已辞之",原因是这些文字"止为一人一家之事,而无关于经术政理之大"。基于此,他对号为"文起八代之衰"的韩愈提出了批评,认为"若但作《原道》、《原毁》、《争臣论》、《平淮西碑》、《张中丞传后序》诸篇,而一切铭状概为谢绝,则诚近代之泰山北斗矣"(《顾亭林诗文集·亭林文集》卷四)。这种批评其实是用学者的标准来评价文人,自不客观。事实上,他的着眼点并不完全在于传状文的文体,而在于其创作的社会功用——在他所举韩愈名篇中,就有《张中丞传后序》这样典型的传状之文。

正因为如此,顾氏寥寥数篇传状之文都贯穿鲜明的史家精神、渗透着强烈的反清情绪。如其名篇《吴同初行状》,短短六七百字小文,笔触却从其友吴其沆的遇害一直延伸到顾氏一生的家国之痛,写得极为沉重。全文开端便云"自余所及见,里中二三十年来号为文人者,无不以浮名苟得为务",一语骂尽只会行无益之事而无补于世的文人,以此引出传主:

> 已而又得吴生。吴生少余两人七岁,以贫客嘉定。于书自左氏下至南北史,无不纤悉强记。其所为诗多怨声,近西州、子夜诸歌曲。而炎武有叔兰服,少两人二岁;姊子徐履忱少吴生九岁,五人各能饮三四斗。
>
> 五月之朔,四人者持觞至余舍为母寿。退而饮,至夜半,抵掌而谈,乐甚,旦日别去。余遂出赴杨公之辟,未旬日而北兵渡江,余从军于苏,归而昆山起义兵,归生与焉。寻亦竟得脱,而吴生死矣。余母亦不食卒。其九月,余始过吴生之居而问焉,则其母方茕茕独坐,告

余曰:"吴氏五世单传,未亡人惟一子一女。女被俘,子死矣!有孙,二岁,亦死矣!"余既痛吴生之交,又念四人者持觞以寿吾母,而吾今以衰绖见吴生之母于悲哀其子之时,于是不知涕泪之横集也。

生名其沆,字同初,嘉定县学生员,世本儒家,生尤凤惠,下笔数千言,试辄第一。风流自喜,其天性也。每言及君父之际及交友然诺,则断然不渝。北京之变,作大行皇帝、大行皇后二诔,见称于时。与余三人每一文出,更相写录。北兵至后,遗余书及记事一篇,又从余叔处得诗二首,皆激烈悲切,有古人之遗风。然后知闺情诸作,其寄兴之文,而生之可重者不在此也。生居昆山,当抗敌时,守城不出以死,死者四万人,莫知尸处。以生平日忧国不忘君,义形于文若此,其死岂顾问哉?

生事母孝,每夜归,必为母言所与往来者为谁,某某最厚。死后,炎武尝三过其居,无已,则遣仆夫视焉。母见之,未尝不涕泣,又几其子之不死而复还也。然生实死矣!生所为文最多,在其妇翁处,不肯传;传其写录在余两人处者,凡二卷。(《顾亭林诗文集·亭林文集》卷五)

在顾炎武的笔下,吴生并非一个雄豪之人,不过是一介书生而已,而且有些"风流自喜"的天性,写诗有纤柔婉转的民歌风味,就在他们来为顾炎武的母亲祝寿之后数日,"北兵渡江",悲剧便发生了——对于如此巨恸,顾炎武却只用了"吴生死矣,余母亦不食卒"十个字,可以看出顾炎武是刻意避免个人感情的直接流露,而尽力以史家之笔去记载这一历史的而非个人的巨变。所以,其文中慷慨伤怀之情、涕泪横集之态,均不仅仅属于个人之情感,而是沟通了国家民族存亡的深慨。他的另一篇名文《书吴潘二子事》亦与此类,先叙吴炎、潘柽章二人明亡后隐居著史的志向及其高才洁行。无几庄廷钺明史案发,庄家"慕吴、潘盛名,引以为重,列诸参阅姓名中",仅此吴、潘二人便受到牵连:"所杀七十余人,而吴、潘二子与其难。当鞫讯时,或有改辞以求脱者,吴子独慷慨大骂,官不能堪,至拳踢仆地。潘子以有母故,不骂亦不辨。"

所以,这两篇文字看似都在为自己的亲人或友人之遭遇而愤慨,实际上却仍注目于家国之感上。据前引所论,我们知道顾炎武是拒绝为人作行状的,连其好友李颙再三请求也未能让他破例,但他却写了两篇行状,即《汝州知州钱君行状》及《蒋山佣都督吴公死事略》,两篇均受传主亲人之托而作,此时亭林之所以未拒来请,原因就在于二人之死,均与吴其沆、吴炎之死有一脉相承之民族情感在其中。

顾炎武的嗣母王氏对顾炎武一生影响很大,王氏也以贞节义烈成为当时士林钦仰的奇女子。在《吴同初行状》中顾炎武仅仅提到了她的死,而在两千字的《先妣王硕人行状》一文中,却完整地记录了这位奇女子的一生。其中最主要也是最令人肃然起敬的并非其"未婚守节"与"断指疗姑"的所谓贞义,而是最后的绝食殉国:

> 又三年,而先皇帝升遐。又一年,而兵入南京。其时炎武奉母侨居常熟之语濂泾,介两县之间。而七月乙卯,昆山陷,癸亥,常熟陷。吾母闻之,遂不食,绝粒者十有五日。至己卯晦而吾母卒。八月庚辰朔大敛,又明日而兵至矣。呜呼痛哉!遗言曰:"我虽妇人,身受国恩,与国俱亡,义也。汝无为异国臣子,无负世世国恩,无忘先祖遗训,则吾可以瞑于地下。"呜呼痛哉!(《顾亭林诗文集·亭林余集》)

王氏的贞烈成为顾炎武文化心理中最为深刻的记忆,也成为他一生行事的圭臬。晚年的他已是学究天人的通儒,清廷多次征召,他均坚决拒之,在给当时的礼部尚书叶方蔼的信中他说:"先妣未嫁过门,养姑抱嗣,为吴中第一奇节。蒙朝廷旌表。国亡绝粒,以女子而蹈首阳之烈。临终遗命,有'无仕异代'之言,载于志状,故人人可出而炎武必不可出矣。《记》曰'将贻父母令名,必果;将贻父母羞辱,必不果。'七十老翁何所求?正欠一死!若必相逼,则以身殉之矣!一死而先妣之大节愈彰于天下,使不类之子得附以成名,此亦人生难得之遭逢也。"(《顾亭林诗文集·亭林文集》卷三)从此之慷慨陈词中可以感受得到,王氏遗训对顾炎武的巨大影响。不过,即便是这样一篇文字,仍然不是单纯的追忆、悼挽亲人的作品,而是有

着深长的意味。在文章开头,作者写道:

> 呜呼!自不孝炎武幼时,而吾母授以小学,读至王蠋忠臣烈女之言,未尝不三复也。柏舟之节纪于诗,首阳之仁载于传,合是二者而为一人,有诸乎?于古未之闻也,而吾母实蹈之。此不孝所以藁葬而不葬,将有待而后葬者也。忽焉二载,日月有时,念二年以来,诸父昆弟之死焉者,姻戚朋友之死焉者,长于我而死焉者,少于我而死焉者不可胜数也。不孝而死,是终无葬日也,矧又独子,此不孝所以踟蹰二年,而遂欲苟且以葬者也。古人有雨不克葬者,有日食而止柩就道右者,今之为雨与日食也大矣。春秋嫁女不书葬,而特葬宋共姬,贤之也。吾母之贤如此,而不克特葬;又于不可以葬之时而苟且以葬,此不孝所以痛心擗踊,而亟欲请仁人义士之文以锡吾母于九泉者也。(《顾亭林诗文集·亭林余集》)

文章开篇便痛惜王氏之死,然后又多次提及他人之"死焉者",究竟死于何事,作者并未明言,但却也有暗示——"今之为雨与日食也大矣"。由此即可知,顾炎武虽少写传状之文,但言必有"益",即其所谓"文须有益于天下"之"益"也。此外,值得注意的是,顾炎武之文被学者称为"学人之文"①,在他的传状之文中也体现得很明显,如上引一节,在如此"痛心擗踊"的情绪中,却仍不忘引"古人有雨不克葬者,有日食而止柩就道右者"及"春秋嫁女不书葬,而特葬宋共姬"之古典,实为学者积习的体现,这也成为清代散文常有的一个特点。

黄宗羲与顾炎武同为清初硕儒大家,且对于文也有大致相同的看法,如他也曾宣称"凡彼应酬,仆不敢闻",以"戒应酬之文",也认定为文需"有裨于史氏之缺文"。然相较而言,他还是更注重"文"的本身价值。他在《论文管见》一文中曾说:"言之不文,不能行远。今人所习,大概世俗之

---

① 郭预衡:《中国散文史》下册,上海古籍出版社,2002年版;陈平原:《从文人之文到学者之文》,三联书店,2004年版。

调,无异吏胥之案牍,旗亭之日历,即有议论叙事,敝车羸马,终非卤簿中物。学文者须熟读三史八家,将平日一副家当,尽行籍没,重新积聚,竹头木屑,常谈委事,无不有来历,而后方可下笔。顾伧父以世俗常见者为清真,反视此为脂粉,亦可笑也。"(《黄宗羲全集》第十册)可见,他是重视为文的经营与结构的。而且,在自编《南雷文定·凡例》中承认"余多叙事之文",虽然其叙事之文的用意在于"有史书所未详者,于此可考见"(《黄宗羲全集》第十一册),但毕竟留下了大量的传状文字,除附有大量传记的《明儒学案》外,其文集尚有三十余篇。

当然,他的绝大部分传记文着意于补史,故仅论传主生平经历,取特殊处点染一二。他实为传统的行状、事略之类。其实,他以史家之识,亦知此类传记之失——虽然作传者意在"补史之阙",但目的却难以达到。在《陈贤母传》中,他便清醒地道出此点:"顷余修志,郡邑各以事状来,虚词滥说,其于《列女传》尤甚。余不敢以忠孝假人,稍为研覈,遂有欧公马首之谍,始信从来记传,得实者盖十之一二耳。吾友陈子介眉,述其大母行略,求为家传。介眉有四海之名,其言既不苟,而夫人之事,读之恻恻动人。若此者书之,始可无愧。昔宋文宪公作《周贤母传》,以其贤而得书,故称之为周贤母。余师其书法,作《陈贤母传》。"因此,此文虽然或无补于史,但从陈氏持家的琐事中,却也寻绎出了大道理:"余尝谓家犹国也,汾阳再造唐室,贤母戮力陈家,其心一也。后之儒者,重国而轻家,侈谈援手之勋,蔑视若敖之馁,遂使扶危定倾之事,等于磬悦。三复《鸤鸠》之诗,贤母有焉。"(《黄宗羲全集》第十一册)事实上,这种"曲终奏雅"的习惯,也是黄宗羲传状之文的一个特点。

他最富文心的传状之作,多在为小人物立传的文字之中,如《书澹斋事》:

> 澹斋者,武林大佛头寺僧也,金陵人。尝以杀人入狱,为狱吏所困苦,久之得脱。以为人世不堪,无踰于囚,遂舍身为僧,发愿以济狱中之人。每晨担粥饭,遍行各狱,聚囚而饭之,旬日则为具汤沐,夏则竹扇疏巾,冬则席藁败絮,诸凡菲屦木齿膏药凉水姜汤驱蚊虫琐碎当

厄之物，无不曲体备用。因见其入狱门，欢呼如孺子之见慈母焉。比户亦怜其志，有所请假，使之应手不匮，盖数十年如一日也。(《黄宗羲全集》第十册)

澹斋虽为僧人，但能以身受之苦而推广于众，深得儒家之仁道。然而，他还不只是一个具有献身精神的人，还是一个极具正义感与民族气节的人：

> 一日，澹斋衔袖，堕一纸，拾之，则两人姓名。余惊问："此□□妻舆子也，汝何自书之？"澹斋伪为不知状。余固问之，始曰："两人在仁和狱中，僧因饭囚，故习之，知其为忠臣家属也。今开赎例，得四十金，则两人可出矣。世路悠悠，无可告语，书之以识吾愿耳。"余曰："此吾辈事也，奈何累子！"时钱虞山亦寓武林，余弟晦木往告之，以五十金俾澹斋。过三日，□□之子来告得赎，劝之他往，迁延不决，复见收捕。然澹斋之心尽矣。(《黄宗羲全集》第十册)

这里的"□□"当为明室孤臣姓氏，故空缺之。这一节文字中，不仅澹斋的朴直仗义鲜明如画，而且黄宗羲本人的表现也颇耐寻味——"此吾辈事也，奈何累子"一语，不乏士人担当历史重任的勇气与对澹斋的敬意，但同时也不经意间流露出清流人士的畛域之见。

而《两异人传》看似记二人之"异"，文旨实指此而非彼，因为此"异"是有社会原因的："自髡发令下，士之不忍受辱者，之死而不悔。乃有谢绝世事，托迹深山穷谷者，又有活埋土室，不使闻于比屋者。然往往为人告变，终不得免。即不然，苟延蝣晷，亦与死者无异。鸿飞冥冥，弋者何慕？求其避世之善者，以四海之广，仅得二人焉。"清初满人入关，无疑以薙发之令最为荒谬，然亦最具有文化象征之意义，故一时之间，"留发不留头，留头不留发"成为每一个人的生死抉择。其间当然少不了希望有第三条路可走的人，于是便有了徐子与诸士奇之异——二人都是为自己开辟了"避秦"之地，不同的是，前者把古老的寓言变为了现实：

> 温州雁宕山,其顶有宕六七区,雁去来其间,由是得名。有徐姓者,莫详其名,不肯剃发,约其宗族数十人,携牛羊鸡犬、菜谷之种、耕织之具,凡人世资生之所需者毕备,攀援而上,剪茅架屋数十间,随塞来路。去之三十年,其亲串曾莫得其音尘,不知其生死如何也。昔陶渊明作《桃花源记》,古今想望其高风,如三神山之不可即。然亦寓言,以见秦之暴耳。秦虽暴,何至人人不能保有其身体发肤?即无桃花源,亦何往而不可避乎!故是时之避地易,而无有真避者。今日之避地难,徐氏乃能以寓言为实事。岂可及哉!(《黄宗羲全集》第十一册)

而后者则干脆远走海外,东渡扶桑。如果诸士奇果然就是"日本维新致强最有力的导师"[1]朱舜水(1600—1682)的话[2],那么,朱氏有《陶渊明〈桃花源记〉》一文可与此文对读(《朱舜水集》卷十八),颇可互参。

其实,黄宗羲传状之文最著者为两篇与前人争胜之文,即与吴伟业同题的《张南垣传》与《柳敬亭传》。在《柳敬亭传》之后,有作者识语:"偶见梅邨集中张南垣、柳敬亭二传,张言其艺而合于道,柳言其参宁南军事,比之鲁仲连之排难解纷。此等处皆失轻重,亦如弇州志刻工章文,与伯虎、征明比拟不伦,皆是倒却文章架子,余因改二传。其人本琐琐不足道,使后生知文章体式耳。"可以看出,这两篇文字有示例之意,故其章法结构颇为用力。如其形容柳敬亭说书技艺时,文字虽与吴文相差不多,但前后配置,却如传奇小说然,使文脉跌宕有致:

> 柳敬亭者,扬之泰州人,本姓曹。年十五,犷狉无赖,犯法当死,变姓柳,之盱眙市中,为人说书,已能倾动其市人。久之,过江,云间

---

[1] 梁启超:《中国近三百年学术史》,东方出版社,1996年版,第101页。
[2] 此人在黄宗羲的记载中名为诸士奇,别号楚宇,有学者认为就是朱舜水,号"楚屿",参清人汤寿潜为《舜水遗书》所作之序,引自钱仲联主编:《历代别集序跋综录》,江苏教育出版社,2005年版,第1235页;另见钱明《黄梨洲朱舜水关系辩》,载《杭州大学学报》,1986年第4期。

> 有儒生莫后光见之曰："此子机变，可使以其技鸣。"于是谓之曰："说书虽小技，然必勾性情，习方俗，如优孟摇头而歌，而后可以得志。"敬亭退而凝神定气，简练揣摩，期月而诣莫生，生曰："子之说能使人欢咍嗢矣。"又期月，生曰："子之说能使人慷慨涕泣矣。"又期月，生喟然曰："子言未发而哀乐具乎其前，使人之性情不能自主，盖进乎技矣。"由是之杨、之杭、之金陵，名达于缙绅间。华堂旅会，闲庭独坐，争延之使奏其技，无不当于心，称善也。（《黄宗羲全集》第十册）

此种描写，章法有类于秦娥学艺，而风华则已绝似唐传奇了。然而，作者的注目点却并不在此：

> 宁南南下，皖帅欲结欢宁南，致敬亭于幕府。宁南以为相见之晚，使参机密，军中亦不敢以说书目敬亭。宁南不知书，所有文檄，幕下儒生设意修词，援古证今，极力为之，宁南皆不悦。而敬亭耳剽口熟，从委巷活套中来者，无不与宁南意合。尝奉命至金陵，是时朝中皆畏宁南，闻其使人来，莫不倾动加礼，宰执以下，俱使之南面上坐，称柳将军，敬亭亦无所不安也。其市井小人昔与敬亭尔汝者，从道旁私语："此故吾侪同说书者也，今富贵若此。"
>
> 亡何，国变，宁南死，敬亭丧失其资略尽，贫困如故时，始复上街头理其故业。敬亭既在军中久，其豪猾大侠、杀人亡命、流离遇合、破家失国之事，无不身亲见之，且五方土音，乡俗好尚，习见习闻。每发一声，使人闻之，或如刀剑铁骑，飒然浮空，或如风号雨泣，鸟悲兽骇，亡国之恨顿生，檀板之声无色，有非莫生之言可尽者矣。（《黄宗羲全集》第十册）

行文至此，一个复杂的难以判断、但却栩栩如生的柳敬亭呼之欲出：本为无赖，变姓说书，苦练技艺，竟获大名。然终结缘于左良玉，一方面骤为上宾，得参国家机密；另一方面却也因此卷入国事之中，为人所议。但巨变之后，曾经沧海的柳敬亭却依然故我，重理旧业，唯一不同于前的是，他的技艺已再臻新境,非莫生当日所可梦到——仿佛一场天崩地裂的变革只是成全了他无往不利的说书艺术而已。这种叙事的境界的确要胜吴伟业一筹。黄宗羲曾说:"叙事须有风韵,不可担板。今人见此,遂以为小说家伎俩。不观《晋书》、《南》、《北史》列传,每写一二无关系之事,使其人之精神生动,此颊上三毫也。史迁《伯夷》、《孟子》、《屈贾》等传,俱以风韵胜,其填《尚书》、《国策》者,稍觉担板矣。"(《黄宗羲全集》第十册《论文先觐》)其实,正史之中,《晋书》以"忽正典而取小说",故招"直稗官之体,安得目曰史传"之评(《四库全书总目》卷四十五),梨洲举此,则不仅不以为病,反以其为"颊上三毫"之风韵,即此亦可见,"虞初体"传记文向小说的靠拢在这一时代的体现(参本章第二节)。然而,史家之梨洲仍然在文中得到了表达:

> 马帅镇松时,敬亭亦出入其门下,然不过以倡优遇之。钱牧斋尝谓人曰:"柳敬亭何所优长?"人曰:"说书。"牧斋曰:"非也,其长在尺牍耳。"盖敬亭极喜写书调文,别字满纸,故牧斋以此谐之。(《黄宗羲全集》第十册)

此引钱谦益之语正为"每写一二无关系事,使其人精神生动"之"颊上三毫"法,其另一篇争胜之作《张南垣传》中亦有此类情节:

> 涟为人滑稽,好举委巷谐谑以资抚掌。梅村新朝起用,士绅伐之。演传奇至"张石匠",伶人以涟在坐,改为"李木匠"。梅村故靳之,以扇确几,赞曰:"有窍。"哄堂一笑,涟不答。及演至买臣妻认夫,买臣唱:"切莫题起朱字。"涟亦以扇确几曰:"无窍。"满堂为之愕眙,梅村不以为忤。有窍、无窍,吴中方言也。(《黄宗羲全集》第十册)

此处情节之点染,自然为"误尽平生是一官"的吴伟业所无法写出的,确有画龙点睛之妙。然而,《柳敬亭传》之末又有议论一句:"嗟乎!宁南身为大将,而以倡优为腹心,其所授摄官,皆市井若己者,不亡何待乎!"而此后以"嗟乎"引起的议论则正为史家与儒者的黄宗羲之意见,应该说这一议论本想把一个"琐琐不足道"的人物的命运在历史阐释的空间中提升,从而使此文获得某种史的意义,但却没想到,这种浅易之见实在是斫伤了原文的"风韵"。论者常以梨洲"文以理为主然而情不至,则亦理之郭廓耳"之语来证实他对文中"情"一字之重视,但往往忽略了这一句的前提:"文以理为主。"其实,这才是梨洲论文的核心。

傅山(1607—1684),又名青山,字青主,又字侨山,号公之它、石道人、朱衣道人等,山西阳曲县西村(今属太原市北郊区)人,明清之际思想家、书法家,他是清初文坛上一个特异的存在。书法界曾流传他的所谓"四宁四毋",即"宁拙毋巧,宁丑毋媚,宁支离毋轻滑,宁真率毋安排"(《霜红龛集》卷二十七),这用于他的为人与为文也是颇为切当的①。其人自不必说,其文亦通脱而奇。《霜红龛集》卷十五共录传文12篇,有7篇为传统的行状之作,无外乎生卒、后嗣与功名者,另5篇则各有特点。

《太原三先生传》中,记叙了太原三位"非近代所易有"的奇人异士,即"真朴懒简"的王嘉言、"率粗健淡"的钱文蔚、"孤洁秀峻"的梁檀,这些人都是傅山所推重的,但我们也可以把他们看作傅山的自画像:

> 王先生昆仲八人,先生长,诸弟称之为老大。真朴懒简,好道,求烧炼之法,老而不厌。游宦二十余年,贫不任办美衣精食,然亦性不屑为此。时有宦途人所馈书仪者,诸弟遇之辄弃去,不令至老大手,遥语老大:"是某人馈者,我适急用。老大写报书与之,我荷去了也。"老大笑而颔之曰:"荷去,荷去。"如此其常。山生平不登宦人之堂,敬先生风,以事拜先生。先生所居大房在桥头,庭堂窗户不能得纸,风呜呜然。索客坐椅子,不得有成对者二张也。好围棋,终日夜不倦,亦不用心,信手谈耳。陈生谑言曰:过先生棋,索卓子,卓子残毁不

---

① "四宁四毋"在书法界引用极为广泛,许多书法家将其奉为圭臬,甚至成为个别人书法拙恶的理论掩护。但事实上,众多书法家都引用此语,却从未细考其出处。其实,这句话本来就不是专言书艺的,而是以书喻做人的,因为这是《作字示儿孙》一诗的注,诗句云"作字先作人,人奇字自古",注文亦云"令儿孙辈知之,勿复犯此,是作人一着"。

>稳,唤小厮不来,自起绕地,寻支高木瓦,支之定,对弈。食时,中出小米饭二碗、黄咸菜二碟。过对谧云:"客待食则食些,我盖不敢让。"谧亦颇怪之,何遽尔尔。及看先生食甚香美不介意,以是信先生之贫之真。守西安,嫌郡之烦剧。苦求调,简得宝庆,喜曰:"是中出丹砂。"未任察罢。

>傅山曰:王先生晋人也。今之人何足以知之。貌朴厚而高眉秀目,须冉冉,得风如古道士。(《傅山诗文选注》第三编)

傅山是"生平不登宦人之堂"者,却对"游宦二十余年"的王嘉言如此钦佩,其实并不在于为宦与否,而在于声气相类,引为同调。

至于其《聋道人传》,则所记之人,行止更为奇异,而文章之意旨,也更为深幽:

>聋道人者,胡生瑾老而苦聋,自号也。生好饮酒,能读书,能读《周礼》,能读《左氏春秋》。鳏而就天水生书房读书,于《左氏春秋》,老而弥笃,日一读,如沙门课诵。天水生亦能饮,亦能读书,老而好学,为《尚书》,精研孔安国以来《尚书》学。亦时以《左氏传》征之生,生能揭示之,某公某年,原原委委,如出之磨隧,不爽一字,天水生亟服其记性之不可及也。又复时时闭门共饮,迸诸俗人不得入。(《霜红龛集》卷十五)

此开篇之摹写,已自怪异,胡谨耳聋,故自号聋道人,好读《左传》,又与好读《尚书》之天水生共居,以饮酒读书为务。而接下来作者更是随意挥洒,馨唾成珠:

>昔人谓左史记事,右史记言,事为《春秋》,言为《尚书》。两生者,会通左右史之书。即生聋也,以眼代耳,天水生以手代口,饮而读,读而饮,为之优柔,为之餍饫,为之江海膏泽之。生何必不聋也!聋即聋,从聋省,生而聋曰聋。然生非生而聋者,聋当作从龙之省,龙以角

听,云蒸龙变:天水者,云也。丹崖翁间过天水生书房,问生:"若聋,于人之声者语言固如无闻也,若自语言及读书之声音,闻否?"曰"闻。"丹崖翁曰:"是可以征闻性之未尝灭也。闻人之闻,不如自闻其闻。聋者善视,吾尝转之曰:聋者善听。盖反听自闻之义也。……即左氏一书,最初昌明者,刘歆也。歆仕新莽不疑,为人臣而不知《春秋》之义,即耳不聋,心聋矣。晋续咸受教征南,既从事于越石矣,不幸而没于石勒,遂为勒理法参军,后至九十七岁而死,不知其耳之聋否如何于所学《左氏春秋》,径如生而聋者,乃所谓耸也。至宋人之所谓趋时附势也者,所谓将文章作坏了也者,其人即不聋于事,而皆聋于文,亦可笑也,不足道也。胡生即不聋,皆当瑱之者也。"(《霜红龛集》卷十五)

也不知世间是真有此二人,还是青主以昌黎传毛颖之笔墨而为此,总之,胡生与天水生究竟为谁已不重要,重要的是读者随着作者随意所之的笔触对于"聋"与"聋"之辨已有会于心:有人耳聋,但心不聋,聋者不但善视,而且还可能"善听",因为他是以心来听的——放眼世上,又有多少耳虽不聋,但心却已聋的人呢!

同样恣肆的风格,在其《帽花厨子传》中也可看到:

馋和尚告酒肉道人曰:"李大垣近又号为帽花厨子矣。"道人颔之,为作《帽花厨子传》。传曰:帽花厨子者,李生大垣也。生石艾世家子,聊为诸生。不沾沾诸生业,颇学诗,诗捻捉酸俊,如烧香饮茶。蛮子而性正。馋好自制肥浓,恣大嚼,复时饮酒,即有诗,要馋和尚删改之,亦辄为煮肉酾酒。曾一再游燕。归云:"长安绝无滋味,令我食不下咽。"知有燕食者,笑诋之。厨子言曰:"我欲为伊尹代庖。"又曰:"我刀法可使陈平北面。"乃自制刀,刀缩延衡如方钺。刀成,集友衅之,有衅刀诗。紫铜罩篱一,杓一,围裙一,都承盛之。友朋有燕集要之,亦往。时常戴绒小团帽,缀玉花,携都承。至即指挥釜鬵,结裙鼓刀如真。内子知之,时让之。友人曰:"何不为东方先生?"厨子曰:

"可。"事毕,善刀而藏之,带酒裹肉归遗细君。

酒肉道人曰:《南史》称萧琛解灶,其所解南味,非北地壮夫长葱大肉可知。帽花生所治烧羊,不用酱,用芍药。道人曾啖,而美之如非羊也。《吕览·本味》"灭腥去臊除膻,必以所胜",于今盖有味乎其言。(《傅山诗文选注》第三编)

文章并不长,但却写得摇曳生姿,使人人眼前有一帽花厨子矣。从开篇馋和尚"李大垣近又号为帽花厨子矣"的话中我们就知道,李生此前或也有过许多别的绰号,此人为世家之子,却不为诸子业,能诗却不为文人,自甘为厨,虽为厨,却仍有文人狂士之气概。其所做菜亦匪夷所思,以芍药烧羊肉,大俗大雅,放眼文学史上,恐唯有《红楼梦》中史湘云的鹿肉可与比肩了。然而,作者真的吃过这芍药所烧的羊肉么?全文末句又令人有些恍惚——《吕氏春秋》的话本亦常语,但在清初文坛上如此着重地说出来,总有些言此而意彼的味道。

王猷定比傅山大八岁,也是一个以遗民自居的奇异文士,《清史稿》评其"好奇,有辩口,文亦如之"(《清史稿》卷四百八十四)。的确如此,他的许多传状作品,如著名的《汤琵琶传》、《李一足传》、《樗叟传》,都在不经意间忽有异事掀出波澜:在《汤琵琶传》中,汤应曾忽然得妇,忽然值猿;《李一足传》中,一足为报父仇,从孝子、侠客而仙去为仙人;《樗叟传》中之樗叟亦为"有道者也"。这些都的确是小说的笔法,但其引此入古文,却也使得文章自出机轴,激郁缠绵,兔起鹘落,浏漓浑脱。我们可以其一篇小文《孝贼传》以觇之:

贼不详其姓名,相传为如皋人,贫不能养母,遂作贼,久之为捕者所获,数受笞有司,贼号曰:"小人有母,无食,以至此也。"人且恨且怜之。一日母死。先三日,廉知邻寺一棺寄庑下,是日召党,具酒食,邀寺中老阇黎痛饮,伺其醉,舁棺中野,负其母尸葬焉。比反,阇黎尚酣卧也。贼大叫叩头乞免。阇黎惊不知所谓,起视,庑下物亡矣。亡何,强释之,厥后不复作贼。(《四照堂文集》卷四)

## 第二节　清前期"虞初体"作家传状文

所谓"虞初体"作家群其实并非严格的流派,之所以单独立论,是基于张潮编《虞初新志》选文所体现的某种新的变化。"虞初"本为小说家流,《汉书·艺文志》"小说家"引有"《虞初周说》九百四十三篇",张衡《西京赋》有"小说九百,本自虞初"之语①,因此,虞初实为中国最早的小说家,"虞初"一词也便常代指小说。到了明代,出现了一种小说汇编集《虞初志》,有学者以此为"虞初体",实不妥当②,以其选文,不外汉魏古小说与唐代之传奇,故就文体而言,仍未出小说之牢笼,何可自称一体。到了清初,张潮选辑了《虞初新志》,却于此有新的变化。最大的变化是,张氏本意不过要"仿虞初之选辑",但"其事多近代也,其文多时贤也,事奇而核,文隽而工,写照传神,仿摹毕肖,诚所谓古有而今不必无、古无而今不必有,且有理之所无,竟为事之所有者。读之令人无端而喜、无端而愕、无端而欲歌欲泣,诚得其真,而非仅得其似也。夫岂强笑不欢、强哭不戚、饾饤补缀之稗官小说可同日语哉"(《虞初新志·自叙》)。自叙中的这句话却又明确地表明了与"稗官小说"划清界限的编辑意图,而且,这也不仅是一种意图,而是实际编辑过程中的一种指导思想,我们看一下他的选文就知道,其文与《虞初志》之不同不仅仅在于所选为"当代人的新作"③,而在于这些新作绝大多数都是从作家的别集中选出的,其文体也基本属于传统的传状之作。所以说,他虽然承《虞初志》之名而为《虞初新志》,但实际上在文体上已经大不相同。这虽然招致了一些小说研究者的指责④,但这

---

① 陈国庆:《汉书艺文志注释汇编》,中华书局,2006年版,第162页。
② 秦川:《中国古代文言小说总集研究》,上海古籍出版社,2006年版,第95～105页。
③ 秦川:《中国古代文言小说总集研究》,上海古籍出版社,2006年版,第131页。
④ 如丁锡根就称其"体例混淆",参见《中国历代小说序跋集》,人民文学出版社,1996年版,第1806页。

种指责的立场尚有可议——我们事实上先认定了它是小说集,然后再以这一界定来指责它,这在逻辑上是不合适的。

如果我们把目光投于散文史,就会发现,《虞初新志》是一个风云际会的标本,它把明代以来传统传状之文由史的畛域向文的迁徙彰显了出来。正是在这个意义上,我们在清初传状之文中专设"虞初体"一节,以此来体现传状之文的新变化。

钱谦益,字受之,号牧斋,晚号蒙叟,东涧老人,清初诗坛的盟主之一,江苏常熟人。他为人虽多可议,然其一生亦为文人悲剧的一生:作为文人,其才足可睥睨一世,可称为有清一代之第一人。但作为历史人物,却游移摇摆,终于被政治评价所淹没。如果我们用"不以人废言,不以言废人"的态度来看待他,则不得不承认,他在清初文坛上,于诗、于文,确有"集众长而掩前哲"的地位(《吴梅村全集》卷五十四《致孚社诸子书》)。

其传状之作,亦自不少。邹镕评其文云"本之六经以立其识,参之三史以练其才,游之八大家以通其气,极之诸子、百氏、稗官、小说以穷其用"①,虽有夸饰,但总的来说还是贴切的,尤其是末句,看出了牧斋以稗官小说入文之笔法。而这在牧斋文中也多有体现,比如他最著名的《徐霞客传》,徐氏一生游迹所至,东渡普陀,北历燕翼,南涉闽粤,西北直攀太华之巅,西南远达云贵边陲,足迹及于当时十四省,亦为一奇士,而在牧斋笔下则更为饱满:

> 游台、宕还,过陈木叔小寒山。木叔问曾造雁山绝顶否?霞客唯唯。质明已失其所在,十日而返,曰:吾取间道扪萝上龙湫,三十里有宕焉,雁所家也,扳绝磴,上十数里,正德间白云、云外两僧团瓢尚在。复上二十余里,其颠罡风逼人,有麋鹿数百群,围绕而宿,三宿而始下,其与人争奇逐胜,欲赌身命,皆此类也。(《虞初新志》卷一。另,参见《牧斋初学集》卷七十一。按:此节所论作家,大多为《虞初新志》所收者,然论其文,则仍以作家之别集为主,不再专主此书。)

---

① 钱仲联:《历代别集序跋综录》,江苏教育出版社,2005年版,第1221页。

虽然,他以己之心衡量徐霞客,以为不过是"与人争奇逐胜,欲赌身命",但其叙写却也颇有法度。短短二百余字,几尽曲折腾挪之变化,所引徐氏之语,也似传奇志怪小说中来,悄怳缥缈。无怪乎张潮评之云:"叙次生动,觉奇人奇情跃跃纸上。快读一过,恍如置身蓬莱三岛,不必更读霞客游记矣。"(《虞初新志》卷一)这种叙事好奇的风格在"虞初体"作家中是一种普遍现象,差别只在经营结构之法而已。牧斋另一篇《书郑仰田事》更为鲜明地体现出了这一特点:

  郑仰田者,泉之惠安人。忘其名。少椎鲁,不解治生。其父母贱恶之,逃之岭南,为寺僧种菜。寺僧饭僧及作务人,仰田面黧黑,补衣百结,居下坐,自顾踧踖无所容。有老僧长眉皓发,目光如水,呼仰田使上,指寺僧曰:"汝等皆不及也。"寺僧怒噪而逐仰田,旬日无所归,号哭于野外,老僧迎谓曰:"吾迟子久矣。"偕入深山中,授以拆字歌诀,月余遂能识字。因授以青囊袖中壬遁射覆诸家之术,无所不通晓。其行于世,以观梅拆字为端,久而与之游,能知人心曲隐微,及人事世运之伏匿,亦不言其所以然也。(《牧斋初学集》卷二十五)

这是郑仰田传奇的开端,此后便是验证其异术的时刻了。文章举了天启以一字而卜四相事、预言阉党吴淳夫之死事,皆极神异。然即在此时,钱谦益亦不忘叙事之波折:

  魏奄召仰田问数,仰田蓬头突鬓,踉跄而往,长揖就坐。奄指囚字以问,群奄列侍,皆愕眙失色。仰田徐应曰:"囚字,国中一人也。"奄大喜。出谓人曰:"囚则诚囚也,吾诡词以逃死耳。"之白门,奄势益炽,俞少卿密扣之。仰田昼卧屋梁下,梁上有断绠下垂,仰田指之曰:"如此矣。"未几,奄果自缢。(《牧斋初学集》卷二十五)

叙事至此,奇则奇矣,却似有些不可思议,难以征信,于是,唐传奇那种将作者阑入,从而示人以真的技巧便派上了用场:

丙子冬，前知余有急征之难，自闽来视余，自清江浦徒步入长安，为余刺探狱缓急。余抵德州，复自长安徒步来报，年八十二矣，行及奔马，两壮士尾之不能及。至郑州，风霾大作，脱鞋袜系之两臂，赤脚走百里，上程氏东壁楼，日未下舂，神色闲暇，鼻息煦煦然，谈笑大噱，至分夜而后寝。临行，谓余："七月，彼当去位，公之狱解矣，然必明年而后出。吾当以残腊过虞山，为太夫人庀窀穸之事，公毋忧也。"余归，数往招之。己卯春，将袱被访余，忽谓家人曰："明日有群僧扣门乞食，具数人餐以待，吾亦相随往矣。"质明，沐浴更衣，若有所须。群僧至，饮毕，入室端坐，奄然而逝。

仰田遇人无贤愚贵贱，一揖之外，箕踞啸傲，终日不知有人。人遗之钱帛即受，否亦不计。每见人深中多数，崖岸自好者，辄微言刺其隐，人亦不敢怨，惧其尽也。余尝谓仰田："公非术士，古之异人也。"仰田笑曰："吾行天下大矣，莫知我为异人。然则公亦异人也。"又尝语曰："吾重茧狂走，为公急难。侯嬴有言：七十老翁何所求哉？士为知己者死，纵令斫吾头去，颈上只一穴耳。"临终，谓其子曰："三年后，往告虞山，更数年，寻我于虎丘寺之东。"仰田，信人也，其言当不妄。书其语以俟之。（《牧斋初学集》卷二十五）

叙事至此，不知真耶？幻耶？然文气沛然，一片神行，其人如神龙见首不见尾，但其神异之术、深远之智、凛然之义、磊落之行，均如在目前。至其结尾，则更是余音袅袅，有"曲终人不见，江上数峰青"之韵。

不过，尽管钱谦益传状之作颇参以小说笔法，但他一生的史官情结在其此类文字中仍挥之不去。在他的文集中，传状之作大多结束时总会有以"旧史氏曰"或"蒙叟曰"的附加议论。黄宗羲曾评其文云"叙事必兼议论"，但这只是一种文学修辞意义上的表现，其真实的内核便是他强烈的修史意识。

吴伟业的一生与钱谦益有类同之处，其传状之文也有共同点。梅村集中传状之作并不多，约有十数篇，绝大多数篇末亦均有"旧史氏曰"之类的文字。不过，他的几篇名作却仍未受史传之羁勒，体现出酣畅饱满的叙事意趣，如前文提过的《柳敬亭传》与《张南垣传》。事实上，黄宗羲虽对吴氏此两篇深致不满，以至要作同名之传，"使后生知文章体式"，但吴氏此二作显然从叙述之意气风发上要胜黄作一筹。如为黄氏所讥之柳敬亭排难解纷事，便极精彩，无怪乎张潮辑《虞初新志》收入吴传而落黄氏之改作。

侯方域少为"膏饫才子"，虽一代才士，却放荡不羁，易代之后又曾应河南乡试，为后人所诟病。然其为文却"天才英发，吐气自华，善于规模，绝去蹊径，不戾于古，而亦不泥于今"（《清史稿》卷四百八十四）。其传状之文虽不多，却极有特色。

侯方域之文虽有盛名于时，甚至《清史稿》中有"当时论古文，率推方域为第一"之语，但在文学史上，读者记住他却并非通过他的诗文，而是通过《桃花扇》中他与李香君的感情故事。其实，对于这一段生死不渝的经历，在他的散文中也有记叙，即其传记名篇《李姬传》：

> 李姬者，名香，母曰贞丽。贞丽有侠气，尝一夜博，输千金立尽。所交接皆当世豪杰，尤与阳羡陈贞慧善也。姬为其养女，亦侠而慧，略知书，能辨别士大夫贤否。张学士溥、夏吏部允彝急称之。少风调皎爽不群。十三岁，从吴人周如松受歌玉茗堂四传奇，皆能尽其音节。尤工《琵琶词》，然不轻发也。
>
> 雪苑侯生，己卯来金陵，与相识。姬尝邀侯生为诗，而自歌以偿之。初，皖人阮大铖者，以阿附魏忠贤论城旦，屏居金陵，为清议所斥。阳羡陈贞慧、贵池吴应箕实首其事，持之力。大铖不得已，欲侯生为解之，乃假所善王将军，日载酒食与侯生游。姬曰："王将军贫，非结客者。公子盍叩之？"侯生三问，将军乃屏人述大铖意。姬私语侯生曰："妾少从假母识阳羡君，其人有高义，闻吴君尤铮铮，今皆与公子善，奈何以阮公负至交乎！且以公子之世望，安事阮公！公子读万卷书，所见岂后于贱妾耶？"侯生大呼称善，醉而卧。王将军者殊怏怏，因辞去，不复通。
>
> 未几，侯生下第，姬置酒桃叶渡，歌《琵琶词》以送之，曰："公子才名文藻，雅不减中郎。中郎学不补行，今琵琶所传词固妄，然尝昵董

卓,不可掩也!公子豪迈不羁,又失意,此去相见未可期,愿终自爱,无忘妾所歌《琵琶词》也!妾亦不复歌矣!"

侯生去后,而故开府田仰者,以金三百锾邀姬一见。姬固却之。开府惭且怒,且有以中伤姬。姬叹曰:"田公,宁异于阮公乎?吾向之所赞于侯公子者谓何?今乃利其金而赴之,是妾卖公子矣!"卒不往。(《壮悔堂文集》卷五)

文虽短,然《桃花扇》中二人之离合传奇却已浓缩于此,而且,寥寥数语,李姬之聪慧、之明鉴、之大义凛然已全然托出,反是作者自己在其中殊为庸庸——这也是孔尚任传奇之作中人物形象的特点,实当来自于此。此文颇有小说意味,但为其所叙之真实性所消解,那么另一篇同样记载伶人的作品便更明显地表现出这一点,那就是《马伶传》:

梨园以技鸣者,无论数十辈,而其最著者二:曰兴化部,曰华林部。

一日,新安贾合两部为大会,遍征金陵之贵客文人,与夫妖姬静女,莫不毕集。列兴化于东肆,华林于西肆,两肆皆奏《鸣凤》,所谓椒山先生者。迨半奏,引商刻羽,抗坠疾徐,并称善也。当两相国论河套,而西肆之为严嵩相国者曰李伶,东肆则马伶。坐客乃西顾而叹,或大呼命酒,或移坐更近之,首不复东。未几更进,则东肆不复能终曲。询其故,盖马伶耻出李伶下,已易衣遁矣。

马伶者,金陵之善歌者也。既去,而兴化部又不肯辄以易之,乃竟辍其技不奏,而华林部独著。

去后且三年,而马伶归,遍告其故侣,请于新安贾曰:"今日幸为开宴,招前日宾客,愿与华林部更奏《鸣凤》,奉一日欢。"既奏,已而论河套,马伶复为严嵩相国以出,李伶忽失声,匍匐前称弟子。兴化部是日遂凌出华林部远甚。

其夜,华林部过马伶曰:"子,天下之善技也,然无以易李伶。李伶之为严相国至矣,子又安从授之而掩其上哉?"马伶曰:"固然,天下无以易李伶;李伶即又不肯授我。我闻今相国昆山顾秉谦者,严相国俦也。我走京师,求为其门卒三年,日侍昆山相国于朝房,察其举止,聆其语言,久乃得之。此吾之所为师也。"华林部相与罗拜而去。

马伶名锦,字云将,其先西域人,当时犹称马㹴㹴云。(《壮悔堂文集》卷五)

此传之叙事设置,直从唐稗而来,甚至其间兴化部与华林部比试,情景亦仿佛《李娃传》中荥阳生之斗曲。无怪乎同为古文三大家的汪琬评此文为"以小说为古文辞"、"流于俗学"(《钝翁类稿》)。事实上,这才是这一时期传状之文出现的新气象,汪琬作此评,未免失之于迂。

魏禧其实属于被文学史遗漏的人。其文成就很高,尤其是叙事类散文。这与他个人的兴趣是有关的,他认为"文章之体,万变而不可穷莫如传",并指出"传以传其人,纪其事,故详密者,史之体也。班氏为正。子长极文章之工,则阙然众矣。吾传布衣独行士,举其大而已"(《魏叔子文集外篇》卷十七《传引》),在《与诸子世杰论文书》中又自承"少好《左传》、苏老泉"(《魏叔子文集外篇》卷六),而且,他的好《左传》并非以治经治之,而是"好其文辞"。所以,他的传状文字颇得左氏之风,非常遒劲;亦有子长之概,作意好奇。

他最著名的一篇传记文《大铁椎传》即体现出了这一点:

大铁椎,不知何许人,北平陈子灿省兄河南,与遇宋将军家。宋,怀庆青华镇人,工技击,七省好事者皆来学,人以其雄健,呼宋将军云。宋弟子高信之亦怀庆人,多力善射。长子灿七岁,少同学,故尝与过宋将军。时座上有健啖客,貌甚寝;右胁夹大铁椎,重四五十斤,饮食拱揖不暂去。柄铁折叠环复如锁上练,引之,长丈许。与人罕言语,语类楚声。扣其乡及姓字皆不答。

既同寝,夜半,客曰:"吾去矣!"言讫不见。子灿见窗户皆闭,惊问信。信之曰:"客初至,不冠不袜,以蓝手巾裹头,足缠白布。大铁椎外一物无所持,而腰多白金。吾与将军俱不敢问也。"子灿寐而醒,客则鼾睡炕上矣。

　　一日,辞宋将军曰:"吾始闻汝名,以为豪,然皆不足用。吾去矣!"将军强留之,乃曰:"吾尝夺取诸响马物,不顺者,辄击杀之;众魁请长其群,吾又不许,是以仇我。久居此,祸必及汝。今夜半,方期我决斗某所。"宋将军欣然曰:"吾骑马挟矢以助战。"客曰:"止!贼能且众,吾欲护汝,则不快吾意。"宋将军故自负,且欲观客所为,力请客。客不得已,与偕行。将至斗处,送将军登空堡上,曰:"但观之,慎弗声,令贼知汝也。"时鸡鸣月落,星光照旷野,百步见人。客驰下,吹觱篥数声。顷之,贼二十余骑四面集,步行负弓矢从者百许人。一贼提刀纵马奔客,曰:"奈何杀我兄?"言未毕,客呼曰:"椎!"贼应声落马,马首尽裂。众贼环而进,客从容挥椎,人马四面仆地下,杀三十许人。宋将军屏息观之,股栗欲堕。忽闻客大呼曰:"吾去矣!"地尘且起,黑烟滚滚东向驰。去,后遂不复至。(《魏叔子文集外篇》卷十七)

这篇杰作可以说是"虞初体"传状文的最佳范例。一方面写得虎虎生风,极有力度;而另一方面布置经营也极精妙,读之心旷神怡。当时有人评云:"若灭若没,疑城八面。须知是写钜鹿、昆阳、王铁枪笔法,不是传红线、聂隐娘,局段中有物在故。"一方面道出其融入了唐传奇的笔法,另一方面也指出了其文之大气与简劲。又有人评云:"摹写处奕奕有生气,顿挫虚实之妙,真神明于《左》、《史》者。"则看出其受《左传》、《史记》叙事之影响,故事虽然奇异,但并非仅以故事为鹄的,而是另有深意。魏禧自己在文后评论说:"子房得力士椎秦皇帝博狼沙中,大铁椎其人与?天生异人,必有所用之。予读陈同甫《中兴遗传》,豪俊侠烈魁奇之士,泯泯然不见功名于世者,又何多也!岂天之生才不必为人用与?抑用之自有时与?子灿遇大铁椎为壬寅岁,视其貌,当年三十,然则大铁椎今四十耳。子灿又尝见其写市物帖子,甚工楷书也。"其语隐隐透出若有憾焉之情,其实,这也算是作为遗民的一种希望吧。

魏叔子类此之传状文章亦夥,如《吴孝子传》、《邱维屏传》、《瓶庵传》、《卖酒者传》、《江天一传》等,不是选入张潮的《虞初新志》,就是被郑醒愚辑入《虞初续志》中。其人之好奇与前述侯方域相类,这些文章中总会有出乎意料的情节,如《吴孝子传》中,吴孝子投崖之时,竟然"立空中不坠,开目视,足下有白云起"。此类情节进入被视为史传之传状散文中,无怪乎被收入"虞初"类著作之中了。

宋荦(1634—1713)曾云:"韦布之士以能文章名海内,而余获交者,得三人焉:一为侯朝宗,一为宁都魏叔子,其一则毘陵邵子湘。"①其所举三人,前二者正为张潮《虞初新志》所青睐的作家,张潮所辑虽仍未有邵氏之文,但其后郑醒愚接踵张潮而辑《虞初续志》时便增补了进去。

邵长蘅(1637—1704),一名衡,字子湘,号青门山人,江苏武进(今属常州)人,著有《青门全集》。他在传状文方面颇有独到的见解,有人请他作传,他在回信中说:"每见时贤作巨公志传,于理学、文章、事功、节义、孝友、乐施,事事缺一不可。一人之身,诸美毕备,子孙得之以为荣,蒙不敢谓然。人苟大贤以下,自贤智豪杰,以至一才一艺之士,其生平必有一二端独到处,如火燥水湿,性不可移,而其人毕生精神,亦全注于此,所以可传。作者从此摹画,乃与其人肖,事事笼统,反掩其真。曾见市肆鬻行乐图,黔者、皙者、髯者、少须者、妍者、媸者与夫老少肥瘠长短,一一张之壁间,听人自择,文章笼统,何以异是?"(《邵青门全集·青门剩稿》卷八《答叶荃伯书》)这段话非常有见地,它指出了平白呆板、面面俱到的史传之"笔"与气韵灵动、穷形尽相的传状之"文"之间巨大的文体差异。不仅如此,他还十分反对为文之摹仿,在《与彭子》一信中,他对当前的古文写作表示了不满:"古文辞一道,曩学秦汉,流而为伪秦汉;近日学八家,又流而为伪八家。变症虽殊,病源则一。总是文无根柢,从古人面目上寻讨耳。究之秦汉、八家,何所不可。"他的不满并不浅薄地在于反对摹古,而在于摹古而无根柢。此文紧接着提到自己的两篇传状之作,颇为自得地说:"某近作《李忠文传》,颇有关系;《八大山人传》,描写近真,直未知视古人谁如。"(《邵青门全集·青门簏稿》卷十一)他为李邦华所作的《明左都御史李忠肃公传》(即《李忠文传》),自称"颇有关系",宋荦也评云"此明末有

---

① 钱仲联:《历代别集序跋综录》,江苏教育出版社,2005年版,第1411页。

关系文字",参阅一下《明史》中李邦华的生平就知道(张廷玉编:《明史》卷二百六十五。另,万斯同所撰《明史》卷三百八十二将其收入"忠义传"内)。而他的《八大山人传》正画出了朱耷所谓的"一二端独到处":

> 山人工书法,行楷学大令、鲁公,能自成家;狂草颇怪伟;亦喜画水墨芭蕉、怪石花竹及芦雁汀凫,翛然无画家町畦。人得之,争藏弆以为重。饮酒不能尽二升,然喜饮。贫士或市人屠沽邀山人饮,辄往,往饮辄醉,醉后墨沈淋漓,亦不甚爱惜。数往来城外僧舍,雏僧争蹋之索画,至牵袂捉衿,山人不拒也。士友或馈遗之,亦不辞。然贵显人欲以数金易一石,不可得;或持绫绢至,直受之曰:"吾以作袜材。"以故贵显人求山人书画,乃反从贫士、山僧、屠沽儿购之。一日,忽大书"哑"字署其门,自是对人不交一言,然善笑而喜饮益甚。或招之饮,则缩项抚掌,笑声哑哑然。又喜为藏钩拇阵之戏,赌酒胜则笑哑哑,数负则拳胜者背,笑愈哑哑不可止,醉则往往欷歔泣下。(《青门旅稿》卷五)

朱耷(1626—1705)本就是中国艺术史上的奇人,如何把这种奇特的个性用文字表达出来,其实也是一个难题,尤其对于传统意义上的史传文字来说更是如此,但善于从"一二端独到处"来使传主"毕生精神""全注于此"的邵长蘅却择其饮酒、索画尤其是忽然"自哑",来展示其外在的独特个性以及这种外在的独特表现中所蕴含的深怆沉痛。

不仅如此,从其文末之赞也可窥见其前评《李忠文传》所谓"颇有关系"之深意:

> 赞曰:世多知山人,然竟无知山人者。山人胸次汩浡郁结,别有不能自解之故,如巨石窒泉,如湿絮之遏火,无可如何,乃忽狂忽瘖,隐约玩世,而或者目之曰狂士、曰高人,浅之乎知山人也!哀哉!予与山人宿寺中,夜漏下,雨势益怒,檐溜潺潺,疾风撼窗扉,四面竹树怒号,如空山虎豹,声凄绝,几不成寐。假令山人遇方凤、谢翱、吴思

齐辈,又当相扶携恸哭至失声,愧予非其人也。(《青门旅稿》卷五)

一方面是"世多知山人"的声名远播,另一方面却是"竟无知山人者"的巨恸落寞,邵氏虽以"愧予非其人也"结束,其实,为八大山人作传者甚多,真正理解其人如青门者又有几人呢?

邵长蘅最著名的传状作品是"搜讨前明遗闻"的《阎典史传》,此传主要写阎应元抗清殉身事,几处场景都摹写如绘,精神飞动:

> 应元带刀鞬出,跃马大呼于市曰:"好男子,从我杀贼护家室!"一时从者千人,然苦无械。应元又驰竹行呼曰:"事急矣,假一竿,值取诸我。"千人者布列江岸,矛若林立,士若堵墙。应元往来驰射,发一矢,辄殪一贼。贼连毙者三,气慑,扬帆去。
>
> 贝勒既觇知城中无降意,攻愈急;梯冲死士,铠胄皆镶铁,刀斧及之,声铿然,锋口为缺,炮声彻昼夜,百里内地为之震。城中死伤日积,巷哭声相闻。应元慷慨登陴,意气自若。旦日,大雨如注。至日中,有红光一缕起土桥,直射城西。城俄陷,大军从烟焰雾雨中,蜂拥而上。应元率死士百人,驰突巷战者八,所当杀伤以千数;再夺门,门闭不得出。应元度不免,踊身投前湖,水不没顶。而刘良佐令军中,必欲生致应元,遂被缚。良佐箕踞乾明佛殿,见应元至,跃起持之哭。应元笑曰:"何哭?事至此,有一死耳。"见贝勒,挺立不屈。一卒持枪刺应元贯胫,胫折踣地。日暮,拥至栖霞禅院。院僧夜闻大呼"速斫我!"不绝口。俄而寂然。应元死。(《青门旅稿》卷六)

在宋荦所称之三人中,邵长蘅集中恰有为侯、魏二人所作之合传,传文甚长,然亦脱却一般生平履历之旧套,点染之处顿有颊上三毫之功,此或亦"虞初体"之效欤?

作为清初文坛领袖,王士禛(1634—1711),字贻上,号阮亭,又号渔洋山人,山东新城(今属桓台县)人,顺治十五年(1658)进士,清代著名的诗人、诗论家、学者。他的诗歌创作在明清易代的诗歌嬗递中有着标志性的意义,李元度《王文简公事略》称:"一代正宗,必以新城王公称首。公以诗鸣海内五十余年,士大夫识与不识,皆尊之为泰山北斗。当开国时,人皆厌明代王、李之肤廓,锺、谭之纤仄,公以大雅之材,起而振之,独标神韵,笼盖百家。"(《国朝先正事略》卷六)所论皆非虚语,相对而言,其文名则多为诗名所掩,但其"以清新俊逸之才",发而为文,亦足称名家,对于此,当时人也有相同的看法,宋荦就曾慨叹:"予交王先生三十年,仅大服其诗耳,今乃更服其文。"并进而指出,其"碑板叙事之文尤胜"①——王士禛叙事之文虽在"虞初"系列中所选不多,但其"有意为文"的传奇色彩则与"虞初体"更为接近。比如其最为著名的《吴顺恪六奇别传》:

> 海宁孝廉查伊璜继佐,崇祯中名士也。尝冬雪,偶步门外,见一丐避庑下,貌殊异,呼问曰:"闻市中有铁丐者,汝是否?"曰:"是。"曰:"能饮乎?"曰:"能。"引入发酲,坐而对饮。查已茗芋,而丐殊无酒容。衣以絮衣,不谢,径去。
>
> 明年,复遇之西湖放鹤亭下,露肘跣行。询其衣,曰:"入夏不须此,已付酒家矣。"曰:"曾读书识文字乎?"曰:"不读书识字,何至为丐!"查奇其言,为具汤沐而衣履之。询其氏里,曰:"吴姓,六奇名,东粤人。"问:"何以丐?"曰:"少好博,尽败其产,故流转江湖。自念叩门乞食,昔贤不免,仆何人,敢以为污!"查遽起,捉其臂曰:"吴生海内奇士,我以酒徒目之,失吴生矣!"留与痛饮一月,厚资遣之。(《带经堂集》卷七十九)

所叙情节极富小说意味,无论铁丐吴六奇还是查伊璜,都在渔洋如椽大笔之下显出磊落雄豪之个性来。而后半部再接以吴六奇发迹及报恩等事,虽稍落言诠,然作为叙事性作品则神完气足,确称精彩。但却已出文而入小说了,因此故事在渔洋之前即有钮琇《觚賸》、蒲松龄《聊斋志异》之作,后者不必言,即前者,四库馆臣即评云:"琇本好为俪偶之词,故叙述是编,

---

① 钱仲联:《历代别集序跋综录》,江苏教育出版社,2005年版,第1398页。

幽艳凄动,有唐人小说之遗。然往往点缀敷衍,以成佳话,不能尽核其实也。"(《四库全书总目》卷一百四十四)渔洋此文此前亦曾收入其《香祖笔记》之中,亦可知其文体色彩之游移。其实,王士禛集中此类作品甚多,如其《书剑侠二事》,一方面收入了《池北偶谈》,另一方面也阑入了《带经堂集》,如果说吴六奇事还有些许历史真实的可能的话①,这两篇就纯粹是道听途说加幻设为文——至此,"虞初体"之传状文也完全回归到"虞初"二字的本义之中。

---

① 对于查继佐与吴六奇交往事,许多人都持怀疑态度,然亦有学者认为极可能是真实的事件,参见商全:《清初"庄廷鑨明史狱"中的一件轶闻——查继佐与吴六奇关系考》,载《北京大学学报》,1986年第2期。

## 第三节　清中后期传状文

清代中后期散文创作最为显赫的无疑是桐城派——清代散文在很长一段时间里,几乎被桐城派所笼罩,成为"桐城散文"的同位概念,也正证明了他们的成就之高。不过,就传状之文而言,桐城三祖尚有可观,至阳湖派便已有衰势。而纵观清中后期百余年中,由于文化风气逐步走向理性与谨慎,除袁枚、洪亮吉(1746—1809)甚至龚自珍等少数人还时有可观外,传状之作又开始依经附史、面目严肃起来,甚至成为应酬或套路文字的藏身地,多无可观。

戴名世因《南山集》案被祸而死,其在散文史上的地位便也因文字狱之冲击而在很长时间内得不到公允的评价,但在其生前即已与望溪古文相颉颃,故学界多以之为桐城派之嚆矢,其原因不仅仅在于他亦同为桐城人,而在于其为文之旨趣实暗通后来发扬光大的桐城义法。如其为文追求淡泊自然之致,他认为"文章之为道,虽变化不同,而其旨非有他也,第在率其自然而行其所无事,即至篇终语止,而混茫相接,不得其端。此自左、庄、马、班以来,诸家之旨未之有异也"。并进一步解释:"君子之文,淡焉,泊焉,略其町畦,去其铅华,无所有乃其所以无所不有者也。仆尝入乎深林丛薄之中,荆榛碍吾之足,土石封吾之目,虽咫尺莫能尽焉,余且惴惴焉惧跬步之或有失也。及登览乎高山之巅,举目千里,云烟在下,苍然,茫然,与天无穷。顷者游于渤海之滨,见夫天水浑沦,波涛汹涌,怡悦四顾,不复有人间。呜呼!此文之自然者也。文之为道如是,岂不难哉。"(《戴名世集》卷一)这些都可以看出其论文主张与桐城派之关系。

戴氏一生的散文创作实颇以史学为意,梁启超曾将其与章学诚并论,云"有清一代史家作者之林,吾所俯首,此两人而已"。戴氏的传状之作多从史学立场入手,其集虽经禁毁,颇有散佚,但后人编校之本仍存传状之作三卷,计有近六十篇之多。许多篇章都以明清之际鼎革巨变为背景,表彰节义,一似前明之遗民,然史才卓绝,如梁启超评价云:"其《孑遗录》一篇,以桐城一县被贼始末为骨干,而晚明流寇全部形势乃至明之所以亡者见具焉,而又未尝离桐而有枝溢之辞。其《杨刘二士合传》,以杨畏知、刘廷杰、王运开、运宏四人为骨干,寥寥二千余言,而晚明四川云南形势若指诸掌。其《左忠毅公传》以左光斗为骨干,而明末党祸来历及其所生影响与夫全案重要关系人面目皆具见。"戴氏这种笔法,当然来自其深厚的史学修养,当然,梁启超也指出其文学功力的襄助:"盖南山之于文章有天才,善于组织,最能驾驭资料而熔冶之,有浓挚之情感而寄之于所记之事,不著议论且蕴且泄,恰如其分,使读者移情而不自知。"①梁氏高度评价了戴名世组织之力,同时也对其"情感力"极为赞赏,前者更多地体现了戴氏传状之作向史的复归,而后者却更多文的意味——这种意味实亦渗透着史的判断。如《一壶先生传》:

> 一壶先生者,不知其姓名,亦不知何许人,衣破衣,戴角巾,佯狂自放。尝往来登、莱之间,爱劳山山水,辄居数载。去,久之复来,其踪迹皆不可得而知也。好饮酒,每行,以酒一壶自随,故人称之曰"一壶先生"。知之者饮以酒,即留宿其家。间一读书,歔欷流涕而罢,往往不能竟读也。
>
> 与即墨黄生、莱阳李生者善。两生知其非常人,皆敬事之,或就先生宿,或延先生至其家。然先生对此两生每瞠目无语,辄曰:"行酒来,余为生痛饮。"两生度其胸中有不平之思而外自放于酒,尝从容叩之,不答。一日,李生乘马山行,望见桃花数十株盛开,临深溪,一人独行树下,心度之曰,其一壶先生乎? 比至,果先生也,方提壶饮酒,下马与先生同饮,醉而别去。先生踪迹既无定,或留久之乃去,去不知所之,已而又来。
>
> 康熙二十一年,去即墨久矣,忽又来,居一僧舍。其素所与往来者视之,见其容貌憔悴,神气惝恍,问其所自来,不答。每夜半,即放

---

① 梁启超:《中国近三百年学术史》,东方出版社,1996年版,第300~301页。

声哭,哭竟夜。阅数日,竟自缢死。(《戴名世集》卷六)

一壶先生的表现没有在文中给出合理的解释,但我们联系到前文提及邵长蘅《八大山人传》就会知道,这位一壶先生实亦内心蕴有鼎革巨恸的前明遗民。

戴氏传状之作中,还有一个特点值得注意,即几乎每篇必有赞语,这自然是史臣论议之体,但亦颇有在叙事上再翻空出奇者,如《画网巾先生传》之赞,其末云:"如画网巾先生事甚奇。闻当时军中有马耀图者,见而识之,曰:'是为冯生舜也。'至其他生平则又不能言焉,余疑其出于附会,故不著于篇。"[1]叙事至此,惝恍迷离,未知此人果"冯生舜"耶?果非耶?颇有余味。

不过,自称"卖文制碑"、"奔走流离"的戴名世,其传状之作中自然少不了受人请托之文,此亦难免,然其集中烈妇传之数量却独多,占传记文的三分之一,而所传之烈妇,亦如明清史书、方志所载录之动辄殉夫者,甚至还有未嫁夫死而殉夫者,此实为明清历史中最为惨痛的一页,戴氏传述则津津称道,实为小憾。

方苞一直被视为桐城派的发凡起例者,他为文的义法不仅深深影响了桐城派散文的总体面貌,也影响了传状之文的艺术表现。这种文风雅洁、讲求法度的传记文字从某种程度上看,实有《史记》之风。他的名文《左忠毅公逸事》即如此,就是置之于《史记》诸列传中,亦毫无愧。

当然,由于他文极盛,请传之人极多,他又未能如顾炎武、黄宗羲一样坚拒此类文字,故集中亦少有应酬之作,但总体来说质量还是很高的。如其《石斋黄公逸事》一文:

黄冈杜苍略先生客金陵,习明季诸前辈遗事。尝言:崇祯某年,余

---

[1] 戴名世撰、王树民编校:《戴名世集》,第168~170页。按:《画网巾先生传》本为戴氏文集中之名篇,然据潘承玉研究,此或非戴氏原创之作,参潘承玉《篡窃的文学经典:〈画网巾先生传〉并非戴名世原创》一文,《文学遗产》,2010年第1期。然此文文末之赞语则确为戴氏所作。

中丞集生与谭友夏结社金陵,适石斋黄公来游,与订交,意颇洽。黄公造次必于礼法,诸公心向之而苦其拘也,思试之。妓顾氏,国色也,聪慧通书史,抚节安歌,见者莫不心醉。一日大雨雪,觞黄公于余氏园,使顾佐酒,公意色无忤,诸公更劝酬,剧饮大醉。送公卧特室;榻上枕衾茵各一,使顾尽弛亵衣,随键户,诸公伺焉。公惊起,索衣不得,因引衾自覆荐而命顾以茵卧。茵厚且狭,不可转,乃使就寝。顾遂昵近公,公徐曰:"无用尔!"侧身内向,息数十转,即酣寝,漏下四鼓觉,转面向外。顾佯寐无觉,而以体傍公,俄顷,公酣寝如初。诘旦顾出,具言其状,且曰:"公等为名士,赋诗饮酒,是乐而已矣!为圣为佛,成忠成孝,终归黄公!"

及明亡,公繋于金陵,在狱日诵《尚书》、《周易》,数月貌加丰。正命之前夕,有老仆持针线向公而泣,曰:"是我侍主之终事也。"公曰:"吾正而毙,是为考终,汝何哀?"故人持酒肉与诀,饮啖如平时,酣寝达旦,起盥漱更衣,谓仆某曰:"曩某以卷索书,吾既许之,言不可旷也。"和墨伸纸作小楷,次行书,幅甚长,乃以大字竟之,加印章,始出就刑。其卷藏金陵某家。

顾氏自接公,时自怼。无何,归某官。李自成破京师,谓其夫:"能死,我先就缢。"夫不能用。语在缙绅间,一时以为美谈焉。(《方苞集》卷九)

其所传之黄道周(1585—1646)本即明末清初有名之遗民,此以妓试身之法宋明小说中常有之,如此之恶作剧却被方苞描述得细致入微,而事实上此不过闻杜氏之言而已,然而善为文者必有以文运事之功。这一点在其《左忠毅公逸事》中亦有体现,史可法之探狱、左光斗之语,记叙如亲闻亲见,然末点出,"余宗老涂山,左公甥也,与先君子善,谓狱中语乃亲得之于史公云",可知其事已经过了多次的口耳相传,然在其文中仍如此清晰,不能不说与桐城家法有关。

刘大櫆虽然游于方苞之门,但其文却并不完全依方苞之义法而尺寸之,其所为文,"瑰奇恣睢"、"绚烂闳肆",尤长传记文。他也与清初以来诸

家传状作家一样,尤其喜欢记述一些身份低微却志行高瑰的人物。如《樵髯传》:

> 樵髯翁姓程氏,名骏。世居桐城县之西鄙。性疏放,无文饰,而多髭须,因自号曰樵髯云。
>
> 少读书,聪颖拔出凡辈。于艺术匠巧嬉游之事,靡不涉猎,然皆不肯穷竟其学,曰:"吾以自娱而已。"尤嗜弈棋,常与里人弈。翁不任苦思,里人或注局凝神,翁辄颦蹙顾曰:"我等岂真知奕者,聊用为戏耳!乃复效小儿辈强为解事。"时时为人治病,亦不用以为意。诸富家尝与往来者病作,欲得翁诊视,使僮奴候之,翁方据棋局,咙咙然,竟不往也。
>
> 翁季父官建宁,翁随至建宁官廨,得以恣情山水,其言武夷九曲,幽绝可爱,令人遗弃世事,欲往游焉。
>
> 刘子曰:余寓居张氏勺园中,翁亦以医至。余久与翁处,识其性情,翁见余为文,亟求余书其名氏,以传于无穷。余悲之而作《樵髯传》。(《刘大櫆集》卷五)

其所记之樵髯翁实无它异,作者只是以其自娱之事稍加点染,便见其性情。此外,其《江先生传》、《张复斋传》亦颇参小说笔法:

> 当在晋江时,有贾人怨其继母之诛求,而不养其父。其父诣县诉。贾人行贿于先生,乞以贫为解。众皆争往视之,天方寒,贾人衣其父以新衣,而自着敝衣,为冻饥可怜之状,且曰:"有衣皆以奉父矣。"先生故怒视其父,曰:"子寒如此,而不恤之邪?"呼吏持大杖来。先生睨视贾人颜色如平常,猝指叱之曰:"若见若父之将受大杖也,而安忍视之,不孝何辞?"即以大杖扑贾人,而其父乃从旁泣。先生出贿付其父,曰:"以养尔余年。"众皆快之。(《刘大櫆集》卷五)

这种叙述从情节之设计上与前节所言之"虞初体"作家相仿,然其文则更为雅洁流畅。

姚鼐被视为桐城派的集大成者,其对清代散文的发展有诸多的理论贡献。而至于传状之文,则仍因于刘大櫆。他在其《古文辞类纂》一书"传状类"叙中说:"传状类者,虽原于史氏,而义不同。刘先生云:'古之为达官名人传者,史官职之。文士作传,凡为圬者、种树之流而已。其人既稍显,即不当为之传,为之行状,上史氏而已。'余谓先生之言是也。"[①]可知从理论上,他仍将传记之文划入史传之中,这种理论上的指导自然会影响其创作。所以,他的传记文创作便显出醇正严谨、清通自然的色彩。如其《方染露传》有云:

> 君尤工书,里中少年多效其法。君夫人张氏亦贤智有学。余居里中寡交游,惟君尝乐与相对。一日在余家,共阅王氏《万岁通天帖》,疑草书数字,不能释。君次日走告余曰:"昨暮,吾妻为释之矣!"举其字,果当也。然张夫人竟无子。(《惜抱轩诗文集》卷十)

全文叙述亦类此,即以简洁醇刚为务,不事雕绘,却雅洁不芜。《刘海峰先生传》恰是姚鼐为其师所写的传状之文,也正能代表他师从刘大櫆的创作理念:

> 海峰生而好学,读古人文章,即知其意而善效之。年二十余,入京师。
> 
> 当康熙末,方侍郎苞名大重于京师矣,见海峰大奇之,语人曰:"如苞何足言耶!吾同里刘大櫆,乃今世韩、欧才也。"自是天下皆闻刘海峰。然自康熙至乾隆数十年,应顺天府试,两登副榜,终不得举。乾隆元年举博学鸿词;乾隆十五年举经学,皆不录用。朝官相知、提督学政者率邀之幕中阅文,因历天下佳山水,为歌诗自发其意。年逾

---

[①] 王连熙、顾易生主编,王镇远、邬国平编选:《清代文论选》,人民文学出版社,1999年版,第576页。

六十,乃得黟县教谕。又数年,去官归枞阳,不复出。卒年八十三。

……

先生少时,与鼐伯父姜坞先生及叶庶子西最厚。鼐于乾隆四十年自京师归,庶子与鼐伯父皆丧,独先生存,屡见之于枞阳。先生伟躯巨髯,能以拳入口,嗜酒谐谑,与人易良无不尽,尝谓鼐:"吾与汝再世交矣!"

天下言文章者,必首方侍郎。方侍郎少时,尝作诗以示海宁查侍郎慎行。查侍郎曰:"君诗不能佳,徒夺为文力,不如专为文。"方侍郎从之,终身未尝作诗。至海峰,则文与诗并极其力,其力能包括古人之异体,镕以成其体,雄豪奥祕,麾斥出之,岂非其才之绝出今古者哉?(《惜抱轩文集后集》卷五)

从头至尾,叙述均极简洁,几乎没有细节的描绘,亦无刻意的章法营构,所以与他另一名文《刘海峰先生八十寿序》几无不同。然其醇正严谨、清通自然,又使其文在平淡之下蕴有真味。

张惠言是阳湖文派的代表人物,无论阳湖文派与桐城派之间的关系如何①,都必须承认,就张惠言来说,其与桐城派尤其是与刘大櫆有着极为密切的传承关系。他在其《文稿自序》中说:"余友王悔生,见余《黄山赋》而善之,劝余为古文,语余以所受其师刘海峰者。为之一二年,稍稍得规矩。"并进一步说:"余之知学于道,自为古文始。"(《茗柯文编》三编)即此可知其古文写作与刘大櫆之间关系甚巨,亦可知桐城人王灼(1752—1819,字悔生②)在刘大櫆与张惠言之间的承递作用,所以,亦可将其置于桐城派内论列。

张惠言一家数世皆辗转于困顿之中,这在其数篇为祖母、父、母所写的行实、事略中即可看到。如《先祖妣事略》记载其祖母之生活云"日常不得再食;冬衣无袽,夏无帐,食以糠麭为粥";《先府君行实》亦云"家贫,日

---

① 学术界相关研究,可参考曹虹:《阳湖文派研究》,中华书局,1996年版,一书的相关章节。
② 李灵年、杨忠:《清人别集总目》,安徽教育出版社,2000年版,第51页。

不得再食";至《先妣事略》言其亲身所历云:"一日,暮归,无以为夕飧,各不食而寝。迟明,惠言饿不能起。先妣曰:'儿不惯饿惫耶,吾与而姊而弟,时时如此也!'惠言泣,先妣亦泣。时有从姊乞一钱,买糕啗惠言。比日昳,乃赁贷得米,为粥而食。"(《茗柯文编》二编卷下)在这样的生活状态下,张氏祖父与父亲皆年不过三十余岁,张惠言也不过勉强迈过四十的门槛。也许是因此之故,张氏此数篇事略之文皆不似一般罗列履历之家传可比,语言雅洁而深挚。

张氏为文,亦重法度,如《书左仲甫事》一篇即可见其叙事之技巧。全篇述左辅治理霍邱事,共两大段,首云:

> 霍邱知县阳湖左君,治霍邱既一载,其冬,有年父老数十人,来自下乡,盛米于筐,有稻有秔,豚蹄鸭鸡,伛偻提携,造于县门。君呼之入,曰:"父老良苦,曷为来哉?"顿首曰:"边界之乡,尤扰益偷。自耶之至,吾民无事,得耕种吾田。吾田幸熟,有此新谷,皆耶之赐,以为耶尝。"君曰:"天降吾民丰年,乐与父老食之;且彼家畜,胡以来?"则又顿首曰:"往耶未来,吾民之猪、鸡、鹅、鸭,率用供吏,余者盗又取之。今视吾圈栅,数吾所育,终岁不一失,是耶为吾民畜也;是耶物,非民物也。"君笑而受之,劳以酒食,皆欢舞而去,曰:"本以奉耶,反为耶费焉。"士民相与谋曰:"吾耶无所取于民,而禄不足以自给,其谓百姓何?请分乡为四,四又为三,各以月入米若薪。"众曰:"善。"则请于君,君笑曰:"百姓所以厚我,以我不妄取也。我资米若薪于百姓,后之人必尔乎索之,是我之妄取无穷期也。"不可。亳州之民,有诉于府者曰:"亳旧寡盗,今乃多,其来自霍邱。霍邱左耶不容盗,以祸亳,愿左耶兼治之。"(《茗柯文编》三编)

这段本为典型的全知叙述,但结尾又点出"嘉庆四年十二月,霍邱有吴生在京师,为余说如此",才知道这一段乃听吴生所言。从此开端看,似乎作者与左氏并不相熟,只是听人传说如此。第二段又以其友汤金钊之疑问发端:

余同年友仁和汤吉士金钊告余曰："往岁北来,道凤颍间,往往询其民人县俗。有刑狱不当,赋役无节者,民曰：'非霍邱左耶来,谁与辨之？'有风俗乖忤、水旱冤抑者,又曰：'非霍邱左耶来,吾属不安乐矣。'"曰："霍邱左耶能为河南省治狱,吾不识左君何如人也？"(《茗柯文编》三编)

其实,这一疑问也是作者带给读者的疑问,其下作者便直接回答了：

余曰："吾友左君二十余年,其为人守规矩,质重不可徙,非有超绝不可及之才,特以其忠诚悱愉之心,推所学于古者而施之,治效遂如此。今之为治者,辄曰'儒者迂阔',患才不任事。以吾观左君,迂阔人也,如其才！如其才！"(《茗柯文编》三编)

至此,读者方知作者与左辅已相交二十余年,故可知前引吴生之言实来自叙述之策略,给读者一种叙述不掺杂个人感情色彩的"客观感"。当然,其答汤氏之言又有着很深的用意,参其《送左仲甫序》中肆言政事吏治之文则豁然可知。其实,在"渊雅"(此二字为恽敬对张惠言的评价,出其《上曹俪笙侍郎书》,《大云山房文稿初集》卷三)面貌的背后,张氏为文的确多有深意,如《陈长生传》,记录其一性格颇"痴"的邻居：

长生为人少言多笑,即有陵之,大恚,辄复笑,即已,未尝校。其为佣勤甚,他佣所苦弗欲,悉任长生,长生皆为之无怠。主人善之,或侈与直,则计其佣之数取之,而反其余。笑曰："此足矣。"固与之,则又笑,委之去。及其于所赁直皆然,人谓长生痴也。

余幼时儿嬉,日过其门,门前树瓜瓠之属,夏秋之交,编竹为架垂垂然。时见长生兄弟奉母坐其下,手一盂饭,蔬一盆,且语且食。长生或时时抗声歌,则格格笑,母与兄皆笑。其后予徙居城中,岁时至旧庐,恒过访焉。十余年,其母死,鬻其园地之半以敛焉,而葬于其室前。家益贫,兄病益甚,长生晨则食其兄,而出力作,暮归,扶持之甚备。兄困,意不当,辄怒詈长生,每彻旦。比屋闻者咸不平,而长生未尝有言。年余,兄死,则又鬻其园地以敛,而葬于母旁。数月,长生亦死,邻人鬻其居以葬焉。(《茗柯文编》补编卷下)

这段叙述,平易自然,然似亦无深意者,但其后作者又有议论云:

> 论曰:孟子之言曰"人性善",如长生者,其耳之所闻,目之所见,岂尝知有礼义之说哉?何其鞠躬君子也?长生之事母与兄,乡之人知而善之;然至其取舍退让,则谓之痴,何哉?余故述其事,将以待考风俗者有取焉。(《茗柯文编》补编卷下)

几句议论看似简单,却触及到生而为人的一个本质性命题,那就是个人行为与社会规范、个人修养与社会取向之间究竟应该把握什么样的尺度——而这,却是人类共同的困惑。

# 第六章　清代碑志文

所谓"碑志",碑者,石碑也;志者,记也。碑志乃指以石碑为载体的记述文字。碑志之文,按今人系统研究的成果,可分九类,依次为:墓碑文、功德碑文、纪事碑文、经典及其他书籍刻碑文、造像碑文、题名碑文、宗教碑文、地图天文图礼图碑文、书画碑文①。概括而言,粗可分为碑记文和墓碑文两大类②。碑记的范畴较广,囊括了上述九类中的后八类。封禅和纪功的刻文(譬如秦始皇《泰山刻文》、韩愈《平淮西碑》),寺观塔院、桥梁石壁等建筑物上的刻文(像韩愈《南海神庙碑》等)都包含在内。墓碑文则是记述死者生平事迹的文字。其文题颇为庞杂,明徐师曾《文体明辨序说》前后列出了三十多种别称,如墓志、墓砖记、墓版文、葬志、墓碣文、墓表、阡表、灵表、圹志等等。比较常用、常见的则有墓志(铭)、墓表、神道碑三种,这三种碑志文的区别主要在于它们的作用不同,盛行的年代也不同:神道碑立于地上,写作时假定的读者是将来的人,写作的目的是为了纪功立德;墓志埋于地下,写作的目的是为了在沧海桑田之后,表明墓葬的位置;墓表有立于墓前的地面上的,也有一些埋入墓中,其中的一些墓表,代表了地上碑刻转变为地下墓志的中间类型。墓志的大量出现,和魏

---

① 赵超将石碑分为九种:墓碑、功德碑、纪事碑、经典及其他书籍刻碑、造像碑、题名碑、宗教碑、地图天文图礼图碑、书画碑,参见《中国古代石刻概论》,文物出版社,1997年版,第8～32页。
② [宋]姚铉编:《唐文粹》(《四部丛刊初编》本,上海书店,1989年版);吕祖谦编,齐治平点校:《宋文鉴》,中华书局,1992年版,都把祠庙等碑文与墓碑文各为一类。[明]吴讷《文章辨体序说》和徐师曾:《文体明辨序说》(于北山、罗根泽校点,人民文学出版社,1998年版)也都分别论之。

晋之后丧葬习惯的转变有关，曹魏提倡薄葬，因此禁止私人立碑。东汉时期立于地面的大量碑刻因此转入地下，以墓志形式埋入墓中。出土的最早的墓葬石刻多做碑状，有的题作"墓表"。墓志的形状和"志"这个名称，是在十六国之后才渐渐固定的。墓志因其末尾往往有韵语写就的铭文，故往往被称为墓志铭。

有清一代，别集汗牛充栋，存世者逾四万种[1]，其中所涵纳的石文碑记和墓碑文字亦蔚为大观。这两种类型的文章属于典型的应用文体，从文学的角度来看或许过于程式化，但却是中国古代最具有社会性意义的散文文体，与此同时，也是最具有历史文献价值的一类文体。所以，欲了解古代散文，欲了解古代文人的生活，此类文体实为必读者。

---

[1] 此数据来自于柯愈春：《清人诗文集总目提要》，北京古籍出版社，2001年版，参见其凡例所计。

## 第一节　明清之际碑志文

民间有"盛世铸钟,国泰立碑"之言,明清易代之际,朝野板荡,政局未稳,社会贫瘠,刻石立碑之举相对尚稀,各大家亦未必以此为事。如清初三大家中,仅黄宗羲有一篇《永乐寺碑记》,还是因其"女徽音,居邻其地,数以为请"而作。其文云:

> 去余居六七里而近,有龙山永乐寺。大江横其东,蜀山峙其右,乃易之所谓"姚江东去蜀山青"之地也。蜀山者,陆放翁《入蜀记》云"兴国军富池,有小石山,自顶直削去半,与余姚江滨之蜀山绝相类"者即此。幽潜奇特,为山水胜处。淳祐间,铁崖禅师志先与其徒士怀、宝潜建报慈庵,景定请于朝,赐名永乐寺。……每见古德,于名贤过化之迹,必极力护持,真净之青松社,惠勤之六一泉,皆是也。天地间清淑之气,山水文章,交光互映,雪泥鸿爪,不与劫灰俱尽耳。今德如庄严名胜,且欲考水竹居、二兰斋、归庵,一一复其故处,亦可谓之不俗矣。顾德如尚以参学未究为歉,余以为使德如而尽参学之愿,不过一杖一拂。夫一杖一拂之与一椽一瓦,皆非佛法。诚能护持名迹,焉知不有如正宗、仲猷其人者,将来似续于此乎?
>
> 余每过寺,念泰定间先州判茂卿先生于此置田讲学,徘徊久之,德如因求记以垂永远。年来求文者,不能悉应,顾余女徽音,居邻其地,数以为请,余老矣,学殖荒落,尚恐收拾不尽也。(《黄宗羲全集》第十册)

永乐寺,遗址在今浙江余姚,曾与甘露寺齐名。全文详述了永乐寺自南宋创建以来的历史流变、山水景致、人文事迹,细致的笔触中流露出浓重的历史怀思。作为遗民的黄宗羲,在一座庙宇的复兴里寄托了他对汉民族文化流传不绝的深沉希望,即所谓"天地间清淑之气,山水文章,交光互映,雪泥鸿爪,不与劫灰俱尽耳"。全文叙述流丽自然,千年掌故信手拈来,辞藻精妙,值得细细品味。

但黄氏文集中墓碑文极多,竟有一百余篇。这些墓碑文涉及的人物很广,从各种不同的角度反映了明清之际大变动的社会面貌。他为抗清殉明的官员、义士所作的墓碑文有二十多篇,如《明骠骑将军镇守福建总兵官左军都督府都督佥事瑞岩万公神道碑》、《巡抚天津右佥都御史留仙冯公神道碑铭》、《左副都御史赠太子少保谥忠介四明施公神道碑铭》、《光禄大夫太子太保吏部尚书谥忠襄徐公神道碑铭》、《兵部左侍郎苍水张公墓志铭》、《硕肤孙公墓志铭》、《邓起西墓志铭》等等。此类墓碑文章表彰了这些官员、义士在明末和南明小朝廷的抗清斗争中发挥的积极作用,更着力表彰其忠义节操和壮烈行为。尤其《光禄大夫太子太保吏部尚书谥忠襄徐公神道碑铭》、《兵部左侍郎苍水张公墓志铭》两篇,篇幅充盈,详尽记载了墓主的抗清事迹,后者还描写了张煌言从容赴死的经过和场面:

甲辰,散兵居于悬嶴,悬嶴在海中,荒瘠无居人,山南多汊港通舟,其阴巉岩峭壁,公结茅其间。从者为罗子木、杨冠玉,余惟舟子役人而已。

于时海内承平,滇南统绝,八闽澜安,独公风帆浪楫,傲岸于明、台之间。议者急公愈甚,系累其妻子族属以俟。公之小校降,欲生致公以为功。与其徒数十人,走补陀,伪为行脚僧。会公告籴之舟至,籴人谓其僧也,昵之。小校出刀以胁籴人,令言公处。击杀数人,而后肯言,曰:"虽然,公不可得也。公畜双猿,以候动静。船在十里之外,则猿鸣木杪,公得为备矣。"小校乃以夜半出山之背,缘藤逾岭而入,暗中执公,并及子木、冠玉、舟子三人。七月十七日也。

十九日,公至宁波,方巾葛衣,轿而入。观者如堵墙,皆叹息以为昼锦。张帅举酒属公曰:"迟公久矣!"公曰:"父死不能葬,国亡不能救,死有余罪。今日之事,速死而已。"

后数日,送公至省,供帐如上宾。公南面坐,故时部曲,皆来庭谒。司道郡县至者,公但拱手不起,列坐于侧,皆视公为天神。省中人赂守者,得睹公面为幸。翰墨流传,视为至宝。每日求书者堆积几案,公亦称情落笔。

九月七日,幕府请公诣市,公赋绝命诗:"我年适五九,复逢九月七。大厦已不支,成仁万事毕。"遂遇害。(《黄宗羲全集》第十册)

这段文字峻洁而传神,充分体现了黄宗羲的叙事功力。

《硕肤孙公墓志铭》记述了一位书生的豪杰之举:

当是时,人心惶扰未定,但观望未敢先发。公方买书筑室,欲老泉石,而书卷横胸,利害智力,仓卒不暇较量。闰六月九日,于空然无恃之中,剙为即墨之守。黄钟孤管,遂移气运,东浙因之立国一年,顾不可谓无益兴亡之数。血路心城,岂论修短?陈寿即仇诸葛,不能不纪蜀汉;弘范虽逼崖山,未尝不称二王。从来亡社,虽加一日,亦关国脉。此说盖在成败利钝之外者也。(《黄宗羲全集》第十册)

这段文字先是勾勒出惶惑不安的时代背景,尔后抓住孙氏从立意隐居到挺身而出的急促变化,墓主的英雄气概顿时力透纸背。

黄宗羲在叙述诸位英烈之士的生平事迹时,也述及明末朝廷之复杂,狂澜之难挽,展现出个人在历史潮流里的无奈,对于忠义之士的就死选择表达了深深的敬慕:"嗟乎!人生不幸而当流极之运,死固其分内事也,然而处此为甚难。同一死也,差之毫厘,相去若天渊矣。"(《黄宗羲全集》第十册《赠刑部侍郎振华郑公神道碑》)"语曰:'慷慨赴死易,从容就义难。'所谓慷慨、从容者,非以一身较迟速也。扶危定倾之心,吾身一日可以未死,吾力一丝有所未尽,不容但已。古今成败利钝有尽,而此不容已者,长留于天地之间。愚公移山,精卫填海,常人貌为说铃,贤圣指为血路也。是故知其不可而不为,即非从容矣。"(《黄宗羲全集》第十册《兵部左侍郎张公仓水墓志铭》)

由于黄宗羲亲历了明末东林党人反对阉党的斗争,清军入关后又积极参加了反清复明运动,与许多英雄志士为生死交,故他为前明斗士所作的碑文,大多内容充实,实事求是,感情真挚。而且他具有史才,善于运用平易流畅的语言,塑造鲜明生动的人物形象,在为墓碑文注入更多理想内涵的同时,也大大增强了其文学色彩。

黄宗羲对于投老穷荒、隐姓埋名、清苦自持、著书立说的高洁之士,表达了崇高的敬意:"遗民者,天地之元气也","不有死者,无以见道之界;不有生者,无以见道之大"。然而,随着满清统治大局之渐定,黄宗羲内心不能毫无波澜起伏。在《余若水周唯一两先生墓志铭》、《谢时符先生墓志铭》、《万悔庵先生墓志铭》、《顾玉书墓志铭》等碑文里,皆有千般感慨,奔突而出。如《余若水周唯一两先生墓志铭》起笔则叹曰:

嗟乎!名节之谈,孰肯多让?而身非道开,难吞白石;体类王微,常须药裹;许迈虽逝,犹勤定省;伯鸾虽简,尚存室家。生此天地之间,不能不与之相干涉,有干涉则有往来。陶靖节不肯屈身易代,而江州之酒,始安之钱,不能拒也,然靖节所处之时,葛巾蓝舆,无钳市之恐,较之今日,似为差易。活埋土室,长往深山,吾于会稽余若水、甬上周唯一两先生有深悲焉。(《黄宗羲全集》第十册)

身为遗民的黄宗羲,借墓碑文对历史兴亡发表了见解,并加以阐发,引人思考。他认为,明朝之亡,一方面是"朋党之祸,至于亡国",另一方面,则是空谈误国。《赠编修弁玉吴君墓志铭》开篇曰:

儒者之学,经纬天地。而后世乃以语录为究竟,仅附答问一二条于伊、洛门下,便厕儒者之列,假其名以欺世。治财赋者则目为聚敛,开阃扞边者则目为粗材,读书作文者则目为玩物丧志,留心政事者则目为俗吏,徒以"生民立极、天地立心、万世开太平"之阔论钤束天下。一旦有大夫之忧,当报国之日,则蒙然张口,如坐云雾,世道以是潦倒泥腐,遂使尚论者以为立功建业别是法门,而非儒者之所与也。(《黄宗羲全集》第十册)

文章无比犀利地指斥了那些欺世盗名者,批评他们只知背诵语录,临危之际却一无用处,误国误世。在此基础上,将吴君生平道来,让人们理解何谓真正的儒者。

黄宗羲的墓碑文中,还有不少是为节妇、烈女所作,如《唐烈妇曹氏墓志铭》、《桐城方烈妇墓志铭》、《张节母叶孺人墓志铭》、《节妇金孺人墓志铭》、《吴节母墓志铭》。宋代以来,尤其是明代大肆表彰贞节烈女之后,文人集中便多有此类文字。这位在"卢骚《民约论》出世前之数十年",写出《明夷待访录》这样"人类文化之一高贵产品"的作者①,亦未能免俗。

顾炎武极不愿作墓志与传状之文,前引其《日知录》中《古人不为人立传》及《志状不可妄作》两条即可见其对于此类应酬文字的态度。故《顾亭林诗文集·亭林文集》中仅有墓志三篇,《亭林余集》中亦只三篇而已。不过,虽然篇幅少,但其文每篇均可称"不妄作"者。如《歙王君墓志铭》云:

> 王君以崇祯十四年卒。后三年国变,王君之子玑流寓于吴,又一年而不孝始识王生,因以知王生之人与其世德之概。与王生交一年,而王生以状请铭,不孝以母未葬,弗敢作也。又一年,卜葬,葬有日,而王生复来请铭,不孝不获辞而铭之……玑遂走京师,历蓟,抵宁远,观列边之大势,每以大计干当事者,不用,转客东莱,而闻京师之变,哭先皇帝于莱山之阳。驰至南都,而公卿又无下士者,遂僦居于吴,著信书一编以示余,而为之太息焉。此固宋之遗臣所隐晦而不敢笔之书者也。而王生之不挠于时若此,其抱济物之才,而发愤于大义又若此,非世德之遗而能然乎!(《顾亭林诗文集·亭林文集》卷五)

之所以应命为铭,或有与顾母几同时而葬有关,但更重要的是王生之"不挠于时"而"发愤于大义"也,此正与顾炎武同一气味。再如《山阳王君墓志铭》:

---

① 梁启超:《中国近三百年学术史》,东方出版社,1996年版,第52页。

> 当余在太原,而余友潘力田死于杭,系累其妻子以北。少弟末年十八,子身走燕都,介余一苍头以见王君。王君曰:"我固闻之。宁人尝与我言,潘君力田,贤士也,不幸以非命终。而宁人之友之弟,则犹之吾弟也。"……乃明年,余遂有山东之厄,而海、岱以南地大震,君亦为里中儿所龃龉,意不自得。又明年六月庚午,君卒。(《顾亭林诗文集·亭林文集》卷五)

文虽为王略之墓志铭,然却隐隐有史笔:其中所述潘力田事,在其著名的传状之作《书潘吴二子事》中有详细记载,潘柽章之死于庄氏《明史》案;而"山东之厄"则指康熙七年(1668)之黄培诗案,时有惊隐诗社之陈济生辑《启祯遗诗》,以诗存人,论列诗人时文字多有违禁处,有人告发此与顾炎武有关,因此顾被囚禁近七个月。故其文何可径以墓志铭视之。

除关注历史之外,其文感情亦十分充沛,起笔之际,胸中似有千言万语。譬如《文林郎贵州道监察御史王君墓志铭》起头道:

> 天下之变,莫甚乎君臣父子一旦相失而永诀终天,此人生之至痛,而古人臣之所遭未有以比也,况乎强敌压境,而将帅内离,国步颠危在,不可知之日者乎?(《顾亭林诗文集·亭林余集》)

顾炎武亦善于叙事,所撰碑文脉络清晰、层次分明,且能彰显人物的独特性格。

王夫之与顾炎武相似,《薑斋文集》中仅有墓志之作四篇,数量虽少,却无应酬之作。《武夷先生暨谭太孺人合葬墓志》为其父王朝聘所作,自不必言;《牧石先生暨吴太恭人合祔墓表》则为其叔王廷聘所作,其叔对王夫之"时召置坐隅,酌酒劝戒,教以远利蹈义,惩傲撝谦,抚慰叮咛,至于泣下",故作者亦有"事先生,无异先考"之语,可知此两篇皆出真情。

另外两篇一为《文学刘君昆映墓志铭》,一为《文学膴原氏墓志铭》,《薑斋文集补遗》中尚有《文学考亮翁钦文墓志铭》一篇,三篇之墓主均为无功名者,此非偶然,而是王夫之有意为之,作者自有一番道理:

> 友人昆映刘君,撤瑟二十年矣,子安基、安镏以幼孤未能成礼,饮泣而欲求铭其墓,以叔父庶仙氏之命来言曰:"志以志功,铭以名名。弗功弗名,亦足以勒片石乎?"余肃然悚起而对曰:"是其所以可志而可名也。且夫今之所谓功名者,吾知之矣。其始也,槁吟而蹙眉以操觚,知刺绣文不如倚市门也,望风会之所流,随波以靡,拾残英,调鸟语,而唯恐其不肖。由是而诡合矣,则以吮弱民,媚上官,艳然猎荣膴,孰不健羡之。苟其诡而失也,犹且徼时誉以自雄于里序,栩栩然翔步于长吏之门,噞喁呕沫以自润。士能不屑于此者,其志可志,其无名也可铭。此余所以乐交昆映氏而悼之不忘也。二子其何让焉。"(《薑斋文集》卷二《文学刘君昆映墓志铭》)

此一段文字不但说尽乡愿之功名理想,亦让千古谀墓之作者汗颜。

此外,王夫之还有一篇杰特之作《自题墓石》,其文曰:

> 有明遗臣行人王夫之,字而农,葬于此,其左则其继配襄阳郑氏之所祔也。自为铭曰:抱刘越石之孤愤而命无从致,希张横渠之正学而力不能企。幸全归于兹丘,固衔恤以永世。(《薑斋文集》卷二)

文虽简却意无穷。作者曾为永历行人,上表言事而几被害,故自称"明遗臣行人",且自比于孤愤之刘琨,然刘以孤愤奔走乱离而终被害以死,作者却自叹"命无从致",此四字似不可解,但若知其永历时期之奔走便可理解①。既然政治上无所树立,则又希慕张载之学,然亦自谦为"力不能企"。此正文后尚有一段文字,亦可窥其作此文时之心情:

> 墓石可不作。徇汝兄弟为之。止此不可增损一字。行状原为请志铭而作,既有铭,不可赘。若汝兄弟能老而好学,可不以誉我者毁我,数十年后,略记以示后人可耳,勿庸问世也。背此者自昧

---

① 萧萐父、许苏民:《王夫之评传》,南京大学出版社,2002年版,第54~62页。

其心。(《王船山诗文集·薑斋文集补遗》)

从这段文字可以看出,前之《自题墓志》实为其对自己一生的最终定评,不许子孙"增损一字",甚至为此亦不许后人作行状,其所惧者,实恐后人以谀碑之文字为饰而实为污,故曰"不以誉我者毁我"也。郭预衡先生认为此段文字"在历来的'遗令'或'自为墓志铭'中,是自为一体、别具特点的文字"①,这种特点实为人生境界的透彻、坦荡与通达、明睿所致。

---

① 郭预衡:《中国散文史》下册,上海古籍出版社,2002年版,第366页。

## 第二节　清前期碑志文

　　清初各大家别集中,碑记之文亦不多见。馆阁文人例当执笔作此类文章,然遍检当时馆阁文坛名流之别集,碑记之文也屈指可数。如康熙年间红极一时的徐乾学,其《憺园集》36卷,碑记不过数篇而已。徐乾学(1631—1694),字原一,号健庵,江苏昆山人,康熙间历任内阁学士、刑部尚书。其《翰林院教习堂题名碑记》一文开首追溯源流,引《大戴礼记》阐发上古造就人才之法,尔后指两宋,斥前明,最后归结到本朝皇帝道德之充备、本朝教习制度之完善,其阿谀之意昭然,然行文有序,俨然若有风骨,如其指斥明代教习之弊有言:

　　　　自正、嘉间,姚江立教,以象山之心学,兼永康之功利。徐文贞当国,私便其说。至张江陵为馆师,令庶常日见上计吏,咨访利病,接引宾客,渐事招摇,而士气一变矣。赵大洲之为教习也,则导士子以讲诵楞严经,引释入儒,灭裂名教,此得罪吾道之大者。流风牵引,不知底止,其祸至今未艾矣。(《憺园集》卷二十六)

此段文字兼叙兼议,层层演进,文脉赫然,语气沉痛。虽难免有御用之嫌,仍不当因文废文,以偏言弃之。

　　朱彝尊(1629—1709),字锡鬯,号竹垞,秀水(今属浙江嘉兴)人。他是清初之通才,虽被迫参加了清廷特设之博学宏词试,然其人自有骨骼在,所撰碑文亦有骨力。《东瓯王庙碑》、《蚌蜉庙碑》、《邹县重修亚圣孟子庙碑》皆言之有理,言之有物,从容坦荡。《邹县重修亚圣孟子庙碑》撰于康熙丙寅(1686),是受当时的山东巡抚张某之请而作。文中盛赞孟子曰:

　　　　其言醇乎醇;其色粹然见于面,盎于背,施于四体;其气塞乎天地之间而毋馁。于滕世子道以性善,于齐王先攻其邪心,于梁去利而先仁义,《春秋》,弟子不能赞,而孟子发其微;性与天道,弟子不得闻,而孟子畅其旨。此之谓名世!此之谓大丈夫!此之谓豪杰之士!自韩子"功不在禹下"一言,百世之论定矣。乃世儒以其矫枉过直,有不知而续其书者,或刺之,或非之,或删之,或诋之,或疑之,至或比于忍人辩士仪秦之流,几于侮圣人之言也已。(《曝书亭集》卷六十九)

排比陈词,正反对比,慷慨激烈,大笔如椽,极力赞扬了孟子的人格、气概。作为一位深研经学的儒者,朱彝尊表达了自己维护前圣的无上忠诚。

清初碑记中偏于议论的成功之作,还有魏禧所撰的《歙吴道行仙源桥坟山碑记》(《魏叔子文集外篇》卷十六),该碑文痛伐迁葬之非,文气笃切而舒畅,读来令人震动。

魏禧所作碑记皆笔力非凡,《扬州天妃宫碑记》首叙天妃宫神像之所由来,次叙程君感梦建宫之事,末段叙神之本末,将诸多灵异归于程君建宫之功。全文不费一字作评论,宛转写来,造辞古雅,叙事跌宕,引人入胜,而所寓劝善之意,托然纸上。其《重修金精山碑记》先写金精洞闻名之缘由(传说汉初女子张丽英在此山得道飞升),再述甲申之变后自己侨居金精山,与友人修葺殿宇。二十年后,殿之东南角被瀑水毁坏,再次修饰之。尔后,作者从仙女守贞成仙之故事,思及高士之孝义,慨然论故人之高洁,最后又归于金精山之名胜(《魏叔子文集外篇》卷十六)。全文叙议杂出,层峦叠嶂,暗寓了守节做遗民的心志。

侯方域则以才情横溢著称,时人评价他好"以小说为古文辞"。其所撰碑记亦绘声绘色,有传奇笔致。如《重修白云寺碑记》:

白云寺者,其先隙地也。或曰:旧为古刹,有遗址焉,在宋郡之郭西南五里。明崇祯之二年,中书舍人吴兴君辟之为庐,一廛覆之以茅,以栖游僧。既一年,始门焉,而堂其中置卧佛。二三年乃创大殿,建立三佛像,与夫金刚罗汉韦驮伽蓝之属。廊庑寮厨以及楱楹桹槛之具,靡不森鲜。其后岁时增而不废。迨思宗皇帝建元之十五祀,而寇李自成益炽,攻破宋城。舍人奔金陵,僧亦散去,寺以坏。甲申寇陷京师,金陵共拥立弘光皇帝,舍人复补官于朝。居一岁明亡。舍人弃其官归。尝往城之西南,观故所为白云寺者,叹曰:天下之变迁沦毁于吾前者,岂皆积劫不可救耶,予将为浮屠氏以终老。于是尽出家财于寺,不期月悉复其旧。僧请记。舍人曰:是非侯子不可,姑待之。余既归,自江南以为请。余惟昔者崇祯以前实克承庆历之业,闾左安富,击壤之叟垂五十年不见兵革。岁时伏腊,莫不思有所祈报以答灵贶。小之则牵羊陈豕,奏鼓吹竽而祭赛于村原之社;大者乃造为梵宇官观,香火相续。余尝北历燕赵,抵齐鲁,浮江淮,适吴越,所见通邑大都,金碧晶赫之区,何啻白云寺!

盖天下人之财力当其壮盈必有所费,无以制之,且侈而溢,又或其甚者,乃至销磨荡涤于水火锋镝之中,而不能嗇而自禁。赖清净之教为之疏通,施而舍之,所谓明治以礼乐,幽治以鬼神也。而后世博物如昌黎、清河之徒,犹相与诋焉,无乃未之思欤?呜乎,天下之变迁而沦毁者若骊山之馆,太液之池,金张之邸,封君世家之宫室,亦已多矣,曾不得如白云寺者复而新之?舍人昔尝官两都,岂有所托于浮屠氏耶?舍人名议,姓沈氏,故明相国鲤之裔孙。(《壮悔堂文集》卷六)

此篇叙吴兴君与白云寺几十年的因缘际会,勾勒出一座寺观的兴衰沉浮,塑造出颇具个性的人物形象。尔后高屋建瓴,阐发千古之思。全文字句精炼,而通体丰腴,洋洋洒洒,与侯朝宗之为人颇相符合。而身经朝代变迁之后,处兵火余烬之中,作者对于历史、社会、宗教有了新的体悟和认识。

康熙二十八年(1689),徐元文(1634—1691)所撰《与鄂罗斯国议定疆界之碑》(《含经堂集别集》卷下)先宣陈皇帝大一统之志,谴责俄罗斯侵犯我国边陲、扰乱猎户生活之恶。随后叙述清廷与俄罗斯签订《尼布楚条约》的经过,遣词庄重而简洁,巍峨可读。

雍正年间陈仪的《雪峰寺碑记》、《重修广济桥碑记》(《陈学士文集》卷十一),前者叙述雪峰山名称之来历,后者追溯旧广济桥之历史,言重修之原因,皆夹叙夹议,文路清晰,文辞舒展,于世风民俗有所教化。

清前期之墓碑文较之碑志则不可胜数。

钱谦益的《初学集》仅有碑记1篇,而墓志铭则有12卷、神道碑4卷、墓表2卷,其《有学集》亦有墓志铭6卷、神道碑及墓表2卷,再加上《牧斋外集》中碑志之作4卷,共计竟达30卷之巨。不过,其碑记之作多为传统之作,故虽才大学博,书卷淹洽,但毛先舒仍以"不高"、"不纯"评之,"不高"也者,指"其文多取圆熟肉畅而少见巉秀森削之处,又意发而行,意尽而止,虽浩浩洋洋,亦复流转萦映,而无古人详略变化杳无端倪之妙,大略只似制科论策、馆阁课试之文"者(《潠书》卷五)。

清初不少文人集中均有为抗清烈士撰写的墓碑文。魏禧的墓志文中,亦有几篇为前明义士所作,其中《黄乐玄翁墓表》中有这样一段话,足以揭示魏禧的遗民情怀:

> 甲申闻闯贼之变,翁素服悲号,谓所亲曰:"吾生为圣朝民,死为圣朝鬼,死后得题'明故'二字于墓幸矣!"至丙戌而翁果行其言以死。于是宁都魏禧曰:呜呼,翁真笃行君子人也。禧少翁四十年,当甲申时,愤恨慷慨,痛哭累日夜,不欲有其生。从先子倡义复雠,后皆不果。而丙戌之际,禧则愧于翁远矣。(《魏叔子文集外篇》卷十八)

其《处士涂允恒墓志铭》、《太平县王君墓志铭》等文,虽然不像黄宗羲那样旗帜鲜明地谈论名节,行文颇为婉约,但笔触之间对于明亡不仕的隐逸君子亦流露出敬慕之情。

汪琬《尧峰文钞》共收录墓碑文70余篇,其中为前明烈士所作的有6篇,用力最深的是《诰赠文华殿大学士兼吏部尚书宋公墓志铭》(《尧峰文钞》卷十一),该文以紧锣密鼓的笔法,描述了宋公在后援不力的情况下,英勇抵抗直至牺牲,死后尸骨不获的悲壮过程。文章通过一位英雄在困境中的孤独拼搏,流露出作者对前明灭亡之因的寻思。

汪琬亦深恶文人好名寡实,提倡经世有用之学。其《乡饮大宾周翁墓志铭》等文,对于笃学务实之墓主深表赞扬,而批斥了"近世固陋浮薄者"。

其《陈处士墓表》对明末四公子之陈贞慧既甚推崇,亦极惋惜:

当前明熹宗之世,宜兴陈少保公为吏部侍郎,以会推忤魏忠贤削籍。愍帝即位,起左都御史,以言事忤同县要人,又削籍。盖公尝从无锡顾端文公,讲学东林书院,为世指目。至是再以直声动天下,东林益共推服公。

而公有子贞慧,字定生,即处士君也。少用文学著闻,喜结纳东南名士,最善金坛周礼部镳、贵池吴秀才应箕。每当群集时,杯酒淋漓,相与掀髯抵掌,往复下上其议论。其于国家之治乱、中朝士大夫之贤不肖,无不根极始末,刺刺数千言可听。诸名士尤慕君气节,故皆师事少保公而与君相亲爱。前所谓要人者适家居,欲释故憾,交欢君父子。为好语讽君曰:"公子盍从吾游乎?吾能贵显公子!"君固拒不往,益有隙。

而会魏忠贤义儿阮大铖久被痼,阴橐金巨万于京师,谋复用。公卿间口语籍籍,诸名士闻之曰:"怀宁起,东林无噍类矣。"怀宁者,大铖所居县名也。乃谋数大铖罪恶,为文檄之。共推应箕属草,而君与周礼部皆列姓名其间。檄未布而事泄,大铖愧且恚曰:"吾不识陈某何如,乃鱼肉吾至此。"于是恨君次骨,君祸自此始矣。已要人者应召出,大铖窜入其幕中,人或为君危之。无何而要人败,君始得免。光帝即位,大铖骤蒙湔洗用事,将尽杀东林党人。是时少保公已前殁,而君与周礼部及应箕皆在南京礼部。先被逮,君为营救万端,人又谏止君,君嫆笑曰:"死耳何畏。"铖诇知之,遂积前恨,夜半遣校尉捕君与应箕,应箕亡,君出诣狱。锻炼久之,狱不成,始释君。而竟传致礼部于死。君归惩前祸,乃谢绝故时诸名士,屏居村舍中者十有二年。卒,享年五十有三。

呜呼!君书生,又贵公子也。苟不得志,则当键户濡首,习为科举学耳。其或少暇,则褒衣博带,出而婴遨里间间,夫亦足以豪矣。今顾独舍去与闻国家之事,侃侃訚訚,濒死而不悔,何与?昔东汉两宋之季太学诸生,率皆危言覈论用以臧否人物,甚则伏阙上章诋讥当国者,卒之皆贾大祸,而汉宋亦遂以亡焉。若前明门户之患,颇与相类此,固国家之不幸也。顾予见东南巨公方壮盛之时,亦尝负有重望,号为东林党魁。及其齿发衰暮,贪位苟禄,从而尽荡弃其言论风采,俛身乞怜权势之门者,盖有矣。非孔子所谓"鄙夫患失者"耶?求如君之忼慨发愤、终始一节,果可多得乎哉!使斯人也而得据大位、秉大权,则其建白必有赫赫可观者,又岂但如是已乎!(《尧峰文钞》卷二十)

此篇叙述得法,先述传主之父陈于廷事迹,一方面表彰其正直敢言的品质,另一方面也是为陈贞慧事迹张本。而全文的主体部分以传主一生的三件大事为主:复社议政、驱阮及慨然就狱。全文不仅对陈于廷、陈贞慧父子之光烈再三致意,同时对阮大铖深恶痛绝,此情甚至亦波及南明弘光帝,而对某"要人"(即周廷儒)及"东南巨公"(当指钱谦益)亦多微辞。

## 第三节 清中后期碑志文

乾嘉盛世,国力富强,土木大兴,故碑记之文较为多见。清后期,社会剧变,碑记之文在内容上有新的拓展。

乾隆年间,有纪昀之《日华书院碑记》。此文是纪昀应其门生邵玉清之请,为河间献县开设的书院而作。其开篇如下:

> 教民之道,因其势则行之易,拂其势则行之难,故凋瘵之区,其民方僬僥不给朝夕,其道宜议养,使枵腹而谈仁义,是迫以坐槁也,势不可行。鸷悍之俗,其民方嚣凌格斗而未已,其道宜明刑,使无所惩艾而迂谈诗礼,是硝石之病而药以参苓也,势亦不可行。(《纪文达公遗集》卷十四)

开门见山,提出自己的主张,即治理百姓要酌乎事势,因势利导,趋利避害;接下来,作者又对献县的民风发表了一番评价,奖掖其进步;最后表达了鼓励之意。全文虽以议为主,但由于观点鲜明恳切,行文层次分明,语言颇具气势,故毫无枯燥之嫌。

清中期碑记主于叙事,笔墨出众的有王昶(1724—1806)《郭舟山庙碑》(《春融堂集》卷五十一),叙乾隆辛卯(1771)清廷与四川小金川土司之间的一场战役,详记始末,文辞悲哀,展示出战争惨烈之状。全文不明言反战,后人读之,却不能不畏惧、厌恶战争。

乾隆十七年(1752),郑燮在山东潍县县令任上,撰写了《新修城隍庙碑记》:

> 一角四足而毛者为麟,两翼两足而文采者为凤,无足而以龃龉行者为蛇,上下震电,风霆云雷,有足而无所可用者为龙,各一其名,各

一其物,不相袭也。故仰而视之,苍然者天也;俯而临之,块然者地也。其中之耳目口鼻手足而能言,衣冠揖让而能礼者,人也。岂有苍然之天而又耳目口鼻而人者哉?自周公以来,称为上帝,而俗世又呼为玉皇。于是耳目口鼻手足冕旒执玉而人之;而又写之以金,范之以土,刻之以木,琢之以玉;而又从之以妙龄之官、陪之以武毅之将。天下后世,遂哀哀然从而人之,俨在其上,俨在其左右矣。至如府州县邑皆有城,如环无端,齿齿啮啮者是也;城之外有隍,抱城而流,汤汤汩汩者是也。又何必乌纱袍笏而人之乎?而四海之大,九州之众,莫不以人祀之;而又予之以祸福之权,授之以死生之柄;而又两廊森肃,陪以十殿之王;而又有刀花、剑树、铜蛇、铁狗、黑风、蒸鬲以惧之。而人亦哀哀然从而惧之矣。非惟人惧之,吾亦惧之。每至殿庭之后,寝官之前,其窗阴阴,其风吸吸,吾亦毛发竖栗,状如有鬼者,乃知古帝王神道设教不虚也。子产曰:"凡此所以为媚也。愚民不媚不信。"然乎!然乎!(《郑板桥全集·板桥集外诗文》)

全文不拘文法,先从麟、凤、蛇、龙等写起,谈古论今,漫天道来。突然转入潍县城隍庙重修之经过。尔后引经据典,上天下地。笔致绰约,真可谓斑驳陆离,五色绚烂。

嘉庆间,恽敬、李兆洛(1769—1841)等"阳湖派"作家撰写了较多碑记。恽敬长于议论,《潮州韩文公庙碑文》一篇议论新警(《大云山房文稿》二集卷四)。李兆洛《养一斋文集》中专列碑记一卷,收文计23篇。其中《新修东岳庙碑记》,乃为安徽凤台县白棠村所作,明言其民风之暴戾,阐发修建庙宇之本旨,劝民平心静气,革除恶习。全文如下:

> 五岳于天下最尊,泰山尤岳之尊者,故《书》云"岱宗",传者曰"东方,阴阳之交,万物资始,为众所宗也"。道家者流遂谓东岳主生,能为人延寿命,庙祀遍天下。凤台北肥河之厓有白棠村,其建东岳庙也,云自汉伊始,不可得详也。兹土自汉以来历为兵争区,人习干戈,承平无事,无所用其搏噬之气,睚眦言语,往往挺刃矢相并,视性命如

草芥。殆与神之行违反,将神丑其德弗之恤耶?抑事神之心有未至耶?夫吾侪幸得天地之贵气而为人,又幸生太平无事之时,得以安居暇食,服习礼义,则所以平其心,养其气,以厚其生者,宜何如而顾妄逞其暴戾以自戕贼哉!吾民其无屑屑焉,以求福而惟求所以致福者,以当乎神之心而无失乎事神之意,则神人永有赖焉。庙僧洪深修葺庙屋,籍其产上之官,将刻石以垂久,故为著籍勒禁于碑阴而特揭神之德以诏示之,使自知其生之可贵也。

嘉庆十七年月日。(《养一斋文集》卷十一)

乾隆、嘉庆年间,社会承平,国力富强,汉族知识分子的反清意识渐已息止,一时号称盛世。这一时期的墓碑文,思想上不再具有某种特出的倾向性,而在为文的理念和实践上颇有发展。与其他记叙体散文一样,墓碑文的主流风气也归于天下共知的桐城派。不过,大宗之外,另有一些细枝灿然同存。

清中期桐城派的代表人物是方苞、姚鼐、刘大櫆,三人被誉为"桐城三祖"。在为文理念上,他们提出并坚持"义法"之说。"义"即宋儒所说的"义理",即清朝统治者极力宣扬的程朱理学的基本观点,忠孝仁义等;"法"指表达中心或基本观点的形式技巧,包括行文结构、条理、修辞等。"义"是言之有物,"法"是言之有序。"义"与"法"之间互为经纬,相辅相成,即内容与形式高度统一。在语言风格上,则倡导"雅洁",淘除杂质,反对俚俗和繁芜。总之,追求一种清真、雅致、质朴的文体。他们的墓碑文写作也体现了这样的追求与努力。

方苞《望溪文集》收录墓碑文约计一百四十篇,在他的纪传类文章里占了相当大的比例。而且,方苞对于碑记文的撰写很重视,他的墓碑文都言之有物,绝非敷衍成文。他还在《与程若韩书》中专门讨论了墓志铭的写作问题,提出"虽功德之崇,不若情辞之动人心目也,而况职事族姻之纤悉乎?夫文未有繁而能工者"(《方苞集》卷六)的观点。对照方苞的墓碑文创作,我们可以发现,方苞对于"纤悉"、"繁"的理解,是指人的功业、身份、族姻关系等现实因素,而绝非指代具体的生活细节。事实上,方苞的墓碑作品之所以"动人心目",正是由许多微小纤悉的细节造就的。尤其他为自己的亲人撰写的墓碑文,儒家的"亲亲""尊尊"之仁通过一系列细致的日常琐事得到了淋漓展现。如《兄百川墓志铭》、《弟椒涂墓志铭》、《沈氏姑生圹铭》、《兄子道希墓志铭》、《鲍氏妹哀辞》,皆足以感人至于涕下。兹举《弟椒涂墓志铭》全文如下:

> 吾弟既殁且十年,吾与兄奔走四方,尚不能为得一邱之土,而兄亦以忧劳致疾,卒于辛巳之冬。逾年春,始卜葬于泉井之西原,而以弟祔焉。
>
> 自乙卯以前,吾父寓居棠村。弟始孩,依母及群姊,而余依兄。戊午后,兄侍王父于芜湖,而弟复依余。自迁金陵,弟与兄并女兄弟数人皆疥瘆,数岁不瘳,而贫无衣。有坏木委西阶下。每冬月,候曦光过檐下,辄大喜,相呼列坐木上,渐移就暄,至东墙下。日西夕,牵连入室,意常惨然。
>
> 兄赴芜湖之后,家益困,旬月中屡不再食。或得果饵,弟托言不嗜,必使余啖之。时家无僮仆,特室在竹圃西偏,远于内。余与弟读书其中,每薄暮,风声肃然,则顾影自恐。按时,弟必来视余;或弟坐此,余治他事,闲忘之矣。
>
> 弟性警敏,鸡鸣入市购米薪,日中治家事。客至,佐吾母供酒浆。日入诵书,夜参半不寐。体素羸,吾与兄数戒之不得,窃恨焉。果用此致疾。方弟之存,家虽贫,父母起居寝食,毫发以上,弟皆在视,得其节。弟殁,吾与兄勤志之,辄复遗忘。吾父喜交游,与诸公夜饮,或漏尽乃归。旬月中,闲者仅三数日耳。弟恒令家人就寝,而己独候门。及余继之,则困不支矣。
>
> 弟疾起于丁卯之冬。时余与兄避难吴中,弟偕行,喀血,隐而不言,血气遂大耗。其卒也,以齿牙之疾,盖体羸不能服药也。先卒之数日,余心气悸动,父命避居野寺。弟弥留及梦中呼余不已。呜呼!昔之人常致死以勤礼,余未有大疾而废焉,悔与痛有终极邪!(《方苞集》卷十七)

此墓志作于其弟椒涂去世十年之后。他回顾少时家中贫寒,月中一天只能吃一顿饭,弟弟托言不爱吃,留给哥哥吃;自己晚间读书于偏屋,因风声肃然而惊恐,弟弟必来探视陪同;弟弟白天帮助母亲操持家务,只能夜间读书;弟弟独自为父亲候门;弟弟侍奉父母十分周到。这些都属日常小事,点点滴滴却勾勒出弟弟至仁至孝的精神品格,使人伦大道充塞人心。从语言上讲,这篇墓志也体现了雅洁之风,多短句,无赘语。

《陈驭虚墓志铭》、《田间先生墓表》、《杜苍略先生墓志铭》等篇也很能体现方苞墓碑文的"义法"和"雅洁"追求,以凝练简洁之笔,用典型事例,刻画出人物的主要性格,表现其美德大义。《陈驭虚墓志铭》写陈驭虚不但医术极精,而且富有正义感。他甘为普通人治病,却不为权势之家效劳,最后,为抗拒权贵们的羁縻,竟"一愤以死"。方苞主张,为人立传,"所载之事,必与其人之规模相称"。此文为医生立传,集中写其行医及反抗权贵的高行。于其医术则只写一例以见一斑,而不琐琐罗列;于医术之外,又只以抗诊与拒仕两事表现其品德,用事极简,笔墨极省,而人物风貌已跃然纸上。《田间先生墓表》是为明遗民钱澄之而作,着重拣取钱氏在明末公然羞辱阉党御史某的故事,突出其狂狷精神。《杜苍略先生墓志铭》一文表现杜苍略的谦退、恬静、不求名利、与世无争的性格,十分传神。撷取两段如下:

> 先生姓杜氏,讳岕,字苍略,号些山,湖广黄冈人。明季为诸生,与兄浚避乱居金陵,即世所称茶村先生也。二先生行身略同而趣各异:茶村先生峻廉隅,孤特自遂,遇名贵人,必以气折之;于众人,未尝接语言,用此丛忌嫉;然名在天下,诗每出,远近争传诵之。先生则退然一同于众人,所著诗歌古文,虽弟子弗示也。方壮丧妻,遂不复娶。所居室漏且穿,木榻敝帷,数十年未尝易,室中终岁不扫除;有子教授里巷间。窭艰,每日中不得食,男女啼号。客至无水浆,意色间无几微不自适者。间过戚友,坐有盛衣冠者,即默默去之。行于途尝避人,不中道与人语,虽儿童厮舆惟恐有伤也。……
>
> 先生中岁道仆,遂跛,而好游,非雨雪常独行,徘徊墟莽间。先君

子暨苞兄弟暇则追随,寻花莳,玩景光,藉草而坐,相视而嘻,冲然若有以自得,而忘身世之有系牵也。(《方苞集》卷十)

刘大櫆《海峰文集》中收墓志铭34篇,约占其全部文章的六分之一。总体说来,这些墓碑文风格平和,语言平易,在凝练简洁上不如方苞,但对于人物、活动细节的把握,则不为逊色。如其《舅氏杨君权厝志》一文,情感真挚,文笔精到,写舅氏的好学则曰:"年已老,头白且秃,犹依灯火坐读《礼经》,至城上三鼓不辍。盖君之于书,自其天性,而非以求名声利禄也。"写舅氏请外甥为自己撰传的场面则道:"酒半,仰首歔欷,徐顾谓櫆曰:'予穷于世,今老,旦暮且死,然未有子息。汝读书能为古文辞,其传于后世无疑,当为我作传,则吾虽无子犹有子焉!'"(《刘大櫆集》卷八)又如《下殇子张十二郎圹铭》一文,篇幅短小,而描摹细致,栩栩如生,得归有光之神气:

下殇子张十二郎名若盼,康熙癸巳十月二十六日生,辛丑七月十日死,瘞龙眠山社坛之麓。

盼九岁从余受书,学句读,甫六月余日而病,病未及旬而死,悲夫!

盼性缓,每垂髫自内廷徐徐行,至学舍,北向端拱立,长揖,乃就坐。又徐徐以手开书册,低声读,读一句,视他人殆三四句者。读毕,或归早餐,又徐徐行如来时状。余尝指其兄以为笑。

一日,日已入日午,所授书未能诵,余挞之。呜呼!余早知其如此,而督责之奚为也?(《刘大櫆集》卷八)

姚鼐文集共收录墓碑文90篇,在其记叙类文章中也占了很大比例。其为文秉持义理,撰写墓志也不例外。在叙述墓主生平时,往往力图揭示有关于"天下利害"者。他的墓志文中有不少是为当时的良吏所作,如《河南孟县知县新城鲁君墓表》、《蒋君墓碣》、《修职郎砀山县教谕瞿君墓表》、《中宪大夫开归陈许兵备道加按察使衔彭公墓志铭》等等,赞扬这些官吏在任时尽职守则、为民谋利。《博山知县武君墓表》则表彰了彭君敢于冒犯权势,严明执法的精神和功绩。该墓表略去墓主生平,开门见山直叙其与和珅爪牙发生冲突之事,文笔紧致爽利:

> 乾隆五十七年,当和珅秉政,兼步军统领,遣提督番役至山东,有所调察。其役携徒众,持兵刃,于民间陵虐为暴,历数县,莫敢何问。至青州博山县,方饮博恣肆,知县武君闻,即捕之。至庭不跪,以牌示知县,曰:"吾提督差也。"君诘曰:"牌令汝合地方官捕盗,汝来三日,何不见吾?且牌止差二人,而率多徒何也?"即擒而杖之,民皆为快,而大吏大骇,即以杖提督差役参奏,副奏投和珅。而番役例不当出京师,和珅还其奏使易,于是以妄杖平民劾革武君职。博山民老弱谒大府留君者千数,卒不获,然和珅遂亦不使番役再出。当时苟无武君阻之,其役再历数府县,为害未知所极也。武君虽一令而功固及天下矣。(《惜抱轩文集后集》卷六)

大体而言,作为盛世之文的代表,"桐城三祖"的墓碑文风格比较平顺,多以叙述代议论。其中许多佳篇语言精炼,叙事精悍,刻画生动,韵味深长,值得品读。

当桐城文风通行天下之际,江苏有阳湖派,源出桐城又异于桐城,代表人物有恽敬、李兆洛、张惠言、陆继辂(1772—1834)等。恽敬《大云山房文稿》收墓志文近六十篇,李兆洛《养一斋集》收五十余篇,陆继辂《崇百药斋文集》收三十余篇。

阳湖派的墓碑文亦多弘扬义理,深谙义法结合之道,如陆继辂《县学生谢君墓志铭》,将谢君一生事迹都系于一个"孝"字,而以"至性"冠之:

> 君姓谢氏,讳沄,字岷源,郯城人。生有至性,十二岁,太公捐馆舍,哀毁几不胜丧。除服,补县学生,应省试,终日忽忽不乐。同寓者怪之,泫然曰:"沄未尝一日离母,今数日矣,觉此身悬然无所薄。设更远于此,且当奈何?"盖君不求闻达之意,弱冠时已决之矣。及太夫

人春秋高,多病,君遂不入私室,私展茵就床下卧。或呼人,辄应声至。怪之,君诡辞以对,卒不令太夫人知。太夫人好施,君蠲田三百亩,分给族中之无田者,岁饥,尽出所储粟以赈,至家食转绌。有诵德者,则曰:"非沄思虑所及,母命沄为之。"太夫人不好与人辨是非,君终身无所争竞,横逆之来未尝不自反。凡君之高尚谦退与其乐善之诚、行义之勇,皆君之所以事亲。呜呼孝哉!君卒于乾隆五十四年月日,年六十,子永祺承平越某年月日葬于某原。铭曰:为子乐,何必寿,魂依依,侍亲后。(《崇百药斋文集》卷十七)

但较之桐城三祖,阳湖派作家更注重在碑文里突出个人之才学、性情。陆继辂有言:"君子之于文,亦自竭其才与识焉。"(《崇百药斋文集》卷十四《与赵青州书》)阳湖派作家都在学术上有所专长,故其为文肆意,务求尽其学识,即便撰写墓志,也往往引经据典,溯流讨源。一有可写,即不贵雅洁精简,笔势放纵,辞藻丰富,极尽曲折翔实之能事。恽敬、李兆洛撰写的墓志铭有不少在千言之上。李兆洛《旌德县知县陈君墓志铭》详述陈氏之世系、生平、功绩,洋洋近两千字,因篇幅过长,兹不列举。

袁枚《小仓山房文集》及外集共收录墓碑文约一百一十篇,几乎占《小仓山房文集》所收文章的四分之一。袁枚的墓碑文写作与桐城派及阳湖派作家相比,有明显之异趣。

袁枚乃性情中人,一生恣意而为,不落流俗,其作文极少宣扬儒家忠孝节义。所撰墓志最突出的特点,是喜好点画人物的外表、神貌,渲染出尘之气、魏晋风度。譬如《原任浙江巡抚卢公神道碑》:"公扬休玉色,轩轩霞举。长须飘然,望而知为公辅。"《经筵讲官兵部尚书彭公神道碑》:"公貌清羸,长不逾中人,而风骨珊然,如鹭飞鹤翔,凌风欲去。"《诰授通议大夫陕西按察使秦公墓志铭》:"公貌清挺,长身矗立,须飘飘若神。"《原任礼部侍郎齐公墓志铭》:"公清癯,短身而凭,乡朴之气,溢于眉宇。"《翰林院检讨李君墓志铭》:"君内行纯笃,渊然而静;人见之,潭潭自远。"(《小仓山房文集》卷二十五、二十六)这些描写品评,仿若出自《世说新语》。

其次是突出人物之善于辞令、幽默风趣。《刑部尚书加赠太傅钱文端

公神道碑》:"公任天而动,倜傥和易。口汨汨如倾河。"又如《文渊阁大学士史文靖公神道碑》写史贻直的口才:

> 性强记,尤善清言,虽庄语危论,必多譬引,饶风趣。每早朝,立官门槐柳下,诸王、贝勒、卿、贰、翰、詹,环听铁崖相公道三朝旧事、耆臣言行,以至舆服车骑之仪识、罗缕明畅,如凤鸣九霄,下风倾耳,闻所未闻。他大臣或惧言温室,言呐呐不宣;而公肆意逞词,谈啁流速,忌者亦不能中也。
>
> 公尤长奏对。年羹尧伏诛,穷治党与,世宗问:"汝亦年某荐乎?"公免冠,应声曰:"荐臣者年羹尧,用臣者皇上。"世宗默然。尝奏事,拜起舒迟,上问:"卿老惫乎?"公曰:"皇上到臣年,当自知之。"上大笑。(《小仓山房文集》卷三)

又有突出人物之脾性的,如《左副都御史赵公墓志铭》,写左副都御史赵大鲸的急脾气:"性峭急,无威仪。送客辄走客前;客或坐未起,必问:'有余语乎?趣为我言。不然,时寔事遄,可以行矣。'人有推诿不可者,谢之。已负诺责,扪胸苦记,必践之而后食饮。"另如《翰林院编修程君鱼门墓志铭》,写程晋芳耽于学:"见长几阔案辄心开,铺卷其上,百事不理。"

以上种种,都是袁枚的性灵追求在墓碑文创作上的体现。

值得注意的是,袁枚在墓碑文的创作上,也有和桐城派(尤其是方苞)相通的地方,即追求语言雅洁。他在《答姚小坡尚书》中论道:

> 惜记序之文,失之容易;序事之文,过于冗杂,全无提挈剪裁。
> ……
> 三品以上大匠,则宜取其大者、远者而书之,琐碎事端,概从删节,此文章一定之体例也。不然,如韩、欧集中,所作诸名匠碑板,岂当时天子不赏赐一物者乎?而何以绝不记载乎?近日考据家为古文,往往不晓此义,十人九病,董甫、谢山,皆所不免。惟方望溪力能矫之,而又苦于才力太薄,读者索然。(《袁枚全集》第五册《小仓山房

尺牍》卷四）

虽然他认为方苞"才力太薄",但肯定了望溪之文能矫正冗杂、琐屑之风。袁枚的墓碑文,于"裁剪、提挈、烹炼、顿挫诸法"(《小仓山房文集》卷三十《与程蕺园书》)多有讲究,确实做到了"取其大者、远者而书之,琐碎事端,概从删节"。

可以说,袁枚的墓碑文写作使得清代墓碑文的文学品质达到了一个高峰。

# 第七章　清代杂记文

杂记,本来就是以"杂"命名的。发展到清代,杂记散文与阔大的时代精神相呼应,更是丰富驳杂,蔚为大观。就题材内容看,清代杂记散文约有四端:一是亭台楼阁记,二是山水游记,三是书画记,四是人事杂记。其中第一类包括书楼记,如黄宗羲的《天一阁藏书记》;第二类包括山水记和游记;第四类是指除传状、碑志及楼阁山水书画以外的、以"记"或"事"名篇的、以记人记事为内容的记叙文。

从总体上看,清代杂记散文有三大特点:

第一,经世致用的学术精神与考证入文的写作方法。在以顾炎武为代表的实学思潮影响下,学问所及不限于书本知识,包括天文地理的勘测、民情风俗的调查、生产经验的总结、社会沿革的考察等。这种注重实证、不尚空谈的学风,直接影响到清代杂记散文的写作。人们不仅能在纪游的踪迹中看到考证的功力,就是在残旧的亭台楼阁和尘封的书画器物中,也能感受到流溢其间的实学精神。

第二,简洁典雅的桐城风貌与平淡含蓄的情思意蕴。桐城派的开山之祖戴名世主张文章"雅而且清",方苞提出散文语言的"雅洁"论,事实上,有清一代几乎所有的文章家都在追求一种雅洁的文风,哪怕是杂记之文,也是杂而不繁,记而有度,不在记中随意嵌入说教,也不在文末刻意归结题旨,只是随物赋形,把个人的情思意蕴自然地隐含于记叙中。

第三,飘逸灵动的才人气质与雅俗相兼的艺术情趣。晚明小品文以"独抒性灵"的创作实践,对"文以载道"的传统诗教进行了一次成功的反叛,为散文领域开辟了一个表达个人情感的广阔空间。尽管由于过分强调自我而遭到清初作家的指责,但是,那种飘逸灵动的才气还是能够唤起清代才子们的创作灵性,使他们在用策论关注世运和学问的同时,在小小的杂记文中自由地挥洒他们的才气学养,坦诚地表现他们的心灵情志。

## 第一节　亭台楼阁记

清代的亭台楼阁记,或者侧重于记叙名胜古迹建造修葺的过程和历史的沿革,同时表现作家在观览时那种身在历史时空、心系现实人生的人间关怀;或者侧重于介绍亭台楼阁命名的意义,并由此透视文人墨客通过亭台楼阁来构筑居所以安顿生命、抚慰生命的自适情怀;或者侧重于叙写书楼的功能,在体现藏书楼主人文追求的同时,表现作家由观览愉悦上升到较高的性灵愉悦的自足情怀。

魏禧的《重建平山堂记》:

> 平山堂距扬州城西北五里许,宋欧阳文忠公所建。公守郡时当庆历末,天下太平,公治尚宽简,故获兴是役,与宾僚饮酒赋诗其中。今六百余年,废兴不一,至于荡为榛芜,盗据为浮屠,而其地以公故益名于天下,登临者慨然有岘首之思焉。
>
> 扬州古称名胜,然绝少山林丘壑之美。城以内惟康山一阜颇三面见邗水外,则平山堂望江南诸山最畅。康山既屋,而平山堂又久废矣。自堂建后,扬州数遭兵祸。至绍定初,历一百八十有二年,而李全之乱,犹置酒高会于平山堂。岂斯堂幸免兵火,抑毁废复有贤者修举之耶?今观察金工前守斯郡,政即成,慨先贤之不祀,郡之最胜地久废,与乡大夫汪君蛟门谋廓然新作之,不以一钱会诸民。五旬而堂成,有堂、有台,其后有楼翼然,以祀文忠公。轩敞钜丽,吐纳万景,视文忠当日不知如何?而观察公化民善俗之意,亦因可以推见。盖扬俗五方杂处,鱼盐钱刀之所辏,仕宦豪强所侨寄,故其民多嗜利,好晏游,征歌逐妓,袨衣媮食以相夸耀,非其甚贤者,则不复以文物为意。公既修举废坠,时与士大夫过宾,饮酒赋诗,使夫人耳目之者,皆欣然有山川文物之慕,家吟而户诵,以文章风雅之道渐易其钱刀骩佞之

气。而扬土洿曼平衍,惟此山差高,足用武之地。公建堂其上,又习以俎豆之事,抑将以文事靖兵气焉。

　　公名镇,字长真,浙之山阴人。丁巳仲秋,余客扬州,公适自江南来摄盐法,乃停车骑,步趾委巷而揖余,以记见属。余惟康山以康公海得名,平山堂以欧阳公名天下。嗟乎,地以人重,公其自此远矣。

（《魏叔子文集外篇》卷十六）

平山堂,在扬州西北蜀冈法净寺内,北宋庆历年间郡守欧阳修所建,几经废兴,于清康熙时重修,此记乃重修者长真先生嘱魏叔子所作。首记平山堂兴废之历史,发"其地以公故益名于天下"之感;次叙金观察重建之目的,乃"以文章风雅之道渐易其钱刀龃龉之气";末写重建者长真先生之嘱记;再发"地以人重,公其自此远矣"之叹。作者在纡徐逸宕的记叙中,隐含着"化民善俗"的人间关怀,故参与重建者汪蛟门曰:"欧阳公建堂,当太平无事之日,金观察修复,直兵戈屡废之余,前后相映,自是有情。文中大关键在化民善俗,立论得体,而波澜淡宕,回折多姿,尤见用笔之妙。"堂存欧阳公之精神,文具欧阳公之妙笔,可谓文堂并存,相得益彰。

　　其实,清代不少名胜古迹的杂记都表现出这种人间关怀,例如顾炎武的《复庵记》,复庵是明末太监范养民于明朝灭亡后隐居华山的居室,文章以叙事为主,兼及写景,但在叙事和写景中充满着浓烈的感情。当作者站在"东向以迎日出"的复庵门前东望,"自是而东,太行、碣石之间,宫阙山陵之所在,去之茫茫而极望之不可见矣,相与泫然。"这是感慨历史,而篇末云:"作此记,留之山中。后之君子登斯山者,无忘范君之志也"(《顾亭林诗文集·亭林文集》卷五),正表现出作者在感慨历史的同时不忘人间关怀,不忘延续范君的精神境界。同样,在刘大櫆的《游万柳堂记》(《刘大櫆集》卷九)中,作者在赞赏万柳堂"萧疏可爱"的同时,提出了让人深思的现实问题:人世的富贵与庭院的兴废等同,处在荣华富贵之中,又何苦要搜刮民脂民膏穷极土木之工呢? 还有侯方域的此类散文,其对人世事理的关心远甚于对物色景致的留意,在《郑氏东园记》(《壮悔堂文集》卷六)中,通过记叙东园三易其主,一方面对社会的治乱兴衰、沧海桑田般的更迭变迁寄予了无限感慨,另一方面对世俗盛传的妖祥凶吉之说提出质疑并表示否定,认为修道德、重人事才是人们应该切实重视和施行的。在这里,景致只是作为对事理提出个人心得的一种引子,景致本身在文章中不具备独立的审美功效。

管同的《因寄轩记》:

> 予旧以"抱膝"名轩,且为之记,颇传于人。后数年,迁居于故居之北。又一年,移于其西。复辟轩焉,为读书会友之所。轩之所据一院而二屋。院广四席许,可稍种艺。院北有小门,俗客至,可闭而勿纳。屋之为向,一东一西,西窗而东户,风雨寒暑可迁坐而相避也,视前轩为稍适矣。予自艺兰数十茎,外弟陈生惠南阳罂粟,老友仰韩为植月季、荼䕷、萱草、凤仙之属。春雨既降,群绿尽坼,霏红流香,到我几席,于是予日居之,乐甚。
>
> 吁!自予归江宁,迁居者十矣。居是里也,其迁者三矣。每扫一室,则外出也恒多,而安坐也綦少,庸讵知是轩之必为久居乎?庸讵知是轩之不为暂居乎?暂居焉寄也,久居焉亦寄也。知其为寄而寄而乐焉,昔之人所谓因也。会游京师,陈侍御希祖书"因寄"二字以赠,遂以名轩而归而记之。(《因寄轩文初集》卷七)

这是怎样的生命居所:一乃"读书会友之所",二乃"风雨寒暑可迁坐而相避"之所,三乃"霏红流香,到我几席"的赏心悦目之所。生命居所已安,自适情怀自现。以"因寄"名其轩,虽似味道之言,实乃许多文人雅士因不甚得志又追求自适的内在生命之寄托。无锡名园寄畅园,其名取自王羲之(303—361)之"三春启群品,寄畅在所因"诗,暗寓此园之作是为了寄情娱意。明代祁彪佳(1602—1645)曾将登寓园八角楼的回廊命名为"归云寄"时云:"予园有佳石,名'冷云',恐其无心出岫,复主人烟霞之趣,故于'寄'焉归之;然究之,归亦是寄耳。"寄心于云霭烟霞,得人生之大适也,追求的同样是一种自适之乐的生命情怀。管同此记,虽无太多新意,但文字清新雅洁,亦桐城笔法也。

在清代的亭台楼阁杂记中，还有不少表现文人自适情怀的作品，诸如戴名世的《河墅记》、刘大櫆的《无斋记》、钱牧斋的《憺归阁记》、叶燮(1627—1703)的《松风书屋记》、王夫之的《船山记》等。《河墅记》所构筑的生命居所："清池泆其前，高台峙其左，古木环其宅。于是升高而望，平畴苍莽，远山回合，风含松间，响起水上。噫！此羁穷之人，遁世远举之士，所以优游而自乐者也，而吾师木崖先生居之。"作品所赞扬的生命情怀："专精覃思，尽究百家之书，为文章诗歌以传于世，世莫不知有先生。间者求贤之令屡下，士之得者多矣，而先生犹然山泽之癯，混迹于田夫野老，方且乐而终身。"这里是借河墅环境之优美赞河墅主人之高洁，同时表现了作者对这种优游之乐的认同之感和羡慕之情。和此类记文不同的是，文章最后升华了主旨："小子怀遁世之思久矣，方浮沉世俗之中，未克遂意。"(《戴名世集》卷十)在赞扬先生耻与世俗之徒为伍的高洁品格的同时，表明了自己不愿逃避现实、不甘"没世无闻"的入世精神。文章写景有体物图貌之工，写人有淡描点画之妙，写情又有磊落不平之气，可谓内容与形式的完美统一。

也许正因为还有戴名世那样欲归未归、思隐难隐之士，故有一些无阁而为阁记、无园而为园记的记文，如戴名世的《意园记》、王猷定的《闲情阁记》，一曰"意园者，无是园也，意之如此云耳"(《戴名世集》卷十四)，一曰"生平慕渊明之为人，尤爱《闲情》一赋，欲筑小阁名之。然且未能，而姑为之记"(《四照堂文集》卷四)，皆为想象中之生命居所，而他们借此所要表达的就是心远地偏、从容自适的情怀。

## 第二节 山水游记

清代的山水游记大约可分为三类：一是带有学术色彩的，作者在考察论证、表现学术精神的同时，抒发感情，寄托幽怀，此由清初顾炎武、黄宗羲开其端，到王夫之达到学术性和文学性的完美统一，后又有朱彝尊延其续；二是纯粹观赏心态的，作者在游山玩水、表现文人才气的同时，洋溢着一种灵动飘逸的艺术情趣，此乃以王士禛、袁枚为代表；三是属于桐城流派的，他们在追求义理、考据、辞章三者合而为一的同时，溶化出一种辞藻优美、富有理趣的艺术境界，此乃以方苞、刘大櫆、姚鼐为代表，包括恽敬、管同等具有桐城之风的作家。

清初游记创作主体大多是学者，他们在游记作品中融入了学术考证的内容，这与当时经世致用的实学精神是相通的，像黄宗羲的《匡庐游录》，作者不是登山而是读山，不是情满于山而是学溢于山。他称自己登庐山时，以唐证宋，以宋证元，以元证今，"杖履所及，一二指摘，正不可少"，这完全是学者游山的态度，因此作品带有一定的学究气，以致被人归为地理类。其实，尽管作者带着史家眼光在读山，但作品还是有感情色彩和文学意味的，比如复生松的记叙，有死而复生的松树，有当年树下祭友的朋友，还有"为之慨然"的作者，颇有"树犹如此，人何以堪"的幽怀。还有顾炎武的《五台山记》(《顾亭林诗文集·亭林文集》卷五)，文章前半部考证"五台"的地理位置，后半部考证五台山的历史沿革，全文引用了《〈通鉴〉注》、《〈华严经〉疏》、《北齐书》、《隋书》、《五代史》、《易经》等多种典籍，以补山志所不载，以纠典籍之失实，用一种严谨的考证巧妙地消解了五台山的神圣和庄严，用一种科学的著述深刻地寄寓着对现实的批判和思考。

不过，由于顾炎武、黄宗羲过分强调实证精神，因此在游记中往往忽略了文学本身应有的审美特质。到了王夫之以及后来朱彝尊的山水游记，逐渐矫正了这种偏颇，使学术与文学、考证与叙述、景物与情感融为一体。例如朱彝尊的《游晋祠记》：

> 晋祠者，唐叔虞之祠也。在太原县西南八里。其曰汾东王，曰兴安王者，历代之封号也。祠南向，其西崇山蔽亏。山下有圣母庙，东向。水从堂下出，经祠前。又西南有泉曰难老，合流分注于沟浍之下，溉田千顷，《山海经》所云"悬瓮之山，晋水出焉"是也。水下流，会于汾，地卑于祠数丈，《诗》言"彼汾沮洳"是也。圣母庙不知所自始，土人遇岁旱，有祷辄应，故庙特巍奕，而唐叔祠反若居其偏者。隋将王威、高君雅因祷雨晋祠，以图高祖是也。庙南有台骀祠，子产所云汾神是也。祠之东有唐太宗晋祠之铭。又东五十步，有宋太平兴国碑。环祠古木数本，皆千年物，郦道元谓"水侧有凉堂，结飞梁于水上，左右杂树交荫，希见曦景"是也。自智伯决此水以灌晋阳，而宋太祖、太宗卒用其法定北汉，盖汾水势与太原平，而晋水高出汾水之上，决汾之水不足以拔城，惟合二水，而后城可灌也。岁在丙午，二月，予游天龙之山，道经祠下，息焉。逍遥石桥之上，草香泉冽，灌木森沉，儵鱼群游，鸣鸟不已，故乡山水之胜，若或睹之。盖予之为客久矣。自云中历太原七百里而遥，黄沙从风，眼眯不辨川谷；桑乾、滹沱，乱水如沸汤，无浮桥、舟楫可渡，马行深淖，左右不相顾。雁门、勾注，坡陀陁隘，向之所谓山水之胜者，适足以增其忧愁怫郁、悲愤无聊之思已焉。既至祠下，乃始欣然乐其乐也。
>
> 由唐叔迄今三千年，而台骀者，金天氏之裔，历岁更远。盖山川清淑之境，匪直游人过而乐之，虽神灵窟宅，亦冯依焉而不去。岂非理有固然者欤！为之记，不独志来游之岁月，且以为后之游者告也。

（《曝书亭集》卷六十七）

文章没有恪守古人游记的格式，没有按时间顺序记叙景点和游踪，而是记叙对晋祠历史演变的认识和体会，抒发对晋祠山水胜景的感慨和热爱。首先通过历史溯源的方式，将考证转化为叙述本身。作者对晋祠三座古建筑——唐叔虞祠、圣母庙、台骀祠的典故与文物予以考证，但不像考古派的文章那样繁征博引,只是顺手拈来较为普通的典籍,考据文字写得平白易懂;也不像复古派的文章那样规仿古人,而是用自己的语言娓娓道来,就将晋祠的历史风貌再现眼前,笔法疏而不乱、密而不繁。其次通过雅洁的笔法和对比的手法,描写晋祠的山水之胜和山水之乐。先是直接写景:"草香泉冽,灌木森沉,鲦鱼群游,鸣鸟不已",四句话分别写了草、木、泉、鱼、鸟的声与色、动与静,体现了他写词字琢句炼的醇雅特色;然后间接写景:一是与故乡浙江山水类比,"故乡山水之胜,若或睹之";二是与云中雁门对比,那里风沙迷漫,旅行艰难,"适足以增其忧愁怫郁、悲愤无聊之思",至晋祠乃"始欣然乐其乐"。这些文字描写可以看出作者为文深契于欧阳修又不囿于欧阳修,而从整篇文章章法可以看出作者为文得益于学问修养又不囿于学问修养,确实是一篇才学相兼、情景相融的典范之作。

在先秦时代,人的自由是不可能求之于现世的,只能求之于人自己的心,所以,庄子提出了"游"的观念,认为人只有进入"游"的自由状态,才算是获得了主体精神的自由,而"能游的人,实即艺术精神呈现了出来的人,亦即是艺术化了的人"[①]。于是,只有在艺术中,人才能够"游",才能获得精神的自由解放,尤其是在游记作品中,人的生命在艺术领域中真正得到自由、舒展。

清代有些文人确实带着纯粹的观赏心态在游山玩水,因此,他们的游记作品在表现才气、舒展生命的同时,流荡着一种灵动飘逸的艺术情趣。例如郑日奎的《游钓台记》,其文曰:

> 钓台在浙东,汉严先生隐处也。先生风节,辉映千古,予凤慕之。因忆富春、桐江诸山水,得藉先生以传,必奇甚,思得一游为快。顾是役也,奉檄北上,草草行道中耳,非游也。然以为游,则亦游矣。
>
> 舟发自常山,由衢抵严,凡三百余里,山水皆有可观。第目之所及,未暇问名,颔之而已。惟诫舟子以过七里滩,必予告。越日,舟行万山中,忽睹云际双峰,崭然秀峙,觉有异,急呼舟子曰:"若非钓台

---

① 徐复观:《中国艺术精神》,春风文艺出版社,1987年版,第55页。

耶?"曰:"然矣!"舟稍近,迫视之,所云两台,实两峰也。台称之者,后人为之也。台东西跱,相距可数百步。石铁色,陡起江干,数百仞不肯止。巉岩傲睨,如高士并立,风致岸然。崖际草木,亦作严冷状。树多松,疏疏罗植,偃仰离奇各有态。倒影水中,又有如游龙百余,水流波动,势欲飞起。峰之下,先生祠堂在焉。意当日垂纶,应在是地,固无登峰求鱼之理也。故曰:"峰也,而台称之者,后人为之也。"

山既奇秀,境复幽蒨,欲舣舟一登,而舟子固持不可,不能强,因致礼焉,遂行。于是足不及游,而目游之。俯仰间,清风徐来,无名之香,四山飐至,则鼻游之。舟子谓滩水佳甚,试之良然,盖是即陆羽所品十九泉也,则舌游之。顷之,帆行峰转,瞻望弗及矣,返坐舟中,细绎其峰峦起止、径路出没之态。惝恍间如舍舟登陆,如披草寻蹬,如振衣最高处。下瞰群山趋列,或秀静如文,或雄拔如武,大似云台诸将相,非不杰然卓立,觉视先生,悉在下风。盖神游之矣。思稍倦,隐几卧,而空濛滴沥之状,竟与魂魄往来,于是乎并以梦游。觉而日之夕矣,舟泊前渚,人稍定,呼舟子劳以酒,细询之曰:"若尝登钓台乎?山中之景何若?其上更有异否?四际云物何如奇也?"舟子具能悉之,于是乎并以耳游。噫嘻!快矣哉,是游乎!

客或笑谓:"郑子足未出舟中一步,游于何有?""嗟乎!客不闻乎!昔宗少文卧游五岳,孙兴公遥赋天台,皆未尝身历其地。余今所得,较诸二子,不多乎哉?故曰:'以为游,则亦游矣。'"客曰:"微子言,不及此。虽然,少文之画,兴公之文,盍处一焉,以谢山灵?"余窃愧未之逮也,遂为之记。(《郑静庵先生文集》卷七)

作者通过目游、鼻游、舌游、神游及梦游诸态描摹钓台,虚到极致,反而离自我最近,所有的感受都缘己而发,不关钓台的一草一木,却反显得灵气勃发,耐人寻味。这是一次特殊的旅行,一次纯粹的赏玩:是游非游,非游亦游;身处一舟之中,神游万仞之上;没有深切的感慨,没有深刻的寓意;人的自然生命得到舒展,人的艺术生命得到灵感。

这种灵动飘逸的游记文到了王士禛、袁枚更是臻于极致,例如王士禛的《红桥游记》《登燕子矶记》,前者如画——先写桥的远景:"循小秦淮折而北,陂岸起伏多态,竹木蓊郁,清流映带……"(《渔洋精华录集释》);接写桥的英姿:"有桥宛然,如垂虹下饮于涧,有如丽人靓装袨服,流照明镜中";再写桥的近景:"桥四面皆人家荷塘,六七月间,菡萏作花,香闻数里,青帘白舫,络绎如织。"(《渔洋山人自撰年谱注补》卷上)后者如禅——"折而东,拾级登绝顶,一亭翼然,旷览千里,江山、云物、楼堞、烟火风帆、沙岛,历历献奇,争媚于眉睫之前。西北烟雾迷离中,一塔挺出俯临江浒者,浦口之晋王山也。山以隋炀得名,东眺京江,西溯建业,自吴大帝以迄梁、陈,凭吊兴亡,不能一瞬。咏刘梦得'潮打空城'之语,悯然久之。时落日横江,乌桕十余株,丹青相错,北风飒然,万叶交坠,与晚潮相响答,凄栗惨骨,殆不可留……"(《带经堂集》卷四十二)。先是"一亭翼然"、两个拟人修辞就突显了文章的神韵,似有深意寄托,却又无法指实;接着在对历史的凭吊中,淡淡一句"悯然久之",几近"不著一字,尽得风流";而后的几组情景刻画又能够契合悯然的语境,同样似有真意,也是欲辩忘言,可谓水中月、镜中像。

而袁枚对游览山水有一种特殊的爱好,以至"行年七十"还能"听水听风笑到家"(《小仓山房诗文集》卷三十一),并且因"极山林之乐"而"获文章之名"(《惜抱轩诗文集》卷十三《袁随园君墓志铭》)。他的游记作品既继承了公安派真、俗、趣的审美追求,同时也汲取了王士禛"意在言外"的创作经验,从而使作品流荡着一种灵动飘逸的艺术情趣,如《虎丘记》《游桂林诸山记》《峡江寺飞泉亭记》等,无不跳动着作者的自然灵性,无不飞扬着作者的自由生命。

清代的山水游记文有重实学精神的,有偏才气飞扬的,另外还有桐城一脉,在追求义理、考据、辞章三者合而为一的同时,熔铸成一种辞章雅洁、情理相兼的艺术境界。方苞的《游雁荡记》:

> 癸亥仲秋望前一日,入雁山,越二日而反,古迹多榛芜不可登探,而山容壁色,则前此目见者所未有也。鲍甥孔巡曰:"盍记之?"余曰:"兹山不可记也。"

永、柳诸山,乃荒陬中一丘一壑;子厚谪居,幽寻以送日月,故曲尽其形容。若兹山,则浙东西山海所蟠结,幽奇险峭,殊形诡状者,实大且多,欲雕绘而求其肖似,则山容壁色,乃号为名山者之所同,无以别其为兹山之岩壑也;而余之独得于兹山者则有二焉。

前此所见,如皖桐之浮山、金陵之摄山、临安之飞来峰,其崖洞非不秀美也,而愚僧多凿为仙佛之貌相,俗士自镌名字及其诗辞,如疮痏蹶然而入人目,而兹山独完其太古之容色以至于今。盖壁立千仞,不可攀缘;又所处僻远,富贵有力者无因而至,即至亦不能久留、构架鸠工以自标揭,所以终不辱于愚僧俗士之剥凿也。

又凡山川之明媚者,能使游者欣然而乐;而兹山岩深壁削,仰而观俯而视者,严恭静正之心不觉其自动。盖至此则万感绝,百虑冥,而吾之本心乃与天地之精神一相接焉。察于此二者,则修士守身涉世之学,圣贤成己成物之道,俱可得而见矣。(《方苞集》卷十四)

这是一篇别具一格的山水游记。文章题目为《游雁荡记》,第一段却说"兹山不可记也"。接着,作者将雁荡山与柳宗元笔下的永柳诸山相比较来说明不可记之原由:容易与"号为名山者之所同",写不出雁荡山的特色。言之成理,不记也罢。可是笔锋一转,同中求异,从名山的一般性中找出雁荡山的特殊性:一是由于雁荡山特殊的地形特点,"终不辱于愚僧俗士之剥凿",而能"独完其太古之容色以至于今"——这与一个品德完美之人始终坚守自身的操行何其相似!二是由于兹山特殊的地形地貌,游者俯仰峭拔壁立的千仞高峰,顿时产生一种庄严肃穆的感情,于是,"万感绝,百虑冥",在游览的同时也净化了心灵。这里,作者由愉悦的外在美沟通内心的崇高感,把心与万物放在一个可供交流的情景中来弘扬修身养性之道,说明做人处世之理。全篇借景说理,却自然得体,与王安石的《游褒禅山记》有异曲同工之妙。

当然,属于桐城一脉的游记散文也有寓学于文的,如姚鼐的《登泰山记》、《游灵岩记》,以考证助文境,以辞章写胸襟;也有文采飞扬的,如恽敬《庐山游记》中所记的太乙峰云阵和香炉峰云团,或如奔马驰逐,或如灵犬嬉戏,变化多端,气象万千,皆人人眼中所见,又人人笔下所无,隽言妙句,皆由己出,"其熔炼陶洗之功用力甚久,用能澄然而清,秩然而有序,仍属桐城家法"①。不过,最具桐城特色的还是由山川灵气所提炼的诗化意境,如刘大櫆在《游晋祠记》中的议论:

> 山川常在,而昔之人皆已泯灭其无存。浮生之飘转无定,而余之幸游于此,无异鸟迹之在太空。然则士之生于斯世,虽能立振俗之殊勋,赫然惊人,与今日之游一视焉可也,其孰能判忧喜于其间哉?(《刘大櫆集》卷九)

在历史兴亡和山水常在的对立中,议论风生,感慨万千,把人们带入一个时空流转、情理相兼的哲理境界之中。又如梅曾亮《钵山余霞阁记》中的议论:

> 甲戌春,子静筋同人于其上,众景毕观,高言愈张。子静曰:"文章之事,如山出云,江河之下水,非凿石而引之,掘渠而导之者也,故善为文者有所待。"曾亮曰:"文在天地,如云物烟景焉,一默存之间,而遁乎万里之外,故善为文者,无失其机。"管君异之曰:"陶子之论高矣,后说者于斯阁亦有当焉。"(《柏枧山房诗文集》卷十)

游记文通常是记游为主抒情为辅,可是到了善发议论的桐城文人笔下,却将深刻的道理托诸山水自然的变化之中:强调善为文者除了"适乎境"还要"无失其机"。因为在一个宏阔的视野里,"云物烟景"的出现和存留不过是俯仰之间的事,如果作者没能在刹那间收藏,那么,这些真实而又美丽的事物将会随风而逝。可以说,即景明理、情理相间是桐城游记文最精彩、最具特色的一个艺境。

---

① 刘声木:《桐城文学渊源考》,引自王水照编《历代文话》,复旦大学出版社,2007年版,第9295页。

## 第三节 书 画 记

　　书画记与题画诗有所不同,题画诗往往题在画上,可能与画共存亡,而书画记往往文在画外,也许图已佚,但文尚存,让后人通过文字的记载去想象画中的景、画中的人、画中的艺,如姚鼐《随园雅集图后记》所云:"夫人与园囿有时变,而图可久存;图终亦必毁,而文字可以不泯。"这里,可以把清代的书画记分为三类:一是题画忆旧游,通过追忆昔日朋友相聚的欢乐之景,往往引出"桃李春风一杯酒,江湖夜雨十年灯"之情,如姚鼐的《随园雅集图后记》、张惠言的《鄂不草堂图记》等;二是题画写人物,把画中人凝固的音容笑貌和难以描画的品行举止,通过流动的文字刻画得更为精细生动、更为真切感人,如蒋士铨的《鸣机夜课图记》、汤斌(1627—1687)的《石坞山房图记》等;三是题画评画艺,或品评具体作品的高超画艺,或探讨绘画艺术的普遍规律,如侯方域的《书黄子久画后》等。

　　姚鼐的《随园雅集图后记》:

> 曩者鼐居京师,友人程鱼门为语:"在江宁时,尝寓居袁简斋先生随园几一月。其水石林竹,清深幽靓,使人忘世事,欲从之终老也。"简斋先生与鼐伯父薑坞先生故交友,而鼐未见,独闻鱼门语,识不能忘。其后鼐以疾归,闲居于皖,简斋先生游黄山过皖,鼐因得见先生于皖。又后七年,鼐至金陵,始获入随园观之,鱼门语不虚也,而鱼门于前数年卒于陕,独家归江宁,因见先生,述其语而相对太息。
>
> 先生故有《随园雅集图》,所图五人:为沈尚书、蒋编修、尹公子、陈文学及先生。先生以示鼐:考作图之年,与鱼门语鼐时相次,时陈文学年才十八。今先生外惟文学尚存,仕为郡倅,亦已老矣。图后名公卿、贤士题识数十人,于今求之,非特昔之耆耇宿德邈焉已往,即与鼐年辈等者亦零落殆尽。独先生放志泉石三四十年,以文章诏后学

于此。夫岂非得天之至厚,而鼐亦幸值之于是时也。图有山阴梁相国记,五人爵里具焉,先生俾鼐书其末。

夫人与园囿有时变,而图可久存;图终亦必毁,而文字可以不泯。千百年后,必有想见先生风流者,顾鼐非其人,不足托也。先生故人皆有题咏,鱼门独无名字其间,鼐识其辞,亦以补其阙云。(《惜抱轩文集》卷十四)

此雅集图描绘文人雅士聚集于随园时的情景,而此记则描写了作者与袁枚、程晋芳等人的友谊,表达了作者对袁枚"放志泉石"、"以文章诏后学"的仰慕,以及人可变、图可毁,"而文字可以不泯"的见解。作为追求雅洁的桐城作家,作为题图的书画记,姚鼐对随园之美不作具体描绘,只是着力写出人的感受:"其水石林竹,清深幽靓,使人忘世事,欲从之终老也。"程晋芳的这种感受,不仅使姚鼐"识不能忘",而且在十余年后,亲"入随园观之",亦证实"鱼门语不虚也"。这样既使随园之美给人留下了深刻的印象,又更突出了程晋芳、袁枚、姚鼐希望"忘世事,欲从之终老"的人生祈望。如今睹图思人,"图后名公卿、贤士题识数十人,于今求之,非特昔之耆旧宿德邈焉已往,即与鼐年辈等者亦零落殆尽"。由此不只增添了沧桑巨变的历史感,且铺垫、衬托出"独先生放志泉石三四十年,以文章诏后学于此"的难能可贵。全文以"友人程鱼门为语"开头,以"先生故人皆有题咏,鱼门独无名字其间,鼐识其辞,亦以补其阙云"结尾,不只前后呼应,结构严谨,且使作者与鱼门之间的友谊显得更加历久弥坚,感人至深。另外,在《金焦同游图记》中,在"三客并知非一世,两山回首有余踪"的诗情画意中,同样寄寓着年华易逝、友情常存的人生感喟:"未知此身与是图,当孰为真幻?"

在清代此类书画记中,还有一篇值得称道的作品,就是张惠言的《鄂不草堂图记》,文章明确告诉我们"'鄂不草堂',志昔游也":

于是筠庄宦河东,文舫则与星岩昕夕歌啸其中,燕饮属客,余时时在坐。而是岁十月,王悔生适至,信宿草堂乃去。当君兄弟昔日咏筋之时,岂意十五六年之后,来为斯园主人?而余与悔生十年之间,南北奔走,适草堂之成,而复得相遇于此。人生盛衰聚散,大都如此,非偶然也。(《茗柯文编》二编卷下)

鄂不草堂是常州歙县岩镇市南的一处庭园。鄂不,通萼不,语出《诗·小雅·常棣》:"常棣之华,鄂不韡韡。凡今之人,莫如兄弟。"意为棠棣树的花有萼托附,岂不光彩照人?在众多的人群中,只有兄弟是最亲密的,以"鄂不"为堂名,就是纪念主人兄弟当年的咏游之谊。作品也就是通过絮絮叨叨、点点滴滴的追忆和时空穿梭,把我们带进"桃李春风一杯酒,江湖夜雨十年灯"的意境之中。

题画写人物,如蒋士铨的《鸣机夜课图记》,文章写作者母亲一生的历程,把她的言谈、举止、性情、面貌刻画得十分精细生动,用文字描绘了一个品德贤良、爱子情深的母亲形象。作者善于选材、组材,在叙述和描绘他母亲一生的事迹时,不仅写了她对父母的孝谨、对丈夫的驯顺,更主要是写她的辛勤刻苦和严教子女的状况,这就使全篇有了重点,而这重点也正是图画所要传达的精神:

> 己巳,有南昌老画师游鄱阳,八十余,白发垂耳,能图人状貌。铨延之为母写小像,因以位置景物请于母,且问:"母何以行乐,当图之以为娱。"母愀然曰:"呜呼!自为蒋氏妇,常以不及奉舅姑盘匜为恨。而处忧患哀恸间数十年,凡哭母、哭父、哭儿、哭女夭折,今且哭夫矣。未亡人欠一死耳,何乐为?"铨跪曰:"虽然,母志有乐得未致者,请寄斯图也可乎?"母曰:"苟吾儿及新妇能习于勤,不亦可乎?鸣机课夜,老妇之愿足矣,乐何有焉!"
>
> 铨于是退而语画士,乃图秋夜之景:虚堂四敞,一灯荧荧,高梧萧疏,影落檐际。堂中列一机,画吾母坐而织之,妇执纺车坐母侧。檐底横列一几,剪烛自照,凭画栏而读者,则铨也。阶下假山一,砌花盆兰,婀娜相倚,动摇于微风凉月中。其童子蹲树根捕促织为戏,及垂短发、持羽扇煮茶石上者,则奴子阿童、小婢阿昭也。图成,母视之

而欢。

  铨谨按吾母生平勤劳,为之略,以进求诸大人先生之立言而与人为善者。(《忠雅堂集校笺》文集卷二)

  作者纯粹是借图写人,图是瞬间的、静止的画面,而文是一生的、流动的记录;图是以画写生,文是以言传神,图文互补,最终达到品貌俱存的艺术效果。堪与此记媲美的是吴锡麒(1746—1818)的《洪稚存同年机声灯影图序》,作者用清华明秀的骈体文,为洪亮吉的机声灯影图铺展出更为动听的乐章:"每忆坏壁萝悬,破窗纸裂,咿唔课读,宛转鸣机。声易凄迷,寡女千丝之泪;光何惨淡,贫家一碗之灯。搀砌蜂以鸣秋,杂水萤而闪夏。麻衣对母,锦字教儿;驰夕如梭,焚膏易烬。邻梦醒而残音未歇,渔讴动而微火犹明。故事流传,平生阅历,此情此景,不能忘也。"(《有正味斋骈体文》卷九)

  题图写人的还有如汤斌的《石坞山房图记》(《潜庵先生遗稿》卷一)、姚鼐的《袁香亭画册记》(《惜抱轩文集》卷十四),前者图画的是石坞山房的景,而文记的是石坞山房的人:"钝翁文章行谊高天下,尝辞官读书其中,四方贤士大夫过吴者,莫不愿得其一言以自壮。而钝翁尝杜门谢客,有不得识其面者,则徘徊涧石松桂之间,望烟云杳霭,怅然不能去也。"在石坞山房的背景中,一个"品行之高洁,学术之正大"的高人形象凸现出来,确实让人有一种仰之弥高却不能至的怅然。后者通过对比的手法,描写了画家袁香亭与其兄袁简斋不同的个性爱好和相同的山水意趣:一个是"性好山水,年六七十,犹时出游,探极幽险",一个是"日闭户,邀之暂出,辄有难色",虽一动一静,但殊途同归,袁香亭钟情于山水的意趣"未尝异于简斋耶"?还有一个是画山水图,一个是题山水诗,虽道不相同,但异曲同工,从而赢得"风流文采,互相辉映"的赞誉。

  姚鼐的《少邑尹张君画罗汉记》抒发了作者对李龙眠画作真迹的殷切向往之情,并借以衬托、激励和赞扬张君画罗汉的逸情高韵:

  画家白描之法,世谓始于李伯时。伯时龙眠山庄,在吾邑境,尝入龙眠求其故址,卒不可知,怅然而返,而伯时之画,生平亦未之见。往者袁春圃方伯为言:"曾于常州僧寺见伯时画一应真,其衣折引笔屈曲,上下可二丈许,止作一笔,此殆为真迹无疑。"余闻而想见之,不能忘。

少尹张君以高才来莅敝邑,多艺能,以日治伯时旧里,追希妙迹,于簿书之暇,作应真长卷,持以见示,俾书其尾。余既未睹李氏绝艺之真者,不敢定君与伯时之画相去几何,又思伯时山庄、西园诸图,有苏、米为之记,画泯记存,使人读而仿佛焉,而余又无是文也。徒叹美少尹之逸情高韵,欲塞其请,漫书而归之。(《惜抱轩文集》卷十四)

在清代此类题图评画的记文中,除了品评具体作品的画艺和特点之外,还有通过评画探讨艺术创作一般规律的,如侯方域的《书黄子久画后》:

王君乔年,得子久之画而疑之,曰:"是未必真出之子久也。"反复观者累日。

夫使其不佳耶,虽子久何益?使其果佳耶,而犹疑非子久,则是徇名而阻天下以无齐善也。王君方为画,而徇名以阻善,其可乎?譬如《古诗十九首》,相传枚乘作,而说者往往以为不然。人苦不知诗耳,苟知诗,亦熟诵之而已,安用穷其果乘耶?否耶?王君乃豁然喜。余则有感于子久之画也。

天下之道未有见之不真、蓄之不厚,而可以苟为之者。子久以画名,其所以得传者,固有说。尝考子久常熟人,去大海九十里,焉知其不常登蜃楼以观日、习潮音而听涛涌,而后以其灵奇恍惚之况寓之于画耶?司马子长作《史记》,必先游览天下。书画之道未必不与此通也。

且子久既以画名矣,而乃自号曰"大痴"。痴则不画,画则不痴,二者果可兼乎?以是知子久之画,又必其有无饥无渴、齐毁、齐誉之性情寓其中,而后进乎技也。

故山水者,天下之神气也。其始,必日见山水罗而致之几席之间,以蓄其气;其冬,当遂无山无水,以吾心之浩浩落落,沛然与之为一,而乃传其神。盖若是其不易也。而世俗之为画,顾有终身不见山水者。何也?且甚或终日见焉,而犹之不见者,又未可知也,而况乎其能求之无山无水者乎?

呜乎!天下容有习且熟于其真,而举而为之,常不得其似者,未有望而摹其似,而有所得者也。画何独不然?王君怃然有间,俯首而屈其指曰:"诺!吾春必往观山水焉,子其识之。"时庚寅十二月望后七日也。(《壮悔堂文集》卷九)

本文作于顺治七年(1650)十二月。黄子久,元代著名画家黄公望,擅画山水,宗法董源、巨然,常在虞山、富春江等地体味自然景象,其画笔简神赡,气势雄秀,对明清山水画影响很大。文章借评画谈了艺术创作的两个基本规律:一是艺术作品的价值取决于作品本身的魅力,而不取决于作者是否名家;二是艺术创作的成就来自作者对艺术的挚爱和追求,来自他对自然和生活的体悟,以及与表现对象融合无间、沛然合一的良好艺术心灵。文风纡徐澹宕,在随笔式的轻灵流泻中,给读者以有益的启悟。

## 第四节 人事杂记

清代的人事杂记最能体现时代的批判精神和豪杰精神。在侧重记事的杂记文中，尽管也有丰富的生活色彩，但更为深刻的记录往往是关乎民生的大事，并表现出对现实的批判精神，如方苞的《狱中杂记》、张惠言的《书山东河工事》等；在侧重记人的杂记文中，尽管也有特立独行的高士、可亲可敬的亲友，但更为精彩的描绘往往是具有豪杰精神的忠勇之士，如方苞的《左忠毅公逸事》、汪琬的《周忠介公遗事》、全祖望的《梅花岭记》等。这些人事杂记虽然不是辉煌的交响曲，却像精美的二重奏一样弹出时代的主旋律。

方苞的《狱中杂记》，是作者因戴名世《南山集》案被捕出狱后，追述他在刑部狱中的见闻和感想，揭露并批判了清王朝政治制度的腐败和司法制度的罪恶。作者先为我们描绘了一幅触目惊心的人间地狱图：

> 康熙五十一年三月，余在刑部狱，见死而由窦出者日四三人。有洪洞令杜君者，作而言曰："此疫作也。今天时顺正，死者尚希，往岁多至日十数人。"余叩所以，杜君曰："是疾易传染，遘者虽戚属不敢同卧起；而狱中为老监者四。监五室：禁卒居中央，牖其前以通明，屋极有窗以达气；旁四室则无之，而系囚常二百余。每薄暮下管键，矢溺皆闭其中，与饮食之气相薄；又隆冬贫者席地而卧，春气动，鲜不疫矣。狱中成法，质明启钥。方夜中，生人与死者并踵顶而卧，无可旋避，此所以染者众也……"（《方苞集集外文》卷六）

接着，作者一层层揭开了狱中犯人之惨、死囚之多的原因：一乃刑部狱官吏诈取钱财，二乃司法机构腐败无能，三乃奸民与胥卒内外勾结，上下内外共同导演了一部人间惨剧。作者因文字狱下了刑部大牢，出狱后又以文字抖搂刑部大牢的内幕,这是需要勇气和精神的,而这种精神就是时代赋予的批判精神。文章以"杂记"名篇,材料繁富,人物众多,但是全文事件围绕刑部狱这个中心舞台,让各种头绪纷繁又骇人听闻的事件都在这里表演,而在这一幕幕的表演中又贯串一条线索,就是勒索财物,上下内外的胥吏、狱卒、奸民都是为了这个目的在进行各种罪恶活动,使得文章杂而有序,散中见整。如果用作者提出的古文"义法"来衡量,繁复的材料就是"义",即"言之有物",井然有序的记叙就是"法",即"言之有序",本文堪称桐城派散文"有物有序"的典范。

作为阳湖派创始人的张惠言,由于出身于世代业儒的贫寒家庭,使他对中下层民众的生活境遇有着感同身受的体察和同情,从而对时弊有了清醒的认识和批判,如《书山东河工事》:

> 嘉庆二年,河决曹州,山东巡抚伊江阿临塞之。伊江阿好佛,其客王先生者,故僧也,曰明心,聚徒京师之广慧寺,诖误士大夫,有司杖而逐之,蓄发养妻子。伊江阿师事之谨。王先生入则以佛家言耸惑巡抚,出则招纳权贿,倾动州县,官吏之奔走巡抚者,争事王先生,河工调发薪刍夫役之官,非王先生言不用也。不称意,张目曰:"奴敢尔,吾撤汝矣!"其横如此。
>
> 内阁侍读学士蒋予蒲,王先生广慧寺之徒也,以母忧去官,游于山东,伊江阿延之幕中,相得甚,奏请留视河工,有旨许之。巡抚择良日筑坛于公馆之左,僧道士绕坛诵经者数十人,巡抚日再至,蒋学士、王先生从。及坛,蒋学士北面拜,巡抚亦北面拜。王先生冠毗卢冠,加沙偏袒,升坛坐。学士巡抚立坛下,诵经毕,乃去。如是者数月。河屡塞,辄复决。其明年正月,王先生曰:"堤所以不固,是其下有孽龙,吾以法镇之,某日,当合龙,速具扫。"巡抚曰:"诺。"先期一日,扫具,役夫数百人,维扫以须。巡抚至,王先生佛衣冠,手铁长数寸,临决处,呗音诵经咒。良久,投铁于河,又诵又投。三投,举手贺曰:"龙镇矣!"巡抚合掌曰:"如先生言。"明日,水大甚。巡抚命下扫,众皆谏,不许,扫下,数百人皆死。居数日,王先生又至,投铁者又三,扫又

下,死者又数百人,堤卒不合。(《茗柯文集》三编)

在中国历史上,黄河水患不断,屡治屡坏,除了技术落后外,官吏的昏庸无能是重要的原因。本文通过伊江阿、王树勋等人的卑劣言行以及众多百姓无辜惨死的事实,深刻地揭露了当时官僚机构颟顸残酷和愚民害民的本质。文章在写作方面有两个特点:一是作者继承了《史记》的批判锋芒和呼应了时代的批判精神,以客观实录的方式去揭露社会上可恨可笑之事。这在文网森严的清代,是需要胆识和勇气的;二是作者叙述时始终保持着冷静的态度,在平实的行文中暗含嘲讽,在不失儒者之平和中而自有严正凛然之风。结尾有两句补叙:"伊江阿谪戍伊犁,王先生送之戍所。闻其将归谒选云。"一笔点染,看似平淡随意,却系精彩之笔,弦外之音,耐人寻味。

除了方苞、张惠言之外,还有如袁枚的《书麻城狱》、纪昀的《记新疆边防》、钱谦益的《苏州府修学记》、姚莹(1785—1853)的《葛玛兰台异记》等,或揭露刑狱的枉滥,或关注新疆的边防,或关心教育的兴废,或记述台湾的开拓和风灾的情况。另如黄宗羲的《万里寻兄记》,写万里寻兄,虽属家门之事,却联想到人情世态和天地纲常:"方府君越险阻,犯霜雪,跋涉山川,饥体冻肤而不顾,钳口槁肠而不恤,穷天地之所覆载,际日月之所照临,汲汲皇皇,唯此一事,视天下无有可以易吾兄者。而其时当景泰、天顺之际,英宗、景皇独非兄弟耶?景皇唯恐其兄之人,英宗唯恐其弟之生,富贵利害,伐性伤恩,以视府君,爱恶顿殊,可不谓天地纲常之寄反在草野乎?"(《黄宗羲全集》第十册)又如彭士望(1610—1683)的《九牛坝观抵戏记》,文章前半部描写乡村所见民间艺人精彩的杂技表演,为中国杂技艺术史谱写了生动的一页。文章的后半部抒发作者的观感,对艺人们受赋役逼迫流浪四方的生活表示同情,对他们"以戏为田"的职业、顽强的体魄、精湛的技艺表示肯定,同时期待他们能为国家民族所用。

总之,清代的记事散文,在经世致用之风的鼓荡下,许多作家都把关注的视线投向现实人生,把批判的精神注入短章杂记,哪怕是充满着温馨亲情和生活情趣的记事文章,也跳跃着时代旋律的音符。

明清之际的学者之所以成为体现时代精神的思想家,固然和他们的生活经历、学术修养及所处的社会环境有关,但也和他们所具有的豪杰人格分不开的。他们的人格世界,充塞着扶危定倾、身任天下、利济苍生的豪迈气概。这种身任天下的豪杰精神直接影响了清代散文的写作,当然在记人散文中也得到了张扬。

方苞的《左忠毅公逸事》:

先君子尝言:乡先辈左忠毅公视学京畿,一日风雪严寒,从数骑出,微行入古寺,庑下一生伏案卧,文方成草,公阅毕,即解貂覆生,为掩户。叩之寺僧,则史公可法也。及试,吏呼名至史公,公瞿然注视,呈卷,即面署第一,召入使拜夫人,曰:"吾诸儿碌碌,他日继吾志者,惟此生耳。"

及公下厂狱,史朝夕狱门外,逆阉防伺甚严,虽家仆不得近。久之,闻左公被炮烙,旦夕且死,持五十金,涕泣谋于禁卒,卒感焉。一日使史更敝衣,草屦背筐,手长镵,为除不洁者引入,微指左公处,则席地倚墙而坐,面额焦烂不可辨,左膝以下,筋骨尽脱矣。史前跪抱公膝而呜咽。公辨其声而目不可开,乃奋臂以指拨眦,目光如炬,怒曰:"庸奴!此何地也?而汝来前。国家之事,糜烂至此。老夫已矣!汝复轻身而昧大义,天下事谁可支柱者?不速去,无俟奸人构陷,吾今即扑杀汝!"因摸地上刑械,作投击势。史噤不敢发声,趋而出。后常流涕述其事以语人曰:"吾师肺肝,皆铁石所铸造也。"

崇祯末,流贼张献忠出没蕲、黄、潜、桐间,史公以凤庐道奉檄守御。每有警,辄数月不就寝,使将士更休,而自坐幄幕外,择健卒十人,令二人蹲踞而背倚之,漏鼓移则番代。每寒夜起立,振衣裳,甲上冰霜迸落,铿然有声。或劝以少休,公曰:"吾上恐负朝廷,下恐愧吾师也。"史公治兵,往来桐城,必躬造左公第,候太公太母起居,拜夫人于堂上。

余宗老涂山,左公甥也,与先君子善,谓狱中语乃亲得之于史公云。(《方苞集》卷九)

文章以记左光斗(1575—1625)"逸事"为主,在选材上不以左光斗的完整经历为着眼点,而只取微服识史可法、考场拔史可法和史可法入厂狱探监三件事,集中表现左光斗顽强刚毅的豪杰品格。这是桐城派文章精于剪裁的绝好例证。特别是史公狱中相会一段精彩的描绘,简洁生动,细腻传神,"史前跪抱公膝而呜咽。公辨其声而目不可开,乃奋臂以指拨眦,目光如炬",不仅摹画出人物的"形",而且折射出人物的"情";不仅刻画出左光斗的铮铮铁骨,而且表现出左光斗的凛然正气。这种将小说的描写手段创造性地运用于散文之中的人物刻画方法,可以说是桐城派散文的一大特长。但这种非亲历亲见的描写又不同于小说的凭空虚构,所以文章在开头和末尾一再点明文中所记之事得之先君子所言,而非臆想与猜测,显示了桐城派文章的严谨与细密。最后写史公严于治军、为国辛劳之事,看似闲笔,实出匠心:一是照应了文章开头"他日继吾志者,惟此生耳"的远见卓识,二是回应了"吾师肺肝,皆铁石所铸造"的精神感召,三位一体,形散神聚,读来令人荡气回肠。

另外,全祖望(1705—1755),字绍衣,号谢山,浙江鄞县(今属宁波)人。他的《梅花岭记》也是一篇记忠勇之士、表豪杰精神的记人散文。不过,和《左忠毅公逸事》不同的是,它不是在纯粹的叙事中折射情感、表现精神,而是用叙事、议论、抒情相结合的方法。先是记叙史可法殉国的决心与原因、殉国的经过与后事以及他的死所激起的抗清斗争,然后转入议论抒情:"呜呼!神仙诡诞之说,谓颜太师以兵解,文少保亦以悟大光明法蝉脱,实未尝死。不知忠义者,圣贤家法,其气浩然长留天地之间,何必出世入世之面目!神仙之说,所谓为蛇画足。即如忠烈遗骸,不可问矣。百年而后,予登岭上,与客述忠烈遗言,无不泪下如雨,想见当日围城光景。此即忠烈之面目,宛然可遇,是不必问其果解脱否也,而况冒其未死之名者哉!"(《全祖望集汇校集注·鲒埼亭集外编》卷二十),既用直接的论断突出了表彰忠烈的主题,又用深情的语言抒发了景仰、怀念之情。这种叙、议、情的结合,应该说是杂记散文在表现技巧上更趋丰富、写作风格上更趋畅达的一种表现。

当然,清代人事杂记除了描写忠勇之士、表现豪杰精神的篇章之外,还有许多生动的形象,他们或卓然自立,或德高望重,或勤政爱民,或行侠仗义,共同构筑一个丰富多彩的杂记人物画廊,如陈廷敬的《记女奴景事》。陈廷敬(1639—1712),字子端,号说岩,晚号午亭山人,山西泽州人,顺治十五年(1658)进士,康熙时官至文渊阁大学士兼吏部尚书,著有《午亭集》。陈文清雅自然,《记女奴景事》乃其代表作之一。文写女仆景嫁柴氏,丈夫病死后柴氏族人为夺其财,残酷施虐,逼其改嫁,景到县庭一诉再诉,柴家一逼再逼,景不堪,赴京寻陈廷敬,跋山涉水,历尽艰辛:

> 景于是提携其九岁女、六岁男,泣涕匍匐,乞食野宿,走京师。行五阅月而达,计程二千里。中多峻山大水,水潦秋方盛,深及要腹以上。景凡涉水,则先负其一儿抵岸,再返负其一儿。日数涉,涉几死者数矣。盖其艰如此。至之日,家人以告予,询之,言历历。感其事,不禁泫然泣下,左右观者,无不皆泣。女奴,微者耳,名义所不责,而能卓然自立,使人感动如此。此岂非出于其至性者耶?夫士大夫之行,其大于此,不可为量数,而能如景出之万死一生而不变者,谁哉?(《午亭文编》卷三十八)

秋水深,涉水难,难上加难的还要负儿女,还要经常和死神较量。作者通过朴素简练的描写,使景行路之艰难历历在目,使景坚韧之性格熠熠闪光。最后以景之卓然自立与士大夫之德行相比较,并以深切的一问收篇,深化了文章的思想内涵,令人深思。

# 第八章　清代札记文

　　笔记文,是一种随笔而录、杂谈琐语性质的散文;日记,是对每天所遇之事和所做之事的记录。从文体性质来看,它们都属于记叙文,似亦杂记之属。不过杂记多为单篇,而此二体多以散记成札的形式出现,故统归于札记之属。

　　清代札记内容相当庞杂,但统观全貌,大致可分为三大类:一是野史旧闻笔记与纪史日记,主要是一些史料性质的笔记和日记,所记录的是正史以外的某些朝廷掌故、历史人物逸事、历史事件始末等。其内容或为作者所耳闻,或为作者所经历,虽属杂载琐记,但往往可补官修史书之不足,或纠正其讹误,具有较高的史料价值;二是丛考杂辨笔记与学术日记,主要是学术性的读书札记。其内容或证经考史,或说诗评文,以至于杂考名物、训诂文字,多属治学中的一得之见,具有一定的学术价值;三是杂录丛谈笔记与纪行日记,主要是记山川风物、岁时民俗、市井琐细、器用技艺、科学考察、奉使旅游等,以至或记一时之戏噱,或述对某事之感触,凡所遇杂事、杂识,皆信笔记之,尤其显示出笔记文内容和笔法多样性的特征。

　　吕叔湘先生在《笔记文选读·序》中云:"所谓'杂书',包括多种,而数量最多的是笔记,这里边是有很多好东西的。这个事实应该怎样解释,文学史家一定大有可说。我所能说的只有一点,就是本书初版序文中所说,'笔记作者不刻意为文,只是遇有可写,随笔写去,是质胜之文,风格较为朴质而自然。'笔记文学的为人爱好,这应该说是原因之一。"[①]确实,包括

---

[①]　吕叔湘:《笔记文选读》,上海古籍出版社,1979年版,第2页。

日记、笔记在内的札记文,无论记人、记事、记物,虽不免零星枝节,但作者不刻意为文,只是信手拈来,随意记写,了无拘束,或纪事实、探物理,或辨疑惑、示劝戒,或采风俗、助笑谈,有性情,有意境,质朴自然,庄谐相兼,令人喜读不厌。

不过,清代札记文除了与以前笔记、日记具有相同的特点与魅力之外,还突出表现出一种一以贯之的精神,就是科学精神。在人类的主体活动中,外求知识的获得与内求道德的完善,始终是启动人类智慧的两个方面。和重视科学知识的西方文化相比较,中国人主要追求的是道德完善、向内用力的人生,而对自然科学的探求采取了轻视的态度。明清之际,随着商品经济的发展与手工业和农业生产中新的生产方式的出现,一股实学思潮弥漫于意识形态的各个领域,不少学者或以外在的大自然作为自己探求的目标,登山涉水,搜奇探险;或以总结中国古代的农业、手工业方面的成就为己任,足迹遍布神州大地。他们不再局限于心灵这个方寸之间的小天地,而是无所畏惧地走向大自然,以向外观察的眼光,去从事被传统视为雕虫小技的科学活动。在这种时代精神的感召下,清代的笔记和日记也体现出这种科学精神,包括像郁永和的《采硫日记》、李锐(1769—1817)的《观妙居日记稿》、魏源的《海国图志》这样的科学笔记、日记,也包括许多证经考史、探求物理、杂考名物等学术笔记、日记,像顾炎武的《日知录》、《京东考古录》等,就是他亲自到荒山野岭寻找重新阐释历史的新资料的记录,堪称科学精神与人文精神相结合的范例。如果对清代札记文的科学精神再做具体分析的话,又可以一分为三:由于清初经世致用学风的浸染,一些札记文更多表现出现实精神,就是体察世情,搬演时事,即使追溯历史也是为了研究现实;由于乾嘉考据之风的盛行,一些札记文更多表现出征实精神,就是实事求是,疑古辨伪,即使游山玩水也是为了证经考史;又由于晚清西学东渐的影响,这个时期的札记文更多表现出开放精神,就是放眼欧亚,介绍西学,即使记录出行也多为了传播科学。

## 第一节　野史旧闻笔记与记史日记

鲁迅先生在《华盖集·忽然想到(四)》中云:"历史上都写着中国的灵魂,指示着将来的命运,只因为涂饰太厚,废话太多,所以很不容易察出底细来。正如通过密叶投射在莓苔上面的月光,只看见点点的碎影。但如看野史和杂记,可更容易了然了,因为他们究竟不必太摆史官的架子。"[①]确实,大部分官修的正史除了记载朝章制度、帝王将相、政治沿革以及官吏升沉之外,很难窥见一个时代的政治、经济、文化状况,而只有从在野的文人学士和贫士寒儒所写的历史记闻中去搜寻历史的痕迹。

在清代,尽管严密的文网使得人们以"莫谈国事"相戒,尽管思想的钳制使得人们以考据之学相尚,但还是给我们留下了不少具有一定史料价值的野史旧闻笔记与记史日记。

清初的野史作者大多是前朝遗民及其子孙,他们多以悲愤之笔记录历史人事,抒发民族情绪。

屈大均(1630—1696),字翁山,号菜圃,广东番禺人,明末清初著名学者、诗人。明亡之后,志于恢复;北上南下,奔走不息;知事难为,辞归故里。其忧愤感慨见于诗者如"故国江山徒梦寐,中华人物又消沉。龙蛇四海归无所,寒食年年怆客心";见于文者如笔记文《广东新语》、《皇明四朝成仁录》等。

《广东新语》意在补《广东通志》之不足,所谓"略其旧而新是详,旧十三而新十七,故曰新语"。该书的主要特点是每卷一"语",述一事一物或一人:记事则考证实录,堪补史阙;志人则附以传说,形象生动;写物则景物宛然,文笔华润。故潘耒序推崇备至,称之云:"游览者可以观土风,仕宦者可以知民隐,作史者可以征故实,摘词者可以资华润。"

---

① 鲁迅:《鲁迅全集》第三卷,人民文学出版社,2005年版,第17页。

不过,最能表现屈大均民族情绪的是《皇明四朝成仁录》,该书记崇祯、弘光、隆武、永历四朝史事及人物。所谓"成仁"者,有死于农民起义军者,有死于复明抗清事者。作者在该书卷八《广东州县起义传》中云:"我粤忠义之士一盛于宋,再盛于明,事虽不成,亦足以折强敌之气而伸华夏之威……事不必成,功不必就,而已可传不朽矣!是故凡起兵者得其死所,我皆著之于篇。"作者收集明末死事和死节者的事迹,纂为数百人的传记,上至朝廷命官,下至小吏平民,在追怀先人、抒情感怀的同时,保存了大量史料。

《皇明四朝成仁录》特点之一:记人叙事,饱含追怀之情。作者对于抗清义军义士的行节的记叙,既表达了故国之思,也饱含着敬仰之情。《江阴起义诸臣传》记江阴典史阎应元等人以孤城抗清事,可谓气壮山河:

> 江阴城守八旬,杀敌数千。时有榜于城门者曰:"三个月戴发守城,存明朝十七代人物;八万众同心出阵,战江阴四百里山河。"嗟乎!江阴亦荣矣哉。(《皇明四朝成仁录》卷六)

同卷《吴江起义传》中,详记吴易、杨廷枢、徐尔谷、吕宣忠、夏完淳等死节事,四百年后读之仍有生气:吴易是"被执,为绝命词七章,死之,阖门殉矣";徐尔谷是"从易起兵,被执不屈死,有诗云:'太湖遥望水汪洋,楼橹帆樯旧战场。闻说杨生能殉义,愿为后死姓名香'";吕宣忠是被执"慷慨骂敌,敌捶其膝至碎,不跪",临刑过市,大呼曰:"今日乃大明义士报国之日,诸君何不来观!"时年十六,视死如归。卷十二《杂流死义传》,记录的是数十位不知姓名的义士,如总兵家丁、提督营卒、西柳营瓦匠、画网巾先生、桐乡村人、灵谷寺僧人、百川桥乞儿等,当清兵南下时,一腔义愤,宁死不屈:提督曹存性欲降清军,一夫苦劝不果,投水自尽;河南副总兵丁启光降清,家丁拦住马头,未果,家丁耻降投水自沉;百川桥乞儿题诗言志:"三百年来养士朝,如何文武尽奔逃。纲常留在卑田院,乞丐羞存命一条。"家丁乞儿尚有节,朝中文武竟奔逃,作者用对比叙事表明了自己的立场和感情。显然,作者为死节者作传,就是为了抒发自己强烈的民族情绪,并依此张扬时代的豪杰精神。

《皇明四朝成仁录》特点之二：篇末议论,隐含警示之意。如卷六《广德死事传》,文记弘光元年(1645)五月广德知州赵景和骂马士英而死事,作者有论曰:"士英既遁,旋降敌被杀。嗟乎! 赵公之死于士英,与士英之死于敌,荣辱之分相去一何悬绝也哉!"卷四《西宁死事传》,文记孔子后裔孔有德降清后,为之前驱,战死后,清廷立祠奉祭。作者叙论中直言崇祯朝有三叛臣,孔有德为首恶。甲申之变后,孔有德道经曲阜,"欲入谒先圣庙林,孔氏宗人阖门弗纳,且叱其冒称圣裔。呜呼! 是真能知先人《春秋》之旨者哉"! 文末作者之论,堪称点睛之笔,既表彰了先人之精神,也启示了来者之警思。

谈迁(1594—1657),原名以训,号观若,明亡后改名为迁,字儒木,浙江海宁人。所作笔记《北游录》九卷,详叙顺治十年至十三年间(1653—1656)之经历见闻,篇末附载诗文。作者为了访求明代信而足徵之史实,北上寻访,客居燕山,曾于扬州梅花岭谒史可法墓,在京时,又多接触明朝故老,心怀眷念,遂事无巨细,悉记于书中,可补文字史料之失记,可见明末人事之精神:如记湖广辰州杜烈女为清兵主帅所获,于汉口投江而死,遗诗中有"厌听胡儿带笑歌"之句;又如记明代著名藏书家汲古阁主人毛晋与高弘图时相过从,曾相约作虎丘之游,同游者为明工部尚书朱国盛。当横舟对月时,高弘图不箸,并于闰六月绝食而死;再如《左懋第》：

> 左萝石北使被幽,弘光败报至,摄政王使人宴左侍郎,饮颇酣。问今日何故,曰"此太平宴"。问所自,曰"江南破矣"。左大怒,仆席于地。其绝命诗曰:"山折巢封归路迥,片云南向意何如? 寸丹冷魄消难尽,荡作寒江总不磨。"闰六月十八日临刑,又书曰:"生为大明忠臣,死为大明忠鬼。"都人吴某收殡。同遇害五人,兵部司务加职方司主事昆山陈其极。(《北游录·纪闻上》)

这里虽然不像屈大均文慷慨议论,但字里行间还是透露出强烈的感情色彩,故邓之诚跋《北游录》谓"迁诗文皆拙,然思慕先朝,以泪和墨,语语凄人肝肺",吴晗在《北游录代序》中誉谈迁为"爱国的历史家"。

　　清代遗民记史笔记,或有不少如屈大均、谈迁之作,只因多存反清复明之思,屡遭禁毁,十不存一。不过,在更加私人化的日记文中,这种黍离之感却得到了真切具体的记录和保存。

　　顺治年间(1643—1661),不少明末遗民以及抗清志士写有日记传世,其中或记述抗清守城的事实,或考求明末的真实事迹,或载录反清的地下活动,或直书参加军事抗争的经过。这些日记作品,都关涉明清之际的真人真事,堪资史事之佐证。如果从文学的角度进行观照的话,大致有两个侧重点:一是通过直书抗清事实而暗寓故国之思的,一是借写风景花草而直抒黍离之悲的。

　　前者如《江南围城日记》,作者季承禹(1626—?),字文石,江苏江阴人。日记记叙顺治元年甲申及乙酉间清兵围攻江阴城时之史事。围城时,作者年二十一,城破潜出,终身不与试事。子北斗,工文,亦拒试。此书所记典史阎应元、陈明遇坚守江阴城,凡十八日,击毙清方三王十八将。迨粮尽矢绝,效死勿去。而大臣刘良佐之流,当清兵下江南,帅兵十万降。作者行文,曲达其事,寓痛感于叙事之中,确实能以董狐之笔,严于褒贬。又如《粤行纪事》,作者瞿昌文(1629—?),字寿明,江苏常熟人,南明大臣瞿式耜(1590—1650)之孙。该书三卷,上卷记由离家到桂林与式耜见面,中卷叙桂林梧州往返之事,下卷记瞿式耜殉难后瞿昌文被捕直至回家时之见闻,大抵载述南明永历王朝治下以及最后灭亡的情况,留下了不少凿实的史料,特别是瞿式耜抗清史迹以及殉难始末,内容详赡,超轶正史。还有,日记中历数殉难者姓名及叛降者姓名,一褒一贬,泾渭分明!

　　后者如《甲行日注》,作者叶绍袁(1589—1648),字仲韶,自号天寥道人,江苏吴江人,天启四年(1624)进士,曾任北京国子监助教、工部主事。该书八卷,为明亡后所作日记。其时作者行遁于浙西一带,一面与抗清志士暗通消息,一面在日记中记述清兵镇压后的满目疮痍,如:"九月初四日。……次塘西,又值房舟,幸疾雨飞注,房遥不见。津梁废矣,迷途生怅。昏雾归鸦,荻花无语,又樊道漏天,淋漓不止。正徬徨间,有漾永庵,屹然水湄,系缆而登。主僧嗣明,留宿水阁中。绿萍覆池,衰柳依依堤上,笼烟曳雨,满目凄凉。"他如黄向坚(1609—1673)的《寻亲纪程》以及彭孙贻(1615—1673)的《岭上纪行》等,日记所叙,弦外之音,皆有河山虽存、面目已非之感。这类作品中最有特色的当推《寻花日记》,作者归庄,别名祚明,字尔礼,又字玄恭,号恒轩,又号归藏、归来乎、悬弓、园公、鏖鏊钜山人、逸群公子等,江苏昆山人,明代古文家归有光之曾孙,明末诸生。曾率众起义,事败亡命,野服终身,往来山水间。所撰《寻花日记》两卷,上卷收有《观梅日记》,描叙景物,清隽飘逸,疏散有致。盖写人身处明社既屋之际,遁入山林之后,往还者多反抗清初统治而隐姓埋名、志同道合之士,随笔行文,自然流露出幽愤不平之气与国破家亡之痛。

乾嘉野史笔记数量较少,且多以杂见长,但在杂述史事中,也有较突出的方面,那就是对历朝典章制度的溯源和阐述。

法式善(1753—1813),字开文,号时帆,又号梧门,蒙古乌尔济氏,隶内务府正黄旗,原名运昌,高宗为之改名"法式善",取蒙语勤勉之义。乾隆四十五年(1780)进士,官至侍讲学士。法式善长于史学,是著名的蒙古族学者,曾多次奉命参与《全唐文》等图书的编撰工作。所著笔记有《清秘述闻》、《槐厅载笔》和《陶庐杂录》等,其中以《陶庐杂录》最为难得。此书的内容如陈预的序中所云:"上自内府图书,下至草茅编辑,罔不详其卷帙,考其由来。其中如历代户口之盛衰、赋税之多寡、职官只沿袭、兵制之废兴,一切水利、农桑、盐茶、钞币、治河、开垦、弭盗、救荒,与夫谠论名言,零缣佚事,参稽胪列,语焉能详,就所见闻,足资掌故。"可见,此书最主要的内容是历朝的典章制度。而在他所记的典章制度中,特别注重各朝铸钱、交钞、白银库存数目等有关经济、财政情况的资料。不过,如果从文学价值来看,一些治河的篇章显得较有文学色彩,如卷六记徐原一《治河说》:

> 古之言治河者众矣。河既善徙,决无常处。治之亦无常法,在因其时,相其地,审其势,以为之便宜。而非可以数见之陈言,已湮之故迹,谋其实效也。古之善言河者,莫如汉之贾让、元之贾鲁,今观其前后三策,仅可施之北河,与今日东南之势大异。即明宋濂之说,浚淮导济,南北分行,亦非今日运道所宜。若徐有贞之治水闸,疏水渠,其

说专主乎疏,谓一淮不足以受全河也。刘大夏之堤荆、隆,镇安平,其功特著乎塞,谓取全河而注之一淮也。与今之所患河不入淮,其势又不相侔矣。今朝廷之上,不惜以重费鸠工,而河臣仔肩于下,勒限受事,庶几底绩可期。然善后有策,岂无说以处此乎。请以今日之黄河论之,岁修有防矣,抢筑有备矣,遥堤缕堤,在在相望矣。乃一逢溃决,制御莫施。数年以来,屡见于宿迁、桃源之境。此地去海甚近,而每多冲决,非海口之淤为之乎。自白洋以东,向之河身广为一二里者,今止以数丈计。即新开引河,力为利导,而河性不趋。则云梯关之壅塞,非一日矣。论者曰:堤防既立,水必归漕。藉以冲刷,海口可不浚自开。然沙壅日久,土坚且厚。即上决已塞,而欲用水攻沙,正恐下流难达,其势必将别溃。是必云梯关之工,与桃、宿决口并举,而逆河入海之遗意,庶乎无失也。请以今日之淮论之,淮以上为七十二溪,为洪泽。淮以下为白马、氾光诸湖。中立一堤,障使东指,所恃者惟高堰耳。高堰一倾,清水潭数决,致淮、扬二郡,巨浸累年。今高堰修筑已成,淮水宜尽向东行。而清口之流,浅隘如故。惧淮水之复入诸湖,是必大辟清口,与高堰一工彼此相济。而后其可无虞也。请以今日运河论之,运河以内有浅涸之虞,必取给于山左诸泉。而昔之水柜,如马踏、高柳等湖,今成平陆。一遇旱干,必有浅阻。是五湖旧迹,不可不讲也。运河以外有冲击之虞,如曹、单、金、鱼诸县,南临大河,惟赖太行古堤障之。今河势不东,虑其北走。闻曹、单以西,扫湾而北,渐逼馆陶,是张秋之决,曾见于顺治间者,不可不预为之防也。请以今日黄、淮之交论之,清口以南,有清江浦,其北有清河县,其东有徐家沟、云梯关,而黄、淮交会之要地,全系于清口。今清江浦外涨沙,长及数里,水力不足以刷之。是必别建一工,开引河于厚沙之中,然后东行之势可复也。请以今日黄、运之交论之,运河之口,必达黄河。而黄河一涨,必入运河,浊流倒冲,不久旋淤,如直河、董口、骆马诸道,数迁数淤,其明验矣。今既别开皂河,安可不为长计乎?闻昔之茶城有镇口三闸,今之清江有通济三闸,皆防黄水之溢入耳。宜仿其遗制,立启闭法,以截黄流。概于闸外数里立,每岁冬春大挑,法以为常。不然,而黄涨必淤,纷纷迁改,终无益也。故曰:异代之法,不可以治今日之河;此河之治,不可以为彼河之法。时为之,地为之,势为之矣。安敢以胶柱之见,筑舍之谋,取旧日之陈言,轻为借箸哉。(《陶庐杂录》卷六)

文章由"古之言治河者众矣"提起,然后历数古之善言河者,阐述治水"因其时,相其地,审其势"的观点;接着,作者以五个"请以今日……论之"的排比,分别从今日黄河、淮河、运河以及黄淮之交、黄运之交的"地"和"势"进行描述,进一步阐述治水无常法的观点。最后得出结论:"异代之法,不可以治今日之河;此河之治,不可以为彼河之法。时为之,地为之,势为之矣。"行文一气如注,结论水到渠成,且句式灵活,长短相宜;叙议有序,首尾呼应,在表现作者的历史眼光和科学精神的同时,也表现出作者的语言文学素养。于是,一篇普通的治水笔记也就有了文学的意味。

另外,昭梿(1776—1833)的《啸亭杂录》内容上最突出的特点也是在于对清初至清中叶典章制度的记叙,而较有文学价值的往往是一些记人志事的笔记。如卷九中的"程鱼门"条:

程鱼门编修晋芳,新安人。治盐于淮。时两淮殷富,程氏尤豪侈,多畜声伎狗马,先生独惜惜好儒,罄其赀购书五万卷,招致多闻博学之士,与共讨论。先生不能无用世心,屡试不售,亡何,盐务日折阅,而君舟车仆遨之费颇不资,家中落,年已四十余。癸未,纯皇帝南巡,先生献赋,授内阁中书,再举辛卯进士,改吏部文选司主事。未几,上开四库馆,诸大臣举先生为纂修官,议叙改翰林院编修,先生大喜过望。先生耽书史,见长几阔案心辄喜,铺卷其上而事不理。又好周戚友,求者应,不求者或强施之。付会计于家奴,一任盗侵,公不勘诘。以故虽有资助,如沃雪填海,负券山积,势不能支。乞假赴陕中,将谋之毕中丞沅,为归老计,至冒暑喝至署,未半月卒,人争惜之。(《啸亭杂录》卷九)

又如《啸亭续录》卷一中的"山高水长殿看烟火"条：

> 乾隆初定制，于上元前后五日，观烟火于西苑西南门内之山高水长楼。楼凡五楹，不加丹垩，前平圃数顷，地甚爽垲，远眺西山如髻，出苑墙间，浑如图画。是日申刻，内务府司员设御座于楼门外，凡宗室、外藩王、贝勒、公等及一品武大臣、南书房、上书房、军机大臣以及外国使臣等咸分翼入座。圃前设火树，棚外围以药栏。上入座，赐茶毕，凡各营角伎以及僸佅兜离之戏，以次入奏毕，上命放瓶花。火树崩湃，插入云霄，洵异观也。膳房大臣跪进果盒，颁赐上方，络绎不绝，凡侍座者咸预焉。次乐部演舞灯伎，鱼龙曼衍，炫曜耳目。伎毕然后命放烟火，火绳纷绕，耆如飞电，俄闻万爆齐作，轰雷震天，逾刻乃已。上方回宫，诸大臣以次归邸，时已皓月东升，光照如昼。车马驰骤，塞满堤陌，洵升平盛事也。（《啸亭续录》卷一）

记人则传神写意，志事则井然有序，且叙事简洁，笔法灵动，有信史之精神，得笔记之风致。正如端方序中所云："于文谟武烈，闻知见知，自开国以来，名臣哲相所建树，故家遗族所传说，则又左右采获，求其是而折其衷。故其入录者，靡不原原本本，翔实不诬。又善于叙述，无支辞，无溢语。信乎！我朝史部一大家也。"

## 第二节　丛考杂辨笔记与学术日记

雍正、乾隆以来,由于文字狱的极端文化政策,人们的思想自由受到了很大的限制,编写野史笔记的风气日渐消沉,虽然有昭梿的《啸亭杂录》等问世,但作者却往往因此而遭不测之祸。于是,许多文人学士继顾炎武、黄宗羲、王夫之后,把写作的兴趣转向了另一条途径,就是用毕生才智致力于考据之学,于文字、训诂、声韵中考订经史、辨彰学术,以此实现自己的人生价值。

顾炎武少承家学,开始读书就从史入手,然后读经,又少年时即与同里归庄同游复社,究心经世之学,故其根底在经史,而其用意在经世。所著笔记《日知录》,从字面上看乃每日的摘记,语出孔子《论语》所录子夏之语:"日知其所亡,月无忘其所能,可谓好学也已矣。"而其写作《日知录》的真正动机,如其《自序》所云,"欲明学术,正人心,拨乱世,以兴太平之事","以待抚世宰物者之求"(《日知录》),由此,我们有理由相信,当他说出"平生之志与业皆在其中"的时候,他一定是有一种责任感在身的。

《日知录》体大思精,按照内容可做如下划分:卷一至卷七是对经典的诠释和批评;卷八至卷十二关于政府政策和经济;卷十三至卷十五论述道德规范和社会问题;卷十六至卷十九讨论科举考试及八股文;卷二十至卷二十八涉及文学、历史和哲学;卷二十九的内容是对外事务和军事;卷三十讨论天文;卷三十一谈论地理;卷三十二专门讨论语言学的具体问题。其中最能体现顾炎武学术精神的是对儒家经典的诠释和批评以及对艺文源流的考证和辨析:首先在卷一中我们就可以看到关于《易经》的不俗见解,比如他讨论第二十四卦"复"的卦象,尤其是对这一句卦辞进行了探讨,由于"复"在卦辞中被阐释为"天地之心",从这一解释作者引申出对人的劝化,即要脱离外物,把握真道。这里的描述相当简短,风格精细,其中的微妙之处只有联系对《易经》的诠释才能体会出来,而且这样的体悟不可一次完成,必须结合社会人生进行反复思考;其次,卷二至卷四中对儒家的多部经典进行了考究,对许多细节进行了辨析,在析疑的过程中纠正了谬误。比如卷四《春秋阙疑之书》条,经其考证,以为"《春秋》,因鲁史而修者也,《左氏传》采列国之史而作者也",更正了《左传》为《春秋》之传的传统观点;再次,在卷五、卷十六、卷十九以及卷二十五中,对于艺文源流的考证辨析亦多真知灼见,如卷十九《文须有益于天下》中广为人们引用的一条:"文之不可绝于天地间者,曰明道也,纪政事也,察民隐也,乐道人之善也。若此者有益于天下,有益于将来,多一篇,多一篇之益也。若夫怪力乱神之事,无稽之谈,剿袭之说,谀佞之文,若此者,有损于己,无益于人,多一篇,多一篇之损矣。"这里表现的不只是顾炎武扎实严谨的学术精神,更是他心系天下的人格精神。

  关于顾炎武在笔记中表达思想的具体方法,由《日知录》可以看出,他不取章句体例,而是汇集一系列看似互相孤立但实则有内在关联的他人之言、之事来阐明一个个主题,这就是他所欣赏的司马迁"于序事中寓论断"的方法。具体而言,大概有以下几种形式:或是花大段的笔墨引用他人之言后附以自己的观点,以起画龙点睛的作用;或是开篇就亮出自己的观点,再引证他人之言;或是"夹叙夹议",摘录材料时附上简单的评论,这些评论犹如穿针引线,使读者的思维不至于湮没在大量的材料中;或是一篇之中以上三者兼而有之,以卷十三《宋世风俗》为例,开篇以《宋史》中言士大夫节气之变为引子,以"五代之可以变而为宋"与"哀、平之可以变而为东京"作类比,得出"天下无不可变之风俗"的结论,紧接着以《易经》中的思想来进一步巩固自己的结论;第二段叙述庆历之"风俗醇厚"一变而为崇宁之"国事日非",段末分别引李应中语和《诗经》语将以上士风之坠归咎于王安石秉政,最后虽然只是冷静地发表一句"此可谓知言者也",却充分地体现了他的价值判断;以"王安石现象"为批判对象,从第三段到第七段都是先大量摘录其他著述中的原文,包括《苏轼传》、魏泰之的《东轩笔录》、《大戴礼记》、苏辙的《易传兑卦解》、《孟子》、陆游的《岁暮感怀诗》,然后在每条材料的最后附上作者自己画龙点睛的评论,言语虽简约,价值立场却清晰可见,即道德、风俗关乎国家之存亡、历数之长短,而士人之于人心风俗又有着举足轻重的重要性,因此人君应该对那些欺世盗名之徒有所防备。篇末引陆游诗"倘筑太平基,请自厚俗始",可以看出作者提出"人心风俗"的问题,不仅要求人们从意识上充分认识这是一个关系历史盛衰的问题,还包含着更为深刻的经世致用思想,从而最终达到社会改造的目的。正是经世致用这根思想红线,串起了《日知录》中的粒粒珍珠。梁启超在北大讲授《中国近三百年学术史》时认为,《日知录》"各条多相衔接,含有意义……前后照应,共明一义,剪裁组织,煞费苦心",他将其他人单词片义的随手札记归入原料或粗制品一类,最多可比作棉纱或纺纱,而顾炎武精心结撰的《日知录》"确是一种精制品,是篝灯底下纤纤女手亲织出来的布"①。"布"之别于"棉纱"或"纺纱"在于:一是对资料的重视和精心选择,提出"采铜于山"的作史方法,"每一事必详其始末,参以证佐而后笔之于书"。那些被其著作载入的材料都是经过精心筛选和提炼的,否则不会一年仅成十余条,他在材料上下此苦心,是为了选出最能支撑自己思想意图的佐证;二是与同时代人随手记录的零星材料相比,《日知录》的材料虽没有刻意分门别类,却显得十分有体系,正如《四库提要总目》中所说的"书中不分门目,而编次先后则略以类从"(《四库全书总目》卷一百一十九),如卷十三中周末风俗、秦纪会稽山刻石、两汉风俗、正始、宋世风俗、清议、名教、廉耻、流品、重厚、耿介、乡愿十二条,都属于作者论风俗的内容,而且在其中贯串了他自己的思想,与"棉纱"或"纺纱"之材料的简单堆砌不同。张舜徽先生《清人笔记条辨》亦云:"今观是书取材,固不能不前有所承,然皆钩稽融会、断以己意,与夫徒事钞撮者不同。"②

清初的学术笔记除顾炎武的《日知录》和《天下郡国利病书》外,尚有黄宗羲的《明夷待访录》、王夫之的《读通鉴论》、《永历实录》、顾祖禹的《读史方舆纪要》等,尽管表达思想的具体方式不同,但是他们探求历史治乱、关注国计民生、激扬民族正气的主旋律,乃顾炎武实学精神和经世情怀的伴奏和回响。

---

① 梁启超:《中国近三百年学术史》,东方出版社,1996年版,第71页。
② 张舜徽:《清人笔记条辨》,华中师范大学出版社,2004年版,第4页。

至于清初学术日记,数量虽多,但拣选起来独具特色者有三,一是理学家陆陇其(1630—1692)的《三鱼堂日记》,二是陈奕禧(1648—1709)的《益州于役志》,三是郁永和的《采硫日记》。《三鱼堂日记》10卷,起康熙丁巳,止己巳,大抵以论理学为主,服膺朱熹居敬穷理之说,如丁巳八月初二记云:"讲千岁之日至,可坐而敬,觉此章易为良知家所借,盖凿与不凿,其辩在毫厘之间,非居敬穷理,未易明白。"其次商榷经史舆地天文律算,虽酬宴之倾,舟车之中,亦寝馈不废,实乃一部理学家治学生活之笔记。《益州于役志》系康熙十一年(1672)壬戌日记,时作者"奉山西布政司,调安邑丞,转饷二十五万赴四川"。取道湖北襄陵陕西汉中而抵成都,共水陆四千八百余里,所见古代文物逐一详录,如九月二十一日于汉中得观汉石之记叙,如八月二十九日于陕西雍原发现唐碑之记叙等,皆有较高的学术价值。而涉及自然科学的《采硫日记》3卷,作于康熙三十六年(1697)。全书除了记述采硫经过外,对于三百年前的山川形势、民情风俗、生物特产都有详细生动的描述,是一部既有科学内容又有文学色彩的古籍。如五月初五日记:

余问番人硫土所产,指茅庐后山麓间,明日,拉顾君偕往,坐莽葛中,命二番儿操楫。缘溪入,溪尽为内北社,呼社人为导。转东行半里,入茅棘中,劲茅高丈余……复入深林中,林木蓊翳……复越峻坂五六,值大溪,溪广四五丈,水潺潺巉石间,与石皆作蓝靛色。导人谓此水源出硫穴下,是沸泉也。余以一指试之,犹热甚。扶杖躧巉石渡,更进二三里,林木忽断,始见前山。又陟一小巅,觉履底渐热,视草色萎黄无生意;望前山半麓,白气缕缕,如山云乍吐,摇曳青嶂间。导人指曰:"是硫穴也。"风至,硫气甚恶。更进半里,草木不生,地热如炙,左右两山多巨石,为硫气所蚀,剥蚀如粉。白气五十余道,皆从地底腾激而出,沸珠喷溅,出地尺许。余揽衣即穴旁视之,闻怒雷震荡地底,而惊涛与沸鼎声间之;地复岌岌欲动,令人心悸。盖周广百亩间,实一大沸镬,余身乃行镬盖上,所赖以不陷者,热气鼓之耳。右旁巨石间,一穴独大,思巨石无陷理,乃即石上俯瞰之,穴中毒焰扑人,目不能视,触脑欲裂,急退百步乃止。左旁一溪,声如倒峡,即沸

泉所出源也。还就深林小憩,循旧路返,衣染硫气,累日不散。始悟向之倒峡崩崖,轰耳不辍者,是硫穴中沸声也。为赋二律:

　　造化钟奇构,崇冈涌沸泉。怒雷翻地轴,毒雾撼崖巅。碧涧松长槁,丹山草欲燃。蓬瀛遥在望,煮石迓神仙。

　　五月行人少,西陲有火山。孰知泉沸处,遂使履行难。落粉销危石,流黄渍篆斑。轰声传十里,不是响潺湲。(《采硫日记》卷中)

作者以简洁优美的文笔描述了走进地热区的种种感觉,诸如沸泉的声响、色彩和异味,以及硫穴周围的奇观险景,真切生动,如临其境,是一篇名副其实的文学散文。

钱大昕(1728—1804),字晓徵,一字辛楣,号竹汀,晚号潜研老人,江苏嘉定(今属上海嘉定)人,清代史学字、汉学家。早年,以诗赋闻名江南。乾隆十六年(1751)清高宗弘历南巡,因献赋获赐举人,官内阁中书。乾隆十九年(1754),中进士,复擢升翰林院侍讲学士。乾隆三十四年(1769),入直上书房,授皇十二子书。参与编修《热河志》,与纪昀并称"南钱北纪"。钱大昕十八岁有志读史,从《史记》到《元史》,他都反复精读,详加比勘,读书所得随笔记录,历时近五十年,撰成《廿二史考异》100卷,纠举疏漏,校订讹误,驳正舛错,是一部优秀的考史学术笔记。

关于《廿二史考异》的写作目的,钱大昕在序言中云:"夫史之难读久矣。司马温公撰《资治通鉴》成,惟王胜之借一读,它人读未尽十纸,已欠伸思睡矣。况廿二家之书,文字繁多,义例纷纠。舆地则今昔异名,侨置殊所;职官则沿革迭代,冗要逐时。欲其条理贯串,了如指掌,良非易事。以予僝劣,敢云有得。但涉猎既久,启悟遂多,著之铅椠,贤于博弈云尔。且夫史非一家之书,实千载之书,袪其疑,乃能坚其信;指其瑕,益以见其美。拾遗规过,匪为齮龁前人,实以开导后学。而世之考古者,拾班、范之一言,摘沈、萧之数简,兼有竹素烂脱,豕虎传讹,易'斗分'作'升分',更子琳为惠琳,乃出校书之陋,本非作者之愆,而皆文致小疵,目为大创,驰骋笔墨,夸曜凡庸,予所不能效也。更有空疏措大,辄以褒贬自任,强作聪明,妄生疻痏,不卟年代,不揆时势,强人以所难行,责人以所难受,陈义甚高,居心过刻,予尤不敢效也。桑榆景迫,学殖无成,惟有实事求是,护惜古人之苦心,可与海内共白。自知盘烛之光,必多罅漏,所冀有道君子,理而董之。"简言之,就是以实事求是之精神,以考辨举证之方法,使"千载之书"能够"坚其信"、"见其美",使不可读或读不懂之典籍成为可读可懂之史书。例如《后汉书·光武帝纪》载:十三年"省并西京十三国:广平属钜鹿,真定属常山,河间属信都,城阳属琅邪,泗水属广陵,淄川属高密,胶东属北海,六安属庐江,广阳属上谷"。就是说,东汉光武帝十三年的时候,把西汉十三个很小的王国取消了,将它们的地盘并入邻近的郡,这一举措自然是对头的。问题是根据上面的记载,数来数去只省并了九国,哪里来的十三国? 唐朝的章怀太子李贤给《后汉书》作注时,虽然对这段话表示不解:"据此惟有九国,云十三,误也。"但也就是"误也"的感觉而已。而钱大昕在对照《续汉书·郡国志》读《后汉书》时发现,该《志》北海国下记载,省淄川、高密、胶东三国,以其县属;另外《志》中又有世祖省并郡国十的记载。因此他认为,光武帝省并的既不是十三国,也不是九国,而是十国,《后汉书》的记载应改成:"省并西京十(三)国:广平属钜鹿,真定属常山,河间属信都,城阳属琅邪,泗水属广陵,淄川(属)、高密、胶东属北海,六安属庐江,广阳属上谷。"去掉"三"、"属"两个字就豁然贯通了。再如东晋南渡以后设置许多侨州郡县,以安置北方流民,这些州郡县都以流民的原居地命名。南朝刘宋为了将这些州郡县与北方同名者区别开来,在地名前加上南字,如南青州、南兖州等,但唐朝人写《晋书》时却以为侨置州郡在东晋一开始就有南字,这个错误沿袭千有余年,竟无人觉察,也是直到钱大昕的《廿二史考异》才破此千年之谬。

如果从学术笔记散文的角度认识《廿二史考异》,可以说最突出的特点是强调记人褒贬得当,记事繁简适宜。钱大昕常以良史自勉,认为笔涉人事,当用春秋笔法;据事直书,是非褒贬自现。比如针对《宋史·张浚传》所载:"连日南军小不利,忽谍报敌兵大至,显忠夜引归。浚上疏待罪。"钱大昕在卷七十九《张浚传》条云:

> 符离之败,陵阳李伯微甫载其事甚详,云符离之役,军资器械失

亡殆尽……浚有恢复之志,而无恢复之才,平居好大言,以忠义自许,轻用大众,为侥幸之举,故苏云卿料其无成。史家以其子为道学宗,因于浚多溢美之词,符离之败,但云南军小不利而已,岂信史乎!(《廿二史考异》,陈文和主编:《嘉定钱大昕全集》第二册)

因张浚之子为道学之宗,史臣当为道学家之流,于是对其父的祸国败军便轻描淡写。可见《宋史·张浚传》的记载不仅严重失实,而且曲意掩饰,背离春秋笔法远甚,非信史也。另外,钱大昕提倡编纂史书力求记事繁简得当,他认为:"文有繁有简,繁者不可减之使少,犹之简者不可增之使多。《左氏》之繁,胜于《公》、《谷》之简,《史记》、《汉书》,互有繁简,谓文未有繁而能工者,非通论也。"(《潜研堂集》卷三十三《与友人书》)在这种思想的指导下,作者对两《唐书》的繁简问题进行了全面的考察,指摘其繁简失当之处,并论及原因。如认为《旧唐书》各帝本纪"前后繁简不均",具体而言,"睿宗以前,文简而有法;明皇、肃、代以后,其文渐繁;懿、僖、昭、哀四朝,冗杂滋甚"。同时,他还分析了《旧唐书》本纪出现前后繁简不一的原因,他认为睿宗以前五朝之本纪盖源于国史,此国史"经吴兢、韦述诸人之手,笔削谨严";而唐中叶以后,修撰国史的柳芳、令狐峘等人缺乏史才,故叙事虽称完备而其文渐繁;至宣宗、懿宗以后,"既无实录可稽,史官采访,意在求多,故卷帙滋繁,而事迹之矛盾益甚也"。相对于《旧唐书》而言,《新唐书》号称"文省事增",然其各帝本纪也同样存在繁简不均的问题。作者认为,总体而言,《新唐书》本纪"以简要胜",惟独《僖宗纪》与《昭宗纪》二篇,"繁冗重复,与它卷迥别",并进一步列举出二本纪中或"无足轻重,徒费笔墨",或纪、传重复,可省而未省的五大事例予以说明。钱大昕认为出现这一弊病的原因可能是史臣自夸其采撷之富,"欲求胜于《旧史》,而不知其繁而无当也"。

在乾嘉时期,与钱大昕的《廿二史考异》并称"清代三大读史笔记"的是王鸣盛的《十七史商榷》和赵翼的《廿二史札记》。《十七史商榷》在"求实"精神上与钱大昕是相通的,如其自序所云:"大抵史家所记典制有得有失,读史者不必横生意见,驰骋议论,以明法戒也,但当考其典制之实,俾数千百年建置沿革,瞭如指掌,而或宜法,或宜戒,待人之自择焉可矣";

"其事迹则有美有恶,读史者亦不必强立文法,擅加与夺,以为褒贬也,但当考其事迹之实,俾年经事纬,部居州次,记载之异同,见闻之离合,一一条析无疑,而若者可褒,若者可贬,听诸天下之公论焉可矣";"读史者不必以议论为法戒,而但当考其典制之实;不必以褒贬为与夺,而但当考其事迹之实"等,都在强调"求实"是《十七史商榷》的主要精神。与钱大昕不同的是王鸣盛更加巧妙地处理散与整的关系,虽然说他所考辨的都是一条条分散孤立的内容,但他却能从分散的材料中,钩稽贯串,通过分析,揭示出其中的规律、沿革和影响。这种贯串和整合,既表现为横向的,又表现为纵向的。横向主要是把有联系的、分散在各书中的记录进行梳理、综合,联系起来进行考察。例如,通过对汉代公卿大臣与宫廷中秘尚书、中书的权力矛盾的揭示,说明西汉宣、元以后宦官掌管机要,致使政治腐败,弘恭、石显为皇帝所宠信,先后任中书令,权力超过公卿,结果排挤、杀害大臣萧望之等一系列历史事件的前后联系,实际上揭露了两千年封建社会宦官为祸的起源。纵向主要是进行动态考察,即把不同时期的史迹放在一起审视。例如对西汉淮阳一地由郡到国所经历的曲折变化的动态考察:《汉书·地理志》有淮阳国无淮阳郡,但王鸣盛广引《汲黯传》、《高五王传》、《文三王传》诸篇,从中找到了破解西汉政区地理的关键,那就是西汉郡与国的建制是变动的,由此揭示出郡国的沿革情况(《十七史商榷》卷二十四)。而赵翼《廿二史札记》的最大特点在于它采取排比和归纳等方法解读历史,在重大历史问题上,以归纳法集合有关资料,作有系统的论述。如赵翼指"东汉诸帝多不永年"就是从东汉各皇帝的寿命年期中归纳出来;研究宋朝时便提出"宋制禄之厚"、"宋恩荫之滥"、"宋恩赏之厚"及"宋冗官冗费",指出宋朝对文人在进仕上的过分优待,导致宋朝在官员方面的支出成为沉重负担;"明初文字之祸"部分则归纳出"明祖通文义,固属天纵。然其初学问未深,往往以文字疑误杀人,亦已不少"(《廿二史札记校证》卷三十二)。梁启超曾对赵翼有过这样的评价,用"归纳法比较研究,以观盛衰治乱之原"①,一语中的地指出了《廿二史札记》的最大优点。

---

① 梁启超:《清代学术概论》,东方出版社,1996年版,第49页。

## 第三节 杂录丛谈笔记与纪行日记

根据前人的统计研究,清代杂著笔记可谓汗牛充栋,不仅内容庞杂,而且笔法各异,很难一一归类,故学者多将其名之为杂著或杂录丛谈,其特点有如王士禛在《池北偶谈》序中所云:"论文章流别,晰经史疑义,至于国家之典故,历代之沿革,名臣大儒之嘉言懿行,时亦及焉。或酒阑月坠,间举神仙鬼怪之事,以资噱谈;旁及游艺之末,亦所不遗。儿辈从旁记录,日月既多,遂成卷轴。"可见杂著笔记内容之丰富驳杂、形式乃集腋成裘也。

王士禛的作品名目繁多、著述丰厚,尤以诗著、论诗著称于当时和后世,被称为康熙年间的"诗坛泰斗"。王士禛的笔记之作,是他一生阅历、学问的结晶,其中《池北偶谈》、《居易录》、《香祖笔记》等,不但具有较高的史料研究价值,也有一定的文学研究价值。

在史料研究价值方面,既有山川风物之描绘,也有风俗民情之记载,如《池北偶谈·谈异》中记载了泰山燕子石(三叶虫化石),当时称为"蠛蠓砚":"张华东公(延登),崇祯丁丑三月游泰山,宿大汶口。偶行饭至河滨,见水中光芒甚异,出之,则一石可尺许,背负一小蝠、一蚕,腹下蝠近百,飞者伏者,肉羽如生,蚕右天然有小凹,可以受水,下方正受墨。公制为砚,名曰'多福砚',铭之云:'泰山所钟。汶水所浴。坚劲似铁,温莹如玉。化而为鼯,生生百族。不假雕饰,天然古绿。用以作砚,龙尾继躅。文字之祥,自求多福。'《尔雅》:蝙蝠服翼。郭璞注:齐人呼为蠛蠓。因又名之曰'蠛蠓砚'。公门人刘文正(理顺)、马文忠(世奇)、夏考功(允彝)、高中丞(名衡)诸公皆为铭赞,亦奇物也。"(《池北偶谈》卷二十)张延登是王士禛原配夫人的祖父,山东邹平人,明万历进士,累官至右都御史,卒赠太子太保,谥忠定。《池北偶谈·谈献》"联语"条载:"张忠定公(延登)一为司空,两为总宪,以功名著累朝。又乡会试得人最盛,如刘文正理顺、吴忠节麟征、冯中丞元飏、尚书元飏、夏考功允彝及周挹斋延儒辈,皆门生也。少时见公厅一联云:'门多将相文中子,身系安危郭令公。'"这是一位名尊望重、善于延揽荐拔人才的长者。张夫人自幼得此家风熏陶,更是贤惠通达,夫妻感情至为深厚。泰山燕子砚经王士禛一番描述声名大震,到乾隆年间的《两清砚谱》竟列为名砚之首。又如《池北偶谈·谈异》中记载了舍身还愿的习俗,即《泰山孝子》:"顺治十年四月,泰安州知州某于泰山下行,忽见片云自山巅下,云中一人,端然而立,初以为仙,及坠地,则一童子也。惊问之,曰:'曲阜人,孔姓,方十岁。母病,私祷太山府君,愿殒身续母命。母病寻愈,私来舍身岩,欲践夙约,不知何以至此。'知州大嗟异,以乘舆载之送归。"(《池北偶谈》卷二十二)泰山舍身还愿习俗起于何时已不可考,究其来源,一是受佛教"舍身饲虎"传说的影响,二是东汉以来"二十四孝"中舍身事亲故事的影响,三是泰山老母(碧霞元君)信仰和泰山主人生死观念的感召力。这三个方面结合形成一种心理:只要"诚心诚意"地为父母祈祷,并敢于"以身试法",就能得到泰山老母的保佑,不但父母会消灾去病,"孝子"也会平安返回家中。这一传说在一般民众中很有影响,也确实有一些在现实苦难中绝望的贫民,以舍身求得解脱,以致历代守吏为禁止此恶俗颇费心思。明万历初山东巡抚何起鸣在舍身崖筑起围墙,并易名为"爱身崖"。明顺天府治中,泰安人萧协中曾题诗:"纲常生死重千钧,何事无端说舍身。一自短垣围绝险,不教渔父再迷津。"作为诗人,王士禛对鬼神之事多半是持一种将信将疑的态度,即所谓"理之所必无,情之所或有",可以"姑妄言姑听之",目的不过是"神道设教"、"惩戒人心"而已。所以,《泰山孝子》也好,《池北偶谈·谈异》篇中的其他志怪笔记也好,就不能简单地斥之为荒诞迷信,其中透露出许多有关世道人心、生命伦理的感怀和见识。

在文学研究价值方面可析之为三。一是关于文学流变与故事源流的探讨,如论汉乐府及宋元词曲,谓"风雅之后有乐府,如唐诗之后有词曲。声听之变,有所必趋;情辞之迁,有所必至",乃王国维"一代有一代之文学"的先声;又如在《香祖笔记》中关于董永故事源流的考论,认为"七夕之说,自三代以来,相沿旧矣"(《香祖笔记》卷十一)。二是关于文艺思想的阐述,如关于诗画神韵境界的追求和论述,"或问'不著一字,尽得风流'之说,答曰:太白诗'牛渚西江夜,青天无片云;登高望秋月,空忆谢将军。余亦能高咏,斯人不可闻;明朝挂帆去,枫叶落纷纷'。襄阳诗:'挂席几千里,名山都未逢;泊舟浔阳郭,始见香炉峰。常读远公传,永怀尘外踪;东林不可见,日暮空闻钟。'诗至此,色相俱空,政如羚羊挂角,无迹可求,画家所谓逸品是也"(《分甘余话》卷四《诗评》)。李白《牛渚西江夜》和孟浩然《晚泊浔阳望香炉峰》诗都是以怀想古人为主题,但未明言其心境感受,而是以景物衬托怅然,由枫叶纷飞、钟声缭绕的意象、声音表现含蓄蕴藉、余意无穷的韵味,故王士禛认为这两首诗达到"不著一字,尽得风流"的极致境界。另外,王士禛善用画论阐述诗论:"予尝闻荆浩论山水而悟诗家三昧矣。其言曰:'远人无目,远水无波,远山无皱。'又王楙《野客丛书》有云:'太史公如郭忠恕画天外数峰,略有笔墨,意在笔墨之外。'诗文之道,大抵皆然。"(《带经堂诗话》卷三)绘画不需要一笔一画细细描写刻镂,只要传神即可,如画远方之人物、山水,目的不在于如照相机般精确如实地描绘眼前的客观世界,而是以画笔将作者彼时彼地对时间、自身境遇以及人生感触等感受和寓意表现出来。画面中空白处就是作者主观写意之所在,观者必先大致浏览一番,然后就其经营位置、大小比例及虚实相间等安排,去体会作者含蓄蕴藉的寓意。作诗、读诗亦是如此,所以王士禛在笔记中常举山水画讨论其对诗歌创作与欣赏之极致境界的追求。三是关于文人交游和作家家世的记载,文人交游如与刘体仁交游的记载,《池北偶谈》云:"刘吏部公体仁诗,往往有风味,尝有寄友人绝句云:'西湖小阁多晴月,好友同舟半是僧。寄语江南老桑,秋山紫蕨忆行。'公自编诗逸此,予为口诵之,公喜,以为予真能赏音也。"(《池北偶谈·谈异》)又《古夫于亭杂录》云:"故友刘吏部公体仁尺牍、题跋,风味不减苏、黄。往与余往复最多,今并佚失。偶从蠹简中得其小札一通,书法、言语皆可宝玩,因付大儿涑藏。"(《古夫于亭杂录》卷四)相互唱和已为常事,珍藏小札以视敬重,可见王士禛与刘体仁关系之密切。作家家世如关于吴敬梓(1701—1754)先世的记述,在《池北偶谈》中,王士禛对吴敬梓曾祖及祖父两代科名及历仕情况作过简要的记述:"全椒吴氏兄弟同胞五人,其四皆进士:长国鼎,前癸未进士,官中书舍人;三国缙,顺治己丑进士;四国对,顺治戊戌进士,榜眼及第,官翰林侍读;五国龙,亦前癸未进士,官礼科都给事中;国对、国龙孪生也。国龙子晟,康熙丙辰进士;昺,辛未进士,榜眼及第。"文中所记吴敬梓曾祖辈有功名者四人,其中以吴国对科名最高,且与王士禛是顺治戊戌科同榜进士。在《渔洋诗话》中就有关于王、吴二人初次见面时的生动记载:"余以顺治乙未举礼部,戊戌始赴廷对。一日期集礼部,新郎君皆在。全椒吴玉随(国对)大呼入曰:'此中何者为济南王郎乎?'众愕然。余方跂脚榻上,笑曰:'君自辨之。'吴直前捉余臂曰:'此即是也。'众为一笑。"由此可见吴敬梓先世和王士禛之间的关系,也由此我们更加确信《文木山房集》序言关于吴敬梓曾祖与新城王阮亭先生齐名的记载。

  当然,清初的杂录丛谈笔记还有不少名家,如施闰章的《矩斋杂识》,传神写意,绘山摹水,足见大家文笔;纳兰性德(1655—1685)的《渌水亭杂记》,考证精审,议论中允,似有史家风范;另外还有金人瑞(1608—1661)的《西域风俗记》、李渔(1610—1680)的《闲情偶寄》、魏禧的《日录杂说》等,其中最著名的要算《闲情偶寄》八卷,即《词曲部》、《演习部》、《声容部》、《居室部》、《器玩部》、《饮馔部》、《种植部》、《颐养部》。其书"凡例"言:"所言八事无一事不新,所著万言无一言稍故者。"余怀为之作序云:"今李子《偶寄》一书,事在耳目之内,思出风云之表。前人所欲发而未竟发者,李子尽发之;今人所欲言而不能言者,李子尽言之;其言近,其旨远,其取情多而用物闳,漻漻乎,絪絪乎,汶者读之旷,僿者读之通,悲者读之愉,拙者读之巧,愁者读之忻且舞,病者读之霍然兴。"(《李渔全集》第三卷)简言之,《闲情偶寄》言近旨远,取多用闳,趣味盎然,雅俗共赏。不过,如果从散文文体发展的角度考察的话,《闲情偶寄》与纯粹的杂录丛谈笔记似有不同:一是具有现代意识,林语堂(1895—1976)在《再谈小品文之遗绪》中称之"善用个人笔调,叙述日常琐碎,寄发感叹,尤长于体会人情,观察毫细,正是现代散文之特征",又言其具备"观察的、体会的、怀疑的、同情的人生观",虽然表面上站在儒家方面,但其内在已经具有现代文人的思想特征;二是具有结构意识,尽管书名"偶寄"是一种没有任何思想羁绊的散漫式的记述方式,但是李渔的个性与作品都是以"结构第一"思想为主体的,因此他的"偶寄"不是一种散漫式的偶记,而是有较明确的目标指向,是一种没有任何思想羁绊的思想寄托。可以说,《闲情偶寄》是一部用生动活泼的随笔形式、以轻松愉快的散文笔调写成的艺术美学和生活美学著作,或可称之为以笔记法而论艺的佳作。

至于清初的纪行日记,较有代表性的是戴名世的《乙亥北行日记》等四种、查慎行(1650—1727)的《庐山纪游》以及吴桭臣(1664—?)的《闽游偶记》。戴名世在康熙间凡十五年所写的日记,惜多散佚,今存《乙亥北行日记》、《庚辰浙行日记》、《辛巳浙行日记》及《丙戌南还日记》四种。作为关怀世事的学者,戴记多叙交游、记生活、揭时弊、谈治安,既有友朋聚散深情之记叙,又有沿途见闻生动之描绘,堪供治史治世者所考镜。如康熙三十四年(1695)秋,作者抵京师记:"执途人横索金钱,稍不称意,虽襆被惧欲取其税"(《戴名世集》卷十一《乙亥北行日记》),目睹情景,不禁发出祸端将起的细微之叹;渡淮以后,目击洪水泛滥,桥梁皆断,无舟楫可渡,无治水可盼,对此作者慨叹安得明代左光斗而兴北方之水利耶! 此后多年,日记屡载北方草木枯槁、颗粒无收、灾民衣不蔽体、枕地而卧的情景,可以想见作者愤世之思绪的源头、救世之思想的依据。《庐山纪游》作为编撰者的纪行日记,涉及所见文物,尤垂意壁间碑刻,不失为书史资料;而《闽游偶记》作为遣戍者的纪行日记,或遍访父执,或寄情山水,或笔录风物,信手拈来,自然成文,如记汀州府署之佳筑胜景:"府署在卧龙山之麓,城垣延亘。山岭松柏葱郁,烟云缭绕,颇有山林幽趣。署后有园甚旷,东偏梅亭三间,绕亭老梅数十树,冬至前花即大放。亭之西为射圃,有观射堂,两旁木芙蓉、乌桕树,约百余本。秋则芙蓉娇艳,冬则枫叶成丹。其余阴晴晦冥,紫绿万状,莫可殚记。"如此文字,若作单篇阅读,似杂记中的山水游记,辞章雅洁,灵动飘逸;若作日记阅读,则如绘画中的山水卷轴,繁简有致,开合自如。

李斗(1749—1817),字北有,号艾塘,江苏仪征人,原籍山西忻县,寄居仪征,工诗词,通音律,尤精戏曲。《扬州画舫录》18卷,从撰写到刊刻,历时30年,内容十分丰富,包括城池水系沿革、山川园林、寺观妙坛、市肆文物、书院书楼、风物掌故,以及论学名篇、诗词楹联等,蕴藏着极其丰富而宝贵的人文资料,其中最为突出、最具特点的是关于文学艺术和城市文化的资料。

文学艺术资料最有价值的是戏曲艺术资料、小说艺术资料和文学活动资料。戏曲艺术资料如《扬州画舫录》卷五《新城北录下》记载:"两淮盐务例蓄花、雅两部以备大戏。雅部即昆山腔;花部为京腔、秦腔、弋阳腔、梆子腔、罗罗腔、二黄调,统谓之乱弹。"这段文字所载确实是当时京师的情况,即花、雅二部同时占领戏曲舞台,各剧种唱腔相互混融、渗透,为京剧的形成带来了艺术的契机。另外,本卷还记述了当时名噪维扬的昆腔戏曲班社"老徐班"、"大洪班"、"德音班"和花部的著名班社"春台班",以及这些戏曲班社中的著名演员、戏曲角色、演出情况,把当时扬州戏曲舞台群星际会的人文景观记述得栩栩如生,为人们认识徽班进京之所以从扬州出发提供了充分的历史依据,也为后世的中国戏曲史研究提供了大量有价值的历史资料。小说资料诸如为民书"福"字的扬州太守高承爵、王士禛"官贫"赠鹤、郑板桥计嫁义女、翰墨精灵、烟花女许翠等,既有世情写真、人物传奇,又有神灵传说,为古代小说宝库提供了形象鲜明、情节丰富的资料,难怪被阮元誉为"史家与小说家所以相通"的杰作(《扬州画舫录·序》)。另外,随着近年来学界对《秦淮画舫录》、《吴门画舫录》及《续录》等一系列材料的深入研究,可以发现,清代的"画舫"文化,其实有着更多可以探索的空间。即以《红楼梦》和《画舫》笔记的关系言之,《画舫》笔记中保留了几条当时苏州、南京画舫女子阅读、品评《红楼梦》的珍贵材料,从中可以考见《红楼梦》在清代中期社会各阶层中传播的状况;而在文学活动方面,如卷八所记的"诗文之会":

> 扬州诗文之会,以马氏小玲珑山馆、程氏筱园及郑氏休园为最盛。至会期,于园中各设一案,上置笔二、墨一、端砚一、水注一、笺纸四、诗韵一、茶壶一、碗一、果盒茶食盒各一。诗成即发刻,三日内尚可改易重刻,出日遍送城中矣。每会酒肴俱极珍美,一日共诗成矣。请听曲,邀至一厅,甚旧,有绿琉璃四,又选老乐工四人至,均没齿秃发,约八九十岁矣,各奏一曲而退。俟忽间命启屏门,门启则后二进皆楼,红灯千盏,男女乐各一部,俱十五六岁妙年也。吾闻诸员周南云:"诗牌以象牙为之,方半寸,每人分得数十字或百余字,凑集成诗,

最难工妙,休园、筱园最盛。"近共传者,张四科云:"舟棹恐随风引去,楼台疑是气嘘成。"药根和尚云:"雨窗话鬼灯先暗,酒肆论仇剑忽鸣。"黄北垞云:"流水莫非迁客意,夕阳都是美人魂。"汪容甫云:"叶脱辞穷巷,莲衰埽半湖。"皆警句也。(《扬州画舫录》卷八)

端砚墨香,酒肴珍美;茶果提神,音乐助兴;诗成即刻,警句共传,具体生动地记述了乾嘉时期扬州文学艺术繁盛的情景。

在城市文化方面,《扬州画舫录》更是给我们提供了丰富而具体的资料。首先是城市建筑文化方面,河道桥梁,园林古迹,津津乐道,记述备至。如卷一记述康熙间的八家花园,卷七记述自塔湾河道至馆驿前的诸多胜迹,卷十记述虹桥:

> 虹桥即红桥,在保障湖中。《府志》云:"在北门外,一名虹桥。朱阑跨岸,绿杨盈堤,酒帘掩映,为郡城胜游地。"《鼓吹词序》云:"在城西北二里,崇徵间形家设以锁水口者。朱阑数丈,远通两岸;彩虹卧波,丹蛟截水,不足以喻。而荷香柳色,曲槛雕楹,鳞次环绕,绵亘十余里。春夏之交,繁弦急管,金勒画船,掩映出没于其间,诚一郡之旧观也。"文简《游记》云:"出镇淮门,循小秦淮折而北,陂岸起伏,竹木蓊郁,人家多因水为园亭溪塘,幽窈明瑟,颇尽四时之美。挐小艇循河西北行,林下尽处,有桥宛然,如垂虹下饮于涧,又如丽人靓妆照明镜中,所谓红桥也。红桥原系板桥,桥桩四层,层各四桩;桥板六层,层各四板,南北跨保障湖水口,围以红栏,故名红桥。丙辰黄郎中履昴改建石桥,辛未后巡盐御史吉庆、普福、高恒相次重建。上建过桥亭,'红'改做'虹'。"国初制府于公建虹桥书院,亦纪此桥之胜也。宗定九有《虹桥小景图》,卢雅雨有《虹桥揽胜图》,方耦堂有《虹桥春泛图》,明春岩有《虹桥待月图》,今皆不存。惟程令延《虹桥图》在《扬州名园记》中。(《扬州画舫录》卷十)

短短一文,记述了虹桥的地理位置、自然景致、命名根据、建筑结构、历史沿革、实际功用以及与之相关的艺术图文,文笔简洁可读,资料翔实可信,可谓杂录丛谈笔记之精品也。其次是与教育文化相关的书院书楼的记载,我国书院开始于唐代,宋元以来书院日益增多和普及,至明清时期达到了鼎盛。由于盐商在财力上的支持,清代扬州的书院也迅速得以修建,《扬州画舫录》卷三记有扬州书院的今昔,谓"自明以来,府东有资政书院,府西门内有维扬书院,及是地之甘泉山书院。国朝三元坊有安定书院,北桥有敬亭书院,北门外有虹桥书院,广储门外有梅花书院。其童生肄业者,则有课士堂、邗江学舍、甪里书院、广陵书院。训蒙则有西门义学、董子义学"。有了足够的经济实力,书院也就能请到一批一流的学者来此执掌书院,这不仅吸引了本地区的生员来书院读书,而且还有不少是外府、外省的生员来扬就读,《扬州画舫录·新城北录》中说姚鼐在梅花书院掌教时"风规雅峻,奖诱后学,赖以成名者甚多"。安定、梅花两书院确实成为有名于一方的书院。王振孙说:"安梅两院,自清以来校课士子,不限于一郡一邑,故四方来肄业者,颇多通人硕士,而其后多满天下者,亦不可胜数。……可谓极人才之盛矣。"《扬州画舫录》中列举了数百个闻名遐迩寓居扬州的文人摹刻的名字,他们在此登临凭吊、交结文人、吟诗作画、钻研学术,这种"四方贤士大夫无不至此"的盛况,确实是当时扬州人文场景的真实写照。再次是都市传统文化节日的记载,作者通过"画舫"这个移动的窗口透视繁华扬州,如卷十一记:"画舫有市有会,春为梅花、桃花二市,夏为牡丹、芍药、荷花三市,秋为桂花、芙蓉二市;又正月财神会市,三月清明市,五月龙船市,六月观音香市,七月盂兰市,九月重阳市。每市,游人多,船价数倍",其盛况乃"群棹齐起,争先逐进,河道壅闭,移晷不能剌一篙",作者以史家之笔、文人之才,描画出一轴轴绚丽多彩的都市生活画卷。从这个角度说,《扬州画舫录》比前人的笔记文表现出更多新的观念。在传统的观念中,人们的文学想象更多是关注乡村与田园,蔑视都城与市井;关注文人的怀才不遇,忽略文人的日常生存状态。在城乡对立的框架中,代表善与美的往往是宁静的乡村;在穷通对立的描写中,更多关注的是文人的怀才不遇、命运多舛。而《扬州画舫录》却极力地描写记录喧闹与高雅相融会的都市人文景观和都市的日常生活场景,在这里,商人慷慨投入,文人自食其力,人们生活积极,这也是一种善与美,一种超越本土情怀、模糊阶层界限、形成开放心态的善与美。

当然,《扬州画舫录》的价值除了丰富翔实的资料、雅俗结合的语言以及别具匠心的结构外,从散文艺术的角度来考察,也不乏精彩的篇章,如《江园游记》:

> 辛卯七月朔,越六日乙巳,客有邀余湖上者。酒一瓮、米五斗、铛三足、灯二十有六、挂棋一局、洞箫一品,篙二手,客与舟子二十有二人,共一舟,放乎中流。有倚槛而坐者,有俯视流水者,有茗战者,有对弈者,有从旁而谛视者,有怜其技不工而为之指画者,有捻须而浩叹者,有讼成败于局外者,于是一局甫终,一局又起,颠倒得失,转相战斗。有脱足者,有歌者、和者,有顾盼指点者,有隔座目语者,有隔舟相呼应者,纵横位次,席不暇暖。是时舟入绿杨湾,行且住,舍而具食。食讫,客病其嚣,戒奕,亦不游,共坐涵虚阁各言故事。人心方静,词锋顿起,举唐、宋小说志异诸书,尽入麈下。自庞眉秃发以至白皙年少,人如其言而言如其事。又有寓意于神仙鬼怪之说,至于无可考证,耀采缤纷。或指其地神其说曰:"某时某事,吾先人之所闻也;某乡某井,吾童子时所亲见也。"纂组异闻,网罗轶事,猥琐赘余,丝纷枏比,一经奇见而色飞,偶尔艳聆而绝倒。乃琐至颐曲谐谑,释梵巫咒,傩逐伶倡,如擎至宝,如读异书,不觉永日易尽。是时夕阳晚红,烟出景暮,遂饮阁中。酒三巡,或拇战,或独酌,或歌,或饭,听客之所为。酒酣耳热,箫声于于,牵牛相与,摇艇入烟波中。两岸秋花,哀红自矜。暮云断处,银河水浅。芳草为萤,的历照人。哀蝉恋树,咽夜互鸣。新月无力,易于沉水;夜静山空,扁舟容与。灯火灿烂,菱蔓不定;竹喧鸟散,曙色欲明。寺钟初动,舟中人皆有离别可怜之色。今夕何夕?盖古之所谓七夕也。归舟共卧于天光云影楼下。七夕既尽,八日复同登天光云影楼;不洗盥,不饮食,不笑语。仰首者辄负手,巡檐者半摇步,倚栏者皆支颐,注目者必息气,欠伸者余睡情,箕踞者多睡睨,各有潇洒出尘之想。(《扬州画舫录》卷十二)

文章形象地记叙了众游客倾情游览全园的活动,刻画了别具特征的人物形象和微妙复杂的心灵世界,结尾"各有潇洒出尘之想"是全文的文眼所在,"卒章显志",形散神凝,表现了作者高远的立意和娴熟的散文写作技巧。另外,同卷中关于涵虚阁以及黄园的叙写,移步换形,诗意盎然,与《红楼梦》贾政游大观园而生归农之意有异曲同工之妙。

乾嘉时期较著名的杂录丛谈笔记尚有钱泳(1759—1844)的《履园丛话》、汪启淑(1728—1799)的《水曹清暇录》、刘靖(1694—1768)的《片刻余闲集》等,或杂记逸闻野史,或杂谈世态人情,或杂录古今人物,虽结构散漫,文笔参差,然各有可取之处。如果从文学价值的角度考察的话,当推《履园丛话》24卷,此乃作者行走闽、浙、齐、鲁、燕、赵间之见闻,上纪朝廷故实,下采草野新闻,兼及书画文物、古迹园林、科第技艺、人物传记等,文字简约,资料丰富,可备史乘者良多,如卷一之《欠粮》、《米价》、《田价》、《银价》等;而最有文学意味的是作者对古今人物之记叙和对世态人情之洞悉,前者如《沈百五》、《嘉定钱氏两先生传》、《袁枚》等,叙古者近史之列传,记近人则质实而有信;后者如《成衣》、《不会做》、《富贵贫贱》等,描写世态,小中见大;谈论人情,堪为箴言:

> 成衣匠各省俱有,而宁波尤多,今京城内外成衣者,皆宁波人也。昔有人持匹帛命成衣者裁剪,逐询主人之性情、年纪、状貌,并何年得科第,而独不言尺寸。其人怪之,成衣者曰:"少年科第者,其性傲,胸必挺,需前长而后短。老年科第者,其心慵,背必伛,需前短而后长。肥者其腰宽,瘦者其身仄。性之急者,宜衣短;性之缓者,宜衣长。至于尺寸,成法也,何必问耶?"余谓斯匠可与言成衣矣。今之成衣者辄以旧衣定尺寸,以新样为时尚,不知短长之理,先蓄觊觎之心,不论男女衣裳,要如杜少陵诗所谓"稳称身"者,实难其人焉。(《履园丛话》卷十二)

> 富贵如花,不朝夕而便谢;贫贱如草,历冬夏而常青。然而霜雪交加,花草俱萎,春风骤至,花草敷荣。富贵贫贱,生灭兴衰,天地之理也。
> 大处判,小处算,此富人之通病也;小事谙,大事玩,此贵人之通

病也;而皆不得其中道,所以富贵之不久长耳。余尝论好花如富贵,只可看三日;富贵如好花,亦不过三十年。能于三十年后再发一株,递谢递开,方称长久。然而世岂有不谢之花、不败之富贵哉!

富者持筹握算,心结身劳,是富而仍贫;贵者昏夜乞怜,奴颜婢膝,是贵而仍贱。如此而为富贵者,吾不愿也。(《履园丛话》卷七)

文章借"成衣"之理、花草之喻,妙论各色人等之性情际遇,辨析富贵贫贱之心态命运,语言不急不躁,舒缓有度,娓娓道来,言短意长,正如郑宪春在《中国笔记文史》中所云:"钱泳一生未显,游走于南北东西,对世事人情,感触颇深,思虑所结,其言可疗世病。"[①]

乾嘉时期的纪行日记较顺康时为多,大致亦有三类:一是奉使行程日记,二是游学纪行日记,三是谴戍纪行日记。乾隆时,多奉使行程日记,其中不乏名家佳构,前人多举王昶、孟超然(1730—1797)诸家以明之。若再加甄别,王记以数量取胜,孟记则以绘写擅长。王昶撰有七种出使纪行日记,《滇行日记》搜奇觅险,更富吟咏;《征缅纪闻》、《蜀徼纪闻》志所见闻,详及战况;《商洛行程记》途经胜迹,信手必录;《雪鸿再录》、《使楚丛谈》则详记水灾实况,堪为水利史料,而《台怀随笔》行文清丽,兼辞章考据之长。孟超然的《使粤日记》二卷,乃乾隆三十年(1765)典试粤西时日记,其最大特点为简记各地书院,绘写幽美胜景。当其经湖北蒲圻县下榻龙门书院时,记其周围之胜曰:"初五日。发官塘六十里,至蒲圻县,宿县治龙门书院。蒲圻境内官路坦平。四面青山苍翠,村烟矗矗,晓景夕岚,俱为绝胜,而林木之多,又北来三千里所未经见者。山率种松,长者百尺参天,新植者渐渐列行。田旁多树,花卉石桥曲涧,野趣甚佳。又时方收获,陇上腰镰妇子俱集,信一乐土也。龙门书院前邑令王某建,久废。今邑令安君洛德重修,生徒有二十余人。"描写由远及近、由景及人,有动有静,层次分明,犹如一幅田园风光图,清新明丽,历历在目,而"信一乐土也"则融入了作者得遇此景、此人、此书院的欣喜心情。它如独秀山之贡院、大悲阁之

---

[①] 郑宪春:《中国笔记文史》,湖南大学出版社,2004年版,第1043页。

胜概、岳阳楼之壮观，俱为佳篇。嘉庆时以奉使日记著称的惟李鼎元(1749—1812)之《使琉球记》，除记其行程外，所叙之交游行止、珍奇异物也有可圈可点之处。游学纪行日记当以钱大昕的《竹汀日记》为代表，此乃作者于乾隆四十三年(1778)应邀出游绍兴、杭州并主讲钟山书院所写的生活日记，或记叙王羲之故宅、兰亭、大禹庙等古迹，或描写"水波清澈，山光倒映"、"修竹夹道，葱翠可爱"等美景，或随录宋元明之石刻，可以说，此记既是作者"去官归养，游览胜区"的生活实录，又是后人考察诸多古迹文物的参考资料，同时更是一轴淡雅秀丽的山水画卷。至于谴戍纪行日记之佳作，当推赵均彤的《西行日记》和洪亮吉的《伊犁日记》，尤其是《伊犁日记》，此乃作者在嘉庆时因评述朝政而谴戍伊犁所记，内容大致有三：一是途中购书读书不废，友朋赠书不绝，可谓读书行路两不误也；二是沿途邀宴馈食相接，求书求见络绎，可谓知音情深堪慰藉也；三是塞上冬景春光，所见不侔寻常，有苏东坡"九死南荒吾不恨，兹游奇绝冠平生"之慨也，如二十六日所记："平明入南山，一路老柳如门，飞桥无数，青松万树，碧涧千层，云影日辉，助其奇丽，忘其为塞外矣。过岭，风色顿殊，雪飘如掌，阑干千尺，直下难停岭头。一外委率十余兵，助挽始下。"作者因风光奇丽而"忘其为塞外"，然记中文笔之奇气与精神之昂扬，亦几令阅者忘其为谪戍之人所作谪戍之文也。

最后值得书上一笔的是乾嘉时李锐的自然科学日记《观妙居日记》，所记涉及科技书籍及实物，记述南怀仁(1623—1688)的《地球图》以及《新制灵台仪象志》、梅文鼎(1633—1721)的《历学骈枝》等，尤其对《地球图》的记述充满着可望而不可得的特殊情感："乾隆六十年乙卯三月初七日，戊午。书友朱姓持卷子八幅求售，乃康熙甲寅岁治理历法，南怀仁所造《地球图》也。前二幅系总说，后六幅每合三幅，为一圆图状。地球之半合两半圆，则地球全图也。其相接处为赤道，四旁注二至昼夜刻数，分大地为四大洲：曰亚细亚、曰欧罗巴、曰利未亚、曰阿墨利加。因索价太昂，即还之矣。"另据日记，知其撰《明代朔闰考》时，曾向钱大昕借《岁实朔闰考》，还由吴春斋借《大政记》作参考，可见作者求实求证的科学精神。可以说，晚清科学笔记、日记的写作精神与之是一脉相承的。

# 第九章　清代辞赋文

　　清代辞赋创作较之宋、元、明三朝有所振兴,总体呈现集大成的态势,这在作家、作品数量上表现得最为突出。清代赋家人数众多,几乎遍布各个社会阶层;赋作浩如烟海,初步统计即逾万篇,超出先秦至明历代总和一倍以上,令人叹为观止。艺术上,清赋也是众体兼备、各具特色,其中律赋、骈赋尤受重视,达到了创作的新高峰。遗憾的是,受政治环境和辞赋本身发展规律的影响,清人虽善于总结、博采历代赋作所长,并试图于复古之中寻求突破,无奈大多只能拘囿其中,难逃模拟之责。因此,清赋体制、艺术上的创新之处甚微,整体成就与汉、唐相比不可同日而语,辞赋衰颓式微的总趋势并未改变。

　　与创作相比,清人对辞赋的辑选、研究之功更为卓著。清人对历代辞赋进行了大量的收集、整理工作,编纂了许多辞赋总集、选集,现存的便有五十余种。其中以康熙年间陈元龙(1652—1736)奉敕编纂的《历代赋汇》与光绪年间鸿宝斋主人所编的《赋海大观》两部总集最富影响,后者收赋达一万二千余篇,为历代之最。此外,张惠言《七十家赋抄》、李元度《赋学正鹄》等辞赋选集也堪称精良。

　　清代辞赋研究极其繁盛,可谓达到了我国古代的最高峰。不仅论赋之言大量见诸论著、文集,而且辞赋专论开始从诗、文评中独立出来,形成了赋话这一专著形式。王芑孙(1755—1817)《读赋卮言》、李调元《赋话》、刘熙载(1813—1881)《艺概·赋概》等即是其中佳构。不过,受古代文化研究兴盛和翰林馆课长期考试律赋影响,清人对前代赋作特别是律赋的研究较为系统、深入,对本朝赋则有所忽视,相关研究多失之零散。

清赋的兴衰与政局起落密切相关,截至1840年鸦片战争爆发,清代辞赋创作大致经历了复兴、转向、鼎盛、衰颓四个时期:一、复兴期(清初至康熙收复台湾)。清赋紧承明末辞赋复兴之余绪,赋作艺术上多有复古倾向,内容以反映、反思现实政治为主,彰显出强烈的批判现实主义精神。二、转向期(康熙中期至雍正末)。国家逐步稳定、繁荣,辞赋创作由激切、怨愤、张扬渐趋冲淡、包容、内敛。诗文家、学者、词人、小说家等纷纷涉足辞赋创作,为大一统王朝崭新赋风的形成奠定了基础。三、鼎盛期(乾嘉两朝)。辞赋展现出体制兼备和风格多元的特征;赋作数量蔚为大观,赋家人数也远超以前,但其中亦不乏平庸和模拟之作。四、衰颓期(道光以降)。道光以来,国势飘摇,辞赋创作也随而愈加衰颓,只有少量赋家、赋作焕发光芒。

## 第一节 明清之际之辞赋文

明朝覆灭至清康熙平定三藩之乱、收复台湾,是清赋的复兴期。

在此数十年间,国家动荡,战争频仍,民族矛盾和阶级矛盾持续交替上升。社会剧变强烈激荡着文人的生活和心灵,在他们的思想和文学创作中烙下了难以磨灭的印记。经世致用和批判现实精神成为时代文学思想的主潮,"文须有益于天下"(《日知录》卷十九)被视为创作的最高准则,士人的社会责任感和历史使命感被重新唤醒。

抗清烈士夏完淳(1631—1647)与王夫之、黄宗羲两位遗民思想家是本阶段辞赋创作的主力军,他们不但怀有坚定的抗清信念,而且曾亲身参与抗清斗争。其他赋家如朱鹤龄(1606—1683)、尤侗、李渔等,也多能不计个人安危得失,深切关注国家存亡兴衰。因此,赋作中抒发文人闲情的作品较少,对现实政治的关注、描摹、批判、反思成为创作中心,其中抗清之志与忠贞之节的表达尤为最强音,赋家或悲悼明朝之亡,或愤慨清朝的镇压、屠戮之行,沉痛、义愤种种不平之气满浸笔端,文章颇具感染力。

值得探究的是,这些激情满溢的赋作又多有其含蓄温雅的一面。它们关涉现实但不够尖锐,鲜有直接露骨揭露、批判现实的文辞,在涉及某些重大问题时,甚至多有隐讳;它们情感激越但不张扬,虽极尽悲愤仍时时婉曲以强抑。其中缘由,大致有三点:其一,清初赋家多以遗民自居,对前朝怀有极为复杂的情感。回想其统治中的诸多弊病,他们有太多的理由表达愤懑与不满,但在当时时势下,谴责、鞭挞已然退居次位,哀叹、痛惜其衰亡,渴盼、希冀其兴复的情感无疑占据上风;其二,目睹清朝统治者的残暴,文人虽痛恨不已,但随着清朝统治逐步稳固,文网渐密,他们又不得不心存畏忌,作文也因此趋于谨慎;其三,清初思想家反思明朝衰亡、社会动乱的原因时,普遍将矛头对准晚明文人的异端倾向及其余波。他们认为解决之道在于重新恢复、确立儒家的正统地位,因此将正统、规范的儒家伦理道德和理性精神视为文学的核心和灵魂,尤其强调用理性筛选、规范文章的情感。这无疑使文风有所收敛,也为清代文学中集体理性意识弥散、学人之文大盛、传统的"清醇雅正"轮回流等现象开了先河。

艺术上,清初辞赋基本延承明末之风,有较为明显的复古倾向。但有感于明末愈演愈烈的宗派之争,清初赋家在文学的继承和取法上眼界更为宏阔。他们普遍要求破除狭隘的门户之见,公允地批评、接受前代文艺,博采众长,自创新格。只是个人天赋、宗尚、学养上的差异仍使他们的实际创作风格呈现较大的不同。

夏完淳曾被朱彝尊称颂为"南阳知二,江夏无双;束发从军,死为毅魄。其《大哀》一赋,足敌兰成。昔终童未闻善赋,汪踦不见能文,方之古人,殆难其匹"(《静志居诗话》卷二十一)。这绝非溢美之词,因为他不仅十七岁便抗清就义,而且文学成就斐然,足以列入我国优秀作家之林。由于明代辞赋创作总体上的平庸,故《中国散文通史·明代卷》不对辞赋进行论列,因而将夏完淳置于本卷论述。

几社诸子为文有复古倾向,主要提倡文采与讽刺两大准则,夏完淳师从陈子龙,父亲是夏允彝,对此有着深切的领悟与践行。幼年夏完淳或许未能摆脱富家公子习气,辞藻富赡却流于浮华,接踵而至的国恨家仇则使他迅速成长,赋的主旋律一变为国亡家破的沉痛之感与抗清复仇的坚定信念,文辞依旧华美,但增添了无尽的慷慨悲壮、沉郁苍凉之气,自有一种感人至深的力量。

夏完淳的赋作以《大哀赋》、《寒泛赋》、《端午赋》、《九哀》为优(《夏完淳集笺校》),其中《大哀赋》尤著,是足以媲美庾信的《哀江南赋》的史诗性鸿篇巨制,也是清代文人叹赏最多的当朝名篇。此赋创作于顺治三年(1646),主要叙述了明帝国北京及南京两朝政府衰亡的过程和江南人民(包括作者自己)抗清斗争的经历,对晚明内忧外患局势之下君主苛察严酷、臣子奸诈无能、君臣互不信任、官民矛盾尖锐等种种导致覆国的原因作了深刻的揭露与反思,将矛头直指封建帝王,更是勇气可嘉。

赋中所表达的个人心路及情感历程尤其真切感人。国破家亡之际,作者"始成童,便膺多难",流离失所、漂泊无依,难免感到孤寂与彷徨。江南军民与清军实力悬殊、多次战败的现实又令他一度担忧、疑惧。但是，国屯家难的巨大痛苦郁结于心、时刻萦怀，作者自比势单力薄却矢志不移的"精卫"、"夸父"，誓与清军抗争到底。所以，赋中虽不乏哀愤之辞，但自始至终贯穿着慷慨昂扬、壮怀激烈的少年英雄气概。这与顺治二年(1645)明唐王、鲁王各自即位，次年作者回归吴易麾下，复明信心重拾不无关系。

该赋艺术上对《哀江南赋》取鉴颇多，以致略带摹拟痕迹。如以骈体为主，骈散结合；用典较多但鲜有生僻字，文字凝练晓畅；抒写哀愁、孤愤的篇章在景物选择、氛围营造等处有浓郁的六朝风味，少数词句甚至直接从庾赋化出等。相较而言，庾赋笔力思致更显老到深沉，但"唯以悲哀为主"，情绪稍显低落；夏完淳亲身抗战，志气坚决，赋的气势、境界均更胜一筹。

创作于同年的《端午赋》是一篇骈体抒情小赋，艺术风貌大异。从"尔乃矩持炎帝，方司祝融"到"绕腕则条脱双钩，泛酒则菖蒲九节"，作者沉浸在对江南往昔繁盛富庶、恬淡娴静生活的美好回忆之中，文辞颇带六朝风华。至"屯兵革之闵酷，遘乡关之乱离"，格调突转，展现现实中的江南，在清兵铁骑的践踏蹂躏下，早已是繁华尽丧、惨淡空余了。回忆与现实的强烈对比彰显了作者两种截然相反的情感，即对闲适生活的热切向往与对清兵屠戮之行的无比憎恶。而情景交融艺术手法的成功运用又使赋中浸透的家国哀思更为凄恻动人。这篇赋文显示夏完淳在艺术上日臻成熟，已经形成了自己深沉雄浑的独特风格。一位十几岁的少年能有如此文学造诣，实在是难能可贵，令人叹服。

夏完淳的其他赋作也多以家国哀愤为主题，长篇《寒泛赋》曲折尽致，骚体《九哀》渐趋悲壮，艺术上也有较高成就。

清初辞赋成就最为卓著的当数黄宗羲和王夫之两位遗民思想家、文学家，他们的赋作不仅数量较多，而且内容丰富充实，艺术成熟圆转。两人虽未曾谋面，但政见、文学主张上的相似之处颇多，辞赋也都以反映社会现实的作品为主，往往将个人遭遇与时代背景融为一体，笔力雄肆，气象开阔。但学术渊源与文学宗尚的差异又使二人赋作的艺术风格有所不同。王夫之深受程朱理学影响，重视理性思辨，文风与"七子"一样有较为明显的复古倾向,但承继广博,不单学习楚骚、汉赋,而且不排斥魏晋隋唐以来的骈赋、律赋,因而能跳出摹拟窠臼,独创一格。他作赋追求比兴,文辞大率古朴奇崛,有些地方甚至晦涩难懂,显现出深厚的学术功力。黄宗羲学从阳明心学一派,为学、为文都较为通达,古学气、道学气不像船山那样浓厚。文学上宗宋而不抑唐,风格与晚明归有光(1506—1571)、唐顺之(1507—1560)等人相近,但身经世变,思想、笔力更胜一等。他的赋作虽不刻意求工,但语言晓畅凝练,艺术上尤为灵动宛转。

王夫之的赋格调多样而以三类为主:《九昭》、《章灵赋》、《南岳赋》等文赋风格与汉大赋相近,但比兴和名物铺张太过;《祓禊赋》、《惜余鬌赋》、《刈草赋》等骚赋思想深刻、意境高远、文辞古奥,艺术上胜于前类;《蚁斗赋》、《练鹊赋》、《孤鸿赋》、《霜赋》、《雪赋》等骈赋、律赋都是咏物之作,含蓄蕴藉,是船山赋作中风格最独特、艺术成就最高的一类。

《惜余鬌赋》作于康熙十三年(1674)吴三桂出兵叛清之际,《祓禊赋》创作的具体时间不明,但应为吴三桂僭号衡州(1678)之后,《蚁斗赋》作于康熙十九年(1680),此时吴三桂已死,清军进驻湖南,叛乱基本结束。三篇赋串联起来,可谓较为完整地反映了王夫之在吴三桂叛乱进程中的心态、情感变化。

叛乱之初,吴三桂"以蓄发复衣冠号召天下"(《胜朝粤东遗民录·屈大均传》),骗取了许多民众和遗老的支持。王夫之也曾对此动心,但吴三桂杀害南明永历帝的旧恶又令他心存疑惧,故而内心矛盾重重。《惜余鬌赋》虽是代其学生唐端笏抒情,表达的思想感情其实也包括了船山自己。赋文着重强调对头发的珍惜,正是希望借此阐明自己坚定不移的反清信念。

如果说这个时期王夫之对吴三桂还有所期望,随着叛乱加剧,他逐渐看清了吴的真正用意,开始采取坚决不与其合作的态度,《祓禊赋》便是明证。赋文如下:

> 谓今日兮令辰,翔芳皋兮兰津。羌有事兮江干,畴凭兹兮不欢。思芳春兮迢遥,谁与娱兮今朝。意不属兮情不生,予踌躇兮,倚空山而萧清。阒山中兮无人,寨谁将兮望春。(《薑斋文集》卷八)

此赋长不足百字,表达也较隐晦,乍看来似无深意,其实不然。联系船山之子王敔(1656—1730)所作《薑斋公行述》可知,这篇赋是船山拒绝替人向吴三桂写劝进表后所作,表达的思想情感自然与此事相关。借袯褉起兴,大概是视吴三桂为不祥之物,希望将他袯除。王夫之终生怀抱反清信念,吴三桂以"反清复明"为号召,对他确实是很大的诱惑,但他清楚地认识到,吴三桂绝非能寄托宏愿之人,所以"意不属兮情不生"。而真正能助他实现志愿的人又迟迟未出现,面对空寂无人的山林,他感到由衷的孤寂、无助与悲凉。船山论赋,非常称赏"意从象触,象与心迁"(《楚辞通释》卷十三)的艺术境界,此赋比兴虽多,但情感真挚,可谓情景交融、浑然天成。

吴三桂叛变后,王夫之一度辗转于湖南、湖北、江西各地,对战乱有着切实的经历和感受,这一切都折射在《蚁斗赋》中。该赋穷形尽相地描绘了一场蚁类间的殊死斗争,借以讽喻人世间战乱频仍的现象,核心内容则是试图从哲理高度探究这一现象产生的原因。作者一开始就借壶子之口提出"物固有所不自己者"的命题,继而将问题归结为"役于一气之攸兴,而忘其元和之本醇",即气的勃兴使人忘却了自己的本性,激发出强烈的好战之心。但王夫之坚信这只是暂时现象,"天不任杀,物不任威",只要心志平定,并且掌握了万物吉凶生杀的枢轴,任何争斗都总有平息的一天。可见,他此时的心态依然乐观,联系背景,便可知这满腹欣慰的由来了。此赋熔说理、叙事、写景于一炉,说理精深透彻,叙事辞繁意尽,写景清新明丽,手法迥异而又契合无间,充分表现出王夫之全面的艺术才华。

王夫之的众多咏物赋中,《霜赋》应该是创作时间较晚,艺术上较为独特、成熟的一篇。该赋作于康熙二十七年(1688),王夫之当时已七十岁高龄,亡国之恨、故国之思虽然长驻心间、挥之不去,但复国之望毕竟已成空谈,生命将逝而志愿未成,心境难免愁闷、悲凉。他在赋中自比"身羁关陇,神驰江介"的庾信,对晶莹剔透但易于消亡的霜大加描摹,在赋末感叹"历千秋而寓愁兮,曾不如晨霜之易消",都是这种心境的真实反映。但是,正是由于"故国之戚,生死不忘"(《国朝先正事略》卷二十七)的执着,该赋才能达到物与人、情与景互为映衬、水乳交融的境界,也才会具有震慭人心的感人力量。在历代赋霜之作中,此赋堪称成就最高的一篇。

黄宗羲的赋同样以咏物之作为多(《黄宗羲全集》第十册),风格上也是各具特色,如《海市赋》描写海市蜃楼角度多样、异态纷呈,想象丰富谲诡、新奇有趣;《姚江春社赋》状写民俗,颇有意趣;《获麟赋》以说理为主,阐释虽不甚准确,但推崇科学的精神可嘉。

《雁来红赋》艺术上尤显圆熟。赋开篇描写秋景空灵清丽,意象选择精心提炼,营造出一片虚幻缥缈的情境。"蕙兰心死,芙蓉肠断;草则萤去情亡,叶乃根离恨绊"几句尤为出彩,不直接描写物象之衰,而是赋予物以人的情态,更具感染力。"忽然露奇,遂尔目换",将视角跳转到雁来红身上,继而连用四个比喻,将其秾丽鲜妍之状描摹得栩栩如生。第二段作者与儿子百家的辩论是全赋重点,赋的主旨即寓于其中。面对清秋中"忽然露奇"的雁来红,百家想到万物皆有畅发之时,应安静等待。黄宗羲则有相反的感受,他认为人们大多只看到万物华艳的一面,却未曾想到它会因此饱受孤寂、烦扰之苦,"岂知其所不得已者,人反赏之以目睫乎"!所谓富贵、声名都只是身外之物,甚至会成为人的桎梏和羁绊。所以,人不应"取妍于人",而应"闻道而腴,心空得第",保持人格的独立性。这种老庄式的处世态度显然是特定时代背景下的特定产物。身处异代之际,黄宗羲被明亡的惨痛强烈刺激着,所以他不愿入仕与清廷合作,而愿逍遥物外,独善其身。

创作于康熙十三或十四年(1674 或 1675)的《避地赋》当为黄宗羲辞赋的代表作。该赋与王夫之的《章灵赋》相似,也是以自己的遭遇和感慨作为叙事的线索和核心。赋从明末其父黄尊素因反对魏忠贤被害入笔,叙述了此后数十年间他携母亲为躲避战乱、四处漂泊流离的经历,明清之际广阔的时代、社会长卷也由此铺开。频繁的迁徙使他对战乱中百姓的悲惨境况更为了解,对民众的同情之感和对清兵的憎恶之情也随之有所加深,赋中抒写感慨的部分尤其真实沉痛。因此,此赋虽深度不及王夫之《蚁斗赋》,广度不及夏完淳《大哀赋》,仍不失为清初赋中的佳构。

## 第二节　清前期之辞赋文

清代前期是清朝大一统王朝形成、政局最为稳固的时期，也是清代文学创作包括辞赋创作繁盛的时期。清赋逐渐形成、发展了自己的特色，艺术上越来越典丽精工，内容上却渐趋平弱，时代意义和现实精神严重弱化，普遍存在雅炼有余而生气不足的问题。

这一阶段的辞赋以两类内容最为突出。一是歌功颂德，主要赞颂清帝平定边疆、一统中国的征伐之功和康熙、乾隆两帝的南巡之行；二是抒情言志，通常在写景中隐曲寄寓自己对人生、政治、时势的感慨和看法。

前类中的优秀之作大多能吸收汉魏大赋之长而避其短，结构、文辞均精美雍容，但境界普遍不高。其中唯有少数取材独特、别开生面的作品值得一提，如朱筠（1729—1781）的《哨鹿赋》、《后哨鹿赋》（《笥河文集》卷三），写清帝在木兰秋猎的情况，于中可见清朝满洲贵族对尚武旧俗的重视。英和（1771—1840）的《卜魁城赋》、和宁（1741—1821）的《西藏赋》、徐松（1781—1848）的《新疆赋》写边邑山川风物，尚能开拓人们的眼界。后类中的优秀作品更多，但由于文人为躲避文网而极力压抑自己的情志，风格普遍不如清初般汪洋恣肆、充满气势，而是稍显含蓄宛转。

此外，与古代文化研究兴盛相关，以学术入赋、以古文入赋成为这一时期辞赋创作的新趋向。统治者在科举中采用律赋也使这一赋体在此阶段受到重视。骈文中兴则令骈赋重现复兴之势。施闰章、汪琬等古文家，陈维崧（1625—1682）、吴兆骞（1631—1684）等骈文家是为代表。

朱鹤龄文学见解宏阔，不囿门户，论诗讲究探源骚雅、广采博撷，为文宗尚唐宋八大家而能兼取秦汉散文之长，尤重修辞之功和骈俪之辞，对清初骈文复兴有所促进。他的赋多愤世嫉俗之作（《愚庵小集》），如骚体《广志赋》对社会诸多污秽现象加以讽喻和藐视，骈体《诛蚊赋》将剥削百姓之人比作"但求吮血与嘬肤"的蚊子，欲诛之而后快。此外，《宫人入道赋》凄恻感人，反映了当时一大批隐遁道门的明遗民的真实心态。

骈体《枯橘赋》应该是朱鹤龄赋作中最优秀的一篇。赋本屈原《橘颂》之意，以橘自喻忠贞。由于"秉不迁之贞德"，橘在经历节候转换后由盛变衰乃至枯槁，这引起了作者强烈的感应。因为在他所处的时代，士人也正好面临入仕新朝或坚守气节两种人生选择，前者可以求得自保，甚至获取财富、地位，后者则可能无所凭依、归于寂然。作者对此有深切体察，但他仍然鄙薄前者，而对橘，即包括他自己在内的广大遗民"惧徙北而化枳兮，宁就槁而不辞"的节概大加赞叹，思致深远。

清初另外两位辞赋创作较有特色的作家是尤侗和李渔，他们的赋作没有浓重的理学气或道学气，文人的诙谐、睿智更为突出，与前述诸人有所不同。这主要来自几个方面的原因：首先，二人都不甚尊奉儒教，受正统观念束缚较少；其次，他们没有那么强烈的遗民意识，尤侗顺治时便已出仕，先后得到顺治、康熙两位清帝的赏识，李渔则一生未仕，长期游历四方；最后，两人诗文戏曲皆工，具备多方面的文学才华，因而能将多种笔法熔为一炉，语言明畅幽默，风格多样。相较而言，尤侗赋作的思想、文辞更加雅正，成就也较高，李渔的则稍显浅俗。

与清初许多地位尊显的文人一样，尤侗创作了大量为帝王歌功颂德的赋作（《西堂文集》），但他也有一些在思想、艺术上均较为可取的作品，如《反招魂》、《田夫祷》、《西山移文》等。《反招魂》是一篇悼念友人，并揭露清兵暴行、表达亡国哀思的赋作。据尤侗《哭汤卿谋文》可知，明崇祯十七年（1644）六月六日，作者好友汤传楹因哀悼崇祯帝哭灵三日，忧伤过甚而亡。此赋作于次年好友逝世一周年之际，当时正值清兵南下，江南沦陷，"乱深矣，将安归命"，故反用楚辞《招魂》之意抒发丧乱之感。赋文首尾以"望江南"、"哀江南"互为呼应、点明主旨。前半部分极力描摹清军在江南的暴行和江南人民的悲惨境遇，后半部分以"青天"、"黄土"、"山川"等地的愉悦逍遥作为反衬，进一步突显人间现状的惨酷，整篇赋文笼罩着强烈、深沉的离乱之感。此赋文体上也颇具特色，除最后一段"乱曰"每句句尾用"些"字外，其它各段只有首句中间用"兮"字，且基本为整齐的七言句式，可算是融骚体赋与七言诗于一体的创新结构了。

《田夫祷》作于明崇祯十四年(1641),旨在为蝗灾肆虐下的农民向神祷告,请求驱除、消灭蝗虫。赋文沉痛描写了蝗灾给人民带来的巨大灾难,对上至皇帝、县官,下至豪吏、恶仆不体察民情,一味催租的恶行加以严正揭露和批判,客观上揭示了明末农民起义蜂起的原因。作者甚至将矛头直指"率兽食人,贱民贵畜"的神,斥其为"无德",呼吁它"庶鉴民情"、"惟民是听"。全文语气由舒缓到激切,名为祷神,实则斥神,宣扬了人定胜天的进步思想,爱民之心赫然。文句以整齐的四言为主,文辞朴质,节奏明快,颇有古风。

此外,《西山移文》承袭孔稚圭《北山移文》之意,对清初出仕新朝的假遗民大加讥诮,文辞之工虽不及前者,笔墨之辛辣却毫不逊色,将清初一些开始尚能持节自守,后终经受不住名利诱惑转而出仕的文人士大夫的卑劣心态描摹得入木三分,不失为一篇佳作。

李渔的赋作以《不登高赋》为代表。此赋反古意而言,论登高之讹,识见自高。语言浅易,类似口语,句式变化多样,不拘一格,虽不似古赋那样典丽雅正,但别具真率粗放之美。另有《龙灯赋》、《鸡鸣赋》等,风格与此相近。相较在戏曲理论、创作上的成就,李渔的辞赋创作薄弱得多,部分作品还流于低俗,这点是应该指出的。

施闰章诗歌的审美趣味与王士禛相近,崇尚"温柔淹雅,典丽冲和"(《徐伯调五言律序》)的境界。他的赋亦然,往往呈现出雍容典雅的整体风貌,这其实与他出仕清朝,赋作以歌功颂德为多有关。但除了这些辞意不足观的作品外,他也有《粤江赋》这样盘空凿险、慷慨凄婉的独树一帜之作。

据序文"壬辰暮春,奉使西粤,将下漓水、泛苍梧。时岭南甫定,所在榛莽。心悬万里,势异三江,行而不息,遂浮涨海。爰抒情托翰,以粤江命篇"可知,此赋作于顺治九年(1652)施闰章奉使广西之际。但赋文并未就此事加以叙述,而是大力描摹广西桂林、梧州等"荒隅"之地山水地势的险恶之貌。以丰沛的气势,铺张的笔法,由景及人,层层渲染,将边地的"奇""险"景致摹写得淋漓尽致,扣人心弦。就作者的情感而言,全篇一再强调"聊翘首以遐瞩,托乘槎以写忧"、"羡羽族之有口,哀人生之郁纡",却始终未明确表露忧自何来,忧由何起。但是从赋文后半部分的文字中,可以粗略猜度作者的内心隐衷以及情感扑朔迷离、多有隐晦的缘由所在。文如下:

> 至于迁客羁人,幽囚嫠妇,衔悲岭峤,寄愁林薮。影畏含沙之虫,心系啼猿之树。朝露泫其寥萧,夕月蔼其幽素。然青燐于宿莽,吊冤魂之麇聚。或风嗥而雨啸,涕阑干以相顾,抚单影之不双,嗟遇物之非故。邈中土之人兮,夫何为乎此路?忽收泪以自疚兮,将憔悴兮告谁?尼父发波臣之叹,张骞犯织女之机;三闾吞恨于鱼腹,伍胥流愤于鸱夷。彼圣贤不忏乎死生,复何有于险巇?龙负舟而按剑,蛟争璧而不迷。审至人之仿佛,悟哀乐之是非。齐四海于勺水,指十洲以为期。(《施愚山集》卷一)

作者虽归附清朝,但内心对于在乱世中滞留边地的迁客羁人、幽囚嫠妇等是深怀同情的,对于自己的出仕之行也难免存有悔意,但这些情感在当时处境下无法明言,故此只能遮遮掩掩,欲语还休。而正是由于文中始终贯穿作者的种种复杂情感,此赋才会严整而不显板滞,且辞采华茂,形象飞动,堪称清初写景抒情赋中别具一格的佳作。

汪琬是清初散文三大家之一,与魏禧、侯方域齐名。三人中,汪琬文学宗尚最为正统,文风最趋雅正,与南宋欧阳修等人相近,诚如《四库全书总目提要》所评:"惟琬学术既深,轨辙复正。其言大抵原本六经,与二家迥异,其气体浩瀚,疏通畅达,颇近南宋诸家,蹊径亦略不同。"(《四库全书总目提要》卷一百七十三)汪琬赋作仅存两篇,一为《反招隐辞》,一为《丑女赋》,量虽不多但别具特色。

骚体《反招隐辞》是汪琬晚年隐居太湖尧峰山时所作,意在回绝友人所劝出山用世之言,表明隐居之志。所以,赋的主体内容是描绘凄清幽静的山林景致和怡然自得的隐居生活。"叹凤皇之在筊兮,与骐骥之受轭。曾不如山中之闻寂兮,又何羡乎组绂。"作者变屈原《九章·怀沙》之言,明确表示自己不慕权势甚至视之为羁绊,宁愿隐居山林以保持人格独立和精神自由。这种思想在当时应该具有典型性,反映了对清廷怀有反感或疑惧心理的文人的一类心态和人生选择。此赋言辞、意境虽承袭屈赋较多,但由于汪琬"难进易退,违俗孤介",隐居时也能"闭门空山不妄交一人"(宋荦《尧峰文钞序》),本身不乏隐者孤高之风,故非但没有生硬模拟之感,反而不失自然高妙。

汪琬一贯反对以小说之言入古文辞,认为"既非雅驯,则其归也,亦流于俗学而已矣"(《跋王于一遗集》),《丑女赋》却似乎有别于这一标准。此赋极尽夸饰之能事,将一个内外皆丑而不自知的女子刻画得惟妙惟肖。其中丑女自炫容貌一段尤为出彩,读之令人忍俊不禁:

> 然且不蚕不缢,不组不纴,既陋且淫,不媒呈身。袘修袂,曳长巾,招摇里间,倚徙市门。行步所及,群然骇焉,鸡飞拍拍,犬吠猖猖。顾犹未喻其丑也,而高自儗于妖冶之伦。哂先施,排夸光,狎阳文,陵毛嫱。徧挑少艾,目许神扬,如远如近,若迎若将。俛影弄态,其丑弥章。行路畏之,褰衣不顾,嘲诮并作,笑咍交互。(《尧峰文钞》卷一)

诙谐讥诮中透露出作者对这一形象的极度鄙夷与不满,"不蚕不缢,不组不纴,既陋且淫,不媒呈身"更像是有感而发。联系时代背景可知,赋中丑女正是当时热衷于求的蝇营狗苟之徒,特别是某些变节士人的写照。"此岂未笄之子,寡居之妇,待聘而往,守贞而处者邪?"作者对他们违背传统的士人出处标准,不顾名节,缺乏忠贞之志的行为加以极力丑化与批判,质疑、讥刺之情赫然纸上。可以说,汪琬这篇别具一格的小赋其实也非简单的游戏调侃之作,它似俗而雅,命意奇特,针砭世风辛辣有力,堪称历代讽刺小赋中的佳作。

陈维崧和吴兆骞都不以赋闻名,但他们的赋特别是骈赋其实写得非常出色,文辞攀六朝之丽,骨力追魏晋之雄,在清初中期堪称佼佼。其中,陈维崧的以老到苍劲胜,吴兆骞的则更具凄婉之风,这主要与二人的思想性格和人生际遇有关。

陈维崧,字其年,号迦陵,江苏宜兴人,清代词人、骈文作家。陈维崧早年成长于累代书香、崇尚大节的环境中,青年亲历易代之痛,中年父丧,家道中落,贫困飘零,此后开始专攻徐庾骈俪之文,在当时群推领袖。所以,他的赋虽有一些浮泛的应酬或即兴之辞,如《滕王阁赋》等,但也有《白丁香花赋》、《白秋海棠赋》等婉转有致的抒情之作,《铜雀瓦赋》、《看弈轩赋》两篇则充满了对历史兴亡与人生困顿的感慨,笔墨间豪气纵横激荡,可谓陈维崧赋作的代表。

据"三湘浪骇,六诏烟迷"诸语推测,《看弈轩赋》作于吴三桂据湖南造反之时,即康熙十三年至十八年(1674—1679)之间。"看弈轩"是陈维崧友人徐釚(1636—1708)的书斋名。赋开头写徐釚隐居的环境及生活,幽深和乐中隐伏一股不平之气,仿佛暗示主人心中有所郁结。继而笔锋一转,直抒主人胸臆,将生不逢时、功业难成的悲愤表达得异常强烈,情感喷薄而出,极具张力。最后点明轩名来由,意味深长:

> 鲜焉寡欢,悄然不怿。爰葺斯轩,聊云看弈。然而寂寂虚堂,寥寥短几。既无坐隐之宾,复鲜手谈之器。潜窥而不见烂柯,窃听而谁闻落子。几同庄叟之寓言,莫测醉翁之微意。呜呼噫嘻,我知其旨!世一龙而一蛇,运或流而或峙。彼赌宣城之太守者,公岂其人;而看棋局于长安者,古宁无是耶?先生不应,欠伸而起。亟命传觞,颓然醉矣。(《陈维崧集·陈迦陵俪体文集》卷一)

轩名"看弈",实则无弈可看,看的是纷乱局势。主人处于虽隐居但牵挂时势、洞观时局却又无可奈何的矛盾之中,愁苦异常,只能借酒迷醉自己。但酒并非消愁良药,因为这种愁闷、痛苦植根于时代,无法消解,酒入愁肠,愁意只会愈加沉痛悲凉。陈维崧此赋不仅寄寓了自己的一生坎壈,而且将纷乱时势之下,以徐釚为代表的明遗民的普遍心境和情感体验揭示得极其深刻,颇具时代意义。

《铜雀瓦赋》短短百余字间寄寓了千古兴亡之思,结构谨严,架构有力,也是一篇佳作。全篇如下:

魏帐未悬,邺台初筑。复道衺延,绮窗交属。雕甍绣栋,矗十里之妆楼;金坿铜沟,响六宫之脂盝。庭栖比翼之禽,户种相思之木。驭婪前殿,逊彼清阴;柏梁旧寝,嗤其局蹙。

　　无何而墓田渺渺,风雨离离。泣三千之粉黛,伤二八之蛾眉。虽有弹棋爱子,傅粉佳儿。分香妙伎,卖履妖姬。与夫杨林之罗袜,西陵之玉肌。无不烟消灰灭,矢激星移。何暇问黄初之轶事,铜雀之荒基也哉?

　　春草黄复绿,漳流去不还;只有千年遗瓦在,曾向高台覆玉颜。
(《陈维崧集·陈迦陵俪体文集》卷一)

首段状铜雀台之雄奇富丽,气象开阔。中段笔调突转,写人、事之消亡湮灭,哀婉凄凉。尾段对物兴悲,论时光迅疾流转,唯一留存并见证兴亡的只剩铜雀遗瓦,在动与静、大与小的强烈对比中,悲悼之情愈显沉痛苍凉,也给人留下了无尽的回味思索空间。全赋字数虽少但内容丰富,一气蝉联而又一波三折,文辞凝练,气韵沉雄,堪称历代吊古抒情小赋中的上品。

吴兆骞的赋全部收在其《秋笳集》中,分别为《春赋》、《秋雪赋》、《羁鹤赋》、《兰赋》、《萍赋》、《长白山赋》、《竹赋》、《陶彭泽无弦琴赋》八篇(《秋笳集》卷一)。《春赋》、《竹赋》为少时所作,前者凄清伤感,赋春却有悲秋之态;后者"感幽质之飘摇,怜贞姿之芜没",以孤竹自比,大抵文人孤高自赏情结。两赋虽情感不够深沉,艺术上也刻意仿鉴前人,如《春赋》结构、行文均带有江淹《别赋》的痕迹,但已初显出吴兆骞赋作体物精微传神,用语典丽精工,情感细腻丰富而以愁为主的整体风貌。

因丁酉科场案被诬远戍宁古塔后,吴兆骞羁留东北绝塞 23 年,"冰与雪,周旋久"(顾贞观词句),饱受肉体与精神的双重折磨。愁愤郁结却碍于囚徒身份无法一吐后快,只能寄情山水自然抒发隐衷,托物言志、借景抒情因之成为他这一时期赋作中最常用的表现手法。《兰赋》、《萍赋》、《羁鹤赋》借与自身遭际相似的物象来哀叹自己品性高洁却遭受重创、天涯流落、漂泊不定的悲惨命运,抒写心中的孤寂、愤懑、煎熬与挣扎,愁情入骨却又一唱三叹、回环不已,动人至深。

《秋雪赋》将一场寒地秋雪描摹得绘声绘色,尽显边塞气候的恶劣,表达了作者长期羁縻其中强烈的思乡之情和深切的怨愤之感。画面低沉灰暗而又萧瑟旷莽,压抑焦灼中潜伏一股悲壮苍凉之气,反折出作者在边域严酷环境中心境的极度愤懑与悲凉。通篇情景交融无间,哀怨凄婉中爆发出震撼人心的力量。艺术上,由"兮""于""而""之""以"等助词带动句式灵活转换,使文章节奏、情感收放自如,成就颇高。惟结尾处模拟鲍照(415?—470)《芜城赋》较多,是其微瑕。

《长白山赋》描绘长白山自然景观气势雄阔,是"足摩班、张之垒"(《晚晴簃诗汇》卷二十八)的名篇。此赋作于康熙十七年(1678)清廷遣臣封祀长白山之时,目的是希望经由封山使者进献康熙帝,获取赦免还乡的机会。所以,赋文前后充斥着歌颂清廷的客套用语,中间部分写景状物也极力炫才,用词古奥,铺张扬厉。但由于吴兆骞在东北生活多年,熟悉长白山风情地貌,又具备敏锐的观察力,所以写来得心应手。结构层次分明,辞藻铺排恰如其分,形象描绘富有生气,句式转换灵动多变,读来毫无板滞之感。加之他此时怀有被赦的一线希望,笔调也不似前述诸赋那样凄婉颓唐,而是气势勃发、一泻千里。难怪康熙帝也对此赋赞赏有加,并一度动赦免之念,可惜最终出于多方考虑,不了了之。尽管如此,这篇佳作仍为吴兆骞在当时及后世文坛赢得了极高赞誉,助他跻身赋史名家之列。

## 第三节　清中后期之辞赋文

乾嘉时期是清赋的鼎盛期,出现了辞赋"中兴"之局面。从艺术流变的角度看,该时期的辞赋体现出体制兼备和风格多元的特征,辞赋批评专著进一步涌现,赋家队伍也日渐壮大。

承康雍之世,乾嘉时期,大一统的政治局面进一步得到巩固,疆域的辽阔超迈前代,这一时期大量涌现的地舆赋正是这种"盛世"精神的体现。清政府对知识分子延续一贯的恩威并施的双重文化政策,一方面,乾隆朝通过开设博学鸿词科和大规模修典来笼络人才,另一方面大兴文字狱以钳制思想(清代大部分文字狱出现于乾隆时期),《四库全书》的修订在保存文化典籍的同时,也借机销毁了大量文化典籍。清赋也因此被纳进封建正统文学的轨道,表现出强烈的致用精神和功利色彩,思想文化的钳制严重窒息了赋家的创作灵性。面对严酷的文化氛围,同时也受乾嘉朴学风气的影响,一些赋家转向对经籍、僻典和奇字的追求,学者赋和骈体赋由此兴盛,另一些赋家则欲在险恶的政治环境中疏离于强烈的政治意识,创作出大量的游戏之作。

到了清代中期,赋家心态已经发生了很大的变化,如果说清初遗民赋家还持有强烈的对抗心态的话,那么清代中期的赋家心态已经转向认同和合作,甚至是自觉的歌颂,事实上这种转变从康熙中期以后就逐渐开始了,我们看到大量颂赞统一、粉饰太平的赋作的出现不是偶然的,其中流露的自豪和豪迈之气与现实政治符合若契,赋作功利色彩愈加突出,风格趋于雅正。相应地,中期赋作也失去了初期赋作那种生气淋漓和慷慨激昂的气象。尽管在艺术上,这一时期的赋作呈现多元化和集大成之势,各种赋体争奇斗艳,赋作数量蔚为大观,赋家人数也远超前期,但是其中不乏平庸和模拟之作,尤其是在大赋和律赋方面。大赋虽然在表现内容上有所开拓,如描写边疆风光,但是艺术上的创新却显然不足。律赋作为应试之作,内容空洞,形式僵化,佳作极少。艺术成就较高的作品多体现在咏物和抒情小赋中,这些作品更可见出赋家的真实情感和人格精神。

与这一时期辞赋的创作繁荣同时出现的是赋论著作的大量涌现,数量大大超过了前期,包括赋话和专题赋论。前者如乾隆初浦铣(1716—1798)的《历代赋话》《复小斋赋话》,其后有李调元的《雨村赋话》、王芑孙的《读赋卮言》、林联桂(1774—1835)的《见星庐赋话》以及刘熙载的《赋概》等,这些赋话对辞赋的创作和流变进行了比较细致的考订和研究;后者如张惠言的《七十家赋钞目录序》、章学诚(1738—1801)的《校雠通义·汉志诗赋》等。辞赋理论的繁荣反映了清代赋家创作意识的高度觉醒,它与辞赋创作之间是相互影响,相互推动的。

乾嘉辞赋的兴盛不仅体现在赋家的人数上,还体现在赋家的不同身份上,而不同的身份,以及与此相关的志趣、知识结构、文学特长和经历也造成了辞赋创作的不同风格。学者以学为赋,充满博识雅趣;古文家则多承宋赋以来的散文笔法,萧散有致;骈文家重情尚美,追求华丽清绮;诗人多以诗心写赋,发自家之心声。当代清赋研究者多按赋家身份来对清赋进行分类研究,虽不无弊端,但可操作性较强,本书亦循此例,下面就其中的代表赋家加以评述。

全祖望、朱筠和阮元(1764—1849)均为乾嘉时期的著名学者,他们大多以学为赋,赋作充满博识雅趣,为皇权服务的御用色彩较浓,艺术性方面则显得不足,情韵兼胜的优秀之作较少。

全祖望的赋作有20多篇,其中《鲒埼亭集》内编卷二和卷三有10篇,外编卷一、卷二、卷三共计13篇(《全祖望集汇校集注》)。这些赋作大致分为两类:一类为应制赋,另一类为咏物赋。应制赋多带有御用色彩,如《皇舆图赋》,历述舆图历史,与清代所制皇舆图作比较,认为前代制舆图者"孰若圣祖皇帝陋术数之妄传,成函夏之通谱,上参夫万五千里之升沉,下综夫千八百国之广袤,盖先圣先王《河洛》之传,由此代兴",阿谀之词溢于言表。赋中还对国家地理进行了详细的描绘。《泰陵配天大礼赋》更是典型的颂世之作。

咏物赋是全祖望赋中艺术成就相对较高的一部分，计有 11 篇。这其中《图书赋》、《国子监石鼓赋》、《西安学宫石经赋》偏于考证，具有丰富的知识性，甚至可以看作赋体形式写成的学术文章，对所咏对象的历史沿革作了详尽的介绍。

全祖望咏物赋的认识价值在于它表现出对外来新鲜事物的关注，并对其热情地进行描写和赞颂，从一定程度上扩大了赋家的视野和赋的描写范围。如《哈密瓜赋》，哈密瓜传自西域，在中原地区生长已有上千年的历史，深受人们喜爱，赋中写道："然而莫若是瓜，佳瓣齿齿。试抓中而出汁兮，乃食经之所指，倘脯以泐泽之盐兮，则行远之所恃。"此外有《葛仙米赋》、《淡菝巴赋》、《曼陀罗赋》等，皆考其源流，赋其美味。

咏物赋中凝聚了作者情感的是《鲭酱赋》、《十二雷茶灶赋》和《金峨山晚杨梅赋》。作者对这三种家乡的特产充满喜爱和自豪之情。如《鲭酱赋》中写酱的制作过程和其味道之美："于是东部都尉，乃命渊客，乃底江村，取而醢之，蚌白擘裂，蟹黄涟沦。酿之汩汩，流之沄沄。参以紫蚢之属，投以淡菜之伦。膏爱其滑，糁取其匀。彼天然之五味，不假和齐斟酌而适均。遂贡大庖，上至尊；虽四方玉食之云集，未如此三斗之独陈也。"

《十二雷茶灶赋》中作者极力描写十二雷茶所处的自然环境，险峻且远离人世，在这样的环境中长成的雷茶自然集天地灵气于一身，独标一格，非同凡响，"时则小草兮珠圆，长条兮玉洁。双韭兮挺生，三菁兮秀出。青棂兮吐丹，白附兮结实。插珑鬆兮篁竿，缠缨珞兮萝阙"。这是全赋中少有的描述文字。

全赋中还有一些篇什，虽名为赋，实借赋以探讨学问，这类赋作多朴实无华，文字简练，如《五六天地之中合赋》、《半夏赋》、《东井赋》等。

作为知名学者、史学大家和传记文大家，全祖望并没有将他的叙事才华应用于赋的创作中，赋中更多地体现了他的学者特色。把学问引入赋中，固然增加了赋的知识内涵，但也因此造成赋的形式单调和板滞，情感的缺失使赋的艺术价值大打折扣，而这也是学者赋的通病。

与全祖望风格相近的是朱筠。朱筠，字美叔，又字竹君，号笥河，顺天大兴（今属北京）人，乾隆甲戌进士，改庶吉士，授编修，历官侍读学士，降编修,著有《古诗十九首说》1卷、《笥河文集》16卷、《笥河诗集》20卷,《笥河文集》存辞赋11篇。比之全祖望,朱氏赋具有更多文采,如他的抒情和咏物之作。

但与全氏一样,朱氏也有多篇歌功颂时之赋作,如《南巡赋》,铺写乾隆南巡江南的盛况,虽然写得气势雄壮,但内容不免空疏。还有《圣谟广运平定准噶尔赋》,极力颂扬清王朝一统天下的宏图伟业,其中洋溢着浓厚的爱国主义精神和强烈的自豪感。这样的情感在清初赋家的赋作中是不可能出现的,其中蕴含的恰恰是士人心态的转换和渐变。朱筠的抒情赋如《别赋》和《拟招隐士》等效仿六朝辞赋,创新不够;《泛舟赋》则慨叹人生,颇有情致。朱筠的咏物之作的艺术成就较高,比较明显地体现了学者赋的风格,内容典雅,用典繁多,同时也不无才情,如《笔赋》之写诗人之笔"纵笔纷披,石坠鸥蹲,挥毫落纸,风发云腾"(《笥河文集》卷四)。将创作时的才情横溢和自由挥洒表现得十分生动。《金鱼池赋》咏京师之景,写景生动活泼,颇能借鉴诗歌笔法。

学者赋家还有庄述祖与阮元等。庄氏赋作代表为《燕赋》(《珍艺宧文钞》卷一),以拟人手法写燕,清新动人。阮元是当时著名学者,且身居高位,故其赋多表现乐观精神,风格趋于雅正,其代表作是《赤壁赋》,写江行怀古,内容和情调都比较陈旧,差东坡《赤壁赋》远矣。另有《蔷薇赋》,以花喻人,强调人格的塑造(《揅经室集四集》卷一)。

清代骈文创作繁盛,涌现出了一大批著名的骈文家,而清赋中兴,又以骈赋创作为标志。乾嘉时期的骈文家代表为胡天游、汪中和洪亮吉等,他们赋作的共同倾向是重情尚美,体现了典型的盛世赋风,同时也可见骈文对辞赋创作的深刻影响。

胡天游(1696—1758),一名骙,一度改姓方,字云持,又字稚威,号松竹主人,又号傲轩,浙江山阴(今属绍兴)人,清代骈文家、诗人。《石笥山房文集》卷一存赋26篇,胡氏作为骈文家和诗人,其赋以俊秀清劲见长,且不乏狷介之气,主要以抒情咏物小赋为主,代表作有骈体小赋《静夜秋思赋》、《春草碧色赋》、《秋兰赋》、《秋霖赋》、《方竹杖赋》、《窈曲赋》、《孤山吊伯夷庙赋》、《秋月赋》、《芳草赋》等,这些赋很好地体现了胡氏作为骈文家和诗人的双重角色,吸收了两种文体的长处,注重意境的创造,文采华美,有六朝赋的神韵,同时善于表达婉曲含蓄的情感。胡赋善于写景,如《秋霖赋》描写巴峡秋景"巴峡千峰,潇湘一岸,桂树层阴,竹枝无限,埃延白鹭,桥平金雁,猿暝吟孤,烟深漏满,岫岫青风,沙沙玉藓,碧蕙滋旅,红兰重箭……"(《石笥山房文集》卷一)选取典型景物,四字句式,节奏明快。如果说《秋霖赋》中还只是满足于意象的叠加的话,那么《静夜秋思赋》和《秋月赋》中则更加注重意境的创造,使得赋作获得了诗歌的韵味。先看《静夜秋思赋》,此赋虽然篇幅较短,但全赋意境盎然,宛如一首精美的小诗,写出了秋夜月下的美景,引述如下:

> 秋虫兮夕清,秋猿兮夜惊,引流萤于远幔,飘凉霭于闲庭。静朗金闺,空融素阁,韵籁悽簧,凝芳蕡樾。晃眼河长,吹腰风结,修袂罩烟,纤罗洞月。月华兮晖晖,烟景兮微微,微微兮不散,晖晖兮愈远。远映兮水滨,珠縈兮绮文,网空明之宕漾,约秋思以迷人,迷人兮延伫,幽忧兮谁诉。良夜遥兮玉露溥,泫罗袜兮步跚跚,菊花芳兮兰秀怨。(《石笥山房文集》卷一)

虽都写秋夜景色,但《秋月赋》与《静夜秋思赋》的不同之处在于《秋月赋》处处围绕月来写,将秋月的皎洁清幽刻画得淋漓尽致:

> 素景澂秋,夜明初上,凌珠海兮晶莹,映银云兮摇漾。金波穆穆,对明镜于飞空;宝魄辉辉,贮瑛盘于相望。度碧落而寒宵乍回,流光则万里徘徊;拂绛河而露气俱清,写影则重轮淡荡。(《石笥山房文集》卷一)

此外,《春草碧色赋》也善于描摹,《芳草赋》、《幽兰赋》则借鉴了香草美人的手法,《方竹杖赋》托物言志,哀竹杖之节,赞其耿介,实是胡天游狷介之气的自然流露。而在《孤山伯夷庙赋》中则显得心情沉重,表现了远征谋食的无奈,隐隐有故国之思。胡天游的其他赋作则相对成就不高,如《玉芝赋》、《石鼓赋》、《律吕相生赋》等,内容较为贫乏,行文多用散文笔法。《玉芝赋》中为形容玉芝的千态万状,连用十几个比喻,是这类赋中不可多得的亮点。

洪亮吉,字君直,一字稚存,号北江,晚号更生居士,阳湖(今属江苏常州)人。洪亮吉代表赋三篇,收入《卷施阁文乙集》,其《七招》仿枚乘《七发》与宋玉之《招魂》,将两种体式融为一体,从七个方面加以铺排,着重表现个人情趣和追求。《七招》发挥了传统七体大赋多角度、多层次描摹事物的长处,也吸收了招魂体婉转述意、寄情深沉的特点,在体式上有一定的创新之处。除首尾外,正文共七段,第一段追述青年时的游历生活,抒发了青年时期的雄心壮志。第二三段分别描写各地特产和食物之丰。第四段铺陈歌楼妓院浮华淫糜的生活。第五六段铺陈当时学术和文学创作之盛。从第二段到第六段,可以说作者以一种自豪之感描绘了乾隆时期的盛世繁荣景象,反映了当时士大夫的生活风尚,这种繁富的描写在小说《镜花缘》中有了更为繁琐的展现。第七段作者将笔锋一转,使自己的思绪回到了天真烂漫的童年时代,诙谐地写出了童年的幼稚顽皮和真率,使人眼前一亮,会心一笑。这一部分的出现在一定程度上消解了前面的大段铺陈所带来的板滞之感,赋予作品以灵动之美,因此也是全赋中最为精彩的部分之一。"吾子则蓬松披发,十岁不足,六七有余。读书则善忘,识字则易毕。被笞逃塾,眼泪没鼻。声与百舌竞蛮,字与蚯蚓争拙。泥人满前,瞽鼓旁列。邻童里女,奔入满侧。疥虫盈手,色尽丑黑。唇焦口缺,足又病躄。"(《洪亮吉集·卷施阁文乙集》卷二)这段描写将童年时期的天真和顽劣刻画得惟妙惟肖。

洪亮吉的《伤知己赋》和《过旧居赋》两篇赋都以抒情为主,清新朴素,感情真挚,相比《七招》更能代表他的赋风。《伤知己赋》序中即抒发了岁月流逝之叹,充满着伤感和凄凉,这个时候知己成了人生最大的亮色,因此作赋怀念十个好友。赋起首即云知己之重要,然后追述自己的身世,赋下随处加注,叙家门之不幸,生活之困顿,成年后学有所成,开始了广泛的交游,众友在于交心,并不嫌其"草没衡门,霜飞甕户",纷纷而来,于是宾客盈门,出现了这样的盛况"邻人塞径,野叟骑危,讶孤童之抗礼,惊上客之频来。风苏苏而振壁,星疏疏而点苔,被襟而檐日昃,语笑而林花开。于是中外之戚,高下之才,欣于投绔,乐于衔杯"。下面叙写与诸位好友的交往。最后感慨万千,随着岁月流逝,知己多已逝去,存者无几,所谓"知我者,归于九泉;不知我者,谓我胡然。甲第则纷纷易主,丙舍则萧萧数椽"(《洪亮吉集·卷施阁文乙集》卷二),令人痛心不已。这篇赋的一个很大特色就是在赋中自为之注,从而扩大了赋要表现的内容。另外骈文句法的引入,使该赋文字流畅而清绮。

《过旧居赋》的风格也倾向于伤感,怀旧色彩浓厚,同样以情取胜。按序中所言,该赋作于乾隆癸巳(1779)十一月,即乾隆四十四年(1779)冬,作者通过对旧居环境今昔的对比描写,抒发了"岁月盈虚,人生与俱"的感慨,表达了对旧居的无限思念。全赋分为两个部分,前半怀想明清鼎革、家道中落、祖宅被毁的历史,旧居经三世营葺仍未安,追述了童年的艰辛生活;后半写旧居之变迁,抒发了对旧居的难舍之情,其中离别旧居时的情形最令作者伤感不已。"惟居庐之易主兮,情纷悒而靡喜。犬周巡而不辍兮,鹊悲鸣而四起。非俦类之是恋兮,情亦眷于鸣吠。遗缥巾于里媪兮,挂别箴于户里。环车轮而远送兮,盼百步而不已。别遥遥而六载兮,乃屡过乎里门。池涓涓而已竭兮,桑猗猗而靡存。"(《洪亮吉集·卷施阁文乙集》卷二)

董祐诚(1791—1823)所著的《万善花室文稿》收赋16篇。他喜汉魏六朝华丽之文,二十一岁时随师游陕西所作之《华山神庙赋》就兼具汉魏六朝文之风韵,曾经流传一时。董氏赋中艺术成就较高的是他的《桂花赋》,此赋作于早年他蹉跎科场时,董氏虽聪明过人,但在科场上却屡屡失利,巨大的失落感让他难以释怀,悲愤之下写下了这篇赋。桂花是楚辞中与兰蕙并列的佳花,被屈原赋予了高洁的品行,而"蟾宫折桂"也是科举高中的象征,因此咏桂花可谓恰到好处。赋的开篇即将桂花视为"珍植",和其他咏物赋一样,此赋也是集中笔墨渲染桂花的容貌和品行,为下文的抒情张本。接下去渲染气氛,写秋天肃杀之景象"于时,金收典寒,诸比振厉。莳花阒丹,隰草卷翠",在这样恶劣的环境下众花凋谢,而桂花独放,"振陈芳而越馥,欻凉绪而抒英","奉君子之拂植,溯秋风而效心。虑奇服之易渝,凌凛秋而独任"(《董立方文乙集》卷上)。环境越恶劣,香气越浓烈,因此虽然孤芳无人赏,虽然苦闷,但作者也未自暴自弃。他仍然向往着"幽人",矛盾的心情于此毕现。咏物赋的最大特色是移情于物,借物抒情,本篇也不例外,作品的感人之处也恰恰在于联系自身生世而抒发情感,刘勰在《文心雕龙》中批评很多赋为文而造情,过分追求形式美,这种批评用在大赋上比较贴切,而咏物抒情的小赋则不应在此列,他所认为的好的作品在于"为情而造文"在这篇赋作中得到了展现。董氏的遭遇和黄景仁颇有相似之处,都是怀才不遇、穷困潦倒而不幸英年早逝。然而可敬的是他没有放弃追求,赋的结尾用《楚辞》句式表达自己的志向,让人叹息不已。

彭兆荪(1769—1821)辞赋成就较高,早年作有《五台山赋》和《雁门关赋》等,描写北方的山川形胜,气势不凡。《托罗台吊杨太尉赋》则是凭吊历史人物。中年后所作的《广大均赋》、《苦寒赋》等(《小谟觞馆文集》卷一)主要是感叹身世和时局,其中《苦寒赋》最受称誉。赋先铺写苦寒之境,一片肃杀昏暗,表现时局的担忧。彭兆荪生活的时期已到了嘉庆,盛世不在,清王朝不可遏止地走向衰落。作者已经明显感受到了末世的萧飒,事实上乾隆中后期开始,个体文学作品中就普遍弥漫着这样一种末世情结,作家以其敏感的心灵感受到了末世的到来,他们充满了失望和无奈。赋中整整三段对苦寒之境的描绘,未尝不是作者苦寒心境的再现。第四段联系自己的身世,个体和时代的命运就这样纠缠在一起,令作者的心情处于极度阴郁之中,我们仿佛看到了寒风中作者寂苦憔悴的身影。该赋善于因情设境,风格独特,虽乏昂扬之气,但沉郁有之,不愧为彭赋中的佳作。

汪中的三篇赋作(收入《新编汪中集》)均为哀祭文,我们将在后文哀祭之属中专门论述,兹不赘。

与其他文体理论研究的兴盛一样,赋论在清代也出现了一个繁盛的局面,中期尤盛,绪论中我们已经列举了大量赋论,在这些赋论家中李调元和张惠言无疑是最具代表性的两位,而作为赋学理论家兼善作赋者也以这两位为代表。

李调元所著《赋话》10卷,其中"旧话"4卷,"新话"6卷,"旧话"多采旧说,创新较少,"新话"论宋以后历代律赋,资料翔实,立论精当。李赋注重音律和铺陈,艺术上有可赞之处,但内容空疏,文字艰涩。《童山文集》卷一存赋9篇。有仿汉大赋的《峨嵋山赋》,极尽铺陈之能事,虽韵律和谐,但渲染太过,奇崛难读。赋末写立于峨眉山顶远眺,"西有千古之雪岭,东有万里之吴舟,北则成都如井底,南则瓦屋如嶕峣"(《童山文集》卷一),气势宏大,这样的气势多少具备了些盛世气象。《雪浪石赋》细致描摹雪浪石之状,颇具情致,"摩挲而触手生波,细玩而从心荡漾,恍风雨之迷离,资烟云之供养,倘使屏连翡翠,一派青阴,如其架近珊瑚,千重红涨,真堪九华并列"(《童山文集》卷一)。

李调元的咏物赋政治道德观较强。如《指佞草赋》以佞草喻奸臣,以议论结束全篇;《直如朱丝绳赋》则是倡廉,希望"士气孤标,臣心耿直,外流缜密之光,内抱精纯之德";《樵夫笑士赋》颂扬士人节操,但李氏所谓的士行更多的是为封建王朝效力,为皇帝效忠。这些赋内容虽不免陈旧,但大多构思奇特,注重音律。李氏的代表赋作尚有《烟赋》,序中介绍了烟草的来源,赋中写烟草之燃烧十分精彩,展现了李赋善于刻画之长:"其始出而聚也,桑蚕春浴而蠕动;其少迟而散也,柳丝风卷胃而飞扬。小炷则飔起青蘋之末,满引而香浮宝鼎之旁,况乎采艾蕲阳,杂以三年之叶。纫兰澧浦,挹兹九畹之芳,惟见风云吐纳,烟霭翱翔者乎尔。"(《童山文集》卷一)

张惠言存赋二十余篇,散见于《茗柯文编》各编中,他早年即致力于赋的创作,以司马相如和扬雄赋为宗,编有《七十家赋抄》,止于庾信,对魏晋以下之赋则颇多微词,这与乾嘉之时汉学大盛及他个人专宗汉儒有密切关系。他的大赋主要学汉魏,小赋主要学六朝,且都有所创新,体现出自己的独特风格。张氏赋体裁多样,以咏物赋、纪游赋艺术成就为高,其他如多篇馆试赋,纯为应制之作,成就不高,兹不评述。下面以他的纪游大赋《黄山赋》和咏物抒情小赋《望江南花赋》为代表作简单评述。

《黄山赋》仿汉代大赋体式而作,之前作者曾作骚体形式的《游黄山赋》一篇,恨不尽兴,多有遗漏,故再作《黄山赋》一篇。该赋以四言句式为主,大肆铺张扬厉,描写黄山之雄奇秀美,突出了黄山奇峰、奇松、怪石、云海、飞泉等特点,但该赋又非完全仿汉大赋,而是舍弃了汉大赋结尾的"劝百讽一"。赋开篇点明黄山的地理位置,从大处落笔,仿佛从太空中俯视一般,写得气势恢宏,由此奠定整篇赋阔大、铺张的笔调。接着由远及近,围绕黄山之水急的特点进行描绘,以飞驰的流水衬托出黄山的伟岸与峭拔。然后描写黄山本身,以由大及小的手法依次摹写了黄山十座著名的山峰,作者善于抓住每座山峰的特点,曲尽其妙。另外赋中还描写了黄山上的怪石以及飞禽走兽、奇花异木。赋的末尾写雨后初晴,黄山的瑰丽景色,既有实写,又充满丰富的想象,"于是天雨新霁,蔚荟朝隮;喑魃块圠,滂洋四施;襄混怀隧,冯谽陵夷。东混扶桑,日之所出;南溃炎风,西淹总极;北沍积冰,漫漫汩汩;风至波起,天地炭欒;状若浮海,说于碣石。沄沄积陵,化为鱼鼋;黴鲸奔鲵,稠欶缤翻。土囊郁勃,万响怒叫;惊禽悲兽,跙魂哀啸。鳞鳞隐隐,不知处所;颣聆忽荒,皆在水下。翔阳震荡,涌波凭兴;浮彩下烂,绚耀上升"(《茗柯文编》初编)。

整篇赋可谓颇得汉大赋之精髓,极尽铺张扬厉之能事,文采华赡,想象力惊人,表现出作者高超的写景状物的功力。然而该赋的缺点也是明显的,章太炎在《国故论衡·辨诗》中虽对此赋大加赞扬,但也认为"虽未至,庶几李杜之伦"。他在吸收汉赋优点的同时,也将汉赋末流中过多堆砌生僻字词的缺点带入此赋,从而损坏了赋的形象性和生动性。

《望江南花赋》是张氏咏物赋的代表作,类似的还有《寒蝉赋》、《竹楼赋》等,这些作品的共同特点是借物以抒情咏志,小巧而情真。《望江南花赋》大概作于作者寓居北京时,抓住江南花"开秋发芳"、能耐风霜的品性,从而引出作赋之由。全赋分层来写,第一层写江南花外柔内刚的品性和生不逢时的凄凉处境,虽然根和芽都比较荏弱,但是任风尘附,依然顽强盛开,任众花开放,依然不与同流,真是"拂兮其不逮时也"!第二层进一步写出江南花的柔中有刚、刚而有度的温柔敦厚的品格,"华不饰悦,香不越林;群不比标,偏不戾参;独专专兮沉沉,体志安隐,醇醇深深"。最后作者直抒失意之情,但既已立志如此,又"初服兮敢化",这其中也不无思乡之情。

袁枚存世赋篇,收入《小仓山房文集》卷一、卷二十五。其赋创作一如其诗文观,强调"独抒性灵",形式自由活泼,以抒写优游闲适的生活情趣为主,笔调常有诙谐、尖快和讽刺的意味。代表作是《笑赋》,与晋代孙楚的同题赋不同,袁枚此赋并不着眼于笑本身,而是列出种种可笑之事,加以刻画和讽刺。全赋共有九段,首尾两段是对中间七段的简评,表达作者的真实态度。中间七段是赋的主体部分,形式上兼七体和江淹《别赋》的特征。作者托名陆云,申明他"本无笑疾",下面所嘲者乃是应该的,作者的态度十分严肃,从世俗中选择了七种可笑之人以及他们可笑的行为,表现了作者对他们及其行为的鄙视。作者对世态人情有着深刻的洞察力,刻画起来得心应手,描写穷形尽相。如:聚敛财富者只管聚敛,不知大祸将至,而"钥于枕边",一幅典型的守财奴脸孔;趋投热官者只知攀龙附凤,而忘记了官场上的尔虞我诈,这里实际上蕴含了袁枚真实的官场体验。对于当时学术界的情况,袁枚也大加挞伐,乾隆时期的考据家们埋头于繁琐的文字考证,"党枯骨以死争,抱陈编而苦斗。卒之古人不生,长夜不旦。徒相殴于昏黑,终不知谁之胜负",实在无谓。以上诸种人和其行为,均可笑至极,然而又可悲、可叹。全赋以散句为主,间以骈句,挥洒自如,诙谐的笔调和大量的比喻信手拈来,体现了作者驾驭语言的高超能力,而喜用散句也成了袁枚赋的一个重要特色,跟他不拘格套的文学观俨然一致,在其他赋中我们也能看到。如《长沙吊贾谊赋》,作为一篇骚体赋,作者在其中也掺入了大量散句,使行文更加流畅。赋的内容主要是从主客观两方面分析了贾谊怀才不遇、英年早逝的原因,偏重于表达对当时客观现实的不满,从而发出深深的同情和哀悼,多少有点借他人杯酒浇自家心中块垒的味道。《秋兰赋》是一篇清新雅致的抒情小赋。篇首即写当秋林中百草皆逝的时候,秋兰却独自开放,作者没有直接描写秋兰的妙姿,而是先写其幽香从林中传来,"熏熏然独异",于是十分惊讶,"开非其时,宁不知寒"? 一句反问,凸现出了秋兰傲寒不凋、芳香宜人的独特品格。第二段写作者寻到秋兰,始正面描写"业经半谢,尚挺全枝",傲寒之品格立即展现出来,接着写作者由怜花、护花到赏花、赞花,感情逐步升华,最后"予不觉神心布覆,深情容与。析佩表洁,浴汤孤处。倚空谷以流思,静风琴而不语"(《小仓山房诗文集》卷一)。此时的作者已与兰花神合无间,兰花之美、兰花之精神也被作者所承续。作为当时天下知名的才子,却始终未能得到大用,既然不能苟合于肮脏的现实,那么何不做一支孤芳自赏、洁身自好、超尘绝俗的秋兰呢?袁枚借秋兰作了一次很好的自我标榜,他也真正实践了这样一种价值观。袁枚的其他几篇赋也写得十分出色,如《青山招主人赋》将青山人格化,借青山之口,表达对随园的钟爱和依恋之情。《老而无子赋》哀叹老而无子,孤独无依,倍感凄凉,赋的后半段反思了自己老而无子的原因,抒发了对有子的渴望。在子嗣观念浓重的古代,这样的情形算是极其不幸了,因此我们也能够理解袁枚无尽的哀痛。《山问》仿东方朔之《答客难》,通过山神问难,申述自己何以早早归隐的原因,以此来表明自己的志向,山神不理解袁枚为何在壮年,正是事业有成的时候,毅然归隐随园,这和古人之隐有很大的不同,山神的不理解也是世俗人的不解,在袁枚看来"君子之立身也,才欲其大,志欲其小,能欲其多,事欲其少。故名成而身乐,心安而境好"。最后山神歌曰"山之高,不如子之超;山之灵,不如子之明"(《小仓山房诗文集》卷一),认同了袁枚的看法。

袁枚的赋取得了较高的艺术成就,这种成就的取得得益于他的绝世才华、独特性情以及兼收并蓄、写自家面目的文学观。

清中期辞赋创作的繁盛很大程度上与律赋的大量涌现有关,律赋创作数量的巨大又与科举考试密切相连,正是在科举考试之下催生了大量应制之赋。这些作品大多内容贫乏,而偏重于形式技巧,代表作家有齐召南等。

齐召南(1703—1768)有《竹泉春雨赋》、《拟李白悲清秋赋》等,沈叔埏(1736—1803)的代表作有《秋水》、《征楚出山二图》、《文心雕龙赋》。除律赋外,乾嘉时候的著名学者钱大昕、孙星衍(1753—1818)、江藩(1761—1831)等人也创作了一些应制赋。钱大昕的《潜研堂文集》存赋三篇,皆御试之作,代表作是《石韫玉赋》,辞旨深微。孙星衍亦存赋三篇,《春华秋实赋》以植树喻治学之理,颇为形象。江藩的代表作是《河赋》。

龚自珍有赋四篇,见于《龚定盦全集类编》赞颂辞赋哀祭类,其中《水仙花赋》和《哀忍之花》为咏物抒情言志的小赋,《燕昭王求仙台赋》虽为咏史,实是追怀盛景。《戒将归文》沉郁激切,有愤世倾向,表达出不与世合作的心态。作为一名一生追求"更法",渴望革新以末世的思想家,龚自珍的创作有着强烈的现实主义风格,具有鲜明的时代特征,面对清王朝不可逆转的衰落之势,尽管他提出了很多改革主张,对现实也有着深入的思考,然而始终无法实现,因此作品中不免表现出愤世嫉俗的情绪。《燕昭王求仙台赋》通过燕昭王建黄金台以求天下之材的故事,描述他心目中的清明政治,寄寓着他的革新愿望,在那样的政治环境下,到处充满祥和之气,这种气"自东南隅"而来,"冉冉兮若青云之始翔",上卿客儒感斯气也,盎然而和。这里东南之说,不言而喻,地处东南的江浙在清代文化发达,人才荟萃,但清政府从清初以来,就对东南士人采取打压政策,实施残酷的文字狱,从而禁锢了思想,造成了万马齐喑的局面。只有"有道之国,至德之君,则是气从而降之"。这种气"浩荡兮无极,凄迷兮不识。胎乎无始之乡,酿乎自然之域……抱之兮若冬雷之不可亲,思之兮若春女之不忍别。徒欲求之,群代马而影迷,乱燕兰而香失"(《龚自珍全集》第7辑)。

人才的培养问题一直是龚自珍关注的焦点,在他看来只有改变现有的文化专制政策,为人才成长创造良好而宽松的环境,那么清王朝的复兴还是很有希望的,他著名的《己亥杂诗》、散文名篇《病梅馆记》都是如此。《哀忍之花》就是典型的一篇。该赋托物言志,作者别出心裁地创造出一种花,强名为"忍",蕴含了人才备受压抑的无奈和哀痛。忍之花本具有高洁的品性,植根于天地间,能花而香不外出,如此富有生气的灿若云霞的忍之花,为"天女所怜猗,而投之人间",本应得到珍爱,但在人间却备受摧残:

> 云猗霞猗,天女所怜猗,而投之人间猗。飘摇猗,悲风扬猗。惨怛猗,阴气戕猗。凄心魂猗,郁猗,块猗,又孔之飙猗。何以宠之?棘十重猗。春不得抽蕤,夏殒妍猗,蹇以盘猗。毒霾霾猗,蛇虺所蟠猗。心苦猗,不可以传猗。材孔清猗,性孔灵猗,怳不可以名猗。哀此忍树猗,毋久闵汝香猗。行归而乡猗,云霞之乐长猗。(《龚自珍全集》第7辑)

因此此赋表面哀叹忍之花的悲惨命运,实是控诉现实专制制度下严酷的思想统治和不合理的用人制度。与上赋虽写法不同,但主旨是一致的。《水仙花赋》纯为托物言志,作者将水仙花想象成一位超凡脱俗的美丽仙子降临到人间,用华美的辞藻描写她超尘绝俗的美和齐乎高士一样的人品。而这是作者自我的形象写照,作者就是黑暗末世的一株清高的水仙花。该赋颇得屈原离骚的精髓,是香草美人的又一种用法。

金应麟(1793—1852),字亚伯,浙江钱塘(今属杭州)人。《骈文类苑》收其赋两篇,分别为《诘闲》(《皇朝骈文类苑》卷十一)和《哀江南赋》(《皇朝骈文类苑》卷十)。《诘闲》写自己绝意仕进,愿保持自己的节操。《哀江南赋》虽是旧题,但是题材却有着强烈的时代性。赋以悲愤的笔调记叙了英军洗劫镇江的情形,控诉了侵略者烧杀抢掠的残酷暴行,同时讴歌了人民的反抗斗争,痛斥了因清政府的腐败无能导致斗争失败的惨剧,洋溢着爱国主义精神。金氏赋的代表作是《藕花赋》,该赋作于道光二十年(1840)作者辞官南归杭州之后,赋前小序交待了写作背景和意图。很明显这是一篇托物言志的抒情小赋。赋的一开始就通过四个比喻着力描写藕花的高洁品行,可谓出手不凡,"铮铮乎如孤臣之热血,峭峭乎如素女之贞节。矫矫乎如云鹤之翱翔,皎皎乎如寒泉之方冽",它"无花亦香,遭污更洁",真是出淤泥而不染,它生长帝乡,清静洁白,秉性清高,所以作者爱其"峭直之性,赏其孤立之芳"。从多方面、多角度写藕花之品行,使主人公的形象愈加丰满动人。然而藕花的高洁和孤傲却遭致美女们的嫉妒、责难,以及游鳞的戏弄,上苍的嗟叹。于是"既生世之不偶,爰归隐乎江滨",以上这部分描写实际上是作者自身遭遇的形象写照,作者在京城做官,在黑暗的官场上,始终能像藕花一样保持自己的节操,然而却屡遭小人的嫉恨,因此只好归隐。但是归隐也不被人所理解,藕花大好的容颜在时光中逐渐消失,暗示着作者的才华得不到施展,可见归隐本是无奈之举,作者又何尝不想大展宏图,报效国家,只是时代不给他这个机会罢了。最后的歌唱将这种矛盾心态展现得淋漓尽致,本想"事事为君致实用",却落得"一朝零落悲天涯",但"君不察兮甘伏匿,君一信兮驱群邪。痊疴一片昌黎讽,五沃精土夷吾嘉。霜除露阙时引领,不与三闾同咨嗟!"(《豸华堂文钞》卷一)用韩愈和管仲的典故来表达自己的志向,他坚信自己不会像当年的屈原那样,为楚国的衰亡而哀叹,一片忠心,可昭日月。《藕花赋》采用比兴手法,将藕花拟人化,具有人格化的藕花就是作者身世遭际的象征。

# 第十章　清代哀祭文

哀祭文即哀悼祭奠死者、以寄寓哀伤之文，种类繁多，主要包括祭文、吊文、诔、哀辞、祝文等。刘勰云："原夫哀辞大体，情主于痛伤，而辞穷乎爱惜。……奢体为辞，则虽丽不哀；必使情往会悲，文来引泣，乃其贵耳。"(《文心雕龙义证》卷三)魏禧亦云："哀死之文，情胜其文，非无文也，情至而文以至焉。不求文而文至，文之至者也；不言哀而哀至，哀之至者也。"(《魏叔子文集外篇》卷十四)不同种类的哀祭文虽然文辞和形式不同，但其主体特征皆不外乎以哀伤动人。哀祭文中以诔最早出现，现存最早的诔辞为《左传·哀公十六年》中鲁哀公的《孔子诔》。哀辞源于诔，二者的文体形式基本上为前散后韵，与他类略异。唐以后，哀辞和诔衰微不振，而祭(吊)文成为哀祭文的主体，获得长足的发展。徐师曾《文体明辨序说》言："祭文者，祭奠亲友之辞也。……其辞有散文，有韵语，有俪语；而韵语之中，又有散文、四言、六言、杂言、骚体、俪体之不同。"此说概括可谓精到，但祭文虽以祭奠人物为主，而实不限于此，如唐韩愈即有名作《祭鳄鱼文》等。至清代，祭文的内涵扩大，举凡哀悼人事、凭吊古迹或祈祷神灵等，大多以"祭文"或"祭……文"标目，亦有以哭、告、悼、奠、祷、悲、哀等为名称者，与祭文实一。清代哀祭文踵事增华，较前代虽创新之处不多，但亦颇有佳作，如魏禧《哭莱阳姜公昆山归君文》、方苞《婢音哀辞》、刘大櫆《祭舅氏文》、袁枚《祭妹文》、汪中《哀盐船文》等。

清代哀祭文发展不平衡：前期文章守成徘徊，风格多样，但文中融易代之思是其特点。此后至1840年鸦片战争前夕为后期，哀祭之文有所突破，桐城派、袁枚、汪中等共同把清代祭文推至顶峰，清代祭文名篇基本上出于这一时期。龚自珍等的哀祭文颇具近代文学的特色。

## 第一节　明清之际哀祭文

与赠序类似,明清之际学人对祭文颇不看重,顾、黄、王三大家中,仅黄宗羲有祭文四篇,其中《张待轩先生哀辞》较知名,述张待轩负才"好直言刺人"(《黄宗羲全集》第十册),而性至孝,文笔生动,文末用骈,哀情中不乏识见。

因此,明清之际的哀祭文,以文人之文为大宗,其显著特点是对死者的评价多遵"气节",这跟故国沦于异族之手不无关系,此时的文人多有持"华夷之防"者,且多以"遗民"、"隐逸"自居,不肯与朝廷合作。"失节事大",文人莫不深受这一儒家伦理的影响。即便聪明博学如钱谦益者,晚年与反清势力往来密切,死后也难免被后辈于祭文中评议其变节之事。因此,明清之际哀祭文多借题发挥,叙死者之为人,同时也兼及时事,表露作者自己的仁义之心。

此期哀祭文风格不一,呈现多样化发展的倾向。有铺陈掌故、激切时政者,如钱谦益;有以情驱气、摇曳生情者,如陈确;有平实内敛、叙述纯正真实、文辞简洁核要者,如归庄。

钱谦益在明末作为东林党首领,已颇具影响。后降清,仍为礼部侍郎,但很快他就告病归,与反清势力保持联系。其晚年著作《初学集》、《有学集》、《投笔集》里面流露出明朝遗民情结,如:"冬青树老六陵秋,恸哭遗民总白头","莺断曲裳思旧树,鹤髡丹顶悔初衣",以至在身后被乾隆帝视为"有才无行之人",其著作多被禁毁。

文学史上的钱谦益往往以"虞山诗派"的宗主而著称,其实牧斋于文亦各体俱工,连哀祭文、赠序之类的应用文体也活色生香,自为一路。

牧斋的哀祭文包括祭文和哀辞。祭文没有散体文,均为骈文,多四言格,且多用典。牧斋祭文颇重文采的特点使其感情的表达不够细腻,用典又增一层曲意。如《祭高阳公文》叙其初闻高阳公"就义"后的哀痛:"中心如捣,退哭诸寝。"(牧斋初学集》卷七十七)"中心如捣"出自《诗经·小雅·小弁》:"我心忧伤,惄焉如捣。""捣"是一种心腹痛的疾病,牧斋用此言其极度哀痛,但四言之文究难以畅情,因而显得比较克制,随后回忆高阳公(孙承宗)镇边卫国抗后金(清)直至殉国的事迹:

> 公初出镇,画关为疆。赤县黄图,寄命堵墙。奋袂抗议,屹如泰山。誓复河西,以保危关。经营荜路,储峙粮糗。奄有宁前,以及锦右。戎索稍定,奄祸遽兴。晋阳之甲,萤语沸腾。缉缉群小,冯奋逐公。羯奴抃手,酌酒河东。公再出镇,畿辅践蹂。辽帅惊奔,如逐瘐狗。呼吸定变,徒手单车。倒戈入卫,关门晏如。岩疆复宇,叛人献馘。露布晨驰,都门昼辟。奴焰孔炽,倚公长城。纶阁虚席,锋车急征。奴警解严,视公赘疣。一肘后掣,众喙旁咻。任重权分,功大失少。角巾归里,未厌群小。天门荡荡,雷车殷殷。憖置一老,以膏奴吻。群小锄公,如稂如莠。羯奴何知,为彼假手。子期割心,弘演纳肝。千秋万世,同此寸丹。入相出将,取义成仁。鲁公晋公,合并一身。公殁之日,屋庐萧然。左图右书,荡为云烟。辇输捆载,今复何有?藉手羯奴,间执谗口。阖门殉国,未悉几人。故知从公,并侍帝晨。白首门生,未获死所。临风告哀,老泪如雨。呜呼哀哉!尚飨。
>
> (《牧斋初学集》卷七十七)

文中仍不乏用典之处,如"子期割心"、"弘演纳肝"等。子期曾假扮楚王使其脱祸,却被楚王割破胸口以与随人结盟(《左传·定公四年》);弘演为了好鹤亡国的卫懿公,不惜割破身体纳其肝(《吕氏春秋·忠廉》)。牧斋用此典时摒弃了子期、弘演身上愚忠的色彩,而突出其忠贞的典范意义。文末对死者的评价:"入相出将,取义成仁。鲁公晋公,合并一身。"用典,文意不够显豁。这些在客观上阻滞了深挚情感的细微传达,总体上并不利于祭文的正常发展。但牧斋祭文和其他文体一样,力图振衰起弊,在主真主变的同时,反思公安、竟陵之流弊,准的唐宋之矩矱,由俗复归雅正,在当时有着积极的影响。牧斋祭文钟情四言格骈文的事实或正由此而致。

牧斋烂熟掌故,也增大了祭文的容量和厚度。其《祭虞来初文》是一篇骈文,隶事用典更为繁密,"听尧年之鹤语,察周郊之牛目。悲虫老而蛰藏,同马牛之猬缩。将余心之遥遥,命下走之鹿鹿"(《牧斋有学集》卷三十七)。几乎句句用典,对仗颇工,其跌宕悱恻不下陈维崧的骈体哀祭文。

牧斋祭文虽多四言,甚至骈体,但并不落入旧套,或善用比喻,鲜明生动,如上文中叙高阳公杀敌之英勇:"公再出镇,畿辅践跺。辽帅惊奔,如逐瘦狗。"把"辽帅"(实指清军)比喻为疯狗,以见其对高阳公之畏惧和奔逃之速。牧斋有时还巧用细节描写,从而达到意想不到的效果,如《祭翁太常文》叙他幼时与亡者的交往:"君居函丈,余嬉稚齿。著履加膝,捉笔书几。颠倒裳衣,狼藉文史。君不余嗔,颔之而已。时或眷然,顾我则喜。"细味字里行间,以日常琐事入文,文意更真切动人。

牧斋哀祭文的另一个特点是文中常议朝政、论人事。如《祭翁太常文》不止于为交谊而抒发哀情,而是涉笔刺时,"九阁沉沉,奏囊交跂。君为劳臣,俛俛左掖"(《牧斋初学集》卷七十七),朝政如此,为政者可不勉哉?《祭南昌刘宫保文》也是如此:

> 自昔权奸,衡执国柄。驱除元臣,罔恤顾命。逆瑾作难,先去洛阳。逆贤之焰,逐公始张。正人在朝,国有纲维。如坊止水,田者不知。及其一去,若决大川。谁能捧土?塞彼滔天。(《牧斋初学集》卷七十七)

可见,文中的议论虽是为了突出亡者生前的功绩,但字里行间也透露出作者的经世之思和对不合理朝政的现实批判。这些在其甲申之前的哀祭文中尤为明显,其愤激之情往往不加抑制,而到晚年则极其隐秘。因此,其祭文之有特色者往往亦出自甲申前。

陈确(1604—1677),字乾初,浙江海宁人,明诸生,四十岁时与黄宗羲、祝渊(1614—1645)同受业于明代"最后一位理学大家"刘宗周(1578—1645),是具有进步思想倾向的思想家。陈确在入清后也像刘宗周一样,以气节自励,但在哲学思想上反对宋明理学和佛学,自觉地倡导弃"虚"蹈

"实"的新学理,为实学思潮推波助澜,与乃师大相径庭。

陈确之哀祭文亦有弃"虚"蹈"实"的倾向,只是他不像牧斋祭文那样"铺陈终始,排比声韵"(《牧斋初学集》卷三十二),而是擅长在思辨中畅情为之,因此其文虽廊庑不尽阔大,然究其气势则颇令人赞叹。而陈确尽管不以诗文见称,却并不影响他的祭文风标特立、成就斐然。魏禧言:"必工于文以为情,则文不工。"(《魏叔子文集外篇》卷十四)而陈确的哀祭文可免此讥。《祭妇文》哀情激越,声泪如见,感人肺腑,是陈确祭文的代表作,也是清代祭文名篇之一。文云:

> 吾妇以庚寅三月三日死,人事忽忽,未暇哭子,即哭子而未暇文也。今死十有三日矣,人事稍定,又是月之望,遂早起焚香而哭之。其词曰:
> 
> 嗟乎!吾累子,吾累子!吾以贫累子,贫而懒愈累子。吾实不学,子谬以我为学,不敢以家累吾学。吾有父母,子为吾养,吾不知;吾有子女,子为吾衣食,吾不知:遂积忧劳而有此病也。
> 
> 人亦有言:"糟糠之妻。"糟耶糠耶,何尝梦见,徒虚语耳。子于糟于糠,日用饮食,谁则知之?岂惟人不知之,且不欲使吾知之,而吾实知之,而吾敢忘子耶!今有女甫嫁,有子甫婚,可以少息;有薄田数亩,皆子之遗,可以不糟,可以不糠。而子即弃去,能不悲乎?
> 
> 子病将死,欲我请女姑于榻前念佛,既不汝从;又嘱我于死后入木作道场,五七拜忏,七断诵经,我皆不从。非我子吝,礼所不许。子病,每劝我买妾,我不买;子病将死,又劝我早娶后妻,我不欲娶。非我子违,我夙有头晕腰挫之疾,今腰病甫退,又患耳聋,与人对语,如隔重墙,了不闻一字,衰老之状,百端并起,其奚能及此耶!
> 
> 呜呼!八十四岁之老母,何人供养?七年之幼子,何人看视?人谓吾毋多忧,多忧吾不敢,无忧则何能!前路茫茫,未知终极。子之劬劳,吾生不敢忘;吾之孤苦,子死而竟不念耶!呜呼!尚飨!(《陈确集》卷十三)

陈确后又作文《妇王氏传》和《悼亡诗》一首,可见其与结发妻子王氏确实感情甚笃。文贵有情,正是这种生死不渝的感情赋予《祭妇文》以浓郁的感情。此文的特点在于:其一,结构谨严,层次井然。文章序文交代自己乃痛定思痛而为此文,悲情笼罩全篇。首段责己而述死因,次段紧扣"糟糠"二字尽情渲染,切合亡者悲苦的一生。接着,解释违妻所愿的缘由,因以告慰安眠地下的灵魂,而表面责己,实则映衬王氏之妇德泽被,写法别具一格。末端痛陈己忧,哀哀不已。各层之间转接自然,非常精巧。其二,不以铺陈细节为要,而以直陈抒情为旨归。如正文部分起笔就直呼"嗟乎!吾累子,吾累子"!并通过一系列的排比,数说自己之负累,而这正是亡者致病之由。那种搥胸顿足式的痛悔非常真实感人。全文以情驱气,几近一气呵成,也予读者以极大的情感冲击力,而亡者之美德自显。

以情驱气,以论见长,是陈确祭文惯用的套式,其气势比较足的特点也非常明显。如《祭山阴先生文》起首即痛悔自己无"人理":

呜呼!若确者,岂复有人理哉!师死吾不知日,师葬吾不知处,生为师弟,没同行路,确独非人,而胡至是!若以乱为辞,则未闻乱世遂无师生。以母老为辞,则八年之内,将母之暇,亦未尝不东西奔走,动逾旬日,而独于山阴咫尺之路,凤昔诵读之地,裹足不前,判若异域,邈若天外。虽巧言饰词,终何以自解!生之大罪,一也。(《陈确集》卷十三)

作者以人之常情常理揆诸自身,在对比中忏悔自己作为弟子而未能尽弟子之职,难报师德之于万一,常言常语中见情之真,亦见情之深;紧接着两段分述自己"学业荒落"和"不能宣畅师教"之罪;末尾归重于亡者的"夫子之道"并致哀。作者所谓的这些"罪过",并非强为炫词,而是发自肺腑,不遮拦奔涌而出,如山溪飞溅,因此有很强的气势和艺术感染力。陈确的哀祭文多类此。

归庄十七岁时与顾炎武一同参加复社。崇祯十三年(1640),以特榜被召,鉴于国事日非,辞不赴。清兵南下,参加抗清斗争,失败后,一度亡命为僧。顺治九年(1652),应万年少之聘,到淮阴任教,暗中与顾炎武联系谋抗清。万年少死,回昆山隐居,以卖书画为生,不仕清。佯狂愤世,游名山大川,凭吊今古,常大哭,与顾炎武同乡齐名,因有"归奇顾怪"之称。

归庄在《祭陆孝子钟烈妇文》中曾云:"天地得人,三才始备,何以为人?纲常节义。人伦之际,苟罹大艰,鸿毛视身,斯为泰山。"(《归庄集》卷八)归庄的哀祭文所推重亡者也多在"纲常节义",大致可分三个层面:民族气节,正义志节和孝义节烈。

首先,归庄不满时世,于是使气为文,其诗文以反对清朝统治、富有民族气节之作为主,其祭文亦然。如《祭钱牧斋先生文》有这样的评述:"某性迂才拙,心壮头童。先生喜其同志,每商略慷慨,谈讌从容。剖肠如雪,吐气成虹。感时追往,忽复泪下淋浪,发竖蓬松。窥先生之意,亦悔中道之委蛇,思欲以晚盖,何天之待先生之酷,竟使之赍志以终。"(《归庄集》卷八)从这段文字,读者可窥归庄之意:一方面,归庄为钱谦益晚年仕清做出解释,为之辩护;另一方面,归庄对钱谦益降清是不赞赏的,故而一定要在祭文中提及。另如《祭通政使侯公及其弟太学君文》:"金陵立国,鉴机深藏,宗社既倾,保此乡邦。成败未卜,忠可一战,坚守孤城,以待事变。人不胜天,身与城亡,彭咸遗则,节义弥彰!"(《归庄集》卷八)作者对亡者顽强抗清、忠义守邦的精神大加赞颂。

其次,归庄的祭文,对亡者往往以正义志节来衡量,并兼及时政。如《祭少司寇春阳族祖暨三淑人文》述寇春阳之志节凛然:"公之立朝,履冰临渊,其清如水,其直如弦。自靖尔位,中立不倚,不阿正人,何况鼠子。起家中翰,擢入谏垣,历陟寺司,以至纳言。高名弥彰,清风穆然!奄人柄国,致政归田。"(《归庄集》卷八)此节既颂扬亡者刚正不阿的凛然正气,又对明末朝政上阉党专权的状况予以抨击。

再次,归庄对孝子烈妇的孝义节烈亦大加称赏,如《祭陆孝子钟烈妇文》等。此实是归庄恪守名教的传统思想使然,但"乱世末俗,伦斁纲绝"(《归庄集》卷八),又何尝不含忧世之思呢?

归庄祭文文风平实,有些细节叙述可见其曾祖之风。如《祭族父元卿文》云:"入其室,披其帷,昔日饮食笑语之处,依然在目,而不见其人。"

(《归庄集》卷八)此确有乃祖之文的几分神韵。然文中记族父在困境中对自己的帮助与教诲,事件令人动容,而叙述缺少必要之细节,读来不免觉一缺憾。而《祭杨子常文》则是少见的文意婉转跌宕的佳作。开头叙亡者"享年七十有九,亦可以已矣",似乎与写祭文的常情不符,继言:"世运之变,少壮而惨死者,不可胜数,先生登上寿而考终命,不可谓非多受祉矣。"又继言:"先生尝难于似续,今已有六龄之子矣;死者可以无憾,生者可以无悲。"读者心惊之余,不免怀疑这是否是一篇祭文呢?但是,作者笔锋一转:"而庄之闻凶问,哭诸寝而泪不可收者,其别有以。"(《归庄集》卷八)这才铺垫出作者自己与亡者不寻常的交情,回到祭文的情调里。文末叙述亡者家事亦曲折有致:

> 先生鲜期功强近之亲,至老死而子独无倚;有妻之侄,百事赖之。闻近日已先朝露,犹幸其子以女字先生之子,孩抱之儿,庶能扶植以有成,而逝者之魂魄,可以少慰于蒿里!呜呼哀哉!(《归庄集》卷八)

由子常先生自己"子独无倚"到幸有妻侄可以依靠,而妻侄偏偏也死去,先生今寿终,六岁幼子何人可倚?妻侄之子又字之以女,而幼子终有托,亡人可以稍微放心了。短短几十字,而行文跌宕起伏,游刃有余。足见归庄祭文文风平实,文意却起伏藏情,颇具章法。

## 第二节　清前期哀祭文

清前期哀祭文的代表作家亦各有特点,有平实内敛、简洁核要者,如魏禧;有以志传笔法入文者,如王士禛、邵长蘅;而以骈体祭文执牛耳者,当推陈维崧;代人歌哭,骈言俪语,情感造作者,蒲松龄是为代表。尤侗才气淋漓,然《祭诗文》之类的游戏笔墨,宜于发舒抑郁牢骚之气,究竟与祭文讲求哀伤之美相悖,实乃祭文之变,洵非正体,仅在此略一提及。

魏禧散文的整体风格为平易厚实,善于在平易的叙事中蕴藏情感与态度,名篇《大铁椎传》即可见其风格。具体到哀祭文,《魏叔子文集外篇》卷十四《文引》中云:"哀死之文,以朴为文,以不求工于文为文。"这是魏禧对哀祭文文风的见解。因此,魏禧的哀祭文也多以叙述亡者平生之寻常事来表达追怀之情,文辞简洁核要。如《哭莱阳姜公昆山归君文》述姜公赠印事:

> 元公尝自刻"乾坤一布衣"语,为方三寸石印,印草稿上,墨注其下曰:"吾往年刻此,今见江西魏叔子,当转手赠矣。"元公卒,未赠禧印。然禧尝过元公,翻其稿,得见之,色怵惕,不敢当,未尝不自喜为元公知也。(《魏叔子文集外篇》卷十四)

姜如农平素傲然不羁,"胸中少世上人",故赠印一事体现了作者与亡者之间亲密相知的关系,而关系愈密切,则亡者所带给心灵上的伤痛愈深。此不言悲,而悲在其中。文中又叙生前与亡者相别,更是长歌当哭:

> 先是禧言束装行,公辄涕泣,或失声,气逆上。禧有扬州童奴曰阿邢,甚忠慧,尝从禧之公食饮。公一日引前,抚其头曰:'阿邢,汝主

人归,吾亦不知何日得见汝也!'又泣下,禧亦相与泣。呜呼,岂知禧遂果不再见公耶?(《魏叔子文集外篇》卷十四)

亡者自知时日无多,抚奴絮絮,平常言语,而哀愁深广,读来惊心动魄。徐祯启评云:"情事忽断忽连,恍惚无端,增其悲怜,读之如夜月三更闻杜宇之啼。"(《魏叔子文集外篇》卷十四)此论抓住了行文感人的重要因子,即"情事"的选择及巧妙组合,这比一味的哀伤要生动感人得多。

魏禧还善于以乐衬哀,或于细微处见哀。如《哭吴秉季文》述与亡者初次相见的情景:"戊子七月,兄同曾仲子间关避乱来易堂,堂中诸子闻之,皆倒衣迎。予后至,兄揖而顾我曰:'此魏叔子耶?'予曰:'是也。'乃相与大笑。退而或问:'何以知之?'曰:'吾闻其为人,观其貌,当必是也。'特馆餐吾勺庭者久之。"(《魏叔子文集外篇》卷十四)此段叙昔日相见之欢笑情状,以乐景写哀,以哀景写乐,伤痛倍增。又如《祭伯兄文》:"旧年四月,闻兄从广州出,吾溯赣省兄,兄见我来,鼓掌大笑,拍肩执手,自面及背,周身抚摩,若慈母之获爱子,连床四夜而后南行。"(《魏叔子文集外篇》卷十四)兄弟怡怡是人类心灵深处脉脉亲情的折射,在乱世中尤为珍贵难得,作者念及此,恍然而喜,又忽然而悲,喜适足以是悲哀的酵母。此不仅于乐处衬哀,更于细微处显露哀情,故邱邦士言"不觉而曲露仓皇怆痛之情矣",是为有见。

这般于细微处见伤痛的文章还有《祭兄子世杰文》。魏世杰(1645—1677)是魏禧长兄际瑞之子,际瑞遇难死忠,世杰自刎死孝。文云:

> 汝学行粗立,今又以死孝成名,追随吾兄,为神为灵,汝当不以死为恨,其如吾叔季何!如汝之少妻稚子何!如吾祖父何!吾展转思忖:其真以汝之孝为恨也。(《魏叔子文集外篇》卷十四)

世杰尝从魏禧学古文辞,禧爱之,故以其死孝为恨,那种矛盾痛楚的细微心境颇为真实。又:

春日明和,勺庭之桃花矣,池柳飐矣,春草萋萋而生矣,诸生班列旅进旅退矣,独不见汝。吾时时如睹汝形,如闻汝声,而汝果何在也?(《魏叔子文集外篇》卷十四)

　　此是文中极细微处,也是最传神处。邱邦士评曰:"只在死生违离处,触绪纷出,不及一他语。"(《魏叔子文集外篇》卷十四)魏禧祭文手法的纯熟,真可与归有光一争短长矣。

　　总的来说,魏禧的哀祭文以叙人情人事来寄托哀思,真切朴质而伤痛自现。至于对亡者的评价,则比较突出忠义观,如"水庄拥曝轩落成,乃为位,白衣冠以哭。书曰:'明遗臣如农姜公位。'不书官,公志也"(《哭莱阳姜公昆山归君文》)、"兄以义概动易堂,易堂诸子并负气谊相高"(《哭吴秉季文》)。魏禧的散文多写坚持志节之士,哀祭文也多表死者气节。这与他自己在明亡之后"深抱亡国之痛,绝意仕进"的态度贯通一致。

　　陈维崧的骈文在清初是一大家,毛际可(1633—1708)作序,评其为"言情则歌泣忽生,叙事则本末皆见。至于路尽思穷,忽开一境,如凿山,如坠壑,如惊兕乍起,鸷鸟复击,而神龙夭矫于雨雹交集之中也,为之舌挢而不能下"(《湖海楼全集·俪体文集》卷十二)。陈维崧的哀祭文凡15篇,大部分是骈体文,只有2篇是散体文。陈维崧以骈体为祭文,哀婉跌宕、风神摇曳,其中以哀辞《顾夫人哀辞》和《祭同学董文友文》尤工。

　　《顾夫人哀辞》哀明末名妓顾媚(号横波,1619—1664),叙其家世、贤德、才艺和命运,想象丰富,文中叙顾的住所和周围景物,甚富文采,衬托出顾的才情与一段美好生活。作者还善于在祭文中突出细节,如该文第四段:

　　奈何璇阁摧红,琼闺悴绿。戟门丽日,才弹獬豸之冠;瑶席凝尘,遽罢凤凰之曲。日漫漫而多愁,风萧萧而犹哭。痛翡翠之千箱,怨胭脂之十斛。嗟乎夫人!夫子方荣,藁砧初贵。……金椀印其余芳,钿盒镌其私誓。嗟乎夫人!诸姨窈窕,群从神仙。……极繁华于斯世,宜安享于百年。胡为乎壁存遗挂,琴留断弦。怅金蚕之永锢,伤璧月之难全。魂断悼亡之作,音凄永逝之篇。听回风之绕壑,流悲曲以结泉。嗟乎!泉途已官,镜台长隔。绀唾飘而犹华,玉鱼凉而终热。凄凉思子之台,寂寞望夫之石。黄肠给大内之钱,彤管纪昭阳之笔。
(《陈维崧全集》卷十二)

文中回忆龚、顾两人贵族式的声势和雍容的气度,而以殉葬品("金椀")与定情物("钿盒")对举,感慨今夕何夕,引发心底无限的悲情。紧抓"断弦"二字详尽发挥,想到殉葬的金蚕永在,而人却像月亮一样难圆,又追索悼亡的诗篇,在悲凉的情境中烘托哀思。"泉途"后,乃揣想亡者的凄凉、孤寂,无限哀伤一尽于此。

陈维崧的祭文在结构上有文思细密、前后勾连的特点。如第五段想象亡者在天庭的生活,与第二段叙其家世相呼应。全文造句华丽深情、结构谨严细致,既为陈维崧骈文的代表作,亦为其哀祭文之精品。《祭同学董文友文》同样是结构严谨、语句精炼、流露哀情至性的佳作。

王士禛的祭文不多,据袁世硕先生主编的《王士禛全集》统计,总计凡八篇,其中三篇是谕祭文。王士禛祭文和他的赠序文一样,篇目少,且大多乏善可陈,但《祭孙无言文》还是值得称道的。此文和邵长蘅的一些哀祭文颇相似,就是以"志传"笔法为祭文,在平实的叙述中展现人物的独特精神风貌。这一点,王士禛在文中后半部分有交代:"予欲为无言立传而未果,因略述平生,与予兄弟论交者如此,以付其族弟思远,俾告于褚幕之前。"因此,文中所倾力的是回忆孙默的独特品行:

(无言)于文章朋友之嗜,不啻饥渴之于饮食。故无言一穷老布衣,而名闻天下。无言家在黄山三十六峰之下,游广陵不归。新安人之家广陵者,率居奇赢,操白圭之术,而无言独为窭人。居阛阓中,委巷掘门,瓶无储粟。然四方名士过广陵者,必停帆伏轼,问孙处士家,屏车骑造谒。无言不甚为诗,而好朋友之诗,尝刻诸家填词。独购彭十羡门之作不可得,一日附估船往海盐。予问之,曰:"将访彭君耳。"

> 然舟楫虽具，实无隔宿之舂，渡江径去弗顾。(《王士禛全集》卷三)

孙无言(1623—1678)即孙默，无言是其字，号桴庵，安徽休宁人，流寓维扬(今属江苏扬州)，"广交游，急友谊，风雅声气，不介而孚"(《扬州画舫录》卷十)。孙默在清初倾力采辑当世词家著作汇刻《国朝名家诗余》，是广陵词坛的重要人物，"孙无言归黄山"所产生的广泛影响在"赠序之属"部分已提及。这里进一步表明他确是一位特立独行的文士，带有奇士风采。王士禛赞其"大抵忘机而任真，尚名义而鄙荣利"，推赏有加。这样的奇士，我们在清初的传记文中屡见不鲜，在清初的哀祭文中也依稀可见踪影，鲁迅言："盖传奇风韵，明末实弥漫天下，至易代不改也。"①可见流风所及，但对文学创作而言，这也并非坏事。

就总体而言，王士禛的祭文文风还是以平实为尚，常以细节来展示亡者的为人。如《祭孙无言文》述亡者之耿介说："予在京师，虑无言贫老，无以给饘粥，有故人为椟使，以无言姓字语之，既而终不往见也。"王士禛感慨："人知无言之通，抑知其介如是耶？"这对孙无言的形象是一个切实、有益的补充，亡者脾性跃然纸上。

邵长蘅主张为文必多读书，忌俗避伪。其散文疏畅条达，立论明于辞义，合乎经旨，取法于唐宋大家。邵长蘅工于传记，《阎典史传》为世所传诵。

邵长蘅的哀祭文亦不多，但摹画人物颇得益于"志传"笔法，往往紧扣"其人毕生精神亦全注"(《邵青门全集·青门剩稿》卷八《答叶荃伯书》)处，故而十分生动。如《族兄静山提学哀辞并叙》述邵静山(延龄)身为书生而知兵机：

> 初官中书时，会滇变起，朝议用兵陇蜀，中书当选一人随征，同列皆有难色，兄毅然请行，从安西将军入蜀。董格贝子以兄知兵，令参其军事，为画利害，悬决胜败，辄中。常一不用兄策，军困于蟠龙山，

---

① 鲁迅：《中国小说史略》，上海古籍出版社，1998年版，第146页。

绝粮月余,将士饥疲无人色,兄意气自如。有饷羊肉者,笑曰:"此人肉也。死生有命,吾不忍啖此。"却之。会援至,得出。靖逆侯张勇填巩昌,召饮帐中,询平蜀方略。兄左手引卮,右手以箸画地,谈战守机宜,及蜀中水陆险要阨塞,娓娓竦听。侯喜曰:"经生中有此,真边才也。"将荐补陇右道缺,或尼之,不果。(《邵青门全集·青门旅稿》卷四)

边地谈兵是邵静山全部精神之所在,文中抓住这一点,形象地塑造了一个胆略过人、富有边才的书生形象。

此文章法亦可圈可点。先叙他闻噩耗不信,由然忆去岁会面之情,接叙亡者一生主要事迹——戍边,接叙亡者性格、文名及交往,然后点出亡者与作者的关系并表达哀思,最后是一篇骚体哀辞。全篇章法极为规整,又不乏动人细节穿插文中,其叙述条理之疏朗,读来如望唐时宫殿,巍然有中正阔达之势。宋荦谓:"子湘之文,立言必依于道,醇而肆,简洁而雄深。"(《邵子湘全集序》)这个评价移于邵长蘅的哀祭文是很恰当的。

邵长蘅的哀祭文也有短小而流连哀情者,如《除夕祭亡儿文》:

汝餔而饥,汝寒而衣,吾则汝思;汝朝出嬉,暮不来归,吾则汝疑。而今忽然而长辞者,已及一期。去岁兹夕,儿女拥炉,笑言哑嗜;今岁兹夕,弱女牵裾,泣涕涟洏。儿安往哉?委骨荒蹊。藤蔓缠棺,蝼蚁穴肌。魌魖宵舞,鸺鹠昼啼。儿如有知,儿亦悲矣。(《邵青门全集·青门簏稿》卷十四)

文字凝练,而宛转有情,颇为耐读。

蒲松龄的祭文凡42篇(主要见于《聊斋文集》卷九等),但有一多半系"无端而代人歌哭"(《蒲松龄集》卷十)。总体风格上,其祭文多四言骈体,骈散结合,多用典,辞采华茂,短于叙事而长于抒情。

最能代表蒲松龄风格的祭文当推《祭蚩虫文并序》,根据正文前的序,知此盖因康熙四十一、四十二年(1702—1703)间蝗虫为害淄川,故蒲松龄代乡民为文以驱之。文章一开始就指出"(蝗)害尤烈于蚄蝗",然后在与旧岁天灾的强烈对比中,更突出当前蝗灾之惨酷:

> 忆旧岁之被天灾也:半夏犹苦霪雨,三秋继以亢阳,剩涸残之余稼,尔缘本而成行。麦种燥土,若存若亡,春才雨而少润,尔蠢动而繁昌,势不尽而不止,致群心之皇皇。今者:千钱斗米,道殣相望,榆皮净尽,髡及垂杨,矛弧遍野,横劫村庄,人已剥皮而见骨,尔犹嘬乎骱骼之余芳。呜呼!麦奄奄以垂尽,尔蠕蠕而未已,延及秋禾,害无休止。(《聊斋文集》卷九)

蝗害无已,禾稼垂尽,粮价暴涨,饥馑中的灾民连榆树、杨树的皮都吃光了,甚而至于抢劫乡里,彼此相食。饥饿把人本性中的恶放大了,这是怎样一幅惨绝人寰的灾民图啊!

紧接着,蒲松龄从仁义的层面对蝗虫进行激烈的指斥,使全文显得义正辞严,也显示了其思想中正统的一面:

> 天既生人,何复生尔?云有神焉,实主宰是;神如正直,当不如此。荒已甚而不怜,是不仁也;腹久果而不行,是不义也;己求馨而祸人以臭,是不恕也;必待青草绝而始迁,是不智也。(《聊斋文集》卷九)

焚香礼拜,乡民对蝗虫已经仁至义尽,蝗虫有知,亦当有愧。作者表示,若蝗虫不走,导致人神共怒,其将面临举族灭亡的下场:

> 苟不率尔子孙,刻期远避,是必欲致人于死,而使无生全之计也,我将诉诸金阙昊天,牒诸伏魔大帝,缚臭神,问臭罪,夷臭党,剿臭类,举族全诛,霆击糜碎!贬尔于铁围阴山,无俾遗臭于年年岁岁。(《聊斋文集》卷九)

文中凸显出蒲松龄的民本意识和浓重的传统道德观念,这也正是贯穿其一生的行事准则,但其中张扬的正义之气,又彰显出一个文人的风骨。其行文不刻意求骈,流畅自然,显示其高超的文学才华。这对我们全面把握蒲松龄的思想和文学艺术成就是一个有益的补充。

蒲松龄少量几篇哀悼亲人朋友的祭文,不乏动人的细节。如《祭王阮亭夫人文》有一段:"若夫司农好士,脱屦盈室,作黍烹鲜,略无倦色,或肴核之不继,质金钗而不惜,甚至出絮帛以贻高人,脱腕钏而助佳客……"(《聊斋文集》卷九)一个贤良妻子的形象跃然纸上。有的篇章亦真情流注,如《祭内弟刘子壮文》等,文字洗练,感人伤怀。

蒲松龄骈文功底深厚,因此,即便是代人捉刀的祭文亦有可观者,如《代毕刺史祭新城王十二太翁文》。毕刺史是蒲松龄坐馆的东家毕际有,王十二太翁匡庐君是王士禛的父执。毕、王两家,世代联姻,毕际有的夫人是王士禛的姑母,其关系非同一般。祭文一开始即点出毕际有和匡庐君"五十年童稚之交,三四世婚姻之好"的特殊情况,然后回忆二人交谊之相得,而"垂老之情,弥深缱绻",两家姻亲情好,更令人艳羡,因此,匡庐君的离去,益增其悲。可见,此文虽然是代作,但蒲松龄与毕际有、王士禛均有深交,因而情深缱绻,情感把握比较到位,并不像一般的代作那样造作、虚浮。当然,在蒲松龄代笔的祭文中,也有不少虚情或颂谀之作,是应当予以指出的。

《除日祭穷神文》是蒲松龄略带游戏之作,也是一篇寓庄于谐的绝妙白话小品文,尤其描摹自己受穷的一段,刻画贫穷落魄的窘态和细腻心理,惟妙惟肖:

> 穷神,自从你进了我的门,我受尽无限窘,万般不如意,百事不趁心,朋友不上门,居住在闹市无人问。我纵有通天的手段,满腹的经纶,腰里无钱难撑棍。你着我包内无丝毫,你着我囊中无半文,你着我断囷绝粮,衣服俱当尽,你着我客来难留饭,不觉的遍体生津,人情往往耽误,假装不知不闻。明知债帐是苦海,无奈何,上门打户去求人;开口五分行息,说什么奉旨三分,到限期立时要完,不依欠下半

文。无奈何,忍气吞声,背地里恨。(《蒲松龄集》附录)

蒲松龄怀抱大才,却一生穷困,做幕宾、做塾师,时或卖文为生,遍历人间的炎凉冷暖,对穷困有亲身的体验,从文中不难看出这一点。然就字里行间的调侃意味而言,亦见其为文已脱去早年的凌厉之气,而显得更为纯熟。

## 第三节　清中后期哀祭文

清中期以后,哀祭文无论在风格上还是创作的取向上,较前期都有较大不同,是清代哀祭文发展的鼎盛时期,出现不少名篇。桐城派文风雅洁而有韵致,其祭文名篇大多短小凝练,在极经济的笔墨中,熔铸深挚的情感内蕴;袁枚的哀祭文自出机杼,尤以写亲情见长;汪中的哀祭文关注底层百姓的苦难,或卒章显志,在祭奠亡者的同时融入自己的身世感慨;阳湖派张惠言、孙星衍的哀祭文以博雅放纵取胜;龚自珍则开启了近代经世散文的先声。

方苞身历康、雍、乾三朝,所历"《南山集》案"亦在康熙年间,但他是桐城派的开山者,其为文与清初散文家不同,而与桐城诸子切近,故移至此论述。姚鼐推尊方苞古文"为我朝百余年文章之冠"(《方苞集·诸家评论》),但也指出其"止以义法论文,则得其一端而已"(《明清十大家尺牍·姚姬传尺牍》)。

方苞的哀祭文近三十篇,见于《方苞集》卷十六、卷十七、《方苞集集外文》卷九及《方苞集外文补遗》卷一等,包括哀辞和祭文两种样式。方苞的祭文多四言骈文,也有个别篇目为散体,但其特点并不突出。真正代表方苞哀祭文成就和特点的是他的"哀辞"系列,凡18篇。亡者身份各样,层次不一,皆能于雅淡的言辞中见其本色,其中有"性朴厚出于自然"而"折节务学"的驸马孙承运(《驸马孙公哀辞》),有"未尝觉其为两人"的有兄弟般交情的刘北固(《刘北固哀辞》),有好学而不幸早夭的武洙(《武季子哀辞》),有"纯实人"王兴(《仆王兴哀辞》)等。而方苞于底层的小人物尤给予深切的同情,因而情感纯然而不造作,文章洒然,在哀祭文史上自成一格。如《婢音哀辞》,其文云:

婢音,仆王兴所生也。九岁,入侍吾母,洒扫浣濯如成人。稍长,于女事无不能。奉事八年，未尝以微失致呵诘。其群居，未尝笑嬉妄出一语。

余蒙难，家人御吾母北上。音随吾妹，日夕相扶持。或以事暂离，吾母辄问："音儿安在？"吾母卧疾逾年，危笃且两月，亲者不敢去左右。为糜粥，供水浆，治药物，皆音任之，不失晷刻。

余家贫，冬无炭薪。音独身居西偏空室中，夜四鼓卧，鸡鸣而起，率以为常。性刚明，容止俨恪，虽故家女子中寡有，余每心诧焉；乃竟以厉疾夭，年十有七。先数日，音晨入，短衣不蔽骭。为市布以更之，未及试而殁。举室恻伤，人如有所失焉。乃为文以哀之。其辞曰：

惟茅苇之漫漫兮，芝孤生而易残兮。石矿坚以磊磊兮，玉精融而多毁兮。非造物之无章兮，乃汝性之不祥兮！（《方苞集》卷十六）

婢女王音，是方苞的仆人王兴的女儿，是"家生子"，其地位在当时是极为卑微的。方苞能为王兴、王音这样卑微的小人物作哀祭文，本身已难能可贵。方苞在叙写时，善于选取日常生活中的典型细节来反衬人物性格，寄托深挚的哀情。为突出王音的忠诚、勤朴，方苞选取的典型细节有：其一，苞蒙难，母卧病，王音亲自为糜粥，供水浆，治药物，不错晷刻。其二，甘于穷室，早起操持，率以为常。方苞还善于从小处见深刻，将笔力隐在纸后，如王音衣短，"为市布以更之，未及试而殁"，这一细节，凄然悱恻，读来感人深至。姚范说："望溪文，于亲懿故旧之间，隐亲恻至，亦见其笃于伦理。"（《方苞集》附录三《诸家评论》）此实已超越伦理之外，是自然情感的流露，堪称哀祭文中的上品。

在方苞的哀祭文中，还有讥切时事之作，如《余石民哀辞》，其文云：

自余有知识，所见人士多矣，而有志于圣贤之学者无有也。盖道之丧久矣，人纪所恃以结连者惟功利，而性命所赖以安定者惟嗜欲。一家之中未有无乱人、无逆气者。一人之身未有无悖行、无隐慝者。吾不识周、孔复生，其尚有以转之否与？

康熙壬辰，余与余君石民并以戴名世《南山集》牵连被逮。君童稚受学于戴,戴集中有与君论史事书,君未之答也。不相见者二十余年矣。一旦祸发,君破家遘疾死狱中,而事戴礼甚恭。先卒之数日,犹日购宋儒之书,危坐寻览。观君之颠危而不怼其师,是能重人纪而不以功利为离合也。观君之垂死而务学不怠,是能绝偷苟而不以嗜欲为安宅也。始吾语君:"所以处患难之道信得矣。虽然,子有老母,毋以嗜学忘忧。"君默无言,而卒以膈噎。盖其内自苦者,人不得而识也。

君提解,倾邑父老子弟出送郭门外,皆曰:"余君乃至此!"今君破家亡身,而不得终事其母。吾恐无识者闻之,愈以守道为祸而安于邪恶也。于其丧之归也,书以鸣吾哀。

君讳湛,字石民,生于顺治某年月日,卒于康熙壬辰四月十六日。其辞曰:

履道坦兮危机伏,人祸延兮鬼伯促。母遥思兮望子归,子瘐死兮母不知。身虽泯兮痛无涯。天生夫人也而使至于斯!(《方苞集集外文》卷九)

方苞从圣道沦丧的现实入手,以反衬余湛道德品格之高尚。通过描写余对师长、老母的态度以及被捕时倾邑父老子弟出郭相送的感人场面,再现了一个道德君子的精神风貌,含蓄而自然地传达出对亡者深切的同情,揭露了清廷《南山集》案对汉族知识分子的戕害。"观君之颠危而不怼其师,是能重人纪而不以功利为离合也。观君之垂死而务学不怠,是能绝偷苟而不以嗜欲为安宅也。"不仅照应首段,也是方苞道德理想在现实人物身上的投射,这对"愈以守道为祸而安于邪恶"的无知无识者,无疑是一种警醒。这样,余湛之死就尤令人感伤不已。此外,文中对戴名世并无一句颂扬之辞,但通过余湛侍师之恭谨,实已隐含方苞对戴的感喟、追怀之思。

刘大櫆貌丰伟而性直谅,嗜读书,工于文章,二十九岁以布衣游京师,其文章为方苞所推崇,文名大盛。然而却数十年困于科场,后出为黟县教谕,数年告归。他上承方苞,下启姚鼐,是桐城派"三祖"之一。

刘大櫆的哀祭文凡15篇(《刘大櫆集》卷十),多四言骈体,如《祭史秉中文》等；亦有赋体，如《祭张闲中文》和《祭左和中文》；或散体，如《祭方定思文》、《祭舅氏文》等。

刘大櫆虽曾受方苞奖掖，但长期沉沦底层，任职不过黟县教谕，因此刘大櫆的祭文中，对自己曾经受知遇之人，饱含感激，而于其人之亡，尤见悲切，且往往把自己之不幸与亡者对举，藉以抒发一己之人生感慨，如《祭吴文恪公文》"我穷如初，公已辞世"（《刘大櫆集》卷十）、《祭邵公文》"其在于今，日月淹忽，虽有母存，父已降割。公又云亡，悔痛曷辍"等。《祭望溪先生文》则依次述及方苞的道德、文章、品格及对自己的奖掖有加，"惟其平昔，师友谘诹。望望不见，所为歔欷"！恭谨中流连无限哀思。

刘大櫆的哀祭文一般都比较短，不重铺陈，而善于在逼仄的篇幅内，用经济、宛转的笔法传达哀情，有时有此地无声胜有声之妙，其祭文代表作《祭舅氏文》即是如此。其文云：

> 维年月日，刘氏甥大櫆谨以清酌庶羞之奠，致祭于舅氏杨君稚棠先生之灵。
>
> 呜呼舅氏！以君之毅然直方长者，而天乃绝其嗣续，使茕茕之孤魂，依于月山之址。櫆不肖，未尝学问，然君独顾之而喜，谓"能光刘氏之业者，其在斯人。吾未老耄，庶几犹及之见矣！"呜呼！孰知君之忽焉以没，而不肖之零落无状，今犹若此。尚飨！（《刘大櫆集》卷十）

刘大櫆之文向以藻采见长，此文短短百字，情事兼备，简洁而极尽含蓄蕴藉，有"意到处言不到，言尽处意不尽"之妙。文中对舅氏杨稚棠的生平仅寥寥一二句话，一言其"毅然直方"而天绝后嗣，二言其对己给予厚望。杨稚棠曾对刘大櫆说："予穷于世，今老，旦暮且死，然未有子息。汝读书能为古文辞，其传于后世无疑，当为我作传，则吾虽无子犹有子焉！"（《刘大櫆集》卷八）而自己的"零落无状"，事业无成，舅氏生前的期望也落了空，其感慨和痛憾，实非普通言语所能表达。故刘大櫆融身世感慨于只言片语，而其哀痛更何以堪。近人王文濡评云："甥舅有知己之感，故言之痛切如此。"①可谓至论。

《祭吴文肃公文》也是刘大櫆哀祭文中的上选。其文云：

> 呜呼！我初见公，公在内阁。皓发朱颜，笑言磊落。追念平生，朋好游从。歆歔晚遇，石友之功。留我信宿，取酒斟酌。亲布衾裯，权其厚薄。我生盖寡，得此于人。而况公德，齿爵皆尊！
>
> 公年七十，称觞命坐，落落群贤，其中有我。我谓公健，百岁可望。相见无几，遽哭于堂！
>
> 呜呼！人之生世，蘧然一梦。惟其令名，一世传颂。死而不死，夫又何悲？为知己痛，哭泣陈辞。（《刘大櫆集》卷十）

知己之痛是全文的要旨，为此，刘大櫆从初见吴文肃，到追念平生，再到群贤毕集公所，突出吴对自己情同亲人般的照顾和知遇之情。"留我信宿，取酒斟酌。亲布衾裯，权其厚薄"，至今读来，仍让人充满温馨的暖意。

姚鼐是刘大櫆的学生，清代散文家，桐城派集大成者。乾隆二十八年(1763)年进士，改翰林院庶吉士，后累迁至刑部郎中，记名御史。简洁中见丰腴是姚文的特点，其祭文《祭林编修澍蕃文》、《祭张少詹曾敞文》、《祭侍潞川文》等多如此。

姚鼐所作祭文不多，仅有六篇，见于《惜抱轩文集》卷十六及《惜抱轩文集后集》卷十。姚鼐的祭文除《祭林编修澍蕃文》为赋体外，均为四言骈文。但与钱谦益骈体祭文不同的是，姚鼐不甚用典，不讲究辞采，显得极为平易，或偶有用事，亦不艰深。如《祭朱竹君学士文》：

> 呜呼！海内万士，于中有君。其气超然，不可辈群。余始畏焉，曰师非友。辱君下交，以为吾偶。自处京师，君日从语，执拒相诤，卒承谐许。或岁或月，以事间之。清辞酒态，靡不可思。余与君诀，乙未之春。有言握手，期我古人。

---

① 姚鼐编，吴孟复、蒋立甫评注：《古文辞类纂评注》，安徽教育出版社，2004年版，第2193页。

> 君之属文,如江河汇。不择所流,荡无外内;㷀怒涛惊,复于恬靡。小沚澄潭,亦可以喜。世皆知君,文士之硕。莫见君心,紧如金石。不为势趋,不为利眪。吃口涩辞,遇义大启。呜呼今日,士气之衰。天留一人,庶卒振之!七年江滨,日思君面。已矣及今,终不可见。呜呼尚飨!(《惜抱轩文集》卷十六)

不管是述朱竹君的交谊,颂其文才,还是文末的悼辞,都没有艰涩的词汇,而于整饬简洁的文字之中,抒发心底的哀伤。全文把朱竹君放到"士"这一大背景下,见其不同流俗的气度、文采,并企其振起士气,而随着朱竹君的亡去,空留无限的遗憾。

但客观而言,姚鼐的哀祭文在整体质量上较方苞、刘大櫆要逊色一些。

此外,桐城后学梅曾亮《祭陈石士先生文》之辞采丰赡、管同《祭檀默斋明府文》之句法奇拗、阳湖派张惠言《崔景偁哀辞》之熔铸骈散等,也都有各自的特色。

袁枚个性独立不羁,颇具离经叛道的色彩。他宣扬性情至上,在性与情上,突出尊情。袁枚论诗力主"性灵",而"诗者,由情生者也。有必不可解之情,而后有必不可朽之诗"(《答蕺园论诗书》)。袁枚为文也是如此,往往直抒胸臆,真情弥漫,而真情又并非反复直陈,而是往往于琐事中见之。其哀祭文的抒情色彩尤为浓厚。

袁枚的哀祭文凡18篇,样式包括哀词、诔、祭文等,见于《小仓山房文集》卷十四、《小仓山房续文集》卷二十九及《小仓山房外集》卷三。袁枚是清中期骈文名家,其哀祭文多四言骈体,如《祭陶西圃文》写陶西圃秩满入燕都觐见天子,亡于途路,感喟天道难窥,人事不偶。但袁枚为文不甚拘束,常于整饬的四言中杂以散体,惟以意为先。如《祭庄滋圃中丞文》起首述自己与庄滋圃平凡而相知相契的友谊,骈散结合。其感人至深者,盖"交淡而成,蔗老而甘。访我空谷,穿云停骖。抱我幼女,絮语喃喃。公戏我笑,我卧公谈"(《小仓山房文集》卷十四),未料此即是永诀。亦有赋体,如《祭薛一瓢文》摹写了一位"奇介"而医道高明的儒医形象,致袁枚"悔予病之不早兮,致见君之已晚。君亦忘万颈之胥延兮,每一来而不返"(《小仓山房文集》卷十四)。但最能代表袁枚哀祭文成就的是散体哀祭文,如《祭妹文》、《胡稚威哀词》等。

《胡稚威哀词》通过写胡天游的为文和为人,展现了其性情不从流俗的才士形象,然天游负"奇才"而不顺,举鸿博因鼻血污卷而罢;文名动上,而为庸吏阻遏,致落拓而亡。其居京的一段尤见其性情,文曰:

> 相公薨,稚威益困,赁长安半椽自居,四方求文者辇金币踵门。而稚威性豪,歌呼宴客,所获立尽。诸公卿争欲致门下,每试为梯媒者麇至,稚威无言,入场尽弃之。策文至二千言,论或数十字。与常式格格不合。登甲科,屡改乙科。稚威凡三中乙科。(《小仓山房文集》卷十四)

这也正是袁枚极为欣赏的文士形象,故意到笔随,真情灵动。

《祭妹文》于家庭琐事回忆中寄托兄妹深情,哀婉真切,是袁枚祭文的代表作,也是中国祭文史上的珍品。文中忆儿时情景一节,至为情深:

> 余捉蟋蟀,汝奋臂出其间。岁寒虫僵,同临其穴。今予殓汝葬汝,而当日之情形,憬然赴目。予九岁憩书斋,汝梳双髻,披单缣来,温《缁衣》一章。适先生奓户入,闻两童子音琅琅然,不觉莞尔,连呼则则。此七月望日事也。汝在九原,当分明记之。予弱冠粤行,汝掎裳悲恸。逾三年,予披宫锦还家,汝从东厢扶案出,一家瞠视而笑,不记语从何起。大概说长安登科,函使报信迟早云尔。凡此琐琐,虽为陈迹;然我一日未死,则一日不能忘。旧事填膺,思之凄梗;如影历历,逼取便逝。悔当时不将婴婉情状,罗缕记存。然而汝已不在人间,则虽年光倒流,儿时可再,而亦无与为证印者矣。(《小仓山房文集》卷十四)

这类"至亲不文"的文字,不假雕饰,于叙事中抒情,千回百转,仿佛面对死者倾诉衷肠,字字含泪。

作者选择日常生活中最普通也最具有特点的琐事,来展现死者的神态形貌,如同捉蟋蟀、同温诗书、扶持阿奶、忍死待兄却阻人走报等情节,虽琐碎,却将死者儿时天真活泼、聪敏好学的品质以及长大后温婉贤淑的性情表现得恰到好处。另外,作者在文中也融入了自己的身世之哀以及对妹妹的无限悔恨之意,事琐而情真,痛惜、哀伤、自责等诸多情感交织在一起,从而产生了令人痛彻心扉的艺术感染力。如"汝死我葬,我死谁埋?汝倘有灵,可能告我",读者不难从这呼天号地的哀悼中,体会作者内心的剧痛。"纸灰飞扬,朔风野大。阿兄归矣,犹屡屡回头望汝也",读来亦令人肝肠欲断。再次,作者提倡性灵而不拘格律,写这篇祭文时以表达情意为主,并不受祭文文体格式的限制,别出机杼,选用无韵的散文体来写这篇文章,不事藻饰,直抒胸臆。

汪中(1745—1794),字容甫,江苏江都(今属扬州)人,清代骈文家。少孤家贫,由母教其读,因助商贩书,得以博览群书。绝意仕途,一生过着幕僚和卖文的生活。能诗,尤工骈文,其骈文取法六朝唐初,而不蹈袭前人,在清代中被誉为格调最高。刘台拱《遗诗题辞》誉为:"钩贯经史,熔铸汉唐,宏丽渊雅,卓然自成一家。"(《宝应刘氏集》)汪中的哀祭文不多,仅有五篇,但样式丰富,包括哀辞赋、诔、哀吊文等。

作为骈文大家,汪中的赋体哀祭文文采斐然,具有很高的艺术成就。汪中的哀祭文尤善借古抒情,在史事的感发中寄托一己之悲思。如《经旧苑吊马守真文》,对明末名妓马湘兰寄以同情、悼念,以自己"数更府主"、"哀乐由人"之痛,与马湘兰"钟美如斯,而摧辱之至于斯极哉"之悲相映照,对不公正的封建礼教发出强烈的愤慨。

《吊黄祖文并序》仿贾谊《吊屈原赋》,表面哀吊古人之不幸,实借他人之杯酒浇自家心中之块垒。赋前有长篇序文,交代写作主旨,其目的在于"据怀旧之想,悼生才之难,莫不扼腕斗筲,伤心五百"。在《吊黄祖文并序》中,汪中述古人祢衡"虽枉天年,竟获知己",而自己"飞辨骋辞,未闻心赏",从而诱发正义之慨,发出了"苟吾生得一遇兮,虽报以死而何辞"的强烈呼声。在吊古中融入身世之思,成为汪中哀祭文的特色。汪中少年丧父,家境贫苦,自学成才,没有做过显官,只当过幕僚,因其恃才傲物,为时人所不容,目为狂人,所以才有此千古之发覆。

《哀盐船文(附序)》写于乾隆三十五年(1770)十二月,是汪中骈文的代表作,写仪征一起毁船百余艘、死伤千余人的盐船失火事件,是他二十七岁时目睹运盐船失火惨景,"迫于其所不忍"(杭世骏《序》),愤而命笔之作。作者以极其逼真的语言描写了船民在火中和水中拼命挣扎逃生并最终死亡的惨状,抒发了对他们不幸遭遇的同情。文章起首即直切仪征运盐船失火的主题,不拖泥带水,而仪征转运的枢纽地位,更衬托了事件的灾难性后果。然后以看似淡然的笔墨摹画出一个"寒威凛慄"的冬夜,使全文笼罩于一种阴冷而不祥的氛围中,暗衬下文火起之速、之烈、之骇人心魄:

> 于时玄冥告成,万物休息。穷阴涸凝,寒威凛慄。黑昚拔来,阳光西匿。群饱方嬉,歌号宴食。死气交缠,视面惟墨。夜漏始下,惊飙勃发。万窍怒呺,地脉荡决。大声发于空廓,而水波山立。于斯时也,有火作焉。摩木自生,星星如血。炎火一灼,百舫尽赤。青烟睒睒,熛若沃雪。蒸云气以为霞,炙阴崖而焦爇。始连楫以下碇,乃焚如以俱没。跳踯火中,明见毛发。痛謈田田,狂呼气竭。转侧张皇,生涂未绝。倏阳焰之腾高,鼓腥风而一噎。泊埃雾之重开,遂声销而形灭。齐千命于一瞬,指人世以长诀。发冤气之焄蒿,合游氛而障日。行当午而迷方,扬沙砾之嫖疾。衣缯败絮,墨查炭屑。浮江而下,至于海不绝。亦有没者善游,操舟若神。死丧之威,从井有仁。旋入雷渊,并为波臣。又或择音无门,投身急濑。知蹈水之必濡,犹入险而思济。挟惊浪以雷奔,势若隮而终坠,逃灼烂之须臾,乃同归乎死地。积哀怨于灵台,乘精爽而为厉。出寒流以浃辰,目眳眳而犹视。知天属之来抚,憖流血以盈眦。诉强死之悲心,口不言而以意。若其焚剥支离,漫漶莫别,圜者如圈,破者如玦。积埃填窍,攞指失节。嗟貍首之残形,聚谁何而同穴!收然灰之一抔,辨焚余之白骨。

(《新编汪中集·文集》第7辑)

文末,作者指天发问,感叹命运之残酷无常。全赋围绕哀字行文,对事件和场面的铺叙为抒发哀痛之情做了很好的铺垫,风格凄丽,笔调哀婉悲壮。天灾乎? 人凶乎? 何以至此极耶? 杭世俊《序》赞其:"采遗制于《大招》,激哀音于变徵,可谓惊心动魄,一字千金者矣。"洵为至论。该文还在形式上突破了六朝以来骈四俪六的常套,整饬而有变化,语言典雅而富有艺术感染力。

张惠言在散文和诗词方面,都有较大的建树,是"阳湖三家"之一,著有《周易虞氏义》、《茗柯诗文集》等。阳湖派虽为桐城派的分支,但是不受桐城文论束缚,兼收子史百家、六朝辞赋,以博雅放纵取胜。其哀祭文中不乏精品,如《祭江安甫文》、《为诸生祭欧敦甫文》、《祭金先生文》、《崔景偁哀辞》等。但也有不少代作,如《祭蒋观察文》、《祭曹大司农文》等,一般虚言较多,真情甚少。

《祭江安甫文》与《江安甫葬铭》、《告安甫文》均围绕他的学生江承之而写。江承之,字安甫,十四岁随张惠言学习时文,"与世事无所嗜,独好治经",十八岁病死于京师。面对如此年轻的生命的消逝,张惠言不胜悲痛。祭文中有恋恋不舍的回忆,"尔之从吾,如影依形;尔之听吾,如响答声";有惋惜而至于无解,"夫孰使尔志之卓而忘其道之艰,夫孰使我爱之笃而忘其体之羼,是岂有冥冥者为之,而吾与尔皆会其适然";有字字含情的殷殷嘱托,"呜呼! 死者有知,当求康成、仲翔氏于地下而师之,尔奚羡乎永生。而吾之愧憾以悔,悲不见尔学之成者,其将终古而无穷也耶"?

其文《崔景偁哀辞》开门见山叙述师生渊源,崔景偁不为世俗之文,不为世俗之人,择师无所攀援,治学无所炫耀:

> 余始识景偁于京师,与为友。景偁以兄事余。即数岁,已而北面承贽,请为弟子。余愧谢,不获,且曰:"偁之从先生,非发策决科之谓也。先生不为世俗之文,又不为世俗之人,某则愿庶几焉。"呜呼! 世俗之为师、为弟子云者,其取之有由矣。其学之有由矣;非所援焉而取,非所炫焉而学,则以为狂且愚。昔韩退之作《师说》,毅然为人师,一世非笑之,唯李翱、张籍、皇甫湜数人以为然。余之文质靡至,诵圣

人之书,而未识其道,其于景偁,未有以相过也,而穷困之效已明白。景偁游公卿间,名声日起,当世所谓速化之术,固未闻之。乃退然就执友之门而请受业,欣然若有乐者;惜乎不遇韩退之,使与李翱、张籍之徒相颉颃也。景偁之学,拙于进而勇于取,虽小物,务既其实。与之论道理,未尝不悦。其改过,果以速。呜呼!使假之年而就其学,岂可量哉!(《茗柯文编》初编)

这里既是赞赏崔君,也是隐然以韩愈自任。其后叙其才艺为人只是简略带过,表示了对崔君不获骋志而早逝的痛惜。

《祭金先生文》这篇祭文称扬了金榜先生的学述成就和辞官治学的人品,回顾了师生友情。结尾言"命我以意,曷敢以二",也有经学继承人的自信。

孙星衍,字伯渊,号渊如,江苏阳湖(今属常州)人,官山东督粮道、权布政使,其《国子监赵君妻金氏诔》、《洪节母诔》等,都是深受后人称赞的作品。

龚自珍受经世思潮的鼓荡,主张作文要摆脱一切束缚,畅所欲言,以自由活泼的体式抒写真我,体现了无所顾忌的创造精神,开创了经世散文的新风。其散文多政论文,如著名的《平均篇》、《西域置行省议》等,杂文《病梅馆记》虽非政论文字,但关心时政之心却一览无余。

他的散文风格瑰奇,刻意追求不凡的构思和不平常的语言表现,想象奇特,"文笔横霸"(《越缦堂日记》)。即使短短不足二百字的《金侍御妻诔》,也突破了哀祭文的常规写法,选取死者生时待姑的一个侧面来表现其孝义,行文简洁流畅。又如《哀忍之华》,以花自况,身处"棘十重"、"毒霾霾"的环境中,"心苦"却"不可传",期望不久可以"行归而乡狖,云霞之乐长狖"。此文以一种传统的文学形式赋体,来表达他作为得风气之先的思想家力图冲出传统重围、呼唤九州生气的典型心态。

# 第十一章　清代赠序文

赠序是一种临别赠言性质的文字,源于古代赠人以言的习俗。它和序跋同出于"序"体。明代吴讷《文体明辨序说》言:"东莱云:'凡序文籍,当序作者之意;如赠送燕集等作,又当随事以序其实也。'大抵序事之文,以次第其语、善叙事理为上。近世应用,惟赠送为盛。当须取法昌黎韩子诸作,庶为有得古人赠言之义,而无枉己徇人之失也。"可见,在吴讷看来,"序"体包括诗文之序和赠送燕集之序(前者约略等于今之序跋,后者即赠序)。但赠序不同于序跋之为诗文而作,赠序"当随事以序其实",其特点是述说事理次第有序,而其流弊在于容易扭曲己见而屈从序主。吴讷虽然没有析出"赠序"一体,但他对序体(含赠序)的界定和特点的概括是比较合理的。清代桐城派的宗师姚鼐在《古文辞类纂序》中,第一次明确地把序体分为"序跋类"和"赠序类",就是对吴讷"序"体观的发展,也是清代文体意识系统化和精确化的必然结果。而姚氏对"赠序类"等的源流予以考察,从根本上把赠序与序跋剥离,则在文体流变史上起到正本清源的作用,得到后世文体研究者的推崇。如姚永朴(1861—1939)言:"《古文辞类纂》出,辨别体裁,视前人乃更精审……分合出入之际,独厘然当于人心。"[①]赠序现存最早的见于晋代,如傅玄的《赠扶风马钧序》。但赠序作为一种文体,发展迟滞,中唐后始在韩愈等手里发扬光大。延至明清,赠序文佳作代不乏人,如韩愈的《送李愿归盘谷序》《送孟东野序》,苏轼的

---

① 姚鼐编,吴孟复、蒋立甫主编:《古文辞类纂评注·吴孟复序》,安徽教育出版社,1995年版,第6页。

《日喻赠吴彦律》,宋濂的《送东阳马生序》等。

清初之文,在"宗秦汉"和"宗八家"间游移,后者虽受到更广泛的推崇,但并未定于一尊,因此,赠序文还是呈现出多样化的发展趋势,产生不少情文并茂或析理精严之作。钱谦益、侯方域等易代文人和桐城诸家都用自己的创作实绩丰富着这片向来为人所忽视的小花园。但这里也出现了两个耐人寻味的现象:

其一是清初学人如顾炎武、黄宗羲、王夫之、傅山等从此类文体的淡出。单就顾、黄、王、傅四大家而言,其赠送序文总计只有2篇,寿序27篇(黄宗羲一人占了23篇,是个例外)。这和大儒们注重经世致用,不为无益之文的文学观念不无关系。顾炎武《日知录》中有一则名为《文须有益于天下》:"文之不可绝于天地间者,曰明道也,纪政事也,察民隐也,乐道人之善也。若此者,有益于天下,有益于将来,多一篇,多一篇之益矣。若夫怪力乱神之事,无稽之言,剿袭之说,谀佞之文,若此者,有损于己,无益于人,多一篇,多一篇之损矣。"(《日知录》卷十九)赠序文,尤其是寿序文,或即炎武所言之"谀佞之文"。在同卷还有一则名《书不当两序》言"人之患在好为人序"。此就书序言之,而赠序文更当在摈弃之列。故遍检《顾亭林诗文集·亭林文集》,未找到任何赠序之作,便不令人感到奇怪了。

其二是寿序文饱受争议。清初寿序文作为一种实用文体,固有一些可喜的开拓,也产生了少许佳作,如魏禧的《彭躬庵七十序》、王猷定的《寿卢乐居表兄六十序》、姚鼐的《刘海峰先生八十寿序》等,但终因其过分偏重实用性和"易俗难工"而饱受争议,甚而影响到其文学价值的评价。方苞就指斥寿序文:"其所称则男女之美行皆备而不可缺一焉,而族姻子姓之琐琐者并著于篇。……称人之善而过其实,则其文无以信今而传后。"(《方苞集》卷七《张母吴孺人七十寿序》)但有意思的是,方苞仍不得不为人写寿序,《方苞集》卷七中收寿序六篇。

清代的赠序文(含赠送序文和寿序文)以前期为最,中后期桐城派一统天下,桐城诸子勉力支撑,但已显出颓势,胡天游、袁枚等之赠序文逸出桐城派之樊篱,亦颇一观。

## 第一节　清前期赠序文

牧斋云:"文章之在天地,犹大海也。古之文人才士,苕发颖竖者,皆盘回汍流之中,迢然夐出者也。"(《牧斋有学集》卷二十《李叔则雾堂集序》)清初易代文人之赠序文水平参差不齐,寿序文陈陈相因是一个方面,但单就赠送序文而言,呈现多元发展之貌,"迢然夐出者"尚属可观。钱谦益高才博学,可以领袖群伦,吴伟业以意境胜,侯方域以才胜,魏禧以学胜,汪琬以雅致胜,王猷定以气胜,归庄、屈大均、施闰章亦各具面目。其他如计东(1625～1676)等,虽多产赠序之作,而无特色,不言可也。

钱谦益之赠序文可以分为前后两个时期,以清顺治元年(1644)为界,前期收入《牧斋初学集》卷三十四至卷三十九,凡赠送序13篇、寿、贺序56篇;后期收入《牧斋有学集》,凡赠送序9篇,寿序36篇;此外,《牧斋杂著》中另有赠序6篇,寿序32篇。大体而言,牧斋前期赠序文系心时政或时学之弊,旨在经世,以论见长;后期赠序文系心序主的独特品性,注重个体的感兴情怀,以叙议结合为要。

(一)前期赠序文:牧斋在文中往往贯注了自己的经世思想,纵论时政得失,殷殷以求疗救之方。其特点是铺陈学问与经世之思相糅合,曲折纵横,雄肆奔放,酣畅淋漓。牧斋尝言:"根于志,溢于言,经之以经史,纬之以规矩,而文章之能事备矣。"(《牧斋有学集》卷十九《周孝逸文稿序》)其论时政之赠序文多如此。如《兵使慈溪冯公进秩督学福建叙》以犀利的笔锋批评主爵者不知时局之轻重缓急,重闽轻吴,用人不当,令人寒心。《送段含素应辟召还商城序》痛诋辟召过程中"天子所重,有司故轻之;其所急,则故缓之"(《牧斋初学集》卷三十四)的反常现象,直言有司之过。

《赠蓬莱令左君擢西台序》亦借文而畅论时事。蓬莱令左君攻打孔有德叛军收复登州,战事之惨烈骇人心魄。"当是时,残血膏楼橹,遗骸撑闾巷,抚恤疮痍,扶养孤寡,夺赤子于强兵悍监之口,襁褓而衽席之",因而左君因功为天子召见擢升西台。当时国家大患在于"东患奴,中原患寇",而时论多无当,左君能否提出根本治理之策呢?

> 天子焦劳求治,愈求而愈无当;亦尝号咷索人矣,屡索而屡不获。其所以然者,何也?譬之病者,促数攻治,药不效则咎医,医不效则又咎药,药与医促数更易,而病未良已也。兵与食,药也;料兵料食者,医也。知其病之所在,诊视而疗治者,治病之方也。今不思治病之方,而汲汲于求医量药,是以攻治急而病滋剧也。(《牧斋初学集》卷三十四)

牧斋认为,治兵之方不在于"料兵料食",而在于洞悉祸患之所在,有针对性地予以治理。文末用"医国者"期许左君,激其自效以报答天子的知遇。此文融史实、时论及忧思于一体,纵横捭阖而又质实,足见牧斋学有根柢、论而有法,在易代之际的赠序文中洵不多见。

牧斋不仅关注时政,亦忧心时学,如《赠别方子玄进士序》痛心学者不师古之弊:

> 夫今世学者,师法之不古,盖已久矣。经义之敝,流而为帖括;道学之弊,流而为语录。是二者,源流不同,皆所谓俗学也。俗学之弊,能使人穷经而不知经,学古而不知古,穷老尽气。盘旋于章句占毕之中,此南宋以来之通弊也。弘治中学者,以司马、杜氏为宗,以不读唐后书相夸诩为能事。夫司马、杜氏之学,固有从来。不溯其所从来,而骄语司马、杜氏,唐以后岂遂无司马、杜氏哉?务华绝根,数典而忘其祖,彼之所谓复古者,盖亦与俗学相下上而已。驯至于今,人自为学,家自为师,以鄙俚为平易,以杜撰为新奇,如见鬼物,如听鸟语,无论古学不可得见,且并其俗学而失之矣。六经子史,譬如药物之有参苓也。参苓之剂,足以生人。假令投之毒药之中,则亦化而为毒药而已矣。今之学者,缪种已成,六经子史,一入其中,皆化为异物,又况司马、杜氏哉?(《牧斋初学集》卷三十五)

文中揭示了学者不师古而歧误的三个阶段：南宋以来学者弊于"俗学"（帖括、语录），以致"穷经而不知经，学古而不知古，穷老尽气。盘旋于章句占毕之中"；弘治间学者弊于"务华绝根，数典而忘其祖"，复古不就而与"俗学"相仿佛；今之学者弊于"人自为学，家自为师，以鄙俚为平易，以杜撰为新奇"，并"古学"、"俗学"尽失之。以上诸论，与亭林、梨洲所言并无二致，宜置于学术史上一体同观。

（二）后期赠序文：牧斋后期赠序文更注重人物品性和个体情意的抒发，较前期颇异。牧斋笔下，一批具有独特魅力的奇人异士跃然纸上，声形毕现。有"急人之阨甚于己"、好学多思的谷愧我（《赠谷愧我序》），有"少壮轻侠"的"经奇男子"施伟长（《赠别施伟长序》），有"杜门汲古，不役役于荣利"的胡静夫（《赠别胡静夫序》），有棒喝醒世、机锋犀利的觉浪和尚（《赠觉浪和尚序》）等等。

牧斋晚年心境落魄，深自感叹："士负不羁之才，值抢攘之运，其与夫纤儿怪魁，诡衔窃辔者，诚何以异？"（《牧斋有学集》卷二十二《赠别施伟长序》）《送方尔止序》写于牧斋衰残之年，已无暇沉溺不遇之感，而更细微传神。方尔止即遗民诗人方文，桐城人，流寓金陵，方以智从叔。入清后以气节著称，足迹历大江南北，朝野名流咸乐与之交。文中起首即从回忆二人的交游始，今昔霄壤，时过境迁，物是人非，万千感慨何从言说？

> 崇祯辛未，尔止谒余虞山。别十四年而有甲申之事。今年癸卯，自金陵过访，又二十年矣。尔止初谒余，甫弱冠，才气蜂涌，猎缨奋袖，映蔽坐客。余年五十，罢枚卜里居，天下多事，意气犹壮。今尔止苍颜皤腹，肖然为遗民宿老。余衰残荒耄，病卧一榻，执手欣慨，言可极耶！（《牧斋有学集》卷二十二）

随后的一个细节描写，涉笔有神。牧斋苦于耳朵聋得厉害，便用孙子的书版画字交流。引《方言》云云，见牧斋喜铺陈，然亦紧涉下文。牧斋言自己不想再听闻纷乱的世事，耳朵不好，又有什么悲伤的呢？而此时的方文"笑顾稚孙，酌酒引满，观其意，未尝不愀然闵余也。"即使是多年的老友，值此亦颇感伤,而又只能勉笑解之。故文至此有此时无声胜有声之妙。

紧接着牧斋交代自己点定方文(1612—1669)《嵞山诗》的经过,深自推许,谓"得少陵之风骨"。而牧斋之笔纵横驰骋,收放随心。略引一二:

> 往者奉先生长者之绪言,有志别裁伪体,采诗之役,小有题评。晚耽空寂,漠然如喑雁哑羊矣。而世之过而问者,南箕北斗,既虚相荐樽;左猱右虎,又互相排笮。譬之孤军疲马,当四战之冲,致师摩垒者,交发迭肆,虽复深沟高垒,犹未能解甲坚卧也。今将奉尔止为渠帅,淮阴建大将旗鼓,出井陉口,拔赵白帜、树汉赤帜,若反覆手耳。自今以往,余可以仆旗卧鼓,壹意于禅灯贝牒之间,岂不幸哉!(《牧斋有学集》卷二十二)

此外,须略提及的是牧斋的寿序文。翻检《钱牧斋全集》,知牧斋所作寿序(含贺序)近一百三十篇,数量惊人。牧斋曾云:"古无生辰为寿之文,而近世滋甚。凡寿考燕喜之家,亲知故旧,相与考德颂美,列名征词,无虑数十人。诗文之传遽而至者,无虑数百篇。既而请者与作者,各不相剒,不复知为谁某,此流俗之最可笑者也。"(《牧斋有学集》卷二十五《华母龚夫人八十寿序》)可见,牧斋对寿序文的弊端有清醒的认识,其写作的态度比流俗之敷衍塞责要严肃、认真得多,但这并不意味着牧斋的寿序文就能摆脱"颂谀"的常律。客观来看,其有些寿序文还是颇具自家面目,有较高的文学价值。略举一二:

《锡山赵太史六十序》心系国家治乱,起首用形象的比喻入手,云:

> 人身之所恃者元气也,国家之所恃者人才也,韩子谓果蓏饮食,既坏,虫生之。国家之为果蓏也亦大矣,妇寺为其附赘,奸佞为其痿痔,边陲盗贼为其痏疡,幸幸冲冲,攻残败挠,未有止息。独恃一二贤人君子,枝其食啮,去其攻穴,于是元气阴阳不至于日薄岁削,而国家用以长久。是故国家之兴,必曰王国克生,其亡也,必曰邦家殄瘁。古今觇国者,未有以易此者也。(《牧斋有学集》卷二十四)

这里充分体现牧斋喜论善论、铺排恣肆的特点。接着牧斋点出晚明由于人才凋敝而导致神舟陆沉,但像赵太史这样的人才还在,也只有他们才能葆有国家元气不灭。牧斋又期待赵太史有何作为呢?在字里行间流动着的是怎样的一腔血脉和对易代的忧思呢?这种欲言又止的复杂心态,在牧斋的文中并不鲜见。

而在另一篇寿序《赵景之宫允六十寿序》中,牧斋的情感就难以收敛了,遂喷涌而出:

  今日者,陵谷贸易,井邑迁改,景之已苍颜素首,为时典刑,为国遗老。余则归老空门,枵然为陈人长物矣。顾欲执笔伸纸,强颜为称寿之文,不已伤乎!(《牧斋有学集》卷二十四)

由于牧斋"贰臣"的尴尬身份,其正常的些许追悔行为被人诟病为"作伪"。上文中的这种复杂、细微的心态不像在作假,我们不应一带而过,而忽略对其思想及内在文化心态的考索。

吴伟业的赠序文多为寿序,达24篇之多,《冒辟疆五十寿序》等言及易代后人事变灭及士人的复杂心态,颇有可观,其他则多无新意,真正属赠送序文的仅3篇。其总体成就自然无法与钱谦益比肩,置于此盖二人都有出仕清朝的经历。

梅村赠送序文善于营造诗一般的意境,其最著者为《赠琴者王生序》。序主王生好琴,为伟业之兄志衍知赏,后志衍遭寇难以死,王生落魄。其后六七年,伟业复遇之,王生为鼓琴,听之如见志衍。文云:

  昔孟尝君广厦邃房,淫声丽色,撞钟舞女乎其前,而雍门高为之鼓琴也,能使如破国亡邑之人,流涕泣下。今以吾志衍才气之雄,交游之众,可不谓盛欤?一旦骸骨破碎,门户磨灭,欲如雍门所云,千秋万世之后,婴儿竖子踯躅而歌于其墓上,噫,何可得哉!(《吴梅村全集》卷三十五)

志衍论才气之雄和交游之众是否可与孟尝君相比另当别论,但其一旦破家身亡,连找个歌于墓上的小孩子都难,更何况雍门高那样能使破国亡邑之人泪下的鼓琴高手呢?后文梅村亦反复强调自己是"破国亡邑之人",其意境之悲凉显然与其亡国后的凄苦心态密切相关,而其后极写王生鼓琴之能,实已类同于挽歌:

> 然则王生之为此曲也,其为峨嵋之高乎?其为瞿塘之深乎?其为杜鹃之啼、猿狖之吟乎?其为山鬼之连蜷而偃蹇乎?其为秋风之栗栗中人肌肤乎?盖坐客憯懔振悚,变色而三叹。又从而歌之曰:葛蔓蔓乎雨冥冥,枫林黑兮阴火青。望故乡而不见,语白骨乎空城。顾爱子之周托兮,嗟宾御之无人。则坐客无不矫首西望,欷歔而于邑也。(《吴梅村全集》卷三十五)

《清史列传》言:"方域健于文,与宁都魏禧,长洲汪琬,并以古文擅名。禧策士之文,琬儒者之文,而方域则才人之文。……当时论古文,率推方域为第一,远近无异词。"(《清史列传》卷七十)侯方域的赠序文(全部为赠送序,15篇,收入《壮悔堂文集》卷一、卷二)是典型的"才人之文",任才挥洒,不戾于古,不泥于今,尤多奇气。其赠序文的特出之处是能生动地刻画人物的性情状貌,与其传记文有相通之处。《赠徐子序》称颂徐作肃积学力行,寓文于道,望世人"大而能以道求",反对世俗"徐子遇以文"的偏见,塑造了一个清刚正方、积学有为的文士形象。《赠陈郎序》以长辈的身份,向幼婿陈宗石描述了侯、陈两姓在斗争阉党、抗奸扶正的特殊情境下缔结姻缘的经过,嘱其要精进不已,成为无愧于先辈的有志之士。《赠丁掾传》以极经济的笔墨烘托映衬,一位廉谨正直、忠于职守的胥吏形象跃然纸上。《赠江伶序》则通过江伶漂泊莫定的戏剧性生活经历,揭示了其内心的痛苦无依。

侯方域在赠序文中喜以小说笔法入文,奇气纵横。如《送徐、吴二子序》,其文云:

侯子既放,涉江返棹,栖乎高阳之旧庐,日召酒徒饮醇酒,醉则仰天而歌《猛虎行》,戒门者曰:"有冠儒冠,服儒服,而以儒术请问者,固拒之。"于是侯子之庭,无儒者迹。

一日,遇竖儒于途,劳侯子曰:"子之术可以封,然且不免于洴澼絖者,不善用其手也,吾愿授子。"侯子叱曰:"是七圣焉群述,而黄帝之所听荧者也,而竖儒又何知?而身且死,而犹传蓬莱之药,而又谁欺?"言未毕,竖儒返走。于是侯子出,皆避去,无所与语者。

会时时从其故人吴伯裔、徐作霖游。一日,二子过侯子,置酒,伺其饮酣而谒之曰:"我将走北阙,以儒术售天子,赖子一言以壮我;且拒,奈何?"侯子曰:"吾恶夫竖儒者,恶其群鸥逐凤凰,而鸣噪焉其后者,嫉其文采之异已也。蜀之犬望日而嗥者,少所见,多所怪也;蚓廉蚁信,而自以为得绳墨也。今二子皆落脱,好饮酒,醉后读书,不求章句,是吾所烛照而求者也。雅善歌《猛虎》,二子愿闻之乎?今夫虎,见人无不噬者,然遇婴儿则舍之,神不动也;不敢触醉夫,避其气也。故欲求可以制虎者,婴儿之神而加以醉夫之气,庶乎近之矣。今天下之虎多矣。往见猎虎者,禹步而入山嵎,以为诵符而骑其项,既见虎,则又首鼠,亦焉往而不为所噬哉!"二子徐起,谢侯子曰:"吾闻郑之人有覆蕉者,以为梦而失,醒乃求之。然则,凡有所求者,寐且不可,而况于醉耶?子教我醉,是犹适越而北辕也,不如辍驾。"侯子曰:"二子行矣!二子所言者,逐鹿之幻者也,是犹画虎也,安知鹿之不且为马?安知马之非即吾凥臂,浸假而化焉至于无穷?子其能醒而忆之耶?今天子悯生民之被噬,方欲驱虎,然属之人辄色变者,无他,醒故也。众人皆醒,二子独醉,吾且以二子为婴儿也。二子行矣!"

于是二子大呼,尽一石而去。(《壮悔堂文集》卷一)

此文写于明崇祯十二年(1639)冬,确是一篇奇文,就奇气而言,放到韩文中亦不遑多让。一是人物形象奇。文中的核心形象是一个少年狂士侯生,他日日放歌纵酒,逐酒徒,远儒者,甚而斥之,以至于"侯子出,皆避去,无所与语者",年少轻狂之态入木三分,颇有奇气流荡于字里行间。二是构思奇。文中,侯子酒后常歌《猛虎行》,遂以猛虎喻时事之凶险以赠,真诚期待徐、吴二子早日建功立业。从中可见侯子(即侯方域自己)才气横溢、不尚典重,而胆识过人。邵长蘅在《侯方域魏禧传》中云:"(方域)倜荡任侠使气,好大言,遇人不肯平面视;然一语合,辄吐出肺肝,誉之不容口。振友人之厄,不吝千金;然亦喜睚眦报复。"(《邵青门全集·青门剩稿》卷六)从《送徐、吴二子序》等文中,我们不难体会这一点。

李慈铭云:"朝宗文,气爽而笔灵,颇有飞动之观。惜根柢太浅,不学无术,多近小说家语耳。"(《越缦堂读书记》卷八)李氏言侯方域的文章"气爽而笔灵"是极为恰当的,其文驱才使气,确有不可一世之概,读来有风行水上的爽劲之感。但李氏批评朝宗文"不学无术,多近小说家语"则不免过甚,是视小说为小道的传统偏见使然;这也从反面指出朝宗文风形成的关键因素,即以小说笔法入文。此盖侯方域学习《史》、《传》人物叙事笔法的结果,亦是其文生动传神的根本原因。

魏禧颇善赠序之作,所撰赠送序18篇,寿序49篇,收入《魏叔子文集外篇》。魏禧的赠序文有两个特点:一是以识见优长,二是不为无用之言。其《赠黄书思北游序》即明言:"君子之学,将以用于世。用于世者,必知世之所急,而先其切于民者。"(《魏叔子文集外篇》卷十)魏禧平时非常关注民生疾苦及天下治乱,其赠送序文亦多就以论之,少浮词丽句,而多实在之论,因而显得醇厚、有力度。如《赠宋员外榷关赣州叙》因赣州关政之善而感发于芜湖的财税改革,意在恤商裕民。《送汪舟次之赣榆叙》畅论数百年的官制得失、教化盛衰等。

谈魏禧之赠序文,《送孙无言归黄山叙》自然无法回避。孙默归黄山是清初热门话题之一,引发了大江南北文人的大量赠和,"诗歌之属凡千,文若叙凡百数十"(《魏叔子文集外篇》卷十),施闰章、王猷定、归庄等都有赠孙默的序文。施闰章《送孙无言归黄山序》先言自己"往游而不果者三焉",认为孙默归黄山是黄山的幸运,并就"天下名山川亦有幸不幸焉"抒发一己之感慨。施氏立足于自己,己之欲便拟授之于人,因此说服力不够强。王猷定《送孙无言归歙序》从桑梓之情的角度,劝其速归。归庄《送孙无言归黄山序》从释"归"字的角度入手,亦有见地。魏禧是如何劝说孙默的呢?

予谓子山曰:"广陵为南北大都会,四方商贾辐辏,仕宦游侠买田宅长子孙者十余万家,舟车过其地,儌尘而食者,先后踵相接不绝。广陵故利薮,豪俊非常之人失志无聊,恒就利以自养,而天下之欲因是以愿见其人者,又往往寄迹于此。故广陵非独商贾仕宦之都会,亦天下豪俊非常之人之都会也。无言居广陵,以能诗闻,布衣之士,有工一诗、擅一技者,无言莫不折节下之。其少旧通籍,自方伯郡守以下,或招之,亦不往。吾乡王于一客死武林,无言为之奔告故人,经营其丧,纪其妻子而归葬于南昌。然则无言之居广陵与归黄山,其轻重盖可知。

余以为无言倘能以其交游之力,从屠沽贾衒中物色天下非常之人,虽使无言居三十六峰深绝处,余犹将作招隐之诗,劝无言出居通都大市,不得与衣草食木者同其寂灭。若无言谢为不能,则绝交游,束笔研,挥手而疾归乎黄山可也。北宋时汴人有知其将乱而窃叹者,邻之人闻之,徙家他适。及金师破汴,邻人适在军事,护其家出之曰:'吾窃闻公言,此所以报也。'其人拊膺太息曰:'吾言之,君且行之,吾所以为君卤乎?'以无言之才与智,当审择二者,欲归则速归,毋持两端。然吾终愿无言之为广陵有而不为黄山有也。若夫无言果能行吾言与否,则又非予之所敢知也。"(《魏叔子文集外篇》卷十)

可见,魏禧的立足点并不在"促归"与否,而是就其利弊进行客观分析,归与不归不是关键,关键是能否"用于世"。魏禧认为正确的态度应是"欲归则速归,毋持两端"。就能用世而言,魏禧主张孙默留在广陵。魏文成功的关键有二:一是抓住了问题的关键。欲破"的"必须知道"的"之所在,即要明确"居广陵"与"归黄山"孰轻孰重。二是析理严密、例子生动。以汴人空叹乱将作,而邻人窃闻而行,结果汴人为金师所俘,赖邻人救护得免。这样的说服力比施闰章诸人就显得有力得多。宗子发评此文云:"命意独高,而寄托处浑深不露,此中大有作手。是题名篇盈箧,不得不推此空作者矣。"(《魏叔子文集外篇》卷十)可谓知文之论。

魏禧赠序文不仅擅长议论,识见过人,其叙事笔力亦自不凡。如《赠万令君罢官序》,宛若一篇循吏列传,文笔洗炼而传神。尤其是万君被罢官后:

> 僦西城下之屋而居焉。出则步行,应门无纪纲之仆,童子三四人,供事而已。君之下车也,征税之耗,视前蠲其大半。日肉二觔,蔬数束,酒二壶,幕中宾客之食皆在。宾客尝不堪,托事去。一粟一薪之费,一夫之役,不以取诸民。有所市,民尝多取值,是以宁之民德之。(《魏叔子文集外篇》卷十)

此段采用白描手法,言简而意丰,饱含意趣。廉吏安贫乐道、甘于淡泊平凡,尤令人感慨万千。而幕宾因不堪其苦而托言离去,更见万君志节之高。宁之百姓有这样的官,确实是万幸,故德之,不是很自然的吗?

魏禧之赠序文尚有以笔法曲折而见胜者,如《赠顿修上人序》写自己和顿修由见而勿识,到识而犹疑,直至最后"独好之甚也"的转变过程,这也是对顿修性情品格认识逐步深化的过程,结尾对学士大夫为僧之俗伪略一讥刺。笔法散淡中见峭拔,极尽转折,而笔锋含而不露,议论也极精当。《赠北平刘雪舫叙》以顿挫之笔极力写哀,风神气度摹欧阳修之史笔而不减悲凉,堪称"绝调"(邱邦士评)。

魏禧的寿序文亦夥,多达49篇。《魏叔子文集外篇》卷八《叙引》云:"叙寿者则古未之有,明中叶乃盛。叙惟寿为难工易俗,然如归太仆荡逸多奇,即何减古人之叙诗文、记山水也。然则何为其不可工也!"可见,寿序文是明人的创造,往往受人请托而为之,故多虚美褒谀之词。但魏禧心知其难而不畏惧,竭力为之,这可以解释为何其寿序文数量大,而总体质量亦颇高。可以说,魏禧的寿序文虽不免有颂谀从俗之作,然绝大多数篇章言之有物,笔法多变。如《彭躬庵七十序》揭示"人才须师友而成"的道理,识见卓然,文笔亦不腐:

且夫一乡一曲莫不有忠信之士,可寄托之人,然而贤人君子之足名于天下后世不多见者,则何以故?盖无特达伟俊之人,为之开发其胸智所不知,夹持其力所不及,而俗师小儒又以其鄙志陋识自私自利之学术教导而熏陶之,是以虽有美质,终于汩没,而不能自立以有成也。豫章之材、松柏之木,可以历霜雪胜栋梁也明矣。然而无场师焉为之识拔、灌溉、长养而护持之,使之杂生于械柞之中、瘠土之上,牛羊斧斤又从而寻之,其得成材者幸矣。而其能自树植以有其天年者,然且根荄不衍,枝干不强,而不足以胜梁栋。悲夫!吾甚惜乎乡曲之士,忠信可寄托之才,而终与械柞弱草同类而并腐也,则甚矣余之多幸也。(《魏叔子文集外篇》卷十一)

汪琬以宋儒为宗,为文主张才气要归于节制,"古人之于文也,扬之欲其高,敛之欲其深"(《答陈霭公书二》),反对"以小说为古文辞",认为"既非雅驯,则其归也,亦流于俗学而已矣"(《跋王于一遗集》)。也正因文学观的保守,汪琬的赠序文(赠送序十余篇,寿序八篇)整体成就不高,较侯方域、魏禧相去甚远。

但要看到,汪琬宗宋儒并不拘执,其赠序文亦偶见恣肆,如《送姚六康之任石埭序》起句即说:"世之儒者往往訾老、释为异端,而习其说者又多好言空虚寂灭无用之学,此皆非真知老、释者也。"他认为,两家"异流而同原",都有益于修养身心,且可以用以治理国家政治,汉初便是用黄老而天下臻于至治。这显然不同于韩(愈)、欧(阳修),与宋明理学援佛入儒亦迥然有别,而对时人"以儒代禅"或"以禅易儒"的绝对化倾向有矫正作用。因此,汪琬虽以儒家士人自居,但并不醇正,而正因此,其恣肆之文反大为可观。

汪琬的个别赠送短序"颇似唐人文字"①,韵味十足,如汪琬《送王进士之任扬州序》:

---

① 郭预衡:《中国散文史长编》(下),山西教育出版社,2008年版,第231页。

诸曹失之,一郡得之,此十数州县之庆也。国家得之,交游失之,此又二三士大夫之憾也。吾友王子贻上,年少而才,既举进士于甲第,当任部主事,而用新令,出为推官扬州。将与吾党别,吾见憾者方在燕市,而庆者已翘足企首,相望江淮之间矣。王子勉旃。事上宜敬,接下宜诚,莅事宜慎,用刑宜宽。反是罪也。吾告王子止此矣。

　　朔风初劲,雨雪载途,摇策而行,努力自爱!(《尧峰文钞》卷二十四)

此序先言王士禛为扬州推官之或憾或庆,以见其时所推重,然后勉以为官注意事宜,最后以极蕴藉之语告以努力自爱。用笔之简洁,几乎一字不可去。计东以为:"若其文章,溯宋而唐。明理卓绝,似李习之(翱);简洁有气,似柳子厚(宗元)。"(《改亭文集》卷十五《钝翁生圹志》)客观地说,汪琬思想正统的一面近于李翱,不同之处是汪琬不辟佛,也不孜孜溺于儒家之道统。汪琬赠序文偏于雅洁,有似柳文处,然气则明显不足。

　　王猷定有赠送序11篇,寿、贺序20余篇,收入《四照堂文集》卷一至卷三。王猷定与侯方域相类,以才名,文以气胜,惟猷定更尊体,尝云:"故气之克,克于立体。而体之所急,急于明理。仁义中正之旨,理乱得失之林,灼然见其本末。……岂非体具而气足哉!"(《四照堂文集》卷一《与友论文书》)盖旨在以"理"贯气,"理"为主,"气"为辅。其赠送序文亦然,如《观道说》(实为赠送序文)阐说"言"、"道"之关系,认为不论是"放言"、"寓言"还是"不能言",其根本宗旨在于"学道",此"道"即所言之"理",否则不言可也,而世足与言者也并不多。《送魏雪窦序》(《四照堂文集》卷二)中的魏雪窦即魏耕,谱名时珩,号雪窦,浙江慈溪人,明亡后与钱缵曾投效驻在杭州的潞王朱常淓,募兵守湖州,"苕上之役"失败后,与山阴祁班孙、理孙秘密结社抗清,多次为郑成功、张煌言水师出谋划策,是位颇具传奇色彩的遗民,后因"通海案"发被清廷杀害。魏耕这次越中之游,即在"苕上之役"失败后。文章采用"答客问"的方式展开,一开始就感叹魏耕乃"济世之器",却穷愁落寞,只能与二三知交相知。其将远行,是不是有什么东西"摇其中而降志"呢?作者对此予以否定,并以舟为喻,云:

方其浮大江,乱巨区,洪涛横厉,上与天际,风雨变怪,杳冥不测,亦天下之至险矣。乃登阳侯之激湍,崇朝百舍无远不届者,何也?唯其舟之足凭也。舟于水则洇也,曷足恃也。夫材,犹吾质也,取诸阳木缜理而坚,以其可施刳斫平沉必均也;帆,犹吾气也,取诸宏以完,以其藉风必强横为皷不坠也;樯,吾心也,取诸正而直,正而直,虽危悬重系其何震撼之有;柁,吾志也,取诸匡且广,常操而善运,操匡运广,虽滔天巨波其何摇荡之有;至于篙若橹,吾才也,取诸刭,取诸赢,而铩而舟成矣。虽然,又贵乎人事之工也。夫闭户而学操舟者,自以为能矣,乃出而试诸山溪之滥,大者风水夺其技,次者滩漩败其治。无他,谙练不素而审慎之意少也。若人事工矣,尤贵天时之顺也。世固有强济以要利者,弗畏于天,日招招于江之溃水澥之滨,虽有维撒,一旦飓风作,水怪兴,而覆于洪流者,尾相衔也。故善操舟者,舟与水一,人与舟一,而天不与人一,宁舍驰马逐龙之具于洲渚岛屿之间,而不轻进也。今以魏子有其具矣,又有其技矣,而时之不偶,故宁与吾辈二三人相与周旋于山榛隰苓而不愿入市朝以争利也。而子疑其摇其中而降志焉,不亦谬乎?(《四照堂文集》卷二)

作者以舟喻才,谓"故善操舟者,舟与水一,人与舟一,而天不与人一,宁舍驰马逐龙之具于洲渚岛屿之间,而不轻进也",揭示才具、"人事"与时机之间的微妙关系。有才具还要"人事之工",即善于操用,二者兼具而时机不利,亦难成就事业。通篇气势亦足,而理在其中。文末借客子之口由衷赞叹:"子真知魏子哉!"清初赠序文中论"才"之文并不少,如魏禧的《赠黄书思北游序》、彭士望的《赠北田四子序》等。但或侧重才学之为用,或叹人才之不易得等,而论析理之生动、行文之奔放,则首推王猷定之《送魏雪窦序》。

王猷定之赠序文又有示人以遗民面目者,如《赠鹪林梁公序》(《四照堂文集》卷一)等。梁鹪林即梁以樟(号鹪林),与兄以菜、弟以桂并知名,时号"三梁"。明末逸士,曾做过史可法的幕宾,晚年与阎尔梅、王猷定等遗民相善。《清史稿》有传,然《赠鹪林梁公序》中载其游摄山登峰顶祭拜孝陵之事可补史书之不足。

王猷定之寿序文与他的赠送序风格相类，亦讲求理，气势流畅，如《寿卢乐居表兄六十序》(《四照堂文集》卷三)，作者先言甲寅(万历四十二年，1614)年，他们的父辈在秦邮欢聚，其后战乱频仍，致使亲人流离失所，常年暌阻，很难见面。当两家兄弟得以相见，然先人已亡过，何其悲哉！这一年恰好是王猷定的表兄卢乐居六十寿辰，看着表兄一家性格淳朴热情、居处幽美如画、生活平静祥和，而反观自己的流离客处，表兄确是幸运的。羲皇上人似的乡间生活是那样得令人向往，王猷定又怎能不想"蚤返故里"吗？怀往追昔，更多一层今夕何夕之感：

> 余少有四方之志，及遭世多故，自放于江湖，而流离客处，恒愿得蚤返故里。先太仆门第既更变乱，篱门草舍历落数椽，亲知故旧岁时伏腊候问，往来谈说生平，里社饮酒歌呼笑乐放怀天地之外，兄弟姻戚白首追随，口不及户外事，如昔人高话羲皇儿孙，更抱者之乐而不可得。即君家与余客舍相去百余里，亦至今才得一见，不意君忽忽便为六十岁人也。君年可贺，而余蹙蹙靡骋，维忧用老，亦岂能忘今昔之感哉！(《四照堂文集》卷三)

归庄系归有光曾孙。时人对其和顾炎武有"归奇顾怪"之目，他负才使气，善骂人。但比起后来的戴名世，归庄还是偏于敦厚的。戴名世是愤世嫉俗，归庄有时不免"佯狂"。归庄在《黄蕴生先生文集序》云："立言之士，必有瑰异卓绝之才，得雅驯正大之体，而又议论关于名教，意旨合于圣贤，然后可以名世而传后。"(《归庄集》卷三)可见，归庄的思想在鼎革之后仍是偏于传统的道统，只是为人为文更多奇气，就其赠送序而言，亦大体如此。

归庄之赠序文(赠送序14篇，寿序20篇，见《归庄集》卷三)讲究才气，但不像侯方域文那样气势磅礴、不可一世，亦不像时儒那样拘守文以载道的训条，而于狂态中流露出真性情。如《送笻在禅师之余姚序》，文云：

> 二十余年来,天下奇伟磊落之才,节义感慨之士,往往托于空门,亦有居家而髡缁者,岂真乐从异教哉,不得已也!浮屠笻在,生于世族,素豪富,车骑雍容甚都。今手担一襆被,日徒步数十百里,雨则跣而行,往来吴越诸山。尝示余《游天台雁荡赋》。今余姚黄宗羲兄弟招之往,将自灵岩飞锡,渡钱塘就之。姚江,新建伯阳明先生之乡也。先生当年擒逆藩,平群盗,天下危而复安。乃今日则何如?吾闻黄君经世之才也,笻公为我问之,将何所为乎?阳明先生功盖天下,又为一代儒宗,年五十七而卒。余今适如其年,功业已矣,而学道未成,又不死,可愧也。(《归庄集》卷三)

该文论晚明以来二十余年间逃禅现象多"不得已",而"浮屠笻在"短短几十字间,奇伟磊落之态如生,然后点出笻在将赴姚江黄宗羲兄弟之招,从而引发自己的感慨:一是乱世将何所为;二是年齿渐老,愧不能像先儒王阳明那样建立功业。短序节节相扣,有见识,有形象,有感发,宛转自然,既不失临别赠人以言之旨,又寄托一己之感慨,妙在有神,本身也是绝妙的小品文。

从《送周上莲会试序》的谆谆教导和期待中更能见归庄的苦口婆心:

> 顾余所望于上莲者,又不止此。为人臣必以匡国家、安社稷为心,今即得第,且服官矣。方今多事之日,愿见其山川之胜,即思筹度险易,指画营垒,为攻战之计;见城郭之高大,即思谨守锁钥,修整楼堞,积聚刍粟,为守御之策;见宫阙之崇丽,即思祖宗创造之艰;见风土人物之繁盛,即思二百七十余年休养生息之厚。以是而为词臣,为台谏,宜对天子正色言之;为尚书六曹,宜随所职酌而行之;为外吏,则一郡一县,皆得自效。以此存心,无不可者。(《归庄集》卷三)

"文章以载道,而异于区区雕虫绣帨之文",归庄所谓之道,无外乎如上序文所言的致君尧舜之类的大道理,并不高明,从其乃祖归有光以来的传统文人大多如此,但整饬的排比句读起来并不腐,说服力还是很强的,盖因笔锋雄肆、言之有文。归庄之奇,在其赠序文中往往以文风雄健而得以彰显。至于其文中或"佯狂"或"肆意为奇"之意,则亦时势使然。

归庄的寿序文不少,凡 20 篇,但较乃祖归有光寿序文之"荡逸多奇",相去太远,总体上偏于庸凡。《吴梅村先生六十寿序》就有明以来的文统(即由宋濂－归有光－钱谦益－吴梅村)予以梳理,记颂梅村之行谊文章,有见解,有叙述,是言之有物之作。

屈大均曾参加抗清义师,事败后,削发为僧,隐居罗浮山。康熙初年(1662)弃僧还俗,康熙十八年(1679)拒不应博学鸿词科,晚年穷困,病卒。

屈大均以诗名,尚儒者之文。曾云:"吾尝谓文人之文多虚,儒者之文多实。其虚以气,其实以理故也。天下至实者,理而已耳;至虚者,气而已耳,为文者能以理而主其气,则气实,否则气虚。故有谓文以气为主者,非也。"(《无闷堂文集序》)屈大均赠序文(赠送序 11 篇,寿序 8 篇,散见于《翁山文钞》、《翁山文外》等)亦多儒者之思。如《过易庵赠庞祖如序》倡言儒禅之辨,反对"以禅易儒",言:"吾儒本公,禅者得之则私;吾儒本正,禅者得之则偏,是禅者终未尝得吾儒之精微也。"(《翁山文外》卷二)全文充满思辨的色彩。

屈大均为文与王猷定有异,亦不同于归庄,遗民身份的共同性使其文中多流露出遗民之思,其赠送序文《赠四潘翁序》、《送凌子归秣陵序》等皆如此。《赠四潘翁序》记述四位潘姓明季遗老,他们年届耄耋之年,鼎革后隐居民间不应征召,吟啸自乐,但有时谈及明朝及家国离乱的惨景时,又"怆然而悲":

> 春晴秋爽,觞咏为欢,数听翁谈隆庆、万历年间事,神往久之,酒酣耳热,感激家国乱离,主忧臣辱之故,又相与怆然而悲。翁为人魁梧豪爽,善饮啖,意气豁如。三翁则醇朴恭谨,恂恂若孺子,不出户庭,吟啸自乐,盖皆有得于颐性养寿之道者。呜呼!苟有圣人者出,如少康、周宣其人,光复祖宗旧物,吾知四翁者必欣然至,止辟雍为天子之五更三老,而享珍羞玉杖之赐,王公以下皆所北面焉。若夫羽翼皇储,朝舍芝华,暮从鸿鹄,此易姓开基之事,非四翁之所乐闻,亦终

于为有明之遗老而已矣。(《翁山文外》卷二)

当时像四位潘翁这样的明朝遗老为数不少,屈大均为此记,多少有存忠气、备史补的现实目的。屈文融浓烈的情感或现实之思于叙议之中,而自显品格不凡。

在另一篇《送凌子归秣陵序》中,凌子更是自觉地以考求遗民为己任,特别是感慨遗民自觉维系道统之不坠的一段:

> 嗟夫凌子,今世所谓公卿大夫贵人者亦多矣,士之饰车马,美衣裘,挟其文采技能以游于四方,靡不欲得其一言,以为声利之藉。何凌子委而去之,顾遑遑于遗民之是求乎?吾闻君子之游也,自乡而国,自国而天下,皆无所求,惟以求友而明夫先圣之绝学焉耳。昔在盛朝,明先圣之绝学者多达而在上,若薛文清、王文成、方文襄、湛文简、高忠宪、刘忠正诸公是也,是所谓真公卿大夫,有道以为贵者也,以视今日何如哉!此一二遗民者,方屏然伏处衡茅,蔬水不给,以其幽贱之身,而荷夫危微之统,佯狂自秽,默默苟全,世固不得而知之,即知之,亦何从而重之。(《翁山文外》卷二)

在遗民们看来,遗民的最高价值乃在于"以其幽贱之身,而荷夫危微之统",即儒家之道统,他们或佯狂自秽苟全于世,或默默无闻,因此不为世人所知所重。作者在勉励凌子的同时,又何尝不是希图以此唤醒颓败的士风,从而救正世道人心呢?这完全是儒者之思。而其赠序文亦以鲜明的时代特征而具有独特的时代价值和认识价值,不可或缺。

施闰章之赠序文(赠送序12篇,寿序24篇,收入其《学余堂文集》卷八至卷十)。其中平庸之作不少,然亦颇有可观者,如《送杜蕃舒归里序》、《送冯永丰归山阴序》等。《四库全书总目提要》称施闰章:"古文亦模仿欧、曾,不失矩度。"(《四库全书总目》卷一百七十三)就赠序文而言,施闰章之文法欧、曾而缺少变化,略显朴拙、平实、内敛。《送杜蕃舒归里序》说理亦颇畅达,文云:

杜生蕃舒自齐归，施子贶焉。司橐者以匮告，杜生谢且蹙额曰："先生念我则至矣，然窃疑其厚人而忘己也。意者太左计。"施子曰："若以我为过廉乎？予盖天下之贪夫也！子何敝敝然为我谋？"杜生口呿色变，久之曰："从先生官三年矣，事小大罔弗知也。所与交游，虚往实归者众矣；而先生橐中无长物，以币进则拒之惟恐不速。焦形槁颜，手校雠而口伊吾，夫子病矣！如是以为贪，将阳拒而阴纳与？敢问其说。"施子曰："噫！何子之泥于言贪也？夫取而不能有者，非贪也；不取而有之，人不能夺焉者，贪之至也。庄子曰：'君子内无饥寒之患，外无劫夺之忧。'子不见夫今之鼎食而覆餗者乎？戕其躯，籍其家，以沉其宗者，比比矣。其始不过竞筐筥之私，卒以捐其所甚爱而不遑恤。夫人捐其所甚爱，至于弃身家，舍妻子，谓之能贪则不可。予鄙人也，未受事而先饮冰。其行若踬，其居若坠，其独处若群窥，先人后己，亦夷亦惠，忧谗畏讥，补缺修弊，纂有一金而不知所置。予盖患得患失，见鄙于尼父者也！然而疾风震雷，守之晏如；饱食高坐，进退生徒；陟泰岱，观沧海，谒阙里，陈诗书，搜讨旧籍，累椟连车，寸缣尺楮，并蓄兼储，盗不睥睨，民不咒诅，人见不足，我见有余：此亦贪之至也！且夫名浮其实者，德之欺也；勉乎其职而不能尽其道，事之末也。吾目迷五色，而不蒙失人之诮；行忝颜闵，而窃附有道之林。吾循孔氏之门墙，而惴惴然惧其不能入也。奉命而出，终事而归，所侥得矣！况敢自为廉乎？子貌朴而志端，归而修业，亦务修其不可夺者已矣，何敝敝然为我谋？"

杜生闻之喜曰："吾乃今知先生之所为贪。"于是酌酒别去。明日次其语，追而送之济水之上。（《施愚山集·文集》卷八）

施闰章认为："夫取而不能有者，非贪也；不取而有之，人不能夺焉者，贪之至也。""贪"非掠取不义之财。掠财物者而终之于家败人亡，不能算贪；而富有理想人格和行为的君子无劫夺之忧，乃贪之至也。此"贪"字新解，或犹如今人言富得只剩下书之意，是对生活的智慧化解读和超脱之思。此文可贵之处即在于它并不违背儒家安贫乐道的思想境界，但其持论在当时的文人学士中是不多见的。

在《送冯永丰归山阴序》(《施愚山集·文集》卷八)中,冯木伯知吉州永丰,赋平讼简,政声很好,但因为对山贼以抚为主,却被临县之盗攀扯诬陷,对山贼主张以剿为主的上司罢免之,永丰百姓为请命言剿不如抚,未果。冯君为谋划方略擒拿盗贼,督府上书为文物官吏救过,而冯君独被斥去。"丰人之不忍其去,冯君之不怨其行",百姓自发为其送行,场面极为壮观感人,连作者闻之也不禁"叹息陨涕"。作者也只好勉励宋君,说山阴地方好,舍此而到山阴做官可以平安洒然,取适一时。施闰章在顺治十八年(1661)时曾任江西布政司参议,分守湖西道,史称"属郡残破多盗,遍历山谷抚循之,人呼为施佛子"(《清史稿》施闰章本传)。可见,由于与冯君有过类似的抚盗经历,因此对其无辜遭播迁一事格外同情,因此,文中情意宛转,读来可感,令人不禁为冯君之不幸泫然难释。

## 第二节　清中后期赠序文

"文变染乎时序",中国封建帝国在清中期又一次达到鼎盛,史称"盛世",政治上的大一统成为文人的自觉体认,程朱理学作为官方意识形态,在正统文人心里逐渐内化为一种潜在规范,为了规避文字狱的威严,乾嘉朴学在学术和文学领域都有着潜移默化的影响。就是在这样的大背景下,桐城文派崛起。这是清代影响最大的散文流派,其先驱戴名世之赠序文率真自然,影响及于桐城派雅洁文风的形成。方濬师(1830—1889)云:"余则谓侍郎(方苞)文,今之布帛菽粟也。学博(刘大櫆)文,今之锦段组绣也。郎中(姚鼐)文,才高识广,理境澈透,于方、刘两家外又别出机杼。"(《蕉轩随录》卷六)方苞等三人之赠序文,或亦近之,惟方苞倡"义法",叙事尚简,然亦见情意宛转,刘大櫆讲求藻采神色,姚鼐则以神韵为宗,皆自成格局。在桐城诸子之外,胡天游、袁枚以才子之笔,突破陈见,纵情为文,成就亦自不凡。这些在其赠序文中有比较清晰的反映,分述如下:

戴名世以愤世疾俗著称,"酒酣论世事,咄嗟吁嘻,旁若无人,人颇怪之"(《戴名世集》卷十一《北行日记序》)。他的"狂士"性格与其身负大才而长期沉寂底层相关。这些在其赠序文(赠送序15篇,寿序7篇,见《戴名世集》卷五)中有广泛的反映。《送蒋玉度还毘陵序》尤为知名,文中对文士的劣根性进行了反思和批判,称那些"恶蒋君之不类己"的文士为腐鼠,他们不恶其才,而恶其不类己,党同伐异,世风颓丧一至于此,此何以堪?

戴名世在赠序文中对科举制度的反思也不遗余力。科举至明末清初,其流弊几成痼疾。桐城派古文家大都鄙斥八股,其中尤以戴名世为最,如他在《甲戌房书序》中云:"自科举取士而有所谓时文之说,于是乎古文乃亡。"(《戴名世集》卷四)在赠序文中,戴氏批判的锋芒依然很尖锐,如在《送刘继庄还洞庭序》起首即予以痛诋:

> 自科举之制兴,而天下人之废书不读久矣,以未尝读书之人而付以天下之事,其不至决裂者,盖未之有也。昔者科举之兴,亦未尝无人矣,在上者长养之以廉耻,而在下者亦不务为苟得,是故其功名犹有可观。至其晚节末路,相习为速化之术,而风俗之颓,人才之不振,其流祸至于不可胜言,此有心者所为叹息痛恨于科举之设也。(《戴名世集》卷五)

戴名世认为科举最大的流弊是"相习为速化之术",从而风俗颓败,人才凋敝。戴氏之赠序文并不以议论为能事,而是点到即止,其批判科举导致"天下人之废书不读",但更重在推崇刘继庄那样真能读书的人。尤其最后一段:"余与昆绳行歌燕市,一市人皆笑之。羁穷落拓,此数人者大抵皆同,而余辈之穷至欲读书而不得,此天下之所以不读书也。呜呼,良可悲矣!"叙议简洁而率性自然。

戴氏在《送萧端木序》中述其古文观云:"盖余平居为文,不好雕饰,第以为率其自然而行其所无事,文如是止矣。"(《戴名世集》卷五)这种率真自然的文风,对后来桐城派雅洁文风的形成有一定的影响。

戴氏赠序文中还有一类近似于小品文,读来婉约可喜,如《赠赵骏期序》其文云:

> 海上有黑人之国,皮骨齿牙皆漆黑,裸处岛中,见有色白而衣者至,群鼓掌笑,或闭目不忍见,匿之水中。齐鲁山泽间,多瘿瘤之疾,臃肿轮囷,累累然相属于项下者,甚至掩其腹腰,聚族私语,窃窃然叹他人形体之为不具也。今夫赋质美则不能不见挫于恶,挟技高则不能复得意于卑。吾友赵君骏期,工为文章,久不获一第。今年秋,脂车将北行,而决得失于余。余惟君之所挟者则已高矣,凤凰翔于千仞,而顾下与鸡鹜乎争食,岂可得哉。莫人匪黑,莫疾匪瘿,然则见君而相与笑者有矣夫,见君而相与叹者有矣夫。君之得失,君其自决之矣。(《戴名世集》卷五)

可以说,行文的率真自然,对才士不遇的惋惜,对荒诞的不良世风的批判,几乎贯穿着戴氏的赠序之文。因此,戴名世是桐城文派当之无愧的先驱,同时又与方苞等三家略有轩轾。

方苞为"桐城三祖"之首。吴德旋在《初月楼古文绪论》中云:"方望溪直接归震川矣,然谨严而少妙远之趣。"林纾也认为其文"不如欧、归之宛转有情"①。这就望溪文的总体风格而言,确为不易之论,但这并不意味着方苞之文缺乏精神意趣。方苞的传记文《左忠毅公逸事》叙事之传神显见其学《史记》笔法之得力。单就其赠序文(赠送序20篇,寿序6篇,见《方苞集》卷七)而言,足见其思理深至,笔法开合有度,如《送刘函三序》入手即旨归于抨击世之以"苟贱不廉"为中庸的痼疾,以"行中庸之行而不牵于俗,亦难矣哉"为通篇主意。以下一段写刘函三"因长官诛求",弃官授徒,践行中庸,而世人以为迂怪,句句与篇旨相应。其下言不应忧谗畏讥,盲目从众,而"贸贸然适于郁栖坑阱之中",语语真挚,非阅理深湛者不能为也。收处归于不背于中庸之言,是义法所在,行文曲折有致,开合有度,《送李雨苍序》等亦多如此。

方苞个别赠序文情意宛转,亦殊为难得。《送王篛林南归序》写自己与王篛林非同一般的交谊,语淡情深。而《送左未生南归序》亦曲折尽情,文中首段略叙自己与左未生、宋潜虚(即戴名世)之交谊,戴因《南山集》而被杀,苞深以为憾。以下一段,方苞因给《南山集》作序,被株连下狱,后得重臣李光地援手免死出狱。因此,存者相见自然倍感珍惜,故在公事完毕后,方、左二人谿梁之游倍加牵人意绪:

> 辛卯之秋,未生自燕南附漕船东下,至淮阴始知《南山集》祸作,而余已北发。居常自恨曰:"亡者则已矣!其存者遂相望而永隔乎?"己亥四月,余将赴塞上,而未生至自桐。沈阳范恒庵高其义,为言于驸马孙公,俾偕行以就余。既至上营,八日而孙死,祁君学圃馆焉。每薄暮公事毕,辄与未生执手溪梁间。因念此地出塞门二百里,自今

---

① 姚鼐编,吴孟复、蒋立甫主编:《古文辞类纂评注》,安徽教育出版社,1995年版,第993页。

上北巡建行宫始,二十年前此盖人迹所罕至也。余生长东南,及暮齿而每岁至此涉三时,其山川物色久与吾精神相凭依,异矣;而未生复与余数晨夕于此,尤异矣。盖天假之缘,使余与未生为数月之聚,而孙之死,又所以警未生而速其归也。(《方苞集》卷七)

左未生与望溪本为道义之交,比之山川物色,自更暖人心,然此不仅在庸流眼里颇以为异,即在望溪看来,又何尝不异,故为"尤异",个中自含无限感激、珍惜之意:

夫古未有生而不死者,亦未有聚而不散者。然常观子美之诗及退之、永叔之文,一时所与游好,其人之精神志趋、形貌辞气若近在耳目间,是其人未尝亡,而其交亦未尝散也。余衰病多事,不可自敦率。未生归,与古塘各修行著书,以自见于后世,则余所以死而不亡者有赖矣,又何必以别离为戚戚哉?(《方苞集》卷七)

作者一腔别绪无以发抒,而相见何日亦未可知,岂不令人凄然,但"余衰病多事,不可自敦率。未生归,与古塘各修行著书,以自见于后世,则余所以死而不亡者有赖矣,又何必以别离为戚戚哉"? 此又为一转,以修书自勉勉人,情意洒然有致。从中不难见望溪之为人,亦宛转有情,在其古文中殊为难得。近人王文濡亦云:"千古惟文章不死,后幅数语似得此旨,勉以修行著书,自合赠言之义。"①

刘大櫆"虽游苞门,传其义法,而才调独出"(《清史稿》卷四百八十五)。李慈铭《越缦堂读书记》与言其名过其实,近人张舜徽亦云:"世之论者,恒以方、刘、姚并称。刘之文与学,上不逮方,而下逊于姚。得方氏挽之于前,姚氏推之于后,因以坐致大名,抑亦溢其实矣。"②方宗诚(1818—1888)《桐城文录序》称刘大櫆之文:"以品藻音节为宗……义理不如望溪

---

① 姚鼐编,吴孟复、蒋立甫主编:《古文辞类纂评注》,安徽教育出版社,1995年版,第993页。
② 张舜徽:《清人文集别录》,华中师范大学出版社,2004年版,第138页。

之深厚,而藻采过之。"①方宗诚熟谙桐城诸家之文,其评洵为有见。刘大櫆之赠序文(赠送序17篇,寿序6篇,见《刘大櫆集》卷四)尤重曲折尽意和音节之美。如《送沈荣园序》起笔峭健,用一连串的排比点出游于外久而不归,与人伦方面有亏欠,致使亲人如穷民无告,然后一顿云虽居高位又有何哉!

> 去父母、别兄弟妻子而游,既久而犹不欲归。滫瀡阙、定省违,父母有子如未尝有子焉者,有兄弟如未尝有兄弟焉者,有夫而其妻独处,有父而其子无怙,此鳏、寡、孤、独穷民之无告者类也。虽幸而取万乘之公相,亦奚以云。(《刘大櫆集》卷四)

后两段采用对仗笔法,以己"可以归矣而不归"与沈荣园得到家信即"不谋于朋友,秣马束装载道"对比,两次嗟叹"余独安能无愧于沈君哉"有重章叠唱之韵致:

> 余在京师五年矣。父母年皆逾六十,兄弟四人,在家者尚一兄、一弟、幼子三人皆已死,寡妻在室,是亦可以归矣而不归。嗟乎,余独安能无愧于沈君哉!
>
> 沈君,杭州人,其在京师亦数年。一日,其家人遗之书曰:"盍归乎来!"沈君不谋于朋友,秣马束装载道。嗟乎,余独安能无愧于沈君哉! 沈君行矣,余于沈君复何言!(《刘大櫆集》卷四)

姚鼐认为此文:"其来如潮水骤至,顷刻之间,消归无有。此等神境,唯昌黎有之。"②刘大櫆此文宛转尽情,一意神行无拘碍,确与昌黎之文跌宕起伏有异曲同工之妙。然细审之,似仍有境界高下之分,昌黎之文析理甚精而具雄健之姿,而刘大櫆之文务求音节,或已落第二义矣。

---

① 郭绍虞:《中国历代文论选》第三册,上海古籍出版社,2001年版,第408页。
② 姚鼐编,吴孟复、蒋立甫主编:《古文辞类纂评注》,安徽教育出版社,1995年版,第998页。

《送姚姬传南归序》以"古之贤人,其所以得之于天者独全"领起、笼罩全篇,然后通过幼时之姚鼐(姬传)一系列不凡的行为和识见,点出:"今天既赋姬传以不世之才,而姬传又深有志于古人之不朽。其射策甲科为显官不足为姬传道,即其区区以文章名于后世,亦非余之所望于姬传。"(《刘大櫆集》卷四)从而勉励姚鼐立志圣贤,奋发有为。

姚鼐为文:"以神韵为宗,虽受文法于海峰、南青,而独有心得。"① 所谓"神韵",盖即讲求行文雅正洗练,文已尽而含不尽之意于言外。姚氏赠序文(赠送序6篇,寿序12篇,收入《惜抱轩文集》卷七、卷八)中的佳作确有几分神韵,如《赠钱献之序》。此文首节即含有推崇宋儒之意,推源导流,认为宋儒使"群经略有定说",而明代"士大夫维持纲纪,明守节义"亦宋儒论学之效,说理持之有故,不妄为空论,文字洗练,是桐城派的典型文风。下一段接着说三代以来学者之变其宜,乃在于"有大儒操其本而齐其弊",力斥时儒"欲尽舍程、朱而宗汉之士"之弊,认为这是弃根寻枝、舍本逐末的做法。文云:

> 且夫天地之运,久则必变。是故夏尚忠,商尚质,周尚文。学者之变也,有大儒操其本而齐其弊,则所尚也贤于其故,否则不及其故,自汉以来皆然已。明末至今日,学者颇厌功令所载为习闻,又恶陋儒不考古而蔽于近,于是专求古人名物、制度、训诂、书数,以博为量,以窥隙攻难为功,其甚者欲尽舍程、朱而宗汉之士。枝之猎而去其根,细之搜而遗其巨,夫宁非蔽与?(《惜抱轩文集》卷七)

而文末则曲终奏雅,神韵悠然,适足见姚鼐之文风韵致。结尾合于垂训教世,呼合照应前文:

> 嘉定钱君献之,强识而精思,为今士之魁杰,余尝以余意告之而不吾斥也。虽然,是犹居京师厖淆之间也。钱君将归江南而适岭表,

---

① 郭绍虞:《中国历代文论选》第三册,上海古籍出版社,2001年版,第409页。

行数千里,旁无朋友,独见高山大川乔木,闻鸟兽之异鸣,四顾天地之内,寥乎茫乎,于以俯思古圣人垂训教世、先其大者之意。其于余论,将益有合也哉?(《惜抱轩文集》卷七)

姚鼐为文从容雅洁,落落有致,的确有别于望溪和刘大櫆,而赠序文本身也便于笔法的灵活变化,议论、抒情自然融合,客观上增强了文章的表达效果。方、姚为文俱工,此处再有情感流荡其中,文章的境界就大不相同了。

姚鼐的寿序文不多,但《刘海峰先生八十寿序》记述桐城派的师承所自,熔识见、事实于一炉,叙中夹议,而不乏韵致,是历来传颂的名作。

在桐城文派如日中天的情境下,胡天游、袁枚等人的赠序文能保持自己的独立品格,确实难能可贵。其代表作独出机杼,意到笔随,以议见长,识见尤高。

胡天游的《石笥山房文集》及其《补遗》收赠序17篇,其中赠送序14篇,寿序3篇。《送周司马序》入选《续古文辞类纂》,为胡氏赠序之代表作,其文云:

> 今世之制,文吏不治兵,至中书舍人官,视古尤异,其选以举人,必试之书。书为众人悦,乃得署,日入阁门下,札录编敕,惟宰相左右指,于天下事不许列,诏下可否不敢持。制词无所掌,职事无所发挥,容容循循,禄入不供,然以便迁转,得举进士入翰林,故居其闲者,咸愿守待,不愿外徙。今年南澳司马缺,宜舍人岁满者授,于是西清周侯,造当是行。群惜侯者,谓某某与侯同官,皆已取上第或历台省,侯才右出,宰相诚深知,势得请留,奈何听其出,随郡守后。……侯既受任,无勉强辞色,趣装具,约日以行。……今夫儒者势藉华处,衣冠禣褕,予之以变而不能定,有众而不能使,利乎安而怯乎计,不可为通。侯挟其有,以殊于时,无所于试,惟棘壤阻隔,亦庶自表。宁娓娓终日,闷所施焉。然则海遐崎岖,知方谈笑以往,而忘其慷慨也。(《石笥山房文集》卷二)

袁枚有赠序文凡13篇,其中赠送序9篇,寿序4篇,散见于《小仓山房文集》等。袁枚的赠序文不架空而论,在述说中时见精妙之言,显得雄肆而质实,其代表作为《送望山相公入阁序》和《赠黄生序》。

《送望山相公入阁序》首先通过"才"与"望"的不同,指出位列三公之"难":"百官论才,宰相论望。才可表见于临时,望必积聚于平日。"而"养望难,副望尤难"。尹公望山秉承百官之望,其责在于诱君心于当道,而于己不失其正,这样才不失为大臣之道。"行而世为天下法,则行焉;言而世为天下则,则言焉。或时之未可,势之未宜,则所贵乎积诚悟主,伺间责难,而不在乎改一成法,增一科条也。"(《小仓山房文集》卷十)最后,荷尹望山以重望。全文层次井然,理据兼备,展现出袁枚良好的辩才和远见卓识。

《赠黄生序》亦以论说见长,而对于黄生这样好学有为青年的劝勉有机贯穿其中。其论文道关系异于时儒,对制义于士人精神的侵蚀,有清醒的认识,其文云:

> 吾不敢谓荐辟策试之足以尽天下士也,亦不敢谓为古文者之足以明圣道也。然访某某者,必询其邻人,为其居之稍近也。汉、唐之取士也,与古近。其士之所为古文也,与圣道近。近斯得之矣。宋以后制艺道兴,古文道衰。士既非此不进,往往靡岁月,耗神明,以精其能,而售乎时。出身后,重欲云云,则嘘唏服臆,忽忽老矣。(《小仓山房文集》卷十)

# 主要参考文献

脱脱. 宋史. 北京:中华书局,1977.

张廷玉等. 明史. 北京:中华书局,1974.

赵尔巽等. 清史稿. 北京:中华书局,1977.

王钟翰点校. 清史列传. 北京:中华书局,1987.

姚铉. 唐文粹. 四部丛刊初编本. 上海:上海书店出版社,1989.

吕祖谦. 齐治平点校. 宋文鉴. 北京:中华书局,1992.

姚鼐. 吴孟复、蒋立甫主编. 古文辞类纂评注. 合肥:安徽教育出版社,1995.

刘勰. 詹锳义证. 文心雕龙义证. 上海:上海古籍出版社,1989.

吴讷. 于北山点校. 文体明辨序说. 北京:人民文学出版社,1998.

徐师曾. 罗根泽点校. 文体明辨序说. 北京:人民文学出版社,1998.

徐世昌. 清诗汇. 北京:北京出版社,1995.

苏轼. 孔凡礼点校. 苏轼文集. 北京:中华书局,1986.

朱舜水. 朱之谦整理. 朱舜水集. 北京:中华书局,1981.

顾炎武. 华忱之点校. 顾亭林诗文集. 北京:中华书局,1983.

王夫之. 舒士彦点校. 读通鉴论. 北京:中华书局,1975.

王夫之. 舒士彦点校. 宋论. 北京:中华书局,2003.

顾炎武. 黄汝成集释. 栾保群、吕宗力校点. 日知录集释. 上海:上海古籍出版社,2006.

陈确. 陈确集. 北京:中华书局,1979.

陈廷敬. 午亭文编. 文渊阁四库全书第1316册. 台北:台湾商务印书

馆,1985.

陈维崧. 湖海楼全集. 清乾隆六十年(1795)刻本.

陈仪. 陈学士文集. 四库未收书辑刊第玖辑第 17 册. 北京:北京出版社,1998.

戴名世. 王树民编校. 戴名世集. 北京:中华书局,2000.

董祐诚. 董立方文乙集. 续修四库全书集部第 1518 册. 上海:上海古籍出版社,2002.

法式善. 涂雨公点校. 陶庐杂录. 北京:中华书局,1997.

方苞. 刘季高校点. 方苞集. 上海:上海古籍出版社,1983.

方濬师. 盛冬铃点校. 蕉轩随录. 北京:中华书局,1995.

傅山. 霜红龛集. 续修四库全书第 1395 册. 上海:上海古籍出版社,2002.

龚鼎孳. 定山堂文集. 民国重印本,1924.

龚自珍. 龚自珍全集. 上海:上海人民出版社,1975.

管同. 因寄轩文初集. 续修四库全书第 1504 册. 上海:上海古籍出版社,2002.

归庄. 归庄集. 上海:上海古籍出版社,1984.

归庄. 寻花日记. 丛书集成续编第 63 册. 上海:上海书店出版社,1994.

洪亮吉. 刘德权点校. 洪亮吉集. 北京:中华书局,2001.

侯方域. 壮悔堂文集. 续修四库全书第 1405 册. 上海:上海古籍出版社,2002.

胡天游. 石笥山房文集. 续修四库全书集部第 1425 册. 上海:上海古籍出版社. 2002.

黄宗羲. 匡庐游录. 丛书集成续编第 65 册. 上海:上海书店出版社,1994.

黄宗羲. 沈善洪主编. 黄宗羲全集. 杭州:浙江古籍出版社,1993.

计东. 改亭集. 四库全书存目丛书集部第 228 册. 济南:齐鲁书社,1997.

纪昀. 纪文达公遗集. 续修四库全书第 1435 册. 上海：上海古籍出版社,2002.

蒋士铨. 邵海清校. 李梦生笺. 忠雅堂集校笺. 上海：上海古籍出版社,1993.

李慈铭. 云龙辑. 越缦堂读书记. 上海：上海书店出版社,2000.

李调元. 童山文集. 北京：中华书局,1985.

李斗. 汪北平、涂雨公点校. 扬州画舫录. 北京：中华书局,1997.

李渔. 李渔全集. 杭州：浙江古籍出版社,1991.

李元度辑. 国朝先正事略. 续修四库全书第 538 册. 上海：上海古籍出版社,2002.

李兆洛. 养一斋文集. 续修四库全书本第 1495 册. 上海：上海古籍出版社,2002.

李祖陶. 国朝文录. 道光十九年瑞州府凤仪书院刻本.

刘大櫆. 吴孟复标点. 刘大櫆集. 上海：上海古籍出版社,1990.

刘开. 刘孟涂集. 续修四库全书第 1510 册. 上海：上海古籍出版社,2002.

王水照. 历代文话. 上海：复旦大学出版社,2007.

刘台拱等. 宝应刘氏集. 扬州：广陵书社,2006.

陆继铭. 崇百药斋文集. 续修四库全书第 1497 册. 上海：上海古籍出版社,2002.

陆陇其. 三鱼堂日记. 续修四库全书第 559 册. 上海：上海古籍出版社,2002.

郑阳奎. 郑静庵先生文集. 四库全书存目丛书集部第 231 册. 济南：齐鲁书社,1997.

毛先舒. 潠书. 四库全书存目丛书第 210 册. 济南：齐鲁书社,1997.

梅曾亮. 彭国忠、胡晓明校点. 柏枧山房诗文集. 上海：上海古籍出版社,2005.

潘耒. 遂初堂文集. 续修四库全书集部第 1417 册. 上海：上海古籍出版社,2002.

彭士望.耻躬堂文钞.四库禁毁丛刊集部第52册.北京：北京出版社,2000.

彭兆荪.小谟馆文集.续修四库全书第1492册.上海：上海古籍出版社,2002.

钱大昕.陈文和主编.嘉定钱大昕全集.南京：江苏古籍出版社,1997.

钱谦益.钱仲联标校.牧斋初学集.上海：上海古籍出版社,1985.

钱谦益.钱仲联标校.牧斋有学集.上海：上海古籍出版社,1996.

钱谦益.钱仲联标校.牧斋杂著.上海：上海古籍出版社,2007.

钱泳.张伟校点.履园丛话.北京：中华书局,1979.

屈大均.广东新语.北京：中华书局,1985.

屈大均.叶恭绰校订.皇明四朝成仁录.丛书集成续编第30册.上海：上海书店出版社,1994.

屈大均.屈大均全集.北京：人民文学出版社,1996.

全祖望.朱铸禹汇校集注.全祖望集汇校集注.上海：上海古籍出版社,2000.

阮元.揅经室集.续修四库全书第1478册.上海：上海古籍出版社,2002.

邵长蘅.邵青门全集.丛书集成续编第125册.上海：上海书店出版社,1994.

沈粹芬.清文汇.北京：北京出版社,1995.

施闰章.何庆善、杨应芹点校.施愚山集.合肥：黄山书社,1993.

孙枝蔚.溉堂文集.续修四库全书第1407册.上海：上海古籍出版社,2002.

谈迁.汪北平点校.北游录.北京：中华书局,1997.

汪琬.钝翁类稿.四库全书存目丛书集部第227册.济南：齐鲁书社,1997.

汪中.田汉云点校.新编汪中集.扬州：广陵书社,2005.

王夫之.王船山诗文集.北京：中华书局,1962.

王鸣盛.十七史商榷.北京：中国书店出版社,1987.

王士禛.带经堂集.续修四库全书第 1414－1415 册.上海：上海古籍出版社,2002.

王士禛.惠栋注.渔洋山人自撰年谱注补.清红豆斋刻本.

王士禛.靳斯仁点校.池北偶谈.北京：中华书局,1997.

王士禛.袁世硕主编.王士禛全集.济南：齐鲁书社,2007.

王士禛.湛之点校.香祖笔记.上海：上海古籍出版社,1982.

王士禛.张世林点校.分甘余话.北京：中华书局,1989.

王士禛.张宗柟纂集.戴鸿森校点.带经堂诗话.北京：人民文学出版社,1998.

王士禛.赵伯陶点校.古夫于亭杂录.北京：中华书局,1997.

王猷定.四照堂文集.四库未收书辑刊第伍辑第 27 册.北京：北京出版社,2000.

魏禧.胡守仁、姚品文、王能宪校点.魏叔子文集.北京：中华书局,2003.

钱澄之.汤华泉校点藏山阁集.合肥：黄山书社,2004.

吴德旋.初月楼古文绪论.清咸丰六年续刻别下斋丛书本.

吴伟业.李学颖集评标校.吴梅村全集.上海：上海古籍出版社,1990.

吴锡麒.有正味斋骈体文.续修四库全书第 1468 册.上海：上海古籍出版社,2002.

吴兆骞.麻守中校点.秋笳集.上海：上海古籍出版社,2009.

吴鼐.八家四六文钞.清较经堂刊本.

夏完淳.白坚笺校.夏完淳集笺校.上海：上海古籍出版社,1991.徐乾学.憺园集.四库全书存目丛书集部第 242～243 册.济南：齐鲁书社,1997.

徐元文.含经堂集.续修四库全书第 1413 册.上海：上海古籍出版社,2002.

姚鼐.刘季高标校.惜抱轩诗文集.上海：上海古籍出版社,1992.

姚燮.骈文类苑.清光绪七年(1881)刻本.

叶绍袁.甲行日注.笔记小说大观本.第四编第七册.台北：台湾新兴

书局,1978.

永瑢等.四库全书总目.四部精要第十册.上海:上海古籍出版社,1993.

尤侗.西堂文集.续修四库全书集部第1406册.上海:上海古籍出版社,2002.

郁永和.采硫日记.续修四库全书第559册.上海:上海古籍出版社,2002.

袁枚.王英志主编.袁枚全集.南京:江苏古籍出版社,1993.

袁枚.周本淳标校.小仓山房诗文集.上海:上海古籍出版社,1988.

恽敬.大云山房文稿.续修四库全书第1482册.上海:上海古籍出版社,2002.

曾灿.六松堂集.四库未收书辑刊第柒辑第25册.北京:北京出版社,2000.

张潮辑.虞初新志.续修四库全书第1783册.上海:上海古籍出版社,2002.

张惠言.黄立新校点.茗柯文编.上海:上海古籍出版社,1984.

昭梿.何英芳点校.啸亭杂录.北京:中华书局,1997.

赵翼.王树民校证.廿二史札记校证.北京:中华书局,1984.

郑板桥.卞孝萱编.郑板桥全集.济南:齐鲁书社,1985.

周亮工.赖古堂名贤尺牍新钞.四库禁毁丛刊集部第36册.北京:北京出版社,2000.

朱鹤龄.愚庵小集.文渊阁四库全书第1319册.台北:台湾商务印书馆,1985.

朱筠.笥河文集.续修四库全书集部第1440册.上海:上海古籍出版社,2002.

朱彝尊.曝书亭集.文渊阁四库全书第1318册.台北:台湾商务印书馆,1985.

庄述祖.珍埶宧文钞.续修四库全书第1475册.上海:上海古籍出版社,2002.

梅曾亮.彭国忠、胡晓明校点.柏枧山房诗文集.上海:上海古籍出版社,2005.

谭家健.中国古代散文史稿.重庆:重庆出版社,2006.

陈飞.中国古代散文研究.福州:福建人民出版社,2005.

熊礼汇.明清散文流派论.武汉:武汉大学出版社,2004.

朱世英、方道、刘国华.中国散文学通论.合肥:安徽教育出版社,1995.

段启明、王龙麟主编.清代文学研究.北京:北京出版社,2001.

曹虹.阳湖文派研究.北京:中华书局,1996.

陈国庆编.汉书艺文志注释汇编.北京:中华书局,2006.

陈平原.从文人之文到学者之文.北京:三联书店,2004.

丁锡根.中国历代小说序跋集.北京:人民文学出版社,1996.

郭绍虞主编.中国历代文论选.上海:上海古籍出版社,2001.

钱仲联主编.历代别集序跋综录.南京:江苏教育出版社,2005.

王利器.历代笑话集.上海:上海古典文学出版社,1956.

蔡毅编.中国古典戏曲序跋汇编.济南:齐鲁书社,1989.

郭维森、许结.中国辞赋发展史.南京:江苏教育出版社,1996.

郭预衡.中国散文史.上海:上海古籍出版社,2002.

郭预衡.中国散文史长编.太原:山西教育出版社,2008.

柯愈春.清人诗文集总目提要.北京:北京古籍出版社,2001.

李灵年、杨忠主编.清人别集总目.合肥:安徽教育出版社,2000.

梁启超.清代学术概论.上海:上海古籍出版社,1998.

梁启超.论中国学术变迁之大事.上海:上海古籍出版社,2001.

梁启超.中国近三百年学术史.北京:东方出版社,1996.

鲁迅.鲁迅全集.北京:人民文学出版社,2005.

鲁迅.中国小说史略.上海:上海古籍出版社,1998.

吕叔湘.笔记文选读.上海:上海古籍出版社,1979.

马积高.赋史.上海:上海古籍出版社,1987.

秦川.中国古代文言小说总集研究.上海:上海古籍出版社,2006.

王文濡.清文评注读本.上海:上海文明书局,1916.
邬国平、王镇远.清代文学批评史.上海:上海古籍出版社,1996.
徐复观.中国艺术精神.沈阳:春风文艺出版社,1987.
章太炎.庞俊、郭诚永疏证.国故论衡疏证.北京:中华书局,2008.
张舜徽.清人文集别录.武汉:华中师范大学出版社,2004.
张舜徽.清人笔记条辨.武汉:华中师范大学出版社,2004.
赵超.中国古代石刻概论.北京:文物出版社,1997.
郑宪春.中国笔记文史.长沙:湖南大学出版社,2004.
中华书局编辑.明清十大家尺牍.北京:中华书局,1938.
褚斌杰.中国古代文体概论.北京:北京大学出版社,1990.

# 后 记

《中国散文通史·清代卷》的撰写历时数载,得到研究所各位老师的大力支持。各章撰写情况如下:

绪论及一至四章由莎日娜撰写完成。

第五章至第八章由陈惠琴、李小龙撰写。肖亚男撰写了第六章初稿。李小龙并承担了第五至第十一章的体例修订工作。

第九章至第十一章由李克主笔并统稿。其中第九章由北京师范大学2005级研究生李华、孙海荣撰写。此外,2005级研究生张金玲、熊淼江、张宁、崔晶晶、蒋丽萍、张克侠也参与课题的研究工作。

书将付梓之时,仅向参与撰写工作的各位老师和同学致以最诚挚的感谢。

莎日娜

2011年1月16日